现代中国文论八讲

朱首献◎著

浙江大学出版社·杭州
ZHEJIANG UNIVERSITY PRESS

图书在版编目（CIP）数据

现代中国文论八讲 / 朱首献著. —杭州：浙江大学出版社，2024.5
ISBN 978-7-308-24896-9

Ⅰ.①现… Ⅱ.①朱… Ⅲ.①中国文学—文学理论—研究 Ⅳ.①I206

中国国家版本馆 CIP 数据核字(2024)第 083753 号

现代中国文论八讲
朱首献　著

责任编辑　宋旭华
文字编辑　方涵艺
责任校对　牟琳琳
封面设计　项梦怡
出版发行　浙江大学出版社
（杭州市天目山路 148 号　邮政编码 310007）
（网址：http://www.zjupress.com）
排　　版　杭州青翊图文设计有限公司
印　　刷　杭州钱江彩色印务有限公司
开　　本　710mm×1000mm　1/16
印　　张　20.5
字　　数　368 千
版 印 次　2024 年 5 月第 1 版　2024 年 5 月第 1 次印刷
书　　号　ISBN 978-7-308-24896-9
定　　价　88.00 元

浙江大学 2020 年度教材建设项目

Contents 目　录

第一讲

导　论

“现代中国文论”主要指清政府终结与新中国成立间的文论。在很大意义上，这一时期是中国文论从传统范式向现代范式转型的探索期，也是中国文论的蜕变时期。在这一发展过程中，出现了一批在中国传统文论中从未出现过的以“文学概论”“文学原理”“文学论”“新兴文学论”“文学概论讲话”等命名，以文学定义和构成元素为体例，以文学的价值功能和时代使命为指归，以中西文论交融为途径的文论著述，在现代中国文学理论的学科建设和发展、研究问题域的规范化和对当代中国文论的影响上均做出了重要贡献。这些著述既反映了现代中国文论的真实面孔，同时也是现代中国文论史上不同时期中最前沿的文论成果的集结。通过研究这些文论著述，本书力图细致解剖现代中国文论的肌理、把握现代中国文论的理论特质和理论细节，而这对于进入现代中国文论之堂奥无疑具有重要意义。

第一节　晚清知识转型与现代中国文论的发生

近代中国是一个孕育着社会大变局的时代，也是一个知识转型的时代。晚清以降，世运不昌，积威日弛，国力疲敝，恰如罗志田所指出的那样，大体为一个“物已自腐而后虫生”[①]的时代。枯木易受风摧，国衰必招狄夷。1840 年第一次鸦片战争、1856 年第二次鸦片战争、1894 年甲午中日战争的爆发更是加速了清政府的颓势和民族命运的迁移。其间虽有有识之士希冀凭借“师夷长技以制夷”的方针来扭转乾坤、图谋清王朝的中兴，但这种仅得形骸、取人粗迹的模仿最终也只是沦为清朝统治者的最后一抹余晖，国运日衰已经成为无法逆转的事

① 罗志田：《知人与论世：郭嵩焘与近代中国的转折时代》，《四川大学学报》2020 年第 6 期，第 33 页。

实。反观西洋则国势鼎盛，中西相较之下，简直就是“彼乘骐骥，我独骑驴；彼驾飞舟，我偏结筏”[①]，张之洞的“天下之变，岌岌哉”[②]一语成谶，国覆种灭盖在一瞬间矣！黄远庸曾指出，“晚清时代，国之现象亦惫甚矣。然人心勃勃，犹有莫大之希望”[③]。天下兴亡，匹夫有责，人心勃勃，民族幸甚。晚清之学崇尚旧法劫持天下，置中国于窘迫之地，系身于时的有识之士投笔置喙，索救时之方，拉开了近代中国救亡图存、革故鼎新的历史大幕。基于对洋务中兴教训的自省，晚清知识分子逐渐开始从重视移植西方技术转向重视学习其知识、学术、社会精神等更深层次的内容；这种转变正如梁启超指出的那样，“海禁既开，所谓‘西学’者逐渐输入，始则工艺，次则政制”[④]。甲午一役的惨痛教训，让中国有识之士看到没有制度、知识构造、精神结构的改变，就不可能有中国的破壁新生。也正是在对西学之“制”的引介过程中，晚清知识分子逐渐将中国落后的矛头指向中国旧的知识范式与思想传统，故“莫急于以新学说变其思想”，以“救今日之中国”。[⑤] 可以说，为中华民族的革新求变、破壁新生提供知识学的支持和破除精神层面的障碍，就是晚清中国知识转型的核心机制。梁启超曾有这样一段描述：“忽穴一牖外窥，则粲然者皆昔所未睹也，还顾室中，则皆沉黑积秽。于是对外求索之欲日炽，对内厌弃之情日烈。欲破壁以自拔于此黑暗……于是以其极幼稚之‘西学’知识……向于正统派公然举叛旗矣。”[⑥]这应该是对晚清进步学人当时心迹的一个准确描述。当然，从梁氏的描述中我们也可以看到晚清学人在推动中国知识转型上迷失以及冒进的一面，但也正是在这种西学冲击与中学被动回应的迷惘与激进弥漫的历史大背景下，现代中国文论获得了生机并逐渐发展起来。

中国传统文论多以辨体、明性、文章源流、诗话、词话、曲论等为内容，严格地讲，它并未形成现代意义上的文论学科。严复的“语焉不详，择焉不精，散见错出，皆非成体之学而已矣”[⑦]之论，同样适用于中国传统文论，这种学科缺位的状态持续至晚清，直到清末民初的学制改革后才略有改观。甲午国难后，清政府开始尝试学制改革，新式学堂登上现代中国的历史舞台，中国现代教育制度的确立由此拉开帷幕。1902 年，清政府颁布《钦定京师大学堂章程》，即“壬寅学

---

① 严复：《救亡决论》，《严复全集》卷七，福建教育出版社 2014 年版，第 54 页。

② 张之洞：《上海强学会序》，《强学报》1895 年第 1 号，第 5 页。

③ 黄远庸：《远生遗著》第 1 卷，商务印书馆 1984 年版，第 88—89 页。

④ 梁启超：《梁启超论清学史二种・清代学术概论》，复旦大学出版社 1985 年版，第 59 页。

⑤ 梁启超：《与夫子大人书》，丁文江等编：《梁启超年谱长编》，上海人民出版社 1983 年版，第 277 页。

⑥ 梁启超：《梁启超论清学史二种・清代学术概论》，第 59 页。

⑦ 严复：《救亡决论》，《严复全集》卷七，第 54 页。

制”。《钦定京师大学堂章程》详细规定大学功课包括政治科、文学科、格致科、农学科、工艺科、商务科、医术科七类，其中文学科下设“七目”，即经学、史学、理学、诸子学、掌故学、词章学、外国语言文字学。“壬寅学制”对大学的学术分科作了笼统的设置，其文学科的设目亦多从中国传统旧学。不过，由于种种原因，该学制最终并未落地。1904 年，清政府又颁布《奏定学堂章程》，即“癸卯学制”。《奏定学堂章程》将大学分为经学科、政法科、文学科、医科、格致科、农科、工科、商科八类，其中文学科大学下又设九门，分别为中国史学门、万国史学门、中外地理学门、中国文学门、英国文学门、法国文学门、俄国文学门、德国文学门、日本国文学门——其中中国文学门讲授文学研究法、说文学、音韵学、历代文章流别、古人论文要言等主课，以及四库集部提要、各种纪事本末、世界史、西国文学史、中国历代法制考、外国科学史、外国语文等辅助课。而且，《奏定学堂章程》还规定了中国文学研究法为“研究文学之要义”，其讲授内容包括：(1)古文、籀文、小篆、八分、草书、隶书、北朝书、唐以后正书之变迁；(2)古今音韵之变迁；(3)古今名义训诂之变迁；(4)古以治化为文，今以词章为文，关于世运之升降；(5)“修辞立诚”“辞达而已”二语为文章之本；(6)古经“言有物”“言有序”“言有章”三语为作文之法；(7)群经文体；(8)周秦传记、杂史文体；(9)周秦诸子文体；(10)《史》《汉》《三国》四史文体；(11)诸史文体；(12)汉魏文体；(13)南北朝至隋文体；(14)唐宋至今文体；(15)骈、散古合今分之渐；(16)骈文又分汉魏、六朝、唐、宋四体之别；(17)秦以前文皆有用、汉以后文半有用半无用之变迁；(18)文章出于经传古子四史者能名家、文章出于文集者不能名家之区别；(19)骈、散各体文之名义施用；(20)古今名家论文之异同；(21)读专集、读总集不可偏废之故；(22)辞赋文体、制举文体、公牍文体、语录文体、释道藏文体、小说文体皆与古文不同之处；(23)记事、记行、记地、记山水、记草木、记器物、记礼仪文体，表谱文体，目录文体，图说文体，专门艺术文体，皆文章家所需用；(24)东文文法；(25)泰西各国文法；(26)西人专门之学皆有专门之文字与汉《艺文志》“学出于官”同义；(27)文学与人事世道之关系；(28)文学与国家之关系；(29)文学与地理之关系；(30)文学与世界考古之关系；(31)文学与外交之关系；(32)文学与学习新理新法、制造新器之关系；(33)文章名家必先通晓世事之关系；(34)开国与末造之文有别；(35)有德与无德之文有别；(36)有实与无实之文有别；(37)有学之文与无学之文有别；(38)文章险怪者、纤佻者、虚诞者、狂放者、驳杂者皆有妨世运人心之故；(39)文章习为空疏必致人才不振之害；(40)六朝、南宋溺于好文之害；(41)翻译外国书籍函牍文字中文不深之害。同时，《奏定学堂章程》还特别针对小说等通俗文体的繁荣而提醒说“集部日多，必归湮灭”，故“研究文学者务当于有关今日实用之文学加意考求"。[①] 从《奏定学堂章程》对中国文学研究法内容的规定可以看出，该门课程基本涵盖了文论的一些基本问题，如文学的发展与演化、语言的问题、作家的修养、文学的体裁、文学的创作方法、文学的社会功能等，但无论如何，《奏定学堂章程》所规定的文学研究法还不能等同于现代意义上的文学理论，充其量也只是其雏形。不过，从该门课程规定的内容来看，它已是一门中西兼具的课程。真正使文论走向大学讲台的是 1912 年至 1913 年北洋政府颁布的"壬子・癸丑学制"，该学制将大学的学科分为文、理、法、商、医、农、工七科，其中文科分为文、史、哲、地理学四门，文学门包括国文学类、梵文学类、英文学类、法文学类、德文学类、俄文学类、意大利文学类、言语学类八类；除了国文学类外，文学门中的其他七类中均设置了"文学概论"这一科目。1913 年颁布的《教育部公布高等师范学校课程标准》明确要求"国文部及英语部之预科，每周宜减他科目二时，教授文学概论"。上述科目设置及规定应该是文论作为现代意义上的学科首次在官方的学制系统中被接纳，这也标志着现代中国文论正式走进大学的课堂。总之，正是在 20 世纪初中国学制改革的历程中，现代中国文论获得诞生的机缘并不断成长起来。不过，"文学概论"虽然成为文学门中的科目之一，但这科目究竟应该是什么样的，包括何种内容，似乎并无定论。1917 年，北京大学文、理、法科本、预科改定课程中曾将"文学概论"列为文学门中的通科科目之一，但在补充解释中却将"文学概论"理解为诸如《文心雕龙》《文史通义》之类的传统文论，这种理解显然是缺乏现代意识的。

以晚清诗界革命、文界革命、小说界革命、语体文运动、国语文学运动等为代表的现代文学变革在一定意义上也促使了中国传统文论的转型与现代中国文论的发生。不言而喻，文论是文学实践的归纳与阐释。晚清以降，随着救亡图存、爱国保种、开启民智等社会意识的觉醒，文学在经世救国、新民启蒙中的进步作用被充分认识，适用于今、通行于俗、令天下农工商贾妇女幼稚皆能读之成为文学的新标准，此之谓"经史不如八股盛，八股无如小说何"也。由社会上的这些文学意识、文学实践所引发的文学的本质、功能、形式、使命、责任等一系列的变化，已经远逾出了中国传统文论的阐释范围。如何为这些新生文学现象进行辩护，如何引导人们理解、接受乃至肯定新文学，如何确立新文学在社会现实中的牢固地位等，成为现代中国文论的重要义务与责任。如现代中国文论中对于自然科学精神的阐扬是与当时文学创作中对于自然主义文学的重视分不开的。以茅盾为例，他曾认为"客观描写与实地观察"是自然主义带给中国小说

① 张百熙：《奏定学堂章程》(三)，陕西蕃署 1904 年版，第 34—37 页。

的两个“法宝”[1]；而且他批评名士派创作的一个重要口实就是其“重疏狂脱略”，而“蔑视写真”；如写苏小小墓、岳武穆墓，他们“虽未至其地，也喜欢空浮的写几句，如比干之坟，实在并没有的，而偏要胡说，这真所谓有其文，不必有其事了”；但新文学的写实主义却不同，“于材料上最注重精密严肃，描写一定要忠实；譬如讲佘山必须至少去过一次，必不能放无的之矢”[2]。谢六逸也对自然主义小说称扬有加：“就吾国说，最需要的便是这种小说(按：即自然派小说)。努力的介绍；渐渐的去创作；余日望之！”[3]

张长弓在评价20世纪早期的现代中国文论著作时曾指出：“今日见到的文学概论，精心杰构之作很多。大要言之，可以别为两类：一类是纯中国的，立意谋篇，取材举例，不外中国的前代文学，犹如长袍短褂的中国绅士；一类是纯西洋的，立意谋篇，取材举例，全以西洋文学为圭臬，犹如西服革履的留洋博士。”[4]他的归纳其实并不准确，同时也不符合现代中国文论的史实，因为他没有看到中国传统文论向现代文论转型时期中国文论非中非西、亦中亦西的知识构成和价值诉求的复杂面相。现代中国文论事实上已经无法用“纯中国的”来言说和界定，即便是章太炎、陈怀、马宗霍、薛祥绥等这些“以中国之伦常名教为原本”，偏重于用中国材料、中国话语、中国体式来建构文论体系的学者，其文论中亦夹带不少西学的私货，实有“以复古为解放”[5]之曲意，大体上也属于文心不古而文体寄古、以旧风格写新意境之属。如陈怀对进化论的自觉实践，又如被胡适嘲讽为“反背时势”的章太炎在文学的分科问题上不仅认为兵家、天文家、历数家、五行家、医方家都属于诸子，而且还以自然科学的思维预言：“自今以后，科学渐兴，则诸子所包，其数将不可计。”[6]此外，在区分文之工拙与雅俗问题上，章氏提出“工拙者，系乎才调；雅俗者，存乎轨则”，俗而工者，无宁雅而拙者，并且特举日人论文多重“兴会神味”而不论雅俗，西方则自希腊始以“美”论文之例以资比较立论，其西学之眼光由此可见。[7] 至于马宗霍、薛祥绥等就更不待言，他们的著作也都大量援引西方文论的概念、范畴。张长弓所谓的“纯西洋的”说法更是一个“伪命题”，完全不符合现代中国文论的历史事实。现代中国文论家的文论建构并非为了以西代中，而是以西方文论为参照来建构中国本土的现代文论，

---

① 沈雁冰：《自然主义与中国现代小说》，《小说月报》1922年第7号。

② 茅盾：《什么是文学》，松江暑期演讲会：《学术演讲录》第1、2期合刊，新文化书社1926年6月版。

③ 谢六逸：《自然派小说》，《小说月报》1920年第11卷第11号。

④ 张长弓：《文学新论》序言，世界书局1946年版，第1页。

⑤ 梁启超：《梁启超论清学史二种·清代学术概论》，第6页。

⑥ 章太炎：《文学论略》，上海群众图书公司1925年版，第23页。

⑦ 同上书，第31页。

实现中国传统文论的现代知识学转型。这种文化自觉的意识几乎体现在每一位现代中国文论家身上，他们致力于将西方文论的理论、范畴、方法与中国传统的文论思想、文学实践以及中国的社会现实、时代呼号等结合起来，以期实现中国传统文学与文论精神的涅槃与新生。即便是以模仿日人本间久雄的《文学概论》《新文学概论》而饱受诟病的田汉的《文学概论》、曹百川的《文学概论》、顾仲彝与朱志泰的《文学概论》、赵景深的《文学概论》，以及受西方文论影响较深的沈天葆的《文学概论》、潘梓年的《文学概论》、戴叔清的《文学原理简论》、胡行之的《文学概论》、夏炎德的《文艺通论》，以及以苏俄文论为重要资鉴的谭丕模的《新兴文学概论》、顾凤城的《新兴文学概论》、蔡仪的《文学论初步》、以群的《文学底基础知识》、王秋萤的《文学概论》等，也均注重对中国传统文论思想与文学精神的汲取，也正是如此，他们的文论与所谓的“纯西洋的”有着本质的不同。因此上，“纯中国的”与“纯西洋的”都无法揭示知识转型期现代中国文论的内在学养和精神风貌上的特殊性。

阿瑞夫·德里克认为，“对落后的焦虑”是中国现代性的一部分。[①] 作为中国现代性链条上重要环节的现代中国文论，同样存在此种焦虑，这焦虑在客观上推动了现代中国文论模仿、移植及生吞活剥地改造西方文论。正是各种西方文论的输入，一方面使现代中国文论建构得到了大量的理论资源，欧美文论、日本文论、苏俄文论均被积极引入到现代中国文论中去；另一方面，恋旧的心理亦存在于不少文论家身上，甚至是一些热衷以西学建构现代中国文论的文论家，也依然有着很深的中国传统文论的烙印。上述情况使现代中国文论体现出话语斑驳与众声杂存的特征，而且，在引入欧美文论、日本文论、苏俄文论时普遍存在的未经充分消化吸收就迁移理论的现象，也使现代中国文论呈现出前所未有的冗杂陆离的理论图景。罗志田认为，在近代中国知识转型中，某些学科“可能已改换了学问的基本内容；而其学术的主体性，或也大致丧失”[②]。其论断同样适用于现代中国文论。事实上，现代中国文论在模仿和移植欧美文论、日本文论、苏俄文论时已经有意识地对之进行了改造，使其学问的基本内容有所变化，也使其作为欧美、日本、苏俄文论的主体性有所淡化。同样，中国传统文论的“学问的基本内容”在现代中国文论那里也被大量弃置，其学术的主体性也自然付之阙如。但正是在这种对欧美、日本、苏俄文论以及中国传统文论主体性的消解、重构中，现代中国文论逐渐确立了自身的主体性，尽管这种主体性还显得比较驳杂而不够清晰。

---

① 萧延中主编：《在历史的天平上》，中国工人出版社 1997 年版，第 218 页。

② 罗志田：《近代“道出于二”语境下学科认同的困惑》，《天津社会科学》2015 年第 1 期。

第二节　现代中国文论的问题域与理论范式

王汎森论晚清史学革命时曾提出过“概念工具”(conceptual apparatus)这一范畴。他认为,一系列最关键的“概念工具”在塑造、引导这场史学浪潮中起到了举足轻重的作用,如果没有这些“概念工具”,晚清的史学革命可能会以另外一副面孔呈现出来。[①] 如果说自晚清至新中国成立之间现代中国文论的确立及发展过程也可以被称为一场“文论革命”的话,那么,显而易见的是,这场文论革命同样依靠了一系列的“概念工具”;如果没有这些“概念工具”的助力,现代中国文论便无以建构起自身,而且也显然无法获得身份标识而将自己与中国传统文论以及其他如欧美、日本和苏俄文论区别开来。进一步来看,正是这些“概念工具”的介入,使得现代中国文论形成了自己独特的问题域与理论范式。

1922 年,剑三在《文学概论?》一文中认为,“文学概论不是类书;也不是历史,其实不过要叙明文学的意义,文学的影响,文学对于人生有什么用处,文学是由什么地方产出,既无需‘獭祭’,也不能用‘抄袭’的方法,以夸其浩博,只要将以上的几个问题明白详悉答复出来,也可以过得去”[②]。他的这个观点折射出20 世纪早期学者对文学概论本身的一些思考。而且,这个观点应该是立足于对现代中国文论的一些早期著作的归纳而得出的,它触及了现代中国文论的一个鲜明特征,即以文论“问题”为中心而不是以文论“体系”建构为中心。一方面,这一特征的形成与现代中国文论需要解决现代中国文学实践中的问题休戚相关。如现代中国文学创作实践面临的启蒙问题、文艺大众化问题、普罗文学问题、革命文学问题、传统文学的取舍问题、文学的阶级立场问题、如何反映社会现实问题等,这些问题都得到了现代中国文论家们积极、密集的响应。另一方面,这一特征的形成也与现代中国文论需要厘清和解决在知识转型期的一系列问题有关。例如,现代中国文论在文学本质论上与中国传统的文以载道观念、诗教观念、文体理论、文类思想等的切割问题,文论作为学术科目的架构问题,历史上的文学评价问题,文学的构成问题等,诸如此类的问题形成了现代中国文论与中国传统文论、当代中国文论相比而具有的特殊的“问题域”与“理论范式”。就具体的问题域来看,现代中国文论主要讨论的是以下问题:文学特性(特质)、文学要素、文学内容、文学形式、文学起源、文学类型、文学与国民性、文学与革命、文学与人生、文学与阶级、真善美、文学流派、文学思潮、文学的演化、

---

① 王汎森:《近代中国的史家与史学》,复旦大学出版社 2010 年版,第 3 页。

② 剑三:《文学概论?》,《晨光(北京)》,1922 年第 1 卷第 3 期,第 8—9 页。

想象、情感、思想、经验、人生观、个性、鉴赏、文学与主义、文学使命、文学冲动、平民文学、普罗文学、古典主义、浪漫主义、自然主义、文学真实、作家修养、文学遗产、文学典型、文学批评、文学与生活、文学与经济、文学的永久性与时代性、文学的普遍性与阶级性、唯物论、文学与意识形态、文学反映、文艺大众化、题材和主题、创作方法、艺术概括、文学与现实、文学语言、创造、模仿、天才、体裁等。

“范式”(paradigm)一词由库恩提出，在他那里，范式并没有一个明确的定义，但他列举了范式的两个基本特征，即其成就空前地吸引一批“坚定的拥护者”，使他们“脱离科学活动的其他竞争模式”；同时，这些成就又“足以无限制地为重新组成的一批实践者留下有待解决的种种问题”。[①] 根据库恩对范式的界定，我们可以看到，范式具有唯一性，相互之间不能通约；此外，范式具有先导性，它能够为未来的研究提供研究对象。库恩的范式理论主要是针对物理学、天文学等自然科学而言的，在人文学科中未必存在如他所要求的严格的范式，但类似的范式同样存在于人文学科中。它们可能体现为某种研究理念、某些研究方法、某种研究目的、某些研究问题等，通过它们，我们更易清晰把握人文学科中各式各样的研究共同体。正是如此，在现代中国文论研究中，我们借用了库恩的范式理论来讨论现代中国文论中可能存在的理论范式：模仿范式、本土化范式、人生论范式、进化论范式、自然论范式、唯物论范式、传统范式，此外还有纯文学论范式、科学主义范式、反映论范式、社会学范式、阶级论范式等。

模仿范式(mimetic mode)本为教育学术语，主要指教学中没有促进学习者变化的知识传递行为。但我们这里所说的模仿范式主要指文论知识生产中的移植行为，这种现象在现代中国文论发生的早期较为普遍。现代中国文论中的模仿范式主要体现为对西方、日本或者苏俄文论的框架体系及具体内容的模仿。模仿范式在现代中国文论产生初期对确立现代中国文论的知识架构、体例设置、学科建构、问题设定等起到了一定的积极作用，但也因其蹈袭色彩浓厚而饱受诟病。

本土化范式是致力于中国化的问题体系建构和问题设定的一种文论范式。这种范式往往在现代中国文论的体系、框架上有自己的尝试性创新和努力，其主要依据中国传统文论资源来建构现代中国文论。如陈怀的《中国文学概论》在体系框架上就围绕着中国传统文论中常有的文性、文情、文才、文学、文识、文德、文时展开，很显然属于体出中土类型，其在文论资源上也是以孔子、孟子、刘勰、陆机、扬雄、曹丕、韩愈、柳宗元、刘歆、郑樵、朱熹、欧阳修、章学诚等人的文论为主，语体上则以文言呈现。章太炎的《文学论略》对文意之剖解、文类之区

① 托马斯·库恩：《科学革命的结构》，北京大学出版社 2003 年版，第 9 页。

分、文辞之辨、文用之析等不仅体现着很深的中国传统观念，而且依持的也是中国传统小学的方法。总之，现代中国文论中的本土化范式体现了强烈的“以中国之伦常名教为原本”的文论建构意志，其在现代中国文论中可谓别具一格。

人生论范式主要强调文学对人生的价值和意义，且立足于“文学是人生的表现和批评”来讨论文论的一系列问题，提出了文学乃“人生之明镜”[①]，深入挖掘了文学与人生的关系，提出了人生过程无一非艺术的文艺与人生合一观，建构了文学功能在清洁其品性、高尚其人格等的人生主义功能论，阐发了文学的对象是人生、作用是批评人生、表现的也是人生、文艺是人生之养料等一系列人生论文学观念；一言以蔽之，这种范式的核心理念即“文学的本质便是人生”[②]。

进化论范式是以进化、演化、变迁等进化论理论来讨论文学的本质、发展、功能，以及分析诗歌、小说、戏剧等各类文体的演变等问题的一种文论范式。达尔文的进化论在晚清通过传教士传入中国，早期依附于格致之学，默而不传，后经康有为尤其是严复的大力传播，对中国近现代的学术影响日炽。具体到文学研究领域，进化论无论对中国文学史还是现代中国文论都产生了革命性的影响。中国传统文论中的厚古薄今观念通过进化论的洗涤，在现代中国文学史和文论研究中近乎荡然无存。这种范式的主导思想就是认为一代有一代之文学，文学的演化日进于善，并由此出发来理解文学的本质、文学的功能、文学的变迁以及各类文学的体式等。

自然论范式就是以自然科学的客观论或者生理主义的本能论为出发点来探讨文论相关问题的一种文论范式。因此，在自然论范式内部又包括两种理论模型，一种是自然科学的客观主义模型，一种是生物学的生命主义模型。前者如谭正璧提倡文论研究原则是“专从文学本体做客观的研究，不杂丝毫主观的成见”[③]；沈天葆提出文学研究方法不仅性质是科学的，手段也是科学的，其目的在于“普遍原理”，而非“个别规律”[④]；文学研究社编《文学论》指出文学研究中使用的“原质”与化学家的原质“同意”等[⑤]。后者如王耘庄、许钦文的《文学概论》均深受日本精神分析派美学家厨川白村的影响，把文学视为苦闷的呻吟、欲望不能满足的发泄等。

唯物论范式主要是立足于现实社会生活对文艺的决定性作用来分析文学的本质、现象、发展、功能等问题的一种文论范式。陈北鸥的《新文学概论》曾指

① 曹百川：《文学概论》，商务印书馆1933年版，第109页。

② 瞿世英：《创作与哲学》，《小说月报》1920年第7号。

③ 谭正璧：《文学概论讲话·编辑凡例》，光明书局1934年版，第1—2页。

④ 沈天葆：《文学概论》，上海新文化书社1935年版，第13页。

⑤ 文学研究社编：《文学论》，上海文光书局1930年版，第22页。

出,“史的唯物论之方法在今日益发广泛的渐渐被适用,而且那并不是只由于这学说公然的赞成者而已,更是由于那些从来没有研究过马克思主义的学者的适用。精神生活上的经济因子之作用的分析,现在成了历史的必要。它的影响成了文学批评家不能不知道的了”[①]。他这里所谓的“精神生活上的经济因子之作用的分析”实际上指的就是唯物论的分析。现代中国文论中的唯物论范式亦是从经济因子之作用的分析出发来研究文学。这种范式强调文学是对现实生活的反映,认为文学作为上层建筑的社会意识形态之一要受经济条件的制约,反对文学具有任何超越社会的属性,并要求作家运用文学概括的手法写社会生活的本质、塑造文学典型等。

传统范式是指主要立足于中国传统文论的问题域、体例与理论路径来建构现代中国文论的范式。晚清西学东渐的浪潮并没有完全扫除中国传统学术的理念与研究惯例,这在现代中国文论的研究中也是如此。在现代中国文论的建构过程中,中国传统文论并没有作为凝固的东西而化为乌有,恰恰相反,在部分现代中国文论家那里,传统文论作为文论遗产而被继承下来。不过,现代中国文论中的传统范式并非完全迁移自中国古代文论范式,其主要目的是在对抗西方文论中确立一种现代的中国立场。正是如此,现代性在这种范式中也有着鲜明的体现。可以说,其主干是传统型的,但其枝叶却仍然与西方文论缠绕在一起。传统范式旨在重新使文论成为经学之附庸,但其结果却正如梁启超所言,“晚清之新学家,欲求其盛清先辈具有‘为经学而治经学’之精神者,渺不可得”[②]。这是传统范式无奈的归宿。

需要指出的是,我们这里归纳出的现代中国文论理论范式乃是就其大体而言;实际上,因为现代中国文论其时正处于初创期,每一种理论范式在具体的文论著述中都相对缺乏知识化、系统化、逻辑化、一体化的贯彻。所以,我们经常看到两种或多种范式在一部文论著述中并置呈现,这种范式杂糅的现象往往困扰着我们把握其核心理论主张。而且正如李泽厚所指出的那样,“中国近代人物都比较复杂,它的意识形态方面的代表更是如此。社会解体的迅速,政治斗争的剧烈,新旧观念的交错,使人们思想经常处在动荡、变化和不平衡的状态中。先进者已接受或迈向社会主义思想,落后者仍抱住‘子曰诗云’‘正心诚意’不放。同一人物,思想或行为的这一部分已经很开通很进步了,另一方面或另一部分却很保守很落后。政治思想是先进的,世界观可能仍是落后的;文艺学术观点可能是资产阶级的,而政治主张却依旧是封

① 陈北鸥:《新文学概论》,立达书局1932年版,第137页。

② 梁启超:《梁启超论清学史二种·清代学术概论》,第80页。

建主义，如此等等，不一而足，构成了中国近代思想一幅极为错杂矛盾的图景”[①]。在现代中国文论家那里也有此现象，如田汉的《文学概论》模仿日人本间久雄的《文学概论》和《新文学概论》，无疑属于模仿范式；但它同时又重视文学情感的审美化，重视文学的社会属性，重视文艺的进化现象，甚至对弗洛伊德的 libido 亦有很大兴趣；因此，纯文学范式、进化论范式、社会学范式、自然论范式在田本中也都有或多或少的体现。再如薛祥绥的《文学概论》从总体上看属于传统范式，其在形式上多用文言，内容上多据中国传统文论来演绎，但它又很明显受到重视环境、人种、时代精神等因素对文学的决定作用的西方近代社会学范式文论的影响。令人遗憾的是，即使在非常明确地贯彻某一种范式的文论著作中，其贯彻也并非很成功的。如谭丕模的《新兴文学概论》号称以唯物史观为根据、认为文学是社会意识形态之一，似乎理所当然地属于纯粹的唯物论范式，但谭本中又杂陈着社会进化观念；同时，它反对文学是个性的表现，可见其又有着社会决定论的倾向，带着进化论范式和社会学范式的印痕。以群的《文学底基础知识》一方面围绕着文学的基本性质是生活现实的反映这个理论基点展开，强调一切理论都必须从这里出发，因此属于典型的唯物论或反映论范式；但另一方面，它又在创作论上倡导作家精密地分析生活，在特殊的事物中提取出普遍的规律，在偶然的事物中发现必然的线索，带着自然论范式的特征。

第三节 现代中国文论与时代主题

“主题”一词源自德语 Thema，本指乐曲中最富有特征并处于优势地位的旋律，即“主旋律”，后来被用来指作品或文章的核心思想。日文曾将 Thema 译为“主题”，中文的“主题”便出自日文的翻译。我们这里使用“主题”一词并非仅就作品的核心思想而言，而是在最广泛的意义上指一种带有普遍倾向的核心论题。这样，无论是文化现象、学术论著乃至特定的时代，都会有主题问题，甚至存在由多个主题构成的主题链。就时代而言，任何一个时代都有着自己的时代主题，而任何一种理论也都是时代的反映。理论源于自己的时代，扎根于自己的时代，这是理论的本质性规定。现代中国文论同样是时代的产物与反映，因此，它与现代中国的时代主题有着密切的关系。毋庸讳言，现代中国文论从其发生之时起，就缺乏清晰的学科意识和相对自觉的学科思维，因此，其在发展过程中，无序化的情况较为突出，甚至不同程度地存在着“野蛮生长”的现象。具

---

① 李泽厚：《中国思想史论》，安徽文艺出版社 1999 年版，第 745 页。

体言之，如某些文论著本中袭编现象比较普遍，甚至有随作者的个人喜好来确定文论内容的现象，但这些不尽如人意的问题的存在并不足以否定现代中国文论的杰出成就。梁启超曾说，“语一时代学术之兴替，实不必问其研究之种类，而惟当问其研究之精神”①。现代中国文论虽然种类繁杂，研究问题多样，但其积极介入时代、紧扣时代主题的研究精神却足以让人刮目以待。概而言之，现代中国文论主要通过以下主题体现着自己鲜明的时代精神和历史标识。

国民性主题。国民意识是一个国家或民族凝聚力、向心力的重要精神支柱，而中国传统社会在宗法和家天下观念的统摄下培植的却是臣民意识。梁漱溟曾指出，“像今天我们常说的‘国家’‘社会’等等，原非传统观念中所有，而是海通以后新输入底观念。旧用‘国家’两字，并不代表今天这涵义，大致是指朝廷或皇室而说。自从感受国际侵略，又得新观念之输入，中国人颇觉悟国民与国家之关系及其责任”②。近代以来，随着抵御外侮问题日益急迫，培养国民意识、激发国人一致对外的国家意识和国民情怀成为社会的主题。梁启超就曾明确提出，“而以今日列国并立，弱肉强食，优胜劣败之时代，苟缺此资格（即国民资格），则决无以自立于天壤”③。培植国民意识的重要性由此可见。中国现代国民意识的兴起，实际上是西学刺激以及民族危机的结果。国民性之所以成为时代的主题，最重要的还是人们希望借其激发国民的国家意识，承担起拯救国家、民族命运的责任。现代中国文论从其发生之时起，就重视对文学与国民性问题的探讨，并以之为文论的重要内容。例如田汉就明确指出，研究或鉴赏文学不能忽视文学的国民性，并对国民性的基础、内涵、与民族主义的关系，甚至是文学国民性的阶级立场进行了研究。赵景深则探讨了国民性的本质，并从世界文学的角度论证了国民性与文学风格之间的关系。薛祥绥指出，国民性乃一国之特征，人种、国土、风俗、精神等均为其构成，文学作为精神的表现与国民性不无关系；他又重点探讨了中国国民性的种种特质及其在文学中的诸种体现；不仅如此，他还提出唯有能表明殊异之国民性的作家才能蜚声于世界，才是好的作家。曹百川也指出，国民性是以种族或民族为基本，而由政教、生活、风俗、习惯等在长时期内所形成的一种特性，此特性为某一国民之所独具；国民性会影响文学并使其呈“特殊之色彩”；作家对于其所属之国民性无特别认识之必要，只要其忠实自由地创作，国民性自然寓于其中；但研究、鉴赏文学的人则必须十分了解作者的国民性。此外，夏炎德认为国民性就是丹纳所说的人种，文

---

① 梁启超：《梁启超论清学史二种·清代学术概论》，第 85 页。

② 梁漱溟：《中国文化要义》，台北正中书局 1975 年版，第 167 页。

③ 梁启超：《新民说·释新民之义》，《饮冰室文集全编》卷一，广益书局 1948 年版，第 6 页。

艺是“社会生活的反映”，国家在社会生活中占据着很大部分，文艺也是国家的反映，任何国家终有其国民的特性，所以，文学也带着国民的特性，是国民性的表现。凭借文学，人们可以真实彻底地了解一国的国民性，文艺是一国国民过去的记录，也是其希望的表现。方孝岳在对比中西文学的差异时曾说：“中国文学为士宦文学，欧洲文学为国民文学。”[①]这不是他的个人认识，而是时代共识，故现代中国文论以国民性为主题，亦有中国文学向西方文学看齐的意味。

启蒙主题。启蒙成为现代中国知识分子的普遍意识，来自于他们对“国民程度不逮”的焦虑。晚清以降，国运跌宕，促使诸多有识之士将自身的思考与时代的命运结合在一起，因此，寻找国家复兴、民族自强的出路就成为这一时期士人们的神圣使命。对此，严复就曾提出鼓民力、开民智、新民德的主张，并认为“此三者，自强之本也”[②]，而且还特别提出，三者中“又以民智为最急也”[③]。1903 年，章太炎在《驳康有为论革命书》中指出，“今日之民智，不必恃他事以开之，而但恃革命以开之”[④]。严、章二氏所提出的开民智就是启蒙问题。不过，中国现代士人理解的启蒙，是他们经由日本所引入的西方概念，意为凭借新知识、新思想的传播让国民摆脱愚昧。文学开民智的启蒙作用早在 1904 年林传甲的《中国文学史》中就有论及，林本在讨论修辞的“颠倒成文法”时曾列举“文学者开通民智者也”可以颠倒为“开通民智者文学也”，而其意不变。[⑤] 当然，林氏有可能是据梁启超的“开通民智”之说自创该句，亦有可能是援引他人之说。这些实际上都不重要，重要的是文学开民智的启蒙功能在 20 世纪初已经被士人所意识到，与之相适应地，此后研究文学开民智的启蒙功能也成为现代中国文论的重要主题。如胡行之指出，文学家是预言者，是时代的先驱，其敏感为任何人所不及，对于未来亦有宣传的意味。潘梓年认为，文学是社会生活的测候器和地震计，我们可以在一时代的文学中照见当时人心的趋向，预测将来的变化。曹百川则指出，文艺能完全脱离外界之压抑、强制，立于绝对自由之境地，破除因袭，忘却利害，一面发挥高超之理想，昭示人生之真义，一面掊击窳敝之制度，启蒙锢蔽之人心，积极地改变环境，即突破环境、创造环境；因为文学能敦促社会之进步，社会之大改革莫不以文学为导火线，故文学为改进社会之先驱；而作家多不安于现实，当其对于现实人生不满时，能本其创造之特性、革命之精神，一面破坏旧的时代、旧的精神，一面将新理想、新信仰灌输至人心，使其成为一

① 方孝岳：《我之改良文学观》，《新青年》1917 年第 2 号。

② 严复：《原强》，《严复全集》卷七，福建教育出版社 2014 年版，第 36 页。

③ 同上书，第 22 页。

④ 汤志钧编：《章太炎政论选集》（上册），中华书局 1977 年版，第 203 页。

⑤ 林传甲：《中国文学史》，上海科学书局 1914 年版，第 63 页。

种新思潮，用以革新时代，改造社会。

革命性主题。马克思在论及中国和印度等亚洲国家的近代历史状况时曾说，它们“失掉了他们的旧世界而没有获得一个新世界，这就使他们现在所遭受的灾难具有一种特殊的悲惨色彩”[①]。晚清的改良运动使中国陷入了一个怪圈，愈改愈下，愈改愈腐，一部分有识之士开始醒悟，唯有革命才是彻底解决中国穷途末路之境的上策。因此，阐发文学干预社会、改造历史的能力也成为现代中国文论的重要时代主题。有学者曾指出，现代中国文论“在现代社会革命进程中扮演过重要的角色，甚至成为现代社会革命进程有力的推动力量”[②]。这就是说，革命是现代中国文论的“主旋律”[③]。这一主旋律或显或隐地体现在现代中国文论的大多著述中。如王耘庄指出，革命的共同之处是反抗精神，即被压迫阶级反抗压迫阶级。文学是人类受了压抑以后的呼声，是反抗精神的象征，是生命穷促时叫出来的一种革命。所以，广义上文学与革命是“一致的”，凡文学都是革命的，反革命的文学，就不能算作是文学。但革命与文学在狭义上的关系更重要，在革命时期至少存在压迫和被压迫两个阶级的对立，前者保守，后者革命；处于此时代的作家不是属于压迫阶级就是属于被压迫阶级，前者是反革命的，其文学也容易是反革命的文学，后者是革命的，其文学也容易是革命的文学。革命文学并非革命文学家的预言，而是革命前的时代的反映，是革命的导火线、促进革命的重要因子，是革命前的社会状态，并非引起革命的文学；如果没有被压迫阶级无法忍受的社会事实，再激烈的革命文学也引不起革命，如果有上述的社会事实，即使没有革命文学，革命也总有一天会爆发。所以，中国目前所需的是革命家，不是革命文学家，革命家有了，革命文学家自然也有了。李幼泉、洪北平则认为，文学有预言的使命，一种思想或主义预示某个社会该如何变革时，一般人尚茫然而无所感悟，作家却早就感悟到并艺术地表现出来，这便是革命文学。时代的转变，在民众生活上表现出来，在社会思想上表现出来，在文学上也一样会表现出来。革命文学产生于社会不断演进，思想不断进展，文学的境地伴随着时代不断开展的“势”之中。谭丕模亦指出，在社会进化的历程中，为着人类生存的需要，常发生革命的现象，革命时期的文学有革命文学与反革命文学，前者是作者勇敢地执行一切转变期间所负的任务，尽量地去表现当时所得的感情和印象，使被压迫的群众意识组织化，鼓励他们执行他们社会的历史的使命，使他们得着正确的训练，推动社会的潮流；后者则不仅不积极地鼓

① 马克思、恩格斯：《马克思恩格斯选集》第1卷，人民出版社1995年版，第762页。

② 王一川：《中国现代文论传统·总序》，北京师范大学出版社2019年版，第1页。

③ 同上书，第32页。

励群众去执行社会的历史的使命，反而加紧造出许多荒谬学说，借以麻醉、欺骗、蒙蔽群众；而那种虽也攻击社会不良、能发出反抗呼声，但始终却在彷徨、寻不出什么出路、满篇都是悲哀情绪的文学，则是反革命文学的别动队；革命文学是随着时代的精神而转变的，只有革命的文学才是时代的文学。

阶级论主题。阶级理论虽然最早由资产阶级历史学家和经济学家所提出，但阶级理论的科学化却是由马克思主义经典作家所完成的；随着苏俄文论在中国的传播，马克思主义的阶级学说在现代中国文论中渐受重视，并形成了现代中国文论中的阶级主题。如胡行之认为，要创作完美的文学，第一就要使文字通俗化，必须走“文字与语言合一这条通路”；虽然凭借文学革命，国语文学获得了成功，但文艺大众化实在还称不上，因为白话文学只是替欧化的绅商换胃口的鱼翅酒席，劳动民众是没有福气吃的；以前绅士用文言，绅士有书面的文字，平民用白话，平民简直没有文字，只能用绅士的渣滓，现在，绅士中有一部分欧化了，创造了一种欧化的新文言（所谓白话），而平民仍只能用绅士的文字，新式的绅士和平民之间还是没有共同的言语；因此，我们不仅要把文字变成白话，而且文学所用的文字也要最切平民大众的口吻，尤其是要从运用最浅近的新兴阶级的普通话开始。这样，民间文学才是属于无产大众的文学。潘梓年要求作家了解唯物史观，因为不了解唯物史观的人，可能会拜倒在黄金足下，颂扬资本主义的人，对于贫穷者的生活不可能有真实的了解、真实的同情，当他遇着资本家和无产阶级冲突的时候就不可能有正确的观察和感想。王秋萤也指出，文艺要正确地认识现实、正确地再现现实，只有站在历史上最前进阶级的立场上，以他们的世界观来分析现实的世界。谭丕模则称文学是“指示阶级斗争的武器”，任何社会中的人类意识大都是反映支配阶级的利益的，文学成为支配阶级宣传的工具；不过到了某支配阶级发生剧烈的矛盾时，人类的意识必然发生变动，其所反映的文学也许会为被支配阶级说话，而成为被支配阶级反抗支配阶级的武器。所以，文学历来都是阶级斗争的武器，那种认为文学具有普遍性的人是根本忘记了有史以来的社会都是阶级社会的事实。尽管有时剥削者见到苦难的穷人也会发声叹息或者解囊相助，但这只是出于浅薄的人道主义的虚伪关照，决非深切地、真正地同情穷人。因此，这只是一种虚伪的、欺骗的举动。文学作为作者对客观环境的反映的具体表现，总是被作者所隶属的阶级所规定着，在阶级社会泯灭之前，文学一定是有“阶级性”的，各阶级的利益不同，因此，他们有其需要的文学，也有其排斥的文学，所以，资产阶级的文学家会认为劳动群众的艺术有辱艺术的尊严。正是由于文学的阶级性，资产阶级代言人的文学无不以本阶级的利益为出发点，且常因本阶级的利益而改变文学的方向和内容。蔡仪则指出，文学所表现的作者的思想情感唯有与其所表现的事物相适合才是正当的，也只有表现这种正当的思想情感的作品才是真正的文学；进一步来看，只有作品所表现的作者的思想情感是正当的、适合所表现的事物的法则时，这种思想情感才能传达给读者，为其接受。人们思想情感受很多条件的影响，这些条件也不一致，但其中最主要的条件则是其实际社会生活的基础以及由此基础所产生的社会意识形态。社会生活的基础是指一个人的财产、地位以及其生活的手段等，社会生活的基础不同，人们主要的思想倾向也不同；反之，如果社会生活的基础相同，那么人们的主要思想倾向也会相同。所谓社会生活基础的不同就是阶级的不同，而主要的思想倾向的不同就是所谓的阶级意识形态的不同。阶级意识形态决定着人们对具体事物的看法，也决定着作者在作品里所表现的思想情感。另一方面，作者在作品中所表现的思想情感也包含其阶级意识形态。阶级有进步和落后之分，阶级意识形态也一样；进步阶级的意识形态更合于客观事物的真理，这样的阶级意识形态才能创造真正的文学；落后阶级的意识形态则相反。所以，真正的文学所表现的阶级意识形态是进步的，其所表现的作者的思想情感也是进步的；因而文学在本质上应该是进步的而不是落后的。

白话文学主题。中国近现代的语体文运动始于晚清，据姜亮夫先生的观点，其始于同光年间，当时的王照、劳乃宣、梁启超、黄遵宪等人对正统派文学不满，要求文学与语言接近。但语体文运动最早的动机非在文学，而在教育。[①] 此后，语体文运动逐渐演化为现代中国声势浩大的白话文运动，并主要体现在文学创作以及文学研究领域，对现代中国文论影响深远。现代中国文论中的白话文学主题主要体现在对文学语言的白话诉求、对文学立场的平民化诉求上。如顾仲彝、朱志泰指出，中国上古文学是民众的，语句很朴实，后来文学由民众的变为文人的专有品，文句修饰非常讲究，雕琢痕迹明显，不复是大众的呼声了；一直到近现代的文学革命，文体方得到空前改革，白话成为文学主要的表现工具，新文学的发展历史虽短，但推翻了数千年沿用的古文，用白话来写作一切。一代有一代之文学，文学要随着环境的进展，用时代的工具来表现时代的意识。胡行之认为，原始文学的材料都是绝对地属于人民大众的，后世文化进步，乃出现了属于少数人的贵族文学，如此，文学成了某些人的专利品，而抒发多数人共同情感的作品却不得入文学之门，文学也就失去了其真正意义。一直到近代，民众的读书能力大增，个人艺术得到普及，民众文学又放异彩。可见，最初的文学是大众的，最后的文学也是大众的。潘梓年则指出，中国的平民文学譬如一条泉水，秦汉以前是流在地面上的，汉以后就流入了地底。汉以后平民文学之

① 沈善洪、胡廷武主编：《姜亮夫全集》第21卷，云南人民出版社2002年版，第550页。

大势则按照汉歌、唐诗而后宋词、元曲、明清小说这个方向走去。平民文学表现的都是人间真实的情感，或民间疾苦，或自然情趣，不像载道的正统文学，替君王讲求些维持子孙帝王万世之业的所谓道理。平民文学的内容是人间真实情感，所以其外形就可以不客气、无顾忌地换一个新的，这些新的总比旧的完备些，合于表现多方面的情感。

社会文学主题。随着丹纳的社会学批评以及马克思主义文论在现代中国的传播，从社会、经济等角度分析文学成为现代中国文论中的一个重要现象。孙俍工认为，驱动文学进化的基本因素是社会组织的裂痕、社会机构的变调、社会心理的变调三者交错所生的事物，文学随着社会构成机体的变迁而转变，各个时代的社会背景和组织制度有所变革，文学也随之呈现着各种不同的现象；因此，文学是社会的必然产物，社会也是文学的必需条件，文学在某种意味上是反映它的时代的社会的，社会环境的情状对作家影响巨大，对社会环境的解剖与描写也就成为文学作品的构成要素。要完全了解一部文学作品，第一当研究其外的环境，就是当时的社会状况；第二是比较某一时代与此时代的文学特质，以此证明文学是社会条件的产物。王秋萤认为，文学不是浮在社会活动圈外的泡沫，而完全是在社会生活的实践中形成和发展的。从历史上看，文学的创造必须从社会的实践出发，脱离了大众的生活与实践，靠几个文学专家在特设的机关里，从脑子中创造文学，那实在是空虚的梦想。文艺所表现的思想、情感只是离开我们的意识而独立存在的客观现实的反映，这种反映与现实的近似度虽然各有不同，但文艺总是以某种方法反映现实的，这是正确理解文艺的一个基本关键。谭丕模则提出，文论当以唯物史观为根据，文学和宗教、语言及其他的精神生活一样受着经济条件的规定，世界上没有任何人在趣味上和思想上不受其四周气氛的影响，这气氛又是受着经济条件的影响的，所以，文学与科学以及其他物质产物一样都是社会生活产物的一种，其在发展过程中始终超越不了社会生产力一定的水平线。文学并非孤立之物，其既与社会经济基础有关系，也和社会上层建筑如法律、政治有关联。顾凤城也指出，文学起源于社会劳动，是社会的产物，社会的物质若不存在，则不仅文艺不存在，一切艺术也不存在。如果一部作品脱离了社会的观点，那么其内容一定是非常空虚而不充实的，它不仅会失去文学本身的社会的根据，而且也会失去其自身的存在性。文学不仅和社会生活有着深切的关系，而且也是非个人主义的，是大众的集团的东西。以群则认为，文学的基本性质是生活现实的反映，生活现实是一种客观的独立的存在，劳动、战争、革命、恋爱等一切人类的现实生活并非为着文学或为着作家的写作才存在的，它们有自己独立存在的意义，文学则以反映这现实生活的客观的存在为特质。假如文学是一面镜子，生活现实就是镜子外面的一切事物，它们是与镜子无关的独立存在，只有镜子去反映它们的形象时，它们才和镜子发生关系，成为被反映在镜子里的形象，这形象虽类似于原物，但已经不再是原物，因为已经经过了反映的过程。

写本质主题。文学究竟应该如何去反映生活，这在现代中国文论中是一个饱受争议的话题，如学衡派就有修缮、改良事实使之完美的主张，而且，受以左拉为代表的自然主义写实观的影响，现代中国文论亦有强调客观记录现实的观点。写本质理论的出现与普罗文学在现代中国的传播有关，这种文论要求文学去反映现实的本质，从而形成了现代中国文论中的写本质主题。王秋萤认为，事实记录的文学在新文学中占着重要的地位，其有着使文学主题多面化、广泛化，避免公式化危机，避免文学的观念论，巩固文学的现实性，最能吸引劳动大众的兴趣等优点；但其还是有着自己的不足，主要因为它里面的事实是个别的、部分的事实，是经验的现实的再现，还不能称作是现实的真的正确的反映，毕竟它只是写现象而没有写出现象的本质，故而至多只是加强我们对现象的印象而已。实际上，忠实详细地写现实，不能被称作是最现实的，要充分写出个别事件的现实性，乃在于正确地、明了地、典型地在个别事件中描写出全体的过程，这样，艺术家就不能一板一眼地去写现象的实态，他必须从现象里除去特殊的偶然部分，表明它的普遍性和必然性，即从个别之中提炼出它的本质，这就是从实际事实到艺术真实的过程，艺术的真正现实性亦在于此。要做到这一点，作家应当历史地阶级地分析事件的特质，抓住其间的本质不同点与本质共同点，不能毫无区别地搜集个别的人或事件、不加整理地记录其所附带的偶然非本质的东西，而应站在正确的观点上区别必要的与不必要的，除去偶然的成分，提炼出本质的特点，创造出艺术典型。但需要注意的是，在现实之中，单纯的本质或单纯的必然性是不存在的，在认识现实的过程中，本质的与非本质的、必然的与偶然的都是互相结合而出现在现象的表面上的；所以，在认识中如果忽视现象而仅仅提出单纯的本质，那么，此时的本质一定转化为死的硬化的抽象公式。要避免这样的弊端，就必须运用具体的分析，判明本质与现象间的差异与关联，认清本质与现象、普遍与特殊、必然与偶然等的正确关系；文学上的真理并非只是以抽象的现实的本质表现出来的，而是一定要以本质存在于现实上的直接的形态，把它再现出来。譬如必然性与偶然性的问题，作家在创作过程中必须找出事物的必然性，把它描写出来，如果他仅仅根据偶然性来写作，那就是非常不正确的，因为那是没有普遍性的非本质的，机械地否定偶然性，其结果一定导向认可绝对的必然性；实际上，偶然性必须从必然性来说明，不能把必然性降为偶然性的产物，因为偶然性无论如何也不可能高于必然性。因此，作家在写一个人物的变化时，应当把他的出身、年龄、工作、家庭状况、受教育程度、历史时期及周围的人或团体给他的影响，和他自己所感受的程度等，作具体的分析，然后描写出来。在偶然的事件中表明必然的路线是非常必要的。像这样具体地阐明偶然与必然的关联及其难于解决的矛盾时，偶然性已经不是偶然的了，它其中表现出必然性；同时，必然性也已经不再仅仅只是必然性，而是由偶然性而获得的动因了。偶然性与必然性的关系如此，普遍性与特殊性、本质与非本质的关系亦如此，总之，作家必须运用具体的分析，正确地抓住现实中的一切关系。以群则认为，决定文学特质的关键并不只在于反映现实，而且也在于它是以怎样的方法来反映现实，文学虽然是以具体的形象来表现真理，但并非用不着抽象的概念，由具体的事物所得的直接的印象或直觉的经验只是现实世界的混沌印象，并非事物的内在关系及其本质的规律性。人们要正确地把握和认识事物的规律性，必须由现象进到本质，从现象当中区别出必然的和偶然的、内在的和外在的成分，由此阐明一切的矛盾和一切的关系。这样的感性经验的逻辑理路叫作抽象，然后根据较精密的规定加以分析，就可逐渐提炼出单纯的概念，由印象的具体事物进到抽象，再进到最单纯的规律，这样，完全的印象被蒸发掉了，留下的就是抽象的诸规律，这是由具体到抽象的向下的过程。然后，再由抽象的规律还原到原来的具体物，则所得的具体物已经不是现实世界的混沌现象，而是由许多规律与关系构成的丰富的全体，这种由抽象到具体的向上的方法，就是由抽象的诸规律出发而重新落实到具体事物上的路，由此获得的具体才是真实的具体，即高尔基所说的真正的真实，文艺要表现的正是这种真正的真实，即事物的本质，而不能以停留在事物的表面即以直接的现象为满足。作家的创作虽然是从直接的活的现象出发，其工作的基础虽建筑在直接印象之有意或无意的积蓄上，然而，作家的注意如果只局限在现实的直接的现象上，那他一定只能表现出事物的混沌的表面，而触不到现实的本质，这样的作品只能是事实的记录，而不是本质的文学。在这种意义上，文艺当然不能以单纯的具体为满足，因为从直接的现象推移到现实的本质规律性（决定对象的特性和发展的因素）的逻辑的认识，是非经过抽象不可的。在这一点上，文艺和哲学、科学一样。但在真理的表现形式上，文艺与哲学、科学有着基本的差异，因为文艺的真理是必须以本质存在于现实中的直接的姿态再现出来；因此，对文学而言，形象化的手段即描写的技术是有着决定性意义的，文艺必须由直接的存在的形象的表现，来阐明事物的规律性和必然性，由个别的现象来说明普遍的现象，由部分的存在来解释整个的存在。因此，作家必须从现象中除去特殊的偶然的部分，而着重它的普遍性和必然性，从个别的现象中提炼出它的本质。

新旧文学主题。现代中国文论中的新旧文学主题是20世纪初中国文学史上的文言与白话、新文学与旧文学之争的反映。胡行之指出，文学本无新旧，只要有真实的感情、个性与艺术手段的文学都是好文学，否则，无论新旧都是没有价值的作品。文学之所以值得回味，乃是因其有永久性，也因其有永久性，使人千载之下尚起共鸣，这样，文学也就无所谓新旧了。故今日之所谓好文学，也就是后日之所谓好文学，昔日之所谓好文学，也就是今日之所谓好文学。文学自是文学，其价值历久而不变；反之旧文学若无真价值，即使年隔千代，也只好覆瓿。但文学分新旧亦自有道理，因时代之不同而有体制与内容的差异，昔重文言，今用白话，工具有别；从前文之范围广，如今文之范围狭，性质上也有差异；从前文以少数者赏鉴为贵，现在则以大众阅读为前提，愈接近民众愈佳，在对象上也有不同。正是如此，文学有新旧之别。新文学与旧文学的区别只在体制与内容，而在价值方面，则无新旧之说。文言自有文言之美，白话亦有白话之美，故自本质上讲，文言与白话均自有其价值。以文言为工具，发表难而接受也难；以白话为工具，发表易而接受也易；故用白话为文学，就减少了文字的障碍，因此，就利用方面言之，白话文学确实较优于文言文学。新文学与旧文学虽然所用工具不同，但不能不说新文学比旧文学要进步。从前文之范围广，经、史、子、集皆为文；新文学的范围则较狭，一般而言，也只不过包括议论文、说理文、叙事文、抒情文，至于纯文学则范围更狭，仅以小说、诗歌、戏剧三类为代表，即使加上论文、叙事文、游记文、杂感文、小品文、实用文，也不过八九种；因此所谓新文学，是就纯文学而言的，也是相对于旧文学的驳杂不明而言的。从前文以少数者鉴赏为贵，所以义多古奥，字多奇僻；新文学则以得大多数读者为目标，因此初则有文学革命，主张国语文学，近则有革命文学，再进一步主张彻底文艺大众化，使文学与语言打成一片，希望成为全民族共同的读物，这也是新文学与旧文学之不同。若是认为旧文学是死文学，新文学是活文学，旧文学是陈旧的、堆砌的，新文学是活泼的、写实的，如此褒贬新旧文学，实为不妥。许钦文则对新文学(革命文学)寄予厚望，他认为文学是艺术的武器，在民族前途上发挥着宣扬主义和教养民众的重要作用；就整个人类而言，旧文学偏重个人方面，新文学则是社会的，切于人生的实用。王秋萤则是从阶级立场上来区分新文学与旧文学，他指出，旧文学要么以空想来改造现实，歪曲和粉饰现实，遮蔽现实的本质，要么被动地观照现实，只指示某种过程的必然性，暴露社会丑恶，而对于谁来解决、怎样解决毫无指示，因此陷入妥协的、宿命论的泥沼。新文学要从根本上克服旧文学的缺陷，唯一的道路就是站在进步阶级的立场上，贯彻进步阶级的观点。文学上的真正问题，并非在于作家的才能、手腕、技巧等，而在于作家自己的立场；旧文学家并非不明白旧文学的没落前途和深刻危机，但他们却茫然不知这危机发生的原因及消除的方法，所以，他们只能徘徊于手法、形式、技术等表面问题之间，有意无意掩盖了深刻危机的本质，其社会立场的限制使其不能正确地反映客观现实，担负起克服这危机的艰难任务。

改造社会主题。顾仲彝曾说，“世界的前途，并不说句夸张的话，全在文学家的手里；世界各国的政治革命和社会革命无一不是文学家的笔尖造成的”①。他这里所肯定的就是文学改造社会的能力，认为文学具有改造社会的功能并希望文学能够充分发挥好这种功能，是现代中国文论中较为普遍的一种时代情结。如赵景深认为，文学对社会改造有很大效果，美国黑奴解放、俄国农奴解放等都依靠过文学的力量，所以文学家是预言者、先驱，别人不曾看到的他已经看到了，此即文学可贵之处。汪祖华指出，文学是改造社会的原动力，社会是个人间交互影响的过程和结果，社会的变迁是由个人行为的改变造成，社会的进步是由于个人对环境适应的增进，反感是社会变迁的重要表征，当社会呈现出不安或有内在不良、或在离解中，少数敏感的人如作家对此社会产生反感并把这种反感借文学表现出来，其作品便使少数人的爱人的寻常情感变作人类的天性，这种个人的情感反应同化于社会或其他个人便是同情，同情的扩大，便团结了人类力量，统一了人类的情感，激起人类的共鸣，社会改造的运动，亦大半由是完成。同时，他指出，动植物往往通过改变形态或发展出种种本能来适应环境，但人类不同，人类的适应是主动的，他可以通过种种优越的生理机制去控制环境，使环境与人生调和适应，故人类能创造文艺，文艺也能改造社会。蔡仪则指出，文学表现了作者对于社会发展的看法和对于社会的理想，作者的理想只不过是社会发展的反映，社会发展是对社会现状的改变，因此，作者的理想也就是对于社会现状的改造。这样，文学里一定会表现社会的发展和作者对于社会现状的改造，而且文学里表现社会事物发展的形象和作者改造社会的思想感情得以传达给读者，为广大读者所接受，进而产生实际改造社会的力量，以推进社会的改造。正是如此，文学是改造社会的工具，真正的文学一定是革命的。

除上述之外，现代中国文论中还有恃古主题、意识形态主题、典型主题、普罗主题等，其中意识形态主题与阶级主题和革命主题有着较深的关联，典型主题与写本质主题也交汇颇深，而普罗主题则是白话文学主题的分化，恃古主题与新旧文学主题也颇多交集，在此不再赘述。

---

① 顾仲彝：《文艺中心漫话》，《文艺月刊》1935 年第 6 期。

第二讲

知识转型与范式架构:模仿中的现代中国文论

中国传统文论以感悟式、印象式的思维,以探源溯流、辨体明性的体系架构,以载道、教化的理论宗旨等与西方文论迥异。近代以来,西学的输入推动着中国传统文论的知识学转型,面对西方文论的冲击,中国学人匆忙上阵,开始了中国文论的知识转型与现代范式建构,田汉、顾仲彝、朱志泰、赵景深等人的文论实践均体现出了中西文论之间艰难的融合。我们之所以称其为艰难,一方面源于他们对现代中国文论究竟应该以何种姿态呈现缺乏理论上的深度认知,另一方面也源于其文论实践对中国文论传统的痛苦疏离,这最终造成了其在实践中对日本、西方以及苏俄文论的刻意模仿。尽管如此,这些尝试依然值得肯定,而且其所确立的现代中国文论的叙述范式也对此后半个世纪的中国文论产生了深远影响,虽然这种影响并不完全是积极的。

作为取自本间久雄《文学概论》和《新文学概论》的典型文本,田汉的《文学概论》体现出现代中国文论知识转型期的驳杂;它坚持白话文学立场,肯定散文取代韵文的历史必然性,支持无产阶级文学,重视创作向下层社会劳动大众推广的必要性,这些都带有鲜明的时代印记。田本虽援引了大量西方文论,但同时在一定程度上保持着清醒的本土文化立场,注重用本土的文学资源来阐明文论问题。田本在文论体例方面对后世影响深远,其所设定的问题也成为其后诸多文论教材效仿的模板,曹百川、钱歌川、赵景深等人的文论在此方面均受田本影响。但田本也存在着文论体系结构不够成熟,学科范式倚重移植日著等不足。鉴于田本多取于本间本这一事实,有学者认为其更像是对照着本间本进行的"扼要的翻译"。[1] 也有学者认为,田本和郁达夫的《文学概说》、赵景深的《文学概论讲话》都同样是"间接取

① 金永兵:《后理论时代的中国文论》,文化艺术出版社 2014 年版,第 15 页。

自"本间久雄《文学概论》的典型文论。[①]

与田本相比，顾仲彝、朱志泰的《文学概论》更加注重讲授文学各体，但在文论的本体论上则用力较弱，如对"文学是什么"这样的本原性问题，顾朱本却重举轻放，悄悄绕过，着实让人遗憾。正是如此，毛庆耆、董学文等认为，顾朱本"花费大量篇幅专述各类文体方面的知识，对文学创作和文学的发生发展等重要问题存而不论，似有避重就轻之嫌"，这对于"概论"性质的教材而言，"未免失之片面"，但毛、董等也肯定顾朱本"偏于微观的细致分析"为"总结文学作品内容与形式构成要素的一般原理"提供了"一定的依据"，对"认识各种体式文学的内部规律也提供了帮助"。[②] 有学者认为现代中国文论在 20 世纪 40 年代后在体例和内容上沿袭田本《文学概论》的热潮"有所消减"，但顾朱本及 1946 年版张长弓的《文学新论》、1948 年版张梦麟的《文学浅说》仍算是此热潮的"最后余脉"。[③]

汤增扬在《两本"文学概论"》中曾认为，赵景深本《文学概论》的"态度是非常的客观的"，它"把各种文学上的理论整理一番而呈现给读者"，作者自己并"不参加什么意见"，是"还他文学本来的面目"。[④] 置言之，赵本乃是"述而不作"。同时，赵本亦深具现代中国文论知识转型期的诸多特点，比如其所持理论混杂，汇温彻斯特、本间久雄、厨川白村等人的文论为一体，罗列诸说，拼凑众见，缺乏系统独到的理论卓见，而其对"文学概论"的质疑显然带有极深的偏见，同时也反映出其自身对于"文学概论"之理解的肤浅，这也可视为中国文论知识转型期对文论本体观照不足的体现。

第一节　艰难的融合：田汉的《文学概论》

田本《文学概论》于 1927 年 11 月由上海中华书局印行，分上下两编，上编为"文学本质论"，下编为"文学社会现象论"。其编著体例、目次及内容均仿自日人本间久雄的《文学概论》《新文学概论》。稍有不同的是，田本将本间本《文学概论》的"第一编"和"第二编"分别改为"上编""下编"，将本间本第二编章目中的标题"为社会的现象的文学"改为"社会的现象之文学"，将目次中的"绪言"部分列为"第一章"，这样，本间本中列为第三章的"美底情绪及想像"在田本中

---

① 陈广宏：《中国文学史之成立》，上海古籍出版社 2016 年版，第 254 页。

② 毛庆耆、董学文、杨福生：《中国文艺理论百年教程》，广东高等教育出版社 2004 年版，第 116 页。

③ 金永兵：《后理论时代的中国文论》，第 16 页。

④ 汤增扬：《两本"文学概论"》，《彗星》1933 年第 1 卷第 3—4 期，第 110 页。

则成为第四章，名称也被改为“文学的要素”，本间本第五章“文学与形式”顺次成为“第六章”，名称更换为“文学与语言”，其余均遵例不变。

1. 文学的本质

1.1 绪言。田本上编“文学本质论”的绪言开篇即批驳了孔子的“行有余力，则以学文”之论，提出文学可“使我们的生活深刻化，使我们的生活意识更坚强，使我们更感到生活的幸福”[①]，即使人摆脱吃、穿、住、生等动物一样的生存而走向高出动物的生活，即明了生活的意义，获得生活的幸福感，进而生活得“更良好、更丰富、更深刻”。因此，文学是生活的必需，它“决不是作家批评家的专门职业，对于一切人的生活上，是必要不可缺的东西”。

1.2 文学的定义。在明确文学非“闲人闲事”的基础上，田本指出，文学既如此重要，那么它究竟是什么的问题也同样重要。田本分别考察了波斯奈特、亨特、赫施等人对文学的理解后指出，文学应具三个条件：“要使人感动(move)，即由作者的‘想像’‘感情’，诉诸读者的‘想像’‘感情’。”“要使一般人易于理解，不可取专门的形式。”“要使读者有一种高尚的愉快，即审美的满足。”此外，“文字的表现”也是文学之所以为文学的“根本条件”。

1.3 文学的特性。田本认为，文学有悠久性、个性和普遍性三种特性。关于悠久性，田本借德昆西将文学分为“知的文学”与“力的文学”的观点指出，“知的文学”指产生知识的“科学”，“力的文学”指产生情感的“文学”，从文学动人以情的属性看，它具有“悠久性”的特质。田本援引温彻斯特的观点认为，知识是“永续的”，感情则是“可随时消失的”，一旦我们掌握了某种知识后，它就“永远成了我们的所有物”，即便有时有所遗忘，但绝不会“完全忘记”。感情虽然是“瞬间的”，但却是“经常变化的经验的连结”，所以，“读诗而生的感兴，到两点钟后也许消减。然即令感兴之度甚弱，但再读起来，回想起来的时候，感兴一定重新涌起”。因此，但凡有价值的作品，读者必希望再读，“越是伟大文学，越是百读不厌”，这样，无论什么时代，文学都是“不朽的书”，具有“万古不朽的生命”，此即文学的“悠久性”。关于文学的“个性”，田本认为，文学表现的情绪，无论于作家还是读者，都是“个(人)的情绪”，甲乙两作家“同写一种恋爱”，因其二人“人格不同”，其恋爱之情“亦异”；这与记述客观事实不同，如证明直线为两点间最短的距离，甲之所述与乙之所述“决没有什么不同”，在此，读者“所感的兴味”也只是“那种客观的事实”，而对“记述或证明他的人”并不感兴味。文学上则不然，“不独写些什么是我们兴味的中心，同时还极愿晓得是什么人写的；换言之，那

---

① 田汉:《文学概论》，上海中华书局 1927 年版，第 1 页。本节引用未作特别说明者，均引自此书。

种文学是由什么人格产生的、什么人格把他制作的成为重大问题”。正是如此,文学是“个性的”。文学史上,《离骚》之后有“拟离骚”,《神曲》之后也有“拟神曲”,但都“不是那么回事”,因为无论《离骚》还是《神曲》都是“由屈原、但丁那种特殊人格产生出来的”。关于文学的“普遍性”,田本认为,感情不仅是瞬间的、个性的,也是普遍的,如父子、母子之爱,虽因“各人的气质与境遇而有程度之差,但不问洋之东西、时之今古,其性质不变”。所有情绪“莫不如此”,因此,文学作品中所含的情绪“超绝时空”,哈姆雷特的怀疑、维特的烦恼、娜拉的觉悟、卡尔曼的情热能使一切青年“回肠荡气”,就是文学的普遍性使然。任何文学倘“不抓住这种使人人共感的普遍性”,不抓住“千古不变的人情”,就绝不会有伟大的作品。

1.4 文学的要素。田本认为,文学由美的情绪、想象、思想三要素构成。要把握文学的情绪要素,首先要明白两个问题:“一是关于文学创作上的,即是否任何情绪都可入文学?一是关于鉴赏上的,即作品中所表现的情绪,何种最使我们共鸣?”田本认为,鲍桑葵(Bosanquet)之“观照论”最为妥当地回答了第一个问题。波桑克认为,美的情绪是“一种制限的快感”,它有三种特质:永续的,即异于旋起旋灭的快感,虽如何满足也未见充分的快感;关联的,即与美的对象之性质相关的快感;共通的,即非可独有而与众人共通的快感。当人们经历美的情绪时,其态度应是“观照的”,此时其所怀之情感,是组织化、具体化了的。如人们平日的悲哀或欢喜之情,它们只是“肉体及精神一时的反动”,并不能得到“什么新的深刻的经验”。但如果能够给这种悲哀或欢喜之情“以一种无我的想像的形体”,这样,其所唤起的感情就全然不同,因为它们有了永久性、秩序、调和、意味而成为一种“有了价值”的情感。文学中的情绪就是这种经过观照的“心的经验”,是“具体化于对象之中的快感”。对于第二个问题,田本认为,只有“合于文学之特性(普遍性、悠久性)的或个性强烈的情绪”,才能达到“较多文学的效果”,反之则较少。正是如此,温彻斯特将文学的情绪视为一种“强烈的‘同情’”,约翰·拉斯金将爱、敬、赞美、欢喜、憎恶、愤慨、恐怖、悲哀等八种情绪视为“高尚的情绪”,并认为无论其为爱为憎,为敬仰,为愤慨,但凡“发于高尚的动机的”就是“高尚的情绪”,而动机鄙陋的,即使是敬、爱之情绪,也于文学“无取”。这里,田本从读者接受的角度进一步强调了文学的情绪应当具备较高感染力和较高价值属性,唯如此,才能引起读者的共鸣。关于文学的想象要素,田本认为,想象绝非空想(fancy),想象具有“创造作用”,它可以“以过去的各种经验为基础,从那中间抽出某部分某性质,加以选择,把他结合起来,构成一种新事物”。所以,从古到今人们称想象为一种“形成的(formative)心理作用”。这也是为什么雪莱把理性与想象区别开来,认为理性是考察“某种思想对于他种思想而言立于何种关系的心理作用”，而想象则不仅是一种“思想与思想的关系”，而且还是“一种思想向别种思想积极活动，像由元素造成别的东西一样，构成另外一种思想的作用”。并且，田本还引用了爱迪生在《想象快乐论》中以实际事物与艺术品对人的感觉影响不同的理论来阐述想象的创造性功能。爱迪生在《想象快乐论》中认为，艺术品与自然事物一样，都要以人的感觉为媒介，但艺术品不单只依靠人的感觉，而“实经由感觉以上的某种东西”，这是因为艺术品是“想像的产物”，它比原来的东西“更敏锐地刺激人家的想像”，艺术家“以自己眼耳所感觉，结合以上的某物，来创造作品。这种感觉结合以上某物的做法，是人心之特殊经验。这种特殊经验，便是想像。想像的快乐，不如感觉的快乐那样粗野，也不如理解的快乐那样洗炼，但视一种更新(按：recreation 译为“再造”似乎更合适)方法，却最有用”。此处之“更新”，田本认为“意谓兴吾人心中以力与慰藉，重振其生活意志，想像最能增进这种更新力，就是他能帮助我们创造更新鲜的事物”。田本同时引用了《诗与个性》的作者亚历山大对想象的价值的论述来进一步阐述想象的创造性。关于文学思想，田本指出，文学中的思想即作者的“人生观”，亦即其人格或个性。人生观在具体的文学作品中虽有显隐之别，但任何作品都“必定有一种人生观”。田本认为，不管是作家还是鉴赏家，在处理文学与思想的关系时，都必须注意“不可作思想的奴隶”。托尔斯泰的《复活》被俄国文学史家评为“主义与观念的牺牲”就是因为它成了“思想的奴隶”。学术思想随时代变迁，“不变者惟人类的情绪”；就是写思想，也要将其熔入“情绪的坩埚”，否则就是舍本逐末，其结果就是“牺牲文学的‘悠久性’”，从而沦为文学之海中“转眼消失的泡影”。“倾向小说”仅流行于一时就是这个原因。文学鉴赏同样如此，批评家不能成为某种思想的“俘虏”，看不起与自己的思想不“相类”的作品。总之，田本认为，“思想之于文学，是很必要的。没有思想，不会有人格，没有人格，又那里来的文学”。但文学不能成为“思想的奴隶”，“思想应该成为人格的一种材料，溶入人格之中；再由人格中滴出来。这时的思想已不是思想，却是人格了”。

1.5 文学与个性。在文学与个性部分，田本认为，文学与作家的人格、个性关系密切，布封有“文体即人”之论，亨特反过来说“人即文体”，这表明，“由某种人格，才产生某种文学作品，由某种文学作品，可以看出某种人格”。在具体论证中，田本以引代论，分别引用了美国学者约翰·伯罗所论“我们对于真正文学的兴味，常常在作者木人——即作者的性质、人格、见解。我们有时也觉得我们的兴味在他的材料。但真正的文学者对于任何材料，总以他的处理方法(treatment)及注入处理方法中的他的人格要素，使我们感兴味。倘若我们专门注意他的材料，即其中的事实议论报告，那末我们并非真在鉴赏文学。文学之所以为文学,不在作者对我们说些什么(what),而在他的说法(how)。换言之,即作者在作品中把自己独有的,不能从作品分离的,像羽毛的光润,花瓣的纹理一样的性质或魔力注入到什么程度。蜜蜂并非从花中得蜜。他从花中得的不过一种甜汁。蜜蜂把他自己独有的小量分泌物——即蚁酸——注入这甜汁之中。平常的甜汁之能改造为蜜(honey),是由于蜜蜂之特殊人格的寄予。文学作品中的日常生活事实与经验,也是以同样的方法改变的、高尚化的",以及法国学者戈蒂耶所论"我们之为艺术作品所感动,是我们以一种自由的意味,随感情之深浅与鼓励作者创造那艺术品时的情绪同化。我们同着贝吐芬(Beethoven)苦闷,同着安哲利可(Fra Angelico)虔敬,同着伦蒲朗(Rembrandt)冥想。此时的苦闷、虔敬、冥想,是贝吐芬、安哲利可、伦蒲朗等孕育那作品时所感的苦闷、虔敬、冥想。也就是我们所经验的情绪,与他们所经验的情绪一样。这种情绪是唯一的(unique)、个性的(individual)",以及"艺术品的独特性,无二的印象与独创力,是由作者贯注于他的作品中的东西。——他的梦,他的悲哀,他的野心,他的希望等一切生于他的胸臆,触着他的心弦的东西,注入作品中所产生出来的。但凡是真的艺术品,其线与调子,未有不表明作家的心的世界的。画家音乐家,不过在他们的作品中歌唱他们自己,描画他们自己";田本用以上诸论断来证明文学的个性化特征。

1.6 文学与形式。田本分韵语与散文、文体与言语两方面来论证。关于韵语与散文,田本认为,从哲学的角度看,文学的形式是内容的形式,内容与形式不可分离,正如福楼拜所说,"没有美的形式,不会有美的思想。反之,没有美的思想,亦不会有美的形式。正像要从肉体上抽出组织肉体的各种性质;除非把他归之空的抽象,即把他破坏,是不可能的。同样要使内容从形式分离,也不可能。因为内容是要有形式才存在的"。而从常识的、视形式为表白内容的手段这一角度来看,正如温彻斯特所言,"作家把自己一切的思想情绪,移之读者的一切方法手段,叫做文学的形式"。文学的形式可大别为二:一韵文,一散文。前者"言语文字之排列,有一定的规律",后者则"无一定的规律"。这样一来,明白什么是规律就很重要。欲明规律则须研究 rhythm,它是"韵文的基础"。rhythm 即节奏,是哲学和语言学的常用范畴,至于文学上的节奏,麦肯锡说得很明白:"抽象的说起来,rhythm 是有一定间隔的时间之流。……美学上所谓 rhythm,意为'定期的强势法'(periodical emphasis)。……客观的看来,他是伴着有规则的抑扬与板的时间的运动;主观的说来,是时间的知觉。照这种意味,rhythm 可以说是由一定的规则所整理的情绪。"马氏进一步认为,rhythm 与艺术的关系如下:"人类的动作与呼声并不是艺术的,不过可以变成艺术的东西。跳舞唱歌之所以有美的价值,因为他经过某种规则的整理,就是有一定时间的反复进行。……原始的艺术，也有无甚曲调与思想的。但无不含有一定时间之反复进行的。要之，rhythm 是最根本的最大的艺术样式。”田本指出，使言语文字之排列有一定规律的根本原因，不外“天然存在于言语之中的这种 rhythm 的作用”，即“声的 rhythm”；以这种“声的 rhythm”为基准而定的言语上的规则，谓之“韵律”（meter），韵文就是“依着这种韵律写成的文学形式”。由此可知，韵律之发生是“极自然的结果”。与散文相比，韵文的语言学效果更著，正如斯宾塞的《文体论》所言，“韵文因为他用修辞学上的转置、渐层、暗喻、拟人、省略诸法，很生动地描写所要写的对象，又因他的节奏的构造，使读者注意力的紧张，以节约其精力。所谓‘节奏的构造’（rhythmical structure）者，即‘由强烈的感情所发出之自然的言语之理想化’（an idealization of the natural language of strong emotion）。其情绪但非十分强烈，其语言必多少是节奏的。散文因为没有这种节奏，至文章冗漫，读者的注意力因之散漫，精力不免浪费。在这个意味，韵文的价值，远在散文之上”。不过，田本认为，尽管韵文在语言学上的功效高于散文，但就近代文学而言，散文的势力远非韵文可比。其原因正如华尔特·帕特所言，近代社会远比此前混沌复杂，韵文“拘束的形式”不能有效表现近代社会那种“复杂多奇的思想感情”，唯有具有“自由的形式”的散文才能做到这一点。此外，近代的自然主义倾向使艺术家的态度更谦逊，更能切实观察支配社会的一切现象，这也促使他们与其采用韵文 ambitious 的形式，还不如采用“很平常的散文的形式”。而且在近代，韵文与散文的界限也不如以前严密，散文诗的勃兴就是近代人对于“文学形式的概念之变迁”的佐证。至于为什么在“文学与形式”部分要讲述“文体与言语”，田本解释说，狭义的文学形式就是指“文体”，文体有措辞、文章之义，且与作家人格有密切关联；但文体与言语的关系也很密切，因为“言语是文体的要素”，没有言语，文体就不能成立。文学作为“用文字写出的表现”，不用文字写出来，“任何有价值的感情、想像、情调、思想，都不能算文学”。文学之存在需三个条件，一为作家，二为欲陈诉的社会或公众，三为作家借以与社会或公众相见的媒介物，即言语。可见，言语与文学的关系“至为密切”。田本从文学创作与欣赏应如何尊重言语的角度阐发了言语与文学的关系。田本指出，俄罗斯批评家克鲁泡特金就非常推崇俄罗斯语，认为它能最丰富地表现出种种人类复杂的情感。屠格涅夫在临终之时告诫俄罗斯作家要把俄语“严格地纯粹地传于后世”。作家、批评家对言语的重视可见一斑。此外，田本指出，言语本是“暧昧的”，作为情绪、想象产物的文学的内容“已属朦胧”，因此，“用以表出的语言，自易流于暧昧”，至少看上去“好像暧昧”。因此，古往今来的文学家对语言都“非常敏感”，苦心追求用“精确适当的语言”来表现其“想要表现的思想感情之细致的阴影”。到了近代文学中，颓废派文学倡导“朦胧论”，提出言语本是不完全的暧昧的东西，不能表现他们深远的思想与复杂的感情，进而注重言语的“暗示力”。表面上看，颓废派作家对言语的理解似乎与追求精确适当语言的作家不同，其实，他们比后者“更进一步”，对于言语“皆异常敏感”，这正如戈蒂耶所说，“颓废派的文体，是富于才智，将复杂的、琐碎极了的意味含蓄的文体，竭力使语汇丰富，思想上则表现前此难于说明的东西，形式上则表现前此最暧昧又最易消灭的轮廓的文体。要之，是超越前此语言的范围的文体。换言之，颓废派的文体，是进步到言语所能达到的最高境的言语自身最后的努力”。因此，不能因为其表现上的朦胧非难他们，而是应对其抱以“同情”，因为他们是“觉得普通的表现，不能满足，才倡此论”。如果没有这种同情，绝不能知道文学与言语间的“细微的关系”。

2. 社会的现象之文学

2.1 文学的起源。田本下编“社会的现象之文学”主要分为文学的起源、文学与时代、文学与国民性、文学与道德四章。在文学的起源部分，田本指出，文学“究以何种动机产生”是一个极有兴味而且极重要的问题。赫施对文学的发生有过“自己表现欲望”“吾人对于民众及其行为的兴味”“吾人对于所生活的现实世界，及蛊惑吾人的想像世界之兴味”“纯形式的爱好”四种解释，但用其说明创造文学的冲动“究嫌茫漠”。田本认为，不应仅从文学创作的角度来研究文学起源，而是应当“由心理学及艺术发生学”两个方面来说明，前者是“艺术冲动(Art Impulse)的研究”，后者是“存在于原始民族中，或残留于今日野蛮人间的文学形式之归纳的研究”。心理学方面对艺术冲动如何产生的研究，主要有游戏冲动说(Play Impulse)、模仿冲动说(Imitative Impulse)、吸引本能说(Instinct to Attract Others by Pleasing)、自己表现本能说(Self-Exhibiting Impulse)。其中，模仿冲动说最早由亚里士多德提出，其认为人生而有“模仿的本能”，模仿是艺术产生的“原动力”，在游戏冲动说出现之前，此说一直见重于欧美学界。吸引本能说则是达尔文等进化论派的观点，认为“人类有以快感引人的冲动”，因此产生艺术。自己表现本能说认为人类表现自己的本能是产生艺术的动机。田本指出，四说中尤以游戏冲动说“最可注目”。此说滥自康德和雪莱，斯宾塞则是“主此说最力的人”。他们认为人类原有“游戏本能”，这是人类高出其他动物的原因；别种动物为种族保存与生命保存“消耗其精力之全部”，而人类则在种族保存与生命保存之外尚有“精力之剩余”，这就是游戏本能的“始源”，而艺术就是这种游戏本能的表现。而且在游戏冲动说看来，艺术与实际生活也“全无关系”，康德的美感无利害说“即本此意”。但游戏冲动说亦有其不足：第一，游戏绝不是实际生活所不必要的“精力的剩余”，反倒是生活上“最必要的精力”。人类因为有这种游戏冲动,所以能创造一种“更新力”,其结果乃能“再有力与勇气来营生活”。第二,从艺术发生学的观点看,艺术是游戏以上的“生活必需品”。正如希伦所指出,“艺术是游戏以上的 something,游戏的目的在剩余精力用尽时或游戏本能之一时活动终了时,已经达到。但艺术的机能,决不单限于制作的动作。真正的艺术,任取何种表现形式,他总是创出一种什么东西。那种东西,即或失去形式之后,依然还残留在人的心头眼底。……就游戏冲动的本质言之,由此种冲动所引起的心的或感情的状态,可以记载起来传之永久的,几乎没有。若认为艺术品的特质如美与旋律等等是游戏冲动的结果,其误可知”。其他诸说如吸引本能说、模仿本能说、自己表现本能说,都只是各执一面,无法完全解释艺术创作与欣赏的“心理的事实”。田本指出,要真正解决这个问题,必须要依靠艺术发生学的研究。所谓艺术发生学的研究即就原始民族之实际研究“艺术之何由发生”,根据此类研究,艺术冲动绝不是游戏冲动,也不是“以游戏冲动说为根据的、非功利的产物”,而是起于“与生活最必要又最密切的冲动”。希伦对原始民族装饰品的研究就证明了这一点。在希伦看来,今天当作装饰品看的原始民族的东西,在当时却是“含有极实际的非审美的意味”,或为宗教的象征,或为物主的符号。原始艺术亦如此,如原始人的舞蹈“实不单为艺术的目的”,而是他们对日常狩猎的鸟兽动作的练习,“含有最实际的意义”,由此可见,原始人的所谓艺术“无一不成立于非审美的目的”。无独有偶,格罗塞也认为,“原始民族的艺术作品,多半并非产自纯粹的美的动机,实为达到某种实际目的而作。而且后者——即实际目的——常为第一要素,至于美,那不过是第二次的满足”。田本认为,希伦和格罗塞的观点虽是就艺术的全体而言,但在文学上也是一样的,文学与其他装饰、雕刻、绘画同产于“人生上最必要的动机”。田本援引麦肯锡《文学进化论》中关于“节奏(rhythm)之力”的观点来阐明这一问题。麦肯锡的“节奏之力”说的大致意思是,当人进入团体、受到团体热情的吸引,自然会随之跳起舞来,与此舞相合而有歌;这歌可能只是一种调和的混沌的呼声,可能也没有什么词,即使有词也可能没有什么意义,但它却有“节奏之力”。这种诗乐舞三位一体的东西却是原始人“欢喜”之情的象征。作为舞蹈,它显然粗蛮;作为音乐,它不过是群集的狂叫和木头相击的声音;作为诗歌,它的里面实在是没有什么意义。但它的棍棒相击之声、手之舞、足之蹈、言语之抑扬顿挫,铿铿锵锵,“打成一片起来,却可生出异常伟大的效果”。随着文化的进展,诗乐舞的界限越来越明显,但在原始艺术中,音乐是诗与舞的辅助,音乐没有明白的言语,它之所以能表现人的喜怒哀乐以及其他看不见的人类的精神活动,乃是全凭“节奏”的伟大魅力。文化的发展也使表现社会的情感满足的形式越来越多,但人类原始时代的仪式与节奏“往往复活于今之社会”，诗乐舞合成的三位一体的节奏，“为满足人性之潜在意识的冲动，与要求的最简便的样式。此种 rhythm 所有的统一性，将各个人血族的或种族的结合起来，由一见好像浑沌散漫的人类日常生活中生出秩序”。总之，原始艺术与原始人的生活关系密切，文学也一样，它在原始时代也“决非为消闲而作”，也非生于“游戏本能”，而是生于“生活上的必要”；因此，“文学起源于生活必要的冲动”，与生活有着密切的关系。厨川白村的《文学起源论》更是从文艺起源的角度论证了这一点。田本指出，厨川的观点以“原始人的生活与艺术为根据”，且深受弗洛伊德的精神分析学的影响，其“原始人的梦”的提法就来自弗洛伊德。厨川认为一切事物之发达，均为“由单纯而趋复杂”，因此，欲明某事物的本质当先“溯其起源”，回顾其“纯真而简单的原始时代的状态”。生活就是希求，原始人的生活中总是会存在着缺憾与不满，这种缺憾与不满造成了原始人生命的压抑状态，即“懊恼与苦闷”，原始人一边通过狩猎耕稼满足生活的“物的欲求”，一边通过顶礼膜拜“怪异的宗教诸神或木石所造的偶像”以求解脱、求“生的欢喜”。在原始时代，人们认为宇宙生命中最为惊异的两种东西，一是日月星辰，二是作为性欲表象的生殖器，原始人以它们为对象“而幻成若干的‘梦’”。原始人起卧于露天之下，日夜观望天体，因而梦想有一种能够支配宇宙的不朽法则，一种无始无终的永恒的世界，一种绝大无限的力量，“更转眼来看自己，则心内烈火似的燃着的欲望，以性欲为中心达于自然点。食欲、性欲为人的生活意志最强烈的表现。前者虽由凿井而饮、耕田而食得到基本满足，但他们知道后者的欲求更为强烈。他们面对两性相交、创造一新的生命而得以保存种族的事实，不能不发其最大的惊叹”。原始人把这两种现象置于两个极端，而于其间“梦见森罗万象加以赞美与崇拜”。原始人把自己“生命的欲求”向客观世界具象的事物“放射”，唱赞美歌、念咒文、做祷告即为这种放射的“极幼稚的表现”。生命的跃动，使原始人在有限的世界中渴望无限，这样便产生了最普通形式的原始宗教：自然神教与生殖器崇拜教。从欲望受限制、压抑的原始人与原始宗教、梦与象征的联结中，我们就可觉悟到文艺的起源“究在何处”。原始人的欲望很简单，故其表现也很单纯，他们从日常生活的功利要求出发产生“简单的梦”，如天旱祈雨，祈成则“申其感谢与赞美”，遇洪涝灾害则诅咒自然，并对之产生“畏怖”之心。原始人抵抗自然的能力很弱，所以，其对于地水火风、日月星辰，不是感谢赞美就是诅咒恐怖。因此，星云风雨都表现为诗化或象征化了的梦。而且在原始人幼稚的头脑中，森罗万象都像自己一样具有生命，有喜怒哀乐之情，这种感情和想象“实为诗与宗教这双生子的摇篮”。后世文化稍进，“因发生好奇心，与模仿欲”，这样，由之前的畏敬恐怖转而为“无限的信仰与依赖”，“见火，见生殖器，见猿尻之赤者，皆各考其由来赋以理由，加以礼赞与渴仰”。究其本源，皆不外由生命之自由的飞跃，被阻止压抑的苦闷——即心的伤害 libido 所生的象征之梦。即不能满足的要求之变形的表现。所以“诗是个人的梦，神话是民族的梦。”

2.2 文学与时代。田本指出，文学既发生于“生活上必要的要求”，则时代要求不同，文学“所表现的姿态亦异”。欲真正理解文学，就要充分认识它与时代的关系，离开时代绝不会有文学，没有 16 世纪英国国民精力最旺盛的文艺复兴时期，就不会有莎士比亚。丹纳(Taine)对此有过深刻的说明，他认为文学由人种、环境、时代三要素构成，“此三要素相助，固可产生卓越的文学，三要素相杀，文学必形贫弱”。拉斯金也认为，无论诗人还是历史家，但凡伟大的人总住在“他们自己的时代”，而他们作品的“最大的收获”，总是“由他们自己的时代收集来的”，他们的作品整体来看或难免于“时代错误与各种小失误”，但他们常从“活泼的时代取得活泼的真理”。由此可见，文学与时代的关系“非常密切”，要知道那时代当研究那时代的文学，要正当地理解文学，也当预知产生那种文学的时代。如被誉为“造历史的典型”的俄国作家屠格涅夫，其作品无不与时代有着密切的关系。文学与时代的密切关系从作家的角度看也是如此。作家与时代接触至何种程度，即作家把握时代思潮至何种程度“为评论一作家的很大的标准”。因此，作家非常有必要意识到“时代思潮”，虽然作家因气质、天赋不同，有的会有意识地去把握时代思潮的核心，有的则是无意识地去把握它，但无论如何，其接触时代思潮的多少，决定着其作为艺术家的价值的不同。作家不独要把握时代思潮，而且其把握还要超越时代而非落后于时代，这也决定着其价值的高低。易卜生之所以被誉为“近代文学之父”，就是因为他比时代“先进一步”。文学与时代的关系也体现在纵的方面，这就是时代对于文学有“历史的或系统的意义”，假定此地有一伟大的作家，此作家的“思想感情以及他点”必有其“先驱者”。假令有一特殊的时代，此时代之前，必有“诱出其特殊性的另一时代”。作家不能不受先驱者的影响，要在能运用其强大的“同化力”(assimilative power)，取前人之鸿裁、艳词、山川、香草，通过自己的人格“熔炉”另铸“伟辞”，否则，不过是拾人牙慧而已。

2.3 文学与国民性。关于“文学与国民性”，田本指出，研究或鉴赏文学尤其不能忽视文学的国民性，吉丁斯曾说过，社会起源于同种族的意识，这种意识从广义上说是有生物与无生物，而从狭义上说，就是种族或人种。人种学的或政治的集团的基础，就建立在这种意识之上。赫尔伯特更是认为，国民这种社会集团即体现为同类意识的表现，并且以国民间的凝聚力(solidarity)作为国民性的概念。赫尔伯特又区别了国民性与民族主义的不同，他认为一个国家即使由很多民族构成，也会有其国民性，因此，国民性和种族、民族概念比较起来，更加复杂。但无论如何,国民性总是要以种族或民族为基础。任何种族、民族都不能离开他们的"族魂"或是"民族性",同时任何国家的文学也不能逃出"以民族魂为基本的国民性的影响"。赫尔伯特曾论述过种族与文学的关系,他认为,"一国民的文学,即其国民过去的记录,亦即其国民希望的表现。在国民发展的各阶段中,其使国民之魂,即国民之凝聚的精神更显著。因为有文学,所以国民的生存之火焰,能生动地保存。由国民的苦恼、夸耀、希求、追想所造成的炬火,由这一时代传到那一时代。一时代的人想把他们人格的印象,印入下一时代的人的脑中,便最好是用文学。文学的传统,是保存国民的传统之各种势力中最有力量的。……文学的复活,常为国民性更新的标识。有热烈的文学的地方,必有热烈的国民。文学死灭的时候,国民性的精神也不会独存"。因此,想要保存民族精神,最好是"创造能代表民族精神的文学"。田本指出,此种文学即土语的文学和无产阶级文学,它们最能发挥、宣扬、保存民族精神,尤为"今日中国人所最必要"。

2.4 文学与道德。田本指出,文学与道德的问题自古就是一个重大的问题。考察文艺与道德的关系,首先要明白文艺活动与道德活动不同,即美的价值与道德的价值不同。桑塔亚纳在《美感论》中的解释很有道理,他认为"美的价值(即美感)为积极的善的认识",道德的价值则相反,为"否定的消极的"甚至是"恶的认识"。美的价值还是"自发的",对对象不含利害的观念;而道德的价值,在为"积极的善的认识(按:根据上下文的意思,这里应该是消极的恶的认识)之时",常伴随着利害的观念。如果把人生区分为快乐和痛苦、游戏与业务两个方面,那么,快乐和游戏方面属于文艺,而痛苦与业务则属于道德。美与道德虽然不同,但在文学上却常被混同,即"站在艺术的观点来赏鉴艺术作品的态度,常与站在道德的观点赏鉴艺术作品的态度混同",尤其是在艺术的题材方面,人们会依据题材的道德与否而判断作品是道德的还是不道德的,这几乎是文艺批评史上"恒有的现象"。事实上,文艺之道德与否,绝不在"所表现的事物",即"题材之善恶",而在其"通过何种情绪把他表现出来"。因此,有些艺术家虽取"极不道德极丑恶的题材",他的作品也能引发人"极道德极高尚的感情",而有些艺术家"虽写极道德的极高尚的题材",但其产生的美学效果却是"极不道德,极卑俗"。

第二节 传统的疏离:顾仲彝、朱志泰的《文学概论》

顾仲彝、朱志泰本《文学概论》由永祥印书馆初版于 1945 年 10 月,1947 年 8 月再版,是抗战结束初期现代中国文论的代表样本之一。在体例上,顾朱本共分为五章，第一章为绪论，内容包括文学为什么会流传、怎样算是好的文学、文学的内容和外形；第二章论诗歌，包括诗歌的特性、诗歌的类别、诗歌的技巧、诗的音节；第三章论小说，包括小说的种类、小说的三个要素、小说的历史；第四章论戏剧，包括剧本的剖视、戏剧的分类、戏剧的演进；第五章论散文，包括散文的内容、散文的历史。

1. 绪论

1.1 文学为什么会流传？顾朱本指出，用实用的眼光来估量文艺是“绝对错误的”，只要有人类存在，有价值的文艺作品就“永远可以传诵不朽”。[①] 文学与记载事实的历史不同，也与传授知识的教科书“迥异”，它之所以受人欢迎还能广播流传，并非因其具有“翔实的记载”，而是出于如下五个原因：第一，文艺作品是反映时代，发挥人生见解的。如《红楼梦》告诉读者的不单是“富贵人家的实况”，而且代表清代文人“对于人生的一种消极观念”；又如莎翁的 *Macbeth* 是用苏格兰的史实来表达伊丽莎白时代的“人生见解”。在每一部文艺作品里都可以找到某一时代的“缩影”，某一种人生的“哲理”。第二，爱读故事是人类的本能。正是由于人类的这一本能，人们喜读文艺作品的兴趣就被“引起了”。一个常读文艺作品的人会觉得世界永远都是“新鲜的”，可以找到许多有趣的朋友，选择自己喜欢过的生活，总之，他绝不会感到生活“无聊”。第三，文学不仅是快乐的源泉，而且是一切思想和理想的“总汇”。文艺作品是作家的智慧、经验和情感的“结晶”，读者从中可以获得“无数宝贵的经验”。尤其是在近代，人的生活变得比过去复杂繁琐，一个人绝不能去经历各种不同的生活，但我们都希望在自己的经验之外再得到一些别人的经验；这一欲望只有在文学中才能得到满足，因为文艺作品充满了思想和经验，其他传授知识的书本都是死的，唯有文艺作品是活的，无论生活的“动态”抑或“个人的观感”以及其他书本中所缺少的，都可在文艺作品中“掘发出来”。第四，文学是艺术中最容易接近的一种。绘画、雕刻、音乐等都属于“美艺”，但都不容易接近。如名画都藏在博物馆、美术院或私人那里，越有名则公开的机会越少，音乐会也不容易听到，且费用很贵，文艺作品则容易得到。第五，文学能给予爱好写作者一种写作技术上的兴趣和愉快。爱好文艺的人常喜欢“自我表白”，他们渴望能将自己的思想和情感用文字表达出来，因此，在阅读名家作品的时候，他们就会关注如何表达，如何修饰词句，如何发挥想象等问题，这样，当他们自己写作的时候，就知道如何运用技巧来写出一部好的作品了。综上所述，顾朱本指出，文学的流传

---

① 顾仲彝、朱志泰：《文学概论》，永祥印书馆 1945 年版，第 1 页。本节引用未作特别说明者，均引自此书。

是必然的。

1.2 怎样算是好的文学？顾朱本认为，前人对文学曾有不少定义，莫衷一是，不过我们只要对文学有一个“明确的概念”，知道怎样够得上是好的文艺作品就够了。文学绝非以“传达知识为主”，其唯一的目的是“用真的美的文字来表现我们的思想和情绪”。好的文学应符合如下标准：其一，好的作品都是能够“激动读者的”。这就是说，好的作品中一定包含某种“真实的情感”，在内容和形式两方面上它都具有一种力量，使读者产生真的美的感觉。因为人类天生就有感情，所以真情泄露的作品一定含有“普遍性”，只要人类的情感一天不消灭，它就总是能够获得它的读者，因此，也是“永久性的”。正是如此，好的作品无论古今中外都是能够“扣人心弦的”。其二，好的作品都是“想像（imagination）丰富的”。作者用想象来发挥其情感和思想是“最为生动的”，文学创作只有富于想象才能有所创造，丰富想象中亦蕴藏着热情和思想，这也是文艺作品与荒诞神怪文学之区别所在。在近代观念中，想象被视为文学中最重要的因素，就是因为它是“美的，有力的，创造的”。因此，凡是好的作品一定包含着“真实的情感，丰富的想像，卓越的思想，美妙的文字”，这是“毫无疑问的”，当然，其中亦可能会因为读者的年龄、学识、经验、环境的不同而各有偏好，但作品如果缺少这些元素，那就不得列入文艺之林了。

1.3 文学的内容和外形。顾朱本指出，凡文章皆文学的观念是错误的，文学的内容包括诗歌、小说、戏剧、散文四种，即便是诗歌、小说、戏剧，它们是否具有文艺价值，还要看其性质，《诗经》中只有《风》《雅》具有文学价值，《颂》则“不足道”。18 世纪英国 Pope 和 Dryden 的几部诗篇，实际上不过是“有韵的论文”，自不能“以诗称之”。那些说教和低级趣味的小说也不能归入“文学的范畴”。而文学的外形就是“用作表现我们情感和思想的文句”，由于不同的思想和情感，所用的文句自然也是不相同的，久之则形成不同的“文体”。人类是先有语言后有文字，在文字出现之前，一切都靠语言来记忆，而只有有韵的文字才便于念和记忆，故韵文早于散文。文字出现后这些有韵的文字被记载下来，即原始的诗歌。上古文学是属于“民众的”，语句很朴实。在汉代至南北朝阶段，文学由民众的变为文人专有的，讲求修饰、反显雕琢，更有舍本逐末、不顾内容而只追求形式的错误倾向，造成绮丽文体空前发达。唐以后虽有缓和，但文字仍以雅丽为主，元、白喜用通俗文句，故有“元轻白俗”之说。明清两代以模仿为能事，未脱前人窠臼。民国初年林琴南之辈虽力主摹古，但随时代之进展，人们终觉古典文字束缚太严。至于胡适与陈独秀的文学革命，文体得到空前之改革，新兴之语体文成为主要的表现工具，诗歌、小说、戏剧、散文都用白话来写作了。这种情形亦见于英国，古代的英文是很自然的；但 17、18 世纪英国文人专讲外形的美，追求整齐和绮丽；而随着19世纪浪漫运动的兴起，这种风气随即改变，文学家们转而用日常语言来写作一切了。内容与形式密切关联，好的内容如果被外形束缚不能发挥，亦是“枉然”。因此，无论文言抑或语体，内容的抒发决不能受到外形的限制；同时，在语言和音节上，两者也必须要“调和相称”，哀伤的作品就不宜用艳丽的语句，而轻快的作品也需要避免古奥的文字。最后，顾朱本指出，欣赏文艺作品“唯一的法门就是必须要‘读’”，当然，同一部作品不同的人去读，各人领会的程度是有深浅的。阅读包括两个步骤：“读”是初步工作，读后还要“想”，而后才能“豁然开朗”“顿启茅塞”。“读”是不同的，“想”也各异，领会自然就有“高下之别”。读时除“对单字和词句必须要彻底了解”外，对于时代背景、生活状态、文学趋势、作者思想、写作动机和目的都要“参考周详”，这些都是读时必须有的准备。读过之后，就要用自己的智慧和经验去“细细体味”，从读过的材料中“悟出自己的心得”，中国人所谓的“举一反三”就是“想”的运用。一代有一代之文学，无论是政治社会的情形还是其他历史上所缺少的材料，都可从“当时的文学作品里去找到”，只要会“读”会“想”，自然也就会“找”。因此，阅读文学作品与背诵自然科学定理、强记社会科学原则不同，很多人博览群书仍不得要领，问题就是出在了“读”上，因为他们不知道应该如何去“读”。所以，一个爱好文学的人如果不肯去“读”，一定会“一无所获”；即使去“读”了，也要先明白如何去“读”，不能胡乱地、生吞活剥地去“读”。

2. 诗歌

2.1 诗歌的特性。顾朱本认为，诗歌在文艺的类型中出现得最早，其发生完全是“一种自然的趋势”，所谓“情动于中而形于言”说的就是这个道理。在文字出现之前，人有喜怒哀乐之情便随口哼出来，这就是诗歌最原始的形态。后世文化进步，生活复杂，文人创造出了很多格律，诗歌由此而变为文人的专有品，也就不再是“大众的呼声”了。诗歌之特性有三：其一，人们概以为诗歌和散文是相对的，这不过是就形式上的分别而言，而且是错误的观念。以现代眼光看，很多散文就“很富有诗意”，而不少诗也只是徒具诗的外形而并无诗的意境。故就实质而言，诗歌与散文并非对立，只不过在形式上，诗具有一定的“句数和音韵”，因此规定的句数和用韵是“诗的最明显的一个特性”，如中国的四言、五言、七言，西洋的英雄骈句和十四行诗等；诗歌的这一特性体现了它与音乐的关联。其二，诗里的用字完全是暗示的，并非“直说的”。散文的目的是阐发议论或叙述事实，诗的效用则在于“引起我们的想像，鼓励我们的情绪”，因此诗绝不能像散文一样“一览无余”。总之，散文以“畅达”为主，诗却贵有“回味”和“蕴蓄”。其三，诗人对事物有其独到的看法，其对事物的感觉要比一般人灵敏，想象力也

“较高强”。诗人凭借情感和想象创造出伟大的诗篇,因此绝不能用“科学的头脑”和“真实性”作为欣赏诗的标准。诗人与常人的不同就在于其“敏锐的感觉”,其面对自然和人生时都能看到、听到、感觉到一种“美”,而一个常读诗的人对生活也一定有“较精较深的了解”。

2.2 诗歌的类别。顾朱本指出,以体裁作为诗歌的分类标准是毫无意义的,最完善的分类方法是希腊的三分法,即将诗歌分为“叙事诗、剧诗和抒情诗”。其中剧诗已演变为后世的戏剧,而在叙事诗和抒情诗中,尤以抒情诗最为重要,近代诗歌大半都是抒情诗。西方的史诗虽然有自己独特的风格,但它仍属于叙事诗的一种,西方人认为史诗是叙述一件伟大事业的诗,这种伟大的事业是由“神的意志和英雄的力量所造成”的,故史诗题材庄严。中国没有史诗,直到汉末的《孔雀东南飞》才算有了长篇叙事诗。《诗经》中不仅短篇居多,而且大多属于抒情诗之范畴。至于近代,因为散文的发达,史诗则失去其重要性,即便是韵文故事和叙事诗也被小说取代,诗人也不再费力去写长篇的叙事诗,所以近代诗歌完全是抒情诗的天下。西洋的古代戏剧均是用韵文完成,古希腊的三大悲剧可以说是戏剧诗的“鼻祖”,莎士比亚的剧本也都是用诗体写的,故其不仅是戏剧家,也是伟大的诗人。西洋戏剧此后演变为散文戏剧,很少再有韵文体的。中国的元曲可以算作戏剧诗,因为它是用韵文写成的。中国的抒情诗远比叙事诗“辉煌灿烂”,《诗经》中最宝贵的部分就是其抒情的作品,其后的《楚辞》与《诗经》间没有什么关联的“痕迹”,《诗经》是“民歌”、是“群众的作品”,而《楚辞》则是“文人的创作”。《古诗十九首》都是“抒情之作”,“情真意挚,感喟无穷”,曹植、陶渊明的古诗,魏晋南北朝的乐府诗以及唐代的近体诗,其内容或怀古伤今,或相思离别,或写自然妙趣,或写怨愁哀伤,五彩斑斓,读者可随己之爱好去欣赏。19 世纪是英国抒情诗的发达时代,华兹华斯和柯勒律治的《抒情诗歌集》用日常语言写真情实感,是“文学革命的宣言”“浪漫主义的檄文”。华兹华斯赞美自然、崇尚自然,同陶渊明一样将“田园生活歌咏于诗篇之中”。其“The Solitary Reaper”和“The Daffodils”等短诗清新俊逸。拜伦和雪莱都是热情的诗人,拜伦的“When We Two Parted”写的是情侣离别后的情景,甚为凄凉,雪莱的《云雀歌》想象奇特,而济慈追求唯美,其诗与自然紧密结合。

2.3 写诗的技巧。关于如何写诗,顾朱本指出,在中国,写诗的方法有赋、比、兴三种,赋是直陈其事,即叙述,比是以彼状此,即比喻,兴是托物兴辞,即看到一切物而引起我们的感想,这三种方法的运用没有规定,可以混用,不过,需加以揣摩,才能运用自如。西洋诗的技巧也无外乎是运用上述这几种方法。除长篇的叙事诗外,多数抒情诗都可以分为三个部分:一是说出打动诗人心灵的外界事物(可以说是写诗的动机);二是运用想象来比喻,将诗人心中的感触作极度的渲染；三是描写诗人因上述的感触而发生的印象。如华兹华斯的“The Solitary Reaper”，诗人因听到少女的歌声而生感触，继之用比喻来描写她的歌声，最后表达诗人的观感。这三部分并不一定要有“清楚的划分”，但大体如此。中国古诗长短不拘，但要做到一气呵成、雄浑古朴，绝非易事。近体诗中律诗、绝句、字数都有规定；律诗必须讲对偶，难写而易工，又容易“流于堆砌雕琢”；绝句只有四句，要求有最经济的表现技巧才能臻于美妙，前人曾用起承转合作为“绝句的构造”，但如何转得好，却“无法可循”。西洋诗在字句和音节上除了有少数规定外，大多没有限制，比中国诗要自由得多。关于中西诗中常用的技巧，顾朱本指出，主要有下列几种：第一，音节可以帮助表现情感，如“反复”(refrain)的技法，即诗人将同一诗句用在每首诗的开端、中间或末尾，《诗经》常用此法。有时诗人还用声音来表现一种状况，用叠字来表示具体的意境，如用叠字的“春愁暗暗，世事茫茫”，用声音的 murmur、bang 以及“车辚辚，马萧萧”等。第二，将没有生命的事物看作活人一般，即拟人法(personification)，这种技巧可以“加速读者的想像”。如济慈的“To Autumn”将秋天完全当成活人一样来写，中国诗中的“蜡烛有心还惜别，替人垂泪到天明”运用的也是这种技巧。第三，语句稍带夸张(hyperbole)，这种方法能够增加读者的兴趣，《文心雕龙》称这种技巧为“夸饰”，但要运用得恰到好处，若把握失当，反而会引起读者的不快。第四，用反语(irony)，这种技巧含有讥讽的意味，可以引起读者的共鸣。如戏剧《凯撒》中安东尼反复说凯撒是一个“高尚的人”，实际上是说他是一个“叛徒”。白居易诗中的“遂令天下父母心，不重生男重生女”亦属于此。第五，用对照(antithesis)来增强读者的感慨，这种技巧犹如将黑白并列，使黑者愈黑，白者愈白。总之，顾朱本指出，诗贵在意境，无论遣词还是炼句都要含蓄，要意在言外，方可激发想象，引起共鸣。

2.4 诗的音节。顾朱本指出，最初的诗都是“合乐”的，大概在汉代以后才“诗乐分立”，唐代的绝句还能歌唱，后来文人规定了几种“调子”，大家“依声填入”，诗歌与音乐的关系就“愈益疏远了”。西洋的史诗是由乐工“沿街唱给大家听的”，中世纪乐工最为盛行，其后，文化日益进步，诗歌与音乐就成为两种“独立的艺术”了。古诗的平仄没有格式，用韵也较自由，近体诗有规定的音调，只要依其平仄填入即可，但也有例外，即“一三五不论，二四六分明”，五言诗则是“一三不论，二四分明”。所谓“不论”就是当用“平”者不妨用“仄”，当用“仄”者不妨用“平”。在用韵上，通常第一句也可变通，可协可不协，旧诗大多以平声来做韵脚，前人诗中也有平仄不调的，即“拗体”。新诗则打破一切格律，只用“和谐的字句来求音节的美”，但由于太不讲标准，往往容易变成“分行的散文”，这是新诗本身之缺陷。英文诗由“诗节”(stanza)组成，每一诗节的诗句可以从两行到无数行，每首诗包含多少诗节并不固定，如第一节是四行诗节，那么通首都是四行了。每行诗句的音节（meter）也是不等的，以"四音步"（tetrameter）和"五音步"（pentameter）最常见。一个音步之中一定要有一个"重读音"（accented beat），如一行诗句属于五音步，那么自然就会有五个重读音。在英文中，字的读音轻重是一定的，因此先后也有不同，如果一音步有两个"缀音"（syllable），先轻读后重读，就是"抑扬音步"（iambus），如 dēbý，其重音就在后面。由此而论，一行"抑扬五音步"（iambic pentameter）的诗句，一定会有十个缀音，五轻五重。假如一音步有两个缀音，先重后轻，则为"扬抑音步"（trochee），如 háppy 即是如此。上述两种是英文诗中用得最多的。此外还有两种分别是"抑抑扬音步"（anapaest）如 intercedē，和"扬抑抑音步"（dactyl）如 merrilý，上述四种音步可以合用，如四行诗节一三两行是抑扬五音步句，二四两行也可改为抑抑扬扬音步句。中国诗用平仄来调声，英文诗歌只能用符号来表明重音和轻音，每一音步内的重音是不能更动的，有时某一音步内的轻音可以增加或减少一个。西洋诗歌的用韵（rhyme）是很自由的，一首诗有一首诗的"韵式"（rhyme scheme），如五行诗节，第一二两行相协，三四两行相协，末行不协，其韵式就是"aabbc"，这"全在乎作者自己的安排"，只要读起来和谐就可以了。其中无韵诗体是不押韵的，且不分诗节，一气呵成。诗歌虽是最早的文学种类，但由于其太不通俗的缘故，反而使小说和戏剧后来居上，成为人们欢迎的对象；即便是"我手写我口"的新诗，命运也一样，诗歌的欣赏需要有修养，这也许就是其不能发扬光大的缘由。

3. 小说

顾朱本指出，小说的产生虽在诗歌之后，但其发展却很惊人，而小说何以能拥有庞大的读者、人们为何如此爱读小说，顾朱本认为，原因有三：第一，为消遣而读小说，目的在于消磨时间；第二，为解愁而读小说，读小说可以让人忘记眼前的烦恼；第三，为了对人生有更清楚的认识和了解而读小说，这个原因比前面的两个原因更"严肃而重要"。小说记述的是我们日常生活中"必须遭遇的事"，作者将其经验写进小说中供人们参考。同时，读者的爱好也是不同的，有人读小说是因为其动人的情节，有人则是因为其真实的描写，有人是因为喜欢其中的人物，还有人是因为喜欢小说的风格和文体，如此等等，总之，小说吸引读者的不外乎"情节、背景和人物"。

3.1 小说的种类。顾朱本认为，小说可分为浪漫的和写实的两大类。其中浪漫小说给读者的印象是"脱离现实的"，其内容不是神仙鬼怪就是英雄冒险，其背景是"辽远的时代和区域"，情节"紧张，奇特而神秘"；但浪漫小说亦是"忠实于人生的”，其情节虽然不真实，但它显示的是“一个扩大理想的人生”，它用想象“表现人生的真谛”，因此想象是浪漫小说的“原动力”。写实小说则是作者将观察所得实写出来”，不掺入“幻想”，其叙述正是“日常所见到的，所遇到的”，此类小说只是“事实的记叙”，没有“想入非非的描写”，自然主义小说就是写实小说的“最高潮”。无论是浪漫小说还是写实小说，其目的同是“表现真理(truth)”，正如Crawford所说，“写实作家告诉我们现状是怎样的，浪漫作家告诉我们应该是怎样的”。写实派注重人物，浪漫派注重动作，两者的不同并非“材料的问题”，而是“方法的问题”，也就是作者如何处理素材的问题。写实派常用“归纳法”，从记叙的事实里“归纳出一种真理”，比较偏于“客观”；浪漫派常用“演绎法”，先表示一种观念，再用特殊的说明来“证实这个观念”，比较偏于“主观”。写实派全凭“事实作根据”，浪漫派则凭“想像来活动”，不受“时间和区域的限制”。

3.2 小说的三个要素。顾朱本指出，小说包括三个要素：其一是小说中的事件，即情节(plot)或小说的结构；其二是何人的遭遇，即人物(character)；其三是何时何处所发生的，即背景(setting)。关于结构，顾朱本指出，故事一定有它“演变的过程”，从开头至结局，作者首先必须“下一番布局的功夫”，这就是小说的结构。小说家积累了很多素材之后，要“加以整理”，哪些可用，哪些剔除，然后将这些经过选择的材料“按照逻辑的原则排列成一种方式”。旧小说不太注重结构，从近代小说开始，小说家才渐渐注意结构的问题。结构的最基本原则是“统一”(unity)，一部小说必须要有一个重心，所有的布置都是为了这重心而设，一切动作和演变也都是为了完成这个目标而推进的，每一直接或间接的事实都有“因果关系”，凡是和连贯的事实没有关系的都在“摈弃之列”。因此，好的小说各章各页、每字每句都能“互相呼应”，以同一中心思想“为归宿”，它之中的事实和人物都是用以表现这思想的。故动笔写作之前，小说家必定先要确定一个结局，“某处详叙，某处略述”，一切演变“都向这结局推进”。小说并没有固定的结构方式，要依故事的演变来安排，同作者的“天才和经验也有关系”。最简单的结构是叙述一个人物的种种遭遇，近代小说的情节大多具有“波动性”，其往往写两个以上事件的进展，虽错综复杂，但必能从中寻出一个主题。小说的结构无论如何复杂都应该“紧密”，一切演变都向“一个结局进展”，不可分割或略去。小说的事实可以分为“直接”和“间接”两种，直接事实辅助连贯事实向结局推进，间接事实阻碍连贯事实向前推进，前者是必须的，后者可使故事曲折多变，使“结局更为有力”。以上两种事实都要和主题发生关系、都不可或缺，但也不能太过明显、使读者生厌。在语气上，小说有用主角本身口气的，也有用第二者的口气来叙述的，常见的是用第三者的口气，用这种口气，作者可自由发挥见解。就叙述方式而言，除了依照人物的遭遇依次叙述外，还有以写信的方式、日记的方式叙述的。结构是由人物遭遇的事实组成的，这些事实不但可以“发展情节”，同时还可表现“人物和环境”。小说为了提起读者的兴趣，需要“卖关子”，即“悬宕”(suspension)，包括以下四种方法：第一，暗示读者某事将会发生、某人将会出现，通过这种暗示来刺激读者的好奇心而增加其兴趣；第二，将一章结束于紧要关头，如“欲知后事如何，且听下回分解”；第三，一件事情到了危险的境地，作者反而掉笔去写其他的事情；第四，用意外的事来刺激读者。总之，顾朱本认为，结构是小说的重要因素，其与人物、环境都有关联，“结构是人物的行动，环境是结构的背景”，如果只去追求结构的佳妙，使人物“脱离现实”，使环境变成“不调和的背景”，是“很危险的”。小说中，人物、结构和环境三者必须“相互为因”、调和一致才能使“整篇生色”。关于人物，顾朱本指出，小说中的情节必须要由人物来表现，作者要用想象来创造人物，然后确定其“个性和地位的轻重”。小说中的伟大人物必能代表人生中的某一面，所以，这种人物“最有价值”。写人物需要写出他的两种性格，即“类型”(typical traits)和“个性”(personal traits)，前者是普通的(generic)，后者是特殊的(specific)。人物具有类型才能“真实”，具有个性才能“具体”，给读者以深刻的印象。人物本身可以分为两种，即静止的(static)与活动的(kinetic)；前者不受环境的影响而改变其性格，始终只有一种性格；后者则随着环境的转移而改变自己的性格。浪漫派小说家从想象中创造人物，其创造的多是静止的性格；写实派作家从观察中创造人物，其创造的多是活动的性格。小说表现人物的方法分为直接和间接两种，直接的方法是作者“站在人物与读者之间”，好像是“介绍人或是解释者”；间接的方法是作者“避开自己”，使人物与读者“直接发生关系”。这两种方法常是并用的。直接的方法包括直叙、描写、心理分析以及通过人物之口说出另一人的性格；间接的方法包括用谈话来表现人物的性格，用行动来表现人物的性格，用一人对他人的影响来反映其性格，以及用环境来表现人物的性格等。在小说中，作者在人物描写上的着力处“只能在于几个重要角色”，如果对配角作过多的描写反而会分散读者的注意力。关于环境，顾朱本指出，环境就是“背景”，包括“时间，地点，与自然及社会的状态”。早期的故事只注重趣味，不讲背景，16世纪的作家描写环境只不过是为了“装饰”，他们给情节与人物加上美观的背景，目的是“表现艺术”而非“表现人生”。直到近代小说兴起后，环境才和情节、人物发生关联，并列于“同等地位”，三者才开始相互为用、不可或缺了。19世纪的社会家认为环境是“行动的起因”，也可“影响人物”，这两点就是环境的主要功能。小说中往往以环境来“引起情节”，这情节既然由环境所引起，环境就成为这情节的“动机”了。此外，人的性格除了天赋的之外，也必定要受到外力的影响,小说中的人物也因环境之转变而改变其性格。表现环境最常用的方法是描写,无论时间、空间、社会状态,甚至服装、气候等的描写都不可忽视。写实派和浪漫派的环境描写不同,前者"只求真实",处处追求和实物"相符合",且基于"精密的观察";后者则没有模仿现实的必要,单凭"想像来制造一种环境",只要与人物、情节相适合,且追求"表现人生真理",只注重"历史精神",不顾是否"适合事实"。在小说创作中,作者对人物、情节、环境这三要素须"布置妥当",然后才能动笔写作。通常是"先拟定几个人物,再安排一种情节,配上了适合人物与情节的环境"。小说家尤忌用人物去"凑结构",同时也不能忘了环境能引起动作、影响人物。除了上述三要素之外,我们也需要知道小说家的"用意",就大多小说而言,只要我们加以研究即可知其用意。此外,小说的"真实"也有多种内涵,或者是情节真实,或者是对话真实,或者是人物真实,或者是精神真实,或者是作者的思想真实等。最后,顾朱本将小说分为长篇、中篇、短篇三种。

3.3 小说的历史。本节主要讲述中西小说的流变,顾朱本指出,欧洲近代小说以 Richardson 的《帕梅拉》为开端,18 世纪之前以诗歌、戏剧为主,直到 19 世纪小说始有"蓬勃之势",浪漫派、写实派、自然主义等均有代表作出现;总之,小说已经成为欧洲文学的主要源流,在写作上也"愈趋精巧了"。小说在中国有悠久的历史,《汉书·艺文志》虽列小说为十家之一,但却视其为"街谈巷语""道听途说",以至于其在很长一段时期内被认为是"消遣的东西";因此,渊源虽早,但发展却很缓。两汉、魏晋、六朝之小说多为神怪故事,结构亦很"幼稚"。唐代传奇兴起,小说始见发扬,内容也扩而为豪侠、艳情、诙谐、别传等,形式上则因为有"存心而作小说的人",故剪裁得当、结构较为严密,唐传奇的一些杰作对后世元曲有极大的影响。宋代小说最大的贡献是"始用俗语写作",而且分章分回,为后世"白话章回小说之祖"。因为宋代小说不仅给人阅读,还要适合艺人"讲述",故小说已由唐代士大夫阶级的"传奇"变为民间通俗化的"平话讲史"。元代虽是杂剧的时代,但由于宋人话本的影响,小说亦很发达。至于明清时期,章回小说已很普遍。文学革命之后,小说的发展放出"灿烂的光辉",人才辈出,作品丰富,西洋名著也都有了译本,理论和批评也有了专书。

4. 戏剧

顾朱本指出,戏剧和小说同是表现人生的,不同处在于小说"用文字表现一切",而戏剧除了剧本之外,还要加上"导演演员,布景服装道具灯光等等",故戏剧是"综合的艺术"。正是因为上述的不同,小说家可以只凭想象创造奇特的故事、用细腻的笔调描写故事的演变,但编剧则要处处顾及"上演时的种种条件",只能读而不能扮演的剧本就是所谓的 closet drama。

4.1 剧本的剖视。顾朱本指出,剧本也有结构,须在开端"初步说明"(preliminary exposition),即介绍人物,透露剧情。然后才是真正的开端,即inciting force,继之剧情发展趋向高潮。剧本中所谓的climax(高潮)就是这个戏的转折点(turning point),高潮之后剧本趋向结束(falling action),而剧本的结局就是(catastrophe)。剧本的结构有长有短,高潮有时就是结局,有时一个剧本则有多个高潮。此外,戏剧的产生是因为人生中起了"冲突"(conflict),如果一切事情都顺利的话,戏剧也就不需要存在了。如果是复式结构的剧本,则会包含几个剧情,"各有开端,发展和高潮",它们"密切相关",不可缺一;如《威尼斯商人》就是复式结构,包括三个故事。剧本中的rising action是比较容易写的部分,高潮的处理须"有力而自然",它与结局的距离"愈短愈好",否则观众紧张的情绪便"容易消失";而falling action的部分是很难写好的,因为高潮过后观众情绪趋于松弛,兴趣也跟着减少,因此剧作家就得使观众不觉得高潮已过,控制观众的情绪直到剧终。所以,在现代剧中,剧作家往往会选择将高潮放在最后一幕。总之,戏剧的情节发展要自然,不可"巧合""偶然"使观众有不真实之感。剧本中,人物的刻画比结构更重要,剧作家必须认识到人物与结构的关系非常密切,剧情的发展全要出自人物的需要。戏剧中的人物可分为正角和反角两种,一个剧本中人物的多少在于"作者创造的力量",人物多了,很难做到个个都能写得好,只能集中描写重要的几个。在剧本中,"'人物表现'(characterization)较结构是更为重要而有价值的"。剧本中的环境就是布景,它可以影响结构和人物,有时,某一事件发生在某一种环境里"可以加强戏剧的气氛"。古代的舞台装置很简陋,多借重于"象征",近代立体化的舞台则可以加强戏剧的效果;不过,戏剧以布景来取悦观众多少有点幼稚。剧本除布景外都是靠对话和动作来表现的,故如何写好对话很重要。第一,对话要经济、明晰、不晦涩,既能讲明人物的关系又能促进剧情的发展;第二,对话不仅要显示人物的情绪和态度,而且要能表明人物的个性和身份;第三,对话要自然流利,不能矫揉造作。戏剧除对话之外还有独白,独白不可太长。无论是对话还是独白都必须要和动作相辅相成,否则便成"背书了"。戏剧中的动作亦须自然,与当时的情绪相合。在编剧的技巧上,"悬宕"很有用,所谓悬宕就是在说明一件事之前先有若干"预示"(foreshadowing),最后使观众"恍然大悟"。但悬宕不可太长,否则会使观众失望。"对照"(contrast)也是剧本常用的技巧,可使观众的印象"更为清楚"。戏剧中为了缓和观众的情绪,会用comic relief这一技巧。有时戏剧为了增加观众的兴趣,会故意"使观众作某种猜度",而剧情的发展却相反,以此来给观众一个surprise。在结局上,戏剧的结局必须要做到"满意"(satisfaction),所谓满意并不是happy ending,而是"合理的结局"。同时人物上场和下场要很自然，不应“来去突如”。剧本一旦被搬上舞台，就完全是导演的责任了，他不但要设计演出的一切，而且要彻底了解“剧作者的目的”，所以，最理想的是由编剧任导演。导演的职责是“讲解剧情，支配演员”，排演时指示演员表演的姿势、态度，音调的高低，情绪的强弱，位置的远近等。编剧应该具有基本的导演知识，导演也应该明白编剧原理，两者密切配合才能获得“美满的演出”。

4.2 戏剧的分类。顾朱本指出，戏剧通常分为喜剧与悲剧，喜剧是主角经过奋斗最终克服困难获得圆满的结局。悲剧则相反，主角不能避免不幸的遭遇，最终被困难压垮，造成悲惨的结局。此外还有一种戏剧即悲喜剧，它包含喜与悲两种因素，其结局最终是圆满的，故仍属喜剧。喜剧是用笑的方式表现“人生的痛苦和悲哀”，它与悲剧的区别不过是“形象的不同”。如果戏剧中仅有无聊的笑料，那么这是“趣剧”而不是喜剧。还有一种“闹剧”，它充满了紧张、不平凡的情节，结局常是圆满的，但这种剧的价值很低。除了写实的喜剧外，还有“奇幻的喜剧”，用浪漫的色彩来表现人生。过去，悲剧的结局往往是死亡，但其实悲剧的结局不一定非得是死亡，现代悲剧关注的是“心灵的创伤”。以剧本的题材来划分，可将戏剧分为历史剧与问题剧，前者是以历史上的事迹作为材料，后者则取材于社会上一切现实的问题。以剧本的长短为标准，可将戏剧分为多幕剧与独幕剧。

4.3 戏剧的演进。顾朱本指出，戏剧的起源很早，原始的戏剧是单纯的舞蹈和歌唱，“逐渐的进化”后，动作和对话代替了歌舞；现代由于发达的舞台技术，戏剧变为综合性艺术。希腊戏剧是西洋最古的戏剧，由“祭祀时的歌舞孕育而成”，希腊人春季祭祀狄奥尼索斯(God Dionysus)、秋季祭祀得墨忒耳(God Demeter)都有歌有舞，由此逐渐演变为希腊悲剧，人物动作变为主体，歌舞反成为“附庸”。希腊人民在春季举行各种比赛，戏剧也是其中之一，于是戏剧家就竞演各种悲剧，起先是在祭坛上表演，后“在市场里公演”，最后才建立了舞台。为了不让观众看到演员化装，台的中间用一块兽皮隔着，这样舞台的约三分之二用来演戏，后面的部分用作化装，舞台也因此而成为半圆形了。后随着观众增多，希腊人就利用山的中央平地作为戏台，座位分置于四周，兽皮也被木制的小屋取而代之，小屋亦作布景之用，这就是所谓的“圆形剧场”。希腊的第一位悲剧家是埃斯库罗斯，他减少了戏剧中歌唱的重要性，使对话成为人物的主要工作。索福克勒斯的戏剧中，动作是主体，歌唱不过是“插戏”，用以调剂观众的情感，同时，他又用了一点简单的布景。此时，希腊悲剧已经进入完善阶段。在欧里庇得斯的戏剧中，歌唱已经毫不重要，仅作“区分幕数之用”。希腊悲剧因为遵守“三一律”，人物很难发展，优点在于庄严和简明。希腊最著名的戏剧家是阿里斯托芬，他的戏剧结构很松懈，但想象很丰富，其喜剧不但以动作为主，而且取消歌舞，对话也由韵文改为散文。罗马人征服希腊之后，因为爱好希腊戏剧，故致力于翻译希腊戏剧，并掺入了罗马原有的写实作风和色彩。罗马的戏剧观众多是没有知识的平民，这是罗马戏剧不发达的一个主因。到了中世纪，教会的势力笼罩全欧，戏剧也遭遇空前厄运，中世纪流行的只有宗教剧，它被用作圣诞节或者教会举行仪式时的宣传工具。宗教剧的题材取自圣经故事，演员也由僧侣担任。一直到文艺复兴，戏剧才得到新生。文艺复兴后，欧洲戏剧空前蓬勃，人才辈出，涌现了许多著名的剧作家。中国的戏剧历史悠久，同样起源于祀神的歌舞。周代歌舞"已见进步"，演员不再由平民担任，而是由经过训练的人来担任。这种人分为两种：一种专为取悦贵族，即"倡优"；一种是祀神用的，男的叫"觋"，女的叫"巫"，他们要比倡优出现更早而且也更普遍。在中国早期的戏剧演员中，"倡优"和"觋巫"并重，不过，中国早期的戏剧单是歌舞并不说笑，因此，在表演上"优是较巫为佳"。汉代除了俳优盛行之外，武帝时出现一种新剧谓之"角抵戏"，包含打鼎、跳丸、吞刀、吐火、兽戏等，虽然很幼稚，但富有"戏剧性"。西晋后，中国南北对峙，北齐输入的"大面""踏摇娘""钵头"极大地影响了宋元戏曲的发展。唐一统天下后，昭宗时新兴一种以历史故事作题材的戏"樊哙排闼"，同时滑稽戏也很盛行，名为"参军戏"，这种戏有时也歌唱，但主要是滑稽的对话，大多以讽刺当时的社会来取悦观众。宋代戏剧更为进步，由"参军戏"变而为"杂剧"，杂剧包括艳段、正杂剧和杂扮，这三部分各自独立，角色也由两个变为七个：末泥、引戏、副净、副末、装孤、装旦、把色。其中一、二不演戏，三、四表演滑稽的动作，这四个是固定的角色，装孤扮演官吏，装旦扮演女子，他们是临时角色，把色是奏乐的人。金院本和杂剧名异实同，不过杂剧更接近中国古典音乐，采用"大曲"者居多，从剧名上看，院本比杂剧复杂且进步，但均已失传。元曲是中国文学史上辉煌的一页，它分为杂剧、套数、小令三种，但以杂剧为主体，套数只是杂剧的一折而没有对话，小令是一首短歌。元杂剧是由宋杂剧和金院本进化而来，因为兴起于北方，又称"北曲"。《董西厢》可以和着弦子唱但不能在台上演出，王实甫将其加上宾白、科介，改为杂剧，使其可以在舞台上演出。元杂剧在结构上为"四折一楔子"，每折有科介（动作）、宾白（对话）、唱曲，唱的部分仅由主角担任，如以旦独唱叫"旦本"，以末独唱叫"末本"，每剧结束有两句诗来概括全剧，谓之"题目正名"，如同现在的说明书一样。此外，杂剧所用的乐曲也有规定。元末北曲衰落、南戏兴起，南戏的结构较北曲复杂，每剧分齣，一剧可有数十齣。明代昆曲诞生，清代皮簧压倒昆曲，至于现代，则是京剧，其间自经不少变化。其时受西洋剧的影响，舞台剧崛起，虽然是京剧和话剧并存，但在文学价值上，话剧则为戏剧的"主干"。

5. 散文

顾朱本指出，散文可不受任何拘束，尽量发挥自己的意见。按照性质，散文可分为议论（说明自己的见解，偏主观）、记叙（按时间顺序追写）、抒情（范围最广，其中最能动人的无过于抒发悲感）和描写（以真实为主）四种。

5.1 散文的内容。顾朱本认为，散文创作之前应先构思好开始、发展、结束，再注意词句的修饰、单字的选择。散文的目的在于使别人相信自己，故应以动人为主。议论文要证据充足，发挥畅达，不必以文字的美来取胜；记叙文要条理清楚、层次分明；抒情要用对照的方法，不外乎从时间、空间、事物这三方面作比。描写景物以逼真为主，可正面描写，也可侧面衬托，有时也可用比喻。总之，文章并无一定的法则，但要多读名家之作，细加揣摩，有学问、有修养、有体验，文气、风格、结构、造句都可豁然开朗。此外，顾朱本认为，传记与自传、书信与日记、历史、批评也属于散文范围。

5.2 散文的历史。顾朱本认为，西洋古代散文无足轻重，直到16世纪，西洋散文还在草创时期。法国的Montaigne是“近代散文之祖”，英国的培根是伊丽莎白时代唯一的散文家。18世纪初，英国的两大散文家是Steele和Addison，这时期的散文已经不仅只是“报告和教训”了，而是让作者有一个发挥意见的机会。18世纪中的大散文家是Johnson，他属于古典派。19世纪英国散文有了新的发展，Lamb使散文变成和抒情诗一样具有“伸缩性”，严肃朴实、悲愤诙谐兼而有之，获得了散文的最高成就。中国上古文字奇偶并用，尤重用韵，无骈散之分。《离骚》开丽体之先声，对后世文体影响很大；其与汉赋辞采华丽，一反《诗经》的朴实。事实上，散文虽是自由发挥，但亦需注意声调的抑扬、辞句的精彩，只是不像骈文那样注重而已。汉代一方面继承周秦骈散夹杂的风格，一方面又逐渐分化；两汉文风不同，西汉末扬雄的文风已经具有骈文的形体了，东汉的文风则整齐华丽，变化万端。魏晋南北朝是唯美主义的时代，当时文人只注重声调铿锵、辞句绮丽、重形轻质，只知堆砌造作不解抒写情思，文风淫靡疲敝。唐初不脱六朝之纤丽，直到韩愈的复古运动，散文才得到新生。但晚唐骈文又趋盛行，故有唐一代，仍是骈散并行。由宋历金元而至明代，骈文逐渐失势，明代骈文终于没落，散文统治了当时的文学，但却有盲目拟古之病。清代文学集前朝之大成，人才众多，作品丰富，骈散文在清代各有千秋。到了新文学时期，一个重大的转变是“推翻了数千年沿用的古文，用白话来写作一切”。因此，现代文坛全是白话文的天下了，概为“我手写我口”。总之，一代有一代之文学，要随着环境的进展用“时代的工具来表现时代的意识”；新文学运动的兴起，正是由于近代商业发达、教育普及、迫切需要白话文，同时受西洋语体文的影响，古文之缺点大露,因此,新文学一经提倡便立刻风行了。

第三节　兼容并蓄:赵景深的《文学概论》

赵本《文学概论》于1932年由世界书局出版,作者彼时正在复旦大学中文系任教,该本是其教学讲义。同年,赵氏发表了《文学概论讲义》,翌年又在北新书局出版了《文学概论讲话》。在《文学概论讲话》的序言中,赵曾申明《文学概论》与《文学概论讲话》的关系:"纲领几乎都是相同的,只是内容不同,所引用的权威著作不同,细节目的编制不同,不啻是相互的教授书。"[①]在体例上,赵本《文学概论》共十四章,内容依次为绪论、文学的定义、文学的特质、文学与想象、文学与情感、文学与思想、文学与个性、文学与语言、文学的分类、文学与鉴赏、文学的起源、文学与时代、文学与国民性、文学与道德。同样在《文学概论讲话》的序言中,赵氏言此前编过一本仅有"本论"、由世界书局出版的《文学概论》,指的应该就是前述世界书局本《文学概论》,由此可见,在赵氏眼中,上述十四章的内容均属于文学概论的"本论"部分。

1. 绪论

赵本开宗明义地提出:"我们觉得'文学概论'这东西是没有的。我不承认有'文学概论'!"[②]这并非"惊人之谈",因为只有某某人的文学论,或者说文学概论的变迁史,如亚里士多德的《诗学》、丹纳的《英国文学史》与《艺术哲学》、托尔斯泰的《艺术论》、王尔德的《意向》等,它们都不是普通的文学概论,而是这些学者个人的文学论。如果把这些人的议论"综合起来",如哈德逊、莫尔顿那样作成《文学研究导言》或《文学之近代研究》,那又只是"文学概论的变迁史",就如和尚的百衲衣似的,是由各种颜色的破布拼成的。其作用无非也是使人们能多知道些名词和抽象概念而已,诸如文学是什么,文学是否有道德性等。但这又是说不清的问题。因此,"天下本没有绝对的真理,因之也就没有万世一尊的文学概论"!对于文学,我们能说的只是"在我看来是如此"。赵本指出,说文学概论不存在并非要取消文学概论,而是说"文学概论"这一名称不妥当。它认为"文学概论"这个名称有两个含义:一是"各个人的特殊文学意见",二是"荟萃各家的文学意见"。前者近于创作,后者实际上是整理;前者是"某人的文学论",后者是"文学概论的变迁史"。后者的编法各有不同,大致可分为两种:一是"依

① 赵景深:《文学概论讲话》,北新书局1935年版,第1页。

② 赵景深:《文学概论》,世界书局1932年版,第1页。本节引用未作特别说明者,均引自此书。

特质分类叙述的”，相当于纪事体，即一般读者所见的文学概论；一是“以文学理论家为主”，按年代先后叙其学说大要的，即文学批评史，如同史学中的编年体。普通的文学概论是“以事项为本位的”，而文学批评史则是“以人为本位的”。对一般读者而言，上述两类都不大适用，因为它们都属于第二步的工作。更何况一个人在学问尚未水到渠成的时候，是不敢夸口说自己的东西是个人的文学论，所以，第一步工作应该是“就各家对于文学上各种问题的议论有一个比较明瞭的轮廓”。赵本指出，其写作目的即在于此，因此，其工作“只是把各种各样文学上的理论整理一番”，呈献给读者，而不想掺入自己的意见。

2. 文学的定义

赵本指出，回答文学是什么是一个“大难题”，解决它要一步一步来。文学首先离不开文字，因此，文字是定义文学的条件之一，如章太炎说，“有文字著于竹帛……谓之文”，英国批评家安诺德也说，“文学是一个广大的词，可解释为用文字书写或印刷在书籍上的一切东西”。但如果倒过来说，“字都是文学”，那就谬之千里了。除字之外，文学是感情，但文学与感情的问题，在作家中也是各执一端，有的作家“戴起有色眼镜来看文学”，故其作品雄壮、热情奔放，而有的作家的方法则是客观的，其作品“不掺入情感”。要解决这个争端，只有两个办法，一是推翻一切文学都是情感的这个假设，仅承认“文学有时有感情，或可以有感情”；二是绝没有完全不含作者情感的文学，哪个作家能“制驭他自己跳荡不羁的心呢”？德昆西就是这样把纯文学和一般的文字分开，所以，他认为，“先有知识的文学，其次有力的文学；前者的职能是教，后者的职能是动”，所谓的“动”，即感动，亦即感情。德昆西的这个理解虽有缺憾，但比之于章太炎和安诺德的理解则高明得多，根据德昆西的理解，我们可以把知识的、教的文学“撇开”，否定它是文学，只承认“力的”“动的”文学，这就意味着，文学是与感情密切相关的。不仅如此，文学作品又都是想象的，含有“想像的分子”。想象不等于“神秘”，也不是“怪诞不经”，怪诞只是空想，而想象却是“记忆的再生”。感情和想象是文学“特有的”，诉诸智识的文字没有或不看重这两个要素。文学还要有思想，但不能说“思想是文学”，这里的思想也不是指“哲理”，而是指“观念”，也就是作家写作“总为了一点什么”的这个“动机”。此外，文学最应该注重的是艺术。总之，文学的定义可用数学公式来表示，即“文学＝文字＋感情＋想象＋思想＋艺术”，而社会科学只不过是“文字＋思想”，自然科学则是“文字＋智识”，依照文学作品“从构思到落笔的程序”，文学应是这样一个定义：“文学是为了要写点什么，因而把作者自己的想像通过了感情，用艺术方法写成的文字。”

3. 文学的特质

赵本指出，文学是有“普遍性”和“永久性”的，或者说好的文学作品都是“普遍而且永久的”。关于普遍性，赵本援引杜德莱《文学的研究》中的观点指出，尽管每个人都有自己的标准来判断一本书是好还是坏，但一本书能被大家都赞同，其标准只有一个，即“有趣普遍”。固然没有一部作品能做到使世界上每一个人都喜欢，但只诉之于一部分人的作品是不及诉之于各种人的作品的，因为“真正的大作家是诉之于大众的同情的”，而且是使“各国的各种人感到兴趣”，不管其“社会地位怎样”“职业怎样”。关于永久性，赵本同样援引杜德莱《文学的研究》中的观点指出，伟大作品须“诉之于各时代”，真正的好作品是“各时，各地，各等人所喜爱的”，仅“普遍于特别时代的人们”的书只是“好销的书”。如屈原、曹植、陶渊明、李白、杜甫、莎士比亚等，其作品都具有永久性。一部作品具有永久性，也一定会具有“普遍性”，总之，如果一部作品“在横的地理线上有普遍性，在纵的历史线上又有永久性”，那就是一部好的作品。

4. 文学与想象

赵本指出，想象也是文学的要素之一，英文为 imagination，就中文译文看，想即思索，象则是具体的形象。情感是不可捉摸的，想象虽然也是不可见的，但把思索过的具体形象再现出来，总是比较“踏实的”。想象与幻想不容，如我们到过埃及，看到过狮身人面像，它会在我们的脑海中“留一印像”，他日当我们想到这个狮身人面像的时候，便“仿佛看见这怪物就在我们眼前”，这就是想象。但如果我们随意想出一个“马首牛身的怪物”来，毫无依据，这“只能算是幻想”。想象与梦想也不同，梦想是没有“组织的”，而想象是“有组织的”，我们可以随心所欲地控制、指挥自己的想象，但却不能以“同等的力量施之于梦想”，不过，赵本所谓的梦想实际上指的是人们睡觉时所做的“梦”。赵本将想象分为三类，第一类是创造的想象，其引用温彻斯特的观点指出，“创造之想像者本经验中之分子，为自然之选择而组合之使成新构之谓也”。倘若“此组合一任己意不循诸理，则谓之幻想”。如“鸡声茅店月，人迹板桥霜”由六个名词构成，作者以前一定见过这几样东西，此时此地看见“茅店”，彼时彼地看见“板桥”，“无疑”是作者的经验。而经过作者的“一番工夫”，这些景色“重新组织成为新的他所创造的东西”。或许真的风景还不及这两句诗“动人”，因为真的风景犹如泥塑木雕的佛像，是没有“灵魂”的，而文学的风景却为作家的情感所感染，因此，作品也就成了“通过了情感的东西”。而且这两句诗中，作者不可能将当时的景色“全都收入笔底”，这是“不可能”也是“不必要的”；之所以“不可能”，是因为人的“记忆力决没有这样强”，所谓“不必要”，是因为文学作品“须有剪裁，有组织”，不能“遇事辄记”，否则将“不胜其繁”，结果枉费心机。赵本指出，创造的想象其实就是简单的想象，文学术语称之为创造的想象，但在一般人看来，只是记忆罢了。不过，记忆与创造的想象亦有不同：前者是分析的，后者是综合的；前者是再现的，后者是创造的；前者像是胡思乱想，后者却须选择和组合。总之，创造的想象必须从经验出发，因此也可叫作自然主义的想象。第二类是联想的想象。赵本同样引温彻斯特的观点指出，“联想之想像者，联想有同类之情之事物意象，或感情之影像者也”。若此联想“不根据于同类感情”，则其作用谓之“幻想”。如《长恨歌》中的“芙蓉如面柳如眉”，赵本认为，唐明皇自杨贵妃在马嵬坡自缢之后，非常想念她，当他看见芙蓉的红色时，便想起杨贵妃红润的面庞，当看见弯弯的柳叶时，便想起杨贵妃的眉黛。这里，“面”和“眉”与“芙蓉”和“柳”就属于“有同类之情之事物”，倘若这里的联想“不根据于同类感情”，就属比喻不当，这样，就不能说它属于“联想的想像”，只能说它是“纤巧”或“幻想”。赵本指出，在这里，芙蓉和柳只是普通的植物，但人见之“便发生感情”，像诗中写的唐明皇那样，因为想念杨贵妃，就以为一切都像杨贵妃，这在美学上称为“感情移入”或“情晕”，在修辞学中则称为“明喻”。不过，联想不一定就是“明喻”，因为像李后主的“往事只堪哀，对景难排。秋风庭院藓侵阶。一任珠帘闲不卷，终日谁来？金锁已沉埋，壮气蒿莱。晚凉天净月华开。想得玉楼瑶殿影，空照秦淮”并无比喻，只是见到今日之衰，想到昔日之盛，在美学上，这也称为“对照”。联想的想象在浪漫主义文学中使用最多，因为浪漫主义作家最富于情感，所以，这种想象亦称浪漫主义的想象。第三类是解释的想象。赵本指出，解释的想象是“由现在真实的一物一事解释为某种真理”；正如温彻斯特所指出，“解释之想像者，洞见一物精神上之价值与意义，而抉出其精粹所在者，以表见之者也”。解释的想象与创造的想象和联想的想象不同，“创造的想像是由以前真实的一物一事创造成现在想像的一物一事，联想的想像是由现在真实的一物一事联想到从前真实的一物一事”。解释的想象与比喻以及联想的想象很难区分，它们间的细微差别是：联想的想象是“具体的比喻”，而解释的想象则是“抽象的比喻”。比喻往往是以一物比一物，而解释的想象则是“以一事来比喻一个真理”。在修辞学上，解释的想象大约与“寓言”或“喻言”相当。此外，解释的想象有一限制，即它所比喻的常是“古已有之”的，如玫瑰表示爱，王尔德的《夜莺与玫瑰》就是解释恋爱之痛苦的。用解释的想象的作家以新浪漫主义者居多，尤其是象征主义，故解释的想象也可叫作象征主义的想象。总之，文学之所以能感人，想象“实在是最大原因之一”，文学是需要艺术的，其中想象“尤为重要”。

5. 文学与情感

赵本指出，关于文学与情感问题，首先必须辨明这情感是作者的情感还是作品的情感，而在读者方面，则“都是一样”的，无论读者是受作者情感的感染还是受作品情感的感染，总之，“都是受了感动”。如自然主义的作家创作时，“取的是纯然客观的态度，只作科学的描写，不加入作者的情感”；读者之所以受感动，是被作品中细腻的叙述打动了，所以，自然主义给予读者的情感是作品的情感，小说、戏剧、叙事诗大多是叙事，最易表现自然主义的特色。相反，浪漫主义作品重抒情，它给予读者的情感则是作者的情感，抒情诗、抒情小品大多是抒情，最易表现浪漫主义的特色。关于作者和作品究竟应该有着什么样的情感，赵本援引了温彻斯特的如下观点：文学的情感应具五方面的特性，即合理或适宜、生动或有力、持续或恒久、错综或变化、品格或性质。赵本认为，这五方面中第一和第五属道德问题，中间三项属艺术问题。虽然这三项相互之间会有冲突，但绝不会有批评家否认作者或作品的情感要有力、一贯或多变。赵本具体分析了这五方面。首先，合理或适宜。赵本指出，所谓情感的合理是指文学中的情感是诚实的还是勉强的，诚实的就是合理的，勉强的就是不合理的。如曹操《短歌行》中“对酒当歌，人生几何”就是合理的情感，但最后两句“周公吐哺，天下归心”，就是在“捣鬼了”，是不合理的情感，因为曹操在笔下自比为周公，在心里他绝不会自以为是周公的。总之，凡是自私或虚伪的情感都是“不合理的情感”，一个作家能够老实写作已属不易，要让他为人类而写作就更难了。故史泊鲁说，“文学感情之解释，全在于作者能否忘掉自我，与深挚的普通人性相合”。其次，品格或性质。赵本认为，如果一定要将情感分个高下，那么，“真诚的情感是高级的情感，为了某种功利作用的情感是低级的情感”。再次，生动或有力。赵本指出，生动或有力是就作品而言的，其中的“力”不一定是“用尽千钧之力”，也不妨是“不费吹灰之力”，气魄雄浑的作品固然有力，清淡闲适的作品也一样有力，前者使读者“兴奋”，后者则很自然地使读者沉思，它们一样地有力，也一样能动人。第四，持续或恒久。这是就作者而言，尤其是抒情短诗的作者，因为篇幅短，所以没有什么波澜，故情感能够一贯。第五，错综或变化。这是就作品而言，尤其是小说和戏剧，因为叙事文内容复杂，所以情感必须“常有变化”。表面上看，这一项与第四项相矛盾，其实是“相成而不相妨的”。所谓错综或变化只是指作品中人物的情感，至于作者，他还是有自己一贯的主张的，他为什么要写一部作品，还是会用种种方法暗示给读者，而且，作品中人物的情感不一定就是作者自己的情感。从作文方法上讲，生动或有力即是“动力”，持续或恒久即是“统一”，错综或变化即是“联络”。

6. 文学与思想

赵本指出，文学与思想关系密切，因为思想也是文学的要素之一，一切文学作品都有思想。故文学家往往又是思想家，如日本新潮社编的《近代思想》中有许多思想家都是文学家，西方近代思想家的十五个代表中，文学家就占到了一半。概言之，西洋思想包含两大源头：一是希腊思想，二是希伯来思想，这两种思想的冲突常成为西方文学家尤其是小说家极好的题材。至于文学家是否可以借其作品来宣传自己的主义或思想，赵本指出，在这个问题上应"以诚为主"，如果一个人真心信仰某种主义，应容许他在作品中宣传。思想是自由的，强迫他人"从我"固然不对，不容许他人宣传其思想也是不对的。同时，赵本指出，作家在作品中表现自己的思想时须注意两点：一是作者首先应该有艺术的修养，因为文学毕竟属于艺术，倘只是写些口号，只能当作标语来看，不能算作文学作品，作者思想的分量不应太超过艺术的分量；二是作者应确有这种信仰，与其赶时髦地创作宣传式的文学，不如不作。赵本随后认为，文学家的思想对社会改造实有很大效果，美国黑奴运动、俄国农奴解放等都"靠了文学的力量"。总之，文学家往往是个"预言者或是先驱"，别人不曾看到的，他已经首先看到了，文学家的可贵之处也就在此。

7. 文学与个性

赵本引用了哈德逊之说，即"凡伟大作品都是产生于作者的脑与心；作者本身即埋藏在字里行间；字里行间无处不蕴蓄著作者的生命并且充溢著作者的个性"，赵本随后指出，文学是个性的表现，模仿和抄袭的作品是没有价值的。正是如此，哈德逊认为，"一部伟大作品所以成其为伟大者，即由于赋予作品以生命的个性的伟大"。文学作品既然是个性的表现，那么同一题材，不同作家写起来"便各有不同"。不仅各人有各人的个性，即便是同一人，倘其个性略有改变，则"所作的文学也略有改变"，虽然其"根本的性格是不变的"。

8. 文学与语言

赵本指出，语言是传达作者的意思给读者的，因此，文学与语言的关系很密切，离开了语言，文学就无从表达。对于文学语言究竟是明晰好还是暧昧好，赵本罗列了三种学说：第一是"一语说"，即自然主义大师福楼拜的如下主张："无论我们所说的事物如何，只有一个名词可以代表，一个动词可以使之活动，只有一个形容词来形容它。然则作文的时候，须尽力的去寻求一直到发现了这名词，这动词，这形容词为止。不可得著了一个略为相近的字便喜欢，更不可因避难而引用矫饰或滑稽的词语。”总之，正如布瓦洛所说，“一个字要用得恰当，才足以表明他的能力”。第二是“暧昧说”，赵本指出，这是象征主义者的主张，如魏尔伦对“醉朦胧”诗句的推崇，马拉美认为诗里应当全是“谜话”，戈蒂耶提倡象征主义的“暧昧”等，都是认为文学的语言应当以暧昧为目的。第三是反暧昧说，以理想主义者托尔斯泰为代表，其《艺术论》指出，希腊的艺术家和犹太的先知这些平民艺术家在创造作品时都是自然地趋向于说所能说的事情，所以他们的作品都是为众人所明白的。后来的艺术家只为了少数阶级创造作品，如为教皇、僧官、国王、大公和王妃等，而且采取如“婉曲语法”等脱离平民的语言。坏的艺术也许众人不明白，好的艺术却人尽皆知。总之，自然主义的一语说，象征主义的暧昧说和理想主义的反暧昧说三者之间几乎不能调和，但作品本身必然是要诉诸读者的，正如本涅特所说，“既然作者的目的是要取得别人的同情，而作者却不想自己的作品使别人了解，将情感尽量的留给自己，这正是希奇极了”。

9. 文学的分类

赵本指出，文学是很不容易分类的，即使粗枝大叶的分类也不容易。温彻斯特将文学分为散文和韵文并不妥善，诗歌虽大多有韵，但如新诗之类大多是无韵的，而过去的戏剧有唱有白，但现代的戏剧却只有对白没有歌唱。为了更好地把握文学形式的变迁，赵本将文学分为小说、诗、戏剧、散文和文学论著五类，不过，赵本同时指出，这种五分法也有其困难之处，因为“文学变迁史是在呈著奇观，波澜壮阔，我们很难使其平静，其中难免有新的形式出现”，如散文诗和达达主义的诗等。关于散文诗，赵本认为它就像“两栖动物”一样，可以说是散文也可以说是诗，其以散文为形式、以诗为内容，在形式上虽无韵，但内容上却有旋律、节奏以及葱郁的诗意。至于达达主义的诗，赵本指出，这种诗既非散文又非韵文，如阿拉贡的《自杀》将二十六个字母排列起来就算是一首诗。不过既然作者认为这是诗，读者当然也只好当它是诗。最后，赵本指出，文学作品经常有侧重的地方，也可以就它的侧重来分类。

10. 文学与鉴赏

赵本指出，鉴无定法，因为文学不是数学，在组织上也不能像论文那样“写明段落和节目”，因此稍有精神不贯注，即不能领略作品中的真义；同时我们也不能以批评家、创作家或者学究的态度来鉴赏文学，而是必须“以浑然融合的态度”去鉴赏，将自身没入于作品之中、与作品成为一体，才能达到文学的狂喜(ecstasy)之境。大致上，赵本指出，鉴赏诗歌、小品“须看出联想作用和人生意义”，鉴赏小说、戏剧则须看出“谜和因果律”。总之，文学作品常有冲突的内容，但如能调和冲突就是好的作品，能鉴赏到“融洽的地位的”也就是好的鉴赏者。

11. 文学的起源

赵本指出，文学起源问题牵涉到心理学、生理学、生物学、社会学、美学、艺术学等学问，因为文学起源于属于综合艺术之一的“跳舞”，艺术在最初是“一面跳舞，一面唱歌，一面奏乐”，这三者是“不可分的”，因此，文学起源问题实际上就是艺术起源问题。在艺术的起源问题上又有“游戏说”与“劳动说”之争，前者以康德、席勒、斯宾塞为代表，颇似“艺术派”的文学主张；后者以格罗塞、毕歇尔、普列汉诺夫、波格达诺夫等为代表，颇似“人生派”的文学主张。不过，在劳动说中又有“劳动先于游戏和游戏先于劳动之争”，还有个人主义和社会主义之争，这有些近似写实主义与新写实主义之争。从心理学的立场上来解释文学起源的是康德和席勒，席勒认为，游戏是人用富裕的生命力创造“更完全的调和的自由天地”的活动，艺术即起源于人的这种游戏冲动，康德也将艺术看作游戏；而更进一层阐释游戏说的是斯宾塞，斯宾塞认为，无论人或动物，有剩余精力时就想随着自己的心意发泄这精力，这成为模拟的行为，游戏也因之而起，人们将精力每天习惯性地用于必要的事情上，因此若有富余，即使是很小的刺激，也可以兴起想活用这精力的反应，此时的活用并非实际的行为，而是行为的模拟，在没有自然的活用“力”的时候，不作“直的行为”，而以模拟的行为来发散其力量，这种“人为的力之活用”就是游戏。格罗塞反对康德、席勒、斯宾塞这种用“力的过剩”来解释游戏的观点，他认为，人和动物的游戏都不是因为“力的过剩”，因为即使在非常疲劳、缺乏过剩之力的时候，人和动物还会游戏。赵本指出，格罗塞的观点很显然是生理学立场战胜了心理学立场。艺术派在文学主张上注重美，游戏说也注重美，但劳动说却认为“艺术不仅是美的感情，而且实含有社会的意义，各有其经济的背景”，如黑种女子手足带铁圈、以重为贵是“联合了富的观念之故”。故格罗塞认为原始民族的装饰要素有着“较大的实际兴趣”，在原始社会中，植物绝不会引起猎人的注意，原始民族的装饰中也不会有取自植物的要素。毕歇尔也认为，最初的艺术中劳动、音乐和诗歌是紧密结合在一起的，而且劳动是“基础的要素”，其余两个则是“从属”的。普列汉诺夫则指出，在原始民族那里，劳动是先于游戏的。在《新艺术论》中，波格达诺夫也指出，“诗歌开始于人类语言开始之处，那陪伴著原始人底努力的自然呼声是字句的胚胎，那最初的达意；这些呼声是从动作中产生出来的，它们正是些动作自然又能懂得的达意。这些劳动呼声又成为劳动歌的根原。歌不单是一件娱乐或散心的事。当众人在劳动著的时候，歌词可以联合劳动者的努力给他们一种和谐，一种节奏的规则与符合。因此歌可以组织集合的努力”。

12. 文学与时代

赵本指出,文学与时代关系密切,前代作品往往决定着后代作品,任何国家、任何时代的文学都是“这样的情形”。历史研究中常说的一治一乱、一盛一衰同样适用于文学。如“唐诗宋词元曲”之说,我们几乎可以说从宋起才有词、从元起才有曲;宋以前的词是“无意识的运动”,只是文人偶一为之的作品,元以前的戏剧,如狄青戴面具、优孟扮孙叔敖衣冠之类,只是不完全的片段。诗虽是很早就产生了,但汉魏六朝的诗究竟不及唐诗平顺易诵,且诗式如律、绝之类,也是大备于唐的。因为唐诗、宋词、元曲是前驱者,故印象单纯、雄浑,晚唐的诗、宋末的词、明清的曲是后继者,故只增加“形式的优美和洗练”,灵魂则早已失去。之所以如此,是因为“前者是没有模特儿的,后者是有模特儿的;前者是亲眼看物的,后者是经由前者的媒介看物的”。不仅在历史的顷刻间的状况如此,在历史发展的大时期中,也是如此。文学上每一个时代必会有某阶级的作者,如中古时代是骑士和僧侣阶级,古典主义时代是贵族阶级,浪漫主义文学代表新兴资产阶级,自然主义文学代表成熟的资产阶级,新浪漫主义文学代表衰落的资产阶级,新写实主义文学代表的是无产阶级。作品反映时代的如茅盾的《虹》和《蚀》,巴尔扎克的《人间喜剧》等。

13. 文学与国民性

赵本认为,国民性是“一国人民共通的特性”。不过,一国人民绝不能个个都是“一个模子里倒出来的”,如中国南北民性的差异、城乡民性的不同等。大致而言,各国文学的风格可分为四种:一是深沉的如俄、美;二是朴素的如德、日;三是华丽的如法、意、西班牙;四是平淡的如英、中。其后,赵本分述了各国文学的风格:俄国文学以小说为主,因此通过小说就可看到俄国的国民性。费尔普司的《俄国小说内所见的俄国国民性》曾将俄国的国民性归纳为四点:语言深刻,眼界广大,只知叹气不知动手,阴森忧郁。美国文学则活泼有朝气。总之,俄国和美国的文学“遒劲有力,非常深沈”。德日的民族性有颇多相似之处,如服从心理、悲观哲学、自杀倾向,在文学上则是“朴素的”。此外,德日在贫穷上也相似,个人主义者极多,文学上多朴实的家庭味。法意西大多是华丽、恋爱的。中国的国民性大约是中庸,梁漱溟认为中国人“凡事总是慢慢的”,故中国文学“迷恋骸骨”的很多。此外,赵本指出,讨论文学与国民性的论著有汪倜然的《饮料种种》,其中将俄国文学比作咖啡,“味浓厚,苦而刺激”,将德国文学比作酒,“有醇厚之味,庄重之色”,将法意西文学比作葡萄酒,将英国文学比作茶,将中国文学比作白开水，都很有道理。

14. 文学与道德

赵本指出，文学虽不等于道德，却与道德有关，因为文学常常“给社会以影响”，社会的伦理观每因“文学的力量而改变”；不过，虽然文学最终可以“与道德发生关系”，我们却不必先存一个“有功世道人心的观念”。因此，居友认为，“艺术是以社会性的现象为主——因为全是本于共感作用及感情传达的法则的缘故——所以自然有社会的价值，是很明显的。在实际上，艺术常把那被观念底的表现的较善的社会或恶的社会，经过想象作用而使与现实的社会共感，所以艺术活动能够生出了使那实在的社会进步或退步的结果。对于社会学者，艺术的道德性就在这里成立。但这道德性完全是自然的内在东西，并不是从头打算的结果，倒是超越了一切打算及目的的追究而自然产生的”。最后，赵本将论述文学与道德关系的论者分为四派：一派是伦理批评家如托尔斯泰、温彻斯特、哈米顿；一派是赏鉴批评家如桑塔亚纳、王尔德、哈德逊、佐治；一派是科学批评家如居友；一派是精神分析批评家如莫代耳、汉密尔顿、厨川白村。

第三讲

本土化尝试与文论创新:自觉的现代中国文论

本土化是现代中国文论发展过程中绕不开的问题,薛祥绥、潘梓年、陈介白的文论实践在这一问题上做出了不小的努力,体现出文化自觉的立场以及"昌明中国固有之学术"的期愿。

薛祥绥的《文学概论》在本土化尝试上较为用力,以致有学者称其为"以西式理论为框架而佐以中国文学为材料"之作。[①] 关于编述目的,薛氏在序中自言其所见《文学概论》之"名实相符,取材精当者"罕有,杂糅成编、纰缪百出者则众,故而"忘其梼昧而从事焉"。

潘梓年的《文学概论》为讲稿和谈文学的文章杂凑而成,故在文论的系统性上有着先天不足,但潘氏坚持文学是自我的表现,是人的自觉,文学的要素是个人的感情和想象等,并将这些思考一以贯之,因此在文论逻辑上可算有可取之处。彦威在《评潘梓年文学概论》中指出,潘本"或采通人之说,或作者独抒己见,要皆阐发原理,夫学域至广,兼蓄并包,苟能持之有故,言之成理,虽有深浅洪纤之殊,要皆可自立一说,未便偏持狭见,是己灭人"[②]。此评价基本中肯。

陈介白的《文学概论》虽一再强调其中的文学规律和原理均为从已成的文学作品中分析、归纳出来的,然其分析和归纳多止于经验层面,并未真正上升到理论的高度,甚至还有自相矛盾之嫌。据陈本《小序》言,该本为陈在北平贝满女子中学讲授"文学概论"课程时的讲稿佐以学生课堂笔记和其他补充材料修改整理而成,由于授课对象为高中学生,顾及高中学生的一般程度,故"不敢偏于述旧,也不敢偏于求新,因为述旧必致引人入于中国过去的传统的文学观念;

---

① 贺昌盛:《中国现代文学基础理论与批评著译辑要(1912—1949)》,厦门大学出版社2009年版,第115页。

② 彦威:《评潘梓年文学概论》,《大公报(天津)·文学副刊》1929年12月9日第4版。

求新必博采外国的学说，反而使得他们如堕五里雾中，得不着一种清晰的认识”[①]。这似乎亦可视为陈氏对其著多经验而少理论的一种辩解。

第一节　陈繁赜抉深蕴：薛祥绥的《文学概论》

薛本《文学概论》于1934年12月由上海启智书局初版，薛氏在自序中曾称其为“中国文学概论”。在体例上，薛本共十六章，分别为文学之定义、文学之类别、文学之要素、文学之特性、文学之功效、文学与语言、文学与文字、文学与个性、文学与国民性、文学与时代、文学与地理、文学与道德、文学与学术、文学与环境、文学界之争论(上)、文学界之争论(下)。

1. 文学特质论

薛本认为，文学乃科学之分支、艺术之一体。科学求真，艺术求美，文学亦“以真美为归宿”。科学、艺术俱有高尚性、进步性，以时时竞进而达高深之境，文学特性亦不外是。且科学、艺术皆须专门研究，常人所知仅属“浅薄之域”，具真知灼见而能明其全体者惟在少数专门学者，绝不能“期之众庶”，此理之必然也。文学亦然，故文学家恒为少数，而亦“不能期诸人人也”。[②] 若欲使众庶能贯通学艺、擅长文学而不使之智慧增加，反会抑制其学艺学文，此之谓“摧残学艺，堕毁文学”，必致文学日渐退化，归于灭绝。故真实学者，务在“培养学艺文学之高尚性进步性，而充其发达”。中国文学本极高深，徒事浅求则“终身无精进之望矣”。若左丘、屈原、贾谊、司马迁、班固、曹植、陆机、韩愈、欧阳修、朱熹之伦，皆模范之文学家，其文皆高深文学之典型。薛本指出，以其所标之定义考核上述诸人之文，不难明其符合无间。文学之定义既识，复持适当之法研究之，深造有得，精进不已，自能追踪昔贤，齐乎同列。关于文学之特性，薛本指出，天下之物莫不有特性。惟其特性之独优，故能“卓立而异众”。文学者“异乎科学而卓立者也”，故亦有特性焉。世之论者恒举永久、普遍二性为文学所特具，乃“管窥之见”，未足以尽文学。薛本认为，文学之特性有七，即永久、常新、高尚、普遍、模化、美丽、神秘。关于永久性，薛本指出，语言无形易逝，文字具体长存。凡借文字记载，若古今之著述，类有永久性，故能传远而不朽。文学为文字所组织，其传远而不朽与著述等。薛本还认为，文学之形式完善，非若著述有时失之粗率，文学之内容于事、理、意、情、趣五者完具而并重之，非若著述之偏重事理，且

① 陈介白:《文学概论·小序》，协和印书局1932年版，第1—2页。

② 薛祥绥:《文学概论》，启智书局1934年版，第5页。本节引用未作特别说明者，均引自此书。

文学之美表里兼资，赏者鉴其全，非若著述之可得意而忘言也，文学优越于著述如是，故其永久性亦视著述倍蓰焉。古人谓文学为不朽之盛事，岂不然哉？关于常新性，薛本指出，陆士衡深知此理，故曰："伊兹文之为用，固众理之所因。恢万里而无阂，通亿载而为津。俯贻则于来叶，仰观象乎古人。济文武于将坠，宣风声于不泯。途无远而不弥，理无微而弗纶。配沾润于云雨，象变化乎鬼神。被金石而德广，流管弦而日新。"陆氏所谓恢万里、通亿载即空间、时间举不能为之制限，于是文学济坠不泯，以传永久，势所必至，故文学有常新性。关于高尚性，薛本指出，高尚卓绝之美乃文学之特性，凡好作品均如此。文学何以具高尚之性？薛本认为，人之资禀智愚悬殊，但高尚之性则大抵咸具，中才以上更能率此性而扩充之，是以立睎圣之志，慕卓荦之行，不甘凡庸而蕲奇侅，力戒鄙俗而期雅正。英华外发而为文学，犹复不凡而能奇，远俗而近雅，刻露其"高尚之致"，故文学有高尚性。人们习文学名篇，潜移默化，又能助长其性之高尚，使之锐进，故立身者以高洁为尚，为文者以凡近为戒，全其高尚之性也，倘阿世谐俗，沉溺凡近，乃欲品高而文优，无异南辕北辙。关于普遍性，薛本指出，茅鹿门曰："今人读《游侠传》，即欲轻生。读《屈原贾谊传》，即欲流涕。读《庄周鲁仲连传》，即欲遗世。读《李广传》，即欲立斗。读《石建传》，即欲俯躬。读《信陵平原君传》，即欲养士。若此者，何哉？盖具物之情而肆于心，故也。非区区字句之激射也。"薛本认为，茅氏意为司马迁擅长表情而中于人心，故能感人。其实，文学易使人感，即同情（sympathy）之作用。同情又谓"社会情绪"，乃情绪之"具有普遍性者"。人有同情作用，斯能时时"与他人之情绪相应"，见他人之乐即以乐应之，见他人之凄即以凄应之，似乎人之休戚莫不关己，人类多情"胥由于此"，道德之基亦在乎是。文学乃富情绪者，其所达多"人人共具之情"，所述多"人人欲发之言"，故尤易引人同情，此文学所以无间今古而能感动多数读者者也，由是言之，文学乃有普遍性。作者表著情绪有工拙，读者鉴赏能力有浅深，于是同情之作用不一，而文学之普遍性亦有程度之异，此为必然之势。关于模化，薛本指出，人有同情，而与同情关系密切者又有模仿（imitation）本能，二者互为因果，不能相离。模仿之作用与物理学之共鸣（resonance）同一原理。动物之初即有此本能。极微之有机体中已发现模仿活动，其发达之早可见矣。有模仿之处，必具同情，具同情者，自不能无模仿，文学不能与模仿绝缘亦"当然之理"。同情之所被恒先其所亲而渐及于所疏，其发达之际必始自小范围而渐扩充之。模仿之作用亦如是，故文学之模仿多取法于近世而渐及远古，浅近高深莫不经历，娴习成法遂生变化，变化模仿相资济美，故文学有模化之性。以往古文学观之，其承袭者模仿也，自其心得者则变化也，纯乎创造者未之见也。由此可知，文学之于模化性"重要而不可离"。关于美丽性，薛本认为，感情复合而为情绪，情绪特出而为情操(sentiment)。情操有四,而审美情操(aesthetic sentiment)则其一也。审美情操即“艺术兴起之感情”,具此斯可鉴赏美丽、快慰人生,发乎文学,则为美丽性。夫文学名作绮縠纷披而娱目,宫征靡曼而悦耳,情趣缠绵而厌心,神味隽永而乐意,皆美丽性之表现也。以作者才性差异可析其为二:合乎天倪、守真入妙者谓自然之美;极乎经营、雕琢尽致者谓人工之美。作者学识愈深,经验愈富,则美丽之度随之而增。鉴赏者亦须有高深之学识经验,始能独具双眼,洞彻精蕴。关于神秘性,薛本指出,殚究哲理,择赜而索隐,钩深而致远,玄之又玄,进入神秘之境,遂有莫名其妙者。老庄之精理、印度之玄言、欧洲之哲学均有此种境界,辞义因之邃美,隽妙籀绎无穷,文学之中亦时有如斯胜境,此即神秘性。凡文学之精美处如神韵气味等,不可言传而须意会者皆神秘性所致。故彦和立隐秀之论,表圣标味外之旨,作者欲邃美其文学,固宜究此。文学之精深与哲学同,亦以是故,而世人务以质实求文学,欲尽其妙。一间未达,徒劳无功。激而非毁文学,聊以自解。由是言之,可知文学之表征皆根于其特性。吾人率其性而发挥广大之则可,毁其性而消灭之则为理所不许,亦势所难能。

2. 文学要素论

薛本指出,凡事物构成,莫不借乎要素,此“宇宙间之公理”。文学乃人类精神与“言语标帜”凝结之物,亦有要素。自来论文学要素者莫衷一是,近人多取温彻斯特的情绪、想象、思想、形式之说,虽较允当,然“仍有未尽”。薛本认为,文学要素浑言之有二,即形式与内容,析言之则有六,内容之中有情绪、想象、思想、事实、趣味。关于形式,薛本认为,乃文学之外表,其为“文字所组织”。今论文学者或谓文学应注重内容,形式则无关紧要,斯言不可也,文学之成盖由形式与内容,犹人之肉体与精神,肉体不存,其精神则无所附丽。文学之形式完具始能以文字表著其内容,若形式不具,其内容亦无所附丽。欲聆高山流水之雅操,必取资于七弦之琴,欲辨南北之宗派,必观乎王维、李思训之画。舍琴声不得闻,舍画派不能辨。此乃“定理之不可易”,故舍文学之形式,无以知其内容。何况文学之形式胶附内容,密而不可离,欲其内容显著,全恃形式美善,亦犹琴体愈佳而后其音愈雅,画图愈妙而后其趣愈彰。且文学之分派系于形式者犹众,轻形式而忽之,其派别亦无由辨矣。由此可知,文学形式与内容理宜并重,不过有时形式尤要,故李习之谓“义虽深,理虽当,辞不工者不成文”。至于以形式之组织而区分文学,各国主张亦不一,可置勿论。专就中国言之,可分为散文、辞章二类。散文之组织虽有一定规律,然其主乎散行,故参差不齐,与语言相近。辞章之组织,规律特异而严密,故整齐匀称,与语言渐远。又辞章一类,涵括诗歌、辞、赋、箴、铭、颂、赞、词曲、骈文等体,辞、赋、箴、铭、颂、赞本由诗歌蜕化而成，可以诗歌统之。骈文乃由散文嬗变，渐与诗歌相近，不可隶于诗歌，故统名曰辞章。这虽非尽善之称，用便讲说亦足矣。散文辞章之区分，畛域划然，不容相紊。然文人运笔为文，则融合变化，神妙莫测，非可齐以常度。于是散文而兼辞章性者有之，辞章而兼散文性者亦屡见。若以用韵而论，二类俱无定律，较言之，则散文协韵者少，而辞章协韵者多。关于内容，薛本认为，文学之内容其最要者为情绪、想象、思想、事实、趣味。对于情绪，薛本认为，人具七情，有感斯发，情之感发而单纯者曰感情。多数感情之复合作用曰情绪。情绪为人类必具，亦为文学之要素。薛本分别列举刘勰、黄宗羲、王诲、刘熙载等人的阐发情绪对文字传达具有决定性的观点，认为他们阐述"深得其要"。薛本又认为，情绪之域极广，何者可为文学要素必须讨论。或曰只有客观化(objectified)之情绪与具有普遍性永久性之情绪方能作为文学要素之情绪，此仅为一说，中国古昔文学家是"以真挚纯正之情绪为极致"。对于想象，薛本指出，想象乃分析既得之观念更综合之以造新观念之谓。故想象作用之程序有三：一曰再生(reproduction)，二曰分析(analysis)，三曰综合(synthesis)；三种程序极明了之作用曰能动之想象(active imagination)，文艺家之能创作端赖乎此。故想象为文学之要素也。陆机的"意司契而为匠""会意也尚巧"，刘勰的"意翻空而易奇""莩甲新意"，杜牧的"凡为文以意为主，以气为辅，以辞采章句为之兵卫。意全胜者，辞愈朴而文愈高。意不胜者，辞愈华而文愈鄙。是意能遣词，辞不能成意"，孙樵的"意必深，然后为工"等提出的命意之说即想象之谓。中国文士不言想象而言命意，命意非止立意而已，贵乎惨淡经营，构造意境，而具深远超妙之奇致。其经营之际，则联类以尽情，推陈以出新，精采以熔铸。与所谓想象作用，若合符节，然则知构造意境，自可尽想象之能事。对于思想，薛本认为，思想为人所必具，故亦为文学之要素。其精粗巨细之程度系乎学养之浅深，且万殊而不一致。大抵邃学问，富经验，则思想周密，卓具精理。又有宗主，为之条贯。故论文学者，亦以是为臬极，而期其合。盖文学无思想，则言之无物。思想而不具精理，有条贯，则散漫无纪，平庸而不能卓立。欲独出于当时，永传于后世，难哉！《易》曰，"言有物"；子曰，"言以足志，文以足言"；陆机曰，"理扶质以立干"；刘勰曰，"积学以储宝，酌理以富才"；韩愈曰，"夫所谓文者，必有诸其中。是故君子慎其实"；黄宗羲曰，"所谓文者，未有不写其心之所明者也。心苟未明，劬劳憔悴于章句之间，不过枝叶耳，无所附之而生"。凡此所论，曰物，曰志，曰理，曰质，曰学，曰实，曰心之所明等，皆思想外现之殊名。其意俱谓文学不可徒为空调，而须思想以实之也。至于刘勰所云"附会辞意，务总纲领。驱万涂于同归，贞百虑于一致。使众理虽繁，而无倒置之乖。群言虽多，而无棼丝之乱"是则惧思想复杂，易致散乱，而申述须有宗主之义也。惟此所云，乃立宗主以统思想。非谓思想可拘于一隅也，否则其失也隘，足以销沉文学之声光，有损无益。关于事实，薛本指出，文学既以情意思想为要素，则事实亦因之而重。情意思想之表现固有不借乎事实者，然而表现完成，则不能与事绝缘。何况文学作品必有“本事”，情意思想与之密附，不能须臾离也。至于托事以曲述，假事而证明，为文学家求真切、达优美之方术，亦文中所常有。故古人有缘情托事之说，有假象比况之说，事实之重要由此可见。趣味之于文学尤为其中之要素。古之文学作品，其哀者足以使人悲伤，其乐者足以使人欢欣鼓舞。固由情事之真挚，亦以其趣味浓厚故也。若无趣味，则不能感人，即感人亦难深至。昔之文士有见及此，故评论文学毋以风趣、机趣为言，而标雅趣、逸趣、奇趣，且立深味、神味、味外味之说。天下之事莫不有趣味存，即至道德之行事，圣贤之壮语，亦自有其浓厚之趣味。文学不可离趣味，今论文学要素者多置趣味不言，又重情意思想而轻事实，未免失之过偏。最后，薛本指出，“六种之重要，无不相埒，未可妄事轩轾。论其关系，亦复互相资益，不宜有所废缺。世之专主情绪，及侧重内容者，皆属偏见”。

3. 文学功能论

薛本极言文学之功效“广漠无涯，浩浩乎蔑以加”，它列举了顾炎武将文学的功效区分为“明道、纪政事、察民隐、乐道人之善”四方面以及钱大昕以“明道、阐幽、往事、正俗”四者总括文学之功效的观点后认为，“其意甚是，独惜其未尽也”。薛本认为，文学之功效有隐有显，凡可以迹众求皆功效之显著者也，而其隐伏之功效，默化潜移之力尤巨，世多忽之。故言文学之功效宜做到“矫其失而务兼至”。薛本指出，文学的功效可分为如下几方面：其一，保文明，传无穷。薛本认为，吾人生于千载之后，而橝索乎千载以前，举凡人事之演进、世风之递变、事业之大小、庶物之族类、儒道名法之学术、礼乐兵农之制作莫不喻于心如同目击，述于口如数家珍，此皆借文学保存之力。倘无文学为之保存，则轩辕功勋无由而传，尧舜郅治无由而著，周孔旧典无由而知，天下文明几绝。故存文明而传无穷乃文学功效之一。其二，长留精神于天壤。薛本否认曹丕“年寿有时尽，荣乐有常期，而文章则可至于无穷，声名自传于后”的观点，它指出，文学不仅传“人之声名”，且传“其人之精神”。屈贾之忧伤，康成之雍容，陶潜之冲逸，韩愈之奇倔，庐陵之和易，荆公之执拗，同甫之粗豪，人何由知之乎？皆借其文学以“想见其精神”“明其精神”，因而知其为人。是以其人虽死，形骸虽化，而其精神则“托文学以长留”。如其人不能为文，亦可托他人之文学长留其精神。是以倜傥如信陵，勇猛如樊哙，直憨如汲黯，失意如李广，一经子长叙述，而精神呈于纸上。故“长留精神于天壤”乃文学功效之二。其三，继往古而开来者。薛本认为，文学的功效并不止于保存永传前代文明、长留昭显古人精神。仅就文明保存言之，则“典章无阙，文献足征”。与之相比，文学有更重要的功效。薛本借用张载的“为天地立心，为生民立命，为往圣继绝学，为万世开太平”指出，“精神长留，则人伦模楷，矗立揭橥。动静语默，典型俱存。于是闻风兴起，立懦薄敦。卓其远大之志，坚其企慕之忱。或希贤而希圣，或为杰而为英。德教传乎万世，而功业炳于千秋焉。凡斯二端，皆文学彰著之功效，而不可没灭者也。是故继往古而开来者，此文学功效之三也”。其四，匡时而济人。薛本认为，孔子关于诗的“兴观群怨”及“事父事君”之论，卜商的“风化”诗教论均表明“文学足以匡救时政，利济群生。非徒逞其才华，振其炳蔚而已”。曹丕的“经国大业”与李习之的“仁义之辞”之说亦然，由此，薛本指出，匡时而济人，此文学功效之四。其五，解隔阂而激奋发。薛本认为，昔者乐毅报书释嫌，宋玉陈赋息谤，李斯留札免逐等，虽传为美谈，但只是事关“小己”，“未足语大”。像汉文推诚于南越，赵佗归心，光武谕意于河西，窦融效命，均以“一纸之书，绥定边陲，文学效力，广越武功矣”。至于鲁连贻书却秦，田单咏歌复国，鹏举忠勇题词等，其所激励人心，鼓舞士气者“至为宏巨”，其效验之表者能不广博而骏伟？故解隔阂而激奋发，此文学功效之五。其六，独辟境界而娱人生。薛本认为，文学之优长在乎“意旨高雅，意境幽深，情愫肫挚，趣味浓厚”。义旨高雅故能养高尚之志，意境幽深故能兴玄远之想，情愫肫挚故能感悱恻之心，趣味深厚故能慰侘傺之意。于是，人世所无之品、人世所无之境皆可于文学中求得之，人世难言之情、人世不足之憾皆可以文学达慰之。是以子长读屈原之骚悲其志而想见其为人，汉武观相如之赋飘飘然若凌云而登仙。至于孤臣孽子曲辞以达难言之情，高人逸士闲适以娱宁静之意，此“尤古今所恒见”，文学之所以独辟境界而快慰人生者“讵不大哉”？设无文学则尘世陷乎凡庸，而人生几无乐趣。故独辟境界而娱人生，此文学功效之六。上述六功效“虽不足以尽文学”，亦可见其“效力之大矣”。薛本同时认为，“文学之功效，本无定也。制作而精工，运用而多方，自可扩而充之，以至于无穷焉”。

4. 文学类型论

薛本认为，“研究科学，贵乎解析精密，尽其类例；斯有洞澈之效，而无函胡之弊。故分类之法尚焉。分类之时，又须注重一点，以为根据。注重之点不一，则分之所类各殊。凡属科学，包罗可资分类之根据点至众。据以区分，莫不类例繁赜。文学为科学之一，其分类之根据点，亦非少数，分类繁赜，理有固然”。择要举之，则分类之法有五：其一，以体裁论，文学可分为记载、议论、辞章三纲，记载纲下又可分为叙记、传状、杂记三类；议论纲下可分为论辩、序跋、告语三类;辞章纲下可分为诗歌、辞赋、箴颂、诔祝四类。其二,以内容论,文学可分为事、理、情、景四纲,"各具细目",又可分为九类,事可分为记事、记言、传人、述典四类;理可分为论理(论事理、论学理、论考核)、疏释(附著之疏释、独立之疏释)两类;情只有达情(达愉快之情、达哀感之情)一类;景可分为写景、状物两类。其三,以品格论,文学可分为八体,即典雅、远奥、精约、显附、繁缛、壮丽、新奇、轻靡。其四,以作法论,文学可分为三种,即模拟、脱化、创造。这三种"实自然之阶级,而不可躐等以求者也"。其五,以功用论,文学可分传世、经世、怡情、通俗四类。此五种分类,"特其最要者耳"。此外,还可按派别、组织、性质、好尚、作者观念等细为剖析,"亦可多得类例"。

同时,薛本还强调文学的通俗性且对通俗文学多有褒扬,认为"夫文学之失,泰过者艰深,率尔者鄙俚;胥为疵类,不足邵也"。因此,"不尚艰深,期于众喻,质而不俚,弗伤雅道;是曰通俗文学"。

5. 文学与语言、文字之关系

关于文学与语言的问题,薛本认为,声音为七情之所宣,但发声而宣情,"失之简单",欲表情感之"繁赜之意",则"语言兴焉"。但口头语言转瞬即逝,不能保留,更谈不上"行远而贻后",故圣哲创"标识以寄之",虚字表声情,实字达意义;故从起源看,语言文字本属相同,虽有虚实之分,不过是表里之别。语言以文字记载下来谓之"语录",最初与"腾诸口舌者"无异;而后则有所修整,剔除零杂冗复,使之"整齐完善"。随着人们修饰润色能力的不断提升,文字臻于精美,则成为"文章"。文章因为其讲究一定的规范且不会瞬息即变,故模仿的人多,可突破时空,人们都能明白其意,此乃"文章之特质"。语言因其随口音、地域、时间而不断变化,"难期共喻,甚至有语无字,不能书写",故其与文章的距离越来越远,"不可复合"。因此,"文章有统一之效,而语言呈纷起之象也"。如周代尚文,语崇雅正,习有程式,有规律、有方法,与文章无异。《周语》《鲁语》《左传》均如是。具体到文学与语言的关系,薛本指出,大致可归纳为四点:第一,语言杂乱,不事修饰,"则难于记录"。即使记录成篇,"必鄙倍繁冗",与文章悬殊。第二,修饰语言,使语录简练隽妙,则"近于文章",而能"济美"。第三,文章语言虽有时悬殊过甚,然"实质相同者"亦非"少数"。第四,升语言以及文章,则语录修饰而统一,"渐与文章适合"。降文章以就语言,则"文章退化而浅俗,语录鄙俚而纷歧"。明白上述四点,"则知文学语言,更为悬殊。偶著俚谚时语,若史乘之存真,则可。若竟以语言为文学,未为得也。或谓远西语文一致,吾国所宜效法,以趋简易。然吾观欧美文学家之作品,遣辞亦重锤炼,结构亦劳经营",故"文学高深,中西皆然"。

关于文学与文字的问题，薛本认为，言语学（Philology）将世界上的语言分为单音语、关节语、谐诘语三类，从语言演变的历史看，似乎单音语、关节语“较善”。且人类思想的发展大抵是由综合走向分析，单音语偏重分析，比较适合“文明国家之用”。习惯常用的东西乃人之常情，哓哓争论于何种语言优，何种语言劣，“决难服众”，且“夫何益”？中国语言为单音系，有着独特的优点。其一，中国文字为纯粹单音，区长短为四声，辨清浊于阴阳，分声势于等呼，究沿革于古今，“极其精微”。又细审音声，详厘部类，音韵之学，发明最多，“裨益文学亦至巨”，为殊邦所“不及”。其二，文字音形相等，无“参差之象”，简单整齐，“卓著于世”。其三，字以形为主，且寓义于形者甚多，观其形即可测知其义。其四，大多字音寓义，认识“极易”。其五，用复合法弥补单音有限的不足，字数虽少亦可“敷用”。其六，多双声叠韵，足以增进“文学优美”。其七，同音同义之字，有假借通用之规律，可使文学“华丽深奥而不平庸”。其八，构造句子，主辞在先，动词居中，宾辞居后，存言语最初自然之序，“颠倒者甚少”。其九，无复杂变化，也无无谓的规律，“遣词制文，莫不达意尽情”，未尝“稍有缺憾”。其十，语法文法囊括众式。西人误以中国语言文章漫无规律，乃其拘“狭隘之法”所致。中国文字的这些特点，造就中国文学之美。概言之，有八大优点：文从字顺，条贯分明；简赅之工，蔑以复加；音单易于成偶，形整归于匀称，俪词偶句，由是繁衍；研精音韵，细别宫商；文辞华丽，半属字形；旁通段借以饰雅言，代替活用以避庸俗，故多渊懿之词，而鲜浅俚之语；偶句孔多，隶事斯众，比物连类，情意曲达；字句简练，音调谐和。薛本指出，中国文字“字有十长，文具八美”，守此自足，亦觉名贵，发扬光大，是在学者，故“扩充固有之英华，而发扬民族之精神”是吾辈之责。

6. 文学个性与国民性论

薛本指出，文学贵乎表现作者个性，故布封有“文如其人”之说，中国亦有“文中宜有人在”“各师成心，其异如面”等论。然天下事有正例，“必有变例”，文学作品也有表里不符者，如《四库提要》曰：“赵抃诗谐婉多姿，乃不类其为人。”此乃所谓变例。故“文之品格，不以人而殊。又何可拘泥而评论哉”？至于文学作品表里不符的原因，薛本认为，一为文士饰词欺人所致，此外，文士取法乎上，大奸日夕揣摩大忠之文，至拙日夕揣摩至巧之论，熟能生巧，故能作之。虽孟子有知言之论，但罕有人能辨认出大奸之忠文、至拙之巧论。总之，作家“泥于所习”，固能“匿其个性”，然其字句之间，表现个性者“亦不能不有焉”，倘能深入细致地体察，还是能够看出。如果作家有心饰词欺人，那么，他就会“周密其词以图售其奸诈”，而其词越追求周密，其漏洞就难免。至于“既非素习，又非饰词欺人，而篇章异乎故常，不与个性相应者”，乃偶有枨触，“情随以迁耳”。盖情以境迁,辞气自异。著其一时之感想,而非"表其本来之个性"。是故"观文者,审察宜入微,分析宜求精。率尔评论,宁不差之毫厘,失之千里耶"?

关于文学的国民性,薛本指出,国民性乃一国之特征,其构成之因甚多,如人种、国土、风俗、精神等。文学因其为精神之一表现,故与国民性"亦有关系"。中国国土广袤、山川秀丽、历史悠久、风俗敦厚、民风纯朴,其精神之表现灿烂辉煌,若认为中国之国民性并无度越"他邦",其谁"信之"? 薛本认为,中国国民性之特质何在、其与文学的关系若何,都是值得探究的问题。中华民族发端于黄河流域,自古以农立国,民勤而保守,重家族意识,崇尚礼仪,这是其根本的民族"资性"。随着疆域的扩充,民族刚柔动静的秉性相互融合,于是"酝酿而成国民性"。其最显著者则为"崇往古,喜传后,尚礼节,重中道,务实际,顺自然,求高深,爱华美,好夸大,能同化"。其表著于文学者更是显而易见。夫惟崇往古之国民性表著于文学,言则古昔,文摹佳篇。倾群言之沥液,漱六籍之芳润。大成集乎前修,巨制蔚乎典雅,渊懿温润,媲美典诰。喜传后之国民性,表著于文学,则垂教立言,泽及万世,"辟涂辙以利来者,藏名山以传其人,故开风兴起者,不绝于时,而专精鸿文者,络绎于途矣"。尚礼节之国民性表著于文学,则"词符轨度而戒畔嗳,文因礼制而殊体要。轻重各有其宜,褒贬无过其情"。重中道之国民性表著于文学,则"辞旨以温柔敦厚为美,音声以中正和平是尚。文质则取乎兼胜,刚柔则贵乎相资"。务实际之国民性表著于文学,则"扶质以立干,炫华以佩实。刻意形容,象其物仪。经国济世,力戒空言。直书实录,明其本真"。顺自然之国民性表著于文学,则"和天倪以养天机,保真美以存真趣。'行乎其所不得不行,止乎其所不得不止。'风行水上,沦漪宛然。恍洋恣肆,蹈乎大方。隽妙之美,由斯而著。冲逸之致,因之而显"。求高深之国民性表著于文学,则"笼天地于形内,挫万物于笔端。缒幽而极奥,探赜而索隐。言恢之而弥广,思按之而逾深。句著倚天拔地之势,文竭勾心斗角之能"。爱华美之国民性表著于文学,则"绣虎雕龙,碎金积玉。藻思绮合,缛旨星稠。缤纷华丽,如古锦之斑斓。绰约丰神,若仙子之妩媚。兰莲未足比其芬芳,笙簧差可同其谐和"。好夸大之国民性表著于文学,则"铺张扬厉,充类至尽。肆荒唐无垠之言,树雄奇骏伟之论。'开拓万古之心胸,推倒一世之智勇'"。能同化之国民性表著于文学,则"收百世之阙文,采千载之遗韵。谢朝华于已披,启夕秀于未振。观古今于须臾,抚四海于一瞬。袭古而弥新,出奇而变化。故能境界别开,日新无穷"。总之,薛本指出,"中国文学,蕴蓄深厚,兼有众美。文质庸奇之篇,沿袭创造之文;莫不各有杰作,足资师范。非若蕞尔小邦,隘陋岛国,一得自足,沾沾自喜。故研习文学者,若能恢宏志趣,发扬特长。追踪前哲之雅文,润色国家之鸿业。于以表著殊异之国民性,而蜚声于世界。是则所谓豪杰之士矣"。

7. 文学与时代、地理、道德之关系

薛本指出，文质之消长，政化之隆污，风俗之厚薄，缘于世运之升降，而“莫不著于文学”，故文学关乎时运而与世推移。继之，薛本征之于文学史，细述文学与世推移的变迁之迹，由此得出结论：“历观各代，有若定律。由斯致思，百世可知。盖文学与世运推移，殆如形影之相随，桴鼓之相应。率由自然，非矫揉造作而成也。”同时，薛本援引了明末清初魏禧的以下观点：“古今文章，代有不同。而其大变有二：自唐虞至于两汉，此与世运递降者也。自魏晋以迄于今，此不与世运递降者也。三代之文，不如唐虞。秦汉之文，不如三代。此易见也。上古纯庞之气，因时递开。其自简而之繁、质而之文、正而之变者，至两汉而极。故当其气运有所必开，虽三代圣人，不能上同于唐虞。而变之初极，虽降至两汉，犹为近古。故曰，与世运递降也。魏晋以来，其文靡弱，至隋唐而极。而韩愈、李翱诸人，崛起于八代之后，有以振之。天下翕然敦古。梁唐以来，无文章矣！而欧、苏诸人，崛起六代之后。古学于是复振。若以世代论，则李忠定之奏议，卓然高出于陆宣公。王文成之文章，又岂许衡、虞集诸人所可望。盖天下之运，必有所变。而天下之变，必有所止。使变而不止，则日降而无升。自魏晋靡弱，更千数百年以至于今。天下尚有文章乎？故曰，不与世运递降也。”薛氏认为此论“殊未允当”，世运变迁，自大体言之，如江流日下，后不如前。故两汉之文不及三代，而唐宋诸文，亦不及两汉。此乃魏禧所谓的文与世运递降者也。但就各个时代的“小节段”观之，则“有升有降”。犹如道有行废，政有张弛。其升时之文学，虽可救弊起衰，究竟“与前古不侔”，故西汉之鸿文，足以矫衰周之弊，而风骨则异于周；唐贤之复古，足以矫六朝之失，而风骨则远不逮前。因此，“世运递降，文学随之”，自唐虞以迄于今，莫不如是，“非有所止也”。其间杰出之文士谓其起衰救弊，度越一二作家则可。若谓能挽回世运，使之不降，如何可能？魏禧不过是“泥于俗论”，且过尊唐宋，因而做出上论，不可盲从。薛本认为，文学既然是与世运推移，故欲明了时代之精神，“亦宜以文学求之”。作家往往会将其所处时代之精神刻露表著于文学之中，以供后世探讨。薛本指出，作家如欲表著时代之精神，须注意三件事情：凡首创之事，新有之物，“理宜实录”。当时之语，理应存真，始能“资后来者之取证”，此为其一。模拟古人之文，原有法程：上焉者，求合其气息，臻于高雅；次焉者，守其规律，以免流弊，或师范名篇，以节浮滥；下焉者，不惬事理，妄模古人字句，致纰缪丛生。“诸家所讥之摹拟，皆指不惬事理者，非谓文学不可法古也。”步武前贤，以得当为佳，“言有界限，允宜分清”，此为其二。文学随时而变，如“水之下注”，不能遏阻。然需“调节之”，去其泰甚。故于因时存真之中，宜“兼重

雅饬”，免“失之鄙倍”，此为其三。明此三者，“虽隆乎今，亦无违乎古。固非率尔从事者所可同日而语矣”。

关于文学与地理之关系，薛本指出，“人之质性，系乎水土，以地而异也。由斯而推，则学术与文学，亦随地势而变迁，盖可知矣。惟地势之分不同，而差别显著，易于辨明者，厥为南北。故就大体立论，恒以南北分派。学术固尔，文学亦莫不然也”。统言之，北方文学崇实尚理，多和雅之韵，闳大之音，思想上笃守平近，固于人世。其缺陷在于朴僿、冗俗、粗鲁、叫嚣。南方文学则冲华逞情，擅藻丽之美，富艳逸之致，具清隽之妙，工绵密之巧，多旖旎之韵，缠绵之音。思想上驰骛玄虚，及乎世外。其缺陷在纤巧、萎靡、姚冶、哀伤。南北文学之差异“原于风土”“发乎性情”，非勉强而成。但其间也有变例。其一为“北人有擅长南方文学者，南人有擅长北方文学者”，其二为“南北文派，亦可融合”。此变例的原因在于“资性每以环境而生变化，而习染亦能转移性情”，“错综参差，不亦宜乎”！正因为文学与地理间有如此密切之关系，薛本指出，名山胜境、林泉清幽“更能助人清兴”，有益于文学，此为“江山有助于文学”也。故喜游览者，其文“必异乎寻常”，因此，游览裨益于文学，“实非浅鲜”，此乃“胸中无三万卷书，眼中无天下奇山水，未必能文。纵文，亦儿女语耳”。

关于文学与道德之关系，薛本援引杨遵彦“古今辞人，皆负才遗行，浇薄险忌”以及《颜氏家训》中“自古文人，多陷轻薄”等诸家所论后指出，“大抵以文人遗行者居多，而明德者实鲜。且谓文章，易使人矜伐，是其原因。虽觉稍过，然足以针砭文士，而促使警惕；固未可厚非也”。《礼记》曰：“无本不立，无文不行。”此谓文行须交相济美。正如王充所谓“实诚在胸臆，文墨著竹帛。外内表里，自相符称。意奋而笔纵，故文显而实露”，又如徐干所言“艺者，德之枝叶，德者，人之根干也。二者不偏行，不独立”，以及柳冕所言“昔尧舜殁，雅颂作。雅颂寝，夫子作。未有不因于教化为文章以成国风。……夫君子之儒，必有其道。有其道，必有其文。道不及文，则德胜。文不知道，则气衰。文多道寡，斯为艺矣。《语》曰：‘文质彬彬，然后君子。’兼之者，斯为美矣”。随后薛本指出，“文学道德，贵乎贯通。能如是者，德愈峻而文愈美。岂必使人矜伐，忽于持操哉！文行交勉，是所望于教者矣”！薛本历数中国文学史上之大家，认为其均“文行兼崇”，既为“文学之宗匠”亦为“人伦之圭臬”，文学家应效法他们，“尊德行而道问学，培根本而发文章”，做到文行并成。

8. 文学与学术、环境之关系

关于文学与学术的关系，薛本认为，学术影响文学“至为宏巨”，欲使文学超乎流俗，当以学豫之。文学须以规律为“节制”，又须以学术为“根本”，这是古今文士之共识。古代的文学名家“非第研精规律而已”,大抵学有本源,制文而外,且有著述,或建树事业。枵然无物者,虽神明乎规律,其不为肤廓之空文者鲜矣。故为文者当探讨学术,多读书,择其要者而专精之,做到“学宏博而文雅懿”。尤其近世,百科并列,名实各殊,何者对文学有所裨益?从资之而深者看,有言语学、逻辑学、美学、心理学、伦理学、哲学、史学。而从辅之而美者看,有音乐、图画、雕刻、佛学、天文、地理、数学。从参之而善者看,有物理、博物,以及各种学术。故非尽通群学不足以文学鸣。但如此多之学科,为文者如何尽通?薛本认为,要把博习和专精结合起来。所谓博习,有三点要注意:主要学科必须精通,“以植根本”;辅助学科宜“明其纲要”,以宏学识;参考学科知其梗概足矣,行文中若有牵涉,临时补习亦可。所谓专精,也有三点须注意:首先,言乎文学,古今派别,极为复杂,即使在同一时代之中,也是差别很大。为文者起初当遍究各派,“以穷其变”,最终却是要笃守一派,以求其精。其次,言乎学术,各守专精,“好古者考先民之精粹,通今者撷世界之英华”,约守专精,始克成家。再次,言乎书籍,守要之道,当在《史记》《汉书》《资治通鉴》三书中,“择一熟读之”,自可收事半功倍之效。

关于文学与环境之关系,薛本认为,“文学与环境,极有关系”。处顺境者从心所欲,兴高采烈,故能“摇笔散珠,自鸣得意”。而处逆境者环境坎坷,庸人会自苦,但才士却会受到激励,发愤于文学。故古之诗人往往因穷愁憔悴而专一于诗,字斟句酌,成铿锵幽渺之作,此乃“诗穷而后工”。但薛本认为,这种穷境乃狭义之环境,从广义上看,文学的环境包括如下方面:第一,家世。凡是家族亲戚之间,“有以文学鸣者,影响所及,文士辈出”。第二,师友。古之攻学者必借乎师友。师所以传道授业,友所以砥砺切磋。故能笃守家法,繁衍宗派。“求学如是,习文亦然。”自古之文学家,未有不得力于师友者。第三,倡导。古人倡导文学,方法各异。如有以爵禄尊宠文士者,有以文社宣扬文风者,有以选本昭示宗旨者。总之,薛本认为,“环境足以转移文学”。

第二节　西式框架中的中国面孔:潘梓年的《文学概论》

潘本《文学概论》是据潘氏在保定育德中学文学研究会上的演讲整理而成,于 1925 年 11 月由北新书局初版,又于 1928 年三版。相较而言,三版在体例和内容上更为合理。在体例上,潘本由代序、文学概论五讲、结论、附录构成,其中代序主要讲述什么是文学,五讲则包括鸟瞰中的文学、内质与外形、文学中理智的要素、文学的变迁及派别、文学的分类和其比较等内容,附录主要由怎样研究文学、泰戈尔来华、读诗与作诗、艺术论构成。保定育德中学文学研究会在为潘本所作的《弁言》中认为，潘本没有阅读障碍，“易解”且“简明精确”，读一两遍后，至少能得到关于文学的“正确的和历史的概念”。

1. 代序：什么是文学？

1.1 文学在学科体系中的位置

潘本认为，要明白什么是文学，首先要明白“文学在许多学科中的位置”。每一学科都是“以人类的生活做中心”，也与其他学科有着密切关系。学科的划分，只是为了研究的便利，故“各学科都各有他自己的相当位置”。[①] 所有学科可分为三类：自然学科、社会学科、人文学科，文学属于人文学科。人文学科中与文学最为接近的有修辞学、史学、哲学等。文学和修辞学接近，是因为它们都是研究“文字的运用的”，但后者是“以运用时的法式为对象”，前者则是“以运用时的艺术为对象”。文学和史学都记述“人事的变迁”，但史学是“以整理关于人事系统为目的”，文学则是“以表出人事中所含有的生命为目的”。文学亦与哲学接近，因为它们都探寻“人生的真迹”，但哲学是“从理智方面考求人生的究竟”，文学则是“从情感方面呈露人生的真相”。虽然有时修辞学、史学和哲学也有“很好的文学意味”，但这只能说明它们之间的密切关系，而不能混淆其各自所属的学科。

1.2 文学的内容

潘本认为，文学自己是没有内容的，因为“文学是个抽象的东西”，是从许多具体的文学作品中抽绎出的“几个普遍的性质和一般的类别”。所谓文学的内容实际上指的是“文学作品的内容”。文学的内容是“人生”，具体言之，是“人生的情感方面”。人们的生活包括“智识”和“情感”两方面，后者“占去人生的一大部分”。文字是“智识的记号”，也是“情感的象征”；文字在表达智识上功效很大，无论智识如何进化，都可“用真确的文字发表”；情感则不同，它不可捉摸，变动太复杂，藏匿太迅速，“不许生硬的，笨重的文字去追随，去摹拟”，真能自在地、精密地表现情感的只有音乐，其次是舞蹈、雕刻、绘画，最后是文字。故最好的文学一定尽量地接近音乐的境界——内容和形式完全合一。文学的内容应是“纯粹的情感”，是“刹那间生命所流露一片整个的，不可分析的经验之原形”。判断一部作品是否是文学需要看从它里面是否找着了“‘人’的经验，‘人’的生活，‘人’的自我之跳动”，能引起我们高洁的情思，或使我们享受甜美的陶醉，或教我们发生遐远的驰慕的，才是真正的文学。反之，无论其如何秀词丽句，包含怎样高深的至理名言，都不能算作文学。

① 潘梓年：《文学概论》，北新书局1928年版，第2页。本节引用未作特别说明者，均引自此书。

1.3 文学的形式

潘本指出,人的生命是一个流,不断地“向着一个永久流去”。这个流反映在声音上成为音乐,在色彩上成为绘画,在形体上成为雕刻,在动作上成为舞蹈,而它反映在文字上便成为文学,故文学的形式就是文字,文学是“用文字做形式来表示生命之流的纯粹感情”,故形式是文字而内容不是纯粹的情感的,以及内容是纯粹的情感而形式不是文字的,都不是文学。

1.4 文学的使命

潘本认为,艺术的功用在于调和人的生命,文学也如此。从消极方面说,这种调和就是把人性中紧张的、被压抑的部分“舒散一下”“扬眉吐气一下”,使人的人格不至于畸形。文学的较大功用在积极方面,人的行为就是人性之活动,人性的活动则循着三条途径:或为盲目冲动,或为持久的、循轨的、有目的的动作,或为不堪压伏、激成反动。其中反动又有两种形式:一是变本加厉地反常动作,这通常是激烈危险的。一是找不到出路,遁入空想,这虽然没有实际的危害,但往往空耗人的心思才力。社会习俗、个人习惯都有一定的“固定性”,常会限制或压抑人的富于冒险、富于创造的人性。艺术则可“补救日常生活中那种呆版的,紧张的缺陷”,使那些在实际生活中找不到出路的人性在艺术中“得着一种高尚的,建设的活动,做有生产的工作,以为积极的练习”,使“人生不陷而为干枯的,狭窄的牢狱,而变成丰富的,广大的有生气的游戏场”。故表面上看,艺术似乎在人生上没有什么功用,其实并非如此。文学除负有一般艺术的使命外,还有特殊的使命,即“预言的使命”。文学是“时代的先驱”,社会上有了不安都会迅速反映在文学上,社会组织有什么变动也会很早在文学上见出“朕兆”,文学家的幻想在数十年、数百年后果然实现的例子随处可见。故文学是“生命之流的试验纸”“社会生活的测候器和地震计”。这是因为文学纯是人们情感的流露,人们的情感对生活的苦乐和社会组织的协调与否有着敏锐的觉察力,所以我们可以在一时代的文学中照见当时人心的趋向,预测将来的变化。这是文学在人们生活中“有唯一的价值的地方”。

1.5 文学的定义

潘本指出,“文学是用文字的形式,表现生命中的纯情感,使人生得着一种常常平衡的跳跃”。同时,“文学的内容要充实,真确,自然;文学的形式要精密,熨帖,自在”。总之,“文学以愈接近于音乐的境界——即形式与内容愈能吻合、和一,为极则”。

2. 文学概论五讲

2.1 鸟瞰中的文学

2.1.1 艺术与科学为求真的两条大路。潘本认为,文学和科学都是"一种求真的努力"。人们常会认为文学"完全是主观方面的东西",但这只是知其一不知其二,作家总要在作品中表现"他自己的真情真感",他对别人不需要负"真不真的责任",但对自己是绝对要负的。故求真对作家自己来说"是的确的"。况且一部作品问世后,总多少有几个人是其同情者、"真之知音者",故求真对于文学的观照者也是"的确的了"。但艺术的"真"不能用科学的"真"来衡量。科学求的是"真智",即"理确而用宏",其证据"放诸客观而无不妥适"。艺术求的是真情,即"意长而味永",其证据"诉诸主观而无不调洽"。潘本指出,不同于科学之真,艺术之真的内涵是"提高人生"。如此,科学之真能使我们认识"事物的来龙去脉",知晓安乐的人生应向何处去,艺术之真则能使我们认清"人世间情态的千变万化",明白幸福的人生如何获得。总之,潘本认为,"人生是在求真的路上走去的。这求真的大路有二,就是科学和艺术,科学只求得真的一面、客观方面的真,须得艺术来把真的另一面、主观方面的真求出,然后人生始得有整个有的真;科学是求渐近于'精''确'的知识,艺术是求渐近'精''确'的情感"。科学具有普遍性,愈近于真的科学,其普遍性越大,愈能符合一般人的经验。艺术也有普遍性,凡一件好的艺术品必能引起观照者"心弦上的共鸣",愈好愈可得到人家的赞赏,即同情,其所表现的愈为"人间之至情",就愈符合一般人的经验。另一方面,科学和艺术都具有"孤高性"。科学愈高深,所讲的知识愈精细,愈难得一般人的了解。艺术亦如此,愈是精品,能赏识的人就愈少,因为它在人们心弦上引起的振动愈精微曲折。故感觉迟钝的人,是无法领略高妙的艺术的。"普遍"和"孤高"、"确"和"精"这两种性质,看似相反,其实是愈"精"愈能"确",所以,它们都是"真"所必须具备的性质。

2.1.2 真实非实在(Reality is not actuality.)。潘本指出,一般人认为,合乎实在的才是真的,反之则非,其实不然,如果所有能感觉到是实在的就是真实的,那就无须科学和艺术费力去求了。真实不一定是实在的,实在也不都是真实。关于后一点,潘本认为,实在是混杂、散乱的,真则是纯粹、清晰的。实在中有真,亦混杂着不真,一般人不易分出,须有求真者把散乱的真整理成清晰的真提供给人看,才能被认识。我们都看见物体下落,但没有牛顿,谁会知道是引力的作用。自然的风景、人事的扰攘是人悲欢苦乐的源泉,但如果没有艺术家,人悲的是什么、苦的、乐的又是什么,是不清晰的。可见,科学只是把枝叶删去,择出可以整理出真正知识的材料。艺术也只是把枝叶删去,择出"真能表得出深刻的情绪的材料”。关于前一点，潘本认为，实在是表面的、破碎的，真实是深入的、完整的，把实在中的不真剔除、挑出纯粹的真来，还不能得到“完全的真”，这就需要“用理想在实在界不完全的地方，添补上什么”，才能获得“完全的真”。艺术是这样的，科学也同样如此，没有想象，科学就“绝对组不成完密的知识”。但这并非意味着科学是想当然的，而是为了说明真实不一定要实在。人的真实生活是主观自我与客观环境相互作用的结果，要得到人的真实生活，客观方面需要求得“真实的智识”，主观方面需要求得“真实的情感”，它们间的相互作用不会因为一方错误而致“蹊跷”，这样，人生就是安乐幸福的。客观方面的知识出现错误，人生就会“困顿而不安乐”，主观方面的情愫有了错误，人生就会“有罪恶而不幸福”。科学就是追求真实知识的努力，艺术则是追求真实情感的努力。跑到环境里为人搜集材料，向人指点“某某条件具备时，就要有某某情形发生”，这是科学家。站在自我跟前替人搜集材料，并指出“某某情境来到时，就要起某某种的情感”，这是艺术家。这些材料，有的埋没在实在中，有的隐藏在理想中，故要有科学家和艺术家来搜求。

2.1.3 求真情和求真知的不同。潘本认为，艺术的求真情和科学的求真智不同，前者是间接的，后者是直接的，其区别完全体现在“表出”上；科学传达的智识人们可以完全领受，得到一个明确的观念；但艺术传达的情感则不行，因为一个人的情感，别人是无法知道的，你只有让他也起这样的情感，别人才能明白，故欲使别人“很清晰的把这刺激受了去”，鼓起“他的心弦”，必得把引起自己情感的刺激丝毫不差地“描写出来”。艺术的求真情和科学的求真智虽一样，但在“表出”上却是不同的，科学只需用“一句明白说话”表达出求得的结果就可以了，艺术却必须要把引起具体情感的刺激“照原形重新演述一次”，而且不能和原形有出入，也不能不精确不真挚，否则，别人受到的情感就和艺术家受到的不一样。所以，科学只需“发现”，表达不会有什么问题，艺术则不然，它固然也需发现，但最关键的地方还在“会发表”。发表之所以难，是因为“发现之不亲切”，艺术传达情绪，情绪自身虽不可捉摸，但“引起情绪的刺激”却是“有处找寻的”，艺术家只要找到了这种刺激，“情绪的自身也就有了下落”，传达情绪也就有了把握。这就要求艺术家要把“发生情感的真刺激看清楚”，故要会发表，就要会发现。艺术之所以也是求真，道理就在此。科学家所要看清楚的只是最后的结果，至于生成这结果的过程，即使忘了也不要紧。但艺术家不行，他“发现一个情感的时候，就必要立时把这情感由所引起的种种情景牢牢捉住，保存得好好的，那么表现时就不愁不精确了”。另外，艺术还具有“永久性”。科学知识是新的知识推翻旧的，有了新的知识就不必再读旧的。而艺术所承载的情感不会衰老，一件艺术作品问世，每个历史阶段总能读出一些新的东西。其原因有二：第一,艺术所载之情感与科学所载之知识性质不同。知识是"永定的",掌握后就不会失去,即使重温它结果也一样。情感是瞬变的,"捉定了以后随即就逝去",需要再读才能"重兴涌起",且常会"益加浓厚"。此外,知识是会衰老的,有了新的,旧的就可以摈弃,而艺术所载之感情却绝不会衰老。第二,艺术作品本身也和科学作品本身的性质不同。艺术的意味与其说寄存于"作品的内容",不如说寄存于"作品的本身"。欣赏作品产生的情趣,一部分固然来自于作品的情节,但大部分却来自于"那美妙的表现方式",即作品本身。此外,作家的作品都有其"特有的风趣",各人的背景、胸襟不同,其作品无论内容相同到何种程度,其色彩、情调"始终是不容湮没的"。此外,艺术品虽"个性"强烈,但并不意味着它没有"普遍性",因为它所表现的是"一个仪态万状的情感之一态",那情感的本体仍是亘古不灭、中外通有的。艺术除和科学有空间的普遍性(人们一直认为的,与一般人的经验符合,引起情感上的共鸣)外,还具有科学所没有的时间普遍性,即永久性。艺术的最高目的是使观照者产生具有社会性的审美情感,故显然艺术具有普遍性。

2.1.4 文学为间接的艺术。潘本认为,别的艺术所用的媒介自身引起人们美感,直接起到作用。文学的媒介是文字,引起人们情感的不是文字自身,而是文字引起的观念,由观念再引起读者情感,只能间接起到作用。文学作为间接的艺术,它在求真情上更为不易。因为观念是抽象的东西,宇宙间的事物千变万化,观念也随之变迁,但文字的数量却有限,如何用有限的文字来表现无限的观念是作家的大难关。打破这个难关,唯有"具体写"一途,即"把观念所比附的事物的本身拖了来"。总之,文字本身是不能引起人们的情感的,它能引起某种情感完全是因为它在习惯上是引起某种观念的符号,置言之,引起情感的不是文字本身而是它所含有的意义。文字作为符号是无法跟着观念的层出不穷而花样翻新,故欲使文字足以引起某种观念,最好的方法是"描写织成这个观念的诸影象的诸事物"。此外,潘本还讲述了时间、时间美以及文学与听觉、文学与时间美等问题,在此不再赘述。

2.1.5 文学的冲动。潘本指出,可从心理活动和社会生活两方面找寻文学的起源。就后者言,艺术是产生于生活上的功利动机的,和实际生活有着密切的关系。不过这种理解与其说是"文学的",还不如说是"社会学的"。探讨文学的根源,只要把"心理活动上的根源"找出来就够了。这个根源可称之为"文学的冲动",作家之所以创作就是受到内心冲动的驱使,使其"不得不说,不得不写"。细言之,文学冲动有四种:自我表现的愿望,对于人们及人们的行动的兴趣,对于我们在里面生活的实在结合我们希望它实现的理想界的兴趣,格式的爱好。潘本认为,这四种冲动就是文学"在心理活动方面的起点",无论什么文学，只要是真的，“必定有这些冲动之一个或数个在他的后面鼓荡着”。

2.1.6 文学的种类。潘本认为，文学的种类有就体裁（形式）分的，也有就实质分的，潘本采取后者，即根据文学背后是什么冲动来分类。潘本指出，文学冲动有四种，对应的文学种类为五种。第一种“各个人自己的经验”，属于个人经验的文学；第二种“人人大家的经验”，属于关乎人们日常生活的文学。这种未必就是社会的文学，因为它表现的是对人们生活的兴趣；第三种“人与人的关系”，即“全个的社会或世界与他自己的活动及问题的关系”，属于社会文学；第四种“外部的自然界与我们同他的关系”，属于自然的文学；第五种“人在各种文学及艺术下面，自己创造与表现的尽力”，属于批评的文学。综上六个方面，潘本指出，“文学不过是把宇宙间所有能引起真的情感的事事物物——不管是实在的或理想的，形式的还是实质的——找了出来，描写出来，使读者可以得到真实的情感，以完成其真实的生活”。

2.2 内质与外形

2.2.1 内质。潘本认为，文学的要素由智慧、情绪、想象、组织（风格、技能）构成，前三者属于内质，第四属于外形。关于文学的内质，潘本指出，文学的内容是情感，情感有智慧、情绪、想象三成分。先看情绪，潘本指出，丹纳认为，文学是环境、种族、时代的产物，这就是说，文学的情感同时代和历史关系密切。这里的种族是指一群有其特殊的历史、风俗习惯和政治经济，有悠久的历史和现在的一个民族。所谓时代则指时代潮流。不同民族间的新的接触、科学上的新发明、知识的进步等都可激发产生新的时代潮流，进而造成人们精神和物质生活上的混乱，时代就是指这种精神、物质上混乱状态的总体。时代潮流虽有同化不同民族的趋势，但各个民族有着自己的历史背景，对于潮流的反应也各有各的色彩，于是，“这种民族和时代的两道源泉就组织出极复杂的情感”。至于环境，它更是会在人的情感中“印上一个痕迹”。由于环境的差异，即使同种同时的人，也会有着不同的情感。文学与历史、时代关系密切有着如下内涵：一是读者如先明白了某种族的历史和某时代的潮流及作者的环境，就可以真正地了解作品。二是真正的文学必能反映出某种族和某时代的特色。三是作者如果不是受历史的重负、潮流的激荡、环境的压迫而情感上起了热烘烘的波动，绝不能生出真正的作品。关于文学和种族的关系，潘本认为，任何一个民族的文学，都会带着产生它的民族的“种族性的幽灵所产生出来的情感”，法、英、俄文学都是如此。关于文学和时代的关系，潘本认为，文学与时代的关系更加明显，所以有人说文学是“时代精神的正确解释”，也有人把文学看作研究文化的“唯一材料”。作家之所以伟大，就在于他有意识或无意识地“摄收了时代思潮”，“用他的笔做一管有力的射水器把那思潮直喷入一般人的血管里，激起勇猛的时代运动”。关于文学和环境的关系，潘本认为，答案就在“文学是人格的表现”这句话里。我们对作品感兴趣，并非因为其材料，而是因为其处理材料的方法。方法就是一种态度，即作者注入方法中的他的人格，即作风。故同样的材料，作者不同，会显出甚至是相反的意味。因此，如果我们“只看到作品里的人物，事实等等的报告而没看到这报告里的作者之人格，就完全没有领略到文学的意味”。而人格不过是时代潮流、种族遗禀和生活环境熔铸而成的结晶体。环境中风景、气候、遭际、教育等对人格的影响更大。作品中的人格，可以说是“环境在作品里的反映”。因此环境变了，作者的作风亦会随之改变。潘本同时补充认为，作为文学的情感一定要有价值，即要合理或适宜、生动或有势、持续或恒久。

对于想象，潘本指出，经验中获得的情感大多是散乱的，须将之“整出一个系统来”方能写出作品。作品又大多生于触景生情的“灵机”，这种触景生情的情感，其胚胎不在“当前的客观形景中”，而在“主观方面先前的经验中”，这种情感无法表现，需要设计出一个对象将之客观化。这种整理和设计都要依赖想象。从性质上说，想象是“照了主观的意欲设想出一个对象来，把主观的情感寄托在上，使之有迹象可寻的一种心理作用”。想象不是凭空而想，其“在经验中有其根源”。就性质上看，想象分为再生的想象和产生的想象两种。关于想象的功用，潘本认为，主要体现在挑选、整理、解释与补充上，挑选即把经验中那些趣味浓厚的保留，无趣的淘汰下去。整理即对经验分门别类，发现它们的关系，抽出它们的相类性质等。如贾宝玉并不是作者的整个化身，不过是把他当年所经验的整理起来的一个结晶的人格而已。人们对于外界的事物往往喜欢给予一种解释，事物得到这解释才会变成一个人生活中的一部分而“生出活跃的意趣”，这叫“事物的人格化”。在创作中，作家自己经验以外的材料都是要进行人格化的，作家笔下的事物都要受“作者人格的辐射”，是“获得作者所给与的生命的一件活的东西”。

2.2.2 外形。潘本指出，若无适当的外形，则文学的内质“无由表现出来”，即“非得有个定形不可”。所谓定形就是“恰能和内质适合的具体形式”。故无定形则内质无由表现；定形不合适，内质就得不到完善的表现。文学的外形是语言文字，从表现功能上可将其分为文字（单个的字或词）、组织（章句）和声调三部分。关于文字，潘本认为，文学是文字的表现，文字对于文学来说很重要，说文学不过是“研究语言文字的运用在表现上怎样才最有力量的一种哲学，也不算过火”。文字的意义和用场往往有“前定的范围”，想象和情感则变化不居，用文字来表现它们，虽有现场的便利，但总是会有不能适合的苦痛。故恶魔派主张作家“竭力利用文字的暗示力”。关于组织，潘本指出，语言文字的短处除具体写法可以补救外,组织和声调也是“最有效的辅助”。恶魔派所谓的语言的暗示力完全就是通过“把文字组织成章句后所生的一种力量”,故文学家最重要的工作在“调和文字”。对于声调,潘本认为,与其说文学是眼睛的艺术,不如说它是耳朵的艺术更妥当。真能表达人之情绪的是“抑扬、徐疾、婉约、奔放的声调”,故声调要素在文学形式中“很是重要”,要表情表得恰切就要“声调用得适当”。关于三者的性质,潘本指出,组织的表现能力要比字大得多,越是能力大的作家,越喜欢用特别的组织而不是字来表达,若只在用字上做功夫,作品是不会好的,尤其是在表现复杂细腻的情感时,更是要在章句篇段上下功夫。至于声调,潘本认为,文字原来只是语言的符号,语言完全是声音上的一种表现,所以文字有无力量,就要看其是否是所要表达的那声音的适当符号,因此,象音文字比象形文字要合用得多。

2.2.3 质与形的关系。潘本认为,质与形的关系可从四方面理解。第一,发生。依理是先有质才有形,但事实上先有形后有质的也不少。不过这种最无价值,内容也很无聊。第二,感应。关于作品引起读者同情、感动的究竟是质还是形,似乎形的力量比质要大,因为既有内质好而外形不好的作品引不起人的同情,也有内质空虚、外形俊美的作品让读者觉得有味。但这都不是真实情形,内质脆薄的作品,即便能引起读者的同情,也只能是“浅薄的味道”,不能有“深刻的感动”。只有内容充实的作品,才能“入人深”,有久远的“感应力”。第三,欣赏与研究。就欣赏而言,我们欣赏作品,自然要求其内质与外形都好,这样才能觉得有“引人入胜之妙”。但没有好的外形,往往引不到质上去,故形在欣赏上也很重要。就研究而言,人们研究文学,只能研究其外形,不能管其内质,因为要求内质美好,是要在别的时候做功夫的。故学也好,批评也好,总是“应在形上多用些功夫”。第四,价值。文学的价值是内容的事,是就文学对社会的影响而言的。

2.3.文学中理智的要素

2.3.1 有所为与无所为问题。潘本认为,关于文学作品的创作是“有所为”还是“无所为”,前者把文学贬低成了“人生中次一着的活动”,降低了“文学的地位”;后者又把文学当成了一种“极其神秘的东西”,把它弄得“不可捉摸”。事实上,明白了文学和道德、文学和主义这两个问题,文学创作有所为还是无所为的问题就自然解决了。关于文学与道德,潘本指出,文学和道德二者范畴不同,目的也各异,文学的意义在“创造”,在“开辟新境”,道德的价值在“保守”,在“尊重现实”。如果从道德的观点来看待、批评文学,那就“非糟不可”。但若因此而否定道德和文学的关涉,亦为不可。因为从效能上看,任何艺术活动都是“社会性的一种发挥”,都在观念地表现“一个善的或恶的社会”,使现实社会与之“共鸣起来”,得到一种“进步的或退步的结果”。文学虽不能等同于道德,但它之中“自有道德性的存在”。道德和道德性不同,之所以不能用道德来观照文学,是因为道德是固定化了的标准,规定着人们观念的活动范围,不准“有所荡逾”,文学既以创造为原则,就不会去就什么固定规范,所谓创造,就是“生命力的新发展”,就是“不住的向上”,而这种向上就是一种道德性。居友指出,“最高等的艺术品,不但以刺激我们心中极强锐的感觉为目的,更是为了刺激最阔大最社会的感情而作的”。福楼拜也说,“所谓美的东西,即不外乎最高的正义”。总之,潘本认为,道德是在“用服从的方法维系已经大家公认的正义”,艺术是在“用反抗的方法喊出尚未有人承认的正义”。关于文学与主义,潘本指出,把文学作品和宣传品一样看待是不妥当的,当然,文学要有“时代的精神”,但文学属于文化,是不自由即委顿的东西,故无论我们如何期望一时期的文学应有某种精神,也“决不能以一种主义做前提来立一种文学论”,论文学应完全用“真的艺术的信念做基础”。但这并不意味着文学与主义无涉,主义笼罩着一时代潮流之全体,用主义来观照一时代之文学未为不可。“文学是时代的先驱者”“文学有预言的使命”,这些均表明文学的敏感性是“任何物所不及的”。在其他人还在茫然无所感知的时候,作家能够较早地感知一种主义里所裹着的社会法则,虽然他不能“作出一个明确的理论或观念”,但“那趋势的全姿态”,他却能“直觉地吸取而艺术地表出”。此外,文学的根本作用在于引起读者的“共鸣”,而共鸣亦为煽动、宣传所期望达到的结果,故一味否定文学是宣传,则无异于取消文学的意义。只是在方法上,文学的宣传是通过“具象地描写”,而宣传则是“观念地注入”,其效果是一致的,故文学与主义的关系甚为密切。总之,潘本指出,文学与道德、主义都是人们精神生活方面的“一种趋势”,都体现着人们生活在进展中的“一个倾向”,也都是“文化的指数”,故其精神“不能不是一致的”。它们的形式不同,表现方式也各异,文学的形式是艺术,道德的形式是规律,主义的形式则是信条,文学表现的是浑穆的感觉,主义表现的是抽象的观念,道德表现的则是具体的行为,各有领域,各有面目,各有特性,万不能等而视之,也不能用道德或主义的法则作文学之准绳。它们间的关系亦不能忽视,文学一方面是“无所为”的,作家的创作需要纯粹艺术的信念和立场、忠实于情感的表现,不能有道德或主义的观念“参谋其间”;但文学又是“有所为”的,它在人生上有重大意义,“不容有违反潮流的制作”,文学应当跑在道德和主义之前,而不是落在其后面。

2.3.2 文学在艺术方面的理智要素。潘本认为,文学的艺术无非意境构造和文字使用两方面。造境不能凭空杜撰,须对眼前的环境有“亲切的,深刻的观察”,故文学在艺术方面的理智要素可分为观察和表现两方面。关于观察,潘本指出,观察有分析和发现两层意思,不分析绝不能察到深处、察出真实来。情感虽由外部情形所激荡,但内部若无感受力,情感就不会发生。感受力产生于感动力,人对外在世界产生何种感触,完全要看其“分析的智慧是怎样”,智识程度高的人面对自然和社会会有深切的、精致的发现,但在原始人那里,情况就相反。文学是人们“发现了什么的报告书”,故有“文学是追求事实的根本意义”的观点,而追求的工具“舍智识莫由”。智识水平的高低,决定着人的分析能力的高低,也决定着他究竟能进入事物深邃的内部还是流于表象。所谓发现,就是见出事物间的相互关系,这离不开经验,是“经验的结果”。而经验和经历不同,后者只是“盲目的阅历”,前者则是经过智识分析的经历。故经验归根结底离不开智识,智识高则“见地自广而经验自富”,感情的触发亦详尽而精确。关于表现,潘本认为,表现就是把所发现的“用文字来表之于外”,它是文学创作过程的最后一步。表现需要方法,其方法有三:官能的、心理的、情调(象征)的。官能的表现法就是“利用人有刺激性的官能”,文字使用上在“能激动读者的官能上下功夫”。这种方法产生的作品描写精致逼真,不带作者情感,自然地激发读者的官能,使其兴奋之情油然而生,并与作者共鸣。写实派多用此法。心理的表现法就是不写事情的本身,而写发现事情者的心理,以唤起读者的同情。此亦为写实派常用之法。情调的表现法就是不写事情的本身和发现事情者的心理,只写后者的情调。这极不易写,只能借同类的具体事物来象征此情调,象征派常用此法。潘本指出,有人认为文学是直觉的,故情感“不可分析”,但文学表现的情感不仅是自己的,也是他人的,他人的情感不经分析就无法表现,可见此论实谬。官能的表现法完全是反直觉的,心理的表现法含有几分直觉的意义,情调的表现法则完全是直觉的。官能法和心理法都需要深刻观察,显然需要智识的要素。情调法似乎与智识无关,其实并非如此。所谓的情根本上是不存在的,无非“智识的波浪”而已。没有智识的寄托,情感也就不存在了。情感的浓与薄,由经验之多少而定,故情感的产生与智识关系密切。智识愈高,则情愈广,内容也愈复杂。另一方面,要找同类的具体事物来象征自己的情感,一定要靠智识。反之,同样的事物,观者的智识高低不同,其所见出的情调也不一样。可见,文学之情都是经验的结果,文学在艺术方面也与智识有着很大的关系。

2.3.3 文学在效能方面的理智要素。潘本认为,这主要涉及文学和思想的关系,思想对文学是很重要的,文学价值与思想的好坏关系很大,文学的创作与欣赏虽然似乎纯为情绪的作用,但其实情绪与思想关系密切,思想不健全的人,其表现都只是“片面的”,其表现的情绪也常是“变态的”。譬如“不了解唯物史观的人,或拜倒在黄金足下;颂扬资本主义的人,他对于贫穷者的生活能有真实的了解吗?能有真实的同情吗?他遇着资本家和无产阶级冲突的时候,将发生怎样的感想?他对于那冲突的事件又将作怎样的观察”?文学是历史的灵魂,其最大的价值就是能够表现一个时代。历史只记载外部事实，而其事实的含义的流传，非借文学的力量不可。故生活的根本意义，只有文学能够表现出来。文学能表现时代精神，情感也是思想开的花，因此思想在文学中是不容忽略的。

2.4 文学分类

潘本认为，文学分类素有分歧，一半缘于文学范围有广狭，一半缘于分类观之不同。潘氏将文学分为三类，即小说、诗歌、戏剧，自然论文、杂记及小品文亦可包括在文学之内。关于这三类文学之不同，潘本认为，戏剧的最大特点是以动作为媒介来表现情感，它虽也用文字来表现，但主要部分在动作。戏剧与小说的不同有六：第一，小说所占时间上的区域毫无限制，剧本要受时间限制。第二，编剧自己不能说话，一切情感和情节都只能用动作表现。第三，小说是给人读的，戏剧是预备到剧场上演给人看的，剧本要表情明显，又不可太过火，感情要把握好。小说的读者可以一次看不懂再去看第二次、第三次。第四，小说纪事可以忽前忽后。剧本要使人忘记自己是在剧场，让人感到仿佛置身于社会生活中一样，剧中的事须是一个时间的，剧中时间空间前后不能脱节。第五，小说的工作是个人的，编剧的工作是多方面合作的。第六，编剧家必须比小说家多一种研究，小说只需研究所描写的人的心理，编剧家还需研究看客的心理。对于诗和小说的区别，潘本指出，从形式上讲，全在于有无音节。从内容上讲，区别有二：第一，小说是偏客观的，小说讲一件事，是要从这件事里教读者接受一种情感；但诗人写的不是客观的具体事物，而是它在主观上所引起的一个波浪。第二，小说是描写的，诗歌是吟咏的。小说是要告诉读者一件客观事物，所以要去描写这件事物，使读者看了以后，对于这件事物能够清晰明了。诗人则把握住能引起他情绪的事物，反复吟咏，直到畅发了他的诗怀为止。有时诗人也要去描写，但他所描写的主要是主观的感官，不是客观的事物。

2.5 平民文学论

潘本指出，中国的平民文学譬如一条泉水，秦汉以前是流在地面上的，如《诗经》《楚辞》等都是“当时平民文学的汇海”，但在汉以后就流入了地底。汉以后平民文学之大势就按汉歌到唐诗再到宋词、元曲、明清小说这个方向走去。平民文学所表现的都是人间真实的情感，或民间疾苦，或大自然情趣，不像载道的正统文学，替君王讲求些保持“子孙帝王万世之业”的所谓“道理”。平民文学的内容是人间真实情感，所以其外形就可以不客气、无顾忌地换一个新的，这些新的总比旧的完备些，合于表现多几方面的情感。如词比诗自由些，到了小说是毫无拘束。中外文学的变迁都是环境先变，生活继之，于是思想改变，然后情感变其方向，文学遂不得不改变其形式。因此文学的变迁是必然的，即所谓的时代性，不是人们可以有意为之的。

第三节　述旧与求新:陈介白的《文学概论》

陈本《文学概论》于1932年由协和印书局初版,在体例上,分为五编十四章,其中第一章另有导言,第一编论述文学的本质,讲授文学的定义、文学的特性、文学的内容、文学的形式,第二编论述文学的流变,讲授文学的起源、文学与人生、文学的变迁,第三编为文学分论,讲授散文的原理、诗歌的原理、小说的原理、戏曲的原理,第四编论述文学的批评及创作,讲授文学的批评、文学的创作,第五编论述文学与道德,仅辟一章讲授。

1. 文学的本质

1.1 导言。在导言部分,陈本指出,文学概论乃"给一般人了解文学原理的学科",如文学的定义、起源、性质、形式、派别、变迁、批评等都是其讨论对象。但文学家不受这些规律与原理的约束,甚至他们有时还会蔑视这些规律和原理,因为他们有创作的自由意念。一个人并非通过文学概论就可尽"文学的能事"成为文学家,文学概论只是研究文学的一种入门工具,欲一探文学之究竟,还是要直接去读各种文学作品。所谓文学的规律和原理,都是从已成的文学作品中分析、归纳出来的,正是如此,文学概论只能使人们回顾文学的过去,不能限制其将来。而且随着文学家时时地开拓其疆域,已成的规律与原理也会随时随地被删改与增订。但这并非破坏文学规律、文学原理的尊严,只是希望它日益圆满、日益进步罢了。既然文学的规律原理是从已成的作品中分析、归纳出来的,那么如何分析归纳这些研究文学的方法就是很有趣味的了:"研究文学的方法,不但使我们得到了解和研究文学的法门,更可使我们得一更易明瞭文学原理的方法。"[①]研究文学的方法有历史的方法、传记的方法、评论的方法三种。首先,关于历史法,陈本认为,一国之文学既是其"民族生活的写照",也是其"历史的一方面",故研究一代之历史,从文学方面去探讨"却是一个好法",而研究一代之文学,从历史方面入手也是个"好法",至于如何入手,则需要注意民族、思潮、环境三方面。就民族而言,它的差异会导致对文学的见解以及文学成就的不同,各民族都有其特殊的民族性,即使在同一时代和同一思潮之下,各民族的取舍和变迁也会各不相同。如德意志人的沉毅、中国人的优柔宽大皆可从其文学作品中考察出来。民族大抵由血统、遗传、言语、宗教、环境等要素构成,它一旦形成之后,会在文学中表现出来,因此,研究文学实则不可忽略民族性。就

① 陈介白:《文学概论》,协和印书局1932年版,第3页。本节引用未作特别说明者,均引自此书。

思潮来说,一时代之思潮,即为一时代“精神的潜伏地”,是一个时代的思想界中能左右一切学术的“特别的势力”。在文学方面,它是“影响文学的性情与意趣的原动力”,而且也会影响文学的体裁,因此,研究文学不可忽视思潮的重要性。就环境言之,人是群居的动物,当然要受环境的影响,一个时代的作家或受当时环境的影响,在思想上会有一致性,或受其刺激而发生同一种反应,所以研究文学不可忽略一时代特殊的环境。针对当时有些人注重从政治、经济、社会的变迁来研究文学这一现象,陈本指出,这虽是一种好现象,但不能流于“机械”。其次,关于传记法,陈本认为,文学固然是“时代精神的写照”,但更是作者“人格之所表现”,传记法之研究虽然不能绝对地确定作者之善否,但可以帮助我们充分地去领悟一个作者的文学创作。传记法的研究须注意两点:首先是编年,所谓编年,就是在研究文学作品时依着作品产生的时期依次去读,并参以作者的传记;比较就是对作者各时期作品的差异作比较分析,把握作者的艺术和思想的变迁。关于评论法,陈本指出,就是读者把其读作品时的“生命的共感和共鸣”用文字表现出来。评论法须注意重视读者(读者必须自己去精读作品并且知晓作品的内容和价值)、传布作品(让作品的思想感情能为一般人所了解和领会)、明了文学趋向(批评者应明了一时期的思潮与文学的趋向,帮助作者开辟新的道路,并使其有所适从)三个方面。总之,陈本指出,用以上研究文学的方法就可以找出文学的定义、起源、要素等等,而文学概论亦由此组成。

1.2 文学的定义。何谓文学?陈本指出,“文学”一词首见于《论语》,周秦时为一切学术之总名,两汉时,其义仍未改变,只是别以“文章”称呼美丽动人的文字,此义与我们所谓的文学“略近”。魏晋以降,始有文笔之分,六朝人之所谓文,颇近于今之所谓文学。此后,始终未得“正确的文学观念”。唐宋之时,文学为“道学的附庸”,其概念“复返于广义”,经、史、子、集悉入文学之林。有清一代,传统文学观念“余威犹存”,仅阮元、章炳麟、曾国藩对文学下过明确的定义,但阮说狭隘,章说宽泛,只有曾说较当。文学革命以来,国人对文学的观念逐渐明了,但文学的定义“多掇拾远西之成说”,或“参酌欧西之说”,少有个人独得的见解。陈本援引了罗家伦的“文学是人生的表现和批评,从最好的思想里写下来的,有想像,有感情,有体裁,有合于艺术的组织;集此众长,能使人类普遍心理,都觉得他是极明瞭,极有趣的东西”,胡适的“语言文字都是人类达意表情的工具,达意达得好,表情表得妙,便是文学”,周作人的“文学是用美妙的形式,将作者独特的思想和情感传达出来,使看的人能因而得到愉快(按:周氏的愉快含义较广,包括快感和痛感)的一种东西”等对于文学的定义,并认为周说较恰当。

1.3 文学的特性。陈本认为,文学之特性有五:真实的、普遍性、传感性、永久性、美丽性。“真实的”指作家为文能写真实的感觉,寓自然真挚之情于其中,使读者为之感动。此外,从材料的角度而言,文学之材料,虽取自外界,但作品的命脉,则须为“内心之所感”。作者应能将其苦乐之情加入一切外界材料里并渲染之,使其饱含作家的色彩而具有真实性,而后方能动人。故创作时的一字一句都须从作家自己心坎中流露出来。文学之真,非固定之真,往往是因人因物而异的,绝不能“以科学上常理的真来绳束”。关于普遍性,陈本指出,文学虽要个人真实,但仍需有普遍性,其依据在于文学是“诉诸感情的力量”的。陈本援引温彻斯特的“一般人类的感情,却是共同不变的”的“共感共情”说指出,一般人类的感情在根本上不会有很大的差别,如母子之爱、男女之爱、离愁别苦、饮食之欲、疑惧喜乐在古今中外“莫不相同”。虽然也曾因社会变化而有别,因生物进化而生歧,因种种环境而有变,然“真情总不因之而全消”。故但丁之神曲,屈子之离骚,李杜之诗,均诉古今不灭之人情,故能使中外古今之人莫不宝之,爱不忍释。人的感情是无国界的,故好的文学具有普遍性,对于时代和民族“并无鸿沟之界”。关于传感性,陈本认为,伟大文艺莫不生于情,情则生于感,人皆有情、有感,故文可以感情,情则可以感人,作者之情,以文艺为媒介,感动读者,唤起其同情,使之“随作者喜怒哀乐而不能自主”。因此,文艺与情感之间实在是“息息相生,因因相续”。文艺之传感性必借同情之助,而后“方能发生力量”。同情可打破人我之界限,使彼此灵魂“相接交感,融会为一”。在作者,则应尽量发挥一己之所感,在读者,则每感作者之文乃为己而作,视其为自己的“辩护或代言者”,是照己之所思所感而言的,从而“得无上的安慰欢喜与悲哀”,进而其灵魂“盖与作者融合而为一”。关于永久性,陈本指出,伟大文艺之所以能历百世而常存,经万劫而不朽,不仅因为其含有永久性的真理,也因为其含有永久性的兴趣;兴趣乃感情之事,其与知识不同,知识是固定的,兴趣则是瞬变的。就科学之作而言,一旦你明白其所载知识之后就可抛开,不想再读。文艺之作则不然,你会不厌再读、三读乃至于百读,且愈读愈觉兴趣浓厚。故真正的文学作品,即使一年或多年后出现了模拟它的作品,我们也不会因为新作的出现而觉得旧作就没有阅读的必要。原因在于:其一,文艺中的情感绝不会陈腐;其二,各人的作品都有其特殊的风格。关于美丽性,陈本认为,文学之材料多取自人生、自然,但它并非对人生、自然之“印板写照”,而是“剪裁渲染而反映在文字上”,故其会比原有实物“更为精美,更为清楚,更有趣味”,文学欲做到这一点,就须具“美丽性”,因为它可使文学的结构变化皆“能合度”,情思实感皆“可动人”。所以,文学固需内容(情思)之美,尤必赖外形(文字)之美,二者并重,而“以情理为本”。

1.4 文学的内容。陈本认为,文学的内容包括感情、思想和想象三要素。关于感情,陈本指出,人是感情的动物,文艺就是把那“活泼泼的”感情加以组织、用“一定的艺术形态”适当地表现出来,故一切文艺皆为热情的产品,作者必为用情真挚之人,方能生出至情之文。文之情有三,即作者之情、文中之情、读者之情,三者为一体之分歧,无本质之别。陈本认为,唯有“以人类的公共的健全的感情为鹄”的感情方适合于文学,如人伦之爱、离合悲欢等。这样,文学中的感情就有三素质。一为普遍的,陈本指出,人类之感情,从根本上看,没有很大差异,如母子之爱、朋友之义,古今中外,莫不相同。虽亦会因社会变化而别,因生物进化而歧,因种种事物而变,但这种不同仅为“稍异”,而非“感情的本色”。故平常普遍的感情人人都可随时唤起,且无论何时何地“都有同一的作用”。虽然情感中也有虚伪之情感,但总归不会因为它的存在而消灭了真情。二为真挚的,陈本认为,文学之情的发生如骨鲠在喉,不吐不快,绝不顾及其他,文学之情为真挚之感情,所谓真挚就是“不装假”。若是敷衍之文,“字字不从心坎里出来”,是不会动人的,所以,要作品情感真挚,作者自身要“先具有真挚的感情不可”。三为深厚的,陈本认为,文学之情须普遍、真挚,尤“忌浅薄”而尚深厚,如此才能使读者生“无限的感慨”,反复咏诵,不忍释卷。关于思想,陈本认为,感情是“流动无定的”,若要能支配它、使之渐渐深厚、“格外和人生有密切的关系”,便有赖于思想。文学之思即“作者对于人生的观点”。人生常在不满足中,如何弥此缺憾?人各非其非,各是其是,每个人的思想都不相同,但同时代人的思想又“常受时代的支配”,故作家与普通人一样,不能“绝对地离开社会”、脱离时代。正是如此,波斯奈特说“文学当以当代的生活与思想为依据”。虽然文学创作与时代思潮脱不了关系,但作家“不可为任何种主义或思想所束缚而为其奴隶”。因为文艺如果被一种主义或思想所约束,其他的新颖思想“便不愿接受”,也不会再有好作品可“产生了”。作家的创作只是“感得要如此写”,并非他真正“知道要如此写”。倘屈原的《天问》是以古代神鬼的思想为中心,那便如墨子之《明鬼》而不能成为文艺。故易卜生的《玩偶之家》尽管促进了女权运动,高尔斯华绥的《正义》尽管改良了英国的监狱,但他们在写这些作品时“又何曾预计到一般人的期许”?正因为他们是在做“思想的主人”而非相反,其作品才能“鲜活的表现了他那伟大的思想”。所以,“文学是属于精神文化这方面的,不能用机械式的力量来解决。简言之,文学不是思想主义的宣传,作者不当存为思想主义的宣传而为文学”。关于想象,陈本指出,作者要把感情表现出来,必定要有一个“表达的事物”,使“其迹像呈露于读者之前”,令读者“灼然如或看见”,进而引动其心弦,使之共感,这须依赖于想象。想象的效能在于“激起情感”并“操纵这情感”,使其“具体化”,并被表现得“栩然若真”。在这种意义上,陈本认为,情感是文学的生命,而想象则是情感的生命。想象作为文学的要素,是“将许多新的旧的经验融化,抽象,加以新组织”后生出的新的东西。根据性质不同，想象可分为三：创造的想象、联想的想象、解释的想象。创造的想象能自发选择经验，加以精细组合，造成新的东西，不受任何限制，自由活动，创造其所渴望的新事物。联想的想象是用一种事物的观念或情绪与他种事物的观念或情绪上类似于此的心象相联结，使人们对表面不相关联的事物产生同类感情。解释的想象是人们对于外界的事物往往用知觉的精神给予一种解释，那事物也一定要得了这种解释后，才会变成了一个人自己生活中的一部分而生出活泼泼的意趣。

1.5 文学的形式。陈本指出，文学的形式不过“为传达感情思想方法的总和”，实际上内容和形式不可分离，如同人的精神和肉体一样。文学形式和内容的关系甚为密切，若内容改变，形式也会不期然随之而变；反之，形式设计不周密，会影响内容而使之减色。如果一个作家的情思总是超过其表现力，然后欲“实质与形式两相符合”，这不是容易的，故作家如果在创作中想做到文如其意，那他必须要精研熟习表达的技能，在这方面具备充分的修养。佳作确实需要好好经营形式，但其内容必须也要真实。文学的形式由文字、组织、声调三要素构成。所谓文字，作者想恰如其分地表现情思，用字务必确当。所谓组织，文学的组织关键在于调和文字，单一的文字不能表现浓厚的情调，故文学家必须利用好文字的组织。所谓声调，陈本认为，美的作品往往需要诵读，诵读之目的，在“探得‘言之不足’时的情感”，声调是引起感情的绝好材料，所以，字音与音乐的意味愈相近，则其感人的力量愈大。文学的形式与内容、作者和读者关系密切，就形式与内容的关系言之，形式与内容不仅只求吻合，且须彼此相称，平庸的情思倘饰以华丽的字句，则为“金玉其外，败絮其中”。高超的思想自须有精美的字句，佳妙的格调。作家欲使内容和形式相适应，就应多注意训练，熟读名家杰构，精研表达技能。就形式与作者的关系而言，陈本指出，文学为作者才性的表现，故其所用的形式，须与作者的才性相合，使其思想情感自然流露于字里行间，不可因文字的媒介作用，而失去其本来的面目。就形式与读者的关系言之，陈本认为，文章的目的在使人知其所言，故其所用的形式须适应于读者，如擅长思想的读者，大多好严正精密的文章，而富于想象的读者，则大多好富丽浓厚的文章，性情浮动的读者，则大多喜机警敏锐的文章。

2. 文学的流变

2.1 文学的起源。陈本认为，文学是人的一种“生命力的表现”，它来自两方面的要求：一是内心的要求，二是受外界一切刺激而起的要求。前者可以心理学为根据来研究文艺的起源，即唯心派；后者可以社会学为根据来研究文艺的由来，即唯物派。唯心派的艺术起源论约有四种：一为游戏本能冲动说，认为人的诸本能中有“游戏本能”，当精神活动有余力的时，此本能“即时呈现”，文学即此发生。二为模仿本能冲动说，认为一切文学都是根据人的天生的(模仿)本能对外界一切事物加以“回想或类化”，用一定的方式表示出来。三为自我表现的冲动说，认为人的感情深处“有个自我在那里支配一切”，如不宣泄“寝梦都不安定”，故内心苦便仰天长啸，心中乐便投足而歌。有时这个自我与外物接触，产生一种“自然的反应”，便有了赞月之美、伤花之落的情感表现。四为求美的冲动说，认为爱美之心出于天性，凡人“皆有装饰他的身体和居处的冲动”，但因人的感情的“激发方式不同”，美的情操也各种各样，这样，就有来自感觉、观念、联想等的美的感情，故有人主张文学不过是“为求美的冲动表现”。唯物派的艺术起源论约有两种：一为实际生活说，该说认为，原始艺术多半并非产自“纯粹审美的动机”，而是“为达到某种实际目的而作”，如原始人的群众歌舞是“将来与敌人战争的团体练习”。一为社会经济程序说，该说把社会经济进化的过程分为原始时代、未开化时代、专制时代、民主时代四阶段然后论其与文学的关系，进而认为最初的艺术乃“直接受经济影响而发达”，原始文学无不反映初民的社会状况并受其“限制”。陈本指出，唯心和唯物两派均不能圆满解决文艺的起源问题，必须两派相辅而行，方可尽善。陈本认为，太古时代人兽相争，人图生存，兽亦求生，人欲生存既要求食又须自卫。人在毒蛇猛兽中求生，危急之时，不得不呼号求救，当胜利时，则不知不觉便手之舞之，足之蹈之。此种向同类表白奋斗之危险、战胜之愉快乃自然之现象，既是艺术之起源也是文学之起源。到上古时代，人感觉自己的胜利，好似有天神辅助，故神权观念出现，灾害来时祈祷，去后感谢，于是产生祈求、赞美、感谢、恐怖等情绪，原始宗教随之而生，文学便是“从宗教脱胎而来”，再后来，文化提高了，宗教成为一种有目的的“空虚仪式”，文学则渐与之分离。同时，陈本指出，最早的文学是韵文，原始文学之所以用韵文的原因有二：一是韵文最便于抒情。人不能无情，有感于中则不能不谋抒之于外，抒发情感“莫便于韵文”，原始文学既无“明晰的语言和文字”，又“乏内省力”，不得不借种种肉体的姿势与声音传达情感，因为有音节的文可反复咏叹而寄深远的情感，故原始文学采用了韵文形式。二是韵文利于记诵流传。上古尚无文字时，人欲表现其人生的祈求，自然要“藉重口说”，而口说时要使别人易于了解、易于记忆、易于流传，自然又“趋向有节奏的方面去”。这也是韵文在前的理由之一。关于原始文学的特性，陈本认为有四：一是“创作属于民众”。原始文学不单是“为民众而作”，且是“为民众所作”，原始民众在文学面前皆有平等的机会，任何歌者皆可“采用他人所作的诗歌”，或照原文吟诵，或随己意改饰，并无“主权的观念”。故一些较为古远的作品，多难以指出作者，概因其创作过程中，“甲歌唱后，也尽管乙再歌唱；也尽管乙再增订，展转赓和，展转增订”，无论甲还是乙，都没有什么特殊的文学修养，自然也难知谁是作者，可以说他们个个都是。二是“材料发源于宗教”。原始人智识简陋，情感丰富，他们常感觉到天然势力的伟大，如山川优美，草木华绝，人物生死，日月晦明，雷电变幻等，处处震动其耳目心灵，使之疑惧，于是他们认为有“神”存在，给其衣食，又示之以神秘，故其在感谢敬畏之余，产生别的希望，就有祷神求助的举动。三是“形式为自然协韵”。原始人生活简单，人事未繁，感情变动不甚复杂。其抒情的歌词“只有天趣，不见人工”，全都是极寻常的话，没有巧言妙语，多“以简括直截了当之法出之”，其价值即在此。原始人既极朴实，故毫无拘束，有所感便信口而成，“音节流利清亮，妙合自然，绝非后世矫揉造作的作品可比”。四是“风格乃属客观的”。原始文学为民众合作之产物，故无个人主观之描写，对最惨酷的事亦不表惋惜，对最污浊的事亦不绳以道德，其思想感情以及词句音节，莫不“适合于平民的生活”，其记述“全为民众的团体化”，绝未有“自私的个人化的情形”。

2.2 文学与人生。陈本指出，欲明文学与人生之关系，须先研究人生。人生由“人生的动力”与“人生的意向”构成。“人生的动力”为感情，缺少它，人生就没有“生趣”，丰富的感情可提高人的生活能力，这里的提高并非指人的能力变得特别大，而是指丰富的感情可以使人做平常所不能做的事，因为丰富的感情可发挥出人内部的潜力。但人的感情冲动，若无意向，必定暴躁猛进，造出危险，所以需要人生的意向。“人生的意向”为理智，它可以观察人的环境情势，使“感情不至于妄发”，可使因感情而生的冲动力得以“安全的达到目的”。总之，人生不过是“人生的动力与人生的意向的表现”，而文学则为“最好的表现方法”，因为“文学深深托根于人生的全体，而与人生的全体有密切的关系，所以文学可以增加人生的经验，改进人生的兴趣，有深入人心的力量”。陈本指出，文学所表现的人生可分为二种：一为选择的。文学代表人生，必“取材于实际的人生或理想的人生”，然无论取之于何，必加以选择，非如“摄影之镜”，一切皆重现，而是选择其“关系重大而有价值的材料”，故一切事物，一入作家之心，出于其手，则“渣滓都除”而“精华愈茂”。因此作家选取事物，必“加意洗伐烹炼”，使“极精纯”，方可用于文学。故如实描写人生，尚不足以“极文学的能事”，欲创造“高尚的人生”，而“离实际甚远”，又“吐弃自然的法则”，则人必难表同情。故作家必能“深入自然以观察其因果的关系”，而后“寓真善美在里面”以创造文学，则人“易于感动”。二为论理的。陈本指出，文学“必就现有的人生，按论理的次序，将其因果的关系抽出而综合之，使其整饬昭明，则他人自能笃信之，不但笃信，而且如身入其中，喜怒哀乐，不能够自止了”。文学作品中必寄寓着作者的理想即人生观，大致可分为两种：一为个人的人生观，即以个人为中心，这种人生观主观极强，气质特厚，“欲强他人以从己”，借文学发抒出来；二为社会的人生观，文学思潮与社会有关，故抱积极主义的人，其人生观“多注射于社会”，往往“以世人的忧乐为一己的忧乐”，而一己的穷通则“在所不计”。总之，文学与人生的关系密切，作家贵在“能以至高尚的理想，与极真实的事实，合而为一，以代表人生，使人生的真理，昭然呈露于读者的目前，这便为最高的文学了”。

2.3 文学的变迁。陈本指出，文学乃人生之写照，随时代的变迁而变化。就西洋文学言，其发展变迁以文艺复兴为中心，此前可以“神话概括之”，先为希腊文学，其思想为“肉体享乐的追求”，全是“人间的”。后为希伯来文学，其思想为“上帝灵的追求”，全是“超现实的”。文艺复兴之后，西洋文学经过了古典、浪漫、自然、新浪漫四种主义的变迁。古典主义崇拜希腊文学，用理智的眼光观察人类本性，继之以古代的形式表现，其末流专事模拟，一味重模仿和形式，乃为空虚因袭的死文学。其后尚自然、重理想、超现实的浪漫主义代之而起，这种文学注重作者自己的思想和情感的自由流露，但其末流渐远人生，溺于空想，不切实际。19 世纪西洋科学精神勃兴，自然主义应运而出，其题材是人生的、平民的、个别的、肉感的，作品多讨论社会问题，描写人生黑暗，但其末流太重现实，囚于直接经验，人生观亦趋于极端机械，哀怨消极，同文学之积极性背离，新浪漫主义乃起而补之。新浪漫主义轻客观、感觉、知识，重主观、直觉、感情，是人类心灵复醒的产物。一战后，表现主义弥漫西洋，最近则社会主义盛行，革命狂飙骤起，无产阶级文学乃甚嚣尘上。总之，陈本指出，“西洋文学的变迁的精神是一致的，就是找出一个‘人’来，追求一个完美的人生”。就中国文学言之，陈本认为，中国文学的变迁“走的并不是一条直路”，而像一道弯曲的河流。概言之，有两种不同的潮流：一是言志派，一是载道派。晚周至春秋战国，正值大乱，缺乏统治的力量去拘束文学，“人人都得自由讲自己愿讲的话”，诸派概能自由发展，乃形成第一次诗言志潮流。两汉时罢黜百家，思想定于一尊，儒家一统天下，文学乃第一次走上载道之途。至于魏晋，政治少有统一，文学重新解放，算是第二次言志派潮流。到了唐代，正道者力量甚大，文学又走上载道一路。五代及宋初，词这一新兴文学动向出现，文学又走上言志派的道路。待宋政局稳定，理学兴起，文学又转向载道。元代诞生了曲这一新兴文学形式，文学乃从旧圈套中解脱出来，走上言志。明前后七子倡复古，文学复归于载道。及至明末，公安与竟陵继起，反对复古，主张独抒性灵，不拘格套，文学重归于言志。到了清代，八股文外追形式，内倡圣贤之道，散文亦义法、传道并重，其后西洋文学与科学思想被引介，中国文学渐与新兴文学接近，继之乃有新文学之运动。总之，无论中西文学，其变迁都是环境先变，人的生活随之变更，于是思想改变，情感变向，而文学遂不能不改变其形式。因此，文学之变迁是必然的，此即为文学之时代性,不是人可有意为之的。

3. 文学的分论

3.1 散文的原理。陈本指出,散文与韵文相对,在形式上,散文没有一定的文字语言规律,韵文则反之。在内容上,散文以传达思想为本,附带传达情绪,情乃读者理解思想的附属品,韵文则以情绪为主,思想为副。在体裁上,散文分为抒情的、叙事的、说理的三种。散文虽无一定格套,但写散文要有相当的技术,它是最自由的,但也是最不易处置的。好的散文有以下要求:第一明晰,即要周到、显豁;第二遒劲,即思想要深刻、新颖,词句要使人得到深的印象而受感动;第三流利,即语气自然与声调谐和。如何做到则须研究文法及修辞。总之,散文之美不在乎能写出多少旁征博引的故事来穿插,更不在乎用多少典丽词句,乃是在于作者能把心中的思想和情感干净、清楚、活泼、直截了当地表现出来,能"引人入胜罢了"。

3.2 诗歌的原理。陈本认为,诗的含义很广,不过人们现在所理解的诗"专指有韵律诗"。诗有内外两种要素:一为内容,须含有"不断的情绪和高妙的思想";二为外形,须"协于韵律的原则"。诗是感于中而发于外的,故它总抛不开"情感的脉动"。诗的规律音调是"从内部真情直接的流露",绝非"从外面发生的机械的原则"。诗的内容须有"热烈的感情与想像",诗中虽亦有思想,但其只是"混在愉快,痛苦,悲忧的情感里头,藉以伸展感情,增加效力"。从心理上分析,感情有两种:一为情绪,二为情操。情绪是"由感觉或观念而惹起的带有知的作用的感情"。情绪分为利己的情绪与利他的情绪,诗歌大抵兼有这两种情绪,但利他的情绪"效力大些"。情操是"完全随知的作用而发生的感情"。它常分为知的情操、美的情操、伦理的情操、宗教的情操等。比较言之,诗是"注重情绪,而略带情操的"。诗既注重感情的活跃,尤非"充分的假藉着想像不可",凡好诗均内含"极丰富的想像"。所谓想象就是"根据于过去的经验,由感觉记忆智力等而得的心像,综合创造,使各个心像同时得发生感情的一种统合作用",诗中有想象可使人感觉新鲜有趣。想象可分为创造的、联想的、解释的三种,它们互相应用,互相呼应。从外形上说,诗有韵律,它是表现节奏的美的形式。韵律是人类情绪"自然的活动的形式",而人的情绪又因赋性、年龄、地方、时代等不同而异,因之,诗人只需"依个性与情绪去表现",不必泥于古人呆板的格式,一首诗的分节、分句及句中的数字是"以感情为基础的",是"跟着感情的起伏来决定的"。诗的体式可分为抒情诗、叙事诗两类,其他尚有剧诗、散文诗和民谣等类型。

3.3 小说的原理。陈本认为,古今中外,小说的定义众说纷纭,但从近代文学家的眼光看，小说是“由日常的人生，蒸溜为精彩抽象的真理，复由此抽象的真理凝缩而为想像事实的系列”。小说之要件有三：精密的结构、活泼的人物、时地人的背景。陈本指出，结构为写小说的“第一要件”，因为结构恰当，全篇才会有线索可寻，在这方面须注意繁复的对象如何选择以及不全的事理如何补充，而前者唯一的办法是“使杂乱的事单纯化”。结构原有“组合”之意，结构的类型有解剖的结构与综合的结构两类，前者“从小说的起点出发按着顺序一直推究下去，以至论理的高顶点”；后者“从小说的某个高潮点出发，一直溯行到离得很远的起端”。小说的结构可分作起头、展开顶点（最高点）、释明、团圆几个部分。小说内的事件“都是由人物演成的”，没有人物“便没有小说”。小说中人物的来源有三：一为自己的直接观察，二为旧说与传闻，三为想象。但小说里的人物不完全是直接被作家观察得到的，也不完全是作家间接听说或在书上读过的，而是由作者经想象改造而成的。小说中的人物可分为“静的人物”与“动的人物”，前者从头到尾是一个定型，没有任何变化或发展；后者则自开篇至结尾，因了四围的境遇、自己的意志或他人的意志的影响而有消长或变化。作者对其创造的人物的态度可分为三类：一是崇拜，二是冷眼看待，三是同情。至于作家如何表现自己所创造之人物，陈本指出，大体有直接表现和间接表现两种。前者是用文字直接描写人物的性格，作者站在读者和人物中间，使用注解、描写、心理解剖、别的人物的报告等方法；后者则是要让读者体会全篇文字之后，才能得知人物的特性，作者必须直叙其事，避免自己的意见，不加诠释，使用说话、行为、给人的影响、环境等方法。作者在创作小说时一般不会仅用某一方法，尤其是好的作者，更是注重互用以上诸方法。人的一举一动，一言一行，无不受环境的限制，置言之，无不有其相当的背景。小说背景的来源和人物的来源一样，或由观察而来，或由旧说与传闻而来，或由想象造成。背景对小说的功用有二：一是“辅助动作的背景”，一是“辅助人物的背景”。前者是“以环境为故事中的一部分，使环境和动作发生关系，看他将要发生的事实的性质如何，就以相当的背景映带出来”；后者是“使背景与篇中的人物发生密切的关系，不但有助于动作，不但使事实明瞭，并且用以帮同来表现篇中的人物的内部的感情等”。最后，陈本认为，从内容特质和目的看，小说可分为两种：一为传奇小说，多描写普通生活所鲜有的奇怪故事，常把人间性理想化，注重兴味，而似乎不太注重人物性格、地方色彩以及思想，其包含故事、歌谣和寓言以及其他奇谈稗史；二为写实小说，即描写实际人生的小说，这种小说最重视人物性格。

3.4 戏曲的原理。陈本援引汉密尔顿的戏曲是“综合的艺术”的观点指出，“戏曲是由文学，音乐，绘画，雕塑，建筑，跳舞综合而成的一种艺术”。根据艺术分类的对象、工具、体裁三原则，陈本认为，戏曲的对象是人生，工具是文字，体裁是动作,由此可见,戏曲“合乎文学的资格”。亚里士多德就把戏曲认作诗的一种,大诗人如莎士比亚、易卜生、歌德等都曾创作过戏曲。诗人创作戏曲的原因有三:其一,戏曲为文学的一种,与其他文学的内容与外形都不同。诗以情声为主体,小说以情事为躯干,惟戏曲以动作为要素,诗人爱作戏曲,是可借此抒发自己的嗜好。其二,因为戏曲描写的方法与其他文学不同,诗人可乘机改变文学写法。其三,因为戏曲作品不但能供人读,且能在舞台上表演出来给人看,因此戏曲在文学上的地位甚为重要。总之,“戏曲是人生动作的模仿,其工具是文字,其体裁是动作,其功用乃情感的指导与人生的批评”。在分类上,戏曲大致分为三种:悲剧、喜剧和悲喜剧。悲剧源自希腊,有山羊之歌的意味。古希腊在节日期间,唱歌团都披着羊皮而歌,戏曲即由这种合唱团发展而来。悲剧就是以人的意志和命运相战,而以那战败的事情为题材的东西。悲剧主人公和命运斗争的动机有两种:一是由于主人公的过失,二是由于主人公的犯罪。前者如《奥赛罗》,后者如《麦克白》。悲剧给予观者的效果是怜恤和恐怖,即对于那为命运牺牲的主人公的同情,而恐怖那同样的结果降到自己的身上来。悲剧的价值在于提高我们的精神,醇化我们的思想。喜剧是相对于悲剧而言,它的起源也是节祭时合唱团所歌的令人解颐的东西。喜剧的发达不像悲剧那样明显,喜剧在历史上被亚里士多德看得很低,所以其地位赶不上悲剧,到了近代才有所改观;在研究方面,梅瑞狄斯的《喜剧论》、柏格森的《笑的哲学》。悲喜剧有时包含在喜剧之中,但它其实不悲也不喜,只不过结局是幸福罢了,有人称其为调和的戏曲,即调和了喜剧和悲剧要素的戏曲。悲剧主人公的结局多是死亡,喜剧的结局是一切人物都融洽而幸福,悲喜剧的结局则或是主人公作恶受刑后痛改前非、转恶为善,抑或善人最初受虐、后得优待而能扬眉吐气。最后,陈本提醒人们注意近代戏曲的六种新倾向:一是近代剧比较短;二是注重对话,不可有废话;三是侧重内心动作;四是处理人生的一切问题,特别努力地描写人生的内在经验;五是近代剧没有一定形式;六是古典剧以描写命运为要点,浪漫剧以描写性格为要点,近代剧则以处理诸社会问题为要点。

4. 文学的批评及创作

4.1 文学的批评。陈本指出,“一个真正的批评家,对于一般的读者,可算是很好的指导的人;对于一般的作家,也可算是很好的传布的人;对于自己,更是一个诚实的创作者”。文学批评的责任是积极的不是消极的,应该注意赞扬和评赏两方面,而不是指责和判断。在批评时,批评者“完全将所批评的作品,加以分析的或综合的——演绎的或归纳的——研究,对于作品本身价值,却始终是肯定的”。故批评家并非高高在上,不是居于纠正的地位,乃是“学习与传布”。对于文学批评的目的，陈本认为，一般人将其分为九个方面：一是获得智识及传授智识；二是负文学鉴赏的任务；三是指示文学上怎样是优的作品，怎样是劣的作品，以节省读者的时间和精力；四是为作家教养一般民众；五是示作家应该使自己怎样适合于公众；六是调整及教养公众的文学趣味；七是排斥对文学的一般偏见；八是对于不能亲味新思想和亲读新书籍的人，示以新思想新书籍的怎样；九是纠正作家及公众的谬误。但这样理解批评的目的，显然太宽泛了。陈本提醒，“批评家一定时时刻刻注意于目的，那便同创作家一定时时刻刻注意于读者”一样，是“有害无益的”。伟大批评家所写之批评“便是一种文学作品”，具有文学价值。批评家在创作里“寻找人生”，然后又借着批评“表现出来”，在这一点上，“批评已是创作”，“批评家已是创作家了”。如文艺是天才的创作一样，批评也是天才的创作。关于文学批评的种类及方法，陈本指出，学界已有以历史的观察或以批评的态度分类文学批评的方法，前者将文学批评分为因袭批评与近代批评两种，其中因袭批评“以希腊文学为标准，重在文学的规律，忘却文学的自然进化”；近代批评则是“以世界文学为标准，重在文学的统一与进化，纯取公正研究的态度”。后者则将文学批评分为客观批评和主观批评两种，其中客观批评相当于因袭批评，主观批评则相当于近代批评。就近代批评言之，其种类颇多，主要有以下几种：其一为印象批评，即批评著作之优劣，只看著作能否感动批评者的感觉，是否能引起批评者的同情。如能，则是好的，反之，则非。至于其理由如何，则不去过问。该派的批评标准是“动人”二字，完全属于“性灵方面的批评”。其二为历史批评，该派主张从种族、环境、时代研究文学与艺术，以此三者的互相助长、互相减杀来判断作品之卓越与卑劣。而构成文学最重要的因素，即作家的个性与永久不变的人性则被该派“轻易放过”，其结果“自是偏狭”。其三为鉴赏批评，该种批评以竭力认识及玩味作品的性质、功绩、价值为中心，不受伦理的教训的限制，离开通俗的实际问题，对作品以“没利害”的态度加以赞扬。其四为社会批评，此派多注意从作者方面兼顾读者，视读者与作者同等重要，将文学视为一种从作者到读者的社会活动，并以其对读者与社会的影响之大小为批评之标准。总之，真正的批评家“要谋理性与感情的统一”，要“泯除历史的态度与印象主义的畛域”，不可漫无目标，也不可“知其然而不知其所以然”，批评家进行批评必须要经过感受、解析和表明三阶段，这对于批评而言很重要。

4.2 文学的创作。陈本认为，文学创作的一般原理，一方面应该注意作者的才力，一方面应当注意作者的学力。作者所以能成为作者，“半由于内蕴的才力，半由于学术的修养”。佳作大抵是才力与艺术的双重表现，作者须“明其才力如何，加以相当的修养，使其内蕴的才力，获得适宜的灌溉，自可不致荒芜而消了创造力”。创作的才力与艺术两个方面绝不可分离,一个作家的成功往往要依靠其天赋的才力和学术训练的功夫。从心理上说,有创作才力的人有两种倾向:第一,他对于任何地方与时间的事物和观念“都有活泼的关系与暗示”,能构成“一个有系统的意体”。第二,他不但对于事实和观念有“精当的结构”,而且能把情思表现成作品而“直入读者的心坎”,支配读者的思想与情趣。不过,人心不同,各如其面,故同一文题,作者的计划不同,论证不同,情感色彩亦有异。若依作品的差异来区分,则创作才力有两种:一是原始的创作才,即能构造新境界、新人格、新观念的内观及想象的才力,如李杜的诗,莎翁、但丁的戏曲均能独辟蹊径,自见面目,都属此类;二是再现的创作才,即能将枯燥的事理新奇确实地表现出来,这类作家有综合分析、解释疏证的长处。至于如何发展个人潜伏的创作才力,陈本认为,首先是要养成细察能力,即知的发展,作者须对宇宙间的形形色色加以深切的注意,灵警以观察,活泼以接受,使物我交融。养成细察能力对于文学创作有绝对的功用。其次是养成精思能力,即意的发展,指作者对论断事理应独抒己见,切忌人云亦云。再次是养成敏觉能力,即情的发展,指作者对于自然与人生,能有活泼趣味,反应敏捷,敏觉能力对于文学创作有非常可惊的地方。此外,读书也能辅助创作,读书要达到活泼灵警、自由融会的境地,万不可生吞活剥。除此之外,陈本还讲述了文学创作的目的,它认为,真正的文学创作或好的文学作品大抵都是言志的东西,它只是作者心灵中最美最真的表现,也只是作者一己情思的表现,作者断不肯委屈自己的意念去迎合别人的心理,因为若是作者一方面将别人放在心内,一方面表现自己,决不能写出好作品。故好的文学作品中“并无目的可说”,作者只是尽量发挥己志,而忘却了其他的事,当然,其结果也能从读者处得到相当的同情,从而得到一种愉快,但这不能被认为是作者的目的。有人总以为文学的目的在改良社会、提高文化等,殊不知文学是“生命力在绝对自由的时候而表现的东西”,它是超现实社会,向着“高大深远的生活而跃进的创作的欲求毫不受拘束的表现着”,所以它里面常常“暗示着大的未来”。像卢梭、托尔斯泰、易卜生、勃朗宁都曾为新时代的先驱,但继之的改良的趋势则不是他们所预计的,他们是“无心为之的”。大凡文艺家想为一种目的而写作,则不可能写出佳作,因为一切好作品都是自己表现——即作者为心内的要求而表现自己,绝不肯给自己以外的人或其他目的做工具,置言之,创作是创作家的专务。作家是为表现而表现,为创作而创作,绝不是为别种目的而作的。故文学只有自己的感触,没有目的,若必谓有目的,也只是以“说出来为目的”,故作家应享有“完全的自由权”,作家想要于文学有所建树,就不能不具有极强的自信心,以保全其固有的自由,而维持其孤独的奋斗生活,否则强己以同人,或另有他种目的,终究不是真正创作的途径。总之，一个作者必写出自己心中所感，脑中所想，才能成为真正的创作家。一种创作如果失去个人的情思，一味顾及其他目的或问题，势必会造成文学的堕落。

5. 文学与道德

陈本认为，关于文学与道德的不同已有诸多学说，如桑塔亚纳认为美的价值（即美感）为积极的善的认识，而道德的价值与此相反，为恶的认识。美的价值为自发的价值，其对象并不含计较利害的观念。道德的价值作为积极的善的认识时，也常含有利害的观念。若把人生分为快乐与苦痛，游戏与业务两个相反的封域，那么与快乐、游戏相关的是艺术，与苦痛、业务相关的是道德。再如斯宾加认为美乃文艺存在的唯一原因。谋道德或社会的进步并非诗的作用，正与传播世界语非建筑桥梁的作用一样。如果诗人的成绩表现为其所选择的任何材料，而表现又甚完善，则道德观念在文学批评的判断中，显然不能占有位置。视诗为道德的或不道德的与言等边三角形为道德的、两等边三角形为不道德的，或言乐器的弦或哥特式的拱为不道德的，同为无意义。美之想象的创造不应假冒实际，故不能以实际的标准来判断。陈本指出，就以上二说来看，文艺与道德似乎没有什么关系，但欲知两者究竟有无关系，必须从艺术的本质及其效用方面来探究。就艺术的本质言，艺术的本质为美的感情，美的感情乃是“脱离现实生活的利害是非等，经过净化的情绪”。艺术的性质本身是“情绪的”，它反映的是作者的感受及文学所属的特定社会感情的阴影。故文学与道德若即若离亦“势所必然”。艺术的效用显然具有社会性，因为它既能激发人的同情，使其互相理解，将“个人与社会融合而为一”，又能灭绝嫉妒、自私、忮求等非社会的感情，“刺激道德性而使之觉醒”。故伟大之艺术确能于“无意识中改造社会，增进人生，而艺术的伦理意义，即胚胎于此”。由此可见，艺术与道德不无关系。同时，陈本认为，艺术乃“美化情绪”之表现，此情绪必须有所附凭而后方能“达于人”，这就涉及到其题材。题材有善恶，有高尚与卑俗，但我们不能单以题材的道德性来判断作品道德与否，须将“作者的态度何若，情绪何若，以为判断的标准”。关于何为不道德的文学，陈本认为，凡“破坏人间的和平，为罪恶作辩护的”，皆为不道德的文学。总之，陈本指出，在一般人的理解中，艺术具有创造性，其价值在“开辟新境”，道德具有保守性，其价值在“维持现实”，但据美国学者布加迪之观点，道德分为“习惯道德”与“理性道德”，前者尚保守，后者则反之。理性道德以“表现个性，完成人格，改善社会的生活，增进人类的福利为鹄的”，当习惯道德的某种标准适于以往生活而不适于现在生活时，理性道德即创造新标准以代之，如是“新旧递遭”，道德始能与社会生活“交相推进”，使人生“日渐向上”，故道德的创造性与积极性“实与艺术毫无差异”。艺术的自然功用在“促进人生”,而道德的职责亦“使人向上”,言其关系,不无相同。文学主美,道德主善。文艺虽不必去提倡道德,做些无聊的伦理教训,但也不能只是求美,做到极端的享乐。文艺本是著者感情的表现,它是“本了著者的本性与外缘的综合,诚实的表现出来的情思”,文艺的生命是“自由”不是“平等”,是“分离”不是“合并”,主张自己的判断而“不承认他人中的自我”,实在“违背文艺的本性”。中国以往讲文艺,每每牵连到道德上去,仿佛文艺的价值须得用道德(而且是最偏隘的旧道德)来衡量,把文以载道搞成文学传统,于是尊己之道、排斥异己,实“与文艺的本质相违”。故“我们固不能说文学与道德绝不相关,也不能把道德看得太重,每篇文艺中必定要包含一种教训;因为这样便将有情感的,性灵的文艺加上一种梏桎,势必阻止真正的文艺的发展了”。

第四讲

人生主义与现代中国文论

文学与人生问题是现代中国文论的主题之一，曹百川、汪祖华、孙俍工分别对这一问题进行了探讨。

曹百川的《文学概论》在分章方法上采用了本间久雄的方法，在具体内容上，其注重深入开掘文学与人生的关系，认为人生之一切活动无非生命力的具象表现，艺术乃其表现之最精致者，而且提出了人生过程无一段非艺术的艺术与人生合一观，以及文学的人生功能在清洁人之品性、高尚其人格等人生主义的文学功能论。同时，曹本又从文学的构成要素与目的出发揭示文学的含义、从情感和想象出发对文学进行分类，但其将文学形式要素另辟篇章讲述，似有将文学形式从文学诸要素中分割出去的嫌疑。曹本有将文学从人类社会生活、经济生活、劳动生活、政治生活之中剥离出去的倾向。1931 年 10 月 26 日，《申报・增刊》第 7 版刊发了王一心对曹本的介绍，王认为曹本是“一册极适合于普通人读阅的文学概论”。[①] 赵景深在论及曹本时则认为其“是费过一番钩稽的工夫的，可惜较新的理论都不曾叙入”。[②]

汪祖华的《文学论》虽然提出文学是人生的反映，是生命之粮，但从文论的知识学角度看，其不足较为明显，其一，在文论的本体论上强调文学的真、善，却忽略了对文学而言更为本质性的“美”的特性。其在文学创作论中遗漏了文学的形象系统，在文学的构成论部分遗漏了主题与情节，在文学接受论部分也忽略了文学欣赏与文学批评之间的区别。其二，部分识见甚至流于荒谬无端，如汪本认为作家比外交家在改善国际关系上更胜一筹等。其三，沿袭频繁以至于有袭编之嫌疑。如文学功能中的慰人、观人、感人之论，似有移植自此前马宗霍

① 王一心：《文学概论》，《申报・增刊》1931 年 10 月 26 日第 7 版。

② 赵景深：《文学概论漫评》，《青年界》1933 年第 3 卷第 4 期，第 150 页。

出版的《文学概论》之疑，而其文学原素之论似乎也取自陈穆如1930年版的《文学理论》。

孙俍工的《文学概论》提出文学对人生是“藏有丰厚势力的仓库”[①]，可以充富人生、滋润人生、温暖人生、充实人生、欢喜人生，是“人生的写真”[②]，是人生的内面的生活的表现等人生主义的文学观。在自序中，孙氏自陈：“现代大部分爱好文学的青年还感受着苦痛，因为心里急欲明白适合文学的真谛，要想探究它，但周围传统陈迂的见解澎涨到极点，稍有新见解的认识而被视为离经叛道的反动。这种糟粕形式呆板教条永远地把现代的文学真面目埋葬了。”[③]有鉴于此，作者期望该本能让读者“明瞭所谓文学是怎样的东西”。汤增扬曾认为孙本最值得注意的是“文学与心理”和“文学与社会”两章，它们既是对“文学研究的方法和途径的说明”，所涉及的理论亦为“近代研究文学的最有意义的见解”；汤还认为孙本是“以文艺思潮为中心，依着文学的本质，客观的介绍各种理论”，此乃“文学概论最自然的方法”。[④] 这个评价大体符合孙本的实际。

第一节　文学乃“人生之明镜”：曹百川的《文学概论》

曹本《文学概论》由商务印书馆于1931年初版，而在1933年，商务印书馆又出版了“国难后第一版”，此处我们依据的即为该版本。在体例上，曹本分为十篇，依次为文学之定义、文学之特性、文学之起源、文学之要素、文学之形式、文学与人生、文学与时代、文学与国民性、文学与道德、文学批评。

1. 文学之定义

曹本指出，明文学之定义为治文学之前提，而后才能“取舍有准，功力可施”。不过，文学定义并无“完美之说”。[⑤] 就中国历代而言，周秦时期，文学是“一切学术之总名”，如“行有余力，则以学文”“博学于文”等。晋以降，始有文、笔之分。六朝时，始以最富感情的“吟咏风谣，流连哀思”之篇为文学。唐宋以还，以“明道”者为文学之正宗，视文学为道学之附庸，其论虽偏狭，却成为传统之文学观念，即使至于近代，其影响仍“甚巨”。文学革命以来，国人对文学的讨论日众，然皆掇拾西学之成说，鲜有个人独得之见。总之，中国历代文学观念非

① 孙俍工：《文学概论》，广益书局1933年版，第24页。
② 同上书，第39页。
③ 同上书，第1—2页。
④ 汤增扬：《两本“文学概论”》，《彗星》1933年第1卷第3—4期，第109—110页。
⑤ 曹百川：《文学概论》，商务印书馆1933年版，第1页。本节引用未作特别说明者，均引自此书。

"浑而不析"即"偏而不全",非"失之过广"即"失之过狭",与现代文学之范围"不相侔","无一足为文学定义"。较之中国,远西学者的文学观念,亦有广狭二种,如庞科士曰:"文学有二义焉:一则统包字义,凡有字母发为记载,可以写录,号称书籍者,靡不为文学,是为广义。一则为述作之殊名,惟宗主情感,以娱志为归者;如诗歌、历史、传记、小说、评论等,是为狭义。"如阿诺德谓"文学为经著录之知识之总称,如游克立之几何,牛顿之物理皆为文学",此为广义之文学。如爱默生称"文学为最佳思想之记载",即为狭义之文学。可见,文学概念纷歧复杂,其原因则在于文学一名出处不同,轻视文学一名在历史上的意义,文学作法的变迁、创作目的之差异等,再加之学者观察视角、个人好恶的差异等。欲为文学定义,宜从文学的要素和目的出发。温彻斯特以思想、感情、想象、形式为文学之要素,曹本依其观点剖析了文学的要素与目的。关于思想,曹本认为,人之所以重文学,以其有不朽之价值,此价值之得来并非因其文辞之优美,而是其以博大精深的思想为基础。记事、言情之文所以可贵,乃因其事与情之后隐伏着"作者博大精深之思想"。伟大作家之思想总是能阐明人生之真义,为时代之先驱,文学作品能万古常新者,必具"博大精深之思想",此即思想为文学之元素的原因。文学之所以卓然不朽,单有思想还不够,还需要情感,在重要性上,情感是超过真理的文学要素。文学作品想使人感动、百读不厌,有赖于真挚深厚的感情。至于唤起感情,"具体实较抽象为易",作家欲将事物之真理、自己之所见示之于人,与其借助抽象的理论,不若借助具体之事物,"使人如或见之",较能"动其心情",此种构成具体事物之力即为"想像",想象之所以成为文学的要素,与情感在文学中的重要性有关,如果没有想象,情感则不易唤起。思想、感情、想象诸要素必赖于文字而后能表现,而文字只有构成精巧的形式,才会有动人之力。文学作品的内容不会因为形式的佳妙而更精美,但其动人之力,则必因佳妙之形式而有所增益。文学如欲使读者由知而感,必有明了性与逼人力,而要想有此二者,必有赖于佳妙的形式,因此,形式亦为文学之要素。曹本认为,文学之目的在于增进人生幸福,人对自己有着"持续、强固、扩充,对于人类幸福之渴慕、追求、促进"的渴求,这种内在的渴求即人的"生命力",但现实中却人心锢蔽,制度窳蔽,限于荒谬、虚伪,人之生活乃日益混乱、污浊、矛盾、痛苦,现实与人的内在要求间的悖立致使人之幸福"渺不可见",但人的生命力是永不甘受外界的强制与压抑的,定"另谋突飞跃进之途",文艺即为"生命力突飞跃进之表现",它能完全脱离外界之压抑、强制,"立于绝对自由之境地,破除因袭,忘却利害;一面发挥高超之理想,昭示人生之真义,一面掊击窳蔽之制度,启导锢蔽之人心,积极的改变环境——突破环境,创造环境"。故一方面,文艺慰藉人生、予以精神之快乐,另一方面,现实社会之改进"亦实赖之"。文学要素、目的既明,其定义亦不难知。曹本引用亨特(Theodore W. Hunt)的“文学者，乃以文字表现之思想，经过想象、感情及趣味，在非专门之形式中，而使一般人对之，易于理解，并引起其兴趣者也”和圣伯夫(Sainte Beuve)的“文学必具新颖之思想及深厚之感情，以引起人之同情，而敦促其进步”后指出，合观二说，则文学之定义“可体会而得矣”。

2. 文学之特性

曹本认为，文学之特性主要包括真实性、感染性、美丽性、永久性、普遍性。关于真实性，它指出，文学欲感人先须自感，作者以其真实之感发而为文，则纯挚之情即“寓乎其中”，他人读之自受感动。然作者必“实有所见所感，摅而出之，斯能动人”。故文学本于作者内心之郁积，发乎其性情之自然，必有所见所感于物理人情，而后不诬不饰，发而适如其分，如此，作者之个性亦可见于其中。文学之材料虽取自外界，但其命脉则系于内心之所感，并“以其所感渲染材料”，使其亦具真实性，而后能动人传世。故作家创作时“一字一句，必须从心坎流出”，而世间通行之饰词谎语，必不能为“文艺之内容”。厨川白村言，“一切文艺皆系自己的表现”，故可于文艺中见到作者之个性，有人就因此而认为个性为文学特性之一，但须注意的是，文艺必先有真实性，而后才有个性可言，真实性既丧，个性亦“无所附丽矣”。关于感染性，曹本指出，伟大的作品皆作者“纯情之结晶”而具感染性，其“动人之力，至强至伟”，能唤起读者之同情，使之“随彼而喜、而怒、而哀、而乐耳”。文艺之感染性必借同情之助，而后方生效力。同情能打开人我之“胸壁”，使彼此的灵魂相接、交感，融而为一。作者在作品中尽力发挥其个性，读者则会感到作品是为自己而作的，将作家当作自己的辩护者、代言人，而得到无上之“安慰、欢喜与悲哀”。如屈原作《离骚》自叙遭际，史迁、杨雄读到时甚至流涕，其灵魂“盖与作者融合而为一矣”。关于美丽性，曹本指出，美丽性可分为外美(external beauty)与内美(internal beauty)，如戏剧、小说的结构错综变化而中规，线索紧密繁简能合度就属于外美，而其情思真挚高超，材料结实精粹则属于内美。内美必借外美而彰，外美必赖内美而成，两者不容偏废。关于永久性，曹本认为，永久性指文学作品经百世而常新，历千劫而不朽。作品的永久性不仅来自于其所含的永久之真理，还来自于其所含的永久之兴趣。兴趣属于感情之事，感情又与知识不同，知识之型固定，而感情之性瞬变。当人们读伟大作品时，兴趣虽然浓厚但“稍纵即逝”，需要重温作品才能持续，故文艺之所以有永久性，盖因其诉诸“感情之力也”。文艺必具作者之个性，个性亦需“诉诸感情之力”，作者对事物的所感不同，其表现于作品中的情绪亦各异，其人格由此可见。文艺作为人格之表现，其书写之自身“有永存之价值”。文学之永久性与科学、哲学之永久性相异。后者的不朽在于其所蕴含的真理，原著则无足轻重，但前者之永久性则在于其字句之间，故“原著为重也”。关于普遍性，曹本指出，文学于个性之外，“复具普遍性”，而普遍性之根据，仍在“诉诸情感之力”。人之情感大抵相同，个人情感虽“迁流靡定”，但人类情感的通性，则不会剧变，它是超越时间空间的，故面对同一部文学作品时人们会有大致相同的触动。此外，人概有表现自己、想有所创造之冲动，一般人因才能、环境、衣食等原因不能达到表现自己的目的，不得不求一代言者代其表现以满足其创造冲动，艺术家之任务即在此，他一方面满足自己的创造冲动，一方面在不自觉间亦满足一般人之创造冲动，这种一般人对于艺术之共鸣，亦为艺术普遍性之根据。

3. 文学之起源

本部分主要讲述艺术起源论的各个派别及原始文学的形式和特质。曹本指出，现代艺术发生学认为，文学之起源与实际生活有密切关系，皆含有“实用”意义。艺术起源之理论归纳言之，概有两类：一是以心理学为根据，以人类之本能解释艺术之起源，即艺术冲动说。一是以社会学为根据，从初民之生活研究艺术之由来，即艺术发生学。前者主要包括模仿说、表现说、装饰说、吸引说、游戏说。模仿说谓一切艺术皆系模仿“自然与人为”，此说倡于希腊，用于音乐、舞蹈尚可，用于文学、建筑则“多疐”。表现说认为人有表现自己的冲动（self-exhibition impulse），借声音、身体、语言、文字等表现自己之情感。装饰说认为爱美之心出自天性，故凡人都有装饰其身体和居处的冲动，一切艺术不外人生的装饰。吸引说认为人类有以快感引人之冲动，此为一切艺术产生之根源，达尔文等进化论者常持此说。游戏说认为人类之游戏冲动乃艺术之所由胚胎，康德、席勒、斯宾塞对此说有更科学的解释，他们认为，人类和动物的不同之处在于，人类具有过剩的精力来游戏，由游戏表现为艺术。后者包括格罗塞与希伦之说、普列汉诺夫之说。格罗塞与希伦之说在于“从初民之实际生活，研究艺术何从发生”，认为艺术冲动绝不能与游戏本能“同视”，非“精力过剩”之变形动作，艺术绝非“以自身之目的而生之非功利动机的产物”，系由“最实际的非审美的目的而产生”。朴烈汗诺夫之说则关注社会经济程序与艺术作用之关系，从初民之经济状况寻求艺术之本原，认为原始艺术乃在共同生活中产生，为“社会之现象”“社交之产品”。总之，曹本指出，艺术之产生与发展“大都由于实用动机”，因此，艺术发生学的艺术起源论最为妥当，艺术冲动说的艺术起源论只接触了真理的一方面，未尽善也，必与艺术发生学诸说“相辅而行”，始为尽善。在这种意义上，曹本认为，厨川白村着眼于“日常生活之实利的欲求”来探讨艺术起源的说法能使人满意。曹本还对厨川氏的艺术起源论进行了具体的讲述，此处不再赘述。继之，曹本指出，文学产生之原因既明，那么，原始文学又为何种形式？近代学者一般认为，诗为文学最原始的形式，其中抒情诗最早诞生，与音乐、舞蹈密切相关。麦肯锡认为早期诗与音乐、舞蹈“三位一体”，莫尔顿则认为原始文学为诗、音乐、舞蹈的混合物，即谣舞。早期文学产生之时，大多将一题材化为韵语，同时协以音乐，并以动作来暗示，故谣舞为文学之“原形质”，一切文体皆源于此。关于原始文学何以用韵，曹本指出，其一为韵文利于抒情，其二为韵文便于记诵流传。曹本认为，谣舞既为一切文体之本，明其特点则颇重要。在创作上，远古谣歌多出于民众之手，可能先有一人作出，民众拿来歌唱，其思想感情有不合于大众者则修改之，故我们看到的原始谣歌多无个性之表现，亦无作者之姓氏。另外，原始谣歌多以口口相传，每经复述就可能发生变化，辗转相传，以致讹误。在内容上，原始文学以赞美自然、祷颂鬼神、陈述祖德、记载战事、描写生活、传达爱情为主。形式上，原始文学在词句方面以重复、简朴为特点，在音节上，则以自然、协韵为主。风格上，原始谣歌多是客观（无个性、无主见）的、象征的、平民的。

4. 文学之要素

曹本此处主要借用温彻斯特对文学要素的区分方法，将文学分为思想、感情、想象、形式四要素。这里主要讲述思想、感情、想象，形式部分则另作讲述。关于思想，曹本认为，感情须与思想“相辅而行”，故不仅是历史、评论等杂文学，即使是诗歌、小说等纯文学，也要有思想为其基础。以抒情之诗言，如欲定其高下，则思想亦居重要之地位，至于旨在改善社会、增进人生之小说戏剧，需伟大思想为其“骨干”，更不待言。凡是能理解世事之真相、阐明人生之真义以造福人群者，均为有价值之思想。作家之思想，须正确精深，如获正确精深之思想，其智力不可不自由活跃、脱离意志之束缚，故叔本华之天才论言“意志与智力之分离，达到最高点，即为天才”，因此以客观之眼光考察“宇宙万象之真相”为作家“不可不力之”之素养。作家固然要具正确精深的思想，但也不能为某种思想所束缚。如为将某种思想具体化，或为宣传某种思想而创作，或以某种思想为标准而鉴赏文艺，“决不能得良好之结果”。托尔斯泰的《复活》和《艺术论》宣传宗教观点，乃是将基督教教义具体化，未免失之偏狭。思想可以分为两类，即久远的和一时的，前者为“能理解事物真相，阐明人生真义之思想”，后者为“宣传某种主义，迎合时人好尚”之思想。思想的表现方法有二：直写法和假托法，直写法是将思想的内容质直写出，假托法则多用外事假托。关于感情，曹本认为，一切文艺皆“热情之产品”。作者为用情真挚之人，其作品始有至情流露，他人读之，自能生感。文之情有三，即作者之情、文中之情、读者之情。读者之情生于文中之情，文中之情生于作者之情，其中又以作者之情为本。然何种感情可入文？曹本认为，文学之情必为“客观的”，未被客观化之感情“断不能为文学之要素”。所谓客观化，是指一切感情“必须离开已身，使之客观化、具体化(embody)”。如此，感情才有价值，才能动人。换言之，只有超越实际利害的感情，才能为文情。此即岛村抱月所谓的“观照”，经此观照，个人一已之悲欢就成了人类共有之情。故“感情之生坯，决不可为文学之要素”。那么，何种情感最能引起读者之共鸣？曹本指出，鉴赏之基础在“人与人之间有唤起生命共感之同情心”，故能“刺激同情心增进同情心之感情，为最适于文学而引起读者之共鸣”。曹本以温彻斯特和拉斯金的观点为例指出，最能引起读者共鸣之感情须与人生行为有密切关系，与人情物理息息相通，而且为高尚之感情。至于感情的分类，曹本认为，依据其有无文学价值，可以分为两类：普遍的、超卓的。前者不因时因地而变，即温彻斯特所说之“一人之感情虽属暂时，而人类一般之性情，则有共同之点。各感情联络之波动，虽生灭于瞬息之间，而感情大海，则洋溢古今，未尝或变也”。后者则超出个人，以人类为代表，即前文所讲之“客观化”，为人类所共有之感情，而非一已之感。如杜诗所表之“安得广厦千万间，大庇天下寒士俱欢颜”。此外，曹本将文情的表现方式分为两种，即深厚的与节制的。前者为作者自感既深且厚，故其发诸文也能使读者生无限之感慨，反复咏诵，不忍释卷。后者则含蓄蕴藉，婉约其词，微露其旨。关于想象，曹本指出，动情之物，具体为多。作者欲动人情，必借具体之事物，呈其迹象于读者目前，如其见之，而后能动读者心弦，引其共鸣。此种“以具体之事物表现感情之作用”，即为想象。想象具有操纵情感之力，乃“涌现于意识上之许多影像凝为一体”，作者构思之时，必有无数影像涌现于脑海，“争求录用”，何者可用，何者抛弃，作者不能不有所选择支配，“几经澄滤”，于是有许多影像“经作者心灵之组合”凝成“一体”，故想象实具有“综合之魔力”，影像则为其原料。被想象利用之影像，常附有各种情感，影像源于“经验”，非激动感情之事物“不会引起人之注意而发生影像”，影像非附有情感不会留存脑海，更不能以“回忆之法”唤起。各影像之联合，“多以感情为媒介”。影像既来源于经验，而经验又有新旧之分，故影像之来源亦有二，即新的近的经验与由旧的远的经验。最后，据想象性质之差异，曹本将之分为三类：其一，创造的，即选择经验所得的种种材料，创造出新的形象、新的世界，这种想象能给人以安慰，以期改善人生、美化自然。其二，解释的，即深入体察事物的内在精神，以解释作为想象的过程。如草木鸟兽、自然山水等自然现象本来和人无关，但文学家从其主观精神出发进行解释，使之与人发生关系。骆宾王《在狱咏蝉》赋予蝉以高洁之质即赖此种想象。其三，联想的，即通过事物或情感上的相似点来联络意象。如古诗文中的比、兴都赖此种想象，拟人(personification)亦赖此种想象。

5. 文学之形式

本部分主要讲述何谓形式、形式的构成以及形式与实质、作者、读者之关系。曹本指出,实质与形式“非可划然分开”,之所以分开,实为研究之便利。凡物质多有定形,无适当之定形,则实质无由表现。情思之为物,瞬息万变,必加限制,使之“凝成一体”,方能传达于人,故亦需有形式。形式与实质适合,则“词义昭融,纤微必达”,其表现方为完善,为求此完善,则需方法,“范字、铸辞、选材、布局,以及词采、声调等,一切有助表现之事,皆属诸形式”。形式乃文学之手段,而非目的。形式与实质关系密切,欲求形式之美,当先充实其质。故温彻斯特言“不注意实质,则难言形式”。美之形式,足以显“实质之瑰奇”,博“读者之欣赏”,然形式实为“显豁实质”“广大实质”而设,非“漫为涂饰”“悦人耳目”。人之情思,恒超过其发表力,欲实质、形式两相吻合,实属不易。其原因在于情思空灵夭矫,“变化不居”,其型无定,而文字之形义则为“习惯所拘”,其型有定,“故能了然于心者,未必能了然于手”。因此,作家若欲得心应手,必需精研热习发表之技能。文之形式包括体格和修辞。体格包括材料完备、结构谨严、用意一贯三方面。材料完备要求多方面采取真实切要的材料以供行文之用。结构严谨指段落遥相呼应而有线索可寻。用意一贯指首尾贯穿,气象浑成,绝无越杂散漫之弊。修辞包括确当、明显、警健、简洁四方面。确当指用字精确恰当。明显指文之意蕴昭然呈露于人之目前。警健指有动人之力。简洁指字句直截了当。曹本认为,文之形式固然与实质相应,但与作者、读者亦须相适。关于实质,曹本指出,形式与实质不仅要吻合,还须相称。如内容简短却表为长篇,宜酣畅表出却约为短章,此均为形式与实质不相称。关于作者,曹本认为,文之形式应与作者之才性相适,使其思想感情流露于字里行间。即自古词流,鲜能兼工,以适合才性为务。关于读者,曹本认为,文之形式须适应于读者,使读者知其所言。如为常人所作,则艰深之词句、生僻之字义、方言、土语、专门名词皆不可滥用。故作者行文之时,须考虑读者之程度、性情,如此,则得之矣。

6. 文学与人生

本部分主要讲述文学和人生都是生命力的具象表现及文学与人生之关系、文学表现人生的种类和方式等。曹本认为,人原本浸润在“生”之范围中,须臾不能离开,欲以“客观之态度”考察“生之本质”实不可能,故仅能以其经验就“生之动向”研究“生”与人之关系。生的含义甚广,其主要目的为“存在”,“人的一切活动不外求‘生存’之持续、强固、扩充”,此为人生“惟一之目的”,也是人生

"共通"的要求,即"生命力"或曰"生之冲动"。就生物进化言之,此"生之冲动"实为"使无机物变为有机,有机物变为单纯动物,单纯动物变为复杂,复杂动物进而为人之原动力"。从心理进化的角度言之,此"生之冲动"又为"使无意识之活动变为有意识,有意识之活动变为反省,反省之活动变为道德活动之原动力"。此即有岛武郎所谓"生之动向"。人的活动皆以"生命力"为根源,依靠它活动、进化,在社会中人依靠生命力的分化作用将各人内面之"自我"具象而表现之,故"人生之一切活动,无非'生命力'的具象表现,而艺术乃其表现之最精致者也"。表现即创造,人的生活为其"全个性之表现",人皆有表现之要求,小到衣食住行,大到思想事业,均为人之自我表现,人生就是人竭力表现自己、创造自己的过程,故人生过程"无一段非艺术的"。人的生活以表现自己为目的,其不同之处在于表现之方法,即借何种媒介物"将自己之面目心灵寄宿其中"。文学家称此媒介物为"象征",能选择精美之语言文字为象征以表现自己,实为"文学家之能事"。凡人虽皆有表现自己之要求,却因缺乏能力、缺乏机会等等而苦"力之不逮",于是不得不寻求自己的"代言者",在他人的表现中"寻求自己之面影",间接满足自己的"表现之冲动",社会需要文学之一大原因即在于此。明乎此,则文学与人生之关系"可瞭然矣"。文学于人生的功能,对个人而言,不仅可以使作者表现自己,使读者得到共鸣,更能清洁人之品性,高尚其人格;对社会而言,则能巩固其团结,敦促其进步。人之情本同,但因外部之压迫或内部之束缚,不得自由发展,致使其某一部分呈麻木状态,非经外部刺激则不易觉醒,文艺实为此外部刺激"最良之媒介物"。如欧战之前,欧人皆醉心于进化学说,以互相残杀为能,"几忘人类为何物",罗曼·罗兰、威尔斯、罗素等不惜"瘏口哓音"创作小说,欧人读之,始渐觉醒,故文艺之力,实能使人道德觉醒,而"一切嫉忌、自私、忮求等非社会之感情,得以消灭",人之品性因之清洁、品格因之高尚。社会上一切冲突、龃龉多起于彼此不能谅解,文艺之力实能"唤起读者之同情",使之破除隔阂、互相谅解,其能融合人之感情,使全社会之精神趋于一致,"共向一目的行进"。但丁之《神曲》,歌德之《浮士德》,无不予意、德国民莫大影响,使支离破碎、四分五裂之国"重造邦家",此皆"藉文学之力,巩固其团结者也"。至于文学能敦促社会之进步,则更显著。社会之大改革,"莫不以文学为导火线",法、俄革命,分别受卢梭、孟德斯鸠以及契诃夫、陀思妥耶夫斯基等所著小说的鼓吹和煽动。盖此等文学"能表暴社会之缺陷,人生之痛苦",因感情之相通,能引起一般人之"自觉或反抗",而社会之大变动、大改革因之而起,故文学为"改进社会之先驱"。曹本指出,现实世界多有缺陷,欲促进而完成之,惟赖文学。这就是米勒·弗赖恩弗雷斯谓"文学深深托根于人生之全体,并与人生之全体密密缠绕。其所结成之果,可以产生一种种子,此种子能予实际世界以一种新生力。文学犹如一切艺术之功能，为实用生活之一种完成，并为一种必要的完成”的缘由，米勒还以“人生之增富”为一切创造文学之共同目的。所谓“人生之增富”不外乎人的生活之“量的”推广与增加以及“性的”加浓与提高。故能“增加经验，扩大吾人之世界；改进社会，添益人群之乐利”，而合乎“人生增富”之目的者实为“最高之文学”，文学必合乎此目的，而后“有裨于人生”，完成其“使命”。至于文学所表现之人生性质如何，曹本指出，文学所表现之人生“虽不离乎实际，然与实际人生，究有分别”，因为文学所表现的人生为选择的及论理的。关于选择的，曹本认为，实际人生之事实“多而且杂”，不能尽为文学之材料，必须加以选择。故史蒂文森言“吾人所见人生事实，皆其纷乱之部，细察其内，仍有一定不变之真理存焉。文学所欲代表者，即此真理，非抄袭其纷乱之表面而已也”。故作家选择之第一步，必考察某种人生事实（人为界、自然界）之内情，深悉其实状，明其真相。第二步则是于此人生事实中选择有文学价值者，取而运用之。莫尔顿曾言，选择者，非取彼弃此之义，乃“提净”（purification）之义，即去除渣滓，而精华愈茂。曹本指出，莫氏之意盖谓作家选择之事物，必经其“加意洗伐烹炼”，使之“极精纯”，方可适用于文学。因此，文学若只是如实描写人生，“尚未足以极文学之能事”，文学之宗旨，在创造高尚之人生，虽此人生不易实现，然文学家之职“固已尽矣”。关于论理的，曹本认为，一般人仅能见“人生之断片”，此断片为部分或片面之人生事实，其文学价值较低，鲜能为文学之材料。文学所表现之人生，恒有论理、次序，即因果之关系，故作家述事，必首察所起、继标所经、终考所结，“本末先后，逐一叙述”，整饬昭明，一丝不乱，使人阅毕即能明其因果关系。文学之记载还包括作家观察人生后抽绎而得之种种“人生法则”，故文学所示人者，还包括种种普遍法则之构成。作家欲创造人生，必先精密深切地观察人生，明其因果关系，熟悉人生法则，而后用此人生法则创造高尚之人生，寓理想于其中，使人读之俨若实有，自能笃信乐观，深为其所感动而求实现。作家之人生观可分为个人的和社会的两类。前者以个人为中心，多偏狭。后者则以“世人之忧乐”为“一己之忧乐”。文学表现人生的方法有两种，即以客观之态度描写与以高尚之理想解释。后者之精神的要义与价值为理想主义，前者着重其外表之状态，如写实主义。后者易流于空虚而不切实际，前者则多偏于科学式的观察，而少艺术之性情和对人生真理及精神价值的洞察。

7. 文学与时代

曹本指出，文学为“人生之明镜”，凡生活上之一切重要形相，无不反映于文学，生活之形相又随时代变迁，故一时代有一时代之精神，一时代有一时代之文学，文学为时代精神之反映，其变迁关乎世运。中外学者对此皆有共识，亦“言之屡”矣。如《诗序》云：“治世之音安以乐，其政和；乱世之音怨以怒，其政乖；亡国之音哀以思，其民困。”柳冕从而释之曰：“文生于情，情生于哀乐，哀乐生于治乱，古之作者，因治乱而感哀乐，因哀乐而为咏歌，因咏歌而成比兴；故大雅作则王道盛矣，小雅作则王道缺矣，雅变风则王道衰矣；诗不作则王泽竭矣。”在西方，如亨特认为文学之使命为“时代精神之正确的解释”。故文学确能“反映时代精神”，而时代精神亦能“左右文学”。文学既是时代精神的产物，然亦能创造时代。创造是文学的生命，作家多不安于现实，当其对现实人生不满时，能本其创造之特性、革命之精神，一面破坏旧的时代、旧的精神，一面将新理想、新信仰灌输于人心，使其成为一种新思潮，“用以革新时代，改造社会”。曹本认为，凡社会之大变动、大改革恒有文艺为之“先驱”，当社会至于制度窳蔽、人心陷溺之时，感觉迟钝者常习焉不察，即有所察，或怯懦害怕改变，或迷茫不知出路，从而因循迁就，不能自拔。文学家则以其灵敏之感觉、坚强之意志察人生之苦闷，直言人之所未言或不能言，先知先觉人生之真义、未来之光明，率领时代思潮。故一社会需要改革之时，作家恒能将人生之疾苦，自己之理想“具体以写之”，激人同情，而大变动、大改革乃随之而至。时代思潮为社会革新之原动力，作家能表现时代思潮，才能为率领时代之高级文艺。故作家能“捉住时代思潮”到何种程度是评价其作品的一大标准，引导作家领受时代思潮也是批评家的一大任务。

8. 文学与国民性

这部分讲述何为国民性以及国民性对文学的影响。曹本指出，国民性是以种族或民族为基础，受政教、生活、风俗、习惯等因素在长期作用下所形成的一种特性，此特性为某一国民所独具，国民性会使文学呈“特殊之色彩”。作家对其所属之国民性无特别认识之必要，只要其忠实自由地创作，国民性自然寓于其中。但研究、鉴赏文学的人，则对作者的国民性须“十分认识”。欲见某国之国民性，可直接于其文学艺术中得之。种族为国民性之基本，其在文学上的地位不亚于时代，时代是民族的横的方面，种族则为民族的纵的方面。欲识一作品之国民性，须先识其种族性，种族性乃研究国民性之“第一根本对象”。种族力量巨大，而且对人的影响“既深且巨”，任何人均不能逃脱其所属的种族性，亦不能逃出以种族为基本的国民性。文学与种族性、国民性的关系很密切，一民族昌盛时，其文学必灿然可观。文学亦为民族精神之寄托，即使一民族衰亡，只要文学未灭，其民族便有复兴之日。总之，文学保存民族精神，唤起民族思想之功，实至伟大，非他物所能及。针对国民性与文学的密切关系，曹本又援引了赫尔巴特的观点：“一国之文学，即其国民之过去纪录，其国民希望之表现。在国民发展之各阶段上，显出国民之魂，即国民之集团精神。因于文学，其国民生存之火焰得鲜活保存；由国民之疾苦、荣耀、憧憬之追怀而造成之炬火，从一时代传到他时代。一时代人欲将其人格之印象印入下一代人之脑中，最好方法，是用文学。文学的传统，在保存国民的传统之各种势力中，为最有力量者。”此外，曹本指出，国民性对文学的影响体现在内在精神和外在风格两方面，如北欧民族文学多“为人生而艺术”，其特色在冷静、严肃、思索；南欧民族则多“为艺术而艺术”，属醉者之艺术，以欢喜、感激、心醉为本质。

9. 文学与道德

曹本指出，人们批评文艺的标准全要看对文艺与道德的关系理解如何，历史上关于此问题对峙的观点有两种，即“为艺术的”和“为人生的”，前者为唯美主义的主张，认为艺术自身就有价值，不与其他问题相关，对受物质文明压迫之现实生活，尤应取“超然高视之态度”。曹本认为，此种主张之所以出现，是因为纯粹诗人性格者反抗近代功利、唯物思潮对文艺的影响，转而主张“美为人生之中心”，进而厌弃物质思潮，离绝俗众之生活，隐于艺术之宫，求清净之美境，其生活逸乎常规而蔑视社会道德。后者主张以考察现实人生而改进之为文艺之目的。曹本指出，在物质文明之下，人不存在游于现实生活以上之余地，文艺亦不能不与现实生活接近，因为艺术与人生之接近，凡社会、宗教、道德之一切问题皆将置于文艺之上而处理之。曹本认为，上述两种观点各趋极端，都不能真正揭示文学与道德的关系。要正确解决这个问题，先要明道德与艺术之性质。艺术具有创造性，其价值在“开辟新境界”，以自由创造为原则，不受任何束缚。人们常以为道德具有保守性，价值在维持现实，其作为人的行为规范，在一定范围内，不可逾越。但道德包括习惯道德和理性道德，这种理解中的道德只适用于习惯道德。理性道德与习惯道德相反，它以表现个性、完成人格、改善社会之生活、增进人类之福利为鹄的。当习惯道德适用于旧的生活而不适用于新的生活时，理性道德就会创造新的道德标准取代之，社会生活因此而能交相推进，人生亦因此而日渐向上；因此，道德之创造性与积极性，实与艺术无异。而且，艺术生活之对象为美，道德生活之对象为善，美、善同为人的生活之所需，故艺术与道德未尝不相需也。关于艺术与道德之间的差异及其关系，曹本分别援引了桑塔亚纳、斯宾加恩和厨川白村的论断。根据桑塔亚纳的观点，曹本认为，艺术与道德在活动、判断、价值上有着根本的差异，不能以道德标准来玩味、评判文学艺术。斯宾加恩认为美是文艺存在的唯一原因，谋求道德或社会进步并非文学的功用，说文学是道德的还是不道德的，就像是说等边三角形是道德的而等腰三角形是不道德的一样。厨川白村则认为，文艺是纯真的生命的表现，不论其是道德的还是不道德的都有存在的价值，不能以实际生活中的价值判断作为衡量标准。总之，曹本指出，以上观点都认为文学与道德没有必然关系，所以，如果以实际价值和伦理观念作为文学批评的标准，就会禁锢文学，使其不能绝对自由地表现，最终断丧文学的生命。探究艺术与道德的关系及其程度如何，可从艺术的本质及其效用入手，前者为“艺术之客观性”，后者为“艺术之社会性”。所谓艺术之客观性，是指艺术的情绪是“客观化之情绪”，即“脱离现实生活之利害是非”，经过“净化”之“美的感情”。客观化的目的是使其超脱实际之利害是非，化个人之私情为人类之公情。正是因为艺术情感是客观化的情感，因此，必要时需要将其道德要素抽出，这样，艺术与道德之关系若即若离，亦为“势所必至”。所谓艺术之社会性，是指艺术为人类精神之产物，人类不可能没有社会生活，故必与社会发生关系。艺术的价值在于“引个体以合全体，使个人与社会相调和”，其效用与道德相同。故就效应言之，艺术具有社会性，能激发人的同情，使人与人互相理解，将个人与社会融而为一，又能灭绝嫉妒、自私、忮求等“非社会之感情”，刺激道德性使其觉醒。故伟大之文艺的确能改造社会，增益人生，艺术的伦理意义即“胚胎于此”，艺术与道德不无关系“亦可瞭然矣”。可见，为艺术的和为人生的都是艺术之性质，二者并行不悖，文艺为人生之表现，亦为人生之养料，它关涉全人类，不应使其功用陷于一隅。

10. 文学批评

本部分讲述文学批评的含义、种类及文学批评家的任务。曹本指出，文学批评是“读者之指南”“作家之向导”，它是以文学、作家、作品及问题为对象的批评。文学批评一方面批评文学作品、作家及问题，一方面它本身也是文学。文学与文学批评的区别在于：文学批评人生，而文学批评乃批评文学，一为直接地批评人生，一为间接地批评人生。同时，文学批评家常将作品中作者的个性表现出来，而文学创作中作家也要去表现人物个性，所以它们之间没有差别。因此，真正的文学批评也是一种文学创作。关于文学批评家的职务，曹本指出，首先批评家是一个良好的读者。批评家首先要精读作品，明了其内容和价值。然后再将其阅读经验、思考方式传达给其他读者，使得读者亦能像他一样阅读思考。故“文学批评家之第一种职务，即使自己为一良好之读者”。其次，作为传布思想之中间人，批评家传布作者思想给读者，使之社会化，进而促进社会进步。再次，为作家之导师。曹本援引阿诺德的“领导作家，使其容易领受时代思潮，为批评家职务之一”的观点来加以证明。同时，曹本还认为，有时批评家还可以创造新的思潮而成为创作的先导。此外，曹本指出，调和训练公众之文艺趣味，提高其欣赏能力，排斥一般的文学偏见以及纠正作家和公众的谬误，也是批评家的职务。在文学批评的分类上，曹本认为，文学批评可分为因袭批评（traditional criticism）和近代批评（modern criticism）两类。从批评态度来看，文学批评可分为客观式批评（objective criticism）和主观式批评（subjective criticism），前者相当于因袭批评，后者相当于近代批评。因袭批评以亚里士多德的批评法为标准。近代批评则分为两大类：归纳批评和判断批评。归纳批评（inductive criticism）以客观的态度向读者详细解释、说明作品内容。判断批评亦称价值批评（criticism of values），批评家多以固定的标准来衡量文学作品的优劣，判断批评一定要先经过归纳批评，翔实了解作品的内容才能做出判断。最后，曹本讲述了六种具体的批评范式，即科学批评（scientific criticism）、伦理批评（moral criticism）、鉴赏批评（appreciative criticism）、印象批评（impressive criticism）、表现批评（expressive criticism）、社会批评（social criticism），具体不再赘述。

第二节　文学是“生命之粮”：汪祖华的《文学论》

汪本由南京拔提书店于1934年6月初版，在体例上共分七章，即文学的定义、文学与其他学科、文学的特质、文学的原素、文学的形式、文学的功能、文学的起源。

1. 文学的定义

关于文学的定义，汪本指出，文学虽然是一个“悬空的概念”，但其定义还是需要研究的。古今中外在文学定义的探究上，意见多有分歧。就中国言之，“文”“学”二字连用，始于孔子。但孔子论“文”，“本兼‘学’的意义”。至于两汉，文化渐进，“文”有专称“美而动人的文辞”之端倪。魏晋南北朝又较两汉更进一步，在美丽动人的文章中分出“文”和“笔”，后者重知，前者重情，后者重应用，前者重美感，这已和近人的纯文学与杂文学之义相近。汪本认为，中国文学观念演进至此“才算是比较正确”，但半道上杀出了一个刘勰，他认为“今之常言有文有笔，以为无韵者笔也，有韵者文也。夫文以足言，理兼诗赋，别目两名，自近代耳，颜延年以为笔之为体，言之文也，经典则言而非笔，传记则笔而非言，请夺彼矛，还攻其盾矣，何者？易之文言，岂非言文，若‘笔’不言‘文’，不得云经典非笔矣，将以立论，未见其论立矣”，此论在名词含义和推理方式上都有很大问题，把已确立的文学定义“弄的乱七八糟”，也使此后唐宋文人把明道、贯道、载道等观念强加给文学的时候更加地变本加厉，使得文学观念越发“暗晦莫明”。[①] 汪本同时对“道”进行了分析，认为文以载道、明道等的“道”意义极狭，只用为“儒家学说的代名词”，不过是“周公孔子一家之道”。道、文本为两体，在孔子那里，“道”只是与“文”对举，孔子并没有说出它与文是何关系，更没有称己说为“道”，这种“明目张胆将各家公用的‘道’的一个名辞，攘窃为周孔一家学说的代表”的始作俑者是杨雄，将文与道捆绑在一起的滥觞者也是他。汪本指出，“载道说”的主张者以为“文与道的关系，是拆不开的，文与道的价值，也是等量齐观的”，自它之后，文就沦为道的附庸了。后来，阮元、章太炎对文的定义亦无甚新意，到五四运动之后，罗家伦认为，“文学是人生的表现，和批评，从最好的思想里，写下来的，有想象，有感情，有体裁，有合于艺术的组织，集此众长，能使人类普遍心理，都觉得他是极明了，极有趣味的东西”。这才算是一个“比较明晰合理的文学定义”。就西方言之，汪本分别介绍了瓦纳的“文学，包括人向他人，综合地表现他自己的一切著作”，阿诺德的“文学是一个广大的名词，那是可以解为用文字书写或印刷在书籍上的一切东西”，波斯奈特的“文学是包括散文，或诗的一切著述，其目的与其反省，宁在想像的结果，与其在教训与实际的效果，宁在给快乐于最大多国民，并且排在特殊知识，而诉于一般的知识”，德昆西的“先有知识的文学，其次有力的文学。前者的职能是教，后者的职能是感”，亨特的“文学是思想的字的表现，通过了想像，感情，及趣味，而在使一般人们，对之容易理解，并且若心起兴味的那样非专门的形式中的”，郎克的“文学是人们的最佳的思想和感觉的记录”以及温彻斯特的思想、情绪、想象、形式之文学四要素说。综合中外文学之概念，汪本认为，文学有广、狭二义，“广义的文学（或称杂文学），是一切学术的总称，这种，我们最好将它推出于文学范围的外面，不承认它为文学；狭义的文学（或称纯文学）就是真正的文学。我们的文学定义是：‘文学，是用文字的形式，表示生命之流的纯粹感情，博大的思想，精切的想像的。是个性的表张，是人生的反映’”。

2. 文学与其他学科

2.1 文学与自然科学。汪本指出，自然科学以自然界中的物体为研究对象，它把自然物体当作解释的对象，根据“动的观察”来判断我们旧有“由经验得来的臆说”，以获得事物的现象而“使之有规律”，更依照这“已得的规律”以“推断将来”，故它以“客观的态度，求客观的真理”。文学则是“由静的观察所得来的瞬间的臆说”，是“心灵现象的表显，主观的‘真’”。科学家为实验自然，故“必离

① 汪祖华：《文学论》，南京拔提书店 1934 年版，第 6 页。本节引用未作特别说明者，均引自此书。

我于自然”,即以我为自然的实验者;文学家为阐释自然,故“必融我于自然”,即我与自然为一。科学所求之真是真智,要求“理确而用宏”,文学所求之真是真情,要求“意长而味永”。故托尔斯泰说,艺术与科学同是人类进步的两个机关。汪本认为,这是因为“科学只求得真的一面——客观的真,必待文学求得另一方面的真——主观的真,人生才有整个的真”。

2.2 文学与社会科学。汪本认为,社会科学研究社会上的一切现象,因此人民因群聚而产生的现象、事物及人民对之的观念都是社会科学的研究资料,以客观的态度、推论的方法求出这些资料自身以及其自身以外的一切因果关系,为将来之“借镜”,就是社会科学家的责任。文学研究则不然,因为文学是主观的、非推论的,并且它根本无意于表现因果关系。

2.3 文学与哲学。汪本认为,哲学的目的在于“求宇宙的真源”,文学虽也有这目的,但哲学家是从“自然的全体观察”,复努力以求“解释”,文学家则只“阐演”(interpret)其所见;哲学从理智方面考人生之究竟,文学则从情感方面呈“人生之真看”,故哲学的理智成分多,而文学的情感成分多。

2.4 文学与史学。历史是人类全体的传记,研究这种传记的学问为历史学。故史学“以整理关于人事系统为目的”,而文学则以“表出人事中所含有的生命为目的”。

2.5 文学与修辞学。二者都讲究“文字的运用”,但修辞学是以“运用时的方法为对象”,文学则是以“运用时的艺术为对象”。

2.6 文学与艺术。汪本指出,文学乃艺术之一种,艺术可分为静的艺术与动的艺术,文学属于后者。在艺术中,雕刻的媒介是体、面,绘画则是色、形、线,建筑则是位置,舞蹈则是动作,音乐则是声音,这些媒介自身就能引起人们的美感;但文学的媒介是文字,它没有这样直接的效果,文学能引起人们的情感的不是文字自身,而是它所引起的观念,故文学的媒介实是人们“脑子里被引起的观念”,文字只不过是引起人家观念的媒介。总而言之,“文学是由文字引起人家一种观念,再由这种观念,引起人家一种情感”。故文学也是间接的艺术。

3. 文学的特质

汪本认为,真正的文学一定具有一些特质使其能动人、引人兴趣,文学的特质有真诚性、美丽性、永久性、普遍性四方面。关于真诚性,汪本认为,文学动人、引人兴趣与真诚性有莫大的关系,所谓真诚性即“若刻肝肺”,具真诚性的作品一定是蕴藏着作者真情的作品,而真情则是作者对于事物所感受的痛苦快乐所激发的情绪。在创作中,作者“骨鲠在喉,非吐不快”,把自己的苦乐之情加入一切材料,使这等死的、无灵魂的材料都变了其本来的面目而披上了作者的色泽,也"同作者苦痛与快乐"。不同作者的个性不同,其"对于事物的表现,所发生的意会也就不同,因而在文学上所表现出来各各的真情更不同"。如苏东坡的《赤壁赋》与明人的《游赤壁》,白居易的《长恨歌》与杜甫的《哀江头》等,其事实一样,但表露的真情却截然不同。个性是个人的天性、人格,是文学必不可少的构成,个性愈浓厚,文学愈真诚,故个性与真诚如"形影之相依"。同时,汪本反驳了夏目漱石所言"文艺上的真,是随着时代而推移的",认为它容易造成人们对文学真诚性的怀疑,汪本认为,虽然一时代有一时代之特色,一作者也有一作者之个性,但"某项作品之反映某时期实况,及作者身世的情感的真诚,这总不能加以否认的"。不过因时期的不同,作者所引起的读者之兴趣,有浓厚与稀薄的差异。关于美丽性,汪本认为,文学能使人感到"如饮葡萄美酒般的陶醉",细味着"芬芳的香洌",叫人产生美感,任何主义、任何时代的作品,都有其美丽性存在。美分为内容美与外形美,"结构的错综变化而合度,谓之外形美;情思真诚高超,谓之内容美",两者不容偏废,没有内容的形式是一种空想,而没有形式的内容只是一种概念。文学的美丽与真诚密不可分,"不真诚的作品,美丽也不真",但真诚也不能故意不计美丽。关于永久性,汪本认为,作家虽然"骸骨早枯",但其作品却永留人间,这表明文学是具有永久性的。文学的永久性来自于它是诉诸情感的,而情感是马上就会消散的,但当重读、想象时,情感一定会再涌起来,这样读者就会再三再四地欣赏,越是文学价值高的作品,读者越是百读不厌。关于普遍性,汪本指出,荀子曰"千万人之情,乃一人之情也",说的就是人的情感具有普遍性,温彻斯特也说:"各感情连续的波动,虽然一生灭于各瞬间,但感情的大洋,却洋洋乎万古不变的……随宇宙之变迁而变迁,不是感情,却是思想。"此外,汪本还论及普遍性与社会性的关系,认为社会性即是普遍性。

4. 文学的原素

汪本指出,文学的原素包括心理学和社会学两方面,就心理学方面而言有情感、思想、想象,就社会学方面而言则有民族性、时代、环境。

关于情感,汪本指出,情感是文学的原素之一,对文学很重要,我们读文学作品,可以感受到其情感溢出字里行间,活跃于纸上。文学情感可分为作者的情感、文字所表现的情感、读者的情感三种,读者的情感生于书中的情感,书中的情感又生于作者的情感,"三者相因,发生共鸣"。对于情感,汪本认为有两个问题需要注意:第一,是否无论怎样的情绪、感情都能成为文学?第二,作品所表现的情绪、感情中,何种最得读者之共鸣?关于前者,鲍桑葵的观照论中肯地解答了这个问题。鲍桑葵认为,情绪的快感有永续的、相联的、大众的三类,所谓永续的即“一波未平，一波又起的快感”。虽然其中有许多能满足我们的快感，但也有许多不能满足。所谓相联的，即“某种物件与某种物件的对象有互相连带的关系的。换句话说：即与美的对象之性质，能得到相联的快感的”。所谓大众的，即“是非一个人的情绪，才可享受审美的快感，无论那一个人，都能知道大众享受审美的快感的”。关于后者，汪本认为温彻斯特所论“凡是增进人生的感觉的力，便是给我们快感的东西，凡是减少并迫害那感觉的，便是使我们生活苦痛的东西”就是答案。汪本同时指出，应避免在文学作品中表现自私的情感、苦痛的情感，因为前者不是普遍之情，后者则不适合于健全的心怀。文学的情绪要想获得不朽的价值，应遵循温彻斯特的下列五个标准：情绪的纯正或适节、情绪的活跃或力、情绪的继续或确实、情绪的范围或变化、情绪的阶级或性质。情绪的纯正或适节“是一种普遍性的情感，不是变态的偏倚的情感，即是基于人生的真理，而更以诚挚不伪的态度的表白，反此，则为虚伪的变态的，无病呻吟的文学”。子曰：“《关雎》乐而不淫，哀而不伤”，我们读卢骚的《忏悔录》不觉其卑污龌龊，反见其伟大，就是这个原因。情绪的活跃或力是“言之有势”，如我们读梁鸿《五噫歌》、汉高祖《大风歌》、魏武帝《短行歌》、法国的《马赛革命歌》等，总觉得气势澎湃、荡气回肠，此即为气势之热烈者。而幽默深沉的作品也能和气势热烈的作品一样动人。陶渊明的《归田园居》读之令人神往，而秦少游“宝帘闲挂小银钩”之句，不见得不如“雾失楼台，月度迷津”动人。情绪的继续或确实是“指文虽用千变万化形式表出，而其情致则属一致”。如《离骚》所叙之情事，其变化不可方物，然忧国之情则始终一贯；《孔雀东南飞》之叙事不可不谓繁复，而矢志靡他、恩爱不疑的感情则一统全篇。情绪的范围或变化是“问作品所给与的情绪的范围大小，及其怎样的一个范围时所用的标准，大概天才的文章，其盛情之综错变化力量，范围来得比常人大”。如司马迁的《游侠传》不如施耐庵的《水浒》，董解元、王实甫、关汉卿不如曹雪芹，李白之诗不如杜甫之诗，谢灵运不如陶渊明，黄山谷不如苏东坡，元稹不如白居易，都是因此。情绪的阶级或性质是“问作品所给予的情绪，是属于怎样阶级的情绪时的标准”，如是道德的、宗教的、劣的还是优的，这无疑是个难题，因为社会问题有很多差别，道德、宗教孰劣孰优，就有许多差别，故评价文学当先了解作者的环境和事实等，不能以个人的好恶定文学之优劣。如“身为达官的人，必不能知道困穷诗人之诗；能了解《西游记》中的唐僧，不见得能了解《高僧传》中的玄奘；能了解《红楼》中之金钗的人，不见得就能了解宝玉幻游太虚境时，所见副册中所歌之十二金钗”。但无论贫富贵贱、东西南北之人都莫不互相统一，这就是人的感情之素，所以读者虽因其阶级的性质不同，而能发为不同的“了解感应”，但也有一致的倾向。进一步看，情绪的本质可分为四类：失意的、愉快的、非我的、普遍的。其中大文学家的情感不外浓厚的、节制的两种。如何将这浓厚、节制的情感表现出来,其方法又有三种,即奔放式、动荡式与回旋式。奔放式意谓热情达到顶点,一泻无余。动荡式则一唱三叹、百转千回。回旋式即步步引人入胜,渐后渐佳。此三种方式又可变为两个形式,即因景见情和因情见景,但最好的当属即景即情。此外,汪本指出,感情的浓淡厚薄一半是关乎人生,一半则是关乎修养。

关于思想,汪本指出,"'思想'即是各个作者的'个性'及其时代的思潮等,各方面受到影响的复杂物,也可说是'人生观'"。思想和情感关系密切,思想卑劣之人,不会有有价值的情感,一切真挚健全的情感无不基于"正确精神的思想"。思想不健全的作者,其表现的情感多半是变态的,而伟大之思想必"与人生真理相吻合"。故文学如果不能将实际人生表现得"确如已然或当然的",必不能称为伟大之作。因此,文学不能拘泥于外部情状的惟妙惟肖,同时也要顾及到内部的精神和规律。李白虽天才俊快,但其作品的人生观念却非正轨,故王临川斥其"才高识卑",黄山谷鄙他"好作奇语",赵次川也责他"所作多于风月草木之间",莎士比亚的伟大也在于其善于叙述人生,丁尼生、阿诺德的伟大又何尝不是由于他们的作品充分抓住了维多利亚时代的思潮。总之,富于思想的作品"自能生色"。关于文学表现思想的方法,汪本指出有直写法和假托法两种,前者以抒情述理的作品为主,如散文、诗歌,其长处是"明显",短处是"受材料的拘束",往往"不能活跃自由,发挥尽致,措辞更感困难"。后者以托讽喻讥的作品为主,如小说、戏剧,其长处在含蓄、感人,短处在虚渺、深晦,让人莫名真相。故假托必须根据人生真确事实,不能用意过深,或夸饰过甚,避免流入虚渺,使意义晦暗。

关于想象,汪本指出,作者是通过想象的方法"使自己的情感激动读者的情感",作家的情感依靠想象从自己那里传达到读者那里。何谓想象?汪本认为,"想像是以旧的经验为根据,把情感寄托在主观的意欲之上,使成为合于经验,而有迹象可循的一种心理作用"。想象的构成要经过回忆(影像的唤起)、选择(适合中心观念即作者所欲表现之理想的各影像的选定)和联合(新人物的涌现)三个步骤。想象不同于空想,后者是不依照经验的妄念,前者则以过去的种种经验为基础,从其中"抽象了一部分及一种性质"将之选择、结合之后,再构成一种"新的创造作用",作品动人与否,全凭作者的想象力如何。汪本援引亚历山大的观点指出,想象和统觉、记忆、情绪、理解、意志都不同,但又包含上面的一切,因为它驱使"全心的我能"以赴其最高目的,即"扩大吾人所住的世界"。此外,汪本还援引温彻斯特的区分法,以"应用思想的方法不同"为依据,将想象分为创造的想象、联想的想象和解释的想象。

关于民族性,汪本指出,民族不是指生于某一时期、同文同种的人民所组成的集团，而是指“一群有其特殊的血统，特殊的生活方式同特殊的语言，特殊的宗教，特殊的风俗习惯，包含着遥远的过去，和现在的一个民族”。民族性对文学的影响力非常大，汪本援引了潘德的文学的民族、时代、环境三要件说和丹纳的种族、环境、时代的文学三要素说后指出，民族性是“文学的灵魂”，任何作家、任何作品均含有“极浓厚的民族色彩”。有人否认文学的民族性而认为文学作品只是个人的创作，汪本指出，这是一种误解，实际上，早在个人的文学创作出现之前，文学就已经存在了，这种早于个人创作而出现的文学都是民族的，如古希腊神话、德国的《尼伯龙根之歌》、中国的《诗经》等无一不是民族的产物。各民族有自己的特性，故各民族的文学也有着自己的特色。如法国人对于言辞极端的敏感导致法国文学“多散文少诗歌、戏剧，多社会剧、问题剧，而少浪漫剧”，德意志民族“刚强而且智慧”，故其文学“豪放壮烈，具有超脱的见解”，俄罗斯民族以极端为特征，故俄国文学充满矛盾、爱走极端。

关于时代，汪本认为，文学不是孤立的存在，不能逃出时间、空间的范围，其与时代精神有着密切的关系，故各时代的文学有着各时代的特征。总之，汪本指出，文学是“时代的反映”，是“时代风尚的明镜”，文学之可贵的往往是时代精神“表现的非常旺盛而明确”，而且，时代精神的多寡，也是评价文学作品价值的不二标准。时代精神不仅影响文学的内容，而且影响其形式。如四言、五言、七言诗的产生都是顺应时代要求的结果。此外，汪本还讲述了中西文学变迁的时代观及作家的历程。关于中国文学变迁的时代观，汪本较为细致地罗列了中国历史上各个时代对于文学的影响，分别从自然风物、经济基础、政治制度、民族关系、意识形态、文化与军事等许多方面来讲述。关于西洋文学变迁的时代观，汪本则以意识形态的变化为中心，分别从古典主义、浪漫主义、自然主义、新浪漫主义四个阶段详述了西洋文学发展的历程，如“古典文学是以宫廷生活做中心的贵族的意识形态的表白”，而“浪漫主义是新兴第三阶级的意识形态的表白”，自然主义是“成熟期的第三阶级的文学”，新浪漫主义之诞生则是由于“科学万能的迷梦……已渐渐觉醒”。为了更有力地说明文学与时代的密切关系，汪本又从“作家的历程”角度、以屠格涅夫和易卜生为例指出，屠格涅夫和易卜生的文学创作与时代密切相关，前者的创作史映射出19世纪后半期俄国的思想史，而易卜生的创作在时代思潮不明显的时候“便已经抓住了它”，只不过前者同步于时代，后者超前于时代，但都同时代密切关联。故作家的创作离不开时代，它既受时代的影响，又施影响于时代，二者相辅相成、相得益彰。

关于环境，汪本指出，包括“个人所处的环境”和“天然的环境”，作家因其所处的个人环境和天然的环境之不同，其反应各异，作品也各不相同。

5. 文学的形式

关于“文学的形式”，汪本认为，形式不是文学的目的，只是其手段。作为手段的形式有韵文和无韵文两种，前者语言文字的排列有一定的规律，后者则没有规律。要明白规律是什么，就要明白节奏，因为节奏是韵文的基础。语言学、哲学、生理学都有关于节奏的理解，但就文学的节奏而言，汪本援引了麦肯锡之论，即节奏是“有一定间隔的时间之流……客观的看来，他是伴随着有规则的抑扬与板的时间的运动；主观的看来，是时间的知觉，照这种意味，‘节奏’可以说是由一定的规则，所整理的情绪”，其认为节奏是最根本最大的艺术样式，与艺术的关系很密切。言语文字之所以能够按规律排列，就是因为言语中的节奏的作用，言语上的规律称作“韵律”，韵文就是依着韵律写成的文学样式。简言之，“重叠和错综的排列，便是节奏，分为空间的节奏和时间的节奏两种”。韵文的代表是诗歌、戏剧、中国的词曲乐府等，无韵文的代表是散文、小说（戏剧有时也属于此类）。至于散文诗、达达主义的诗，虽然既非有韵文，也非无韵文，但一般还是称它们为诗。总之，汪本认为，狭义的形式即文体，内容与形式不可分割，文学的形式常因情景的不同发生变化。

6. 文学的功能

关于文学的功能，汪本指出，从文学创作的初衷看，无所谓作用不作用，但文学的功能和作用却是文学作品完成后的必然结果。文学的功能可分为慰人、观人、感人、改造社会、改善国际关系五种。其中，慰人指作者抒发一己之感情，发泄一己之不平，一方面慰己，另一方面又借文学之普遍性和永久性以博天下后世之同情。此外，文艺是自由的，作者可以创造一个“完备的世界”，以美的理想来弥补现实世界的不足，通过它，使读者得到“理想之乡”，而“感觉调和的满足的慰藉”。观人指“以作品推见作者”，即作者的性情才气、志操、学业以及其国民性、时代、环境等。就形式言之，汪本认为，诗歌比散文更易见出作者的为人，并且诗文在见出作者为人上有七种类型：雄健诗文（胸襟阔达、精力弥满，文如孟子韩愈，诗如李杜，词如苏辛）、诡曲诗文（思想突兀、迥不犹人，文如庄子，诗如卢仝，词如刘过）、正直诗文（思想通明、胸怀坦易，文如班固，诗如白居易）、沉郁诗文（感怀身世、仰俯古今，文如屈原、贾谊、司马迁，诗如杜甫、孟郊，词如周邦彦、王沂孙）、俊逸诗文（具超凡之想，文如庄子、陶潜，诗如鲍照、孟浩然，词如陈与义、姜夔）、清新诗文（聪明过人、处境高旷，文如简文帝、柳宗元，诗如谢灵运、王维，词如秦观、张炎、李后主）、平淡诗文（不矜才气、不取巧求，文如曾巩、欧阳修，诗如陶潜、白居易）。感人指文学能使人感动，汪本认为，文学之所以能感动人，是因为文学诉诸情感，因此，最能感人的作品是“叙述人生整个的悲剧，或片断的悲剧，富于感情刺激的作品”。改造社会指文学创作可“改移时代”，时代思潮是改革社会的原动力，作家是时代思潮的先驱者，他可以秉其先知先觉与天才“酿成时代的思潮”，故文学是改造社会的原动力。文艺为何能改造世界？汪本指出，社会是“个人间交互影响”的过程及其结果，社会的变迁是由于“个人的行为的改变”，社会的进步是由于“个人对于环境的适应的增进”，而反感又是社会变迁的重要表征，当社会呈现出不安或者“有内在的不良”，或在离解中时，少数敏感的人如作家对此类社会产生了反感，把这种反感通过文学表现出来，其作品“便使少数人所有的爱人的情感，为寻常的情感，变作人类的天性”，这种个人的情感反应同化于社会或其他人便是“同情”，同情的扩大，便“团结了人类力量”，统一了人类的情感，激起人类的共鸣，“社会改造的运动，亦大半由是完成”。另一方面，因为生物对环境的适应是“被动的”，要受环境支配，动植物往往通过改变自己的“体构”或发展出种种本能来适应环境；但人类不同，人类的适应是主动的，他可以通过种种优越的生理机械去控制环境，使环境与人生“调和适应”，故人类能创造文艺，所以文艺能改造社会。改善国际关系指文学可以增进民族间的相互了解。最后，汪本指出，从文学的以上功能中可以看出，文学是“生命之粮”。

7. 文学的起源

汪本认为，文学的起源在文字之前，文学大致可分为有韵文与无韵文，韵文的起源最早，原因有二：一是韵文利于抒情，二是韵文便于记诵流传。韵文中起源最早的为诗歌，依次为抒情诗、史诗、剧诗、说理诗，故“诗歌，实在是最初文学之文，而乐舞又是最初文学的原质，并可推到，文学最先发生的地方，是常在民间”。文学是如何起源的？汪本指出，可从心理学和社会学两方面来考察，类似于“为艺术的艺术”与“为人生的艺术”的争论。汪本认为，上述两种观点各执一端，研究文学应该从心理学和社会学两方面观察才能见到“文学的真面目”，体会到“文学的真价值”。关于“文学起源的心理学观”，汪本从三个方面进行讲述：一为表现情感的冲动。人生有性，接物有情，情随感兴，情蕴于中，发而为言，言之不能尽，继以咏叹，于是为诗。从心理学上看，人从孩提时代起，就具有表现情感的本能和冲动，高兴了笑，苦痛了哭，但仅表现于“颜面”则不能满足，故借声音、形体、言语表现之，由声而成乐，由体而成舞，由语而成文，其他如建筑、雕刻、绘画均可以情感表现说明之。二为对他人表现的冲动。人具有同情和嫉妒等本能冲动，故与外界接触会觉得别人的苦乐如自己的苦乐，由此而生同情或嫉妒之情，发而为悲欢离合、诅咒怨刺的文学。三为求美冲动。美是自慰和慰人的最高条件,“求美是人们生有的本欲”,凡人皆有装饰其身体与居所的美的冲动,文艺不外产生于人的“装饰心理”。追求美的形式也是文艺起源之一大原因,因为情感需要美的形式来表现,而形式本身又是足以引起人的美感的。关于“社会学观的文学起源”,汪本亦从三个方面进行讲述:一为实际的应用。西洋学者格罗塞、希伦都认为,“初民艺术的起源,多半非产生于纯审美的冲动,实同时为达某种实际的目的”。如原始时代的装饰品,在当时是含有极强的实际而非审美意义的。如武器、家具等雕刻,文身、编物之模样,或为宗教象征,或为“物主之符号”,原始人的舞蹈动作,当为日常狩猎之练习,而且,原始时代人民智力未开,看到外在的自然以及人的生老病死等人生问题,无力解决,就认为“冥冥中有所谓鬼神主宰其间”,媚神由此产生,诗歌即源于祭祝赞美神鬼,同时,古代人民维持自己生存的唯一办法就是“凭仗自己的体力”,战胜一切,一人不能战胜则联合多人,有时在战斗之前还要请求神灵庇佑,获胜之后则有谢神或庆祝的歌舞,戏剧就滥觞于此。原始人民关于奇迹的传闻和故事的复述,便是小说之开端。二为社会状态的表现。汪本援引普列汉诺夫的观点认为,原始艺术乃在共同生活中生产,为“社会的现象”“社交的产品”,而非“个性的现象”,工作为艺术的本源,最初的艺术是“直接受经济影响而发达”,原始艺术无不反映初民的社会状况并“受其规定”,原始狩猎民族的戏剧带有“动物哑剧的性质”,农业民族的戏剧亦表现“彼等的农业状况”,总之,原始艺术无一不表现初民的社会状况。三为维系社会。汪本指出,结绳而治在人类社会组织简单的阶段是可行的,随着人类社会的发展,交流的频繁,以及人类自私心的扩张,社会顿显不安,文学因为其模仿的特征,可以成为安定社会的工具,随着社会的进一步发展,文学的用途日益繁多,如交际、智识经验的传承、感化人心等,这些都是人类社会所需要的。

第三节　文学是“人生的写真”:孙俍工的《文学概论》

孙本《文学概论》于1933年由广益书局出版,在体例上共分七章,依次为文学的起源及其性质、文学底思潮的界说及其功用、文学的派别及其转变、文学与心理、文学与人生、文学与时代、文学与社会。在自序中,作者曾言该本乃是以其在复旦大学任教时所作之文学讲义为基础、参照新近对于文学研究的态度编撰而成。

1. 文学的起源及其性质

1.1 文学与艺术的关系。孙本指出,文学是艺术的一个部门,要讲文学应先从艺术讲起，探索艺术的起源亦是“给予文学一个连索的解释”。何谓艺术？孙本认为西洋学者从科学的艺术论角度已经做出了“较为相当”的回答。如托尔斯泰说：“自己经验过的感情，自己回想起来，于是用了运动、线、颜色、音响或文字来表现形式，来传达这感情，使他人也可以得到同样的经验，这就是艺术的活动。”黑田鹏信则说：“感到自然景色的美，与骨肉离散的悲哀，是人的感情，绘画与诗歌，是它的发现，故艺术可说是‘感情的发现’。”综合上述观点，孙本指出，“艺术只是一种纯粹感情（pure emotion）的活动。它只能代表着人们的感情这一方面”[①]。同时，从心理学方面说明艺术冲动的学说有游戏冲动说、模仿冲动说、吸引本能说、自我表现本能说，其中关于游戏冲动说的研究最多。孙本指出，游戏冲动说认为人类原本就有游戏本能，即精力的剩余的“变形”，该说以康德、席勒、斯宾塞为代表，主张艺术与实际生活“漠不相关”，不过，该说已遭到桑塔亚纳、格罗塞、希伦等美学家的反对，如希伦就认为“艺术是游戏以上的一种东西”。其余的如模仿冲动说、吸引本能说、自我表现本能说也都是“触着真理之一面”，不是艺术活动心理事实的“完美的证明”。那么，艺术究竟起源于什么？孙本认为，讨论艺术的起源首先要明确“艺术的冲动决不是游戏的冲动”，艺术起源于“人生日常接触的生活”，而且又是“非常的必需最密切的冲动而产生的东西”。这种认为艺术与日常生活有密切关系的论者，往往会以社会生活的状况来观察文学，如麦肯锡就认为文学在其本质上是“一种社会的现象”。所以，一个时代的社会情状的特质决定着它会产生何种文学。由此，孙本指出，“所谓艺术，是人类的现实生活的一种有机的反映，是歌咏自己以及自己周围的人类和景物的巨大的歌，是人类的绵绵不尽的抒情的一篇自叙传”。正是如此，普列汉诺夫认为，“艺术是人们在自己周围遭遇的现实影响之下所经验的感情和思想，而用一定的形式以表现出来，因而艺术是一种社会的现象”，普氏因此对托尔斯泰的艺术观提出批评并认为艺术以“反映现实”为其任务，而且，艺术不独以反映现实之“现在的现存状态（what it is）为其任务”，并且以反映现实之“未来的应有状态（what it will and shall be）为任务”。换言之，以反映那“进趋的运动和发达的状态中之原原本本的现实为其任务”。关于艺术的分类，孙本讲述了黑格尔的艺术分类观和以时间和空间区分艺术的分类法，然后指出，无论从哪种分类方式来看，在整个艺术体系中，文学的地位均举足轻重。在各门艺术中，空间艺术传达情绪的方式是直接的，在时间艺术即音乐和诗歌中，音乐的传达必用听觉，诗歌在吟咏时用听觉，而写在纸上时则用视觉。人们鉴赏文学和鉴赏空间艺术所用的视觉是完全不同的，因为就前者而言，人们不是鉴赏

① 孙俍工：《文学概论》，广益书局 1933 年版，第 2 页。本节引用未作特别说明者，均引自此书。

"文字的符号的本身",而是在吟咏体味由文字所缀成的词句所代表的内容,这内容要"通过鉴赏者的想象与思索才能意会著"。因而文学所传达的内容是"间接的,复杂的",其借以传达的手段只有"简单的文字",但其所表现的内容却是无限的、复杂的,所以文学是艺术的"最高的最完全的形式"。

1.2 什么是文学。孙本认为,什么是文学是"确定文学的研究范围及目的一个先要说明的问题",此前关于文学的定义很多,答案也"非常混乱",需要细细地观察与分析前人的定义,然后对文学的具体起源与性质才会有切实的认识。孙本从讲述历史上的文学定义入手,它指出,在中国,文学最初有博学之意,如《论语·先进篇》《史记·灌夫传》《汉书·武帝纪》《后汉书·邓训传》等篇章中均有此用法。此外,文学有官名之意,可见于《史记·蒙恬传》《魏志·王粲传》《南史·谢朓传》《曹丕与朝歌令吴质书》等。最后,接近于 literature 即今天所谓的文学本身之义者,如魏文帝的《典论》、挚虞的《文章流别论》、陆机的《文赋》、吴伟业的《与宋尚木论诗书》、曾国藩的《家训》等。但其中所谓的文学仍旧是广义之文学即文章,其所提出的气、情、度、味、趣、势等概念也是很含混的,称不上是"真正本质地了解了文学"。西洋方面,伍斯特说文学是"被保留在文字上的学问,知识及想像的结果",布鲁克说"所谓文学,就是聪明的男女的思想和感情的记录,用了一种要给与快感于读者的方法按排着的",瓦纳言"文学包括人向他人综合地表现他自己的一切著作",阿诺德言"文学是一个广大的词,那是可以解为用文字书写成或印刷在书籍上的一切的东西",波斯奈特说"文学所由组织的作品,不问其为散文或诗歌,与其说是思索的技艺,无宁说是想像的技艺;与其说目的在教训和实际的效用,不如说在着眼在大多人的快乐,而且在诉各种特殊的智识而使一般人都能完全了解的",亨特云"文学是通过想像,感情,趣味的思想之文字的表现,而取一种使人人易解,人人感兴味的,非专门的形式",种种论述,均未能对文学作出"严格地科学的"定义。孙本指出,相较而言,格特鲁特·布克的如下从社会方面去观察、判断文学的定义则让人"较为满意":"文学……直接产生于作者的意识,而根本产生于时代的意识,但必至进入于读者的意识而启发或激发它的行动的时候,才算完成。……作为一种社会的活动看,当一本书印成时在装订的时候,文学的事还算不完全发生。只在读书的行为发生时文学才算成就它的事了。"总之,孙本指出,"文学是时代的精神,社会的产生,作家的生活的表现,而能感化民众的作品"。置言之,文学是"用文字做形式来示生命的活动的想像和感情的。反之,在只有形式的文字而它的内容没有生命活动(或社会活动)的想像和感情的,都不称为文学"。故文学是"反映着社会现实的生活中情状,从而暗示社会进化的前途,它是通过作者的性(按:情,原文疑有误)感,想像,思想以至于兴趣等等,而同时所谓作者这些情感，想像，思想等等也都同样在他自己的环境和那当时的社会现象的影响之下而转变的，而不能超越现实生活的”。在这种意义上，孙本认为，文学没有脱离“现社会生活与民众”而独存的可能，而是要让作者个人的“内面的生活”和读者的“心的深处”彼此共鸣，文学原是这样的东西，其价值完全建立于此。这样一来，文学就可以如下公式表示：“文学＝艺术（思想＋情感）/文字”，即“艺术化的思想与艺术化的情感相融合，拿文字去表现出来的就称为文学”。因此，文学的重要元素就是艺术。由于文学不是一件孤绝无缘的东西，其产生的因素及其“关涉人生社会全部的原因和现实”也是非常复杂的，因此研究文学的人应当抱着广大的文学观，方不致囿于“局部的现象”。同时，孙本援引了匡亚明在《建设中国文学史的诸前提》中对文学本质的说明图，即文学由“内容”和“外形”构成，其中内容方面由“某种意识形态”（即经济的和政治的）和“作者的个性”（即社会的和教育的）构成，而个性又由情绪、想象和思想构成，外形方面则由体裁（即诗歌、小说、戏剧等）和工具（即文字等）构成。（按：孙本的援引与匡氏原图有出入，原图中，文学由“内容”和“外形”构成，其中内容方面由“社会思潮”（即经济的和政治的）和“作者个性”（即遗传的和教育的）构成，而个性又由“情绪”“思想”和“想像”构成；外形方面则由“体裁”（即诗歌、小说、戏剧等）和“篇幅”（即文字等）构成。[①] 孙本在援引中将匡氏的“社会思潮”改为“某种意识形态”，将“遗传的”改为“社会的”，可见孙本强化了社会以及意识形态在文学构成中的重要作用。）同时，孙本亦援引了匡氏《文学概论》中对上面诸条件的说明，匡氏认为，第一，一般人把情绪、想象、思想与个别并列，做个别的独立研究，反倒是模糊难解，且也没有显示它的基本来，这里把情绪、想象、思想三者统率于作者的个性之下，而植基于社会的和教育的之中。第二，一部伟大的作品，一定是某个阶段的社会纪念碑，一定充分地受到当时某种社会意识形态的影响，所以把“意识形态”（自然是经济的和政治的产物）列在内容的第一位，而作者个性次之。第三，外形仅是表现内容的一种手段，虽然极劣的外形也会影响内容，但仅凭精美的外形也不能创造出充实的内容。

1.3 文学的性质。孙本认为，文学具有以下五种重要的特质：一为永远性。文学之所以动人就在其永久性，孙本援引温彻斯特的观点指出，知识与情感的不同在于知识是永续的，而情感则是一刹那间消失的，但情感与经验相连结，故文学情感虽然消失很快，但当人重读作品或者想象时情感一定会再次涌起，因此，越是伟大的作品，越是百读不厌；正是由于诉诸情感，文学才具有万古不朽的生命。二为普遍性。感情不独是个人的，瞬间的，同时还是普遍的。一切悲

① 匡亚明：《建设中国文学史的诸前提》，《中学生》1931 年创刊号，第 65 页。

喜的情绪是人类的“同情的大源泉”，如一首诗，一作者个性的表现或是一个人在吟咏着，但同时“他的周围的都是同样地受他的感动”，正如温彻斯特所言，“伟大的文学作品，便因他诉诸今古不灭的人情的缘故，即各个感情虽是瞬间的，而人类一般感情的性质，有一种共同之点。各感情连续的波动，虽然一生灭于各瞬间，但感情的大洋，却洋洋乎万古不变的”。三为个性。所谓个性就是每个人在写一篇文章的时候，作品中“有作者的个性的情感表现出来，这种情感各有各的而不相同”。如李诗与杜诗、苏文与韩文、白之《长恨歌》和杜之《哀江头》所表现的情感均各异，其所引起读者的同情也自殊，正是如此，布封说“文体是人”。四为了解性。所谓了解性，就是胡适所谓之“懂得”，即能让人读懂。孙本指出，中国旧文人很喜欢作艰深的词句，趋古崇僻，让读者头昏目眩而不能了解。这种做法与文学本身相去甚远，这种不能表情达意的文学自然不是好的文学。五为同化性。同化性就是“逼人性”，即是说作品有同化读者之力，这种同化就是读者在鉴赏作品的时候“内心所起的同情的作用”，读者的情感是根据作品中的情感而决定其悲喜哀乐的。此外，孙本指出，梁启超在论小说之功能时所提出的熏、浸、刺、提是“产生同化性之母”。

2. 文学思潮的界说及其功用

2.1 什么是文学思潮。孙本指出，关于“思潮”二字，梁启超在《清代学术概论》中有言：“凡文化发达之国，其国民于一时期中，因环境之变迁，夫与心理之感召，不期而思想之进路，同趋于一方向，于是相与呼应汹涌，如潮然；始焉其势甚微，几莫之觉，寖假而涨——涨——涨，而达于满度；过时焉则落，以渐至于衰熄。凡‘思’非皆能成‘潮’，能成潮者，则其必有相当之价值，而又适合于其时代之要求者也。凡时代非皆有思潮，有思潮之时代，必文化昂进之时代也。”据此，孙本指出，一时代思潮之发生绝非偶然，“必有相当的价值和那时代的需要”。对于思潮的进程，孙本援引梁启超的启蒙期（生）、全盛期（住）、蜕化期（异）、衰落期（灭）的分期观指出，思潮是“盛衰伏起而迭更的”，是“循环式的”，思潮的意境很广阔，社会上一切的思想都有“一系一系的思潮”，如经济、政治、社会思想等。文学思潮是从全部的思潮中抽出“仅就文学一方面来观察研究”，故文学思潮和其他思潮有十分密切的关系，是“反映社会的意识和其发达的过程的”。

2.2 文学思潮的功效。孙本认为，在全世界浩如烟海的文学中，认识文学本身的精神和价值，或某一时代与某一种文学特殊的风格，以“探求其推变的原因是波澜的起伏的潜力”，欲获得这些很重要的智识，自然要通过研究文学思潮。其具体体现在如下方面：一是对作家的创作来说，一个作家如果用前代的旧思想描写当代的新文学，很难有新的价值。伟大作家的作品应该有时代的精神，有独创的风格和文体。故作家若不了解已往或者目前的时代、对于现代和将来的文学趋势毫无智识,则必难有成效。现代社会天天“在经济产业转变的进化之中”,作家对于新文学运动本身,应从知其然进而求知其所以然,在某种作品未出世之时,就能“推知其必然的发生”,由理解已往推知其必来的趋向,认识到文学负有时代社会的先驱的使命,从而确定其创作方针。二是对译介外文书籍来说,现代思想的进化和印刷机的发达,使文学卷册数量骤增,让人望洋兴叹。欲知世界各种文学名著的特色和有无翻译之价值,一定要把这些作品归纳起来选择研究。三是对理论批评来说,诸多文学理论、观点都是建立在历史之上,一种文学集团或派别常常产生一种文学理论,因此,了解文学的集团派别和其中各人的主张之后,我们的文学鉴赏才是有意义、有根据的。四是对于一般大众来说,文学是人类精神的食粮,阅读和鉴赏文学是人类的权利,也是一种幸福。人类之爱好文学,是“审知实际艺术本体的美的印象”,文学对人生是“藏有丰厚势力的仓库”。一个读者或“深造鉴赏的程度”,或探求鉴赏之标准,这些深造和探求本身,便是充实人生。现代人如能明了现代的文学思潮,就绝不会再入剑侠、游仙、艳情等小说的迷梦之中。

2.3 文学思潮的特质。孙本指出,文学思潮的构成或特质何在?丹纳认为文学的特质由种族、环境、时代三因素所构成,此说可为代表。关于种族,孙本认为,种族性是文学中“一种潜在的灵魂”,任何作家的作品都含有“极浓厚的民族色彩”,因为种族性实有“强大的潜在实力”来支配文学。种族与文学的关系是非常密切的,世界上任何种族都必有其特性,如东方种族的特质为含有神秘性,而东方文学也多表现出超越现实的思想;西洋也如此,条顿人刻苦耐劳,其文学也多阐扬此类风尚;法兰西国民浪漫奢华的特性表之于文学,则为宫廷幽美生活和浪漫主义作品。种族性的差异来自于种族遗传之性格和地理分布的不同,地有南北,则性有刚柔。像中国古代南北文学的差异,北方多歌英雄,南方则多吟儿女之情;又如南欧北欧的差异,法兰西柔性,则文学生香绝美,俄罗斯阳刚,则文学深刻复杂。此外,遗传导致种族性有迟钝、敏锐之区别,如英国迟钝、法国敏锐,故两国文学的道德标准与情思旨趣、文体规律也迥异,因而虽同受文艺复兴的影响,英国表现为古典文学,法国则表现为浪漫文学,前者温柔端庄,后者则善批评、擅诙谐。关于环境,孙本指出,在文学作品中,环境足以支配作家思想及一代的作风。作家所处的环境不同,环境带给其的印象是不能磨灭的。如都市作家的作品绝不会凭空有乡村的悠闲清逸风味等,此概环境使然而“非人力所能完全强学得来”。论天然环境,我国有南北之分,北方居黄河流域而含山岳之质,故秉性敦朴,表之于文学则擅长说理;南方居长江流域而得江汉之灵,故秉性聪颖,表之于文学则善好言情,此皆为天然环境所致。就环境中的气候、风土、习俗、人情言之,北方是寒带的土地,冰原万里,物产自然因天气过冷而不易繁茂,地广人稀,谋生困难,故人们很少有闲暇时间研究文学。南方地处温带而气候适宜,人们生活较易而有余闲的心思才力来努力研究文学。因此,气候愈温和的地方产生的文学家愈多,寒带和热带的文学家则较少。关于时代,孙本认为,文学是时代的反映,文学的风格和内容形式都为风尚所左右而随时期迁流。孙本在此分别援引了章太炎、井上哲次郎、温彻斯特、亨特等人关于文学与时代关系的论断,但并未作出结论,具体的结论见于第六章"文学与时代"部分。

3. 文学的派别及其转变

孙本指出,任何一个时代的文学自然有那一个时代的情调和色彩,能清楚地表现时代的情调和色彩的就是好文学。因为文学是"人生的写真与社会的反映",一个时代的情调和色彩就在其文学里反映出来。文学是时代的先驱,它能将时代情状的趋势"如警钟的预报着",由少数先知先觉作家的呼声来引导大众的进展,故文学与时代关系密切,这种密切关系决定着其会因时代背景之不同而各异,即有许多流派之分及各个流派转变蜕化的不同痕迹。

3.1 文学思潮派别的源泉。孙本认为,东方文学分派较迟,故孙氏主要以西洋为例来讲述。就西洋言之,孙本指出,西洋文学流派发展与转变的源泉是二希(即希腊和希伯来)文学思想。西洋史家曾称二希思想是欧洲文明的一双乳峰,是横在古来欧洲思想根底的两大潮流。现代世界复杂混乱的思想、千容万态的现象,若将其渐次分析、还原、解剖,最后依然是希腊思想和希伯来思想的对立、交错或消长起伏。希腊思想富于尊重现实的精神,故在实际生活上"享乐着现存的现实",享受着明媚的南国自然景物,人的所有性情都得到了圆满的发展,因而希腊重视人类的肉体之美,可以说,希腊思想是个人主义或智识欲的表现,但希腊思想并没有因此而流于放纵淫逸,它不压抑本能,而是利用智识去制约它,使其发挥得较为纯一且有意义,近代科学的精神和它在智识的倾向上是相通的。其尊重现实的精神表现在艺术上,便是自然主义或写实主义,它们代表着近代艺术的意识。希伯来思想是希腊思想的反动,以否定现世为根底,《旧约》《新约》是其代表产物。希伯来思想的特质是排斥现世主义而求来世主义,不重人类而重神明,舍肉而重灵,嫌弃自然生活而重理想生活,去除本能满足而重禁欲主义。上述要素都是对希腊思想所遗传的文明的反动。它以博爱代帝国主义,以利他代利己,以平等代差别,以神意代人智,以信仰代自由。希腊思想代表艺术意识,希伯来思想则代表道德意识,前者是科学精神的基础,后者是宗教思想的根基。中世纪就是欧洲文明被希伯来思想所涂抹的世纪,文艺、道德、政治都带上基督教的色彩而失去了发展的余地。这一时期文艺转变所起的反动,就是文艺复兴运动。

3.2 文艺复兴的根本意义。孙本认为,中世纪遏制了人的自由和欲求,这一时期的文学虽然没有多大意义,却为后世的浪漫主义文学提供了各种丰富的材料。文艺复兴是西洋进化史上的一个关键,它的开展便是"人的发现和世界的发现"。中世纪教会僧侣推行愚民政策,凭空使人和世界之间隔了一个神,而在文艺复兴时期,人要直接和神沟通。以前人要服从神的意旨,现在则有科学上的种种发现。文艺复兴思潮的特色,其一是个人主义倾向,它和世界统一的思想恰恰相反,其在后来又促成了国家主义的诞生。其二是批评精神旺盛,科学上有"地动说",宗教上有改革运动。其三为忱美的倾向,产生了不少优秀的艺术作品。其四是享乐倾向,即追求现世之乐和生之喜悦。总之,文艺复兴绝不只是"希腊思想对基督教思想的胜利",而是个人的灵肉解放与个人的灵肉觉醒,这就是文艺复兴的核心意义,也是近代文学各种派别产生的根源。

3.3 古典主义文学。文艺复兴对古典研究的热情压倒了其他的倾向,同时,当时社会生活较为安定,故拉丁诸国的国民在生活和思想上发生了一个大的变化,即尊重秩序和形式并开始寻求规律协调的生活,这个变化与文艺复兴的本意完全相反,这就是古典主义。后人称古典主义的文学为理智的文学,它是一种"严规矩的冷的文学","没有热情的表白与奔放的想像飞跃"。它只尊重罗马、希腊的古典文体和格调,雕琢美丽的词句来记叙平凡枯淡的事实,在理智的范围内"用着智机去寻趣味",在机械式的秩序之中寻求"规律和协调"。古典主义文学最发达的是法国,如布瓦洛、拉辛、莫里哀都是典型代表。一言以蔽之,从尊重均整统一、规律明晰等方面可知古典主义是智巧的,从求形式的美过于内容的美来看,古典主义可说是形式的、世俗的。

3.4 浪漫主义的文学。浪漫主义是古典主义的解放,其根本特质是用想象的感情与很热烈的新奇刺激打破"惯例的常套而谋新生命的发现"。它不看重日常见闻等一切平凡的题材而以珍奇怪异的情形作为材料,舍弃现实,专重旧时神话传说、古史野乘这类"虚眩漂渺的故事",用动人的想象和感情表现不可思议的美或无限的悲哀、恐怖、战栗、渴仰等。浪漫主义运动以反抗既成习惯为中轴,曾引起当时生活的改造和社会的革命,浪漫主义的先驱是卢梭,浪漫主义文学的滥觞在英国,其次在德国、法国。

3.5 自然主义的文学。自然主义运动是自由的激烈的"感情的表白",是勇敢的"旧型破坏自我解放的喊声"。浪漫主义的理想总是无法实现,人们感觉到的只是疲劳空乏的失望,它所引起的反动则是奔向另一种积极的、想要实现这理想的倾向以及现实的思想,这便是19世纪后期的自然主义思潮。它伴随着自然科学的萌芽而渐发,使文学的倾向为之大转,从变幻之境回到生活的直接经验。在哲学上,其表现为浪漫唯心论的灭亡和唯物论的勃兴,在宗教上,则表现为怀疑论。自然主义把人心的烦恼苦闷等黑暗方面都在文学中呈现了出来。自然主义的自然不是浪漫主义之自然的"开展",而是"跟着科学的进步而进步"。19世纪后期,科学上有了一个很大的革命,即对过程和事实的尊重带来的归纳法对演绎法的替代,达尔文进化论所持的科学态度成为对"一切东西的看法"并被应用到文学上,其以事实和实验为基本的归纳方法表现在文学上便是自然主义文学。自然主义文学产生的另外一个重大原因是"社会主义精神",即"在现实的社会上实现自我的解放"。自然主义文学可说是"由于现实的,科学的,和实验的而带上来的色彩倾向",而益加"切于现实的生活的"。自然主义最初表述为"现实主义",代表画家如法国的尚弗勒里、库尔贝、杜米埃等,福楼拜的《包法利夫人》则"掘了自然主义的权威"。此外,最纯粹的自然主义代表作家是左拉。法国的现实主义(自然主义)精神和俄国人民的现实主义气质很相合,自然主义可以说是在法国立基、在俄国繁荣且成为主潮、影响到19世纪后半叶文艺之全体的文艺倾向。俄国自然主义文学的先驱有果戈里、屠格涅夫、陀思妥耶夫斯基、冈察洛夫等。从构成上看,现实主义(自然主义)就是"真实地表现人生的真实",这里有两层内涵,即"作为内容题材底人生的真实"和"如实地表现的方法态度",如用公式表示就是"内容题材+描写方法的态度=构成论"。古典主义只以人生的美为题材,自然主义则去掉了覆盖在人的生活上的、由宗教和道德长时间造成的"理想的面罩",把人性中的一切秘密、丑恶、肉感、暗黑坦白地描写、暴露出来。自然主义看重"最初的望念",燃着"现实改造的意欲",其文学内容不仅是作者"内心的澈底的真切的发挥",还有支配个人外在行为的心理、生理和影响它的周围环境。自然主义主张无技巧的描写方法、态度、表现形式,不在作品里表现作者的主观想法而纯用观察,以观察为基础而求真。这里的自然主义和印象派自然主义之差别,并非一个偏重客观一个偏重主观,而是描写方法、态度不同;二者的题材都是客观的事实、人生的真实,但在描写的方法和态度上,前者是解剖的知识的,后者是官能的表现的,前者是科学的,而后者是艺术的。关于俄国自然主义文学的特点,孙本指出,其主要体现在三方面,一是看破社会的不正义而标榜较良的社会秩序,二是描写心理问题与精神葛藤,从哲学、形而上学、伦理学乃至美学上去探求,使读者的精神体验更为深切,三是描写一般人所不明了的社会现象。总之,俄国自然主义作家挖掘了人性的黑暗面而在其中看到了曙光,这些作家的社会观念虽不同,但是对农民、劳动者的生活都有很深的兴味,他们以为农民是俄国生活的根底,因之一切改造事业都从这个根底开始。

3.6 新浪漫主义的文学。孙本认为，新浪漫主义认为自然主义的描写手法是“平板单调乏丁暗示的”，如科学一样索然无味，故其追求余韵、富于新趣，这显然是对自然主义的一种反动。从特色上看，新浪漫主义文学可分为两派，即俄国的托斯卡派和以法国为中心的颓唐派，前者是苦世厌世的怀疑思想，什么事都不如意也感不到兴味，只是焦躁地想解脱，代表作家为契诃夫、果戈里、安德列耶夫、高尔基等。后者也从厌世观出发，但它不像托斯卡派那样的黑暗和空虚，而是积极地追求现实生活里不能实现的理想和要求，它的这种倾向是对于现实主义的唯物、客观、怀疑等特点的反动。它“深察事实”“深澈其真髓”，以“直感去探究事物的核心底倾向”。颓唐派的新浪漫主义可分为两类，一是以法国为中心的象征主义，其嫌恶 19 世纪的俗恶社会，把自己关在象牙塔里创作，主张无视一切道德、宗教，对人生深感焦急和烦闷，以为一切道德、宗教非踏破不可。马拉美、魏尔伦、梅特林克、巴尔蒙特等是其代表；一是以英国为中心的唯美主义，其认为美是绝对有价值的，它“较现实的生活的厌倦而是可爱的”，英国的王尔德和意大利的邓南遮是其代表。至于新浪漫主义文学的价值，孙本认为，新浪漫主义文学“不仅是不满意于单靠客观，而且深入于个性的情绪主观的世界之中，而使文学有了灵动自由的想像感觉等等的要素。因为有这样一种的转变的革命，算是救得了自然主义乃至现实主义的无感觉性与平板单调的描写”。此外，它的贡献便是“在情绪主观方面增深了人的生活的活动。它在情绪主观上是没有容许有科学的精神的容附，而更没有深的理智的背景。它是本以直感等情绪主观的作用而把生命变成了有深刻的意义的”。但它也因此把人生理解成更深的东西而不知不觉间“迷入了神秘的灵的世界”，虽然进入了艺术的深宫，却使一般民众不能懂得，因此可以说它是一种极端的个人主义的艺术。

3.7 欧战时期前后的文学的各派。20 世纪后产生的哲学、政治、经济、社会等思想都有强烈的社会意识背景，文学中的各派在根本上也是产生在这些基础之上并随之进展的。该时期最引人注意的作品都是些对社会问题、结婚问题、劳动问题等具有强烈的社会意识的作品，如萧伯纳、威尔斯、法朗士、罗曼·罗兰等都以社会生活、民众生活为基础而进行创作和批评。受一战影响最大的法、德、俄在政治社会制度和经济生活上都起了很大的变化，其文学方面也发生了变化，对作家而言影响最深刻的便是战争和对战争的态度，虽然他们同以战争为题材但背后常潜藏着肯定战争与否定战争的思想，前者出于作家的国家主义和爱国之心，后者则出于国际主义和世界主义。

3.8 表现主义文学。表现主义文学肇自德国，并一度支配着战后德国文坛。德国人民痛感战争的惨苦及战败后的种种惨象，由此感到人类灭亡的危机和对文明终局到来的惊颤，觉得个人主义的奋斗无效，要推行人道主义来保持人类与世界永远的和平，主张社会革新、世界改造都应以人道主义为基础，故表现主义派可说是“世界改造的艺术运动”。表现主义“脱出了尊重外界的印象而忠实的再现它的所谓自然接近的范围”，这可以说是对印象主义的反抗。表现主义把“自由的主观的表现”作为文学的根本生命，故其流于极端并趋向神秘主义、象征主义，其成就主要在戏剧，如凯泽的《卡雷的市民》、温鲁的《一时代》等。

3.9 社会主义倾向的文学。欧战以后，英国文学渐渐觉悟，渐渐以社会意识做它的根底。此时的作品大都是处理社会问题、劳动问题、妇女问题等，都有社会的意识潜存在其内容中。如坎南的具有炽烈社会意识的作品，普罗作家劳伦斯以劳动问题为题材的戏剧等。孙本认为，英国文学的这种社会主义的倾向不得不说是“有很深刻的意味的现象”，将来会有“很大的发展”。

3.10 新理想主义派的文学。俄国文坛因大战而有新的变化，即“尽力于普罗文学的建设”。其革命后的新兴艺术，无论新旧作家都有着“民众化”的明显特色，都从个人主义走向群众主义，不过能充分发挥这种特色的作品“却还很少”。哈姆逊和包以尔、易卜生等作家是人生肯定者，抱着一种热烈的理想而欲靠潜在人内部之力来消除外界纷扰社会的不合理，从而建立真理的世界。南欧意大利的反邓南遮主义是对过于远离现实生活的美的艺术、陶醉的艺术的反动，是要在主观上加以现实生活基本的冷静的理智，这种新兴的新理想主义的文学运动不得不说是基于“世界思潮的根底里底社会意识”。如西班牙的希梅内斯是正义人道的作家，他的艺术是改造社会的艺术。

最后，孙本总结认为，文学思潮的派别是极其复杂纷乱的，但其根本的动力不外是个人的完成和自我的充实，以个性的实现为目标，以充实自我的意识为根底。如文艺复兴时期“人”的再发现，浪漫主义的自我感情的解放，乃至自然主义、现实主义的发现，直到大战之后文学流派日益分歧，其倾向都是新的社会意识的觉醒，由为人生而艺术进于为社会而艺术了。

4. 文学与心理

4.1 文学心理学的近世研究。孙本认为，文学研究的方法和途径表明，由于时代社会的迁移、人类知识的进化，以及自然科学、社会科学等的发达，人们在文学内容和形式的说明与分析上多由“漏缺或不明白的”进而为“切实适当经验观察之发现”。正如孙氏所言，《文心雕龙·神思篇》就把文思当成“一种心灵的神妙的活动”，而且认为它是独立的，既不受外在社会的刺激也不受内在心理反应的影响，不仅读者看不明白，文学也从“平地飘摇到半空”。在孙氏看来，近世文学理论对文学的研究，最彻底的可说是“根据于马克思主义的物观的文学论”，但其缺点是“把文学之经济的要素便立刻加以社会学的说明”，忽略了“文学是一种人类行为的事实”。唯物史观的文学论者说明，经济及其社会的因素能影响文学是有事实根据的，但是，受影响的线索“终有缺漏的一段而不易使读者明白”，若想把缺漏填补起来，使从作品到作家、从作家到社会的线索变得明了，就要把文学当作“一种人类的行为来说明”，这就是文学心理学的近代研究。

4.2 文学内容之形式与心理的关系。孙本指出，文学内容的形式是心理印象和观念的联合，即认识要素和情绪要素的结合。夏目漱石在《文学论》中把平常所经验的印象和观念分为三种：一种是有认识的要素而无情绪的要素，即有智的要素而缺乏情的要素，如我们关于三角形的观念就没有附带任何情绪。一种是随着认识的要素产生情绪的要素，如对花、星等的观念。一种是仅有情绪的要素而找不出与其相当的认识的要素，如没有任何理由而感到恐怖。其中，第二种可以成为文学的内容；第一种仅作用于人的智力而丝毫不能唤起人的情绪，不能成为文学的内容；第三种如果能通过读者的想象加以补充或者使读者倾之以同情、将其改为认识的要素与情绪的要素结合的形式，则也可成为文学的内容。

4.3 文学与心理的意识。孙本认为，凡文学作品，其内容必含有意识，否则即使其具有文学的形式也不属于文学作品。何为意识？孙本援引了莫尔顿的如下定义：“在意识的任意的瞬间，种种心的状态不断的显示着，不久便又消灭：它的内容是这样地一样一刻也不滞于同一地方。”如一个人仰视宏伟的建筑，先从底部的柱子逐渐转移其视线到上部的栏杆，最终达到最高峰的尖端，最初凝视柱子时，能够感知的只有柱子的部分，其余部分不过是漠然走入视线之中而已，而在视线从柱子移到栏杆的瞬间，对柱子的感知开始淡薄起来，同时对栏杆的感知就逐渐明了起来，自栏杆至尖端也是一样。这一过程中焦点的印象或观念的推移就是所谓的意识浪形。文学中也是如此，如某人在某阶段爱读唐诗，后来有几年完全放弃，绝不问津，但后来偶然间又把唐诗拿出来读，他在这个瞬间必对“其影象与诗境都漠然而缺少明瞭了”，涌出来的兴趣也很淡，然而，只要暂时加以习读，诗中的情景就自然而然地在其脑海里“渐加整理起来”，其感觉“达于极度”，而若再连续习读下去，或许会再逐渐倾向“无味之域”。这就是某人对于唐诗的意识逐渐由“识末登到焦点”，复由“焦点降至识末”，这种意识的浪形出发自“微妙的意识单位”，可以推而广之，用之于贯乎“一代的集合意识”。孙本指出，文学中包含的意识有直接陈述和间接陈述两种。前者如作者清楚地明白读者喜不喜欢他的作品来自于其相不相信他的作品。但就有些作品而言，读者并不明白作者陈述的意识，却能从诗中推知作者的意识，这便是间接陈述。文学中的意识有时相反，但也可被认为是真的。如陶渊明的《归园田居》与李白的《少年行》，前一首冲淡的情操和后一首飞扬奔逸的热情在意识的表露上有相反的趋向，但鉴赏者仍会认为这同样是真实的。此外，孙本指出，在社会中，常有一种言语的公式经过社会中各人情绪的证实而为该社会的意识，这种所谓实际生活的意识和文学上的意识稍有不同，因为前者受实际情境的限制“往往不能自由”。而且，在实际生活中，一种情境只能容许一种顺应它的意识，文学中则不是这样，因为文学中的情境没有强迫性，所以它在意识方面就比较不受限制而自由得多，甚至有时两种相反的意识也可相容。最后，孙本指出，意识的直接陈述引起的快乐情绪是“真”的意义，意识的间接陈述引起的快乐情绪是“美”的意义。可见，文学中的“真”和“美”的意义是通过意识体味出来的。

4.4 文学内容与心理感觉。孙本认为，那种把文学仅当作高尚的知识娱乐和提倡文学无道德的论点其实都不明了文学和人类心理要素构造的关系。文学的产生和内容的构成都和人类的一切行为有密切的关系，人类的一切行为都由有机体对内外刺激的反应构成，文学行为也正如此。心理学上一般将刺激分为两类：有机体内自己发生的刺激和有机体周围的外来刺激，其中外来物刺激又可分为自然物的刺激和社会的刺激，这些刺激都会引起有机体的反应，对文学而言，这种种刺激都是适当的刺激。有机体内的刺激因为是内心的刺激，所以不很明显，以往的文学论者对外来刺激的认识较多，但对内在刺激的认识则较少，因为外来刺激所引起的反应容易被感觉到。一切行为都由刺激所唤起，即每一个反应都由它的刺激而来，无刺激则不会发生行为。在文学上，一切刺激都可发生它的行为，但每个刺激能否诱发行为，还要看那种刺激对有机体的作用适当与否，如光线不能诱发听觉，声音不能诱发视觉等。但这里适当与否的区分是相对而非绝对的，同一刺激在不同有机体上虽同样可以引起行为，但行为的性质却不同。刺激的效力依存于有机体的条件，但有机体的条件不一定都会决定行为，因为刺激本身即足以决定。刺激本身决定行为的条件有二：一是“能唤起行为的迟速”，二是能“决定反映的精粗”。强烈的刺激较易引起反应，不过往往也会受习惯的影响。反之，习惯有时亦会增加刺激的强度。反应的粗精大多也由有机体的条件决定。第一，刺激的呈现应“给有机体准备去反应的机会”；第二，刺激“当有使有机体中的各部分都能得到各别的反应”。孙本指出，上述心理上的刺激和反应的诸种关系是“文学行为中最基本的过程”。用心理的方法来研究文学、探讨文学作品与感官之关系者，如夏目漱石的《文学论》依据格罗斯的观点将感觉分为触觉、味觉、嗅觉、听觉、视觉，并依次讨论了它们与文学的关系。其一，触觉。温度是触觉的对象，它与冷或热的感觉相关联，可以直接成为认识的要素和情绪的要素放进作品，温度也能唤起人的感觉，所以触觉能够作为一种文学内容存在。其二，味觉。味觉看似是下等的感觉，似乎不能进入高尚的文学，但实际上它在文学的内容中却“过于占势力”。其三，嗅觉。香之散见于文学，确实举不胜举。如屈原之《离骚》以香草比君王、美人，以恶草比奸谗楚臣，陶渊明将菊比为隐逸者，周敦颐说莲是花中君子等，都是嗅觉在文学中的表现。其四，听觉。它占着美的愉快的重要地位，更是由于音乐这种特殊的技术而独立存在。诗歌对音节和音韵的重视，无非也是为了利用听觉这种感觉，像落叶萧萧、风声呼呼、雷声隆隆、鸟声吱吱都是代表。其五，视觉。绘画雕刻自然是完全依靠视觉，视觉的对象是在面前所呈现的色和形，假使从诗歌中除掉形色，那大半诗歌也许就不存在了，因为它们会变得索然无味。中国的大半诗歌就是因为表现色彩才大放异彩，如红灯、绿酒、白云、青山等都是诗中最动人的要素。视觉中除了色还有形，天地间一切物体，若非抽象的就一定具有形状，物体的形的观念与文学内容有密切的关系。西洋文学特别注意的人体的形状，诗人、小说家在这方面都极用精力。视觉中还有一种所谓运动的感觉，在舞蹈、戏剧中有突出的体现，它是空间和时间的转动带给视觉的深刻而流动的强力刺激所引起的情感要素与认识要素的反应，并以运动之美表现于文学作品中，如蜿蜒、白云的蓬勃、霏霏之雪等皆是如此。除此之外，在文学内容中，感觉要素还有一种用法就是通感，在象征主义的作品中多见色和音的知觉之交错，又被称为色彩听觉。综上所述，感觉上的经验确是构成文学内容的重要项目。

4.5 文学的情感。孙本指出，情绪是文学的极重要要素，也可以说它就是文学的特质。情绪在科学上的解释是一种生理的作用，而在行为主义心理学那里则是“一个机体组织的一个模型”。文学中情绪的要素可分为三类：一是作者的情绪，二是作品的情绪，三是读者的情绪，读者的情绪生于书中的情绪，书中的情绪生于作者的情绪。作者用作品诱导读者至于梦境，要认识文学中的情绪要素，首先要明白两个问题：首先在创作上，是否任何情绪都能成为文学的情绪？其次在鉴赏上，作品中表现何种情绪能得到读者最多的共鸣？关于第一个问题，孙本认为，鲍桑葵对情绪快感具有永续性、相联性、大众性三特质的分析最为中肯。永续性指作者在作品中所表现的情感是“一波未平而一波又起”的快感，因此能把读者的快感永续下去，这些永续的情感有些能满足我们的快感，有些则不能满足我们的快感。相联性指“某种物件与某种事件的对象，有互相连带的关系”，即美的对象之性质能得到相联的快感。大众性指并非一个人而是大众都能享受审美的快感。由此可见，在孙本的理解中，只有具有以上三特质的情绪才能在创作中成为文学的情绪，而且，无论情绪是快感的还是苦痛的，作家在创作中都须离开自己的主观而将其客观化。关于第二个问题，孙本指出，凡是“增进人生的感觉的便是给我们快感的东西”，这样，文学的情感对于读者来说就应该是能引起其同情心并刺激增进其人生观念的情感。温彻斯特认为文学情绪效果的不朽标准有五方面：纯正或适度、活跃或权力、连续或真确、范围或变化、阶级或性质。可见，情绪的表现“如能生动则它的效力更大”，故作家情绪的表现有继续性且范围广大，其作品的品格就会很高尚，感人必深。那么，读者该怎样去观照作者在作品中的情绪呢？首先要使用自己的触、嗅、味、视、听这些心理的感觉，文学中针对这些心理感觉的表现有很多，如表视觉的“大漠孤烟直，长河落日圆”，表触觉的“手如柔荑，肤如凝脂”等，这种“感觉的情绪的形容的颤动”很能引起读者的心绪的共鸣。关于情绪的本质，孙本将之分为四类：一是失意的情绪，如别离的依依不舍，死之追悼和生者的抑郁，幽情未如愿或壮志未酬等，文学所表现的情绪多属此类。二是愉快的情绪，它可以是来自机体内心的发泄，但大半都是由外界美的刺激而引起的愉快的反应，如良辰美景、柳暗花明及山清水秀的自然界引发的美感。三是非我的情绪，一部能传流悠久的不朽之作，其情绪多是超出个人而为群人之表，如罗马诗人维吉尔诗歌中的“悲伤人类”等。四是普遍的情绪，虽然因环境不一，政教易变，情感也会因之而异，但有些情感是永久不变的，情绪是人类的公性与精神的契合，有历史性与群众性，所以今人亦可感古人之情绪，中国人亦能体会西洋人的情绪。文学中情绪的表现有三种法式：一是直泻式，作者的情绪久已郁积于胸，一旦发泄则迸然而出，一泻无余而不能制约，其势如风雨骤至、一泻千里，移山倒海、惊魂动魄。二是动荡式，此类为曼声低唱，抑扬顿挫，百转千回，使人“在醉梦的痴境中为之神经”。如李易安的《声声慢》、柳永的《八声甘州》、朱淑真的《断肠集》等。三是回旋式，这种情绪的表现法如风中杨柳，回旋如抽蕉之叶，其描写方法愈转愈深，愈深而愈能引人入胜，即所谓的步步引人入胜，最深处就是情绪到最高峰了。关于进入文学内容的情绪究竟如何，孙本认为，它依然就像是在感觉材料中似的，因此，可以将之分为五种：一是恐怖，文学有以恐怖的情绪为骨架构成的。二是怒，将怒的情绪发挥得淋漓尽致的是聚集在斗争一词名下的人的动作，如《伊利亚特》中的战争等。三是同感，即与他人同其感情，它往往是由于模仿或感染而来。四是自己的情感，有积极和消极之分，积极的如意气、高傲、势力、强行等感情，消极的如谦让、细心、慎行等感情。五是两性的本能，人都有本能，去除不掉，表现于文学中就是恋爱，恋爱情绪之被用于文学实在多得惊人，尤其西洋文学。上述五种是一些简单的情绪，文学中还有一些复杂的情绪如嫉妒、忠义等。据上，孙本指出，情绪是文学“最重要的要素”，是其始又是其终。因为它能在千容万态的社会中“有了认识的要素或观念”，只要是能附随于情绪的要素或观念，都可以成为文学的内容。

5. 文学与人生

5.1 文学是人类精神的食粮。孙本指出，文学的存在和流传基于人的“求知的本能和发展的本能”。一个人或一个时代的人类的经验是很有限的，故需要同别人的有用的经验和内在生活互相交换，使自己的生活丰富起来、进步起来，全人类的进化便是基于此点的。这种交换的功效是可以深悉别人的生活，填补其缺陷和纠正其错误，别人也可以从交换中学习我们好的方面或技能。所谓人类的本能就是并非专靠自己去经验，而是能把别人的经验和知识为己所有，把自己的经验传给别人，竭力谋求这种本能的完全满足，这便是人类进化的程序。这种本能的表现一是文学，二是宗教与学问。二者的性质不同，因为文学无论在内容还是形式上都竭力感化鉴赏者，因此，文学是“一种精神上的美的食粮”。文学不勉强读者鉴赏，而是让其深受感化，这是人类本能的要求，在这个意义上，那些内容空虚、专引人好奇而不能动读者之真情的作品不配称为文学，文学作品要加进“作者的精神和心的感动”，因此，不管其形式如何完整，若是“没有一种力量去打动鉴赏者的心的深处”，就不能说它是最好的文学。所以，文学的特色就在于它有一种“充实玩赏的人们的心的力量的食粮”，无论是描写快乐的还是悲惨的事情，只要能“引读者深入同情境之中而心坎跃跳，充实，而且给他们以玩味的余地”，就是好的文学。文学是“心的粮食”，它的价值在人生，若能满足人生需要，滋润人生、温暖人生、充实人生、欢喜人生，它就是有价值的。文学的力量在于它“能使读者深入作者的内面生活之中”，但这并不意味着读者“一定要化作那个人”，而是只要他在旁边看得充分地动心就可以了，而且读过之后，他的心中不会是空虚着的，还要留下没有满足的感觉。文学虽说是和人心有关系的东西，但它和肉体也有间接的关系，因为从物质上说，心由细胞构成，文学也是适当地“刺激细胞的东西”。在用自己动心的事情去打动别人的东西之中，最擅长用某种形式给人以愉快的只有文学，如果要给人以“肉感的快乐”，另有比较适当的东西，但若要给人以“精神上的快乐”，那就只有文学了。愈是好的文学愈能深刻、有力、微妙地打动鉴赏者的心，这种打动是利用“神经的感觉”而在人身上发生作用，并利用听觉和视觉来“悦乐人心”的。文学最高最纯粹的目的是能“给人以纯粹的心的快乐”，但这种理解也有副作用，即它很少向我们揭示文学对人生有怎样的作用。通过文学我们的确可以知道自己和自己以外的他人，知道“人的心和本音”，除文学外，历史和新闻也记录人类社会上的事件，但它们并不去描写“人生的内面的生活”，不去写“人的本音”，虽然历史记录有时也会带着文学的态度，但“纯粹的历史终不能单偏注意于个人的生活，心理，和本音的”，新闻记录也不例外。人到底是怎样的东西？要根本地懂得这个问题就要靠“文学的鉴赏和观察”，文学虽然不能把“各式各样的人的心绝对地写出来”，但作者的心是表现在他的作品中的，我们通过其作品就可以知道他“对于人类，对于人生，对于自然，或是对于各种事件是把握着怎样的态度；或是理解到什么程度，见解真实到什么程度，他的内心的意识是怎样地在动荡着”。作家尽管描写着这样那样的人物，却总不能越出“所同感的范围之外”，但作者的“个性的心的真相却都露骨地表现出来了”。因此，从各式各样的作品中，我们可以知道各式各样的人，同时，也“可以知道所谓‘人’究竟是什么样的东西”，进而将自己所见之世界与他人之所见比较，看看自己之所见对不对，满足不满足，从而“有裨益于自己生长”。毕竟，人生最要学的事情就是扩大并锻炼自己的人生观和社会观，使自己的世界“扩大而明瞭起来”。一个人的寿命是很短的，经验的范围也很狭小，并且别人心里藏着的东西我们也不知道，但通过读别人的作品，别人内心的苦痛或快乐，他的经验和环境，他所处和所见到的世界，我们就“都可以明白了”。从世人那里获得其思想和感觉、愉悦和悲伤是很有意义的，它能帮人获得“使自己的人生丰富完美的材料”，这对于人生十分重要。文学不仅帮助人明了人与人、人与自然、人与命运等关系，而且还让人明白“人生的生活”应该如何才好。文学有一种伟大的感化力，它让人懂得真正的事情，真正地懂得人生，好好发展自己的人生，文学能把一个人变得更加靠近他自己。文学能给人以“自意识”，给人以“自觉”，丰富自己的生命，它教人远离虚伪，告诉人“社会和人生的本来的姿态”。文学之所以能领导人类，就在于它“表现着人类的意志和生命的真面目”，置言之，文学就是能发现人生内在生活的意识，故文学能使人感到“内心的快乐”。人心所要求的是真实，因此，一个作家不管他写的是如何平常的事，如果他在描写中没有真实地动心，其作品也不可能真实地打动人心。同时，孙本指出，文学是人类精神的粮食，这粮食的特色是美味，能引起读者“精神上的食欲”。美对于文学是非常重要的，文学中的美是持有一种不能受别种东西压倒的力量，而给人心以充实的生命的东西。具体地说，它是那“确实地感动我们的心的东西，保存着调和而常作为新鲜的感觉的东西，生动逼真的使悦乐我们的心的东西，超个人利害而令人爱好的东西”。人即使是没有意识，也总是追求着美，文学之所以能使我们的心美化而纯粹地愉悦着，都是因为美的力量，美还能使文学的动力保持新鲜，从而深入人的心中，故最高的文学作品，一定是有美的内容，一定是遵守美的法则。

5.2 文学与人生的关系。孙本认为，文学与人生的关系可从三方面来理解。其一，种族。孙本指出，人类有国界之分，一国之内又有种族的不同，故每个国家里的人类终有其特质，这也是一个集团的大众的民族性所致。如东方民族的神秘性，西洋民族的进展性都在它们的文学上有所表现，而这些也都跟种族性有关。其二,环境。孙本认为,环境就是一个作家周围的社会情状,它对文学影响很大,如一个热衷革命的人,其作风和内在的意识往往蕴含着革命性。环境的范围非常广大,不仅是物质的,作家的思想、政治、经济、风俗、习惯等也是环境,作家会处处受它的潜在影响,而作品中寄寓的内在生活的意识也都是产生于这些环境的。其三,作家的人格。人格是时代的潮流和种族的遗传以及作家本人的生活环境所熔铸而成的结晶,作家都有个人的人格,文学就是人格的表现。

最后,孙本总结指出,研究文学至少要知道文学是人生的内在生活的表现,它的价值和效力等于粮食,人类不可一日无粮,文学对于人生的益处由此可见。文学是从人的本心产生出来的东西,展开人的想展开而不能够在日常生活上展开的本心便是文学对于人生的任务。玩味文学也就是因为要"展开自己的本心",文学是从人对生活的要求产生出来的。

6. 文学与时代

6.1 文学与时代的关系。孙本指出,在文学发展的过程中,同一时代的文学常有"一种共同的趋势和倾向",这种时代的倾向是构成文学思潮"最大的动力"。孙本援引丹纳关于文学特质的种族、环境、时代三要素指出,种族因素的变动是时代所致,环境中有些部分的变动如政治、经济也是由时代所致,所以,种族和环境因素中有一部分都可还原到时代的因素中,因此,文学与时代的关系很重要。文学是人生的写真、时代的反映。关于人生的写真,孙本在上面已有阐述,而所谓时代的反映,是说一个作家的作品既有个性的美,同时也是时代性的,它们通过个性而表现着时代的情景,文学若离开了时代便不是文学。

6.2 文学与时代互相影响。孙本认为,文学既是时代的反映、多随时代的变迁而转移,同时也是时代的先驱,能"以先知先觉的呼喊来警醒与引导读者去向那将来的时代中",其力量最能为时代的先声。由此可知,文学与时代互相影响。首先,时代影响文学,如"治世之音安以乐,乱世之音怨而怒,亡国之音哀以思","文生于情,情生于哀乐,哀乐生于治乱,故君子感安乐而为文章,以知治乱之本"。以上说的都是这个道理。再如秦焚诗书而百家息,汉崇儒而六艺因之明等都是时代影响文学的范例。其次,文学也能影响时代,像股肱元首的歌流露出唐虞禅让的气象,《采薇》《麦秀》描写殷周革命的史实,《拔山》《大风》映射着楚汉纷争成败的事迹,都是"确实的时代的写真"。四言盛于西周以前,五言发达于汉,七言发达于唐以后,其表现的形式也是顺应时代要求的,可见,文学不是超时代的产物,不存在时代变迁了而文学永久不动的可能。时代支配文学的力量很大,这种力量有时便能扩大而为时代的思潮。文学与时代的关系非常密切,一个作家若是远离时代,绝不能写出好的文学作品。作家与时代接触至何种程度,即他捉住时代思潮至何种程度,是评判他的重要标准。从鉴赏的角度来看,一个时代的文学作品中总是有一些好的作品能代表其精神。

7. 文学与社会

7.1 文学之发生与社会的意义。孙本认为,文学的产生"视民族开化的早迟而定",文学最初的形式是歌谣。歌谣从生民始而发生,是民族开化的雏形、人类情感的流露。歌与舞一起是"原始人类心理上的起原",原始歌谣除满足美的情感外没有其他目的,它能传流到现在完全是因为"社会生活的关系",原始人因智识薄弱,凡凄风冷雨、惊雷冰雹,便会引发其恐惧或崇敬心理,人死后的可怕惨状会引起其悲哀之情并歌唱出来等,可见"歌谣之起原,是发生于社会生活的"。就小说言,其最初为故事,而故事与现实生活有着密切的关系,更不用说故事的原初动机就是要使别人愉快了。此外,戏剧的雏形同样与现实的生活是不相离的。虽然在文学的发生上有游戏说,但人类学已经告诉我们原始的歌谣都是"全社会生活的而不是个人举行的"。故我们可以断定"文学的发生是跟社会的生活的接触而进展的"。原始人所以需要艺术,目的大概有二:一是模仿实际生活的活动,或调剂实际生活的劳苦;二是激励实际工作并以之整齐集团劳动的步调。孙本指出,格罗塞和希伦的人类学、社会学研究方法已经认为,艺术冲动是从"对于生活上必要及密接于生活的冲动而生的东西,文学也和装饰雕刻绘画等同是从人生社会上最必要的动机而生"。这也是为什么麦肯锡在《文学进化论》中会说:"文学在原始时代的状态决不是消闲的动机,或如康德一派所谓游戏本能而生的东西。"可见,文学的发生与社会关系密切。《诗经》中就有很多例证,又如北美的印第安人、马雷人模仿战争的谣舞和模仿渔猎的跳舞都是"为实际生活劳动的关系而来",波利尼西亚人的艺术性质复杂而丰富,皆因其居住的地方富沃而需要的劳动较少,纳尼耶里人因居地贫瘠则艺术多为谋生之所需。凡此可见,文学的发生和社会生活的劳动实有不能分割的关系。

7.2 文学的社会性。孙本认为,文学进化过程的基本因素是"社会组织的裂痕,与社会机构上的变调及社会心理的变调的交错所生的事物"。就近代社会构成机体的变迁来看,文学也随社会而变,各个时代的社会背景和组织制度变化,则文学也"呈现着各种不同的现象"。故文学是社会的必然产物,而且社会为"必须的条件"。作为社会的产物,文学不仅使人认识它所代表的某种观念,而且可以看出"这观念中所显著着的受有社会状态的影响的",即文学在某种意味上是"反映它的时代的社会的"。从文学的历史看,社会环境的情状对于作家的影响"非常巨大",因而,对社会环境的解剖与描写就成了"文学作品构成的要素”。从文学史上各种主义的沉浮来看，不同派别的作品虽由于作家的个性而含着独特的主张，但这些作家的个性不仅受其遗传的影响，而且还有其所属的种族及同时代的思潮、人物、社会生活等的影响，同时和他们出身的地方的气候、风俗、习惯也很有关系。故我们想要完全了解一部文学作品，第一当研究其外的环境，就是当时所处的社会状况。第二是把某一时代与此时代的文学特质加以比较，以此证明文学是社会条件的产物。孙本指出，文学作为社会的产物有两层内涵：其一，“文学是由人类社会的生活之必要而生”；其二，文学中所表现的观念是“由时代之社会的条件与其社会的条件所产生的诸观念之联合”，文学实与“当时的支配观念相适应而受其决定”。如《伊利亚特》和《奥德赛》只能够“与希腊所谓荷马时代的社会的要求相适应”。总之，在社会生活的进程中，文学是由“作者内心的要素与社会的要素的交错所生的诸观念中的某事物”，其在作家自己的意识上能够“判然明白”，又能在他人的意识中“唤起相同的印象”。

7.3 社会文学新兴的意义。孙本指出，社会文学的新兴与倾向，是现代文学思潮“必然的趋势”，一时代之初期的文学思潮和作品，在当时虽不过代表了一部分的社会观念，但在之后便会成为那时代“主流的文学思潮”，如封建制度的文学后来被抱有新希望的新兴文学压迫。新兴文学是新兴的阶级表现其意志和情感的文学。有人认为今日的社会的文学，不过是表现资本主义烂熟期的新兴的观念而已，这显然误会了社会文学的意义。社会文学的意义就是失望于代表现代社会基本特色的资本主义和个人主义的态度、思想，从而希冀未来的新兴的情状，社会文学就是这种观念的表现。故社会文学的基调便是“把事象加以社会的认识”，其特质则是“与现在社会的观念相背”。因此，社会文学“必然的要进而与社会以观察批判及解剖”。社会文学是阶级性的文学，在意识上它表现的是“新兴阶级的情感和意识形态”，其目的也不是助长“阶级利己的精神”，而是希求阶级的绝灭和平等社会的出现，故其对现实社会不满，这是新兴的社会文学“独具的感情和意识”。在这种意义上，社会文学的新兴革新了已有的文学观念。社会文学并非都是写无产阶级与劳动者的，它也可以中层阶级为主题，也可以资产阶级为主题；作为文学最重要目的的共感，在社会文学那里就是所谓的“大众文学的使命”。

第五讲

进化论与现代中国文论

作为对现代中国学术影响甚巨的理论，进化论在现代中国文论上亦有较多反映，刘永济、李幼泉、洪北平、胡行之的文学概论即是代表。

刘永济在自序中号称其《文学论》有"远师彦和之意"，但在具体落实上，刘本则是中西兼顾，尤其注重将以进化论为代表的西学化用进文论的讲授之中，正是如此，程千帆曾评刘本"贯通中西，要言不烦"。[①] 方琛在论及刘本时，认为其"受'学衡派'思想影响较为明显，其既反对新文学式的全盘西化，同时也反对'国粹派'的复古"，主张以白璧德等人的新人文主义思想为根基在中西古今之间给予"一种适当的调和"，因此，其在众多的文学概论中"独树一帜"，其思路与诸多观点对后世的文学研究亦不乏"积极的启发意义"。[②] 傅莹则将刘本与马宗霍的《文学概论》并称为现代中国文论中的"长袍马褂模式"[③]的典型，但此论未及刘本的内在知识理路，或有失精准。

李幼泉、洪北平本《文学概论》从人类社会进化的定律、生存的演进等进化论的核心观念出发建构文论的知识系统，具体引用了近代中国在进化论基础上形成的"一代有一代文学"观念、梁启超《新史学》中的"消息"范畴以及顾炎武的"势"等历史进化观念，进化思想的色彩较为明显。1930 年 5 月 25 日《申报》第 5 版刊登的启智书局最新出版消息称，李洪本叙述系统、说理平易、举例通俗，实为"讨论文学原理之最完备的书籍"。[④] 亦有学者认为李洪本"已有较为完备的

---

① 程千帆：《刘永济传略》，《晋阳学刊》1982 年第 2 期。

② 贺昌盛：《中国现代文学基础理论与批评著译辑要(1912—1949)》，厦门大学出版社 2009 年版，第 37—38 页。

③ 傅莹：《中国现代文学理论发生史》，上海文艺出版社 2008 年版，第 65 页。

④《申报》，1930 年 5 月 25 日第 5 版。

教材体例结构，可视为这个时期中国现代文学概论教材逐步趋于成熟的某种标志”[①]。

胡行之的《文学概论》颇受白话文学观的影响，其提倡大众文学，贯彻彻底的大众文艺观，且突出体现了意识形态论和阶级论，同时致力于融合进化论与阶级观。文珏曾这样评价胡本：“普通的文学概论或者篇幅太繁，或者立论太偏，或只陈理论而不及内容，或只介绍外来学说，而不顾本国实情，都是不合中国学生的脾胃的。惟胡著文学概论，可说概免上列弊病。”此外，胡本“(一)编排合法，(二)分配适宜。譬如他这书里分总论、合论、分论、余论四编，总论把文学底意义、性质、分类都说得很明白；合论把文学与道德、文学与主义、文学与各种有关涉的事项都论列得很详明；分论把文学上底古今体制，如诗、词、曲、赋、文、小说、戏剧以及民间文学各项，莫不系统地叙述明白，这为该书的唯一特色，是其他文学概论所没有的。至若余论，也能把文学上底各种主义，以及学习文学的方法，适当的述说清楚，颇为难得”。因此，胡本虽是“一本不十分繁重的文学书”，却已把“文学上底纵的，横的，各方面的紧要理论与实际说得很明白了”，故“最适宜当作教本”。[②]

第一节　揆之进化之理：刘永济的《文学论》

刘本《文学论》1922 年由长沙湘鄂印刷公司初版，1924 年由太平洋印刷公司三版。体例上共分六章，分别讲述何为文学、文学之分类、文学的工具、文学与艺术、文学与人生、研究我国文学应注意者何在这六大问题。

1. 何为文学

1.1 文化发展之概观。刘本认为，人类文化之发展“莫不由含糊而渐近明晰，由简略而渐进圆满，由武断而渐趋精确”。今日之明晰、圆满、精确者，异日或更为含糊、简略、武断，亦未可知。后之视今亦犹今之视昔，不可傲古而贻笑后人，故文化必求其发展无穷，未可“画然自止”。[③] 自学术史看，学术之分科愈细，则所研究者愈精，其结果“愈确”，集合无数最精之研究、最确之结果，而后宇宙间之真理将“不难见其全体、穷其究竟”。最初的文学包含于宗教之中，且为之服务。其时之人于文学之观念未明，文学之内容亦“极简略”，人之对文学又

---

① 贺昌盛：《中国现代文学基础理论与批评著译辑要(1912—1949)》，第 68 页。

② 文珏：《文学概论之良教本》，《出版消息》1934 年第 41 期，第 19—20 页。

③ 刘永济：《文学论》，太平洋印刷公司 1924 年版，第 1 页。本节引用未作特别说明者，均引自此书。

多武断之论，故未脱宗教之羁绊，是以文学与宗教之关系极密切，及至近世，始一洗其面目，崭然自见于世。宗教之所以有笼罩一切学术于其中为之指挥运用的力量，是因为人类的起疑、求真、感乐、慰告、解纷之五种特性宗教皆能利用之，而使其时之人的要求得到满足。刘本指出，这五种特性中，"起疑"与"求真"乃科学发达之胚胎，"解纷"乃政治、法律、道德成立之基础，"感乐"与"慰告"最合艺术之"真义"，文学即由此而生。不过，刘本认为，完全发达之文学不仅不舍"求真""解纷"之事，而且更可见真理而免"忿争"。因为文学以"能了悟一切人情物态，而复具判断之力者，为最完满也"，以"能增高情感，纳于温柔敦厚之中者为最优美也"。

1.2 文学成立及发达之原因。刘本指出，人类使用文字其时甚早。但研究文字的性质、功能之事则在近世。原因在于近世学者对于一事一物皆"思明其原因""知其性质"，不肯"含糊武断"，故实事求是之风日盛，文学及其他艺术亦"确然有以自见于世"。文学之成立即不出人类的"感乐"与"慰告"二特性，文学之发达一方面即在此二特性之发达，另一方面又在于能离宗教之羁绊。此自然之势，莫之为而为者也。日常之文虽未必有感乐、慰告之效，但文章、诗歌则"必如此而极精"，故文学之成立不出"感乐"与"慰告"，此二者亦为文学之"最真最确处"也。文学之发达即发达此二特性，而其功能亦即"对于此二特性而显著"，质言之，即文学由此二特性而成，亦供此二特性之用。

1.3 文学之两大作用。刘本指出，文学自"感乐"与"慰苦"二特性发达后，其性质与功能"已著明"，但"感乐"与"慰苦"并非易事，人事纠纷，苦乐杂陈，安感安慰，非有"了悟判断"之绝大本领而不能为也，有了悟判断之力方有乐可感，有苦可慰。盖感慰之事属诸情感，了悟判断属诸理性，二者"迹似不同"，但"道无二致"。理性之培养乃文学家应有之工夫，亦其应当先具之条件，"必理性充实而情感浓挚"，感慰之力"乃至雄伟"。德昆西曾认为"文"有"属于学识"与"属于感化"二义，前者谓之 literature of knowledge，如科学、历史、哲学等，后者谓之 literature of power，如诗歌、戏曲、小说、散文等，即中国人以为的"陶冶性情，激发志气"。刘本认为，中国学者于此讨论亦颇多，文学之高下亦由此二端辨之，故其在文学"为最重"。总之，学识以感化为其"英华"，感化以学识为其"根本"，无了悟与判断之力不足以感乐而慰苦，"二者相需而各极其致，皆文学之最大作用也"。

1.4 属于感化之文之性质。刘本指出，自然界之中万象森罗，可见者不外人与物二者而已。人之形象、行为乃其粗之现于外者，其情感态度则"其精之具于内者也"。常人仅得其粗而遗其精，文学家则具"敏锐之耳目""虚灵之心思""敦厚之性情"，自能深入以得其精神、熟悉其内容，复能"旁通曲引""连类广喻"，以显出其所得之精神而表露其内容。盖耳目敏锐者“觉察必深”，心思虚灵者“感召自速”，性情敦厚者“哀乐俱真”。故凡可歌可泣可喜可愕之事，一入文学家之手，皆“情景毕露”，人读之亦歌泣喜愕不能自已，此之谓“思涉乐其必笑，方言哀而已叹也”。故感化之文以人情物态为其材料，牵连错综以表现之，使“人物生动，光景常新”，乃为佳作。至于“分析其内容，辨别其关系，评论其是非，考究其因果，断定其理由”，皆学识之事，文学家不可无此力，而感化文学不必“即此事”。正是如此，阿诺德言：“具文学之才者，其最大之工作乃综合与表曝之事，非分析与发明之事。”

1.5 文学与他种学术之异同。本节主要讲述文学与宗教、哲学、科学之异同。关于文学与宗教，刘本指出，宗教家信仰自然，文学家则赞叹自然，宗教家认为自然为上帝所造，文学家自身即为造物主。时至今日，宗教家已不能“牢笼文学”，文学已脱其羁绊而“自见于世”，故近世往往以诗人之想象与宗教相提并论。且除诗人之外，一切学术皆不可单凭直觉，故宗教之幻想景象皆遭人唾弃。文学家对于自然一有所见必多方形容之、赞叹之、恋爱之，与宗教之对于自然状态“正同”，其不同者，无一切迷信之教条与崇拜之仪式耳。关于文学与哲学，刘本指出，哲学以求“宇宙之真源为事”，文学家则不离自然。哲学家从自然之全体观察努力以求解释之，文学家则只“阐演(interpret)其所见”以供世人之解释，故卡尔金斯言：“艺术乃创造之事而非论证之事。”关于文学与科学，刘本指出，科学与哲学其目的皆一致，彼此互相弥补、互相辅助。不过，科学家从一部分观察以求实验自然，与哲学家微别，且科学家之实验自然，又与文学家之阐演自然用功不一，科学家实验自然之时必“离我于自然”，即“以我为实验自然者”，文学家阐演自然之时必“融我入自然”，即“我与自然为一”。总之，哲学、科学皆学识之事，文学家不可无学识，“哲学家所得之学识，以之为解释自然之用。科学家所得之学识，以之为实验自然之用。文学家所得之学识，以之为阐演自然之用。阐演者，如蚕之吐丝，先深入而后显出之事也。解释者，如人解结，由难而得易，由纷而得理之事也。实验者，不凭空论，实事求是之谓也”。文学与宗教尤相似，但有其长无其短，故文学者“极自由之学也”。

1.6 文学之功能。刘本认为，文学家有学识然后有了悟判断之能力，有了悟判断之能力则对人情物态始能见到“精微之处”，能见到精微之处又能综合而表曝之，则能使人于其所表曝之中，收“感乐与慰苦之效”，能收感乐与慰苦之效，则能感化人之情性，使之“高尚优美”。文学至于此境，已极“艺术之能事矣”。刘本指出，在艺术诸类中，文学尤与音乐之感人为近，都为时间艺术，能将人情物态“委曲表出”，故尤足感人，且音乐之感人常于“不知不觉之中”，故“其力最大”。故佩特有言，一切艺术皆趋近音乐。盖人类为富于情感之动物，情之所至

“不必定合于理”，有所偏激则“伤矣”，伤于偏激者，尤不可以理喻，宜先调和其情，使之“舒畅”。文学家自身即性情敦厚者，其常以他人之喜怒哀乐为喜怒哀乐，见人之困苦如己之困苦，又能“多方以赞叹之形容之”，使常人亦可引他人之喜怒哀乐为自己之喜怒哀乐，如此，则人道纯粹无污而世风可至“醇厚”。故《诗序》认为诗可以正得失、感鬼神、经夫妇、成孝敬、厚人伦、美教化、移风俗。《诗正义序》也认为诗为论功颂德之歌，止僻防邪之训，有益于生灵，作之者畅怀舒愤，闻之者塞违从正，感天地、动鬼神，莫近于诗。刘本指出，《诗序》和《诗正义序》说出了文学功能的显著之处，文学之原因性质愈明确，其功能亦愈扩充，文学也就愈有价值。至于表现之时或诗歌或散文或戏曲或小说，乃其采用方法有异，其感化性情则一也。诗歌、小说、散文、戏曲之功能各有大小，大抵戏曲、小说感化之功能较诗歌、散文更普遍，且戏曲、小说之兴盛常在诗歌、散文之后，其原因甚复杂。但文学之性质愈明，其功能则愈广，亦“自然之势也”。

1.7 我国历来文学之观念。本节主要讲述孔门之文学观念与刘勰之文学观念。刘本指出，中国历代之文学观念皆无知于文之“学识”“感化”之界，故“终多混淆”，大抵六朝以前“言志之旨多”，唐宋以后“明道之谊切”。老、庄谈玄而文多韵语，《春秋》记事而体用主观，此学识之文而以感化之体为之者也。后世诗人，好质言道德，明议是非，忘比兴之旨，失讽喻之意，则又以感化之文为学识之文之用矣。对此，当明辨之。

1.8 近世文学之定义。刘本指出，文学之义随世迁移，至难定也。上古人但知文字之用，文学之精神则发泄为讴歌，作者不知名氏，传者但以口耳，初不假文字，及文字之用渐次扩充，人之感觉渐次深密，人事渐次繁复，耳目所接渐次纷杂，其间道理情态渐非“一二言可尽”，文学于是乃成专门之学。为之者遂非致力不成，读之者亦非深思不得。凡一器之精、一艺之妙虽似不切日用而无关群众者，然以历史之往事观之，致力于精器妙艺者虽为少数之人，而精器妙艺之结果则“普及群众”，故精理化者虽可指计，而“享物质文明之福者”则为“群众”。且今日供少数人用者，异日可渐及于多数之人，人类教育愈普及，文字之功用愈广大，群众之知识愈发展，文学之功用将愈普遍，“揆之进化之理，固应如是也”。故今日之文学，“一方面必求其真义愈明，一方面又必求其真用愈广。真义愈明，则表现之方法愈精妙。真用愈广，则人类之幸福愈增进”。文学之义虽至难定，但要之则不出此二点。概言之，“文学者，乃作者具先觉之才，慨然于人类之幸福有所供献，而以精妙之法表现之，使人类自入于温柔敦厚之域之事也”。

2. 文学之分类

2.1 文学的体制因其原质而异。刘本指出，体制之分乃由“文学之内部组织完全发达而成”，故体制必由简而繁、由总而别，且其繁其别皆“有迹可循”。莫尔顿曾认为，文学之初，只有歌舞，歌舞包括歌辞、音乐、舞蹈三事，歌辞主道事，音乐主宣情，舞蹈主象形，三者实后世文学原质之所由成。毛氏又谓，文学之原质非即体制，而是宇宙万物皆由其分合而成的东西，物类之不齐，盖原质分合之有异，文学原质与其体制之关系正类是，中国亦有上古歌、乐、舞三者必合的观点，《尚书》《尔雅》《吕氏春秋》皆有论及，后由合而分亦“发展必然之势”。

2.2 文学的原质。刘本指出，毛尔登认为，文学的原质有三：一是描写(description)，即旁述之事；二是表演(presentation)，即作者直接将其所要表达之事传达给观众或读者；三是反射(reflection)，包含深受与反映二义，深受为沉思于幽深之义，反映则为将沉思所得者抒而出之义，前者如镜之受光，后者如光之反映。因文学有两大作用，刘本将此三原质依“学识”及“感化”各分为二，共得六原质，如下表：

表 5-1　文学的原质与其体制之关系表(来源：刘永济《文学论》)

反射	表演	描写	
解析玄义，辩论事理，研究物质	彼此告语之信札，布告群众之文字	史传、碑志、水经、地志、典制、制造	属于学识之文
抒情写志之诗歌、辞赋、乐府及哀祭、颂赞、箴铭	舞曲、戏剧、传奇	纪游纪事之诗歌、辞赋、乐府、词曲及小说	属于感化之文

2.3 文学的体制分类之历史观。刘本指出，中国文学体制分类之源有二，一为《文选》，一为《七略》，前者专主文章，其界狭，后者遍及群籍，其界广。至于刘勰、任昉、挚虞之徒，则或略或繁，未可尽据。《文选》不收经、史、子，惟取综辑辞采、错比文华、事出沈思、义归翰藻之文，故阮元认为《昭明文选》必“文而后选”。后世之《唐文粹》《宋文鉴》即“踵之而作”，至姚鼐《古文辞类纂》虽号为最佳，然类分十三，“尚多未当”。梅伯言《古文词略》于姚之十三门外，增诗歌一门。曾文正之《经史百家杂钞》总分三门，各系子目，皆佳于姚，亦未能尽善。刘歆《七略》四曰诗赋，班固《艺文志》三曰诗赋。荀勖分群书为四部，丁部为诗赋图赞。王俭撰《七志》，三曰文翰志，纪诗赋。阮孝绪撰《七录》，四曰文集录，纪诗赋。此数家皆以诗赋“别立一门”。至《唐书·经籍志》分甲乙丙丁四部，丁部为集，集分三类。郑樵《通志·艺文略》分经、礼、史、诸子、艺术、医方、类书、文，而文则分为二十二类。马端临《文献通考》分四部，集部七类。以上诸家，虽非专究

文学，而文集一门，既有细目，亦可考见其时“文学之内部也”。刘本同时以刘歆以来总集群书所立之目录，《昭明》以来总集文章所分之门类，详考历代文学内部广狭与纯杂之迹，由总集群书之门类得出以下结果：其一，隋唐以前凡著作皆文事，而诗赋独归文学；其二，唐宋以来始于诗赋之外阑入他种著作。由总集文章之门类可得出以下结论：其一，梁以来经、史、子不属文学，《文选》重在文采情思；其二，唐宋以来重在论道经邦，诗词多别出选本。大抵两汉时文学唯辞赋诗歌，六朝以来文学之内部“渐广而渐杂”，因之，文学之观念亦“渐传而渐误”，故钟嵘讥孙绰等人之诗如道德论。而唐之韩愈倡传道之说，后世遂谓“论道经邦者为正宗”，视陶情养性者为“余事”，且以尽称文人为可耻，于是八股文以代圣人立言之假面目而“自尊”。故必先明文学之作用，而后由其作用以择体制，则界限分明，而学识、感化之事“两无妨害矣”。

2.4 我国文学体制构成之源。刘本指出，中国文学体制的构成之源“据已成之体制可以推知”，但其变迁之迹则“非仅凭体制所能明辨”，且其“变迁之消息”，往往甚微，且多随时代而异，昔人论及甚少，故今亦不能甚详。要言之，中国历代文学体制虽多，但多不出“孔门五经之外”，此乃历代尊经之余响，章实斋《文史通义》谓后世之文，其源皆出于六艺，其体皆备于战国，战国之文又皆出于六艺而源于诗教。刘氏认为章氏之说“穷源究委之功甚深”，有一定道理，不过，其论诸子某家定出某经则嫌“武断”。且章为史家，故其以历史家之眼光推论其源流，与班固《艺文志》之类无异。章氏之前，刘勰、颜之推亦有文体出于五经之论。近世曾国藩《经史百家杂钞》之“叙目”于每体之中“冠以经文”。由此可知，中国文学体制之源，历代学者皆以为“出于孔门”。

2.5 我国文学体制变迁之迹。刘本指出，文学体制的本源“易溯而知”，而其变迁则“难探而见”。常人见骈体至于唐而变成散体，古诗至唐变成今体、至宋变成词、至元变成曲，遂以为此即文学之变迁。殊不知此特“外形之异”也。文学之变迁不可据外形为“准的”，因为仅据外形之异是不足以论文学之变的。刘本认为，后世文体变迁亦出于《诗经》，因五经中唯《诗经》最合于文学之“真义”。章实斋亦谓诗赋乃《诗经》之“支系”，又谓六艺流别，赋为最广，比兴之义，皆冒赋名，风诗无征，存于谣谚，而雅颂之体实与赋同源异流。章氏所谓赋比兴、风雅颂乃《诗经》之六艺，其中赋比兴属于用，风雅颂属于体。孔颖达《毛诗正义》亦有明体用之论：“风雅颂者，诗篇之异体；赋比兴者，诗文之异辞耳。大小不同，而得并为六艺者。赋比兴是诗之所用，风雅颂是诗之成形。用彼三事，成此三事。故同称为义，非别有篇卷也。”刘本指出，孔氏之意，乃言诗体则有风雅颂之分，而每体之中皆可或用比、或用兴、或用赋为之，故赋比兴乃作诗之法。李仲蒙对此有过最佳阐述：“叙物以言情谓之赋，情尽物也。索物以记情谓之比，情附物也。触物以起情谓之兴,物动情也。"赋比兴为作诗三法,亦为中国文学体制之原质,其变迁则亦由三者分合所致。比为索物以托情,描写之事也。以比明实际之事理,则属于学识类;以比抒心中之情绪,则属于感化类。兴为触物以起情,反射之事也。因所触起实际之理,则属于学识类;因所触动心中之情,则属于感化类。赋为叙物以言情,表演之事也。所叙为实际之事,则属于学识类;所叙为想象之事,则属于感化类。刘本指出,至于雅言政教之得失,贵能详尽,则似描写之事;风者讽刺,主文而谲谏,则似表演之事;颂者美盛德之形容,则似反射之事。就西方而言,西人谓文学之为物,不但生(alive)且常长(growing),以上关于中国文学体制变迁之迹之论,乃生之源与长之状而已。但长速者其变速,屡变之后,往往难得其状,且必与其初祖之状小同而大异。故文体乃"随时蜕变之物",不以与初祖有异为嫌也。以此验之,则中国文学体制变迁之迹"豁然矣"。

2.6 文学体制变迁与其外形之关系。刘本指出,文学体制一变,其外形必受影响,但外形之变亦有因文学的工具之性质而成者。中国古代文学本无骈散之分,但用字造句之间,自有"奇偶之迹",奇偶乃生于自然,由"声气之谐和调适"而成,后人喜偶则成诗赋一流,喜奇则成散文一派。又或合乐则以韵语,记事则以散行。纯主偶者为骈体,纯主奇者称散文,此后,散文又称古文。但六朝以前,只以文笔、诗笔对举并称,尚无古文之目。古文之名初指籀史奇字,其名虽成于韩愈,但其端却见于北周文帝,宋之欧苏、明之归、清之姚承其绪,而古文大尊。自屈子作离骚,其体合诗文为一,用比兴寓讽谏,汉人宗之,遂为赋家之祖,此体以大。两汉至唐,赋与诗歌同为文学正宗。自唐迄清,代有作者,佳制不乏。此体遂与古文递为升降,虽品格有高下,但源流固自深远。大抵外形之变,即字句骈散之不同,骈散之不同,体制则各异。重骈之代,则散文亦写以诗体,重散之世,则诗歌亦同于散文。赋之形式既合诗文而成,是以重骈之代,赋中诗体多于文体,重散之世则反之。至于语体行文,虽盛于元,但实际上"无代无之",如柳永、黄山谷等皆好"俚语入词",开元曲之端。白话小说则起于宋之平话。其后有韵者则为传奇,无韵者则为章回小说。此二类初为文人游戏之作,然其叙人间悲欢离合之情、诙诡谲怪之事,颇能动人,其佳者有合于感化文学之义。但其体初起,不为时人所重,且淫秽粗鄙之作甚多,故古人不列于文学之内。此外,刘本指出,旧籍之中往往有曰某某体者,皆时人称一时风气相类各家之名,其立名或以年号,或以时代,或以官秩,或以姓名,或以地名,或以所官之地,或以作诗之处等,但其论往往无关"宏旨"。

3. 文学的工具

3.1 表现自然之工具不一。刘本指出,自古至今,人对自然的表现视其发展程度而异。即使野蛮民族的文身雕额，儿童之嬉戏扑跃，劳民之呼吁叹息，皆为表现自然，皆因其外觉于物，内感其情，莫之所使，自然流露。虽其程度未高深，表现亦粗浅，但毕竟乃表现之一法。表现自然方法的完备必在"外之所觉日繁""内之所感日精"之后。所觉者繁，则"情不深不可得而接近"，所感者精，则"法不工不可得而表现"，此乃文化进步之事也。故善觉善感者，欲表自然，莫不"心营意造"，以求"至善之方法"。或以绘画，或以音乐，或以文学，务求能"通其情""达其意""传其神"，然绘画不能离色彩，音乐不能离声律，文学不能离文字。故求至善之方法，必求诸色彩、声律、文字。色彩者，绘画之工具也；声律者，音乐之工具也；文字者，文学之工具也。三者性虽不同，但均为表现自然之工具。表现自然之工具者无不可以感人，感人之深者，无不皆"自然之美"，因此，表现之法不必拘于一格。但方法既不同，工具性质又各异，表现之能力亦各有其长，能利用其长，任择一法，皆可供表现之用。譬如绘画，长处在"利用空间"，能将千万分刹那间之一动作、一境界"留一实在之形迹"，能将千山万水"罗列尺幅之内"，使人目睹其形迹，即可"想像其神味"。音乐之长在"利用时间"，能将"动作之继续""情节之委曲"次第奏出，使人耳听其音调，即可"体会其情思"。文学之长，亦在利用时间，能将动作之继续、情节之委曲"历历写出"，使人"口诵诗文而心了情通"。故黑格尔谓绘画为"目艺"，音乐为"耳艺"，文学为"心艺"。柏拉图谓雕刻、绘画乃"艺之静也"，诗歌、音乐乃"艺之动也"。其所谓静者，属于空间；其所谓动者，属于时间。此乃大体而言，真作品必动中有静，静中含动，不可离也。

3.2 文学的工具之起源。刘本指出，"文字"一词今为统称，古则有异。"文"之本意为"错画"，"字"之本意为"乳育"。人类言文，本无分别，但语言必先文字，文字乃"济语言之穷"，故可谓为"语言之符号"。制字之初，乃"象物成形"，而以"人声呼之"，其后用繁，或依事取象，或依义合文，或因义加声。后更繁或假借彼字之音为此字之义，或转注彼字之义为此字之用。

3.3 文学的工具之种类。刘本认为，文字既为语言之符号，则语言不同之国，所用之符号亦不必同，故欲知文学工具之种类当知语言之种类。近代语言学将语言分为曲折语、黏着语、孤立语三类。曲折语即其语尾可变，并由其变化以定其词性，其音曲折，故谓"曲折语"。黏着语即于其主要语之前后加以附属语，并由此附属语以定其词性。孤立语即其词性虽变，但字形不迁，又无附属语以示其变化。

3.4 我国文字重形。刘本指出，物质进化之后人类之目根反不如前，巢居穴处之民，饮食之寻求、危险之趋避，皆赖目根之利钝，亦当然之事。且初民文字多为象形，其用目之时多于用耳，亦已然之事，虽伶伦制律与仓颉造字同时，而乐书失传、音理无考，音声之美不称于世，后之学者，间亦著书论乐，皆异说纷岐，莫衷一是。耳根之钝，尤甚他国。中国文字非不重声音，且人类口耳之用，与手眼同功。文字本为辅言语，且人声为字音之源。然造字之初，本于象形，音声之迹，非可于字面求之。中国文字，虽音形迭有消长，而后世偏重字形，亦"灼然可见"。盖造字之始，原未"注重音声"，此又耳根不利之证也。世间文字，拼音者较之象形者多美。盖声音之道，微妙过于形象，形象有迹有体，声音则反之，故重声音之文字，其国人耳根必利。形迹易于拘泥，声音乃可玄通，故闻微妙之音者，其感通自较徒由文字之迹象求之者为迅速。且中国文字为单音，音同者多，耳听不明，必借目辨字形，方心知字义，亦必然之势也。

3.5 重形文字之缺点。刘本指出，重形文字非绝不重音，但中国制字本于象形，后世为文者，欲摹写人声，必弃字形于不顾，则用字无准的，则字义皆混乱，且异时异地之人，望文生义，易致误会，古人于此已极感困惑。况单音单体之字，点画稍易，既不可识。文字之内容，不外音形义三者，制字之初，必心先起意，口先有音，然后随事随物，手画其形，后世辨字，则目观其形，耳听其音，而后心知其义。今音既多同，形又混写，辨字者必惑于字义，而音多同、形混写之原因，则在单音单体，此中国文字之大缺点也。

3.6 言语变迁之影响。刘本指出，文字本以代言语，而异时异地之言语不能一致，言语之变迁势必影响于文字。拼音文字之国，可随时随地拼成其音，而象形文字之国，则字形一定不可更改，即无以适应其变。盖文字之音，原系人口之音，人口之音既变，当然不能禁文字之音不变。否则，会产生两大困难：其一，读古书多误解字义；其二，时代变易，人声遂与字音各异。刘本认为，关于第二大困难，其显著者有五：第一，人声已变而字音未变，于是别写一字当人口之声，此乃俗字之源。第二，人音未变而字音因偏旁误读者。第三，字形误为他字，而人声亦随之而误。第四，古有此音此字，而今人不知遂以为俗者。第五，今有此音古无此字。由是观之，言语与文字分途之迹显而易见，人音有古今方土之变，字形不能随之而变，字形则古今方土多遵用，而人音不能齐一，行文则下笔皆同，而口语则对面难晓。

3.7 历代修正文字之概观。刘本指出，文字之内容不出音声、形体和意义，其中意义由音声、形体而显，音声、形体一旦紊乱，则意义也因之而混淆，故每代有修正文字之事。刘本认为，中国文字发生极大变化之时亦为其影响文学极巨之时，细言之，在梵文字母流行于中土之际，此前许慎已确定了中国文字的形体和意义，故此时学者乃求中国文字的字母，字母既定，切韵乃兴，于是有七音、九音、四声、五声之说，既补古代造字之缺，又开音韵之端。但因为字母传自梵僧，后世儒者多不屑习之，虽有知其重要者，亦必谓非出自梵僧，或以乐律七音为根据，终致字母之学不能发展。今世界交通、科学易求，或可据发音学理定其标准，为中国文字开一光明之途。

3.8 文字修正后影响于文学者何在。刘本认为，文学以文字为工具，故工具之良否决定文学之优劣。世界各国能贡献文学于人类者，必其工具甚良。上古之文简略、质朴，虽有人事不繁、风气淳厚之原因，但上古文字繁重、锲刻不易亦为其大因。其后古文变为小篆、破篆为隶，因隶便于篆也。因此，此时文章著述繁富于早期。六朝文人习兼行草，复以纸笔精良，书写甚便，故文事亦繁。及字母东流，韵学既启，文人执笔，必谐声律，乃有四声八病、宫商平仄之说。唐之作者，获较精之工具，故律体大行，其间颇多佳制。宋末重理学，未暇深求文字之音训，谓文字贵明道，其流波至归有光、姚鼐，于是文学之义法森立而真意渐失。

3.9 工具之能力有限。刘本指出，工具既为人为，又有优劣，必资修正，故其有限自不待言。自然万象接于吾人者，情态交错，道理幽妙，文学家凭人为之有限工具欲为此“无限之自然写照”，必有不能如意之苦。且真情至理之所在，见之者已少，得其全体者更少，见之而能表于文字，圆满无漏者“几不可得”，有之，必非全凭文字，乃其心营意造，成种种方法以弥补文字之缺而能也。故文学家能造无限之法，“用有限之工具，为无限之自然写照”。表现之功在于“善用法”，虽工具之能力有限，但“无伤于表现之功矣”，文学家固“以语言妙天下者也”。

4. 文学与艺术

4.1 艺术之根本何在。刘本指出，文学与艺术同出一源，艺术乃应人类精神上之一种要求而成立，人类有求真之要求，于是乃有哲学；有求善之要求，乃有伦理；求美之要求，乃有艺术。故哲学以求智为根本，属于智识；伦理以合理为根本，属于行为；艺术以善感为根本，属于情感。智识、行为、情感为“人类精神上之作用”，其施于思考则名智识，施于动作则名行为，施于感应则名情感。智识正确则真，行为适当则善，情感高尚则美，三者异用而同体，不可强为区别。因此，真善美之于人类“实同圆而异其中心”，哲学家执真为其中心而不可废善与美，伦理家执善为其中心而不可废真与美，艺术家执美为其中心而不可废真与善。只是其所执有异，故人们觉得此三者各有轻重，且当其“用功独至之时”，反似三者“各不相谋”，于是有艺术独立论与人生论之争。实际上，倘其真有轻重，各不相谋，则不啻于人类精神被分成三个各异之物，如此，则哲学、伦理、艺术皆不可能存在。同时，善既属于行为，而行为中自有智识与情感之共同作用，故善即真与美之共同作用也。又，真与美乃理与情之别名，而至理至情岂夫有异？至理必不违至情，至情亦不背至理。故艺术之高者，情深者于其中见至情焉，理邃者于其中见至理焉。可见，真即美，美即真，真善美三者不可分焉。

4.2 文学之美。刘本认为，文学既为艺术，则当以执美为其中心。文学必如何方美？刘本指出，文学之美，初在“能自感”，继在“能感人”。但能自感非为文学之专属，能感人则为文学之专责。自感者，观察之功也；感人者，表现之事也。所谓观察即对于人情物态能“了悟其因缘结果”“判断其是非、善恶”，蕴蓄于心，郁郁勃勃，既久且多，而后发泄之。所谓表现者即将心中所蕴蓄而欲发泄者“综合而表曝之”。前者属于内，可称“内美”，后者属于外，可称“外美”。内美必借外美而“彰”，外美必资内美而“成”，二者不容偏废。故徒工炼字铸句不足为文，徒有思想情感亦不足为文。所谓文者，内外同符、表里相发者也。刘本指出，盖自感愈深则感人愈强，观察愈密则表现愈难，以妙心连其密、以巧技御其难“自能成天下至美之文”，即刘勰所谓之为情而造文也。最美最可贵之文必具四种工夫：其一为道德与智慧，常“隐而不显”“先而不后”，即文学家平日用以了悟与判断者；其二为情感，即自感与感人，先由作者之情造文中之情，再以文中之情感人之情；其三为表现之法，先选材料，次择体制，再次工修辞；其四为精神，即以上三事之结合，即气象、神味、态度等。以上四者似有先后之层次，然缺一则其美不全。

4.3 文学与情感。刘本认为，情感之于人“至难捉摸”，且具无限之力，常可“致生死定安危”，故至为重要。喜怒哀乐盖生所同具，因其有过与不及之分，遂不得不有“调济之具”，使之归于“和平中正”，艺术之用即在“调济人之情感”。故奏破阵之乐可鼓克敌之气，观普法战图可振复耻之心，此调济不及者之“明证”也。刘本指出，情感以道德智慧为根基则“得其正”，喜怒哀乐发而皆中节谓之“和”也，“发乎情，止乎礼义”“乐而不淫，哀而不伤”“思无邪”皆言情感之得其正者。文学之作在能感化人，然必作者为用情极真挚之人，其文方有至情流露而使人读之生感。总之，刘本指出，文学之美，虽侍儿、小童皆能生感，虽其所感之事未必定与作者相同，然作者之情悲而感者之情亦悲乃文之佳者，能引人之同情，美之至矣。

4.4 表现之法。刘本认为，表现之事乃“心理之自然”，人心有所感，自以“抒而出之为快”，至于抑郁之情，尤必有所告诉，如得人之同情，亦可自慰而减其愁苦。表现必有法，不可率然而成，因真挚之情、幽渺之意欲以“能力有限之工具”传达之盖非易事，故有选材料、择体制、工修辞三事，皆不可少。所谓选择材料，是因为作者的情感必附丽于事物乃得以表现，此附丽之事物即文中之材料，故作者未写作之先，必先选择材料，而于写作之时必于错综交互中有“一贯之条理”，轻重多少间有“匀称之铢两”，使人一览而知其用意所在。所谓择体制，乃材料既选得，求所以位置之具也。材料如水，体制如器，各适其宜，则水与器无仿。譬如契约，若写之以比兴诗体，则必生纠纷。故材料安置不当之体，足使文章减色。所谓工修辞，是指材料既得，体制已定，而"能力有限之文字"恒使人有"不足应用之苦"，此必致表现者与所表现者不能"锱铢相等""纤毫不遗"，于是，表现之事乃生困难。故乃有修辞之法，即就文字之短处而利用之，将有限能力之文字"用成无限"，故用字之功乃文学家不可少之事。能修辞者少字可表多意，常字可言深情，一切可歌可泣之事、可喜可愕之景皆可"毕现"，而幽深之情亦跃然纸上。大抵文学之表现必趣味深厚，此深厚之趣味必使人于其表现之中自能领略。故表现之法有"适当之限度"，不及则人不能领略，此乃晦昧或不完全之表现；太过则更无领略之余地，即为浅露或简单之表现，二者皆足使文学之美减色。

4.5 精神。刘本指出，精神为文学所最要，未作之时精神属作者，既作之后则属作品，属作者之精神，乃其"道德智慧情感所蕴结"，属作品之精神，乃作者道德、智慧、情感所发泄，故"必兼表现之法"。表现之法不工，则精神之发泄"不显"，因此，作品之精神往往由表现法之工拙而有强弱之分。古人谓文必可"品藻"，故柳子厚有"博如庄周""富如相如"之语，曾文正有"诗之节""书之括"之论，此皆从作品见其精神者也。《文心雕龙·神思》、司马迁评屈原数语、王通《中说》论文一段对作品精神与作者之关系言之尤切。其他如司空图《二十四诗品》、姚鼐分阳刚阴柔之美均为泛论一切作品之精神。以上品藻之目之所以各异，乃人之性情不能"分寸齐同"，才学不能"毫厘无爽"，常与其自养之何如、才胜学或学优才、性厚情或情烈性有关，或激于世，或限于时，或因于地。见道有深浅，经验有贫富，识量有大小，"千变万化，不可规矩"。且作者之精神固赖其性情、才学与表现之法，亦须由读者之性情、才学、品藻之力而分，故读者之心须与作者之心"相契合"，然后乃得见其精神，定其品藻之目。故论作品之精神，必不可不顾读者，读者观念之不同，其品藻亦大异。此所谓仁智各见，但作者之精神必存于其文字之中，不会因这种差别而磨灭，此之谓必具精神然后方可称作品。故莫尔顿谓批评文学作品之真美，往往因作者创造之才与阅者鉴别之力有关而难明确，诚为至论。

4.6 创造与模仿。刘本指出，"创造"一词传自西籍，英文为 create，英文 poetry 源出希腊，其意为"有所造作"，即 something made 或创造（created）。故《圣经》中"We are God's poem."意谓"我等乃上帝所造"，上帝即宇宙之创造者。而诗人乃想象的宇宙之创造者，即 the creator of an imaginary universe，故用同一字。而想象一词 imaginary 乃从 image 而来，image 又源自 imitate，为"摹拟"之意，是诗人想象的宇宙，即模拟上帝之宇宙，置言之，即创造生于模拟。刘本认为，人生最富于模拟，小儿仿制器具、学成人之举概天性使然，文学家模仿自然“亦正同此”。模仿既久，即能了悟其原因、结果，判断其善恶、是非，即能熟悉其内容、深明其关系，于其盈虚消长之理，既无所不知，然后可言创造。故小说家描写人物——如生而实非真事，特其“因果关系”与“真相同”，故人读之往往“无端哀乐”，情不自胜，是小说虽幻而实真，世间实真而似幻，真幻之分，实至难定。有价值之文学，其中常寓至真之理，故因果关系虽仿之自然界，然真理之创造，常主于文学家。但模拟若于人情物态探索不深，则错误易生，言之亦不能亲切有味，创造亦对人类精神无所贡献，此时，模拟虽精亦无益，不足尽文学之功能。宇宙间之人情物态，至为纷纭糅杂，必经文学家“整齐陶铸一番”，其英华乃显。又必因文学家对于人类思想有所指导，故将其英华“为之布置”“为之配合”“为之错综”以表现之，使至真之理得缘此而贡献于人类，使人类得因此而获得至真之理，为人类增幸福，而后文学之功能乃全，因此，文学家乃有“预言家”之号。又文学家必能言一切人类所言，为一切人之所为，其喜怒哀乐随其作中之人物而异，故又有洞隐烛微之称，洞隐烛微并非易事，极言其工于揣摩而已。刘本指出，莫尔顿曾认为，模仿（imitation）一词译自希腊文 mimesis，其不仅含有与实际相仿之意，且有胜于实际之意。因此，其当“合仿与造”二义，英文中 imitation 一词当译为“仿造”，以“仿”字明“摹拟”之意，以“造”字表“造设”之功，此与“创造”一词尤为相近。因果关系本自然法则所为，文学家以自然法则自为，故必先熟其法则而后方能用之，二者“虽似相反”，实“相成”也。中国讲模仿则专指初学入门之事，非有模仿造化之意，刘本认为，即使模仿古人，亦不可徒袭其皮毛而遗其精神。故古人论文，在模仿之外又重脱化之妙。最后，刘本指出，大抵古今佳作皆创造与模仿浑然难分，若专意创造，则劳而无功，专意模仿，则虽工无益，无工无益，则“烦滥之文”也。

5. 文学与人生

5.1 文学之真用在增进人生。刘本指出，文学由“感乐”与“慰苦”二特性而成，并供此二特性之用，且学识以感化为英华，感化以学识为根本，文学与人生之关系于此已得大概。人生莫不颠倒于苦乐之中，能超然于其外者，实不易见。苦悲喜乐，悲喜之来，如环境之无端。然苦乐有先后，孩童之嬉戏多于成人，可见“乐尝先苦”，故谓文学之成源于感乐与慰苦，不如谓其源于感乐更确切。苦乐生于比较，比较生于分别，分别源于知觉。故成人所知日多，其分别、比较之力愈强。而“物至不齐，不及者求及，欲至难满，已得者求多”，感苦乃渐多，趋乐避苦之心为人之所同，因趋避而生是非，是非之间又“至无准的”，于是苦乐遂能“颠倒人生”。文学者“闵人生之颠倒，思有以增进其乐于无穷也”。故慰苦并非文学“至极之用”，言文学供感乐与慰苦之用，不若谓其“为人生求乐之更真也”。

故文学家欲增进人生之乐，宜因人生好嬉戏之性而利用之，使之“同入于高尚之境而不自知也”。

5.2 文学与道德智慧。刘本认为，人生莫不有思，所思合理即为“道德”，能思合理，即为“智慧”，置言之，即所思者善，能思者真，所思者真即善，能思者善即真，真善齐同则美。文学者，“具能思真之才，所思者善，而供献其真善于人生以文学之美也”。故真与善乃文学家之“学识”，具此学识，不欲“正言质言以强聒于人”，而以巧妙之法用文字“感化人”。不欲“空言抽象之理于人”，而以具体的表现使人“自领悟”。故文学家不可无道德与智慧，而纯正文学非质言道德与智慧之事也。阿诺德言：“诗者，人类之精神将由之以求安住者也。”因此，他认为诗乃人生之批评。此批评均以诗的真与美为法则。阿诺德还认为，人生能否得安住，乃视诗批评人生之力的强弱，而诗批评人生之力的强弱又以其所载之美胜于不美多少、善胜于不善多少、真胜于不真多少“为断”。中国文学因历代尊经之故，多以善为根本，不免偏重事理而少情趣，虽意在侧重人生，但未免有伤于艺术。侧重道德，故有伤于情趣，但高谈玄理，亦非感化文学之事。

5.3 文学所表现者必为具体的。刘本认为，文学欲增进人生之乐，必有见于“现在之人生有未乐也”，见有未乐而据我所见者以告人，则人亦觉其“不乐”，其或能“激而改之与否”“因而厌之与否”，不得知也。文学家据“我”所见者“明言其原因结果以告人”，则人之亦有所见，“信而从我而已”，人之无所见者，则或“疑而不从我”，或以“我所告者为难知”，轻而弃之，亦不可知也。故必就现有之人生中，将其“因果关系抽出而综合之”以表现于人，使其“俨如实有”，则人自能“笃信之”，不但笃信之，且“乐观之”，不但乐观之，且若“身入其中”，悲喜哀乐不能自已，文学至此，可谓“得人之同情矣”。所谓抽出而综合之者即“表现之法”，表现之时固不必“纯同实际”，亦须“顺其因果之关系”，不可有所遗漏，虽抒写人情颠倒之状，亦当因其“自然之势”，明其“隐微之处”，自能使人阅之无端哀乐矣。然文学非以得人之同情为归宿，而以“增进人生于优美高尚之境为归宿”，得人同情乃达此归宿之方策途径。故常据观察所得自然之法则，本一己之学识，苦心孤诣，创造“较高之人生”可以实现于人世者，亦以能“引起人之同情为上”，使人“因感而羡”“因羡而效”，自然欢欣鼓舞以乐之，然后感化之力量乃大。正是如此，阿诺德谓批评人生之力视诗歌所载之真善美多少为限。刘本指出，概表现实际之人生与表现创造之人生“其难相等”，能观察实际之人生甚“深切”，表现则甚“著明”，能深切观察实际，即能悉其自然之法则，能熟悉其自然之法则，即不难用其法则“以自为”，能用其法则以自为，即能创造，加以作者之高学识，即能创造“高尚之人生”。这一系列过程如连环、如贯珠，不容更分难易也。

5.4 文学所表现之人生为拣择的。刘本认为，文学家无论表现实际人生或创造理想人生必“加以拣择”，所谓拣择并非如“摄影之镜”，一切皆现，而是要拣择其关系重大而有价值者。故实际之事物一经文学家之心而出于其手则“渣滓都除，而精华愈茂也”。因此，如实描写人生不足以“极文学之能事”，欲创造高尚之人生而离实际甚远，又吐弃自然之法则，则人必“难表同情”，故必深入自然以“观察其因果关系”，而后寓真善美于中以创造之，则人易感动。此古人所谓“体物”也，体物之妙，美术所同。

5.5 近世文学上之两大派。本节主要讲述近世文学流派。刘本认为，近世文学主要以写实派与浪漫派为主，古典主义、自然主义可以归入写实派，浪漫主义、新浪漫主义可以归入浪漫派，二者互为消长，渐有融合之势。其消长之故在于视学识与情感为二，各执一端以为文学之基。其融合之故则在于知学识与情感互为表里，不容偏废。二者之共通点在于都视文学之归宿为“增进人生之至乐”。

5.6 浪漫派之长短。刘本认为，浪漫派之长在于不满足现实之人生而想象一满足之人生欲以引起世人观感，动人欣羡，使人竞相仿效，超俗绝类，但其末流则有空虚、放荡二短。

5.7 写实派之长短。刘本认为，写实派之长在于不满足现实人生而表现其不满足，本其观察与经验所及而描绘逼真，不加讳饰，不掺成见，能得事物之真相。其用在于警醒世人，使知社会之罪恶、人生之疾苦，而谋改进、补救之策。其末流亦有片段、颓丧二短。

5.8 文学家异于常人者何在？刘本认为，文学之影响常及于全人类，故文学家之心思、耳目必异于常人，文学家之异于常人者在“专”“熟”。宇宙之内，错综纠纷，而因果自然，法则不乱。常人见其错乱纠纷，遂迷惑颠倒，不仅不能得其条贯，判其是非，且会因此而生疾苦。文学家之观察“独专”，故能于千万因果之中“寻源而究委”，又因用力既久，自然之法则既已习知，自能运用如神，且宇宙之中，无非至文，在人之“自得与否”。大抵常人忽略之处，文学家偶然得之，便成佳作。故不必见人所不能见，闻人所不能闻，常人忽略处，人情物态皆有之。刘本指出，宇宙中之千万因果并非各各连贯，位置分明，以至于常人亦能判其美恶；恰恰相反，其因果关系“各有显隐、迟速、简单、烦复之不同”，而显隐、迟速、简单、烦复者，又各各错综，非一览可知。文学家独能将其关系“一一拾出”，令其首尾连贯，轻重匀称，而后表现于人，故虽平日未尝留心及此者，稍加注意亦不难领悟。而非强盲者以分黑白，强聋者以别宫商也。因此，凡皆人人眼前之事，一入文学家之目，则其关系了然，故不觉其言之感人也。

5.9 文学作品之价值。刘本指出，文学以“增进人生于优美高尚之境为归宿”，其归宿重大、价值可贵，然文学作品之价值常会因作者之学识、情感及表现之法而生优劣。盖三者很难齐同，苟严格以求，则优劣立见。虽人生有求绝对的真善美之心，但绝对之真善美终不可得，故优劣不得不生于比较。世人定比较之标准常因时而变，能超越时间的真善美是不存在的，因此，文学之价值又因时之变迁而分久暂。然易变者事理，难迁者人情。事理之所知，常因世改国别而不同；人情之所感，则虽时殊地异而多类，如忠臣之传不重于今人。因此，文学价值虽有久暂之分，而优劣未可并论，其性质原不相同。所可优劣者，或同属学识之文，则据其学识之孰全、表现之熟巧以判之。同属感化之文，则观其情感之孰正、表现之孰精以判之，大抵理较全、情较正而表现精巧者，其传世亦较广而悠久。

6. 研究我国文学应注意者何在

6.1 研究我国文化之重要及困难。刘本认为，“大凡一种民族生存于世界既久，又不甚与他民族相接触，则其文化自具一种特性。及其与他民族接触之时，其固有之文化必与新来之文化始而彼此抵牾，继而各有消长，终而互相影响而融合为一”。文学者乃“民族精神之所表现”“文化之总相也”，故因文化之特性而异。中国历史悠久，著述众多，流派纷繁，无系统之记载、正确之批评，加之搜讨困难、融合之难等原因，造成研究中国文化之困难。

6.2 我国哲学以善为本。(略)

6.3 我国文学亦以善为本。刘本指出，中国学识之文学以善为本不言而喻，历代均多，但中国感化之文学也以善为本。孔子的“乐而不淫，哀而不伤”、孟子的“《小弁》不可不怨”、宋儒主善、王九溪的“立言必关世教”等都强调文学应以善为本。

6.4 孔门以外之文学。刘本认为，中国孔门以外之文学主要有老庄派之文学、佛学派之文学。

6.5 主善的文学所长。刘本认为，主善的文学之所长体现为二：其一为切近人生，其二为温柔敦厚。

6.6 主善的文学所短。刘本认为，主善的文学之所短亦体现为二：其一为不随时变，其二为情趣缺乏。

6.7 今后之希望。刘本认为，今西学学术皆系统分明，方法完备，且交通便利，印刷简易，留学西方人数众多；而我国固有之文化，久就荒落，现今之国势，已极陵夷，中国的文学家更应当抓住西学东来的这一时机而努力，“今后之希望，非敢薄当世也”。

第二节　文学是人类求进步的表白：李幼泉、洪北平的《文学概论》

李幼泉、洪北平本《文学概论》于 1930 年 5 月由民智书局初版，在体例上，共分十一章，分别为导言、文学的起源、文学的定义、情感、想象、思想、形式、诗歌、小说、戏剧和文学批评，各章内容亦有交叉重叠。

1. 导言

1.1 文学的产生之必然性。李洪本指出，求生存是人类社会"进化的定律"，人类要有不间断的生存，社会才有"不停止的进化"。文学是社会的产物，"没有社会，便没有文学"。因此，文学之所以产生，也是"人类求生存，求进步的一种表白，或者说是一种工具"。[①] 人类欲求生存，就离不开"保"和"养"二事，为此二事，从洪荒时代始，人就无时无刻不在奋斗中讨生活，有时圆满，有时不安，且不安的状态恒多于圆满，艺术正是生活的不平之鸣，此即文学缘何成为"人类求生的一种表白"。人类求生存的"保"和"养"不仅是物质层面的，也是精神层面的，"仅衣食的丰满，未必便能使我们感念到人生的快意"。厨川氏言文艺是苦闷的象征，就求人生之快意不得而苦闷言，文艺就是对当前苦闷和未来憧憬的表达，这样，文学又是人类求生存的一种工具。总之，人类社会是"永久的进化着，便也永久的缺憾着"，无论文学是人类求生存的表白抑或工具，"他为了社会的进化，为了弥补这永久的缺憾，他是人类所必需，而不是一种装饰品"。因此，"文学是社会的产物"。

1.2 文学概论的任务。李洪本指出，文学家有创作的自由，文学概论的任务"不在指示文学家如何去创作"，而在给予"一般人了解文学时的一种助力"。其中一切的原理与叙述，也只是"给他们一些暗示与参证"，使"他们知道文学之大概的轮廓怎样，大概的内容怎样，以及文学上一些普通的原理与规律又怎样"，因此，文学概论最多也只能说是研究文学的"一种入门工具"。

1.3 文学上原理之产生。李洪本认为，文学原理是依赖于文学作品而存在的，没有文学作品，便没有文学上的规律和原理，更不可能有文学概论。文学上的一切规律和原理都是从"已成的文学作品中，最好的文学作品中慢慢分析归纳出来的"。正因为它是已成文学事实的分析和归纳，所以，它只能回顾过去而"不能限制其将来"。文学需要自由的精神，文学的发展不应受已成规律与原理

---

① 李幼泉、洪北平：《文学概论》，民智书局 1930 年版，第 1 页。本节引用未作特别说明者，均引自此书。

的限制,否则会减少"其前进的活力"。况且文学家无时不在"开拓他的境地",已成的规律与原理"便要随时删改与增订",文学原理欲日益圆满,便须不断"修正与讨论"。

1.4 文学的研究法。李洪本指出,文学原理既是从已成文学事实分析归纳出来的,但这种分析、归纳毕竟还是有些"空洞",因此,需要"更着实点讲讲研究文学的方法"。正因研究文学,才慢慢发现"文学上许多普通的原理",也正因有此普通的原理,才使研究文学的方法"更加精密起来",这是一种事实,也是一种"有趣的互为因果的关系"。文学的研究法大致有二,即历史的研究法和个别的研究法。

1.5 历史的研究法。李洪本认为,一国之文学,都不过是其"生存的演进之写照",亦是其"历史的又一面"。如欲研究某时代的时势和风俗习惯,从文学方面探讨就是一个好方法。反之,欲研究某时代的文学作品,那么,关于某时代的"历史上之事实也应加以注意",但尤其应注意以下三方面:其一为民族。因民族之不同,人们对于文学的见解和成就也不一致,各民族自有其特殊的民族性,民族性又是由血统、生活、语言、宗教、风俗习惯所构成,不同民族的民族性多从其文学作品中"自然的表现出来",故欲将一国之文学研究透彻,是不可蔑视其民族性的。其二为思潮,即某时代(epoch)的思潮之义。而某时代之思潮多为"某时代的时代精神之出产地"。一时代中,其思想界有"一种特殊的趋势",其力量很大,能左右一切的学术,这种趋势就是该时代的思潮。从文学上讲,它是"产生文学上各种主义的原动力"。其三为环境,人是社会的动物,不能离群而索居,不能不受环境的影响。因此,研究某时代之文学,不可不了解该时代"特殊的环境"。即使那些表面上看起来似乎与环境无关的作品,其思想终必有与环境相同或相异之处。由此看来,历史知识对于文学研究就是很有必要的,而且"文学是个不断演进的东西",故一时代有一时代之文学,为何人都说唐诗、宋词、元曲,这问题的解答,终不能不假手于历史,只有从历史上才找得出其"演进的原因和根据"。

1.6 个别的研究法。李洪本认为,历史的研究是就"广阔的方面而言",进一步则需个别的研究。个别研究法大概分两方面,即编年和比较。编年就是在研究中"依着作品产生之时期排比好,依次读去",因为一作家的思想和艺术是渐次变更的,且常可"分做几期"。当然不用这种方法"凌乱的读去",也会有不少妙悟,但若能用这种方法,必会"更了解些",倘能以作家的传记来印证比对,则"结果必更圆满"。所谓比较,即依编年法读一作家的作品时,会不知不觉去比较作者不同期作品中的异同点,因而知其"艺术和思想的变迁",而且将某作家的作品去和其他同时代或异时代的作家进行比较,就可以看出其思想如何不同，艺术谁更高妙，他们何以成功和失败，这样，既可对某作家了解得更深入，亦可体察出文学上的一些原理来。最后，李洪本指出，历史法和个别法都是很重要的方法，要“相互为用”。

2. 文学的起源

2.1 求生与文学的起源。李洪本指出，文艺既为人类求生存的一种表白，而人类求生存自其诞生就已开始，因此，文学的起源必从远古开始。在洪荒时代，人图生存，兽亦图生存，人与兽相互斗争，人在与兽搏斗时不由自主地呼号求救，胜利时手舞足蹈之愉快都是必然的现象，这就是文学的起源。到了太古时代，人始与天争，气力已无足为用，因而出现“神权”，人类为求生不得不去歌颂、感恩神祇，文艺便与祈祷神祇结合在一起，这也是文艺的起源。总之，无论是“游戏的本能”说还是“精力的过剩”说，其对文艺起源的解释不过是近代专门从事文学、把文学当成终身职业的人的臆测，是“不合乎科学的根据的”，文艺的起源最终还是要从人类求生存这点出发进行解释，单就此而言，文学起源实胚胎于“冥濛的邃古”。

2.2 韵文起源在前。李洪本认为，韵文的起源先于散文，沈约的“志动于中，则歌咏外发……然则歌咏所兴，宜自生民始也”就认为歌咏发生最早，《诗序》也认为，情动于中而形于言，言不足则嗟叹，嗟叹不足则咏歌，咏歌不足则手舞足蹈之。可见，诗歌与舞蹈有“相应而生的自然趋势”，《吕氏春秋》亦有此论。之所以如此，是因为古之语言远不如后世“复杂委曲”，人们想歌咏之时，希望能将其求生的欲望尽致表现，但古语之简陋粗率“不足应用”，于是在不自觉间“便和舞蹈合并了”，《诗序》中的“不足”两字，正是古人亦承认舞蹈是济“语言之穷”的证明。

2.3 韵文在前之原因。李洪本指出，韵文之所以在前，除了古之语言的原因外，还因为舞蹈常常容易变成“一种有规律的形式”，于是那“不能十分复杂委曲”的语言在此情形下亦便“随同整齐起来”，韵文便因之发生。此外，古之言语欲求在人生的表现上深切有味，除舞蹈外，又常借“抑扬抗坠的音节”“简陋粗率的音乐”来辅助它，故韵文的发生先于散文，正是一种“必然的趋势”。最后，上古没有文字之时，人欲表现其祈求，自然要借重“口说”，而口说欲使人易于理解、记忆，则“自然又趋向有节奏的方面去”，这亦为韵文先于散文之原因。

2.4 古代文学之特性：一是民众的。李洪本认为，人类早期的文学作品很难确定作者是谁，因其创作多发于一种不能自已的求生存的希冀，甲唱之后乙再唱，对其内容也可再增订，如此辗转，因为他们都没有所谓的文学修养，自然也难以确定谁是作者，他们都是诗人，也都是文学家。如早期的《击壤歌》就是如此。再如我们现在看到早期的一些作品，常常会从其文字、音节或意境上察觉其与产生的时间或作者的环境“发生矛盾”，人们往往会认为这些作品为“后人所托”，不足深信，但这其实乃“皮相之谈”。早期的作品既为“群众的”，则辗转增订，不可避免，视之为伪托，实乃轻率，只能说这是早期文学上的“普通的现象”。至于后世，文字产生，教育不普及，读书识字的人限于某一阶级，文学便变成某些人的专属了。

2.5 古代文学之特性：二是自然的。古人创作文学不过是其“求生存的一面”，谈不上所谓的特殊修养，也没有一定的格调，多为自然流露，无“成文的约束”。至于后来，文学创作才渐需修养，又渐造出一些“传习与规律”，总体上看，自然是文学的“一种进步”，但无疑也会“困縶了固有的活力”。

2.6 古代文学之特性：三是音乐的。李洪本认为，古时韵文多于散文，古之诗歌不仅常伴着音乐，而且“无不可入乐”，因此，它们是富于音乐性的。到了后世，文学的种类多起来，便离音乐日远，与音乐的关系也就“日浅”。

3. 文学的定义

3.1 文学定义之难。李洪本认为，文学之定义“难下”，因为下定义本来就是“难事”。如果没有定义，人们就会“盲目”；但若有了畸轻畸重的定义，人们又执着于这些定义则会发生“许多的误会”。故下定义这件事不仅困难，并且容易发生误会。不过，如果我们把“何以文学会产生的”“文学究竟与人生有若何的关系”“文学上的要素又是些什么”等问题给予相当的解答，那么，我们对于文学是什么便会有“大体的认识”了。

3.2 民生的阻碍和奋进。李洪本指出，民生是社会一切活动中的原动力，民生不遂，则社会文明不会发达，经济组织不能改良，道德退步，种种不平亦会发生。民生之不遂，或因物质的不满足，或因精神上缺乏舒适的调剂，它们均会造成种种不平，体现于文学，便会因这“不遂”的不同而产生不同的文学。这“不遂”且是亘古如斯的，我们只能像愚公移山一样期待着。一般人如此，作家比一般人更“敏锐”，他通过自己的感情、思想、想象比一般人“更精锐的见到民生阻碍”，表现在其作品中，尽管其中“鲜明的活跃着作家的个性”，但又“无不可归结到民生的阻碍上去”。只不过作家对于人生的观感不同，其表现于文学之态度也各异，悲观、乐观，消极、积极、太息、烦闷，甚至憧憬渺茫之未来等，这都不过是“人类求生存时所发出的不同的火花而已”。人永不会安于现状，自古至今，人事日益繁复，人类求圆满其生存的欲望也日益繁复，表之于文学，则有各时代不相沿袭之势。

3.3 文学与人生。李洪本指出，在文学与人生的关系上有“艺术为人生”和

“艺术为艺术”之争，前者以为艺术应解决各种人生问题，须“有利于社会”，“有益于道德”，后者则认为艺术的目的“就是美”，此外“别无目的”。这两种说法“既可说都是，又可说都非”，因为文学“既是为艺术的，也是为人生的”，没有人生就没有文学。人们通常认为文学是人生的表现、文学是人生的批评等都有“不可磨灭的真理在”。文学也是人类求生存的一种表白，其材料是“整个人类的社会”，有了它，文学才有悠久的生命、崇高的价值，因此，文学与实际人生“有脱离不开的关系”。但文学又有其独立性，不能以劝善惩恶、鼓吹什么思想为目的，当然，文学作品或能收劝善惩恶之效果，或成为“一种伟大的宣传”，但这只不过是一种“不可预期的结果”，作家不能将其当作创作时“显明的唯一的目的”。文学既然是一种艺术，它“断断不能像货物一样”，随时随地应着“客人的需要”，在这一点上，艺术为艺术亦有相当的存在理由。说文学是人生的表现或批评，不过是说文学是“每一个作家他自己对于人生的一种观感”，和为人生的或是为艺术的这两个方面“都脱离不了关系”。

3.4 自我表现的问题。李洪本认为，文学若非“自我的表现”而是“极纯粹的客观的描摹”，那么从古至今的文学岂不是变成了千篇一律的“刻板文章”？文学表现和批评人生“须先送到作者个性的炉子里销镕一番”，渗入作者的“个性分子再铸成另一种样子而出现”。因此，凡伟大之作必是作者的“脑汁和心血组成的”，作者在不自知中“早已将他自己放在那书的字里行间”，那书的每一行乃至每一个字里面“都具有作者隐隐活跃着的个性”。正是如此，有人认为，一部作品的伟大要“归功于那赐予生命给他的作者之个性伟大”。但不能因此而将这种个性视为作者的“小我”“小主观”，或者是作者创作之初其意识中想表现的“某种概念”。在创作中，作者唯有“不自知”、竭尽心力地表现客观的事象，才能在其中渗入作者的“个性”，也只有这样表现出的作者的个性，才是“毫不勉强的，浑然的，真挚的”，作品中才会含有“真正的求生之活力”，也才会富于普遍性和永久性，使一般读者“激起强烈的共鸣”。

3.5 永久性与普遍性。李洪本指出，伟大的作品都是具有永久性与普遍性的，前者是属于“时间”的，后者则是属于“空间”的。每个人的生命都是人类生命海洋中的一个“小浪花”，每个人也都求着生存，也都会遇着“不遂的民生”，作家虽然是在表现他自己，但另一方面也在表现整个的人生，因为文学是“社会的产物”，作者不可能“绝对的脱离社会而生存”。随着时代的不断进展，人们对生存不遂的方面也“日益繁复”，文学的领域也随之“开展起来”，内容也随之“繁复起来”，于是，一代文学乃有一代文学之特色，在地域上，地方色彩也就“表露得很清楚”，但“不遂的民生之对象”在大体上是不会变的，所以，永久性、普遍性与时代精神和地方色彩之间是没有冲突的，就像大海中的每个浪花虽有“歧异”，但这大海的本质、这总体是“不会变易的”。

4. 情感

4.1 情感的激荡。李洪本认为，情感激荡在人生中无论如何是少不了的，人类为了求生存，为了得到快意的生存，会“时刻遇到障碍”；若要人不因此而否定人生，他就得做一个“武士”，或者抵击这障碍，或者逃避这障碍，到了抵击不了、逃避不了的时候，人也还是“披着血迹斑烂的战衣”，鼓着最后的勇气，仍旧参与这悲惨的人生战争，“向着人生的道路上走去”。在这人生的道路上，有人呻吟，有人悲愤，有人泣号，有人消极，更有人陶醉或迷茫在胜利的凯歌与赞美里，这种喜怒哀乐的呼声能够“很正当，很真实，并且很自由的发出来，便算是文艺了”。

4.2 情感是文学的生命。李洪本指出，情感是文学的要素，与辞采相比较，情感更重要，因为它是“文学的生命”，文艺就是用一定的组织、艺术形态把无数鲜活错综的情感表现出来。

4.3 非狭窄的功利的。文学中的情感何以是可贵的？李洪本认为，伟大的文学作品，其情感莫不具有“非狭窄的功利的”“真挚的”“深刻的”三种特质，所谓非功利，即“没有显在的目的”，文学之所以产生，“只是出于生命上的护持和追求”，出于一种不能自已的“哀乐之情”，故其写作也只是如鲠在喉，必吐而后快，绝不“计及如何去博取荣名”、先“存一种目的”。倘若先存此种目的，则创作中处处会受其支配，左支右绌，不能“尽情的表现一切”。文学作品尤其是伟大的作品，都不是在其创作时就想给自己或他人作政治运动、社会运动的工具的，“为创作而创作，为表现而表现，不为狭窄的功利，这就是文学家唯一的目的”。作家自然有其时代的使命，但这只是“一种自然的结果”，而不是“最初的目的”。所以，那些必须要写然后写的、不得不写的、勉强而写的、为利害而写的作品都不能算作文学。总之，文学作品本身自有其不朽的价值，不必“要有宣传的意味”而后“可贵”，文学创作只是表现作家“不容自已的一腔因求生未遂所激起的情感”，总不当先有一功利观念“横亘胸中”，借文学作它的工具。

4.4 真挚的。文学之发生既然出自“一种不容自已的哀乐之情”，自然也是真挚的，所谓真挚，即“不装假”。要想作品情感真挚，作家“非自身先具有真挚的情感不可”。文学作品中的真挚情感出于作者，更出于其“不自知之间”，只有其“不自知”，才不会杂有“狭窄的功利的色彩”，才没有作假的成分，才能觉其真挚。凡好的作品，其情感一定真挚，而一部作品欲博读者之同情，其情感也必须真挚。这种真挚可以是热烈的，也可以不是热烈的，但一定不能是假的。

4.5 深刻的。伟大作品之情感，必须是深刻的，艺术上有所谓“内艺术品”的说法，它其实指的是艺术品未产生之时“在作者内心中酝酿着的胚胎”，这胚胎经过作家心血的灌溉和滋养，才逐渐成形，最后产生出来。这个酝酿的过程就是作者避免其作品流产或沦为浅薄的过程，无论作家写的是什么东西，经过这番酝酿再表现出来，必“更能增加原有的动人的活力”，因为在酝酿的过程中，尚未产生的作品逐渐被深刻化了，而唯其深刻，才能表现出常人所忘却表现的或不能表现的，于是也才能引起读者深厚的同情，发生强烈的共鸣。

5. 想象

5.1 想象和幻想。李洪本指出，平常人们认为想象是一种“创造作用”，它以过去的各种经验为基础，从中抽出某部分或某种性质，加以抉择，然后再将其组织起来，构成一种新的事物。幻想则不必经过“确然的顺序的创造作用”。但这种区分“只令我们对于想像的意义格外模糊”。想象与幻想本来没有区别，只是到了19世纪，当时的人们才区分了二者，如华兹华斯认为“幻想用以活动而且牵引我们天性的暂时部分，想像则以之激励援助永久的部分”，爱默生说“幻想与色彩有关，想像则切近于形态”，史蒂文森则指出“幻想仅处理肤浅形似的事物，想像则与这事物所包涵的更深切的真理有关”，上述诸说，均不能给予我们关于想象和幻想的明确概念，更不用说二者“本质的各异”了。

5.2 想象在文学上的地位。李洪本认为，想象在文学中有时比情感还要重要，文学作品中必须要有动人之情，这动人之情不能是“空洞的抒写”，而必须要让每个读者都觉得身入其境，至少也应该是历历如绘，这显然仅靠情感活动是无法实现的，必须通过“丰富的想像使情感具体化”，使情感“活跃”起来，使所表现于外的“更为生动”。因此，“情感是文学的生命，而想像又可说是情感的生命”。

5.3 想象主要有三种。李洪本援引温彻斯特的观点将想象分为创造的、联想的和解释的三种，所谓创造的想象是“从经验所得的种种要素自发的加以选择，总括这些而造成新的东西的作用”。如马致远的《天净沙·秋思》，如果仔细分析，它全是片段：枯藤、老树、昏鸦、小桥、流水、人家、古道、西风、瘦马、夕阳等，而它之所以成为绝唱，能使读者“低徊婉转”，眼前仿佛放着一幅“深秋怀人的图画”，有说不出的抑郁之情“在读者胸中激荡着”，都是由于想象的作用。因为想象已经把这些连续、不连续的片段“自发的加以选择”过，并在选择之后“总括这些而造成新的东西”了。作家在其作品中之所以能创造新事物，自然离不开他的观察，但既是创造就不能不“赖作家组合其既得之印象”，倘不加组合，创造又如何体现？故所谓创造的想象“直是一切文艺产生之原动力”。所谓联想的想象，是“用一种事物，观念或情绪与情绪上类似于此的心像相联结的东西”。

如从一种景色“连想到过去的人事”，或借一种事物比拟其他的事物等，都属于联想的想象。所谓解释的想象，是“觉知精神上的价值或意义，并以表现这精神的价值所存的部分或性质说明事物者”。如骆宾王《在狱咏蝉》中以蝉的高洁为自身之譬喻，也就是在解释自己。最后，李洪本指出，以上对三种想象的区分只是为了读者明晰起见，事实上还有不能归纳进上述三种的想象，如再现的想象，它只是“将我们所能记忆的真实印象，照其原来的形态，丝毫不变，再现出来”，在这个过程中，选择、组织作用“极少”，但它同样也属于想象。此外，作家在创作中，常会将这三种想象“同时呈现出来”，想象力丰富的作家更是如此。

5.4 想象的世界。李洪本认为，想象的世界要比现实的世界大且自由得多，其中所有的事物也要比现实中的事物更“鲜活可爱”。如白居易的《琵琶行》对琵琶女演奏技艺的表现让人“真觉难能可贵”，但倘若读者当时也在现场，或许会“以为弹的不过尔尔”，“此中消息，只有说是因为想像世界中的事物比较现实世界中的事物来得鲜活可爱的原故”。故许多景色不如在画中赏、在诗中玩味，就是此理。此外，想象的世界还比现实的世界“来得自由”，现实的世界要受现实绝对的限制，因此，左挂右碍在所不免，这样比较起来，想象的世界则自由得多。作家眼中的世界是一个活的世界，一草一木都有生命、有情感、有思想，在这个世界，作家可寻得他“绝对自由的境界”，正是如此，想象的世界要比现实的世界更大，因为其中已经“加上许多想像的份子”。不仅如此，人类要求生存，却时时遭遇生存的阻碍，因此对现实不满是人之恒情，故而作家时刻挣扎着想脱离现实而走进另一个可爱的世界里，或眷怀过去，或悬揣将来，这是他的“想像的世界”，也是他“自己的乐园”。

5.5 科学家的想象和文学家的想象。李洪本认为，科学家的想象是用来驾驭理智、分析理智的，文学家的想象则是用来激起情感、支配情感的。如见苹果落地，科学家则寻其“因果关系”，想到其落下之“种种的原因”，更想到其落下与地心的关系，于是发现了地心引力之定理。而文学家则不然，见苹果落地，他必感到“逝水的年华”“明媚鲜妍的毁灭”以及自己身世、人世的零落，于是书写香草美人，而有美人迟暮之叹。由此我们不难看到“科学家是如何将想像和理智连起，而文学家又是如何的将想像和情感连起来了”。总之，二者有很大不同，不容我们忽视。

6. 思想

6.1 思想与文学不可分割。李洪本指出，思想显然是文学的要素，没有不含思想的文学作品。文学是诉诸人类情感的东西，但情感是“极带有流动性的”，支配情感、使其“格外深刻起来”“格外和人生有密切的关系起来”，常有赖于思想。伟大的作家往往也是伟大的思想家，从其作品中我们可以看到其思想的变迁，而通过其作品中的思想，又可批评其“作品的真价”“人格的高下”，因此文学上的思想就是作者的人生观。人生常处于不满足之缺憾状态，人类一面是努力求生存，一面是想弥补人生不满足的缺憾，至于如何去弥补，每个作家都会有自己的观点，尤其是感觉敏锐的作家，因此各是其是，各非其非，这种种观点都与其个性、环境、智力相关联。文学是人生的表现而非再现，既然是表现，就会有许多主观成分，这主观的成分既与作者的情感相关联，也与他的思想相关联。没有思想的纯粹客观的作品如同拙劣的摄影一般，殊难想象。人们常说作家是“预言者”，是“文化的先驱者”，这就是说，其作品先要引起读者在情感上的共鸣，而后还须引起读者“在思想上的回声”，文学与思想的密切关系由此可见。

6.2 时代的思潮。李洪本指出，思想与人的个性有关，同时又受时代的支配。文学源自人类求生存的努力，从古到今，人类求生存的方法在“不断的改进着”，故其“因了求生存而发生的思想也便不断的演进着”。作家不可能离开社会，也不能脱离时代，故其与时代的思潮“必然的就发生密切的关系”。作家接触时代思潮的深浅决定着其艺术价值的差异，即使是对同一时代思潮的把握，有的作家超过时代一步，做了“时代的先驱”，而有的作家则落后时代一步，成为“时代的落伍者”，其作品的艺术价值也“大为差异”。总之，“文学离不开时代，更离不开时代的思潮”，时代思潮在无意识中支配着每个作家，而每个作家也“一方面把捉着时代的思潮，一方面更推动着这思潮，使他不断的有所进展”。

6.3 做思潮的奴隶或是主人？李洪本认为，尽管文学要受时代思潮的影响，但它却不能做时代思潮的“奴隶”，去宣传某种主义或思想。伟大作品尽管蕴含着某种主义或某种思想，但其多是“作者在不知不觉之间写出的”。平时作者用敏锐的眼光觉察到旧思想的矛盾，他一方面因这矛盾而痛苦，一方面又受着“时代思潮的激荡”，除非他自甘落伍、宁愿断送自己的文艺生命，否则，他“必把捉着时代，写他所要写的”。结果因为他有“惊人的感受力”，常是做了“时代的先驱者”，因此有人说的“一切文艺都是宣传”，也只是在这种意义上可以成立。所以，易卜生的《玩偶之家》促进了女权运动，高尔斯华绥的《正义》改良了英国的监狱，屠格涅夫的《猎人日记》引起农奴解放运动，这都是他们写作作品时所未曾预计到的。这正是因为他们在做“思想的主人”，不曾被“具体的思想紧紧的镇压着”，因而才能“鲜活的表现了他伟大的思想”；倘若他们做了思想的奴隶，就不会有如此的“美果”了。总之，文学属于精神文化层面，“用机械的暴力是解决不了的”，它终需“多量的自由和多种多样的倾向”，若是像“决议似的强逼着文学作品中装上预定的理论，或者说一种主义，在事实上也是不可能的”；即便勉强作成，也只是“一种普通的宣传品”，不足列在“作者之林”。

6.4 说到革命文学，李洪本认为，文学是时代的先驱者，又有“预言的使命”，在一种思想或主义预示某个社会该如何变革时，一般人尚茫然而无所感悟，作家却早就感悟到了，其感悟虽不能得出一个“明确的理论或观念”，但那“趋势的全姿态”却由他“直觉的吸取而艺术的表现出了”，这便是革命文学。时代的转变在民众生活上表现出来，在社会思想上表现出来，在文学上也一样会表现出来。社会在不断演进，思想在不断进展，文学虽以情感为生命，却不能“与社会和思想隔绝了关系”，因此，文学的境地遂伴随着时代“不断的开展”，顾炎武有言：“三百篇不能不降而楚辞，楚辞不能不降而汉魏，汉魏之不能不降而六朝，六朝之不能不降而唐也，势也。”这种“势”从根本上说自是“因了生存欲望日益繁复的关系”，其在表层上则不能不归之于“思想的转变”，于此我们可以知道思想与文学之密切关系，更可知道“革命文学之所以产生”的原因。

7. 形式

7.1 所谓形式，李洪本指出，文学不管如何牵涉到感情、想象、思想等，都须“具体的表现出来”，因此，必须假借形式，它是作家诉诸社会和公众的媒介物。形式与内容犹如肉体与精神，是不可分离的。

7.2 形式和内容的关联。李洪本认为，形式与内容的关系密切，有时内容改变，形式会随之而变，若“形式上没有计虑得周密，亦复能影响到内容的减色”。作者的思想、情感改变会影响到形式而使之转变。形式问题亦会鲜明地牵涉到内容，如词句问题以及许多情景宜于入诗却不宜于入小说、戏剧。陆机的“诗缘情而绮靡，赋体物而浏亮”之论就“颇能说明这中间的消息”。同时，李洪本指出，形式影响到内容，不是“因为技术修养的欠缺”，便是“因为对于各种文艺作品认识的模糊”。而内容影响到形式，则在于“情景的转变”，情景之所以转变，则关系到各人的性格、遭遇、年岁等。

7.3 精当之重要与音调的问题。李洪本指出，既然形式和内容脱不了关系，那么如何使二者一致就是一个“紧要的问题”。无论如何，“形式是离不开内容，而内容又离不开人生”。尽管由于作者的性格、遭遇等，其对人生的观感不同，所表现的人生也各异。但要想精确表现所要表现的人生，其形式上则必须“运用得精当”。所谓精当，即“精严确切”，能精当，才能“使表现的发生力量”，这涉及到词句选炼、结构、布局、音调的调节等问题。如在音调调节上，凡表示快的字音都是急促的，表示慢的字音都是舒长的，其功用也直接影响到形式的精当与否。

7.4 关于风格。李洪本认为，狭义上的文学形式便是风格。风格有二义，一为措辞(diction)，二为文章(sentence)，故斯威夫特把风格定义为“以适当之辞，置于适当之地”。西洋修辞学上对风格有多种划分，如从内容和风格的均衡上有简洁体、蔓衍体和刚健体、优柔体之分，从文字修饰的程度上有干燥体、平明体、清楚体、高雅体、华丽体之分。上述风格常与作者个性相关，故法国布封曾说过“风格是人”。

8. 诗歌

8.1 诗歌感人至深。李洪本认为，诗歌感人至深，我们每读文之后读诗或读诗之后读文，总不期然地觉得“诗歌比散文格外能动人”，“他能透入我们心的最深处，他能震动我们的灵魂，并且能使我们陶醉在另一个世界里”。

8.2 诗人眼中之世界。李洪本指出，诗人看待世界的视觉与常人不同，“他的同情心，能够渐渐扩张出去。对于虫鱼草木，风雨雪月，都予以真挚的同情，将他们拟人化起来”，以为其和人类一样有灵感、有知识，一样的可怜可爱，可近可亲。总之，在诗人眼中，森罗万象与人“均无差别”。诗歌的抒写是“偏于主观的”，因此诗人常是在“想象的世界里讨生活”，不仅抒情诗如此，叙事诗也一样。但不管如何，其中依然要带有“社会性”，因为如果诗歌只是表现个人情感，那么就只有他自己能感觉得到，其他人根本不会了解也不会同情，这也就从根本上失去了艺术的目的。有人说，诗人眼中的世界是一个“灵的世界”，但这个灵的世界并不是“乌托邦”，它要建筑在现实的社会上，因为诗人求生存的意志太强烈，因此能够让诗人感兴的地方往往“特别的繁复”，“见落花而流泪，睹明月而怅惘。一草一木，都是他感怀之资；一山一水，都是他流连之地。倏然而歌，倏然而哭。此中的消息，不必便是为了国破家亡，流离失所”。

8.3 关于诗料。李洪本指出，诗料之来源极其广博，绝无所谓“此不能入诗，彼能入诗”，人们平常可能会认为“诗料只是限于美的方面”，故庸常事物、平凡字句均在排斥之列，此论甚谬。诗料之美并非在“事物的本身”，而在“如何整理这材料，如何美化这材料”；对伟大的诗人来说，他的想象力无论何时何地都能“四向伸展”，故宇宙中的森罗万象“没有一个不足被采入诗里”。此外，诗料也会随着时代的转变而日新月异。

8.4 什么是诗。李洪本指出，很难为诗下定义，大概而言，诗有内外两重要素，就内容看，须含有“不断的情绪和高妙的思想”，就外形看，须“协于韵律的原则”。诗是有感于中而发于声，因此它离不开人的“情感的脉动”，而诗的旋律韵调也不是从外面发生的“机械的原则”，而是“内部的真情直接的流露”。

8.5 诗歌中的情感、想象、辞采和音律。关于情感，李洪本认为，文学以情感为生命，而诗歌尤须“藉重情感”，凡诗歌均须有热烈的情感、丰富的想象和美妙的辞采与音节。伟大的诗歌无不有“极丰富与极真挚的情感”，而且也只有诗歌才能容得下极丰富与极真挚的情感；诗歌中固然也有思想，但这思想只能混合在愉快、痛苦、悲忧等情感之中，“藉以伸展情感，增加情感的效力”，这样，诗歌才能深入人心，激起读者的情感，引起其强烈的共鸣。关于想象，李洪本认为，诗中的情感要“兴奋与活跃”，必须要充分假借想象，好的诗歌一定含着极丰富的想象。想象不但能“引起过去的经验”，且有“剪裁渲染的能力”，它能将极平常的事物由“表面的观察”进而为“内心的观察”，组成一种“新鲜的事物”，因此，诗中的意境多非实境，只是诗人将平昔类似的记忆另行组成、新创造的东西。此外，诗歌中还常用许多抽绎或比拟的方法来组合各种幻觉，使自己所写的东西格外生动、动人，这都应归功于想象。关于辞采和音律，李洪本指出，诗歌的情感和想象如果没有美好的辞采和谐和的音律来表现，仍然不能成为“绝妙好诗”。因此，诗人先要有注意辞采的决心、运用辞采的才能，方能使“许多有生命的字句奔凑腕下”、供其驱遣，他也才能写气图貌、刻镂万形，穷理穷形、绘影绘声。诗歌的结构比散文更严密，其字句之凝练、音节之谐和，乃是一种“自然的结果”，诗歌虽以情感为生命，但音律亦为诗歌之特质，音律之振动人的情感，有时比辞采还要厉害。古人作诗，常因一字之安顿与否推敲再三，其中“既有关于辞采，更有关于音律”。

9. 小说

9.1 过去对于小说的误解及现代小说的发达。李洪本指出，无论中西，过去都以小说为“卑之不足道”；论风雅，则有诗歌；论立言，则有其他著述。小说既只写些闾里琐事或儿女情怀，自然不能列于著作之林，小说也就不能风起云涌地产生，小说的发达遂亦不得不迟之又迟了。至于现代，人们对于小说之爱好总算“日有增进”，20 世纪甚至可说是“小说的世纪”。原因在于过去人们生活很简单，求生存的欲望也不高，因此人事以及人类情感的变动也不甚复杂，故而在文学上，最适宜的表现形式就是抒情诗；但后来世变日亟，人生的内容也越来越复杂，要表现这样的人生，简易的文学体裁自然很难办到，于是文学的形式体裁“也就不得不随之俱变了”，从抒情诗到叙事诗，从叙事诗到戏剧，再从戏剧到小说，可见，有繁复的社会生活，便有最能表现这繁复生活的小说，故小说实则是最适合于现代的。总之，“文学是有社会性的，社会的需要，乃是促成小说有长足进展的最要原因”。

9.2 小说的目的。李洪本认为，过去人们对小说目的的看法总括起来有三：一是“使人有趣”，二是“尽教化之职”，三是“描写人生”。但这三点或“近于迂腐”，或“失之肤浅”。第一，小说家在创作时“岂有时刻考虑着怎样使人有趣”？第二，教化之说从小说的正途上讲，则亦“卑之不足道”。小说的生命是在小说中“事实的逼真”,意存教化的小说在创作时必时刻顾忌着“预定的教化之目的”而削足适履,这显然有损于小说中“事实的真实”。至于描写人生,未必就是小说特有之目的,并且“文学描写人生”之说远不如“文学是人类求生存的一种表白”来得妥切。综上所述,李洪本指出,“小说只能以他较诗歌或戏曲更自由更真实的手段尽他对文艺以及对人生所应负的责任,这大约就是他的目的了”。

9.3 结构问题。关于小说的结构问题,李洪本首先援引了吉普林的六个“W”即何物(what),何故(how),何时(where),何如(how),何地(where),以及何人(who)之说,吉普林认为,作者在创作中所知道的,全来自这六个“W”。李洪本指出,写小说总需有件事实,这便是“何物”与“何如”,说到事实,就必须说到人物,即“何人”,有了事实与人物,为求其逼真便于描写起见,则“何时”“何地”又不得不详细地知道,而全篇事实的开展,为求其很显明地“表现着真理”,“何故”自然也很重要。人们常说的全篇之线索,这线索便是用“何故”穿插起来的。所谓结构,就是将吉普林所说的六个“W”“很巧妙而又很合宜的编排起来之意”。但在编排时要注意两点,即如何选取繁复的对象以及事理不全的如何补充。前者唯一的解决办法是“使杂乱的事件单纯化”,最终达到“全篇没一字一句是赘疣的”。后者唯一的解决办法在于“作者如何的运用想像”,小说的结构、人物、背景在写作时未必“一时具备”,但在结构完成时却必须三者具备,这就要求作者运用想象来补充不完全的事理。小说的结构有简单、有复杂,简单的仅描写一人或一事,从原因到结果一直叙下去,复杂的则为多人或多事。结构一词本来就有“组合”意思,上述之“单纯化”,是指“原来复杂而设法使他单纯化的意思”,并非“原来就要他单纯”,如果这样,那就不需要什么单纯化了。只有复杂的人事才能表现复杂的人生,而所以使之单纯化者,又是为了使“人生的真理格外描写得易于具体化的原故”。大概结构过于单纯的小说,为“救济单调的弊病”,多于人事进展中,插入“偶然事变”,这偶然事变之插入好像有使这事件中止或延长的危险,实际上却反足以使事件“间接的进行得更快”。结构复杂的小说,则繁复的人事或“先分开而后写了拢合来”,或“先拢合来而后分开,而后又拢合来”,既波澜壮阔,而又线索井然,是为“上乘”。此外,小说的结构可切分为起头、纷杂、最高点、释明、团圆五部分,但小说是“平面艺术”,有时次序可不顾,如在近代性格小说和心理小说中,就没有团圆部分,至于小说中的最高点是不是在小说的结构上是必要的,也尚是个疑问。但无论如何,当小说没有完结之时,设法使读者起一种“期待的焦灼之情”是必要的。

9.4 人物问题。李洪本指出,没有人物就没有小说,小说中人物的来源有三:作家亲眼观察得来、听别人说的或书报上看来的、想象出来的,但小说中写的人物都会经作家的想象改造过,故想象对于小说人物的创造很重要。小说中人物的性格可分为简单和复杂的、静止和开展的两类，前者自始至终毫无“变化及开展”，后者则因境遇的影响不断“转变和消长”。小说中人物性格的描写方法有直接与间接之别，直接方法即“将人物的性格，直接的描写出来，作者站在读者和人物的中间”。这种方法又可分为注解法、描写法和心理分析法等。所谓注解法就是由作者任意将人物的性格加以注解和说明，其长处在简明，短处是像做论说文，抽象而不具体。描写法则较注解法自然具体得多，但用之过多亦会让人生厌。心理分析法即把人物的心理描写出来，只是人物的心理复杂混乱，不易寻出下笔的线索。间接方法即“在使读者体会全篇文字，然后才间接得知人物的特性”。作者于此，必须力避自己的意见，只直叙其事，不加诠释。这两种方法在小说中大概是“相间着应用”。

9.5 背景问题。李洪本认为，小说的背景不可能完全和实在的背景一样，作家总要通过想象“费许多组合和剪裁的劳苦”，背景对小说的功用有两种，一是补助动作的背景，二是补助人物的背景。前者“欲以环境为故事中的一部分，使环境和动作互相发生关系，看他将要发生的事实之性质如何，就以相当的背景映带出来”。后者“使背景与篇中人物发生密切的关系，不仅有助于动作，不仅能使事实明晰，并且用以帮同来表现篇中人物之内部的情感等等”。

10. 戏剧

10.1 戏剧重在表演。李洪本指出，戏剧不仅供人阅读，还须供舞台上排演，排演是“戏剧所具的唯一之特性”，舍排演而论戏剧，是“买椟还珠，舍本求末”。

10.2 戏剧与小说之区别。李洪本指出，戏剧演出的时间有限，至多不能超过 3 个小时，小说则不同，可任读者慢慢玩味而不厌其烦。戏剧表演多一瞬而过，故前后情节不便多有含蓄，小说中极易着笔之处，在戏剧中则须“多所计虑”；且戏剧中的解释，必须借舞台上之言语、动作等，且属于间接的解释，小说则可以直截了当地写出。小说中轻轻带过之处，戏剧中则须另加情节，戏剧要时时顾及群众之心理，不能特别偏重个人或少数人的嗜好。

10.3 戏剧与观众之关系。李洪本认为，戏剧离不开观众。观众与群众、公众不同，群众是“二人以上的人们集居的状态”，和公众也不同，观众必定要是“空间的集合，聚集在一起”。当然，剧场中的观众也是一种群众。因此，他们“与各个人散处时，其心理状态自是判然有别”，但他们和其他群众又不同，有着他们的特性、“共同的情绪和见解”，与看球赛、参与政治运动或听学术演讲的群众不同，戏剧的观众“买票进场，是他们取得娱乐的代价；欣赏艺术的表演，是他们共同的目的；剧台是他们注意的集中地点；剧本结构的完密，情节的紧张，演剧人激昂的声调，细腻的表情，真切的布景，等等，是他们共同的要求”，他们是带着“满足以上所述的这些愿望而聚集在剧场里的”。在没有进入剧场之时，他们尽可以保持各人的信仰、特殊的好尚、怪癖的成见等，但戏剧开演之后，倘若剧中的情节引起了“他们的注意”，他们个人的性情、思想等则逐渐减少，“不同的统要消沉在相同的之下”，于无形中“很容易的结合成了一种团体的精神”。同时，群众的心理大多“易于激动感情，短于理解力，判断力，轻于信任，丰于想像”，戏剧作家必须充分顾及群众的这些心理，不能表现得太“深晦”，否则就引不起观众的“趣味”、“场中就不易安静”；也不能表现得“过火”，否则观众就会骚动起来，且容易露出“不自然的痕迹”。而且，观众的好恶往往会随时代、环境的变迁而不同，古代的戏剧现代人看起来很可笑，但在当时一定是符合观众的趣味的，再如“土戏”，它在本地很受欢迎，但到了外地则未必会如此。

10.4 戏剧与剧场之关系。李洪本指出，戏剧离不开剧台，历来戏剧形式上的构造以及这种构造变更的原因和剧场有着很大的关系。如中国旧戏中的高跷、粉面、鸣钲击鼓等，看起来可笑，却是从前所必需的。从前的社戏大多在广场上临时搭个台，四周空旷，没有收声设备，故要杂入点音乐与兴奋来调和观众的注意，故鸣钲击鼓“最为相宜”。同时，看戏的人庞杂不清，四周杂立，座位亦无一定排列，欲使观众注意集中，粉面一事，亦“势所必然”。至于高跷之成，实因观众拥挤，前后没有适当的高低排列，或即使有高低之排列，但戏台又只是在平面上，于是因观众视线之关系，则有高跷一事。中国旧戏之上述种种均与“剧场的构造有关”，后来便渐渐成了“规律”，保留至今，今人看了，自然会觉得可笑。现代剧场在诸方面均有较大改进，尤其是光的配合，收声设备的完善，所以，戏剧的表演更容易表露出其特点，更容易表现出“真正的人生”。可见，一个时代有何种剧场，就会产生何种戏剧，戏剧既离不开剧场，当然要受剧场的牵制。如酒神的祭坛与希腊的戏剧，旅舍的天井与莎士比亚的戏剧，马蹄形的剧场与近代的戏剧，“彼此间都是有极密切的关系的”，剧场的大小、高低、设备、扮演时间、布景转换无不与剧本有关系，因此，剧作家在创作剧本时，既须顾及观众，更须顾及剧场。

10.5 戏剧与演剧者之关系。李洪本指出，戏剧与演剧者的关系很重要，有了好剧本还需要好的“演剧人”，再完美的剧本，如果缺少身份恰当、善于表情的演剧人，“这出戏便无从排演”。但这并不意味着剧作家必须要受演剧者的“拘束”，只是说剧作家应当将演剧者“时时放在心上”，有了他们的“襄助”，剧作家更易于创造剧中的主要人物、深刻表现其个性。反过来，演剧者也需要好的剧作家，否则他就“只能重复排演那些陈旧的老剧本”。剧作家心中若是已经有了“相当的演剧者”，他创作剧本“常是更有把握”，他可以因演剧者的“态度，像貌，声音，性情，作剧中人物的范本”，而且演剧者的特性与技能往往直接或间接地

“给与戏剧作家以无量的感兴与暗示”。此外，演剧者还可帮助剧作家“改正”剧本，指出剧本中“不宜排演的地方”，如对话冗长、结构松懈、布景繁重等，从而使剧本以及演剧者的排演在艺术上更加圆满。此外，李洪本又讲述了“三一律”并告诫不能把它视为金科玉律，它只不过是剧作家创作时备选的手段而已。

11. 文学批评

11.1 从鉴赏到批评。李洪本指出，“鉴赏是批评的起点，没有鉴赏，便谈不到批评，而鉴赏程度的高低，也一样影响到批评的价值”。只注意作品中的事件，对事件有兴趣，其他一概不问，这种读者就是“幼稚的读者”，而那种只耽玩作品的文字、音调、结构等的鉴赏方式，也不是“有价值的鉴赏”，真正的鉴赏要求“在作品中发现到人生的真实面，发生了强烈的共鸣”。批评也是如此，倘若批评之前鉴赏的工作没做好，批评就会流为“浅薄无聊的表现”。鉴赏的最高境界是“有着生命的共鸣共感”，将这种最高境界的鉴赏表现于文字，才是最好境界的批评，故有人说“批评是鉴赏的发展”。

11.2 批评的含义与目的。李洪本认为，批评有批难、称赞、判断、解释、比较和分类之义，每一种文学批评不会只有批难、称赞、判断、解释、比较或分类之其一，一般会偏于其一，或者“各义揉杂”，这取决于批评者对作品的印象如何，共鸣的程度如何等。李洪本指出，批评与创作一样不宜有事先“预定的目的”，所谓的传授知识、鉴别作品、教养民众、指导作家、排斥文学偏见等，这些都不过是批评“不期然而然的意外的收获”，批评家在从事批评时，若“时刻斤斤于他批评的目的”，非徒无益，而且是有害的。伟大批评家的批评便是“一种文学作品”，具有文学价值。文学批评和其他文学品类一样，同是“人类求生存的一种表白”，只不过文学作品的对象是“整个不遂的人生”，而文学批评的对象是文学作品。所谓批评的目的，只不过是人们从批评的文章以及批评的影响中“寻绎出来的”，批评的目的其实就在“批评的本身”。

11.3 批评和创作。对于文学批评与创作的关系，李洪本认为，作家可以不把批评家的批评当回事而从事其创作，批评家也可以不去管作家的好恶而发抒其批评，他们“彼此有其自由的立场，可各不相犯；同时彼此也各自有其独立的价值，不能互为轩轾”。“批评不但不破坏创作力，并且能使创作力益加旺盛”，真正创作活动旺盛的时代是由批评活动旺盛的时代“为其先导的”，批评本身就是创作，正如王尔德所说，“最高的批评比创作更其是创作的”，批评家是用创作寻找着人生，然后又借着批评表现出来，在这一点上，批评已是创作，批评家已是创作家。

11.4 客观的批评和主观的批评。李洪本指出，批评方法的分类多种多样，除主观与客观的分类外，还有人格的批评与形式的批评之分以及推理的批评、归纳的批评、裁断的批评、主观的批评之分，但比较简明的还是主观的批评与客观的批评之分。客观的批评又称形式的批评或标准的批评，主观的批评又称内容的批评或印象的批评。所谓客观的批评就是“预先定下一个标准”，然后据此以“绳策一切的作品”，合乎此标准的即为好的作品，反之则非。此等批评既忘却了“自然的文学之进化”，又因先被“原理所占据”，常“排除了文学之归纳的观察”；批评既然也是一种创作，那么，这种客观的批评就只是做了批评者的“梏桎”，减杀了“批评的活力”，降低了“批评的价值”。主观的批评则不立什么外在的标准，批评家可“格外自由”地表现自己。严格地说，主观批评中有“比较非主观的”和“极端主观的”之区别，前者即科学的批评，后者即印象主义批评。在主观批评中，以人格的意味来解释所谓的主观时，就是伦理的批评，而以“主观的玩味”来解释所谓的主观时，就是鉴赏批评和快乐批评。科学批评就是“应用科学研究法于批评上的一种批评”，丹纳就是其代表。伦理的批评就是“以道德上宗教上等一个确乎不拔的理想为标准”的批评，勃伦梯埃即为代表。鉴赏批评就是以鉴赏作品为主的批评，阿诺德即为代表。

11.5 伟大的批评家之期待。李洪本指出，伟大的作品必待伟大的批评家才能“阐明其价值”。伟大作家能为一般人所认识，不是容易的事，期以时间固然重要，但期以伟大的批评家“尤为重要”，而伟大的批评家不仅要有天才，还要有“学殖”。

第三节 向前进的精神：胡行之的《文学概论》

胡本《文学概论》于 1933 年由乐华图书公司出版，翌年乐华图书公司再版了此书。在体例上，胡本分为四篇二十二章。第一篇为绪论，分为文学底界说（文学底定义如人底面孔；不同的原因；各家底学说；文学底公式）、文学底起源（文学底发生；最原始的产物；歌谣与诗；神话与传说；由共同的而变为少数的；原始文学底定则）、文学底特质（文学与科学底不同；温彻斯特底说明；永久性；普遍性；暗示的与艺术的）、文学底要素（构成要素为四：情绪、想象、思想、形式）、文学底功价（为文学而文学与为人生而文学；成己；成人；同归于一；文学家非宗教家）等五章。第二篇为合论，分为文学与语言（语言底起源；模拟、象征、感叹；章太炎说；语言应用底扩充；文学与语言底关系；创作方面；鉴赏方面）、文学与文字（文学为间接的艺术；文字为文学上底障碍物；搬弄文字之弊；文学大众化的问题；文字通俗化）、文学与理智（理智在文学上底作用；内容方面；表现方面；观察与表现；官能的、心理的、情调的）、文学与主义（艺术底领域；文学带有宣传的意味；文学家是预言者；文学与主义相关的交涉点）、文学与道德（文以载道说；艺术至上说；文学和道德各有范畴；两者共为社会性底产物；艺术中底道德性；文以载道说底谬误）、文学与时代（文学中底时代性；时代影响于文学；文学影响于时代；文学是时代底唱琴；横的方面与纵的方面）、文学与环境（自然环境和社会环境；社会环境受自然环境底支配；中国文学南北底不同；文学与民族性及国民性底关系；文学是自觉的）、文学与个性（个性在文学上底地位；"文体是人"；伯勒斯底比喻；戈蒂耶论作品与个性；风格不限于一格）等八章。第三篇为分论，分为论文（"文"字底解释；文底体裁；古文辞类纂底分类；区分文体底条件；近代底所谓"文"；论文、杂感文、游记文、小品散文；文随体而异其风姿；诗文间底骑墙文学；骈赋）、论诗（文与诗底差别；形式底差别；实质底差别；诗人底想象；诗歌同是一物；诗底类别；古体诗；今体诗；新诗）、论小说（诗与小说底区别；小说并不是普通的散文；小说底涵义；形式及内容；胡适底所谓短篇小说；中国对于小说底观念；小说底发展）、论戏剧（戏剧和小说底不同；戏剧底特质；戏剧底起源；在文学上底地位；中国戏剧底发展；文学革命后底戏剧）、论词与诗（诗、词、曲底连带关系；文学进步的表征；词与诗底不同；曲与词底不同；词底派别；曲底起源；北曲与南曲）、论民间文学（民间文学和普通文学底不同；它底特质；它底定义；西洋民情学底分类法；民间文学底种类及其说明；低级的与高级的）等六章。第四篇为余论，分为旧文学与新文学（文学底真价；新旧文学区分底所在；工具底不同；范围底广狭；鉴赏者底多寡；不因文之新旧而有所轩轾）、文学上底各种主义（主义即文艺思潮；文艺思潮与社会背景；古典主义；浪漫主义；写实主义；象征主义；新写实主义；实质方面；技巧方面）、研究文学底方法（研究底方法；鉴赏与创作；鉴赏与创作及批评底关系；理解与精赏；涉猎与专研；明白与适当；创作底三步骤；构思；起稿；修辞；阅读的书籍问题）等三章。据胡氏于1932年6月在上海光华书局出版的《中国文学史讲话》序言自述，胡本是其任春晖中学高中部国文教师时之讲义。

1. 绪论

1.1 文学底界说。胡本指出，"什么是文学"是研究文学诸问题时首先要面对的问题。对于这个问题，有广义的理解，也有狭义的理解，有从其性质上的理解，也有从其表现上的理解，因此文学的定义"不能如其他的自然科学有一定的界限"。[①] 胡本援引波斯奈特的观点指出，造成文学的定义众说纷纭的原因在于：第一，"文学"一词的出发点不同；第二，轻视了"文学"一词的历史的意义；第

① 胡行之：《文学概论》，乐华图书公司1934年版，第2页。本节引用未作特别说明者，均引自此书。

三，文学创作诸方法的细微变迁；第四，文学创作目的的细微变迁。胡本继而援引了章太炎的“著于竹帛谓之文，论其法式谓之文学”、胡适的“达意达得好，表情表得妙，便是文学”、罗家伦的“文学是人生的表现和批评，从最好的思想里写下来的，有想像，有感情，有体裁，有合于艺术的组织；集此众长，能使人类普遍心理，都觉得它是极明瞭极有趣的东西”、爱默生的“文学是最佳思想的记载”、哈德逊的“凡诉于人类普遍兴趣，而能引起快感的著作，都得谓之文学”、波斯奈特的“文学是包括散文或诗底一切著述，其目的与其在反省宁在想像的结果，与其在教训与实际效果宁在给快乐于最大多数的国民，并且是排斥特殊的知识而诉于一般的知识的”、亨特的“文学是思想的文字底表现，通过了想像感情及趣味，而在于使一般人们对之容易理解并且惹起兴味的那样非专门的形式中的”等文学定义后指出，以上定义中胡适、爱默生的太笼统，章太炎的又太广泛，唯有罗家伦、波斯奈特和亨特的“说得很清楚”，而且尤以亨特的“最有秩序而完整”。总之，胡本认为，文学可用以下公式表示：

文学
- 工具：用文字记载于册籍
- 要素：内容——情绪＋想象＋思想＋(兴趣)；
  外形——合法的体制＋技巧
- 特质：永久性，普遍性
- 功用：人生的表现和批评
- 种类：韵文，散文(包括有句读，无句读)

图 5-1　文学的定义(来源：胡行之《文学概论》)

1.2 文学底起源。胡本认为，文学实起源于有文字之先。文字是“从情感中流露出来的东西”，人生而不能无情，有感于中必谋“发抒于外”，此即班固所谓的“哀乐之心感而歌咏之声发”，文学也是如此发生的。故探究文学之起源，不能指定它为“某种形式”，也不能拘泥于某种工具是它所使用的；凡其用于发抒感情的，无论语言还是文字，即使没有文字，也不能说就没有文学，以文字抒写感情的固然是文学，“不用文字而能自然发抒情感的，也是文学”。现代学者研究表明，歌谣是最古老的文学，这就是说，风谣或民歌是文学最原始的产物，其使用的工具是言语，传播的方式是口传，因此最原始的时代虽没有文字，却因人有情感，便不能“无文学”。歌谣进一步为诗，诗与谣本无差别，只是诗较为成熟，且工具为文字，谣只是用语言而已。诗之外有散文，它同样以文字为工具。由此可知，文学发生的程序乃是由不用文字到使用文字，用文字的多

"难读",而不用文字的多"合口"。故文学进化的通则就是:"韵文常发生于散文之先。"随着人类智识渐开,其希图以思想去解决使人好奇且怀疑的"自然现象",解决不了时便以假设来代替,于是产生了种种神话。由神话而推为故事传说,这种故事传说最初也是口述的,后经文人记载整理,遂变为文字作品,不过,原始文学大都是合作而成的。同时原始文学的资料都是"绝对的属于人民大众的",直到后世才在"共同的民众艺术之外有个人的艺术",文化愈进步,特殊艺术愈发展,乃至出现了属于少数人的"贵族文学",这样,文学成了某些人的"专利品",反而是"发抒多数人共同情感的"作品不得入"文字之门",此时,文学就失去了其"真意义"。一直到近代,民众的读书能力大增,个人艺术得以普及,民众文学又"放了异彩"。可见,"最初的文学是大众的,最后的文学也是大众的"! 总之,胡本指出,研究文学的起源有以下四点须注意:"一、文学底起源,实在于有文字之先。二、韵文常发生于散文之先。三、原始的文学,大都是合作的,不是个人的。四、原始文学底资料,是绝对的属于人民大众的。"

1.3 文学底特质。胡本指出,文学有其特质,正是这特质使其"根本和其他的科学不同",而且文学也因这特质而得"感染于人流传于古今中外"。那么,文学的特质是什么? 胡本认为,此即文学的永久性和普遍性。所谓文学的永久性,胡本援引温彻斯特的观点即"不但'其作品'含有永久的价值底真理,而且其作品这东西,本质上即具有永久的价值"来阐明。同时,胡本指出,含有永久价值真理的东西很多,如各种科学,但其虽含有永久价值真理,科学作品却未必具有永久价值,如牛顿的引力论,我们只要认识其"原理底真价",未必要去读其原著。置言之,即我们只需认识科学真理而并不一定需要读科学家的作品。但文学却不然,如读托尔斯泰的《复活》,一方面要认识其思想的价值,另一方面还要鉴赏其作品本身的价值,"如徒知其思想,而不诵读其作品,还有什么兴趣呢"? 故文学之特质是在于"其本身具有不灭的价值",而文学之所以能有"不灭的兴味与动人者",从根本上说是因为其具有"诉于人的感情之力"的缘故,正是由于它是"由感情所产生的",因此,它与"由知识所产生的科学"是不同的。胡本援引温彻斯特的观点指出,知识是永续的,而感情是会消失的,当我们熟读某篇知识论文、完全明了之后,就不想再读。情感则是瞬间的,它常与变化着的经验相连,读一部文学作品所生的情感过些时候就可能消失,但当我们再读它或想起它的时候,感情一定会再次涌起,这样,我们就可以再三再四地去鉴赏它。真正具有文学价值的东西,一定能使我们反复地去读而不会厌倦,正是由于"诉于感情之力",文学有了不朽的生命力。所谓文学的普遍性,胡本指出,人的天性不管有多少差异总有一个"共感",这共感"也正如人面之不论其为短长黑白总有一个轮廓而不会指他为鸟兽一样"。人类既有共感,文学又有"诉于感情之力",

故文学能“普遍的深入到人底心坎”。荀子曰：“千人万人之情，一人之情也”，实在是道破了人的性情在时间上无古今之变，在空间上无东西之别的本质。故作者如能写出自己真实的个性，千万读者亦必“各自满足”。这即为作者“披沥自己底感情”，引起读者共鸣的缘故，这亦是文学的普遍性。且共鸣时，读者会同情作者的境遇，感泣作者的热血与热泪，这其间的“心交”真是“灵和灵底握手”，虽隔千里百世而意气投合，因此，文学可以不限年龄、国界，超越时空而具有普遍性。此外，胡本指出，文学尚有“暗示的艺术”的特质等，因为文学要含蓄，要曲写，最好是 half-told story，留一些余地让读者自己去推想。暗示越强烈，其感染人的力量也越大；而且文学又是“艺术的”，技巧愈佳，其表现的力量也愈大，发挥个性也愈充分，感染力也愈增加，这种暗示的艺术等都是使文学本身增加力量的东西，自然也属于文学的特质，但文学主要的特质还是其永久性与普遍性。

1.4 文学底要素。胡本指出，文学的要素除了“用工具文字而书写于册籍外”，实为感情、想象、思想、兴趣、形式（即文法与技巧）等，其中兴趣作为“作文底原动力”，在构成要素上属于关系较轻的要素。胡本同意温彻斯特《文学批评之原理》中将文学的构成要素分为情绪、想象、思想、形式的观点。首先，关于感情。胡本指出，感情是文学的源泉和第一构成要素，因为文学若没有感情，其传达就没有了中心，犹如人没有了灵魂一样。故没有感情的文学就是“死文学”。反之，作者的感情愈热烈，其表现愈充分，传染于人的力量就愈大。因此，感情不仅是文学的源泉也是联系人心的“磁石”，文学正是通过感情而使人产生共鸣的。但胡本同时指出，情绪是需要客观化的，那种“不离开自己而附着于对象的物象”的犹如生坯的情绪是无论如何也不能成为文学的要素的。其次，关于想象。胡本指出，想象是文学不可缺的“要件”，因为一部文学的题材，无论如何“实在”，必须要经过一番“剪裁”，才能将之写下来。叙述事实不能“照数地一一复写出来”，如果据实写，还不如请书记员抄写，这样的文学又有什么意义？所谓想象就是“不经意的撒谎”，亦即“轮廓的描写印象的实感”。在创作中，作家常是有意无意地把所经历的事实印象式地描写出来，这种印象式的描写就是想象。文学倘若没有想象，必是“记述的流水账”，会失掉其“真价”；但想象与空想不同，想象是“以过去种种的经验为基”，从其中“抽象了一部分及一种性质”，把它选择、结合了之后再构成“新者”的一种创造作用，而空想却不是经过这样正确的顺序的创造作用。再次，关于思想。胡本指出，没有不含有思想的文学，无论哪部作品，必有自己的中心思想，这思想“或隐或显”，必寄寓其中。思想就是“作者底人生观”，这人生观则是“从其人底‘个性’，及其时底时代思潮种种方面所受到影响的复杂的东西”。第四，关于形式。胡本指出，文学的情感、想象、思想这些内在东西的表现必须借重形式，没有形式，就没有“具体的文学”。形式要求合法，即合体裁与合文法，一切文学作品都要以合法为“形式主要的条件”，合乎法再加上艺术的技巧，形式就完成了。

1.5 文学底功价。胡本指出，文学的功价和文学的特质（即永久性和普遍性）相关联。文学究竟有没有功价是一个值得讨论的问题，这首先需要明确文学的目的，文学的目的不定，其功价就会模糊不清。为文学而文学讲的是文学对自己的功价，为人生而文学讲的是文学对他人的功价，这就是说文学有成己与成人两个目的。为文学而文学，只为安慰自己，表现自己，没有丝毫其他目的，但却能成就自己，而且借助文学的永久性和普遍性，“可得天下百世的知己”，可垂传千百世，文学在成己方面的功价可想而见。为人生而文学是指文学是为表现人生与批评人生的，包含着文学对他人作用的内容。文学创作不可能不表现思想，虽然这思想有明显或暗示的区别，但没有思想的文学是绝不存在的，这文学中的思想既是表现自己也是表现人生，这种含有表现人生作用的文学“由同情的感化，每易传染于一般读者，如果读者立于和作者相同的境遇，同情于有同理想的事实”，经过反省，一定也可得到和作者“同样的安慰，同样的解嘲，同样的发泄”，他也将整个的生命“埋浸于文学之中”，积极者“开立身出世之途”，消极者“达安心立命之道”。而且文学具有永久性与普遍性，所以，成人之效力亦“不在少”。胡本指出，文学之成人与成己二功价并不矛盾，两者“同归于一”。此外，胡本还认为，传统的“载道”“明理”等关于文学的功价的观点，把作家当成了宗教家、经世家，实际上并没有彻底了解文学的作用。

2. 合论

2.1 文学与语言。胡本认为，文学与语言的关系，无论在创作上还是鉴赏上都有着极重大的意义，要明白语言的实质是什么，首先需要明白语言的起源。现代语言学认为，语言起源于或模拟或象征或感叹。所谓模拟是说语言产生于人类对物类声音的模仿；所谓象征，也是属于模拟，只不过模拟模仿的是“全部”，而象征只是“抽其一部以代表全部”，多半“由意识推想而得的”；所谓感叹即人类的情绪受喜怒哀乐的刺激，不知不觉所发出的声音。胡本援引了章太炎之论述“物之得名，大都由于感觉。感觉之噩异者，刺激视听，眩惑神思，则必为之立一特别之名。其无所噩异者，则不为特名，而惟以发声之语命之。故施于兽类者，形性绝异，则与之特别之名，形性相似，则与之发声之名；施于人类者，种类绝异，则与之特别之名，种类相似，则与之发声之名；推之人之自称，与最亲昵之相亲，则亦以发称之词言。此可见语言之分，由感觉之顺违而起也”，然后胡本指出，最初的语言只能表示思想，须发言者兼做手势，听者方能完全明白，然后语言逐渐进步。第一阶段为各自发展，如由最初的“动”发展为怎样的动叫“飞”、怎样的动叫“走”；第二为结合发展，如由最初的“鸟”“兽”“花”“飞”“开”“走”发展为“鸟飞”“兽走”“花开”等，然后更逐渐进展，遂相互结合扩充，以至于“人与人间能互通情愫”，再进而得以应用于文学。就文学与语言的关系言，文学有诉诸人的情感的特质，其媒介最初乃是语言，其后为文字，但文字也是以语言作为基础的，故文学创作是由人的语言能力而定的，能使用优美的语言才能作优美的作品。语言之组织，随国别、地域而有不同，这与文学创作也有很大关系，如俄罗斯语言在表现人的感情方面就特别丰富。文学之表现必须透彻、充分，发挥个性必须强烈，如何实现？这就必须要把文学的工具“使用熟练”，“一定要把文字愈逼近实际的语言才行”。西欧各国采用近代语、废除拉丁文，日本减少汉字的语体化，中国的白话文运动，都是如此。《红楼梦》《儿女英雄传》用北京话，《九尾龟》用苏州话，都使“文学底本身出色不少”，这都是“文学底工具使用熟练的缘故”。从鉴赏上来看，文学之根本在能引人同情，而最易引人同情者，应基于“明白与有兴趣”，要让读者觉得明白与有兴趣，作者就须发挥、表现得充分，这就要求作者的文字“逼近实际的语言”，故革命文学家都主张文艺大众化，尤其主张文字越通俗、越语言化越好。

2.2 文学与文字。胡本指出，文学之外的其他艺术种类所用的媒介都是自身能够引起人的美感的，但文学的媒介即文字“自身不能引起人们底美感”，它要先通过文字引起人们的观念，再通过这观念进一步引起人们的感情，即按“文学－文字－观念－感情”的流程进行，因此，文学是一种“间接的艺术”。文字本身很难使人立即发生感情，正是如此，有人认为“文字始终是文学中一种障碍物”“印字术使我们的文艺直觉迟钝了许多”，因此无论作者还是读者，都必须“打平这个文字难关”，在作者方面，须把文字用到纯熟，控制得法，使读者最容易领受而发生兴趣，因为“文字须切合语言”，故文学就须通俗化与大众化。古典文艺因为是贵族的专有品，所以在搬弄文字上下功夫，追求愈奇僻愈好，这样，文学中的文字就成了“闲暇阶级底无聊观摩”的东西，徒耗作者和读者底心力，没有文学上的真价值。中国文学自晋唐以来，凡传统文学都有这种搬弄文字的毛病。所以，要创作完美的文学，第一就要使文字通俗化，必须走“文字与语言合一这条通路”。1915 年，胡适、陈独秀等人提倡文学革命，就是想把“文字与语言打成一片”。虽然白话文学成功了，但文艺大众化实在是还称不上。因为白话文学只是替欧化的绅商换胃口的“鱼翅酒席”，劳动民众是没有福气吃的。如以前绅士用文言，绅士有书面的文字；平民用白话，平民简直没有文字，只能用绅士的渣滓。现在绅士中有一部分欧化了，创造了一种欧化的新文言（即所谓白话），而平民只能仍在用绅士的文字，新式的绅士和平民之间还是没有“共同的言语”。对此，胡本指出，我们不仅要把文字变成白话，而且文学所用的文字也要“最切平民大众的口吻”，尤其是要从运用“最浅近的新兴阶级的普通话开始”，使一切写的东西都应当以“读出来可以听得懂”作标准，而且一定要用“活人的话”。

2.3 文学与理智。胡本指出，“感情为文学底源泉，也即是文学里唯一的要素”，但“文学中固有感情底主要成分，而理智的要素，却也不能少的”。理智在文学上的两大作用，一在内容，二在表现；前者属于思想，后者可分为观察与表现两个方面。文学不是纯情感的表现，思想与情绪有密切的关系，一部好的作品一定会有“健全的思想”与“真实的情感”。“情感譬如一头瞎马，思想乃是耳目。如果没有聪明的耳目，必至莽冲瞎撞，任性所至，结果便堕入到无意识的深渊里了。”文学若没有感情，就没有“发表的冲动”；而若没有理智，就不能形成“有系统的构思”，也就不能让人明白、发生兴趣。如果文学只是以优美的文字发挥盲目的情感是“不中用的”，美丽的文字与丰富的情感当“附着于健全的思想中”。从表现的方面来说，理智有观察和表现之分，所谓观察，是文学表现出来之前必不可少的工作，因为“文学底艺术，不外乎意境底构造和文字底运用”，意境构造是“不能凭空结撰的”，必须对“内容的事实”加以“亲切的观察”，尤其是写实派的文学，作者必须把题材的事实作充分的观察之后加以分析，或者是自然发现经验过的事实，有了这样健全的意境后，才可做美妙的文学。“经验和经历不同，经历只是漫然的阅历，理智把经历的事情分析过后才是经验”，所以作者构造意境必须“要有事实作根据”，而所根据的事实必须要“观察过或经历过”，而经验或观察则“都非用理智来分析不可”，因此文学创作一开始在组织上已经不能缺少理智了。而文学的表现方法，细言之可分为官能的、心理的、情调的（象征的）三种，官能的是指描写事实逼真而不加入作者的情感，自然地“敲动读者官能的门”，引起其共鸣。心理的是指描写当事人的心理以唤起读者的同情。上述两种都为写实派所常用。情调的则是指描写当事人的情调，这种极不容易，要“借一个类同的具体的事物来发挥其情调”，属于“暗喻法”。这种为象征派所常用，可粗略分为直叙的与假托的二种，前者就是中国的“赋”，后者就是“比”“兴”。说理抒情多属直叙，讥讽笑骂多为假托。直叙属于写实，假托属于象征。写实派所用之写实法无论是官能的还是心理的，都需要“深刻的观察”或“深切的经验”，这当然需要理智。象征派的情调写法表面上与知识无关，其实不然，因为所谓的情调不过是“知识底波浪罢了”。其波浪的高低大小、情感之浓薄由“知识底高下而定”，“知识愈高，可以使发生的情的方面愈广，内容也愈复杂”，情调即是靠知识而开展的，这样一来，若要找一个同自己情感相同的事物来象征，当然要靠知识了，因此，“就文学底表现上讲，理智也是不可少的了”。

2.4 文学与主义。胡本指出，所谓主义是“由理智所写定的一种思想底体系”，理智既然是文学之要素，那么，文学与主义之关系如何？这里，首先要明白的问题是：“文学作品是不是可以当做宣传品看？”胡本认为，把文艺视为宣传品是很不妥当的。因为创作文艺的动机是“无所为的”，有了目的再去创作就不是真的艺术品了。正是如此，布哈林说，“精神文化的问题和军事问题不同，应用机械的暴力是解决不了的。在艺术上，需要自由和多种多样的倾向……任其自由才是使无产阶级文学长成的最良方法。作议决案不如好好的创作作品”。屈斯基也说，“马克斯（按：马克思）主义的方法论不是艺术的方法论。党（即共产党）是指导共产阶级的，不是指导历史的进行的。在一领域的，党是可以直接命令的指导。在另一领域内，党可加以管理，可与之协力。在又一领域内，只能与之协力；在这领域内，党只能为它决定方向。艺术就是不以发号施令的威权与党的一种领域”。可见，艺术就是艺术，并不是一个宣传品。但另一方面，艺术固然是艺术，但并非没有宣传的意味，文学本身固然不是宣传品，但可以被当作宣传品看。如《水浒传》明显表现出了反抗政府的思想，因而可以将其看作反抗政府的宣传物。此外，文学家是预言者、时代的先驱，其敏感性是任何人所不及的，正如鲁迅所说，文艺家的感觉比普通人“敏捷”，其所看到想到的，平常人都“不了然”，“文学家往往是替社会说话，不是替个人说话。他们底感觉比较灵敏，虽然是替社会说话，但社会不会感到的，他们先感到了，所以社会也厌恶他们说得太早，太急进”。由此可知，文学是有预感的，对于未来是“有宣传的意味的”。因此文学与主义的关系就体现在作家是一个预言家，其感知虽然并非“明确的理论或观念”，但“那趋势的全姿态，却由他直觉地吸取而艺术地表现出来了”，等学者们集中讨论一种主义时，它已经表现于“整个的时代潮流之中”，成为一种明确的现状。所以文学是“站在主义之先”，文学虽不能说是某种主义的宣传品，却有某种主义的预感存在里面，不过，文学所表现的是“浑穆的感觉”，主义所表现的是“露骨的思想”，二者一先一后，一明一隐，常有“息息相关的交涉点”，其中还含着文学与时代的关系。

2.5 文学与道德。胡本指出，文学与道德，各有面目，本来很难融合，中国学者向来提倡文以载道，把文学与道德的关系看得很密切。近代艺术至上主义盛行，主张文学与道德无涉。胡本认为，上述两种观点中，前者太机械，后者太偏颇。文学与道德本来各有范畴，“文学是创造的，是向前进展的；道德是保守的，是尊重现实的”。道德有一定标准，不可“逾越”，而文学只是“向前开发”，这样来看，文学似乎不能“纳入道德的规范里面”。不过，道德也有时代性，所谓道德乃一时代社会性的共同标准，而文学也如居友所言，乃是社会性的发挥，故文学与道德同为“社会性底产物”，两者自然有密切的“交涉点”了。艺术虽不是道德,但内含着道德性,这是不容否认的。那么文学的道德性是什么样的呢?胡本指出,道德为维持"已定的正义",文学则为"开拓未来的正义",道德是"板着面孔说话的",文学则是"装着媚眼迷人的",一消极一积极,各有领域,不能同视之;但文学与道德又不能相离,文学所载之道德绝非"文以载道"之"道",文学是"向上向前进而为社会性的发挥",故为"最高的正义","文以载道"是把文艺当作"机械",即宣传古道(不合时代的道)的工具,这实际上是不含"道德性"的,它是抹杀社会性的反道德的东西。

2.6 文学与时代。胡本认为,文学与时代的关系可以从两方面来理解,一是时代影响文学,一是文学影响时代。所谓时代影响文学,这是"极显明的",因为无论何种文学"决有其事实底根据及所发生的背景",这事实与背景就是"那时代所赐予底养料",文学就是由这资料组织而成,因此,它就是"时代的口所开出来的花"。正是如此,波斯奈特说"文学是准据于当时代底生活及思想的",正因为文学常受时代的影响,所以"文学常是时代底写照",随时代而转移。所谓文学影响时代是因为文学是时代的先驱,文学家是预言者,故文学影响时代很深,因此,居友认为,"文艺是旧社会的改革者,同时又是新社会的创造者"。这全是因为文艺有向前进的精神。在近代以文艺为"改造社会的埋伏线及发动机"的当属易卜生与卢梭,其作品有"煽动社会很大的力量"。故时代影响文学,文学亦影响时代,两者互为因果,相生相息。同时,胡本认为,"时代"二字妥当地说是"时代思潮",它包括纵与横两个方面,文学与现时代的关涉属于横的方面,而文学与历史的和系统的意义的研究方面则属于纵的方面。

2.7 文学与环境。胡本认为,文学有表现和批评的作用,而环境是指气候、风土、人物、习俗等。所谓表现和批评不外是"人生底自觉",环境则有自然环境和社会环境之分。文学与环境的关系是指"文学者对于自然环境或社会环境自觉底关系",同时因为文学是"创造的",它的创造常是对于自己的环境而言,是"自己生活底表现",作家将其对环境的自觉表现出来,"一人所觉到的,再使别人也自觉起来",这就是文学与环境的相互关涉。环境虽有自然、社会之分,但社会环境却常受自然环境的影响,如中国南北自然环境不同,社会环境悬殊,文学也有着极大的变化,南方文学多是婉转缠绵的情歌,北方文学则多慷慨激昂的侠曲。胡本同时指出,文学是自觉的,所以能发挥环境,表现地方个性,表现创造性而非仿造,才是成功的、真正有价值的文学。

2.8 文学与个性。胡本指出,文学随环境之不同,所表现的风格也不同,所谓风格乃是作者表现的态度,即作品里所表现的作者的"个性"。一部作品如没有个性或不把作者的个性表现出来,它一定不会引起人的"同情",也不可能有永久性。文学之永久性表现在使人"执着不舍,看了不厌,读过不忘",而这都是因为"作品中表现着作者底个性"，作者的整个人格。作品中表现的虽是自我，但这个自我"可以由小我而变为大我"，故作者虽是在表现自己，同时也是在表现"他人"，表现"全人类"，而文学之所以是"表现社会""批评人生"的，就是这个意思。文学能传世、能永久，能普遍使人共感、有兴趣，就是因为它能在人与人之间引起共鸣，但如果它之中没有个性，那就没有什么价值可言，也不会有人愿意去读，更谈不上让人百读不厌了。布封说"文体是人"，这就是说，无论何种文体，都是作者自己人格的表现，文学与作者的个性和人格的关系由此可见。伯勒斯(John Burroughs)曾指出，"在纯正的文学，我们的兴味，常在于作者其人——其人的性质，人格见解——这是真理。……真正的文学者，所以能够把任何材料成为对于我们有兴味的东西，是靠了他底处理法，即注入于那处理法里面的他底人格底要素。……文学之所以为文学，是在于作者在那作品里面的他底独自的性质或魔力到若干的程度；这个他底独自的性质或魔力，是他自己底灵魂的赐物。……蜜蜂从花里所得来的并不是蜜，只是一种甜汁；蜜蜂必须把他自己的分泌物即所谓蚁酸者注入在这甜汁里。就是，把这单是甜的汁改造为蜜的，是蜜蜂的特殊的人格底寄寓"。可见，文学创作不能只是找到好的材料就满足了，必须要把材料"融解过"，注入"自己的甜的汁"，这个自己的甜的汁，即是"灵魂的赐物"，其表现出来就是作者"个人独特的风格"，置言之，也就是"具体化到艺术的作品时之人格的色调和阴影"。所谓的柳词"秀逸"，苏词"豪放"，都是作者的风格、个性的表现。凡是能发挥作者的个性的文学，都是好文学，即具有"真面目"。文学的风格就是个人的特征，文即是人，确实如此。文学无不是"自我的表现"，而这自我常"波及到别人的情感"，使"小我扩大起来"，故戈蒂耶说，"我们依了那作品而与艺术家的感情同化时，……把艺术家其人的个性在我们的里面复活了。而且，艺术家的作品在被享受，被爱好时，更依了艺术家其人的人格的种种表现，把我们的人格扩大开来"。不过，一部作品中的个性有时也不能概括作者人格的全部，如果作者是"多方面的人"，其作品也是多方面的，有各种不同风格而绝非拘于一格。

3. 分论

3.1 论文。胡本指出，文的本意指"有交错的花纹，有锦绣的组织，以及有错综的思想者"，文学之"文"即由此引申而来。不过，"论文"一节讲述的"文"，指的是文学的体裁。大别之，文学分为韵文与散文两种，韵文以诗歌为代表，胡本指出，这里讨论的"文"是与诗歌相对的一种文体，即文章。文章者，古来体制不一，分类亦有别，姚惜抱曾将"文"分为 13 类，但其分类"标准纷杂，毫无统系"。根据叶绍钧提出的文之分类要做到"包举"(即要所分各类能够包含该事物的全部分，没有丝毫遗漏）、“对等”（即要所分各类性质上彼此平等，绝不能以此涵彼）、“正确”（即要所分各类有互排性，绝不能彼此含混）三端，胡本将“文”分为记叙、论说、抒情三类，并认为这种分类“可包举一切的文字”，又“复彼此平等，不相含混”。文因体而不同，性质也互异，故记叙文、论说文、抒情文各有各的面目。古代的文是由骈到散变迁的，由文言的散文到国语的散文，“一切更是解放了”。

3.2 论诗。胡本指出，“文”是“形的文学”，“诗”是“声的文学”。文重形，故为“目的文学”，以得“人底理解为主目的”；诗重声，故为“耳的文学”，以得“人底同情为主目的”。文在形式，与其说重句法，宁重篇法，因文之句法未必要求“声韵之铿锵”；但诗与其说重篇法，宁重句法，因为诗的句法以“声律、音韵为必要的条件”。从实质上看，诗与文不同，诗人之所写，并非眼中之所见，乃是由眼中所见引起的东西，故诗人要写的并非“客观的具体的事物”，而是这客观在主观上所“逗起的波浪”。故诗人是借客观的事物描写他主观的想象中的东西来表现自己的“情绪”。不仅如此，诗常以国语为根据，故诗发生于文字之先，因为未有文字的时候，诗已由“语言歌唱出来了”。继之，胡本又讲述了中国诗体的演变，在此不作赘述。

3.3 论小说。胡本指出，散文诗颇似小说，纪事诗也有小说的意味，但它们是不同的，主要差异有二：其一，小说偏客观，诗歌偏主观，置言之，小说叙事多，诗歌抒情多。小说是告诉读者一件事，从这件事里使读者接受一种情感，故偏客观。诗歌是直接抒发情感，引起读者共鸣，故偏主观。故诗人和小说家的“面目全不相同”。其二，小说是描写的，诗歌是吟咏的，小说为了要告诉读者一件客观的事物，对这事物要尽量去描写，使读者看了容易得到“清楚的概念”、发生浓郁的情感。诗歌是直接抒发情感，故其把捉住“这引起情绪的事物”反复吟咏，一直到“畅发了诗怀为止”，虽然诗也有描写，但不过为抒发情感“之助”，而非主要的“节目”。在形式方面，诗重在“音节、声韵”，小说重在“结构”。在内容上，小说叙述的必须是“意味深长的事情”。小说从形式上可分为长篇、中篇、短篇三种类型，从内容上依据其性质可分为社会小说、人情小说、神魔小说、讽刺小说、侠义小说等。中国小说古来地位不高，一直到近代文学革命后白话文学抬头，小说之地位乃“突然提高”，而小说之真正意义与价值，也多为“人所明瞭”，创作小说便风行一时了。

3.4 论戏剧。胡本认为，戏剧是“表动作的文学”，这是其特征。戏剧与小说虽同为“表现或批评人生”，但二者有很大差异。其一，戏剧是表现给人看的，小说则是给人读的，看者的情绪比读者“要流动些”，群众之情绪又要比个人“松浮些”，因此，戏剧的表现如果“太晦”，就不易引起观众的兴味，场中也不能安静；

如果表现得过火，又易引起观众的评议与浮躁之情，所以，剧本要表情明显，不可过火或不自然。其二，戏剧的情节只能用动作来表示，编剧自己不能说话，不能用像演说那样抽象的话来表白。剧本要编到“和人底生活一样”全部都以动作来“暗示”，使观众明了全部的意思而不知“置身剧场”，方为好的剧本。其三，剧本要受时间、空间的限制，而小说则不然。小说纪事可以“忽前忽后”，时间上毫无限制，情节复杂时可以分项叙述，剧本则没有这样的“便利”，它要前后打成一片，使观众不会看得“莫名其妙”，而且剧中的事得是“一个时间的”，无论时间还是空间都不能“脱节”，这样“方见精神”。其四，戏剧是多方面合作的，不像小说那样简单。戏剧要有编者、演者、排者、布景者以及看客，如果有一方面“不对准”，就要失败。故戏剧虽然编得好，但演者不好，或者编得好、演得好，但布景者不好、排配不好甚至与观者程度不合，也一样会失败，而不像小说，只要写得好，就不会有其他“关碍”。故戏剧是合作的，小说则只是个人的。从戏剧的含义来看，可以说它“纯是人生动作和精神底表象”。大凡艺术之起源，多出于人类的游戏冲动或对自然的模仿，同时人类亦以模仿他人的动作为快乐，而在这模仿中“时时也加以己意而用作发挥意识的”。这种以动作、声音来模仿的事，作为表现和批评人生的艺术就是所谓的戏剧。戏剧在文学中有着重要的地位，文学的职责是“描写人生”，把生命中的“几微”表现出来，在这方面最方便的就是戏剧和小说，但小说全靠文学的记号来表现，究竟不如戏剧“用动作现身说法来得深切”，故要深切地表现人生，自然当“活现如生”、表情入微，这样印象才能鲜明，戏剧显然是最恰当的。进而言之，近来艺术的发展趋势逐渐向综合一面靠拢，戏剧正是综合的艺术，其在近代艺术中实占着“最高的地位”。关于中国戏剧，胡本指出，中国戏剧起于优伶，直到北齐，方将说白、歌舞合成一事，成了现在的旧剧，之后到宋、元、明清逐渐完备。近代文学革命后，西洋戏剧传入，占了主导地位。胡本指出，“旧剧底表情及剧曲，固然也有相当的可称颂之处，但如剧情多落陈套……扮演多不合理……所以不能进展。现在谈到戏剧，便当于国语的戏剧中求之了”。

3.5 论词与诗。胡本指出，中国文学一向所谓的唐诗、宋词、元曲，是以诗词曲为各时代的代表文学。这三者是“递进的”，有“连带变迁的痕迹”，推其本质，实显出“解放的功能”，“逐渐接近于民众”，是“文学进步的现象”。《雨村曲话》言：“三百篇后，变而为诗，诗变而为词，词变而为曲，诗盛于唐，词盛于宋，曲盛于元之北”，由此可见，诗词曲三者递变而各为每一时代文学的特征。诗词曲均为“声的文学”，和音乐、歌唱有绝大的关系，它们在发展中一边是一步紧一步地和音乐发生关系，一边是一步紧一步地“和民众亲切”，这是文学进步的表征，且有“文学大众化的趋向”。词与诗的不同以及曲与词的不同都可以从“形式的解放中看出来”。胡本指出，唐人专以绝句为歌，是因为汉魏乐府逐渐亡失，故在绝句的歌法里，有用和声、散声、偷声，这是词之所由起。绝句为五七言四句短章，少变化且乏兴味，故在实际歌唱中，一句之中往往“偷去一字或填入一字”，或在句间句尾加以和声或散声使之成为长句，以为“调节抑扬缓急的调子”。故所谓词者，即是长短句而成的一种“新体诗”，因其句调长短，得以自由，不像诗那样呆板，但其后调有定格，字有定数，韵有定声，需依谱填字，倚平仄成章。从此形式的变迁，可知词与诗之不同。而且，二者体质亦异，虽都有披管弦的可能，但一以扬厉为工，一以婉丽为美，各有独特之风格。曲是散曲和戏曲之总称，散曲分小令和套数，戏曲分杂剧和传奇。词本为文学解放之产物，但后来依谱填词“日趋穷屈”，于是乃“更谋解放”，曲乃代之而兴；词只善抒情，曲兼可叙事与代言，“由词演化而成散曲，由散曲连缀再加科白而成戏曲，遂更接近民众而为解放的文学了”。曲是中国旧剧的中心，是合管弦以歌唱的，填曲即是填词，但曲与向来之词，音韵格调亦有“异致”，词谱与曲谱是完全不同体的。曲分南北，北曲有套数，而南曲没有这种限制，因此南曲自由多变化，比北曲更进步。

3.6 论民间文学。胡本指出，民间文学是“用口语的而流传于民间的一种文学”，它与普通文学大有不同。其一，民间文学是口传的文学（oral literature），普通文学则是书写的文学（book literature）；其二，民间文学是民族全体合作的，普通文学是个人独著的；其三，民间文学是属于无产大众的，普通文学是属于有智识的有闲阶级的；其四，民间文学是从民间来而为最大多数人民所爱护所传颂的文学，普通文学是出于著作家之手而为少数人所鉴赏的文学。可见，民间文学是一种“民族基本的文学”，其创作者是“妇人孺子，农夫渔翁，贩夫走卒，以至于乞丐等”，它无须登广告而自得随时、随地流传，为万人所维护、修正，虽无著者之名，却有着“最大多数的传颂者与保存者”，只是因时因地之不同而有所变迁，最终仍得以流传下来。在分类上，民间文学可分为传说、童话、寓言、趣话、神话、地方传说、歌谣和小曲、乳歌、谜、俗谚、绰号、地名歌等。总之，低级的民间文学大都为儿童文学，高级的民间文学大都为通俗的成人文学，它们都是属于“民族共有的文学”。

4. 余论

4.1 旧文学与新文学。胡本指出，文学本无新旧，只要有真实的感情、个性与艺术手段的文学都是好文学，否则，无论新旧都是没有价值的作品。文学之所以值得回味，因其有永久性，也因其有永久性，故使人“千载下尚起共鸣”，这样，文学也就无所谓新旧了。故“今日之所谓好文学，也就是后日之所谓好文学，昔日之所谓好文学，也就是今日之所谓好文学”，那么，“文学自文学”，其价值历久而不变。反之亦然,旧文学若无真价值,即使年隔千代也只好“覆瓿”而已。不过,文学分新旧亦自有道理。因时代之不同,文学之体制及内容相异,“昔重文言,今用白话”,即工具有别;从前文之范围广,如今文之范围狭,即性质有差;从前文以少数者赏鉴为贵,现在则以大众阅读为前提,愈接近民众愈佳,即对象不同。正是如此,文学有新旧之别。不过,新文学与旧文学的区别只在“体制与内容”,而在价值方面,则无新旧之说。文学起源在文字之先,故最初之文学必是“直接用语言的”,即属于白话文学。而后文字发达,且日渐移于贵族阶级之手,文学遂以文字为工具,成为少数人的专利品。文言自有文言之美,白话亦有白话之美。故自本质上讲,文言与白话均“自有它的价值”。只不过以文言为工具,“发表难而接受也难”,以白话为工具,“发表易而接受也易”,故用白话为文学就减少了文字障碍,因此就利用方面言之,白话文学确实“较优于文言文学”,这也就是新文学优于古文学之处。倘若施耐庵、曹雪芹、吴敬梓用文言写作,他们的作品一定不会如此“活泼细腻”,也一定不会有如此多的人赏鉴,虽则它们也可能会像古典文学那样是有价值的。新文学与旧文学虽然所用工具不同,但不能不说新文学一定比旧文学要“进步”。从前文之范围广,经、史、子、集皆为文;新文学的范围则较狭,一般而言,也只不过包括议论文、说理文、叙事文、抒情文;至于纯文学,范围则更狭,仅以小说、诗歌、戏剧三类为代表,即使加上论文、叙事文、游记文、杂感文、小品文、实用文,也不过八九种;所谓新文学,是就纯文学而言的,也是与旧文学的驳杂不明相对而言。从前文以少数者鉴赏为贵,所以义多古奥,字多奇僻。新文学则以得最大多数读者为目标,“因之初则有文学革命,主张国语文学,近则有革命文学,再进一步主澈底文艺大众化”。使文学与语言打成一片,希望“为全民族共同的读物”,这也是新文学与旧文学不同之所在。此外,胡本指出,那种说旧文学是死文学,新文学是活文学,旧文学是陈旧的、堆砌的,新文学是活泼的、写实的,如此褒贬新旧文学的,实为“不妥之论”。

4.2 文学上的各种主义。胡本认为,文学只有“预感”并无明确的“主义”,它本身虽有“宣传的意味”,但并不是“纯粹的宣传品”。所谓文学上的各种“主义”,实指的是“文艺思潮”。文艺中的“主义”很多,基本包括古典主义、浪漫主义、写实主义、象征主义、新写实主义几种。胡本指出,“原社会现象底构成,是由上层建筑与下层基础二部分所合成。上层建筑,是社会一切制度和社会底一切意识形态;下层基础,即是生产力状态和经济关系,换言之即是经济基础。上层建筑是随着下层基础底变动而变动。所以社会底一切意识形态,常反映着下层基础,两者互为因果,常发生密切的关涉”。文艺作为社会意识形态之一,并非凭空而生的,它有着产生它的“社会背景”,它所反映的“阶级意识”、文艺思潮的流变,“全是受着下层基础底动摇”,故一种文艺思潮必有其社会背景,而文艺的技巧也是常“适应时代底背景的”。古典主义、浪漫主义、写实主义、象征主义、新写实主义均如此,因此,“文学为时代底产物,时代底巨轮向前推进,文学上底主义也就跟着发挥”。

4.3 研究文学底方法。胡本认为,研究文学的方法最要者在“鉴赏与创作两部分”。文学批评虽也是文学研究的重要部分,但对初学者言之,非为必要,而且在广义上看,鉴赏也是批评的一部分。文学鉴赏是研究文学的初步工作,鉴赏不只是“浅薄的阅读”,其与创作、批评间都有“连带的关系”。鉴赏是“鉴览作品”,即“表同情于创作者底心理”,鉴赏的极致是鉴赏者与作者在“同一境界”。故鉴赏与创作虽分为二,其实不过创作是“作家底自己表现”,而鉴赏是由作家所表现的“再逆溯于作家”,顺序不同而已。鉴赏既为鉴览作品,已属批评范围,而无论何种文艺批评,都是以鉴赏为“出发点”,也都可以作为鉴赏来看。鉴赏的方法可分为“理解”与“精赏”,没有对作品的理解就没有鉴赏,理解又包括理解词句和理解全文。前者不外逐一解释文句的词义,继之明了文法的运用。这两步做不好,就读不懂眼前的文字,故词义解释最要紧,“断不可囫囵吞枣含糊地过去”。后者也很要紧,否则即使一字一句明白了,也捉获不了全文的要旨,仍不得要领。鉴赏一部作品如果仅止于文字的理解,不精赏其好处,还不能算是“善读者”。故鉴赏文学“不但要瞭解其中底各字各句以及各段文字底命意所在”,而且“还要知道其各字各句以及各段或全文底好处所在”。因此,鉴赏一定要用“冷静的头脑”,对好的作品再三回诵或默看,方得“领略其好处”,或者客观地比较分析,再加以体验,自然能认识其妙处。胡本认为,一般学习文学需要两步,即“涉猎”(开卷有益)和“专妍”(从详研究),这些都是阅读方面的一些方法。在创作方面,胡本认为,要做到“修辞立其诚”“文必己出”。写作的基础工作分为两部分,即“明白”和“适当”。明白包括“文句形式上底明白”和“内容意义上底明白”;适当即“文须合题”,不可专事抄袭模仿,驴头不对马嘴,同时要顾及地位与时代和文章的体制。在具体的文学创作上,有三个步骤,即构思、起稿、修辞。

第六讲

自然主义与现代中国文论

我们这里所谓的现代中国文论中的自然主义包含两个层面的含义:其一为自然科学的思维与方法,其二为生物主义的观念;前者具体体现为以自然科学的观念、方法和标准来理解、处理文学的问题,后者具体体现为以生理或者本能主义的观念来理解、处理文学及其相关问题。自然主义的观念与方法在现代中国文论中的体现与渗透绝非个例,其缘由较为复杂。一方面,它是对20世纪早期中国学界对科学主义思潮所推崇的科学、实证精神的一种呼应,另一方面,它也是将以左拉为代表的西方自然主义、生物主义文学误认为是现实主义文学的一种理论延伸。夏炎德、王耘庄、许钦文的文论就在不同程度上体现了上述倾向。

夏炎德的《文艺通论》从人的生的冲动出发解释生活和文艺,认为文艺是作者生命的文字表现,文艺感动人的过程是由视觉传达到中枢神经,再由中枢神经加以意会,然后发生意味的过程,生物主义倾向鲜明。同时,夏本还有自然科学的倾向,如在对小说的理解中,它极其重视小说的事实性,认为真实是小说感动人的唯一条件,要实现这条件,小说家须将事物赤裸裸地描写出来,要做到这一点,小说家必定先有经验和实察的工夫,准确观察描写对象,只有以此观察为基础,才能有真实的表现。再如它认为想象的真与几何学上的点、线一样可靠等。《申报》1933年4月29日第14版曾有书讯称夏本"对于文艺之哲学社会学与心理学方面之解释,曾发表不少新见,纲领显豁、说明透彻、情趣隽永、文笔精当,国内已出版之文学概论书虽多,要以此书为善本"。①

王耘庄的《文学概论》受精神分析派美学家厨川白村的影响较深,其认为人类生活于苦闷的空气之中,不知不觉便发出呻吟声来,这种呻吟声表现于文字

① 《出版界》,《申报》1933年4月29日第14版。

便是文学;文学的起源是苦闷,一切文学作品都产生于文学家的苦闷,苦闷是文学的推动机,是文学的刺激物,这显然都取意于厨川白村所言艺术是“苦闷的象征”。其所述文学与道德、文学与革命等社会意识形态之间的关系,也有本间久雄文论的影子。王本在文论的体系探索上有着较为明显的不足,抑或有中国传统文论的印痕;其强调新文学的进化观,提倡白话文写作,也有着鲜明的时代性。在自序中,作者自认为“不是专门研究文学的人”,之所以编写《文学概论》,不过是喜欢文学而已;该本是在“忽忽促促”“断断续续”中“催生出来的”,“其不当人意”,恐怕也正和“别人的不当我意一样”。[①]

许钦文的《文学概论》同样受精神分析派美学家厨川白村的影响甚深。许本认为文学产生的原因在于苦闷,人活着有种种欲望,所希望的不能够达到目的,欲望不能够满足,失望了,就要苦恼起来。文学的产生就是为着发泄苦闷,或者说因为苦闷得不能不发泄了。因此,人间有文学,实在是人生的不幸。要是欲望个个都能够满足,就不会产生文学。只是发泄在文学中的苦闷并非直接的诉苦,而是用象征的方式表达,故叫作“苦闷的象征”。许本亦有作者自己人生的影子,着笔许本前后,许钦文被牵连进因情生恨的陶思瑾杀刘梦莹案,即轰动一时的“陶刘案”,许氏因此身陷囹圄,这种人生遭际使其对文学的理解加入了自己的人生体悟,对苦闷有着非同寻常的执拗与偏见。赵景深曾赞许本为“凭着他自己的创作经验写”的“一本不依傍他人的《文学概论》”。[②]

第一节　文艺是作者生命的文字表现:夏炎德的《文艺通论》

夏本《文艺通论》于 1933 年 4 月由开明书店初版,据《暨南校刊》1933 年第 61 期刊登的书讯称,夏本“早于一年半前脱稿,只因国难前后,印刷一再延期,直至最近始由上海开明书店出版”[③],由此可知,夏本写作约在 1931 年前后。在体例上,夏本分为八章,分别讲述总论(生活与艺术、文艺在艺术上的地位、文艺的特质、文艺与人生的探讨、文艺的界说),文艺的要素(情感、想象、思想、形式),文艺上的三种性的表现(个人性的表现、国民性的表现、时代性的表现)、诗歌(诗歌的起源意义及种类、诗歌的内质、诗歌的外形),小说(小说的概念、小说的变迁种类与体式、小说的要素与条件),戏曲(戏曲的特质与本质、戏曲的发展与

① 王耘庄:《文学概论》,杭州非社出版部 1929 年版,第 2 页。

② 赵景深:《浙东的风土作家:许钦文》,《自由谈》1947 年第 1 卷第 1 期,第 14 页。

③《文艺通论于日前出版》,《暨南校刊》1933 年第 61 期,第 10 页。

分类、戏曲的要素与条件)，文艺批评(什么是文艺批评、西洋文艺批评的发展、近代的批评的派别、中国的文艺批评)，文艺思潮(文艺复兴的前后与古典主义、浪漫主义、现实主义、现代文艺上的新浪漫主义及其他)。据夏本在例言中的说明，其前三章即总论、文艺的要素、文艺上的三种性的表现为“文艺的本论方面”，中三章即诗歌、小说、戏曲为“文艺的各论方面”，加上第七章“文艺批评”和第八章“文艺思潮”，则文艺的“基本知识”大部分已“包括无遗”，且其书对于中西的文论能“融会而贯通”。

1. 总论

1.1 生活与艺术。夏本认为，欲阐明生活与艺术的关系，须先“把生活解释清楚”。生活的起点是“生存”，它是“人的至少的欲望”，一切美满生活都出发于生存。因而对人来说，“延长自己的存在，持续自己的存在，扩张自己的存在”就是人类“共通的要求”，这要求亦即生物学家所言之“本能”，哲学家所说的“生的冲动”。人类的生的冲动是“由散漫而集中，由单纯而复杂，由消极而积极，由无意识而意识，由无表现而表现”的，要言之，是由“不完全而趋向完全”。[①] 夏本指出，人的生的冲动是天赋本能，其发展足以保持人类存在，而其发展历程就是“生的具象化”，即将人的“内在的自我具象地表现出来”，这种具象化了的生存活动就是“生活”。卡本特曾认为，“人生是表现”，生的具象不外乎“表现”，表现即创造，所谓艺术，也不外是表现或创造。人生是一种个性的表现，同样，艺术也是人的个性的表现。人生之可贵在于“自由舒张其生命力，表现自己的个性，发挥真正的创造生活”。如果将这种生命力“完全抑制放弃”，这种人就只剩下了“生活的形相”，根本失掉了自己人生的意义，整个社会文化生活也要受到其影响，生活与艺术的根本关系由此可见一斑。亚里士多德曾认为，人追求美满生活，故他不断地努力改造自己的环境、美化自己的生活，但天然事物给人的享受有限，所以人会去创造生活。罗素也指出，人有两种冲动，即“占有的冲动”和“创造的冲动”，前者亏人利己，后者利人利己。艺术是一种创造，所以它是有裨于人类的。当然，不能对艺术作这样功利的理解，毕竟艺术本身“并不假定一种为人生的目标”，但它与生活的关系是无可否认的。正是如此，《韦伯斯特字典》把艺术解释为“使天然界事物适应人类生活之用的技能”，托尔斯泰也认为，“艺术与科学同是人类进步的两个机关”，可见艺术与生活关系之密切。一切生活都是创造，如工场做工、田野躬耕、市场叫卖等，这些都是自己“生命力的表现”，也都是“某种程度的创造生活”，但它们不是“纯粹的创造生活”，因为它们都包

---

① 夏炎德:《文艺通论》，开明书店 1933 年版，第 2 页。本节引用未作特别说明者，均引自此书。

含着许多“强制的成分”，要受“利害和法则拘束”。人生活动中“唯一绝对而无条件的创造生活”的是艺术活动，因为它是“不顾利害，忘却功利，脱离压制，绝对独立自由的表现”，艺术之所以在人类文化中占着极高位置，原因即此。艺术活动是人的本能，人人都有艺术创造的要求，人从孩提时代起就有这种要求，但随着人的成长，有了天才与低能之分，或创作能力高低之分、环境影响等，这样，艺术与人的关系上就产生了创作者与鉴赏者之分，艺术家除了满足自身的创造欲望外还给一般人以“艺术生活的浸润”。

1.2 文艺在艺术上的地位。夏本指出，艺术是人生之表现，根据表现材料、方法之不同，艺术便分成不同的类别。柏拉图把艺术分为“动的艺术”和“静的艺术”，前者为“时间的艺术”，即“由韵律的波动给与人以心的跳动”，如诗歌、音乐等；后者为“空间的艺术”，即“由作品的色彩，调子的调和，给与人以心的印象”，如雕刻、绘画等。黑格尔依主观、客观、历史三个标准对艺术进行分类，其中按照主观标准，艺术可依感觉分为“诉于视觉的”与“诉于听觉的”两种，前者为“眼的艺术”，后者为“耳的艺术”；按照客观标准，艺术可从表现方面分为从形体而来的、从音响而来的与从言语而来的三种；按照历史标准，艺术可依发展分为象征主义、古典主义、浪漫主义三类。有岛武郎从艺术与鉴赏者的关系角度，将艺术分为“具象的”与“印象的”，前者“将创造者的内部生活具象地表现在物体上，再由鉴赏者在此物体上唤起感应”；后者“将创造者的内部生活非具象地表现出来，鉴赏者因之得直接与作家的内部生活相接触，由此印象再徐徐在心中造出具体的形象来”。他依这两种艺术“感应的历程”将之分为“直接的”（绘画、音乐、跳舞、雕刻）与“间接的”（诗歌、小说、戏剧）两类。从上述分类中，我们可以找到文艺在艺术上的位置。按柏拉图的观点，文艺属于“动的艺术”；按黑格尔的观点，文艺是诉诸听觉的，原始的诗歌即是如此，但后来随着文艺的发展，小说、戏剧相继出现，它们也用视觉，故现代的文艺则“简直可说是诉于视觉了”；依有岛武郎的分类，文艺“完全是印象的间接的艺术”。文艺在艺术类别上的位置大致如此。夏本同时指出，各种艺术在艺术中的不同位置是由其表现所凭借的物质基础和方法的不同所造成的，如建筑、雕刻凭借的物质基础是金、石、木、土，方法则是形、体、色，故而是静止的、立体的美。在各种艺术中，诗歌所凭借的物质基础最少，仅凭文字的符号和音律，而其表现的方法是象征，所谓象征就是“作者与读者间的媒介”，申言之，乃“联想的一种”，即“在现在目前所见所闻的上面，把以前所见的事物再现出来”，文艺家用它做媒介来传达自己的思想和感情。文艺虽在艺术中所凭借的物质基础最少，但其在表现上却是“最自由而灵活的”，这正是黑格尔所说的“凡艺术所凭借的物质基础愈多品愈低，愈少品愈高”。可见，文艺在艺术中占据着“至高贵的地位”。

1.3 文艺的特性。夏本指出，文艺的媒介即文字不像其他艺术媒介那样能直接引起读者的感情，文字是一种符号，包含着某种意义，读者只能从它包含的意义上“加以意会，再由意会到的概念上引起一种感情，一种趣味”。故文艺感动人的过程是“由视觉传达到中枢神经，再由中枢神经加以一种意会，然后会发生意味”，因此，文艺是“非直接的艺术”。夏本援引德昆西的“智的文学在教人，力的文学在动人”的观点后指出，德昆西所谓“智的文学”就是科学，“力的文学”就是文艺，由此可见科学与文艺性质有别，“科学之教人，在给人以智，文艺之动人，在给人以情”。文艺之所以能动人是由于文艺“有诉与人的感情之力”，这种力就是文艺价值所在，即“文艺的生命”。可见，感情在文艺中是“占着主位”的。同时，感情是“复杂而流动的”，理智则是“单纯而固定的”。读完科学知识的书后，只要把握了其中的知识，就不会重复去读，就是因为知识的确定性是“前后不变的”；但文艺作品则不然，鉴赏文艺获得的是感情，它是流动的，有时显现，有时又消灭，所以，读文艺作品的感兴，过一会儿可能就忘了，但再读再想时，又会有一种“新的趣味涌上心头”，因此，伟大作品都是百读不厌的。正是在这种意义上，温彻斯特指出，“感情是瞬间的，而文艺是永久的。”文艺是人的个性的表现，它是“作者心中所见的人生的一种解释”，凡有价值的作品，字里行间都“蕴藏着作者的生命”，“活泼泼地表现着作者的个性”。因为文艺家有感而作的作品是“他所持以反映周围世界的镜子”，也必为“反映其一己个性的镜子”，故文艺作品重视作者的“主观”；不过，这里所谓的主观是相对而非绝对的，正如居友所指出的，“个人的意识他自己已是社会的，而反响于我们全有机体的必取社会的形态”。所以，文艺作品虽然个性强烈，但由于作品中的一切经验和想象终脱不了“现实人间的影响”，故其一切表现都有“浓厚的社会性”。正是如此，文艺作品中的主观“决不是偏狭的小我”，而是“大我中的一个泡沫”，所以文艺有个性，亦有普遍性，它们之间犹如“个人与社会的相和谐”。总之，“惟其有活泼泼的个性，才有浑朴的感情流露出来，惟其有广博的普遍性，才能使天下后世的读者，激起强烈的共鸣”。

1.4 文艺与人生的探讨。夏本指出，文艺是“人类求生的一种表白”，出于艺术家“热情的冲动”。德国音乐家瓦格纳曾说，“生活能如意时，艺术可以不要；艺术是到生路将穷处出来的，到了无论如何都不能生活的时候，人才藉艺术以鸣其欲”。故文艺之发生，根本是由于文艺家周围之刺激与其内心之冲动使其“不能不写”。哈德逊从人的心理状态出发认为产生文艺的冲动一为自我表现的欲望，二为对一般人及其行动的兴趣，三为对我们所处的现实世界及所希冀实现的理想世界的兴趣，四为对纯粹形式的喜悦。可见，文艺不但是作者自己的表现，也是“一般人性的描写”；不但是对过去和现实的叙述，也是对“未来理想界的憧憬”;不但是作者“自己经验的表白”,也是“想像出新的境界”。因此,文艺与人生的关系是多方面且很广阔的。文艺家描写自我和人间事象,在形式上已能使鉴赏者产生“美感和趣味”、使其获得一种“快慰”。加之文艺家对人生的犀利描写、其敏感的思考和见闻经读者体验之后,从文艺的普遍性上引起“人间生命的共感”,于是读者的心始与作者的心相融和,读者与作者化为一体。就作者而言,他满足了“创造的冲动”;就读者而言,他获得了同情的慰藉,故文艺一方面是人生的慰藉,一方面又是“人生的融和”。文艺是人生的表现,文艺家常探求人间的真相,如实描写人生。文艺又是人生的批评、人生的指导。文艺能够指导人生,意即文艺家的感受比一般人要“强烈而且深刻”,他不但从现实中描写人生的真相,而且想象出理想的人生,将人们杂乱幼稚、暧昧污浊的生活洗涤、整理出“一个头绪”,指点出“一条路线”,“从七岔八岔的歧路上,启示出人生的新道路”。夏本指出,在艺术与人生的问题上,有“为人生而艺术”和“为艺术而艺术”两种争论,前者认为艺术应以人生为出发点,其内容须有利于社会,有裨于风化;后者主张艺术有自己独立不羁的性质,除美之外再无其他目的。两者并非水火不容,只是立论的出发点不同而已。前者着眼于艺术的效果,后者着眼于艺术本身。文艺是人生的表现、人生的慰藉、人生的融和、人生的批评、人生的指导、人生的创造,从效果看,艺术为人生“自然是一种真理”,另一方面,艺术本身有“悠长的生命”“崇高的价值”,不能“粘滞于为人生的目标”、染上狭隘的功利色彩,成为劝善惩恶和鼓吹思想、宣传主义的工具。因此,“为艺术而艺术”也是一种“确切的主张”。总之,艺术“不能作狭窄的功利解释”,也“不能从人生的根本游离”,文艺“彻头彻尾是人生的表现,而能慰藉人生,融和人生,批评人生,指导人生,创造人生”,但文艺家创作时绝不能存“这预定的目标”,而是“不期然而然的自然的结果”,故那种讲文艺的目的、文艺的职能的人是倒果为因、不合逻辑的。

1.5 文艺的界说。夏本认为,因为“文艺”一词本身含义暧昧以及文艺观念会随时空变化等原因,定义文学是困难的。就近代诸家意见相近的文学观念来看,夏本分别列举了布鲁克的文艺是“聪明男女的思想及感情的文字表现,用了一种给与读者以快感的方法排列着的”、波斯奈特的文艺是“包括散文或诗的一切著述,其目的与其在反省宁在想像的结果,与其在教训与实际的效果宁在给快乐于最大多数的国民,且是排斥特殊的知识而诉诸一般的知识的”、亨特的文艺是“通过了想像,感情,趣味等思想的文字的表现,而使一般人们对之容易理解并且惹起兴味的那样非专门的形式中的”、哈德逊的“所谓文艺,第一,题材及其处理的方法能引起一般的兴味;第二,形式的要素是依据形式本身而把快感于我们的。……所谓文艺,其题材的处理的方法,必定要满足我们的审美感。

……伟大的作品是从人生的本身直接产生的。质言之,文艺是依据于语言的媒介做成功的人间生命的表现”四种文艺的界说,然后从中选取了表现、想象、趣味、形式等要素作为文艺的主要特征。并如此界定文艺:“所谓文艺,是艺术的一种,是作者的生命用文字的表现,由于作者内在的冲动,将他的经验与想像用美的形式描写出来,非直接地唤起普遍的,永久的人间的趣味与共感,不期然而然地促人性于自觉,向上。”

2. 文艺的要素

2.1 情感。夏本指出,文艺是人生的表现,情感是文艺的“生命”。人生的过程充满着酸甜苦辣之事象,喜怒哀乐填满了人生的道路,人是感情的动物,感情生活占据着人生的大部分,因此,在作为人生表现的文艺中,情感自然占据着主位,这也是温彻斯特在文学要素的分析中以“情感”打头的重要原因。刘勰的“情者文之经,辞者理之纬”把文艺的情感看得比辞采重要。不过,情感在文艺中虽很重要,但当人们感到某种情绪的时候,“即刻把他忠实地写在纸上决不能真是一种文艺”。虽然托尔斯泰说“无论怎样的情绪及感情没有不可成为文艺的道理”,但本间久雄就反对这种观点,认为作为生坯的情绪“决不可以作为文学的情绪”,本间氏还援引了岛村抱月的“观照说”和桑塔耶纳的“快感游离说”来确证自己的观点。岛村抱月的“观照说”认为,人间的一切吵闹、喧哗的情感“不能成为艺术的经验”,唯有“把感情的全部加以缜密的回顾的才是观照的艺术的感情”,这种感情的表现才是文艺的,反之,则只是“生坯的情感”。桑塔耶纳的“快感游离说”则认为,“快感固着于自己的心内之间”,它不是“美感”,必须将情感“离开自己而客观化”才能使其成为“观照的情趣”而为“文艺的情感”,即“情绪之被客观化”是文艺情感的根本条件。因此,未加洗炼的感情的记录不过是黑纸上的白字,不能算作真正的文艺作品。因为生坯的情感绝不能“打动人的心坎”。即使以托尔斯泰为例,其作品中的情感,也是经过了“慎重的考虑”的。故文艺中的情感经过了“严密的经营”,是“圆熟的情感”“醇化的情感”。一方面,文艺的情感须客观化,要下一番苦心去经营;另一方面,何种情感有价值?温彻斯特曾提过五个标准:合理或适度、生动或有力、持续或确实、范围或变化、品格或性质。所谓合理或适度是作品中的情绪是否自然、熨帖的标准;生动与有力是作品中的情绪是否能刺激人心、使人兴奋、起到共感作用的标准;持续与确实是作品中的情绪能连续持久及稳固的标准;范围或变化是作品中的情绪普遍与否及变异性强弱的标准;品格或性质是作品中的情绪品格的高尚或低劣与其性质属于纯粹的或道德的或宗教的标准。夏本指出,温氏的标准区分“太琐屑而繁冗”,其实三点即可。其一,文艺中的情感须是“优美的”,这种情感不同于“现实的情感”，无“利害关系”，无“预定目标”，由作者“自由倾吐喜怒哀乐的衷肠”，反之则“非文艺上的所谓情感”。其二，文艺中的情感须是“真挚的”，所谓真挚，即“从心所发”，不加“矫揉造作”。其三，文艺中的情感须是“深刻的”，即不浅薄、流俗，是“深沉而不同凡响的”，能“深掘到人们所未发现的情感”，格外引起读者“强烈的同情”。

2.2 想象。夏本指出，仅有相当的情感是不能产生文艺的，“流产的生坯”“硬化的情感”不能引起读者的同情，必得另外“设计出一个对象把他客观化”，使那对象能“打动人间的情弦”，这“完整和设计的工夫”便有待于想象。本间久雄视想象为“被客观化的情绪上的心的作用”，文艺是由同情而成立的，同情又“有待于想像”，是想象的产物。夏本认为，想象依据想象力而存在，拉斯金则把想象力分为“联想的”“洞察的”“冥想的”三种。其中联想的想象力是“根据某种观念或感情用联想把种种要素构成一个形象的融合方法”，如触景生情、即物用事用的就是联想的想象力。洞察的想象力指“用直觉与强烈的谛视，从事实的外表窥入内面，利用想像力，洞见烛照的真”。这种想象力的活动是“至可贵的”。冥想的想象力指“打破藉外界关系的形象，单取其中内面的关系，以不受任何外界事物的拘束，达到洒脱，飘逸的境界”，这是想象的“极境”。关于想象的种类，夏本指出，有人将其分为创造的和再现的两类，前者是新生经验，后者则是复现既往的经验。总之，夏本认为，文艺不是自然的复制，其可贵处在于创造和发现的精神，因此，它比现实的经验更重要。想象不但“完整化了情感而且创造了新的经验”，能“补原有经验的不足”，而且想象的世界比感觉的世界更广阔、自由。

2.3 思想。夏本指出，文艺不能不含思想，因为“情感的本原是思想的反映”，思想是作者的“人生观”，它在作品中“到处会显示出来”，常在冥冥中“主宰了文艺的后台”。作者的思想是“作者其人的个性及其时的社会生活复杂的产物”，时代的精神无时不在变化，文艺家都是生长在某一时代的、脱离不了当时的社会生活，因此其人生观及作为其人生观的表现的作品，不可能脱离“时代思想的彩色”。正是如此，波斯奈特说，“文艺以时代的生活与思想为根据”。文艺之价值即在“表现一个时代的民族生活的变迁，社会意识的演化”，其代表着一个时代的思想。历史的记载只是表面的、外部的、肤浅的，真正的时代思想只在“文艺中表现”，正因如此，人们常认为文艺是“历史的灵魂”。因此，“单在几部史书上要找到各时代不同的社会思想是无论如何不够的”。文艺家对一时代生活之苦乐和社会生活组织的协调与否，其感受力要比一般人“敏锐而深刻”，社会生活有何不安，时代生活有何罅隙，都会迅速在文艺上反映出来，社会思想的变动、时代精神的转化在文艺上都可以明显见到“朕兆”，所以，文艺是社会生活的“温度计”、时代精神的“标准尺”，从作品精湛的表现力中我们可以看到“一时代的思想，一时代人心的趋向”。在这一点上，文艺确是“站在时代的前面”，至少在群众的“十步和二十步前”，“用他的心坎在他笔尖上启示着一切”。文艺不仅受时代思想支配，也能支配时代思想。厨川白村认为文艺家是“预言者”，佩特说文艺家是“文化的先驱者”，伟大作家都是伟大的思想家。文艺家既然是思想家，那么，文艺与革命思想等“自有相关涉的地方”，于是就有了革命文艺。当时代起了矛盾，社会发生失调，文艺家以其尖锐的眼光，当然会站在“时代前方”，为民众的痛苦而叫冤，去“深切地表现现社会的痛苦，罪恶和悲哀”，而这种不平等、不景气的事实，经文艺家犀利的笔的发掘，便“愈加明显，深入人心”，不知不觉地引起时人对旧社会的“否定的态度”，到一定时期甚至“见于运动”，正因如此，文艺家也是革命家。文艺家的神经直逼“人生的底蕴而深思远虑”，这确是其与社会思想家、革命家共通的地方。但文艺的本质是情感，其根本在于引起读者的“共感”，非但其表现思想是“无意的”，即便是创造思想也是“无意的”，只是描写人生中“自然的结果”。高尔斯华绥写《正义》时并没有料到这书会改善犯罪惩戒制度，结果却改良了英国的监狱。作者在创作前是“没有所谓动机的”，不像革命家的宣传、道德家的说教，作家只是“具象地描写”人间的一切，引起读者之“同感”，思想则潜藏在这种描写中。革命家、道德家则是“用某种思想有意地观念地注入人的脑中”，以引起人们的信仰为“目的”，故作家之思想与革命家的主义、规律，与道德家的教义、信条“完全异致”，不能混视。总之，文艺作品并非“抱了某种思想”来表现的，其所表现的思想是从“无意”中来的，是“结果决非动机”，如果抱着某种思想来进行文艺的表现，那便是“束缚于思想的文艺”，严格地说，这已经越出了文艺的范围，这样的文艺也就不再是文艺而是“教义”了。

2.4 形式。夏本指出，要把文艺的内质适当地表现出来则需要一种外形，即形式。文艺的形式是指“传达情感，想像及思想的手段”，从实体方面看就是语言文字，从组织方面看就是体裁，而从精神方面看就是风格。关于语言文字，夏本认为，它是文艺家“用以诉于社会及公众的媒介物”，无论在创作还是鉴赏上，文艺与语言文字的关系都很重要。梅里美、屠格涅夫、克鲁泡特金都曾称赞过俄国语言在表现人间情感上的优势，事实上，俄国人也确实用其优美的语言文字“表现了他们伟大而有力的文艺”。从来文艺家对于语言文字如何运用得精确和细致都是“费尽思虑的”。福楼拜的唯一的名词、唯一的动词、唯一的形容词的“一语说”在文字表现的精确性上给后人诸多启示。但也有人指出“言语是隐蔽我们思想的”，语言文字无论如何都不能从心所欲地表现丰富、复杂的情感和想象，这就是“暧昧说”。颓废派就持此种观念，认为用暗示的写法能描写极琐碎的意味而无遗漏，能表现情感上“向来难以表白的东西”。关于体裁，夏本认为就是文艺的“格式”，一般将体裁的组织分为韵文和散文，其最明显的区别在“格律之有无”。韵文是吟咏的，须借用格律，表情比较单纯；散文是描写的，要充分表现复杂的情节，不能用格律限制它，其情感是比较理智的。从文艺表现方法进化的角度，我们可以看到二者最根本的区别：原始人要表达情感，仅用不完全的、断断续续的语言是不够的，因此还需用声调去帮助，故韵文发生在前。但后来，尤其是近代，个人与社会的感情愈趋复杂，因此，严格的体裁无法表现多样、复杂的情感，而且，近代的文艺组织“非常圆满”，不一定需要格律的帮助，近代人的理智也逐渐发达，其鉴赏不在吟咏而在理解，因此散文取代了韵文。总之，单纯的瞬间的感情适于用韵文表现，而复杂丰富的情感适于用散文表现，韵文的体裁为诗、词、曲，散文的体裁为小说、戏曲等。关于风格，夏本认为此即文艺表现的精神，亦称作“风”。本间久雄从修辞学的角度，以内容与风格的均衡为中心将风格分为“简洁体”与“蔓衍体”，以风格的强弱将之分为“干燥体”与“华丽体”等，司空图则将风格分为二十四种。上述二人所区分的风格其实都是“各个文艺家不同的人生观的表现”，如司空图的“雄浑”表现充实伟大的人生，“冲淡”表现幽默的人生。一人有一人之性质，一作也有一作之风格，因为每个作家都有他的特性，没有雷同的道理。人心不同，各有其文。所以，布封说“风格是人”，亨特则反过来说“人是风格”，说明作家其人与风格有不可分割的密切关系，模仿别人的风格在创作上是“入了歧途”的。总之，夏本指出，“文艺的内质与形式完全如影之随形，须紧抱在一起；只有充实的内质而没有优美的形式表现，是不能引人入胜，引起人的同情；反之，如单有形式而忘却内质的精神，就要陷于技巧偏重之弊，矫揉造作之弊”。

3. 文艺上三种性的表现

3.1 个人性的表现。夏本指出，近代倡导科学批评的丹纳曾把文艺构成的性质定为人种、周围、时代三者，但其注重的“地方的时代的观察”只能代表文艺上的“空间与时间”，而忘了文艺家个人的表现。文艺如果是个人的创造，那么作者的个人性就是最重要的。而且，丹纳所谓的“周围”即社会环境一方面可归之于“地域与人种的国民性”，一方面可归之于“时代生活的精神”，因此，研究文艺构成的性质便可从作者的个性生活、民族心理、时代精神三方面考察，具体地说，就是研究作者的个人性、国民性、时代性。关于个人性，夏本指出，文艺完全是“作者生命的表现”，作者的人生观、人格、个人性皆可代表其“作品的精神”，有这样一种说法：“个人的经验是一切文艺的基础”，可见个人性对于文艺之重要。文艺与个人性的关系很密切，伯勒斯曾反驳过丹纳忽视个人性的机械文艺观，他指出，“我们对于纯正的文艺的趣味，常在作者其人——其人的性格见地——这是确实的，虽然有时我们的趣味也许在他的材料，但是真正的文艺家对于任何材料能引起我们趣味者，乃在他的处理方法中加上那处理方法中人格的要素。……文艺之所以为文艺，并不在作者告诉我们些什么，而在作者怎样告诉我们。申言之，就是作者加入那作品里面的他的个人的性质或魔力的程度如何；这个个人的性质和魔力是他自己精神的赐与，不能从作品离开的东西，像毛羽的光泽，花瓣的纹脉一样，蜜蜂在花里采来的不是蜜，只是一种甜汁，蜜蜂把自己仅有的一点分泌物（蚁酸）注入这甜汁里，就是把甜汁改造为蜜的是蜜蜂特殊的人格的给与。文艺家作品里面日常生活的事实和经验，同样也是用这方法改变而高尚化的”。夏本认为伯勒斯深得文艺个人性的要领，把文艺处理方法的不同指为“各人人生观的不同”。故即使是同样的时代、同样的题材、同样的写法，不同作品所表现的趣味还是不同的。莫泊桑和左拉就是典型的例子。因此，如果不明了作家的个人性，就几乎无法把握其作品的“真精神”。不仅是作品的内容中活跃着作者的个人性，风格上也是如此。从作者“文字的外表中可以见到作者内部的精神的活动”，二者常是“符合一致的”，文字只是作者“强烈的个性的忠实的表现”，思想与情感是作者个人的，文字也是个人的，风格也体现着个人的兴趣，即一个人有一个人的风格。文艺是作者自我的表现，所有自然、人生都要自己着手去观察，这样一来，自然、人生也是通过了作家“心眼”的自然、人生，故文艺之伟大与否全在作者个人。故哈德逊指出，“一部伟大作品之所以成其为伟大，即由于赋与作品以生命的个性的伟大”。本间久雄也认为，“伟大的作品，优秀的作品，深刻的作品，其作者总常常是伟大，优秀，深刻的。其反面也是如此。决没有伟大，优秀，深刻的作品而作者的人都是矮小，卑俗，浅薄的”。因此如果作家本身没有价值，其所表现出来的也不会有价值，无论是表现、创作、鉴赏、研究都应注意这一点。总之，夏本指出，关于文艺上的个人性，可得出如下结论：“（一）文艺是个人性的表现，其伟大与否是视其个人性的伟大与否而定的；所以要做一个卓越的文艺家，须从本身的人的修养上着手。（二）文艺是人间共感的创作，而因为文艺是作家自己的代表，所以要看出他作品的真义，须从研究他的性格，才能和对于人生的见解着手。”

3.2 国民性的表现。夏本指出，丹纳在文艺构成的三要素中特别重视人种，将之放在“第一项”，而所谓国民性，就是丹纳所说的人种。文艺上的国民性和个人性同等重要，因为文艺不仅是作者个人的表现还是“社会生活的反映”。社会生活原本是简单的、无组织的，随着人口渐增，社会现象日趋复杂，社会由无组织而组织，由家庭而部落，由部落而民族、国家，其原因即达尔文所言之“欲为有组织的生存竞争”。现在的个人都是在国家之下生活，在现在的社会生活中，国家生活占了大部分。所以，文艺也是社会生活之反映，即“国家生活的反映”。任何国家终有其“国民的特性”，所以，即便是个人的作品也带着国民的特性，这就是文艺的国民性的表现。国民性就是丹纳所说的“人种”，对此夏本援引了丹纳的如下解释：“人种是人生来就有的，是遗传的性属，和人间体气构成的差别有莫大的关系。这种质素因人种差异而不同，人类和牛马同样有种种天赋上的差异……这人种及遗传的质素的趋向有一种显著的潜力，人类虽然也为了其他的周围和时代两种潜力而起种种的变化，但这潜力却是最明显不过的。”同时，夏本指出，丹纳把人种的差别和个人性的不同看作类似的东西，而且还认为“人不能脱离他们的种族性”，以及种族性对社会文化有“湛深的影响”，这些都不错。不过需要补充的是，个人性是“生成的天性”，当个人集成部落、部落集成国家后，个人性虽然“不动”，但国民性却已经逐渐转化，这种转化不是民族“本来的转化”，而是完全受“外来的影响”，其中最基本的是“地域关系”。首先是由于土地、气候、寒温的不同，能形成各种不同的民族；其次是由于地带，山岳、平原、湿地产生不同典型的人种。除地域关系外，政治、战争、宗教亦会有影响，只不过它们是一时的，不如地域永久。所以，内崎作三郎认为，“国民性就是一国国民集合的历史的行动所发生的圆熟的结果。至其所感受的影响最大的实为土地，因土地的变化性最少，实足以决定一国的运命的缘故”。可见，构成民族性的基本要素是“地域关系”，国民精神寄托于此。文艺上的国民性也托于“国民的地域”。如英伦三岛重实际的国民性、欧洲大陆深远的国民性、日本岛国偏狭的国民性等都和文艺“极有关系”。作家生活于一国土，其日之所触，耳闻目见，先天传统之素质，无非是其“本国的国民性”，自小就于无形中给予其巨大的影响，故其思想、感情、想象均不出其国民性之域。在文艺创作中，作者即使自己意识不到其所属的国民性，这国民性依然会自然地“爬到作者的头脑”，做作者“人格的背境”。无论是什么天才的作家，其天才仍会带有“民族特殊的精神”。总之，我们常可由一国的艺术品“真彻地了解一国的国民性”，一国的文艺就是一国国民过去的记录，也是其“希望的表现”，在一国传统的文艺中“常保存着国民的特性”，国民性优秀的地方必有优秀的文艺，反之则非。可见，文艺就是一国国民精神和特性的表现。

3.3 时代性的表现。夏本援引哈德逊的“每个时代的文艺背后也都藏着造成该时代的整个生活的综合势力”后指出，一国的文艺都有其共同的民族性，而该国的国民性在任何时代的文艺里也都有“共通的时代性”。一国国民的生活脱不了盛衰荣枯的迢递，有时为理想主义时代，有时为幻灭时代等，其在文艺上的表现方式因各个作家的个人性而不同，但时代精神的表现始终是“各人共通而一致的”。歌德曾说，“每个人是国家的公民，也是时代的公民”。更有人说，

"国土是被束缚的历史，历史是被解放的国土"。可见国民性与时代性交织而成为文艺的背景。一个作家处在某一时代的生活和文化的主潮下，不免受时代的影响，文艺是"时代精神的反映"，时代思想在冥冥中支配着文艺，作家在其作品中表现了时代的特点，有时他自己也意识不到，所以，"时代给与文艺的影响是自然而无意的，但却是必然而无可避免的"。在鉴赏作品时，如果不能抓住一部作品的时代背景，无论如何也不可能清楚了解该作品，因为时代精神的变动是文艺思潮"开展的后台"，与文艺有着"不解之缘"。

4. 诗歌

4.1 诗歌的起源、意义及种类。夏本认为，诗歌是最古老的文学种类，原始文艺完全是诗歌，原始的诗歌与音乐、舞蹈"连成一片"。早期诗歌由"口头传诵"，直到文字出现后才成为一种独立的文艺。关于诗歌的起源，麦肯锡曾言："一般所谓感情这东西，在他的性质上是旋律的。在有种状态里的种种感情，为了自己助长快感，减缩苦闷，或用了种种冲动的肉体的运动及种种的呼声，作为表白他们自己的东西。这种冲动的运动及呼声，作为唤起身体及声音的自发的种种动作的标准。所以这种种的动作把旋律支配时，舞蹈及音乐的基础便在这里成立了。……原始的舞蹈常是会唱的样子，原始的诗歌常是取音乐的形式的。诗歌是有限定那依了舞蹈与音乐所表白的种种情绪的倾向的。诗歌因了增进情绪的活泼和变化而加高舞蹈的快乐，这样使生活成为更有价值的东西。"夏本认为，麦肯锡此论既是对原始诗歌与音乐、舞蹈一体的补充，也说明了诗歌的起源是为了"表现自己，助长快感，减缩苦闷"，这是心理学的探讨。若从社会学上来考察"那更有味"。夏本指出，初民时代，诗歌为"一群的或一种族的情绪的表白"，如遇战争胜利，便有快乐的情绪，表达这种情绪的呼声反复被歌唱便是诗歌的雏形，而如遇不幸、求神保佑，在祈祷、礼赞、感谢时，诗歌便作为宗教祭祀的"陈辞"。此外，初民的游戏、婚姻、葬礼等都有歌谣流行，可见，古代的诗歌大都与生活密切相关，属于"全体的为一群一属的慰安与表白"。但后来诗歌逐渐成为诗人个人的慰安与表白，也就由"全体而趋向个人"，在表现上也由表现外界生活趋于表现"内部的生活"，抒发内在的喜怒哀乐之情。因此，近代诗是多抒情的，这是诗歌的"发展的途径"。诗歌的起源既明，至于何谓诗歌，夏本指出，诗歌是以情绪为主、韵律为副的东西，没有感情的文字不是诗歌，没有韵律的文字也不是诗歌。但不能因此而把诗歌当成单纯的感情与韵律的"结合"。亨特对诗歌的定义比较清楚，他认为，"诗是热情对于真、美、力的表白，他把他的概念具体化，以想像为用，且把言语调整，使合于多样统一的音节的原则"。亨特把诗歌的内质当作热情，而且还须是真的、美的、力的表白，表现时所用的是想象，外形方面则须有“音节的调整与统一”。在分类上，夏本将诗分为三种，一是“歌的诗”，即属于声乐的诗，以民谣、乐府、哀歌、赞歌为代表；二是“附带着音乐舞蹈的诗”，以剧诗、歌剧为代表；三是“独立的诗”，即没有其他附带要素的诗，就是普通所谓的诗。

4.2 诗歌的内质。夏本认为，正如其他文艺，诗同样有情感、想象、思想、形式四要素。朱熹在谈到“诗何为而作”时曰：“人生而静，天之性也。感于物而动，性之欲也。夫既有所欲矣，则不能无思，既有思矣，则不能无言，既有言矣，则言之所不能尽，而发于咨嗟咏叹之余者，又必有自然之音响，节族（按：节奏），而不能已焉。此诗之所以作也。”夏本指出，朱熹的“感于物性之欲”是说诗情的冲动乃由于“抒发情感”，而情感是“伴想像而来的”，其所说的“思”即思想，“音响”“节族”则是诗的形式。不过，诗中的这四个要素有其特殊性。首先，一般文艺“以情感为生命”，诗尤为如此，情感是“诗歌的中心”“诗歌的呼吸”，没有情感，诗歌就没有了生命。诗是文艺中感人最深的一种，之所以如此，就是因为它有浓郁的情感，能深深打动人的心坎。但诗中的情感是“有分寸的”，而非“平凡的”“流俗的”，须是“真的，美的，力的表白”，这样才能感动别人。所谓“真的”，一方面是指诗人对自我的情感抒发“忠实”，是发自内心的真情，另一方面是指诗人对于“事物情感认识之真”。所谓“美的”，是指能“悦人心目”，它要求诗人能见俗人所未能见之美，且不加造作、自由自然地表现出来。所谓“力的”，指诗中的情感必须“有活力”“有力量”，能感动人、鼓舞人、刺激人。这里的“力”并非专指雄浑、奔放，深挚而微妙的情感也潜藏着力的成分。其次，想象在诗歌里也占着重要地位，诗的情感“须待想像而后成”，二者“互相依附”，“没有想像，感情不能活跃出来，没有情感，想像也是无所需用的，情感是想像的资材，想像又是情感的工具，情感要活跃，有力，感动人，非经想像是不完功的”。情感惟有“经了曲折的想像”才能显明。诗人是最富想象的，他能不受有限的经验束缚而想象到常人未见之情趣。诗人之想象往往会把固定的东西看作“流动的”，把死的东西看作“活的”，能补“人经验的不足”，想象的真比实际的真更真，想象的真“与几何学上看不到的‘点’，无穷尽的‘线’一样可靠”。故哈德逊说，“想像的传写，包含活的真理的性质，这是在平明的说明中找不到的。因为他给我们以事物的更本真更生动更完整的印象；如我们亲身所接触的”。想象虽有时“从现实游离”，但也“渊源于过去经验”，故其创造出的情致会深切动人。总之，诗歌不是写实，而是“自由地运用想像”，在想象中寻求“美的国土”。再次，思想虽然在诗歌中不如情感和想象重要，但大多好的诗歌都是有思想的，这思想并非“科学上的真理和社会学上的思想”，并非教人“理性地认识人生”，而是要“直觉地认识人生”。大诗人的诗里想象是很丰富的，不过有的是显明的，有的是隐藏的。

4.3 诗歌的外形。夏本指出，诗歌的内质有待靠外形去完成，外形与内质是不可分的。诗须用韵文的格式来表现，音律在诗歌的形式中很重要，所谓音律是指“音的轻重高低、相间相重”，诗歌如果缺乏音律的和谐是不成其为诗歌的。音律是诗歌情绪的自然的媒介，因为音律本身的抑扬顿挫“已是诉情的表现”，能激动人的心弦。因此，音律是传达情感的有力助手，诗人如欲使其情感、想象激起人的同情共鸣，则须依赖于音律。另一方面，音律也是跟着“情感而来”，有怎样的情感，就有怎样的音律。故“音律之为情绪媒是自然的”。如此，音律就不只是诗歌的“辅助或装饰”，诗歌精神的表现也有赖于音律来完成。正是如此，阿诺德说：“音律是完成诗的一部分。”除音律外，诗歌在外形上还要注意辞采得当、结构严密、字句凝练等。

5. 小说

5.1 小说的概念。夏本指出，中国传统向来不重小说，视之为“雕虫小技”，西洋在 18 世纪之前也不注意小说，直到近代才有所改变。中国文艺史上对于小说从来没有一个“中心的认识”，其既可指“志怪，掌故，丛谈，杂象等小品杂著的总称”，又可指“史部的非正式的叙述”，如《三国志》等，还可指“通俗描写世态、述衍琐事的作品”，如《红楼梦》《老残游记》等。西洋对小说的定义也意见不一，“小说”在 16 世纪指恋爱冒险的故事，即传奇，在 18 世纪指描写时代的风土与生活的作品，到了近代，诸家对小说的定义更多，如汉密尔顿的“小说的目的在从想像的事件当中，把人生的真理具体化”，诺顿的“小说不是模仿或者人生准确的典型，却是把从读书，观察，经验之中所抽出的性行，事实，加以选择而编成的一种全然新奇的谈话”，叔本华的“小说不单是把大事缩小，而且欲把小事表现得有趣味的，换言之，即是一篇有名的小说，不单是人间生活的缩写，却是捉住人生的一断片，深刻地描写出来的”。夏本指出，从这些定义中可以看出，小说绝不是浅薄无聊的东西，而是“人生严肃的有力的表现或描写”，而且能使人乐、使人忧、使人歌、使人思。小说在文体上是自由、自然的，不受任何条件的限制和支配，最适合表达现代复杂的感情与思想，小说是“顺着社会需要时代机运的产物”，所以有长足的进展，在现代文艺中占着非常的优势。此外，小说与诗歌的区别在于：其一，在形式上，诗歌是韵文，重在音乐要素，是吟咏的，于鉴赏者是唱叹的；而小说是散文，重在言语要素，是描写的、叙述的，于鉴赏者是诵读的、阅览的。其二，在内容上，诗是纯主观的，小说是偏于客观的，诗是带着一点“哲理的想像，反省，与观照”，且诉诸情感的成分比较重些，所以，诗人写的是主观情感与想象，小说是近于史实的描写与叙述，理智与分析的成分比较重一些，所以，小说家写的是比较切近于客观的具体事物。

5.2 小说的变迁、种类与体式。夏本指出,小说是一刻不停地在"变进中",并援引马修士将小说的发展分为四期的如下观点加以说明:第一期是描写"荒唐无稽完全'不可能的'"事情的时期;第二期是描写"不必有的"事情的时期;第三期是描写"可以有的"事情的时期;第四期是描写"不可避的"事情的时期。夏本认为,小说的起源和叙事诗一样早,马修士的第一和第二期指的可能是"神话",第三期以传奇为代表,第四期是近代小说。关于小说的分类,夏本指出,有主观的小说、客观的小说、主客观的小说,理想小说、写实小说,问题小说、历史小说等,不过,一般将小说分为长篇小说与短篇小说两种。长篇小说"结构最伟大,内容最复杂,分量最丰富",字数在"五万以上",一般的都有"七八万",短篇小说是"人生片断的描写",字数多在"三四万"以内。小说的表现方法主要有四种:日记式、书简式、自叙式、他叙式。

5.3 小说的要素与条件。夏本指出,按哈德逊的区分,小说有六要素,即情节、人物、会话、风格、背景、人生观。夏本认为,情节是小说所表现的"一切悲欢离合的事象",是其他几项人物、会话、背景、人生观等"从头至尾联系的线索"。情节的构成第一是材料,即题材。题材或来自作者的直接观察,或来自旧说传闻。小说中表现情节的方法通常称为"结构或布局"。小说常需讲述故事,所以,讲故事的才能很要紧,否则,再好的题材也是难以显露的。小说的结构分为"松散的结构"和"有组织的结构"。前者是指一个故事中人物所表现的情节"并无紧密的连带关系",作者在写作时不必有"概括的计划,组织与统一",人物、事件皆按序出现,这种结构的小说"有时抽去一段也对全部无大妨害"。有组织的结构则相反,不仅其人物、情节紧接不可分离,组织坚密而匀称,而且其全部意义"有一贯的趋向",前后呼应而不重复。还有人把小说的结构分为单式的结构和复式的结构。关于人物,夏本指出,人物与情节关系密切,因为情节"不外是人物的动作的连锁",小说的生动之所以能给人留下深刻印象,首先就是因为它有"特殊的人物",其次才因为情节。情节既然是通过人物表现的,故人物须与情节"非常融合"。人物最关键的是要描写得逼真,能站得起来。小说家写人物,大都本于"观察的经验",也有利用想象的,前者为写实的,后者为创造的。写实的就是小说家如实地描写其见到的人物,创造的则凭借小说家主观的想象来创造人物。这需要天才的潜秘,这种潜秘对英国小说家萨克雷来说是一种"昧力",好像有人在后面催促着如何写,小说家不由自主地去那样写,他说:"我不能制服我的人物,我简直在他们的手里,由他们领我到那里,我只能随着他们。"不过,夏本指出,这种潜秘不外是"想像与经验融合的结果",绝非凭天才空想出来的东西,它在想象中显然"有过去的经验作基础"。此外,人物的描写方法有直接描写和间接描写,在人物描写中需注意的是:"人物的性格是有时会变动的，人物是因地方时代而铸成不同的典型，人物是因阶级，职业，男女的不同而表现着各别的性格，描写人物能顾到这种种方面，总会栩栩欲活，生动逼真。”关于会话，夏本指出，小说中表现人物一半靠动作，一半靠言语。动作只是人物“外表的表现”，会话才是人物“一切内在的思想感情的表现”，只有凭借对话才能对人物有“深切的了解”。小说要达到戏剧那样的表现效果，会话就占据着重要的地位。在小说中加入一些“清新流利的会话”，会增加“不少的趣味”。人物有自己的职业、年龄、性别、性格诸方面的不同，会话应随着这些不同而不同。关于背景，夏本指出，小说中的故事必有其发生之地点与时间，此即小说的背景，小说家应将自己描绘的情节、人物、会话“装入适宜的地点，适宜的时间，以及适宜的环境里”，须非常“融合”。背景由三要素构成，即地点、时间、自然的或社会的环境。地点是小说故事呈现的舞台，一个故事必定“托足于一个地点”，一个地点则有一个地点的特色，即“地方色彩”，小说家必须认明这种地方色彩，小说中的情节、人物如何也是因此而“异致的”。人物在某一地域则有该地域的特性，此之谓“地方典型的人物”，小说家把这种人物和情节“配到怎样的地点是很要紧的”。时间是小说中“故事出现的辰光”，一故事必有一故事的时间，小说中的时间是各时代不同的，此之谓“时代精神”，它是一时代的“色彩与空气”，一时代思想的“共通的表现”，作者须将某个时代的精神“充分研究理解”，然后方能“编配得体”。如历史小说的描写“要把过去时代的生活，风习，和情调，活泼泼地再现”，尤其要用“历史家同样的工夫去考证明晰，一有错误，便要闹成张冠李戴的笑话”。即使不是历史小说，时代背景的意味也是很重要的。自然和社会的环境也是小说的背景，季节、风景、山川、都市都属于自然环境，风俗、习惯、宗教、道德、礼仪、服装等则属于社会环境。人们通常认为小说与事实“无关”，其实是错误的，任情妄说、矫揉造作等不真切的小说“定然不能使人感动”，正如哈德逊说的，“缺少‘真实’这性质的小说是不足一读的，更谈不到优美与伟大”。所以，小说欲感动别人，“真实”就是“惟一的条件”。要达到人情真实的表现，则需要“将事物赤裸裸地描写出来”，需要“先准确地观察描写的对象，以这个观察为基础，然后能够达到真实的表现”。左拉曾说，“我做小说的时候，必把主人公的气质和他所生的家族，所感的变化，所处的境遇，一一考查清楚，然后再把和主人公有关系的人物的性质，习惯，职业，境遇，都研究过了才好做成一部小说。譬如小说中须讲到一个上等剧场或上等菜馆，我必先跑到这等所在去实地观察几次；等到里面的情形熟悉了，才着手下笔，我深信无论怎样的小事，都是一种理论的自然的必然的结果；我做小说最苦心经营的，也是这一点。如侦探遇着事情，终要寻根究底，把里面的复杂关系，详细探查过了，然后能发见秘密的大罪；我做小说，用的也是同样的方法”。夏本指出，由此可见，伟大小说家“对于描写人情，分析个性的忠实，都是煞费思虑，费尽苦心的”。世间之事变化万千，绝非靠玄想即能“洞察其真点”，必定要加以“经验和实察的工夫”，才能“辨别入微”。不过，所谓“真实”并非限于从个人直接经验得来之知识，通过想象、读书、同他人交谈都可以得到“我们所未曾接触的经验”，故一部真实的小说既需要直接经验也需要间接经验。

6. 戏曲

6.1 戏曲的特质与本质。夏本认为，戏曲是“进化较早的文艺之一”，应在小说之前。戏曲英文作 drama，从字源上看，是将“叙事诗与抒情诗融合起来的东西”，其中叙事诗是叙述过去的事迹，抒情诗是抒发现在的情感。因此，戏曲就是“把过去的事迹展开于现在人的眼前，吸动人的情感”，它一方面立于叙事诗的客观地位、复现过去的事迹，另一方面抒发戏曲里人物主观的情感，因此，戏曲是“兼具主客观的诗”。与叙事诗讲述故事不同，行为是戏曲的重要因素。戏曲所表现的行为是“在剧场上出现的”，剧本只不过是戏曲中的一部分工作，只有上了剧场，戏曲才会有“真价值”，故在狭义上，戏曲指“剧场上所演而做成的散文的或诗的形式的作品”，而在广义上则指“多方面综合的艺术”。戏曲与小说最接近，不过它们仍然有别：第一，戏曲是纯粹的文艺，剧场、布景、服装等这些辅助艺术与戏曲极有关系，而小说则与之无关。第二，戏曲与小说处理着同样的人生事象，但表现却有不同，戏曲受时间、地点限制，取材也需要取“人生川流中最紧急的一段”，而且要了解观众的心理，小说则不然。第三，二者在写作上也不同。戏曲是文艺中最谨严的形式，写一出戏须先具备长久的技术训练和剧场知识，且须受严格的法则的限制，小说则是最自由舒放的文艺。关于戏曲的本质，夏本指出，主要有三种论点：一种是“假定戏曲的本质是戏曲行为的动机和发展的历程”，如法国的勃伦梯埃认为戏曲的本质是表现人间意志的“跃动”，是人间意志的“争斗”。所以，没有争斗就没有戏曲，意志的争斗是产生戏曲的“根本动机”。戏曲是诉诸观众的，和角力相仿，观众对戏曲中的争斗“终是会感到兴味的”。第二种是“假定戏曲的本质是行为发展上的特征”，如阿契尔反对勃伦梯埃的意志争斗说，认为戏曲是描写“人生的危险的”，即描写在人生运命或境遇中“急激地发展的危机的”。第三种是“假定戏曲的本质，是从戏曲与其鉴赏者方面找出戏曲的特性来”，戏曲的本质是放大观众的感情，使其观剧时“精神能紧张”。

6.2 戏曲的发展与分类。夏本以西方戏曲为中心，追溯了戏曲的发展历程，它指出，“戏曲的演进大概和整个的文艺思潮一同前进”，同样由于“时代生活的变动而展开”，比如西方戏曲的发展主要经历了希腊戏曲、罗马戏曲、古典戏曲、浪漫戏曲、现实戏曲五个阶段。关于戏曲的分类，夏本指出，或以体裁为标准，分为歌剧与散文剧；或以题材为标准，分为历史剧与问题剧；或以美为标准，分为悲剧、喜剧和悲喜剧。

6.3 戏曲的要素与条件。夏本指出，情节、人物、会话、风格、背景、人生观六要素是戏曲和小说通具的，但它们在戏曲和小说中的表现方法不同。在戏曲中，情节大多称"事件与动作"，因表现的时间不能久长，故要"短小精干"，要抓住"人生之流中间的最紧急的过流"、人生万花镜中"最鲜明的一面"，要用"缩写的方法"，以便在演出中"迅捷地给观众发生紧张的情绪"，引起其"热烈的同情"。人物在戏曲中"最重要"，他是"传达一切情节与主题的"，在人物问题上最重要的是"性格的描写"，性格描写生动逼真，这戏曲就仿佛"有了生命"。会话在戏曲中一般称为"说白"，戏曲中的情节、人物性格大都用说白来表现，说白须"自然"，不可说谎，也不可像演说那样滔滔不绝，同时要有次序，不能前后重复，也不能冗长。除了上述六要素之外，夏本认为，戏曲还有四种表现上的要素，即音乐、环境、表情术和脚本。此外，夏本还讨论了"三一律"问题，认为"三一律"只是对剧作者的一种指导和参考，是原则而非法律。

7. 文艺批评

7.1 什么是文艺批评？夏本认为，文艺是一种"双方面的历程"，建立于"文艺家与鉴赏者的关系"。文艺家将自己对生活的"具体感觉"用"象征的工夫"传达给读者，使读者引起"生命上的共感"；不过，文艺家对生活的观察与体验是"深刻而精明的"，能见常人所未见，故鉴赏者欲体验出其"真味"，并非容易之事。文艺不但在创作上是人的表现，在鉴赏上也是人的反映，浅薄的作者写不出好作品，同理，浅薄的读者也不能了解好的作品。厨川白村认为，鉴赏是"共鸣的创作"，可见，鉴赏与创作在相当范围内也是一致的东西。一般人要明了作家"湛深的表现力"是不可能的，故需要批评家的参与。批驳、评骘与好恶的观念是人类固有的"良知良能"，人类能有"不绝的进步"便是靠"有意识的批评来做正确的导引"，时代进化至今，一切的环境、知识的对象日益错综复杂，批评也从"直觉的判断进而为专门的学问"。在文艺上，从"简陋的原始文艺进化到复杂的现代文艺"的过程中，批评尤不可缺少。批评对鉴赏者不但"负了一种启示的责任"，也有"匡导"之功能。关于何谓批评，夏本指出，中国文论中尚无"确切标准的解释"，西洋盖利与司各特的《文艺批评的方法与材料》曾从功能方面归纳了批评的五种含义：指摘、赞扬、判断、比较、分类。夏本认为，文艺批评重在"将作品比较，分类，判断，而及于鉴赏"，赞扬和指摘倒在其次。因为批评家并非居作家之上、做一种"严师的纠正工作，和一般人所误解的有操生杀之权"。

批评的真谛正如阿诺德所说，“是把世间所知所思最好的东西去学习或传布的一种无偏私的企图”。由此可见，批评是一种“积极的导引”，绝非“消极的评赏”。文艺批评之意义是“用文艺的见地，批评文艺作品或文艺作家”。反之，如果用哲学的见地、政治的见地或其他的见地批评文艺作品或作家，就不能算文艺批评。夏本认为，关于文艺批评的意义，亨特说得很清楚，“文艺批评乃是用以考验文艺著作的性质或形式的学术”。这里的“学术”，是“科学与艺术”，也就是说，文艺批评是在“采集及建立批评的法则”，同时以此法则来批评文艺本身。故文艺批评一方面是“科学”，另一方面也是“艺术”。关于文艺批评的目的，夏本指出，依盖利与司各特的观点，可分为如下几项：一是获得知识或传布知识；二是为便利文艺的鉴赏，即明确地解说所批评的作家、作品；三是分别文艺家的优劣，以节省我们的时间和精力；四是替作家教养民众；五是启示作家如何始能适应于一般公众；六是调和并训练公众的趣味；七是排斥文艺上的偏见；八是替未能亲味新思想，亲读新书的人介绍某几种新思想或新书的梗概；九是纠正作家及公众的谬误。在中国，依《四库全书总目提要》的分类，文艺批评的目的有五种，即究文体之源流而详其工拙、第作者之甲乙而溯厥师承、讲陈法律、旁采故实、体兼议部。不过，概言之，文艺批评的目的是“在示人以判断文艺作品方法，和在文艺范围里行使的判断，或判断的记录”。总之，夏本指出，“文艺批评不仅是文艺的一种工具，他批评一种作品时本身也有创作的意味，我们由批评的文字中同样也可以看出批评家的个性与思想”，故文艺批评“确实就是一种文艺的形式”。

7.2 西洋文艺批评的发展。本部分讲述西洋文艺批评的方法与诸流派，主要包括柏拉图、亚里士多德、17—18 世纪的因袭批评、近代的主观的批评等内容。具体不再赘述。

7.3 近代批评的派别。夏本指出，近代文艺批评比较复杂，内部形成诸多流派，主要有科学的批评、伦理的批评、鉴赏的批评、快乐的批评四种。科学的批评是比较客观的一种，其目的不在评定一部作品之优劣，而在“说明其内容”，内容说明了，其价值自显。其“完全应用科学的方法”，采取“研究的态度”，认为文艺批评“不应涉及作品的价值问题”，更不能诉诸“个人的感觉”。如丹纳的批评认为“艺术是一种植物学”，其发生的过程与植物学一样，只不过文艺研究是拿文艺为对象，而植物学研究则是拿植物作为对象。夏本认为，丹纳的科学批评主张从“严密的科学的态度入手”，可以避免文艺批评中的“偏见”，无疑给了我们“观察文艺的正确的贡献”。但其仅仅考察了作家的周围方面，作家的“个人的人格和创作的力量”却“没有研究到”。伦理的批评“专重人格及判断”，它是“拿道德上宗教上的理想当作品评一种作品优劣的标准”，以勃伦梯埃、诺尔顿、托尔斯泰为代表，他们宣扬“科学破产”，高唱人间的努力，反对听天由命，认为艺术“完全需要用道德的观念，以合于理想为原则”，个人的一切活动必须“合于大众的福利”。鉴赏的批评是指竭力认识及玩味作品的诸性质、功绩、价值，代表批评家是阿诺德和拉斯金。快乐的批评是“快乐主义的鉴赏的批评”之简称，它是从鉴赏的批评脱胎而来的，将“美”视为批评的中心，以彼德和王尔德为代表。

7.4 中国的文艺批评。夏本认为，中国的文艺批评没有“明显的系统可寻”，而且相关理论也鲜有“专籍可考”。约言之，中国文艺批评自先秦“启其端”，以儒家为代表，注重文艺的“明教”作用，其后两汉没有跳出儒家所论之范围，魏晋始论及文艺的“价值问题”，然后有唐有宋等。总体上讲，中国文艺批评多“直观而玄想”“只有意会而没有分析”，对大多数鉴赏者并无帮助，且形式主义严重，对于认识文艺的本相并无多少“明晰的贡献”。

8. 文艺思潮

8.1 文艺复兴的前后与古典主义。夏本认为，文艺是一时代的“人的表现”，各时代的人生活不同，文艺上就有着明显的时代性，从古至今“一天一天的排演着”，文艺思潮也随之发展着。一时代的变异，大多先由环境的变迁而使生活有所变换，继之“思想激起，社会变动”，人的情感随之推移，文艺表现也就换了方向，故文艺思潮的变迁或发展都有明显的“时代生活的痕迹可寻”。欲真正了解一时代的文艺，更须致力于“时代背境的找寻”。世界范围内的文艺思潮是异常复杂的，因地域之不同，各有特色。西洋大致有古典主义、浪漫主义、现实主义、新浪漫主义等思潮。

第二节　苦闷是文学的“推动机”：王耘庄的《文学概论》

王耘庄的《文学概论》于 1929 年 9 月由杭州非社出版部初版，为作者 1927 至 1928 年间在浙江省立第十中学教授“文学概论”课程的讲义。在体例上，全书分为上下卷计十四章，其中上卷十章，第一至四章编于 1927 年下半年，第五至七章和第八章的上半部分编于 1928 年上半年，第八章下半部分及其余章节编于 1928 年下半年。上卷十章分别为文学的定义，文学的要素，文学的产生，文学的特质，文学的赏鉴，文学的真实，文学的分类，文学的方法(上)，文学的方法(下)，文学与梦、酒、情人。下卷四章分别为文学与道德、文学与革命、研究文学之方法、创作家之修养。

1. 卷上

1.1 文学的定义。王本指出，“文学”一词的含义“暧昧无定”，故何为文学，从来没有一个大众所普遍承认的定义。何以如此？正如波斯奈特(Posnett)所言：“第一，所谓文学这词的出处的不同；第二，由于轻视了文学这词的历史底意义而生的；第三，文学制作的诸方法的微细的变迁；第四，文学制作的诸目的的变迁。”以上就是文学的概念多有分歧、愈加复杂的四个重要原因。王本补充道，文学之定义的纷歧还与文学之原理的研究产生较晚有关系：“写诗写文，只是任情为之，没有人去给她一个名词，说这样叫做文学，更没有去研究文学的性质是什么，内容是什么等等，所以她的定义至今还是很暧昧。……但是我相信，这不过是时间的问题，到将来必定会有个为大众所承认的定义出现的。”[①]继之，王本分别对中西已有之文学定义进行略述。就中国言之，它先后援引了萧统、阮元、章炳麟、罗家伦、马宗霍等人的文学定义并分别作了评价，例如萧之定义“有些含糊”，阮之定义立足于“个人的嗜好”，未免“太狭”，章之定义“太广”，罗之定义即“文学是人生的表现和批评，从最好的思想里写下来的，有想像，有感情，有体裁，有合于艺术的组织；集此众长，能使人类普遍心理，都觉得他是极明瞭，极有趣的东西”含糊不清，因为不独文学，人间任何东西都是人生的表现，而且根本不存在“最好的思想”而只有“较好的思想”而已。至于马宗霍说六经是文学，《汉书·艺文志》所叙九流十家是文学，诗赋为文学之正宗，王本指出，这样一来，政治学、历史学都成了文学，岂非笑话？就西方言之，王本指出，诸如海勒把法学、神学、医学等都包括到文学中，阿诺德说文学是我们从书上得到的一切知识，伍斯特说文学是学习、知识和想象的结果保留在文字上等等，都“太广泛”，而布鲁克、摩利等人的定义又“不十分清楚”，托尔斯泰的定义虽有可取之处，但可惜的是有宗教偏见。王本认为，爱默生(Emerson)的“文学是人类为补偿他的境遇的恶劣的努力”，哈德逊(Hudson)的“文学仅包含那些书籍：第一，其材料与叙述的形式是一般人有兴味的；第二，主要的形式，及由此形式所给与的愉快是其中的要素。文学……理想的目的，是在由他处理题旨的方法产生美的满足”，亨特(Theodore W. Hunt)的“文学是思想之文字的表现，有想像感情及趣味，用非专门的形式使一般人容易了解并感到兴味”等文学定义较令人满意。根据以上定义，王本认为，“文学是用有艺术的组织的文字，诉说人类的感情，是人类的苦闷的象征，有永久性和普遍性的，读者与作者间会发生共鸣”。

1.2 文学的要素。王本认为，“文学是以文字表现的”，但“用文字表现的东

---

① 王耘庄：《文学概论》，杭州非社出版部1929年版，第2—3页。本节引用未作特别说明者，均引自此书。

西未必就是文学，如图谱、簿记之类，或政治、法律之专门论文，绝非文学”，文学必具以下两个要素：第一，有艺术的组织（外表），即形式；第二，诉说人类的感情（内容），即感情。两者缺一不可。形式是“表现出感情来的”，而感情则“正是所表现的”。假如不能把感情表现出来，那么“感情等于没有”；假如没有可表现的感情，则形式“便无所用”。形式的要素是“美”，因为不美不足以感动人，即“不能引起读者的共鸣”。那么，“美”究竟是什么呢？王本认为，这是美学上的问题，就文学言之，文学上所谓的“美”是看作品能否动人，即能否唤得起读者的共鸣。能引起共鸣便是美的，否则便不美。愈能动人，愈能唤起多数人的共鸣，那便愈美。文学的第一要素是形式，追求文学形式的美并不是“牺牲内容”去“迁就辞章”，否则只能以辞害意，“算不得美”。故所谓形式美者，“乃是把表现内容的方法美化，并不是戕贼了内容以求形式之美”。同时，形式之美“只能增加内容的力量”，若内容“根本不佳”，则形式亦“无能为力”。故“欲求形式之美”，必“先求内容之佳”。此外，形式虽然很美，但内容并非述写人类的感情的也不是文学。如《左传》《国语》之类，文章虽美，然绝非文学，乃是历史。老庄管孟之书，若论文学，则实在“渺不相涉”。文学的第二个要素是感情，它是文学的内容。只有以“诉说人间的喜怒哀乐悲欢离合”为内容的文章才算是文学，这里所谓的喜怒哀乐乃“感情的表现”。那么，什么样的感情才能成为文学的内容？王本指出，文学感情的要素是真实，不真实的感情是不能用之于文学的，其甚至“根本就不能说是感情”。

1.3 文学的产生。王本认为，文学的产生问题牵涉到文学的起源、文学的冲动或文学的刺激问题。本间久雄的《新文学概论》从心理学方面提出的艺术冲动研究以及从艺术发生学方面提出的游戏本能说、模仿本能说、吸引本能说、自己表现本能说，以及希伦提出的“艺术是从最实际的非审美的目的而生的东西”，哈德逊的“文学四冲动说”等，都没有把文学产生的原因说明白。王本指出，自有人类以来，“人类是日日在悲苦的命运中奋斗，在压迫中求解放，在死道上求生路”，起初与兽斗，后来人与人斗，这族与那族斗，一族内部这一阶级与那一阶级斗，持续至今。虽然人类的文明是“日新月异的演进”，但还是多数人受着压迫，在重重的锁链之下挣扎求解放。不仅如此，人类还要和自然界争斗以解除自然界的困厄而求生存。人类生活于此“苦闷的空气之中”，不知不觉便发出呻吟声来，“这种呻吟声表现于文字上，便是文学”。因此，文学的起源是“苦闷”，一切文学作品的产生是“由于文学家的苦闷”，苦闷是文学的“推动机”，是文学的“刺激物”。一言以蔽之，文学就是人类的“不平鸣”。由此来看，厨川白村用“人间的苦闷”来解释文学的起源，显然“最为合理”。不过，文学虽然是文学家的苦闷，但这种苦闷并不一定得是他亲身经历的，凡他所感觉到的也都算；

因为文学家总是比较多情，看到别人受了苦，就像自己受了苦一样，而且他的感受性比别人敏锐，别人无视的事情，他却很难过，一般人没有感觉到的事情，他却早已感觉到了。所以，文学家多半是神经质的，而神经质的人，也就多半倾向于文艺。最后，王本援引郭沫若的话指出："文学是反抗精神的象征，是生命穷促时叫出来的一种革命。"

1.4 文学的特质。王本认为，文学的特质有二，即永久性和普遍性。所谓永久性就是指文学具有永久的价值。但并非具有永久价值的都是文学，如数学、地质学著作或物理学、化学论文等。其原因在于，文学之所以是文学并不是因为它含有"永久的真理"，而是因为它含有"永久的兴趣"。数学、地质学之类的论著，其中所"推求的真理"虽然具有永久的价值，"其书却未必能与真理同在"，因为其中所推求的真理"尽可用别的方式写出来"，人们从别的书上明白其真理与从此书上明白其真理"无丝毫区别"。此时便是"真理存而书亡"。如一本代数或几何的书，假使我们把它里面的公式公理记熟了，练习题也能做了，那就无须再看它了。但文学绝非如此，因为其中"所传的情感"绝对不能"由别一人或别一方式传达出来"。如我们欲体会《孔雀东南飞》中的情绪就"非读原诗不可"，即使别人告诉我们它的内容，或者我们在舞台上看了《孔雀东南飞》的表演，总得不到"读原诗时所能得的情绪"。一本文学的书，我们虽已读过，但想重新唤起"该书引起的情感时"，就非"重读该书不可"，而且文学也确能让我们"百读不厌"，这便是文学的永久性。而文学之所以具有永久性，正是由于其"诉之于感情"。所谓感情，它与知识有着"根本差异"，知识是永续的，感情是瞬间的，熟知了某种知识，记牢了不忘，"知识便能增加"，感情却不是这样，读一部作品时所生的情感，过些时候就没有了。故诉诸知识的论文，我们明了之后，这知识就成为我们的所得物，"便无须乎再读该文"，文学却不然，感情并不能成为我们的所得物，时间过了，感情也就消失了。正是如此，一部文学作品我们可以"再三再四的去鉴赏她"，真正具有文学价值的东西一定能使我们十遍二十遍地读不厌，正是由于"感情的瞬间性遂成立了文学的永久性"。王本补充指出，一部文学作品我们固然可以再三再四地去鉴赏，但第二次读它时所引起的情感"决不会和第一次完全相同"，这是因为感情（喜怒哀乐）也是"我们的行为"，而行为是情境"所唤起的反应"，情境不同，唤起的反应也一定不同，第二次读这作品时的情境绝不会和第一次完全相同，故它所唤起的反应也一定不会完全相同。此外，物理学、地质学之类的论文是给专家读的，文学却是给一般人读的，因此，从作者的目的看，科学论文是专为科学研究者写的，文学作品并不专为治文学者而作。从读者的能力上说，一般人看不懂科学论文，但完全不懂词史词调的人，也能领略一首小词的情感，完全不懂小说结构、人物等的人，看一部小说到悲伤处也会落泪。从读者的嗜好方面说，一个不是学代数几何的人，绝不愿去找代数几何的书来看，但在文学方面却不然，无论什么人都爱找一本小说来看，这也就是文学的“普遍性”，因为文学的普遍性，所以我们读异国的文学作品，一样会受感动。何为文学的普遍性？王本认为，它是指文学所传之情感而言，而不是指文学用以传达情感的躯壳即文字，因为文字是没有普遍性的，没有学过某种文字，就不可能懂那种文学。文学为什么会具有普遍性呢？王本指出，这是因为“感情也是行为的一面”，行为是对刺激的反应，“刺激相同，反应相同，刺激相异，反应相异，刺激部分相同，反应部分相同”。人类的刺激来自于体内、体外两方面，人类虽然肤色不同但生理构造则“完全一样”，因而人类体内的刺激是相同的。体外的刺激从相异的方面看，“固然绝对没有两个人完全一样”，但从相同的方面看，却有许多相同的地方，如住在同一座城市，同在一所学校读书等。王本援引了陆志韦关于共同反应发生的原因的观点来进行说明。陆志韦认为，共同反应之所以产生，乃是基于身体的相同、地理的相同、职业的相同。王本认为，陆的观点虽是针对一般的行为而言，但同样适用于情感方面。有很多情境是人人都必然会遇到的，如生老病死，而有许多事情也是人世间常有的，如离别、失恋、坎坷、寂寞等，所以“人类在感情的大洋里飘荡着，实有共通的地方，就是说人类一般的感情，实有超越时间空间而为人人都能共感共有的所在”。总而言之，文学的普遍性是“建设在感情的共通性上的”，而这感情的共通性能超越时间，这也就是文学具有永久性的理由。

1.5 文学的鉴赏。王本认为，文学鉴赏就是“依各个人的主观，去领略文学的趣味，各依自己的嗜好去找喜欢的读物”。鉴赏与批评不同，鉴赏可以倾向于主观，批评却不行，虽然纯粹客观的批评永远做不到。在鉴赏中，一个人完全可以“把他所爱的认为好的”，而且他所认为好的一定是他所爱的。在批评中，批评者所爱的必定就是他认为好的，但“好的却不一定都为他所爱”。鉴赏文学时，读者的心情是什么样的？王本认为，文学可分为三类，即描写景物的、直抒抑郁的和记载故事的。在读到描写景物的诗文时，读者仿佛和作者一般亲眼见到那景物；不过这也与读者的阅历相关，如果某种情景为读者所未见未闻，那他自然不容易了解。在读到直抒抑郁的诗文时，读者也会产生和作者同样的抑郁之情，“几乎忘记了自己是读者”；不过这也要看读者的经历如何，经历相同则容易了解，所谓的同病相怜就是这个缘故。在读到记载故事的诗文时，读者仿佛陶醉在作品里，似乎自己就是其中的一员，这就是忘我的境界。文学鉴赏中上述情形之所以会发生，是以“感情的共通性为基础的”，鉴赏中作者与读者的心情完全相同，二者共鸣，即起了“生命的共感”。因此，从读者方面说，“共鸣产生时，便是鉴赏成立”之时；从作品方面说，“作品能引起共鸣，便是作品成功”。共鸣和读者的经验相关，读者的经验不同，其爱好也不同，因此，年龄、性别、阶级、国土、人种、时代等都会影响到读者的爱好。同时，经验的不同可以通过教养来弥补。在鉴赏中读者和作者一样，也要运用“想像”，低级的读者只能对作品的事实或形式感兴趣，较高一级的读者“能幻想出所描写的形像来，却不能唤起什么情绪”，文学的鉴赏却“必定要到燃烧起蕴藏在读者心底里的苦闷来的时候”才算成功。文学的风格有两种，分别与两种性情的人相合，一种是以“眼力”见长的，一种是以“感情”见长的。以眼力见长的人容易记住形式的影像，其读完作品后，作品中一场一场的情景会在其脑海里“留着一个全景的影子”；以感情见长的人读了作品后会知道那作品“或为美，或为动情，或为无味”，甚至有时能够背诵作品，读者应像以感情见长的人那样去鉴赏文学。

1.6 文学的真实。王本指出，文学的真实即感情的真实。真有两种，一为感情的真，一为理智的真，即客观的、科学的真。理智的真无论谁看上去都一样，和看者的人格不发生任何关系。感情的真是主观的真、艺术的真，是人们以看到某东西时的印象和发生的感兴来说明这东西，同样的东西换个人去看就不同，因为“看者的人格，溶化在里面了”。文学就是表现这种艺术的真，能够“抓住某一瞬间的所感而不放松的，便算成功”。艺术的真并不逊色于科学的真，在文学上用不着“理智的真”，文学所要的是感情的真，是“由物所得的印象的真相”，其所引起的感兴是通过作者的人格艺术地表现出来的，是“活的”“有生命的”，理智的真则是被分析解剖后表现出来的，是“死的”“无生命”的。同时，王本认为，艺术的真与科学的真“这二者并不冲突”。例如科学家说水是“H_2O”，艺术家说它是“甘露”，但两者不会冲突，艺术家不会否认水是“H_2O”，科学家在炎热口渴无奈时忽然得到水，也会发生“如甘露的感想”。所以，在艺术中，拉斐尔画的圣母是生长在乌尔比诺山上的，基兰达奥的圣母是个佛罗伦萨人，贝利尼的圣母是威尼斯人，但她们都是真的，因为她们是“通过三位画家的人格的圣母”。在文学上，作家即使描写“空想的不可捉摸的梦”或乌托邦，那也是“真的”，因为它们一定是作者经验中的事物的组合或“隐藏在作者胸中的心象”的表现。文学上的事实固然不必要“如历史般的真实”，而其所传之情感则“必须为至情之流露”，否则就是“文学上的虚伪”。

1.7 文学的分类。王本指出，有关文学的分类，历来意见多有分歧，它举出了在当时最为流行的把文学分为贵族文学和平民文学、无产阶级文学和有产阶级文学、革命文学和反革命文学，以及把文学归纳到各种主义之下的文学分类法，认为上述诸种分类法都不合适，最好的分类方法应当以文学的形式即文体为“分类的标准”。王本认为，文体有下列性质：第一，文体的种类是无限制的，文学是抒写情感的，情感变化无穷，文体为适应这种需要，其形式也就“层出不穷了”，这样，文体的种类也就无限制了，在分类时，只能取重要的几类来说。第二，“文体是一种进化的东西”，就中国言之，如赋是战国以后才有的，五七言诗是东汉以后才有的等。第三，文体间的关系是不容断绝的，如纪事诗有如小说，戏剧的唱词多以诗为之等。依据以上文体的性质，王本认为可以把文学分为三类：诗歌、小说、戏剧，并分别讲述了这三类文学，诗歌是以有韵律的文字抒写情感，所谓韵律并不必拘于平仄、尾韵而只需注意声调的谐和，诗是供人吟咏的，写的是“断片的感想”“风景之一角”。小说是以散文记述故事，不过韵文也多有述故事的，小说不能缺“人物，背景，结构三件东西”，其体式有多种，如在篇幅上有长篇、中篇、短篇，在做法上有自叙式、他叙式，在体裁上有书信体（对话、独语）、日记体，在结构上有有机体、无机体。戏剧常被称为“综合艺术”，因为它是合诗歌、音乐、舞蹈、绘画、建筑等艺术而成的。单就文学方面言，有韵文、散文两种，近代之后才有纯粹的话剧。戏剧是要到舞台上去演出的，要借演员的动作如舞蹈、歌唱、行动、说白去感动观众。戏剧有以下主要的特点：要与多方面的人合作，要在舞台上面表现给大众看，要受时间和空间的限制，观众没有思索的时间故其表现要明白，表现还不能太过火，剧中情节只能借伶人的动作与说白来表现。

1.8 文学的方法（上）。王本认为，文学的材料不一定需要作者的“直接经验”，如果样样都要作者的直接经验，这实际上也是办不到的，更不用说有时虽是直接经验但作家未必“肯如所经验的实在写出来”，并且别人的情况是无法经验的，尤其是其心理过程，即使是“实在的写着过去的事情”，记忆中的过去也并非实在的过去，而且草木鸟兽的心理、理想的世界、还没有发生的事情等都是无从经验的。那么，作家该如何取得文学的材料？王本指出，能够给文学提供“活的材料”的便是想象，它是创作文学“最重要的、最根本的方法”。因此在文学创作中，作家所纂成的故事不是真实的也没有关系，“只要此事按诸或然律或必然律为可能，使人读了受感动就算成功了”。关于想象的性质和方法，王本指出，“想像是创造”，因为文学的人物是从来没有过的，是作者的“意像”，受了作者的“人格的溶化”，是作者将社会人物“重新组织”过再表现于纸上的。不过，想象不是幻想，想象是创造新的人物，这个人物是“合乎人情的”，并不是“荒乎其唐”的，是如“真挚似地表现着的”，即“按诸或然律或必然律为可能的”。而且，想象要“本乎经验”，想象出来的人物是由“经验中的各个分子组织成的”，没有经验就不能想象，因此，欲求想象力丰富就必先使经验丰富。想象的方法有二：内省法和体验法。心理学上认为内省就是“自己考察自己的心理过程（意识活动的经过）”。虽然行为主义心理学认为内省的方法靠不住，因为一个人在思考某事时不能同时考察自己是如何在思想，能进行内省的时候“思想已毕”，“只不过是回忆”而已，而回忆是靠不住的。但内省法在文学中却能用得着，因为文学追求的不是心理学家要求的“科学的真”，文学“只要能把回忆得的心理过程写出来就够了”，当然，它应该是合乎人情的，是“按诸或然律或必然律为可能的”。体验也是用内省的方法，不过“先把自己当作了别人”。如作家要写一个人，就要把自己当成那个人，“忘记自己的一切去想像”，这样，就会把这个人的心情“揣测出来”，这种方法也称为“替代内省法”，用这种方法必须“富于同情心”，因此培养感情就成了“文学家修养的要著”。

1.9 文学的方法(下)。本部分主要讲述文学以何种方法动人的问题。王本指出，“欲使文学作品感动人的话，必须把所由感的告诉人，不要只把所感的告诉人；换言之，文学作品必须描写所以使我们感动的事实，不能只描写我们所感到的情调”。因此，文学家“简直只要说出引起人的感情的事实，竟不必说他自己对于这事感慨如何，这样，在读者方面，也许更有余味些”。同时，王本认为，欲使文学作品感动人，“必须把事情或物象具体的表现出来，不要只给人一个笼统的概念”，而且描写还必须要“深刻”，即“深入事情的里面，不要只作表面的叙述”。王本指出，描写要做到深刻，“要能以小的暗示大的，以部分的暗示全部”，即所写的虽只是某个人的品性或只是某一种乡村的事情，读者却能从中晓得许多人的品性，晓得更大的一个空间的事情，能够达到这效果的便是深刻的作品，其必能感动许多的人。此外，形式之美与感情之真也是文学作品感人的重要条件。

1.10 文学与梦、酒、情人。本部分内容与文论关系甚微，在此不赘述。

2. 卷下

2.1 文学与道德。王本援引了桑塔亚纳(Santayana)之观点，即认为美的价值(美感)是积极的、善的认识、自发的价值、对对象无利害打算的，道德的价值是消极的、恶的认识、对对象有利害打算的，艺术以“快乐与游戏为对境”，道德则以“苦痛与业务为对境”，以及厨川白村的“文艺乃是生命的绝对自由的表现；是离开了我们在社会生活、经济生活、劳动生活、政治生活等时候所见的善恶利害的一切估价，毫不受什么压抑作用的纯真的生命表现。所以是道德的或罪恶的，是美或是丑，是利益或不利益，在文艺的世界里都所不问。因为文艺是和人类生命的飞跃相接触，所以在那里，有道德和法律所不能拘的流动无碍的新天地存在”的观点，和小泉八云的“最高形式的艺术，应当能给鉴赏者以道德的效果，如同在宽大的爱人心中唤起爱的情热一样。这样的艺术，可以使人肯牺牲自我，以道德的观念，可以使人安然就死。这种艺术可以给人类以很大的希望，为着那更伟大更高贵的理想，而弃掉生命，快乐，所有的一切。如果一种艺术，能够使我们更宽大，肯牺牲自己去从事高贵的工作，那么它一定是属于高类的艺术。若有一件艺术品，无论是雕刻，绘画，戏剧，诗歌，我们在看完之后，不能使我们更和善，更宽大，得不着道德的改善，那么无论这种艺术作得如何精巧，它也绝不是属于最高形式的艺术"的观点。综合诸说，王本认为，文学与道德的关系体现在：第一，文学只是作家受压抑后不知不觉发出的呻吟声，作者只是要"舒畅胸中的悒郁"，至于作品产生的效果是道德的还是不道德的，作者是完全想不到的，作家的创作也不应该有道德方面的"设计"，否则文学就变成了为了达到道德目的的"一种手段"，没有"自己的领域了"。况且作者如果事先预设了某种道德观念而创作，其结果一定是"非艺术的"，故从作者方面来说，"文学与道德无关系，且不应生关系"。第二，仁者见仁，智者见智，同一部作品，在读者方面可以是好的结果也可以是坏的结果，但无论什么结果只"由读者自己负责"，作者和作品"是不负责任的"，因此，在鉴赏中无论发生道德的还是不道德的结果，均与作者无关。第三，根据作品中的题材来批评作者道德与否，是不对的，正如蔼理斯所说，"那最不贞洁的诗是最贞洁的诗人所写，那些写得最清净的人却生活得最不清净"。文学创作实际上是"生活上所缺乏的东西，到文学上去求得满足"。第四，文学与道德的关系正像莫代尔说的那样：破坏人间和平、为罪恶辩护的，赞扬强暴诱拐或性买卖的，是不道德的文学。此外，王本指出，为了个人利害歌颂或攻击他人的，也是不道德的文学，因为其既不是"不平则鸣"，也不是"苦闷的象征"，又缺少普遍性和永久性，这样来说，"真的文学，一定不是不道德的"。总之，王本认为，"就文学的本身讲，正如厨川白村所说是生命的纯真的自由的表现，是无所谓道德不道德的；就效果方面说，自然会有道德的或不道德的效果，然而那是不能测量的，而且关键是在读者方面。所以道德或不道德，是不能拿来做文学的评判标准的"。

2.2 文学与革命。王本指出，各种革命的共同之处是"反抗精神"，是"被压迫阶级对于压迫阶级的反抗"。而文学是"人类受了压抑以后的呼声，是反抗精神的象征，是生命穷促时叫出来的一种革命"。故在广义上，文学与革命是"一致的"，凡文学都是革命的，反革命的文学不能算作文学。但王本指出，这种广义的理解其实并没有意义，革命与文学的关系应从狭义上看，须先将不是革命时代的文学切分出去"存而不论"，然后再讨论革命时代的文学。革命时期至少有两个阶级即压迫阶级和被压迫阶级的对立，前者保守，后者革命，该时代的作家，绝不可能超然于时代，因此，他不属于压迫阶级就属于被压迫阶级，前者是反革命的，其文学也容易是反革命的文学，后者是革命的，其文学也容易是革命的文学。对于革命文学与革命的关系，王本指出，革命文学乃革命前的"时代的反映"，并非"革命文学家的预言"，所以，将法国大革命的原因归于卢梭、孟德斯鸠的启蒙文学是有道理的，因为这些文学反映了革命前的时代并被称为革命的"导火线"。故"促进革命的重要因子，是革命前的社会状态，并非革命文学"。因此，如果没有被压迫阶级无法忍受的社会事实，再激烈的革命文学也引不起革命，如果有上述的社会事实，即使没有革命文学，革命也总有一天会爆发。最后，王本对于当时提倡革命文学的观点提出了如下看法：一是"文学只是文学家要说出他心里的话，是绝对自由的，若是为了别的什么目的而创作的话，那一定是无价值的"；二是"必先要有需要革命的事实，若有此种事实——如压迫阶级极度的使用其淫威——则自然会有革命文学产生，也用不着提倡"；三是"只有在革命前的时代，对于处在被压迫阶级的地位却抱着压迫阶级的思想的人，似乎用得着提倡"。王本还指出，"现在所需要的，是革命家，不是革命文学家；革命家有了，革命文学家自然也有了"。

2.3 研究文学之方法。王本指出，研究文学不是文学创作，研究文学的方法约可分为八种：其一，历史的研究，即"依照时代的先后，作历史的研究"。其长处在于"文学变迁之迹历历明白"，可以晓得"各时代的文学特色之所在"，其短处在于"一时代中往往因材料太多，不能完全叙述，研究者认为不重要的往往略而不论"，而对同一种文体，因为被"隔断了叙述"，遂令读者"迷其脉络所在"。同一种历史研究法，其体例亦各不同，或以人为单位或以文体为单位，前者的优点是"对于某一个人文学的成绩如何很清楚"，缺点是对"某一种文体前后的因果关系，不能条分缕析"。后者的优点是对于"一种文体在一代内的流变可以很清楚"，缺点是对于某个人的文学成绩如何，却"因为被分割在数处叙述的缘故，弄得模糊不清了"。在范围上，历史研究法有通史、断代、只研究文体之一、其他等四种。其二，集团的研究。这种方法主要分为两类，一是同时代声名相等而得一总的称号的，这些人虽被并称，其风格却未必一样，故这样的研究很容易表现他们的异同。二是对种种派别做研究，这种方法可以把"一个派别的特点，源流，盛衰，弄得清清爽爽"。其三，个人的研究，即只是对于一个文人作研究。这类研究也因研究者的趣味各异而有种种的不同，如可从事迹、作品、文学史地位、作者的情感、作者作品的真伪、两作家的对比等方面来研究。其四，作品的研究，即以作品为对象的研究。这种研究对作品的选择没有一定的标准，依研究者的嗜好而定，研究的方法也因研究者的趣味各异，主要有考证（从作者及产生的时代、作者的事实、作品材料来源、作品的事实等方面来考证）、艺术（作品的艺术性）、思想（探究作品所含之思想）、其他（版本、源流、用韵等）四类。其五，文体的研究。如研究某一文体在文学史上的地位，某一文体的格式，某一文体发生的时代，某一文体的定义、要素、历史的发展，某一文体的历史等。其六，作法的研究，即研究文学创作的方法。如从已有的作品中归纳其创作方法或者侧重指导文学的作法等。其七，本质的研究，即以文学本身为研究对象，“不限定文学的时间（历史），空间（国别），作者，作品，去研究文学的界说，要素，起源，特质”等问题。其八，文学与其他事物之关系的研究，如文学与性爱、文学与性欲、文学与人生、文学与革命、文学与个性等。最后，王本指出，文学的研究方法并不止于上述八类，如“有了历史的研究，于是又可以有文学史的历史，方法，种类”等的研究；“有了本质的研究，于是又可以有关于本质的研究的历史，方法，优劣”等的研究。故研究方法是说不尽的，研究者只要“依着自己的兴味，择取一段去努力的究，都可以有很好的成绩出来”。

2.4 创作家之修养。王本指出，作家往往是“自然的境遇造成的”，而不是“人力所能养成的”。如父母中有作家的人，自幼生活在文学氛围中；或者生长于山明水秀之乡，自幼便养成爱好自然的习性；或者家庭贫困，自幼便深味人生的悲哀。这些都是“自然的凑合”，是“可遇而不可求的”。另一方面，即使一个人受的教育很完备，对文学也有着勤恳的研究，对大作家的作品也有精细的玩味，但他还是未必会成为一个伟大的作家，因为成为作家是人力所无从致力的。但一个人是绝不可能自然而然就成为作家的，因为这关乎修养。王本指出，作家必须具备如下修养：一是感情，作家一定要有热烈的情绪、敏锐的感觉。王本受厨川白村“苦闷的象征”观念的影响颇深，故这里的感情主要是作家的痛苦之情：“创作家对于自己的痛苦，比一般人感觉得深切，对于别人的痛苦所发的同情心，也比一般人来得深切。”二是真实，即作家所传的情感必须真实，不真实则不足以动人。三是观察，即作家必须要有精密的观察能力，有了精密的观察能力，描写才能细致深刻；否则其所描写的只是浮泛人事，飘飘然的站不住脚。四是经验，即作家要有丰富的经验，而收集经验的方法有二，即直接的和间接的。此外，学识的修养以及“有闲”也是创作的必要条件。

第三节　文学是“苦闷的反表”：许钦文的《文学概论》

许本《文学概论》于 1936 年 4 月由北新书局初版，在体例上，其由总论、分论和余论三部分组成。总论讲述文学的地位、文学的内包、文学的成分、文学的意义、文学的新旧、发生文学的原因、创造文学的情形、化妆出现、便化、具象性、暗示、共鸣作用、普遍性、真实性、净化作用、文学的派别；分论讲述小说的意义和地位、断片的描写、小说的体裁、小说的结构、诗歌和散文诗、剧本、童话、随笔；余论讲述幽默和讽刺、观察、描写形容和譬喻、文学作品的鉴赏、文学同生活、作品一班。1933 年，许钦文在《读书中学》第 1 卷第 1 期和第 1 卷第 2 期连载了《文学细说》一文，共分三十个专题解答了文学上的问题。其论述的主要内容如下：文学、文学的文学、人生的文学、革命文学、普罗文学、民族主义的文学、暴露文学、新兴文学、革命和文学、青年文学、古典文学、浪漫文学、写实、自然主义的文学、再现和表现、表现的文学、浪漫和新浪漫、新写实、新古典、象征和文学、暗示和曲达、人格的表现、心的探险、武器、苦闷的象征、下意识的暗示、化装出现、宣传、暗示和保守者。从体例上看，其与许本《文学概论》基本一致，内容亦有重复，应是其着笔《文学概论》前的一次操演。该文的前记中，许钦文曾说自己“希望不久以后就有换一种口气另写一篇的机会”[①]，照此来看，其《文学概论》应该就是这种机会的具体落实。

1. 总论

1.1 文学的地位。许本认为，文学与绘画、音乐、建筑、雕塑、戏剧、跳舞和电影同属艺术。绘画是平面艺术，使人一目了然，没有文化的人也能看懂绘画，但文学不仅不能使人一目了然，而且要读懂文学首先要识字。建筑和雕塑则是立体艺术，比绘画更容易让人看明白，而且“容易使人发生庄严和伟大的感想”。[②]音乐是“刺激性非常强，感动力非常大”的艺术，即使人们不注意，音乐的声浪自己也会“钻进耳朵来”。戏剧和跳舞不但是立体的，而且是流动的，有音乐伴奏，同时刺激视觉和听觉，因此“更有力量”。以往人们认为电影不是艺术，但自有声电影发明以来，电影“实在同戏剧有相等的功效”。总之，在诸种艺术中，似乎文学是“最差的”，其实不然，文学在功效上有着特殊的优点，其“时间可以保持得久长，空间可以传播得广阔”。音乐、建筑、绘画都受制于时空，如音乐只有在场的人才可以听到，建筑只能固定在一处，而且它和绘画、雕塑都难以“表明时间的延续”，戏剧、跳舞和电影都要有一定的场所。这些艺术虽然也都可以复制，但在欣赏其复制品时，并不会像对于本体那样“容易感动”。只有文学，可以任意复制，功效上都不成问题，故文学“在空间上可以传播得无限的广，在时间上可以延长得无限的久”。许本指出，文学固然能表现时间的延续，一部作品可以写跨越了几十年甚至上百年的故事。艺术品总归要有许多层次，如绘画有着“形状，色彩，线条和笔触”等问题，又有调子、对照、统一等的条件，因为绘画不能表现时间上的延续，因此只好没有层次地“同时表现着”，让观者“任意去看”。而对于不擅长欣赏绘画的人，往往会看得莫名其妙，或者只看出了形状，甚至连形状都看不明白，更不用说领会其用意了。文学则不然，作者想使哪一部分让读者先看到，“很可以自由支配”，只要在前一段写它就可以了。故文学上的层

① 许钦文：《文学细说》，《读书中学》1933 年第 1 卷第 1 期，第 74 页。

② 许钦文：《文学概论》，北新书局 1936 年版，第 1 页。本节引用未作特别说明者，均引自此书。

次可以“依照文字的前后来固定”，这样就容易使读者了解，也容易“收到美满的效果”。戏剧虽然也属于一种艺术门类，但剧本却属于文学之一种，所以，戏剧的功效“大半原也是文学所有的”。最后，许本指出，“文学在艺术中占着最重要的地位。艺术是各项文化的结晶体，能够表扬文化，也是能够促进文化的”。故文学也在文化中“占着最高的地位”。

1.2 文学的内包。许本指出，狭义的文学只包括小说、剧本、诗、歌、童话、散文诗和随笔(小品文)。广义的文学则把书信、日记、传记、报告等实用文体也包含在内，只要具备了文学条件的就是文学。虽然有些小说也采取了书信、日记或传记的形式，但这只不过是一种体裁，它们的题材则往往是虚构的。实用的文字是专给明确指定的少数人看的，其目的也在于传达事实，即传达真的事迹。而文学的对象则是没有明确指定的大多数人，其内容也未必是真的事迹，只要有真实性即可。在现代的文学中，作者总是有着对于“所写事实以外的一种用意的”，即使所写的故事原为真的事迹，它也只是偶然用之，并非为着事实服务，故在文学中使用书信、日记、传记和报告等体裁也只是借用而已。

1.3 文学的成分。许本认为，构成文学的成分在形式的方面有文字、故事和技巧，在实质的方面则有主义和情感。其中文字是形成文学必需的工具，没有它，即使有着很好的题材，其存在头脑里也只是一种念头，即使从嘴中说出来也不过是话，而一定要通过文字才能形成“具体的文学”。文学所用的文字在形式上是“记序文”，论其情形，要有焦点、有转变，是记“曲折的故事”而非“简单的事实”，要能感动人，文字又要经济，这就需要技巧。文学的目的并非在事实本身，而是“在报告的手续中加以暗示”而让读者产生感想，即意要在言外。所以，其形式上虽然是记序文，实际上却是“议论性质的”，即“处处都暗示着是非，善恶和美丑的意见的”。谈论善恶、美丑、是非是需要思想的，但单个的思想凑合起来难免前后矛盾、杂乱无章，只有作者抱定一种主义，才能够整理思想，使其统一起来，故文学是不能没有主义的，一部作品的价值完全要从其所含的主义来估定。但文学之所以为文学，还需有情感，若仅有主义，即使是“正大的主义”，也只是有理论上的价值而不会有“实际的功效”，因为它是冷冰冰的，没有感动读者的力量。所以，文学的目的“不但是灌注思想使得读者能够辨别是非善恶和美丑，还要使得能够趋善避恶，就是改非，更要使得对于所示范的理想人物，能够实际从事”。因此，富于情感的文学有着“激励性”，能够鼓动读者、操纵读者。总之，文学同一般文字最大的区别就在于“是否含有情感”。

1.4 文学的意义。许本认为，一言以蔽之，文学的就是“人生的”，这体现在文学表现人生、批评人生、指导人生三个方面。前两项是“再现”的文学，后一项是“表现”的文学。所谓指导人生就是“写出作者的理想人物来”。因为是非、善恶、美丑没有绝对的标准，故这种理想人物是否一定就是对的，很难有完全的认定，因此所谓的指导只不过是符合作者的意见、表露作者个人的意见而已，故也叫作“人格的表现”。再现的文学亦如此，虽然它形式上只是记述“已然”的事，但文学上的描写，无论如何注重客观，也无法与科学的客观相提并论。而且其对于内心的观察，无非是根据外表的举动来推测，它写人物的内心也只能从言语和动作上去推测展现，这些推测免不了含有作者的成见，因此，再现文学也是“人格的表现”。正因为文学是人格的表现而各人个性不同，所以即使是写同一件事，一百个作家也会有一百种写法。

1.5 文学的新旧。许本对中国“新”文学（革命文学）寄予了厚望。在其引言中，许氏就肯定了文学作为“艺术的武器”在民族的前途上发挥着两种极其重要的作用：一为宣扬主义，二为教养民众。从中国当时的社会状况出发，许本认为，“新”文学（革命文学）在当时之中国是不必甚至不应该反对的，因为中国需要它。何为新文学？许本指出，从世界范围来看，新理想派之后的文学包括新写实派都是新文学，而在中国，自然主义以后的都算作新文学。中国的旧文学是古典主义的产物，它有“一定的典型可凭”；新文学却不然，它没有一定的方式，根本是“活动的”。故新文学相信“人类社会在不时的进化”，所以要与时俱进，但绝非新的就是好的，合理的新才是好的。所谓“理”虽无绝对之标准，但新文学的合理就是“对于多数人有益”，在这个意义上说，新文学是“大众”的。新文学以探讨人生为目的，即所谓表现人生，批评人生和指导人生。这里的人生，是就“整个的人类而言”，相较于旧文学之偏重个人，新文学是社会的、切于人生之实用的。

1.6 发生文学的原因。许本认为“发生文学”的原因在于“苦闷”，人活着有种种欲望，“所希望的不能够达到目的，欲望不能够满足，失望了，就要苦恼起来”。文学的产生就是为着发泄苦闷，或者说因为苦闷得不能不发泄了。因此，“人间有文学，实在是人生的不幸。要是欲望个个都能够满足，就不会有文学产生出来。可是欲望无穷，总不会有如数达到目的的时候，所以文学，虽然随时变更情态，是不会消灭的”。在文学上发泄“苦闷”并非“直接的诉苦”，而是用“象征”的方式表达苦闷，故称文学为“苦闷的象征”。关于象征，许本认为，它含有“譬喻”和“缩小”二义，是“神似的”。故文学上写故事，无论时间多长，地点多少，关系几何，作家也只是“抽出几点重要的来作代表”，这些作为代表的内容“仍然是像的，只是缩小了范围”。文学总少不了象征的手段，如果没有象征，文学就会变成依葫芦画瓢的科学记载或新闻。但过度使用象征则会让人莫名其妙，喜欢用象征手段的“象征派”和“神秘派”就是如此，所以我们不需要它们，因为它们不易理解，于大众的“条件不合”。许本认为，即便是没有描写悲苦情形的文学也是“苦闷的反表”，如描写青年男女花前月下甜蜜生活的、赞美花鸟的，它们其实也是因为作者的苦闷，是因为作者有了这种欲望，可是无法实现，无可奈何，只好通过文学描写来“画饼充饥”。故虽然文学中所写的事情有时不是悲苦之事，但与为着苦闷而写的文学却有着一样的原因。就连作家亲历了的、实现过的愉快得意的事情，也只是苦闷的反表，原因在于已经实现过的事情，想再来一回，已然办不到，只好通过文字的描述画饼充饥，这叫作“喜欢的追慕”。许本同时指出，革命文学也离不了“苦闷的原因”。因为文学虽然可以用作革命的武器，但革命的理论如果已经“公开的宣传”，就不一定要再用文学这个武器。如果革命正在行动，需要的是实际工作，不会需要什么文学。故革命文学总是产生在革命以前或以后，产生在革命之前是为革命做准备，当然是“由于苦闷的原因”；产生在革命之后，则要么是发泄革命失败的“苦闷”，要么是对于革命成功的轰轰烈烈的举动想再来一回而不能的“喜欢的追慕”。

1.7 创造文学的情形。许本认为，作家为了发泄“苦闷”而创作文学作品，这个过程可称作“探心的险”。这里的“心”是指“精神上的心灵”，并非肉体意义上的“心脏”。“探心的险”分为两方面，即表现和再现。作为表现的文学为着示范而写出理想的人物，这种人物是“未然”的，依靠作者的想象而成。这种理想人物的体态、装束、思想、举动以及做了什么、得到什么等都是作者探问自己的心而得的，并非依照什么模型。作者一次一次地“探问自己的心”，好像是在“一层一层的向着心底里掘下去”，掘得越深，所得的结果就越多越新颖，这样探掘所得的结果就是文学，是作者冒险而得的。相较而言，再现的文学从形式上看好像都是真的事迹，但实际上它仍是作者虚构出来的。因此，它“所写的人物，到了什么境地会得怎么样，碰着了什么东西，是怎样应付的，也无非由于作者设身处地的想当然而假定”。即便再现的文学在写作中有着模型，其对于内心的观察和表现也是通过外表推想出来的，是推想的结果，是“人格的表现”，故其一样也是“探心的险”。总之，“创造文学的原因是‘苦闷’；创造时的情形是‘探心的险’；创造的结果是‘人格的表现’”。这三个方面互相关联，并不冲突。一部作品的创造，其“发动是在苦闷的；没有苦闷，不会去探心的险，有了苦闷，想谋出路，才要多方的思索，就是探心的险了”。作品创作的动机在于苦闷，而评价作品也要“从所苦闷的原因而估定”。单纯个人的苦闷表现在作品中没有什么价值，要是“为着多数人的生活不安而苦闷，为着不能够改进社会而苦闷，那末，创造成功文学作品以后，目的在于大家，是有价值的了”。此外，什么人格产生什么苦闷，毕竟从什么人格中可以探出什么险来都是一定的。伟大的人格产生伟大的作品，卑鄙的人格其作品也一定卑鄙，平庸的人格则很难产生出什么作品。

1.8 化妆出现。许本认为，人的肉体有病变时，自己觉察不到，有时会通过做梦表现出来，如梦见被人打了或被狗咬了等，这其实是"下意识"的作用。因为人的下意识对这种病变的隐痛很敏感，它觉察到了但形容不出来，于是就通过挨打或狗咬这种"具象的报告"来表现，这种情形在文学上叫作"化妆出现"。作家在创造作品时，总是先构思好一种意境然后再开始写作，而写出来的结果却与当初的构思不一样，其是如何改变的，作者并不知道，其实，这就是受到了下意识的影响。因此，文学与"下意识的关系很重大"。按照精神分析学的理论，在人的欲望中，"性爱的势力最为强大"，这种欲望如果得不到满足，人就会"感到莫大的苦闷"。生命力越强的人，其苦闷就越大。大脑的理智会压抑这种欲望，但下意识却不受理智的约束，因此大脑在它压抑欲望的过程中就种下了"许多的苦闷的根源"。这种苦闷一有机会就会发泄出来，不过，它往往会接受理智的规范来进行具体的表现，此时，化妆就出现了。譬如在社会的伦理观念上，一个人与自己的亲族不能够结婚，其大脑的理智上不存在恋爱的想法，可下意识里却不管不顾地爱了。因此而生的苦闷不好直接表现出来，只好假托别的事由来化妆出现，于是形成有声有色的伟大的文学作品。这样的作品表面上是在表现爱护人类社会的情感，实际却在暗中发泄失恋的苦闷，是在抒写对于其所爱慕的人的心意。明白了"化妆出现"这一途径，就不会再害怕苦闷，也不会再愁文学没有材料，因为"苦恼总是有着的"。有人认为接近文学会诱发神经病，其实文学"倒是可以救济神经病的"。发神经病的人是因为自己苦闷太多，抵抗不住。而文学是苦闷的象征，创造了一部作品就是发泄了一种苦闷，必会使人"舒畅起来"。作家的作品都是其"苦闷的象征"，对于读别人文学作品的人来说，由此知道苦闷的人不止自己，而且别人的苦闷比自己的更大、更深，因而得到一些安慰，就心平气和了。不过，在接近文学的人中，有人还是会发神经病，许本认为，那是因为其苦闷得"太厉害了"，靠文学的救济也"来不及"。无论如何，在许本看来，"接近文学的人，原来大概也都是盛怀着苦闷的"。

1.9 便化。"便化"是与"化妆"相对的艺术手法，指在"采用题材的时候，把一种事迹的真相抹杀，换作别种样子来表现"。"化妆"是作者下意识的行为、完成于作者的"不知不觉间"，但"便化"却是作者故意的。如作家在创作中为了使描写具有深刻浓厚的效果，会注重描写断片、将情节戏剧化、追求单纯化，进而将"各项于许多时候在许多地方发生的事情便化起来"。比如写鼓浪屿的游记，假定写的是十一月十一日在那里见闻到的事物，但其实可能也把那天以前和以后在那里所见闻的情形写进去了。便化有的时候也需要把实在有着的情形删去一部分，使得题材的色彩更鲜明，更深刻，更浓厚。便化的存在可以使作者“活用种种的事实”，任何观察之所得、随时之感想，总会有适用的场合，因此，“越是多世故，富经验的老练作家，越能够把作品写得深刻浓厚”。总之，便化在艺术技巧中地位重大，它的结果是“扩大”作者认为得用的部分，删去其认为无用的部分。

1.10 具象性、暗示与共鸣作用。关于具象性，许本指出，在形式上，作家在作品中不会直接发表议论，有议论也是通过人物的口间接发表出来，因为议论是抽象的，文学要“具象化”，即应有“具象性”。有了具象的表现，作品才容易使读者“得到深刻的印象”“于无意中感动”，故只有抽象论调的作品是算不上正式文学的。严格的具象表现只有描写，更准确地说是白描。但文学只追求大体的具象性，所以作品中也可以有一些作者自己的但只“限于说明事理的话”。关于暗示，许本认为，文学作品虽然要批评人生、指导人生、“寓着是非、善恶、美丑的各种意见”，但在形式上得保有“记序的文体”，而且“以描写为原则”，它所寓含的关于是非、善恶、美丑的各种意见就是凭借“暗示”来实现的。所以，文学写美的东西，不会直接写它是“美的”或“好的”，而是把它美的地方“一条一条的列举出来”，“于无形中尽力使得读者感到美好就是了”。而文学之所以需要暗示，有以下原因：其一，避免武断；其二，避免干涉；其三，满足读者的创见欲。关于共鸣作用，许本指出，文学之所以能够软化人心是因为它能使读者受到深深的感动，此过程即“共鸣作用”。共鸣分为三步：认识、了解、同情。因为共鸣的产生需要读者的同情，故文学在题材上要选“一般读者的生活中所常常经历着的”，在文字上“也要是浅显的”。总之，文学要在读者那里引起共鸣，则它所探讨的问题就要同读者有着切身关系，起到“一拳打在心窝里”的效果。

1.11 普遍性、真实性与净化作用。关于普遍性，许本指出，不同种族、不同时代的作品我们之所以喜欢看，是因为它们能引起我们的共鸣。但我们为何能和它们产生共鸣？那是因为其他种族和时代的人们同我们在诸如母子之爱、夫妇之情、朋友之谊等方面有共同之处、共感之情，也正是如此，文学具有普遍性。文学的普遍性与“时代性”“地方色彩”在表面上有矛盾，但事实并非如此。文学既然是生活的表现，而各地的生活又不同，故文学“总带着生活所在的地方色彩”；同时，“时代是进展不已的”，即“在不绝的进化”，所以各时代的文学作品都会有着自己“特别的情形”，这就是时代性。许本认为，即使“含有了地方色彩，普遍性仍然可以具备。时代性也这样”。具体缘由如何，许本则未作阐发。关于真实性，许本认为，以往人们认为文学要具备“真善美”，现在人们常说“文学要有实感”，其实说的都是文学要有真实性。没有真实性的作品，就不能有效地引起读者的共鸣。但文学的真实性未必要所写的故事“原是真的事迹”，只要

“形成这故事的各项情形是实在的就是了”。文学作品的真实性程度要看“作者的经验丰富不丰富”，经验不丰富的作者，其作品不易让人感动，“因为缺少真实性”。关于净化作用，许本认为，文学尤其是戏剧所包含的故事情节往往是“很悲苦的”，但人们却要看而且爱看，即使平时唯利是图的人也要去看，“无非去暗暗的流一通眼泪”。原因何在？就是要从所观看的故事情节中引起“可怜”和“害怕”的情感，使得心弦“紧张着颤动一下”，把平时无形中郁结的“苦闷”给“排泄出去”，并因此获得轻松与快感，这就叫作“净化作用”。净化的时候，读者或观众会忘却利害心思、计较念头，“只希望自己做个好人”，觉得自己“非从此行善不可”。不过，等到净化作用消失，他们又会回到从前。但净化多少还是会对他们产生影响，如果屡次接受净化，他们的性情总会有所改变而向善，故净化作用也称“美化作用”。在过去，文学的价值一半就在于这种美化作用。但文学的这种劝善的美化作用，如果要提倡，仅限于“伦理观念一致”的时候，在伦理思想过渡的时代，被净化了反而有害。因为善恶的观念没有绝对的标准，在伦理观念一致的时期，一个人如果愿意行善，只需照着自己认定的善去做；但在过渡的时代，许多人脱胎于封建社会、“怀着许多封建思想”，他们所认定的善只不过为封建思想之一种，“只是因为环境已经改进了点，平日跟着别人一道做事，也就含混过去了”，因此倘发生净化作用，他们“认真起来了，行起善来”，不可避免地就会成为封建思想的“死灰复燃”。因此，新的文学为了预防这一点，在净化作用以外“一定要积极的暗示着一种主义，使得有所依从”。

2. 余论

2.1 文学作品的鉴赏、文学同生活。在许本中，这两个问题分别属于余论中的二八、二九部分。关于文学作品的鉴赏，许本指出，文学作品“能够增进生活的意义”，可是鉴赏它并非易事。如果只是认识它的字、明白其意思，只是做到了鉴赏的四分之一，后面的三层还没有做到。故鉴赏的第二步，在于“各项感觉上的领受”，好的作品读了之后“能够引起幻象来”，让人从幻象中“看到许多色彩”“听到许多音乐”，领受到“声色嗅味的感觉”。第三步是发生感情，或爱好的情意，或憎恶的情意。第四步是达到忘我的境地”，领悟了作者的用意而被深深感动，不再顾虑一切而发生净化作用。第一步属于理智的，后三步则都“关于情感”。文学的鉴赏需要情感的悟性，这悟性大半“由修养而来”。好的作品总含着许多成分和层次，这些成分有的侧重于情感，但就层次而言，这种作品的第一层是淡而无味的，也就是它的故事情节很简单，因此没有情感悟性的人往往会看得莫名其妙，感不到丝毫兴趣。故读者选择作品“当以‘适合’为原则”。此外，为了情感悟性的修养，读者应多读名家的杰作。关于文学同生活，许本认为,文学同生活的关系“重在精神”,追求物质的东西“总不是作者的第一目的”。文学是“苦闷的象征”,作家创作作品总是因为“苦闷”,但他在作品中创造出一个新的境地,却是“谋快乐的行为”,所以文学创作就是“从抗击苦闷而得快乐的”。生活是非常丰富的,足不出户的人即使活到一百岁,他生命中的色彩也如同小孩一样简单。作家却不一样,其生命中的色彩不但复杂,而且浓厚。文学通过鉴赏“可以影响到生活”,使读者“多方面的了解人生的意义,推广生活的范围”。生活“写在文学作品上”,会比自然的社会现象更“容易感悟”,而读者阅读后“再去观察社会,总可以觉得新颖而有所发现”。总之,“善于生活的人,总得接近文学。接近了文学的人,生活才能够丰富”。

鉴于许本其他部分的内容主要关涉文学的流派、各种文体以及创作的技术等内容,多与文学理论关涉不切,限于篇幅,在此不再赘述。

第七讲

唯物论与现代中国文论

20世纪早期，唯物论在中国的传播对现代中国文论产生了重要的影响，以谭丕模、以群、王秋萤等为代表的文论家立足于马克思主义唯物辩证法建构了一种全新的文论范式。

谭丕模的《新兴文学概论》以马克思主义唯物史观为根据，揭示了文学与社会经济基础的内在关系，提出了文学是指示阶级斗争的武器一说，剖析了文学发展与社会变革以及无产阶级革命的关系，突出了文学的社会性内涵、革命性意义，对马克思主义世界观和方法论在现代中国文论中的确立功莫大焉。梁实秋在评价谭本时曾指出，“文学而要概论，已经不易，再要冠以‘新兴’二字，自然更是难得”，不过，梁氏同时驳斥了谭本否定文学的“永久性”“普遍性”以及“天才是后天教育造成的”等观点。

以群的《文学底基础知识》立足于“文学是现实底反映”这个“基本的规定”，系统讲授了文学的本质、题材和主题、创作方法等问题，是“早期以唯物论为根基而撰写的一部专门的文学基础理论著作”。新中国成立后，以本经修订成为大学文学概论的主要教材之一，一直被视为“马克思主义文艺理论的经典教材”，其理论观点、知识构架及编写体例对后世产生了“极为广泛的影响”。[①]

张毓茂主编的《东北现代文学史论》指出，王秋萤的《文学概论》乃新文学理论的“入门书”，他这里所谓的“新”，指的就是王本的马克思主义辩证唯物主义和历史唯物主义的立场。张毓茂同时指出，王本基本“采用关内同类文章和书籍的观念，但在当时也属难得了，不难想象，在那个‘低气压’的年代，在‘那块水土特别不宜’的地方，身受日本殖民统治压迫的东北新文学和理论批评怎能有

① 贺昌盛：《中国现代文学基础理论与批评著译辑要(1912—1949)》，厦门大学出版社2009年版，第133—134页。

自由的发展？因此，即使今天看来它的身形是如何的孱弱，成绩是如何的菲薄，但仍是值得文学史研究者们珍视的”。[①] 毛庆耆、董学文等人曾将王本与田仲济的《新型文艺教程》、以群的《文学底基础知识》、蔡仪的《文学论初步》、林焕平的《文学论教程》并称为“为20世纪50年代准备的教材”，并认为它“坚持反映论”，对文学发展规律的认识是“相当深刻的”，可能吸收了毛泽东的“新民主主义文学观”；它虽“于文学批评用力颇多”，但却似乎不太重视文学批评的“社会作用和政治影响”，而且其对批评标准的理解也只是“停留在对既成批评观念的分析上”，没有提出“自己的批评标准”，批评家和作家之间的关系问题亦付之阙如。[②]

第一节　文学是社会意识形态之一：谭丕模的《新兴文学概论》

谭丕模的《新兴文学概论》由北平文化学社于1932年初版。在体例上，谭本分为十四章并序言和附录，正文内容依次为文学之两大理论、文学的本质、文学的机能、文学与生活、文学与经济、文学与革命、文学的永久性与时代性、文学的普遍性与阶级性、文学是天才的表演吗、文学与个性有关系吗、文学的国民性是可能的吗、诗歌、戏剧、小说。

1. 总论之部

1.1 文学之两大理论

1.1.1 绪论。谭本指出，文学是和哲学、科学互相联系、三位一体的东西。具备相当的哲学和科学基础，才能了解“历史的法则和人生的法则”[③]，才能把握科学的文学理论。自来文论的基础可分为唯心和唯物二家，在各个时代中都有混合二论的倾向，所以不能机械地依年代次序划分唯心与唯物。19世纪前半期是唯心论的最盛期，不过，当时唯物论也已萌芽，甚至有后来居上之势，而同时唯心论也依然存在。

1.1.2 唯心论。谭本指出，唯心论是一种哲学理论，其基本观念是相信人类的精神为“一切存在的本质”和“历史的创造者”。同样，唯心论的文学论者也相信文学是“超空间和时间的人类的精神表现”，相信作者及其作品是“文学史的

① 张毓茂主编：《东北现代文学史论》，沈阳出版社1996年版，第340页。

② 毛庆耆、董学文、杨福生：《中国文艺理论百年教程》，广东高等教育出版社2004年版，第122－138页。

③ 谭丕模：《新兴文学概论》，北平文化学社1932年版，第1页。本节引用未作特别说明者，均引自此书。

唯一的创造者”。黑格尔是典型的代表，他的“美，我们已经说过，就是观念。观念是根基，是一切存在的本质，是原型，是现时生活的单位”就是唯心论的“金科玉律”。叔本华的“音乐是完全与现象的世界不生关系的，它绝对不知道现象的世界，而且即使宇宙不存在了，它也会继续存在着”也足以代表唯心论的论调。19 世纪末，王尔德是唯心论的“残辉”，他认为“文学必须说谎”，文学之美妙在于讲述“不存在”与“不可能”的事物，但现在的文学却“拘于自然与人生”，实在是“卑无足道了”。唯心论的失误，在于不知道“观念的来源”，而观念不过是“人身上的一种抽象物，其形态完全受现实生活的规定，并不是原质的”。

1.1.3 唯物论。谭本认为，19 世纪后半期，法国批评家丹纳承认艺术的社会条件，开唯物论文论的先河，他曾指出，“要理解一件艺术作品，一个艺术家，一群艺术家，我们该精确地想到他们所隶属的时代的精神和风习的一般状态”。他还提出了艺术产生的三个因子，即种族、环境、时机。种族即“一个人在先天和后天所得的种族特性”，环境分为气候、政治及社会情形，时机则指“前人的影响”。谭本认为，戴氏理论有失误之处。第一，就种族言之，其种族理论的第一要素就是遗传，戴氏认为一个人的民族性是“一生下来就有的”，但心理学上的最新研究已经表明，“心理上的遗传根本是不存在的”，一个人的性格完全是由“后天的条件决定的”，即使有先天的影响也是很“微弱的”。所以，即便种族的特性在某种程度上是存在的，其影响也是“次等的”，绝不能将之视为文学产生的“主要因子”。第二，就环境言之，戴氏所谓的环境有两种，一为气候，一为政治及社会情形，气候对于文学可说是“一点影响也没有”，原始时代人受自然支配，气候确实起着很大的作用，但现在气候已“不复能左右我们了”。第三，就时机言之，它指的是“前人的影响”，即后人模仿前人。后世作家的确要受前人的影响，但不能因此便把模仿视为文学产生的主要因子，如果那样的话，那么文学就始终不会有什么变迁了。总之，谭本指出，丹纳的三个因子中，只有半个是文学产生的因子，即政治及社会情形，但这又是“自那来的”，丹氏并没有解释；以现代经济科学的眼光来看，它很明显是“由社会的经济的条件造出来的”，置言之，即社会经济条件是文学产生的因子。所以，丹纳的唯物论只是到了唯物论的门口。唯物论的文论当以“唯物史观为根据”，马克思对此有一个基础的公式：“人类在他们的生存底社会的生产中，常有决定的，必要的和他们的意志分立的诸关系，这些生产的关系，在某种程度上和那由他们的物质的诸生产力所定的发展相符合。这些生产的关系的总和构成了社会的经济的构造，上面立着法律的和政治的上层构造，并有一定的社会意识的诸形态与其符合。物质生活底生产方法一般地规定着社会的政治的精神的生产过程。”因此，文学也和宗教、语言及其他的精神生活一样“受着经济条件的规定”。我们平常总以为文学是超社会的，但世界上没有任何人“在趣味上和思想上不受其四周的气氛的影响”，这气氛又是受着“经济条件的影响”的。故文学与科学以及其他物质产物一样是“社会生活产物的一种”，其在发展过程中“终是超越不了社会生产力底一定的水平线”。因此，布哈林认为，“艺术完全被决定于社会形态，需要，情感，甚而至于社会心理；同时这些又都为社会经济生活所决定”。可见，文学与社会经济基础有关系“已是无疑的事”，但它同时也和社会上层建筑如法律、政治互相关联而非彼此孤立。这正如恩格斯所说：“政治，法律，哲学，文学，艺术等的发达，是以经济的发达为基础。然而这些都有联结的，相互的及在经济基础的反映作用。”

1.1.4 结论。谭本指出，综上所论，“我们知道了唯心论的理论是如何的没有根据，而文学之最正确的解释，当向唯物论的理论以求之”。

1.2 文学的本质

1.2.1 文学是苦闷的象征说。谭本指出，厨川白村是主张文学是苦闷的象征的代表者，他认为，人在生活上有精神与物质、灵与肉、理想与现实两种力的纠葛、冲突，因此，人无论在“外的生活”还是“内的生活”上都有着“苦痛”，这种苦痛可以“使人绝望而走到否定人生的路上去”，不然，在这种重压下的生命力也要“取一种迂回曲折的行路”，以遂其“飞跃突进的本能”而创造出“悲壮的战绩”，正是这种挣扎、努力，便产生文学。因而，文学是“纯然的生命力的表现”，站在“绝对自由的心境上”，表现出个性来的“唯一的世界”。在政治生活、劳动生活、社会生活等中寻找不到的“生命力的无条件的发现”，只有在文学的领域“完全存在”。谭本认为，文学固然是生命力的表现，是遂生命力的飞跃突进的本能而创造出的“悲壮的战绩”，但生命力“是否超出政治生活，劳动生活，社会生活”等却是一种“玄妙的东西”，这是一个很大的问题。人的意识不能决定其存在，而是“社会的形态决定了人底意识”，所以，“在社会里的几等人，都因他底立场而成立了其等属的感情，幻影，思考方法及人生观等之上部构造”。所谓生命力，就是意识里的冲动而已，意识形态是如此，便绝不能有一个“反意识形态的冲动支配着他”。人是生活在社会之中的，是“时时刻刻不离政治生活，劳动生活，社会生活的范围的”，因此，“由个人的意识而形成了社会底意识”，个人的生命力也是在此意识下产生的。在社会生活中产生的生命力自然是“以发挥社会生活里的冲动为其本能”，何以能表现出其外的生活？又何以能在其外的生活范围里寻见了生命力？厨川氏以为“在社会生活里不能无条件地发现生命力”，只有在一切生活范围以外的文学领域里才能发现生命力，这不仅把一个“很平凡的属于意识的冲动”解释成了带着宗教性质的“神秘的东西”，而且也把“以经济作基础的社会上层建筑之一的文学”看成人间生活以外的“游憩之所”。

而就生活上的冲突来说，厨川的观点更为错误，社会上的人生活不同，立场不一，所以，有不同的意识。其中隶属于两种阶级的人，即有产者与无产者是“没有绝对站在一方面的意识”的，因为他们的立场决定了他们的生活，并且作了“他们的意识底主张者”。在这种阶级的生活中，他们没有什么相反的冲突，即使有所争执，也是“在一个方向的”，无非是生活进行得不调谐时所生的“一点变态罢了”。他们的冲突是对外的，是针对和他们立场相反的人的，并非内心里自己发生这两种的矛盾的力量。其中有一等人是站在特殊的地位的，时时在“不安摇动之中”，他们具有顺应潮流的善意，也具有“反潮流的危险性”。由于这种特殊的地位，便造成了特殊的意识，即他们的地位一样在动摇中。他们的感情、思想、人生观也因为时时含有“发生冲突的可能”，故精神和物质、灵和肉、理想和现实的两种力同时在他们那里扎了根，滋长起来，强烈冲突着，使他们无从去取，因而无论在外的生活还是内的生活上都有了苦痛，这苦痛驱使着他们向社会上两方面不同情他们的人诉说，这就造成了现在的一部分文学。他们无力取得自己的地位，只能跟着别人跑，在“不健全的意识下受着种种束缚”而不得不“取一种迂回曲折的行路”，这正是暴露他们弱点的地方，又如何能被称颂为“悲壮的战绩”呢？社会上只有中间阶级这一部分人的内心是有冲突的，也只有他们可以创造出冲突中的呻吟之类的文学，绝不能概括地去讨论文学的整体。谭本指出，厨川氏完全用唯心论的思想来解释文学，自然是错误的。

1.2.2 文学是性欲的升华说。谭本指出，主张文学是性欲升华者以弗洛伊德的心理分析说为根据，弗洛伊德的基本原则就是以性本能来解释人类的一切行为，而一切文学作品都是性本能的表现。谭本认为，这种夸大性欲的能力的观点，完全是只知道“个人的要素”而忽视了“社会的要素”，自然也不能把握到文学的本质。

1.2.3 文学是游戏的冲动说。谭本指出，康德、席勒、斯宾塞都主张游戏冲动说，他们认为，“人类所谓游戏本能的东西，使人类站在高过别种动物的位置”。在其他动物那里，要把全部的精力用在种族与生命保存上，人则有精力的过剩，此即游戏本能的起源，艺术不外是这种游戏本能的表现。谭本认为，这种观点符合文学应为趣味而写的观点，其错误在于以片面的理由来看待所有的文学。

1.2.4 文学究竟是什么？谭本认为，要想把文学的本质分析清楚，只能仿照郭沫若的办法，先从“文学的净化”方法入手。郭曾认为，所谓“净化”就是把文学简化到最基本的单位，即“同一字或同一字的反复体”这种文学的“原始细胞”，在这里可“明瞭地看出文学的本质”；这种文学的原始细胞所包含的是纯粹的“情绪的世界”，其特征则在于“一定的节奏”。谭本指出，一字诗或一句诗的确是文学最原始的细胞，但这最原始的细胞是否为“纯粹的情绪世界”则是有问题的。任何作品都不仅是感情的表现，而更是“现实生活的反映”，因此，文学的本质“就是把社会的现实生活的反映所构成的情感社会化的手段，同时又由它而组织生活，其最原始的形式就是诗，而小说戏剧乃是后来进化的文学形式”。

1.3 文学的机能

1.3.1 文学是有机能的。谭本认为，在社会进展过程中，文学是“不可缺乏的有力机能”，故其最高目的不在“求美”，而在“求适应社会进程中实际的需要”。谭本援引格罗塞的如下观点：“原始民族的艺术作品，大多数不生于纯粹的美的动机，同时必有一种实用的目的；这实用的目的实为第一的要素，美的要求，反而是其次。譬如原始的装饰，全然是用来做实际的意义之符号及象征的，决不是为装饰”，然后指出，不仅原始时代对艺术作品有这种要求，任何社会都有这种要求，因为要有“实际的功用”，才能成为“社会进展中之有力机能”。

1.3.2 文学有传染感情的机能。既然文学是有机能的，那么，其具体的机能为何？谭本首先指出，文学有传染感情的机能，能“将很复杂的感情秩序化”，有引起读者共鸣的“魔力”；换言之，作者内心生发的情绪，能引起读者同样的情绪，并能引导其“趋向同一的目标去行动”。正如托尔斯泰所说，艺术是一种“结合人和人的手段”。布哈林也指出：“我们看到科学把人们的思想系统化，整理它，清理它，从矛盾中解放，从智识的断片，细屑缝成了科学的理论的全副衣裳。但社会上的人们不仅有思想。他又有感情——他恼怒，快乐，希求，嬉游，悲哀，绝望等等。他的感情是无限地复杂而纤细，他的精神的体验，有时是单一的，有时是含着其他音调的调子。艺术，或由言语，或由音响，或由运动（比如舞蹈），或由其他某种手段（有时如建筑这种非常物质的东西），从而表现这等感情而把它系统化。换而言之，艺术是‘感情的社会化’的手段。或者如托尔斯泰所下的很恰切的定义（艺术论），所谓是情绪底传染的手段。譬如，假使诸君听了被表现了一定精神气氛的音乐作品，那末诸君和其他一切的听众都沈潜在这气氛中，在这里面被传染了。是一人的气氛成了许多人的气氛，这气氛传递给他们，影响到他们，使他们浸沈在这气氛内了。精神的状态亦即感情在这里是被社会化了。在其他一切艺术——绘画，建筑，诗，雕刻等领域中亦有此况。”故一种政治、经济制度要崩坏的时候，或者一种新的政治、经济制度要产生的时候，过渡期间的崩溃纷乱，即整个社会秩序发生了震撼，这展示给文学家，使他们对于前途“确立了新的认识”而成为新时代的“先驱者”，把他们的感情用文字传染给大家而变为“大众的感情”。

1.3.3 文学有认识生活的机能。谭本指出，我们在现实社会中生存，对于“现社会的生活”应有正确的认识，文学即是“认识生活的武器”，正如弗朗斯基所说，“艺术，第一是生活的认识……艺术和科学同样，是认识生活。——艺术和科学同一的对象——就是生活。不过科学是分析，而艺术是综合；科学是抽象底，艺术是具象底；科学诉诸于人们的脑智，艺术诉诸于感情；科学借概念的助力认识生活，艺术借具象的助力，于发生感情的直觉的形式中认识生活”。所以文学有认识生活的机能，富于活泼的创造力，而这创造力在“一切的生活底要素的发展里面”，常代表“社会生活的斗争”，这斗争又常构成“生活要素底新的净化”，以及由旧的形式里面的“新解放”。

1.3.4 文学有指示阶级斗争的机能。谭本认为，文学是“指示阶级斗争的武器”。在任何一个社会中，人类的意识“大都是反映支配阶级的利益”，文学则成为“支配阶级宣传的工具”。不过，到了某支配阶级发生剧烈矛盾时，人类的意识必然会发生变动，其所反映的文学也许会为“被支配阶级说话”而成为被支配阶级反抗支配阶级的“武器”。正如克兴所说，“我们的文学当然不是孤立的个人底描写，不可不是阶级的，集团的自我底描写。我们的描写当然不是抽象的，以认识曲线的一部分为全体，而无限地扩张，使它为一虚玄的花，因为我们的描写是由无产者底客观的认识，观察现实的生活，由事物底媒介性，事物底过程上，全体性上，内的联络上观察而来的。所以，读者可以由我们的作品，对于无产者底共同争斗底某现象，增加他阶级的集团底势力”。又曰：文学的使命是在“宣传组织它的主体底阶级斗争的意识——自然是对现阶段而言——而它的立足点全然同从来的文学反对，以新世界观，无产者的世界观，斗争的唯物论为背景，新美学的法则，表现无产阶级底现实生活，意识，心理和感情。……他们在没有阶级的醒觉以前，虽然不能从根本上批评上层阶级底意识形态；但是历史的社会的生产底发展，必然地是向否定他们的阶级底方向发展。即是近代布尔乔亚社会在它的发展过程上，必然地要暴露它的内在的矛盾，不得不开始自己批判自己，必然地要产生自己批判底主体，普罗列塔利特底阶级意识化。它开始自己批判，适在千八百三四十年以后，最正确地敏锐地把握这种事件的就是马克思和恩格思。他们把近代有产者社会用严正的科学的方法分析，把一切有产者意识形态，哲学，自然科学，宗教，艺术作一篇总结算，同时为无产阶级指出一条出路，指出无产阶级意识形态”。可见，文学是阶级斗争的武器，历来如此。

1.4 文学与生活

1.4.1 文学是生活的表现。谭本指出，文学不是超生活的东西，辩证法的唯物论告诉我们，“精神是物质的复杂的机能，要受它底规定”，社会生活的方式是怎样的，其所反映出来的文学的方式也就是怎样的。文学是不能离开“社会的物质生活而独立的”。因此，冯乃超认为，“离开生活，感觉没有决定艺术的标准的绝对的尺度，特定的生活感觉决定艺术感觉的标准。没有‘生活一般’的生活的人，当没有保持‘感觉一般’的感觉的人。……超越的普遍的生活感觉，除了抽象的观念里面，当然没有它的存在”。所以，由物质生活而产生社会意识，由社会意识而产生意识形态，如文学等，超物质生活的文学是绝对不会有的。从艺术的发生看，它产生于原始民族生活的刺激，整理及协力的必要，艺术与原始人生活的改造关涉密切。从原始时代进步到现在，社会的组织更加复杂，文学与社会生活的关系自然也更密切。正因如此，“文学是生活的表现”方为名言。

1.4.2 文学是随生活变动的。谭本认为，人类为着生活向上的要求，其生活方式常随生产技术的进步而转变，作为生活之反映的文学也就“随着生活转变而转变”。如 18 世纪欧洲文坛上的自由主义的浪漫文学思潮以及 19 世纪浅薄的人道主义文学思潮都是社会生活变动的结果。因此，文学是“永远跟着生活跑的”，生活到了哪个阶段，文学便立即跟随到哪个阶段，因为“有了生活的表现，才有文学的表现”。

1.4.3 现代中国文学落后于生活的原因。谭本指出，文学本来是生活的表现，但现代中国文学却“大致与社会生活无关”，没有去表现现代中国社会中的“斗争的生活”，其原因在于作家赶不上变化太快的“革命的步骤”。

1.5 文学与经济

1.5.1 文学是受经济支配的。谭本认为，文学受经济条件的规定，但唯心论的文学家却反对这一点，他们认为文学有自己的自由和领域，绝不受经济条件的支配，也绝不被经济的领域所吞并。这种谬见其实是没有“明瞭社会的构成”和文学的“社会基础”。社会是“人类生产关系的总体”，其生存和发展必然是建立在“客观的实在的历史法则与其所决定的乐观的人生法则上面”。人类为适应实在的人生而追求生活，并因此向自然界获取生活的资料，这种获取生活资料的手段即劳动。因为人类对生活资料的获取是继续不断的，因此，其向自然界获取生活资料的劳动也是继续不断的，这种继续不断的追求、获取，就是“劳动过程”，亦即“生产过程”。既有了生产过程，生产工具与生产力必然“相互作用”“互为因果”。同时，通过生产过程生产的产品由于个人与个人之间的交易、兑换，便必然地组成了“生产关系”。这就是说，由生产力与生产工具规定“生产方式”，由生产方式而形成生产关系，然后，由主要的生产关系与附属的生产关系一起组成“生产关系底总和”，生产关系因“支配阶级与被支配阶级的形成”，产生了“阶级关系底总和”，由生产关系的总和与阶级关系的总和构成“社会下层基础”即经济构造。而在此经济构造之上建立起政治制度、法律制度等，它们一起“演成生活过程”。同时，在此经济构造上又建立起科学、文学、哲学等意识形态，它们一起“演成意识过程”。综合生活过程与意识过程，而名为“精神生产过程”。综合物质生产过程与精神生产过程，即成为“社会构造”。对于社会构造的构成和要素，谭本用下图来表示：

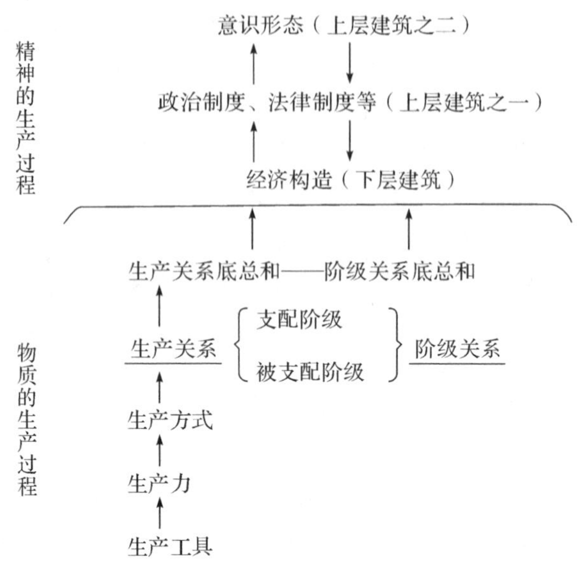

图 7-1　社会构造的构成和要素（来源：谭丕模《新兴文学概论》）

谭本指出，由上图可见，社会的构造由“上层建筑”与“下层基础”两部分构成，下层基础即“经济构造”，上层建筑则分为“生活过程”与“意识过程”，具体如下图所示：

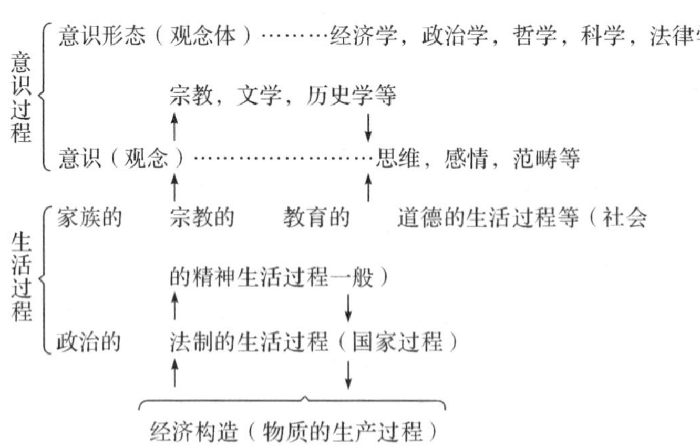

图 7-2　上层建筑图（来源：谭丕模《新兴文学概论》）

通过上图，谭本认为，社会的构成以及文学与经济的关系已呈现得很明晰。文学既然是意识形态之一，自然也遵循这个“辩证法的唯物论的法则”，因此它是“建立于社会下层经济构造之上”的，要受“经济构造底直接间接的反映”，超经济的纯文学是不存在的。

1.5.2 文学是随经济转变的。谭本指出，文学的发展以“社会下层基础构造的变动为转移”，一时代经济组织改革了，文学亦必随之“动摇”，新时代的经济组织发生，新时代的文学亦随之出现。正如马克思所说：“社会的物质的生产力，在它发展底某一阶段上，同从来在社会里活动的现存的生产关系(或者只不过是它的法则表现的所有关系)发生冲突。这些关系是由生产力底发展形态一变而为它的桎梏。……由经济基础底变动，巨大的上层建筑或疾或徐地变革。……人类为顺应他们底物质的生产方式，形成各种社会关系：他们又顺应他们底社会关系，形成各种原理，观念和范畴。因此这些观念，这些范畴，与他们所表现的各种关系一样，都不是永久的东西。这些东西，都是历史的，无常的，经过的产物。”因此，上层建筑全依附于下层构造，并以下层构造为转移。故下层经济构造如果发生变化，上层建筑必直接或间接受其牵制并随之改变。人类既然不断地追求生活，“延长为生产过程”，在此过程中，其必随时随地获得“新的经验”，改良生产方法，发明新的生产工具，进而变更其“生产方式”，形成新的“生产关系”。因此，上层建筑必处于不断运动之中，而非永久不变。一切社会意识及意识形态必定是社会下层基础直接或间接的反映，其随着生产关系的演进而演进，古今中外的文学都遵循这样的道理。

1.6 文学与革命

1.6.1 革命是甚么？谭本指出，社会是一个有机整体，社会的递变一阶段比一阶段“进步”，而且社会的递变有其因子。一种社会制度最初是适应人们在该时期的生存的需要而产生的，但随其“发展滋长”，反而会变成人类生存需要的“桎梏”，人类为了生存，就要打破这一桎梏“创设新的需要”，结果旧阶段崩坏，新阶段继起，这种新旧交替阶段发生的现象和行动就叫作“革命”。谭本援引Boukharine的“革命是社会的改造，是社会组织的改变，是在社会组织与社会发展的需要中间所起的冲突之必然的结果”后认为，革命是社会进程中“正当的现象”，它“加紧社会进化的速度”。如法国的二月革命和七月革命消除了“法国市民生存的障碍”，俄国的十月革命消除了“俄国无产者生存的障碍”。可见，革命为“社会进化过程中所不可避免的现象”，这是“确切不移的真理”。

1.6.2 革命时期中文学的两种倾向。谭本指出，在社会进化的历程中，为着人类生存的需要，常发生“革命的现象”。革命时期的文学有“革命的文学”与“反革命的文学”两个范畴。前者是“在作者勇敢地执行一切转变期间所负的任务。尽量地去表现当时所得的感情和印象;使被压迫的群众意识组织化,鼓励他们执行他们社会的历史的使命,使他们得着正确的训练,推动社会的潮流”。后者“不仅不积极的鼓励群众去执行社会的历史的使命,反而更加紧的造出许多荒谬学说,藉以麻醉,欺骗,蒙蔽群众”。此外,那种虽也攻击“社会不良”,也能发出“反抗呼声”,但始终在“彷徨”寻不出“出路”,满篇都是“悲哀情绪”的文学,是反革命文学的“别动队”。

1.6.3 革命的文学才是时代的文学。谭本认为,每时代都是不断地革命着前进的,每时代都有其时代精神,时代精神一变,革命文学的内容随之而变。如欧洲文艺思潮源于希腊,希腊的人本主义输入罗马后流为贵族的享乐主义,罗马教皇和贵族们的专擅、淫奢,使禁欲主义应时而起,故当时的革命是第二阶级的僧侣对第一阶级的王族的革命。在文学上的表现则是宗教禁欲主义文学对贵族享乐主义文学的革命,前者在当时就是革命的文学。其后,第一阶级与第二阶级妥协,禁欲主义与享乐主义苟合而产生出古典主义,这时,作为第三阶级的市民阶级是第一阶级与第二阶级的反抗者,由于当时一般的市民没有自由,所以个人主义和自由主义应运而起,在文学上,浪漫主义文学则成为当时的革命文学。19 世纪末,市民阶级变为盛极将衰的统治者,写实主义取代浪漫主义成为当时的革命文学。在资本主义的没落期中,彻底同情无产阶级的新写实主义文学成为革命的文学。由此可见,革命文学的内涵是永不固定的,它随时代的精神而转变,只有革命的文学才是时代的文学。

1.7 文学的永久性与时代性

1.7.1 文学有永久性吗?谭本认为,文学是“随生活,经济,革命而转变的”,因此,欲求文学的永久性简直“不可能”。但有人却认为文学有永久性,不仅有永久的兴趣,且有永久的价值。如温彻斯特认为文学具有诉于人的感情、情绪之力,所以文学有不灭性与永久性。谭本指出,文学有诉于人的感情、情绪之力是“不能否认的”,但这“也要在时代效力尚未失的期间”才会有这类情形。反之,“若失了时效,则其作品定失去诉于人的感情情绪之力”。如那些鼓励妇女贞操的作品,在宗法社会里具有诉于人的感情、情绪之力,但在男女平等社会里就失去了这种力,文学的永久性从何而来?潘梓年指出,“智识是会衰老的……有了新的知识,旧的就可以摒弃。艺术所载的感情却决不会衰老,沙士比亚的文学作品,决不会因有莎氏乐府本事出版了就没有一读的必要。所以艺术的永久性比科学的还要大”。对于潘氏的观点,谭本指出,人类因为有“生活向上的要求”,智识因之进步,旧知识自然会衰老。但人类之感情一如智识常有“新陈代谢的现象”,常随社会生活的变化而改变形态,“感情的形式虽然不消灭,而感情的内容,是常常消灭旧的,而产生新的”,故感情有衰老之时,也有新生之时，自然没有永久性，那么，文学的永久性又从何而来？即便革命文学也不会有永久性，这是因为文学有“很大的变易性”。

1.7.2 文学是有时代性的。谭本认为，文学本身没有永久性，但有人却偏要认为文学具有永久性，这种错误观念出现的动机在于这些人“误认文学的本身有价值”。所谓价值是“限于人类有效用的东西”，天下万物在人类尚未发现利用它的方法之前是无所谓效用不效用的。因此，一件东西在它“与人生不发生关系的时候”是没有价值的。同样，我们可以说文学本身是没有价值的，一部作品总是“有意的或无意的受着作者所隶属的阶级的及其政治的，经济的地位的影响”。文学本身既然没有价值，而它之所以发生价值，是“时代赋予的”。文学是“时代精神的反映”，能“捉住时代精神的作品”，才是“伟大的作品”，才对于“社会的人类发生价值”。但社会的潮流是不断汹涌地向着更新的阶段，因此，欲使文学的永久性适合于任何时代是不可能的。总之，“文学作品是有时代性的，必定要站在时代的观点上去论它的价值”。而对于过去的文学，“只有拿历史的眼光去论他的价值”，文学作品是不能“永久适合于任何时代的”。

1.8 文学的普遍性与阶级性

1.8.1 文学有普遍性吗？谭本指出，人类的经济生活不同，其产生的阶级意识亦不同，欲在此阶级意识不同的社会里求文学之普遍性，如同在生活、经济之转变中求文学之永久性“同样的不可能”。但一般的唯心论者却认为文学的普遍性是文学的特质之一，如温彻斯特认为各个情绪虽然是瞬间的，但情绪的一般的性质却不是“有非常的变化的东西”。这就是说，人类的基本情绪在性质上几乎没有什么变化，所以温彻斯特把文学当作“超时代的东西”，无论何人都能“共感”。但社会生产方法不同就会使“社会的人类”呈露出“不同形态的生活”，由不同形态的生活而产生“不同形态的文学”，因此，一部作品欲使全人类共感是不可能的，尤其是在阶级的社会中。除温彻斯特外，居友、本间久雄也主张文学具有普遍性。居友认为，作者的个人意识影射着人们全体的社会意识，他说，“艺术的感情，在他的本质原是社会的。成为结果而表现的，是依了使个人的生命与更大的普遍的生命结合而扩大之。艺术的最高目的，即在使发生具有社会的特质的审美感情”。但谭本认为，文学之感情因生活环境之不同而各异其标准，在文学标准不同的形势下，文学的普遍性也是不会有的。本间久雄指出，感情和情绪是瞬间的、个性的又是普遍的，如父母爱子之情虽因各人的气质、境遇而有程度之差异，但无论时间、地点，其“性质总是不变的”，喜悦、悲哀、安慰、愤怒、惊骇、恐怖等一切情绪均如此。所以，即使是太古的歌谣，今人读之亦有“同样的感兴”。谭本指出，本间久雄认为“描写一切时代一切社会不变的人间的心情的作品”是有“普遍性的”，但各时代、各社会的心情“万难一致”，即便父母爱子之情也是随时代、社会而变迁其形态的，如在游牧时代，父亲往往会杀掉第二子以完成尚未长成的初生子之幸福，此时，杀子是爱子的手段，可见情绪是随物质变动而改变的，文学普遍性的立足点何在？

1.8.2 文学是有阶级性的。谭本认为，那种认为文学具有普遍性的人根本忘了有史以来的社会都是“阶级社会”。就人类的共同性言之，在同一阶级内部是显而易见的，但在不同的阶级之间却很难找到，因为人性绝不是“独立存在超然的东西”，从唯物论的辩证法看，人性是“受客观环境经济构造所决定的”。尽管有时剥削者见到苦难的穷人也会发声叹息或解囊相助，但这只是出于浅薄的人道主义的虚伪的关照，绝非深切地、真正地同情穷人。因此，这只是一种“虚伪的”“欺骗的”举动，绝不是所谓的“普遍的人性”的表现。如果文学只是站在这样的范围内，其立场不仅狭隘，而且也从根本上失掉了“它对于时代的关系”。同时，文学本身是没有价值的，其价值来自于它与人生发生的关系，因此，文学之产生“必定是作者的客观环境所反映出来的具体地表现”，并且人的意识往往因阶级之不同而不同。无论艺术家愿不愿意，他的创作范围总是被他所隶属的阶级性所规定着。这就是说，文学除了为它所隶属的阶级做宣传外，“简直就无所谓价值”。在阶级社会泯灭之前，文学一定是有“阶级性”的，各阶级的利益不同，因此，它们有其需要的文学，也有其排斥的文学，文学绝非“社会的全体的”。正是由于文学的阶级性，故资产阶级代言人的文学无不以“本阶级的利益为出发点”，而且常因为本阶级的利益而“改变文学的方向和内容”。因此，现在资产阶级的文学家认为劳动群众的艺术“有侮辱艺术的尊严”，把艺术的界限划得很严格，这都是因为其想维持特殊阶级的地位。

1.9 文学是天才的表现吗？

1.9.1 天才表现说的理论。谭本指出，有些唯心论者认为文学是天才的表现，与所受的教育和环境无关；但一切文明都是“一定社会的物质的产物”，绝非什么天才的创造。人类历史不断增加自身以丰富其内容，这丰富的内容就是人类“积蓄文化的过程”。科学、艺术、文学、宗教、哲学及一切精神科学的对象都是“集团的人类之产物”，任何作家都不能离开“当时已经存在的一切的材料”，不能凭所谓的天赋“无中生出”这些材料来，作家的意志也是从外在境遇引出的、作为其活动的动机，与天赋之多少无关。还有人把作家分为天才派与努力派，这种观点把“作文的快慢”当作区分天才与努力的鸿沟是很不科学的。文学与教育和物质环境有密切的关系，“假设没有受过教育的人，无论怎样去‘推敲’，绝不会有惊人的作品出现；同时没有受过文学训练的人，无论怎样聪明，也不会有‘七步成诗’和‘斗酒百篇’的事实发现”，故世界上没有天生的文学家，都是后天教育的结果。

1.9.2 对于天才的检讨。谭本指出，文学与教育的重要关系在科学上有确实的证据。苏非大学的奥丹教授曾考察了 1300 年至 1825 年间的 827 位文学家，其中有 811 位是受过良好教育的。可见，教育对文学家之造就非常重要，是不可或缺的条件，奥丹的考察就是文学家与天才没有多大关系的“一个反证”。另外，物质境遇与文学也有很大的关系，如果物质境遇不佳，无论多聪明的人也没有“在文学上发展的机会”。奥丹曾考察过 619 位文学家青春时代的物质境遇，其中 562 位在青春时代没有一切物质上的“忧心”，可见，贫民成为文学家的机会比富人“要少的多”。奥丹又研究了法国文学家所属的阶级，把全人口分为五大阶级，即贵族、司法、自由业、资产市民、劳动阶级；据其研究结果，著名的文学家都是出自优越的阶级，可见天才“与经济环境有密切的关系”，所以，有人认为天才问题就是阶级问题，实在很有道理。正是如此，伊科维兹认为，“所谓天才者，并不像多数学者所主张的那样是人类进化之幸。反之，天才实是产生在一定的阶级，并且只有在某种经济条件下，始能有其发展。这‘幸运的事件’，在社会的最高阶级中，比无产阶级多出二百倍的可能。此何以故？因为这阶级独占巨大的财富，使他的儿童可以有幸福的少年时代，并且得以平和而畅快地做研究。总之，天才的精神不是这里那里都有；其与无产阶级贫困的家庭相去甚远，与饥饿贫穷亦不相容，因而只存在于饮食丰美，生活安乐与富饶的境遇之中”。

1.10 文学与个性有关系吗？

1.10.1 文学是个性表现说的谬误。谭本指出，某些唯心论者认为文学是“人格的表现”“个性的表现”，各人气质、人格高下不同，其文学亦异。如伯勒斯就认为一部作品所给予人们的兴趣的程度“是以作者的人格表现的多少为转移”。谭本认为，伯勒斯的见解其实是唯心论的，一部作品能给我们的兴趣“乃是作品中的内容抓住时代的精神”，有“引起我们同情的魔力而使然”，并非什么作者的人格的表现，而且我们也不会去问作者的人格如何。如无产阶级的文学无论怎样注入“无产阶级的精神与‘人格’”也绝不会引起“坐在象牙之塔里的文学家的读阅的兴趣”，而资产阶级的文学也绝不会引起“因在工场里的工人的读阅的兴趣”。故读者对于一部作品的兴趣如何与作者的人格没有关系，而是与读者的“阶级意识是否（与之）相投”有很大的关系。小泉八云曾主张文学的个性，并且把个性当作个人以上的东西，人间愈高尚则个性愈鲜明。谭本指出，如果个性是个人以上的东西，那么它就是超经验的、玄妙的，不可能在人生经验中找到它。在科学竞争的世界中，“凡是经验界找不出来的东西，我们的人间不需要它”，文学上“更不需要它”。而小泉所谓的“人间愈高尚个性愈鲜明”也是“不明瞭人类进化原则的说法”。人类在原始时代共同生产、共同消费，故各人的思想、感情、习惯非常相似，但当人类进化到私有财产社会以后经济环境差异悬殊,“所有的意识也就差异得很厉害”,小泉显然把经济差异所造成的意识差异误以为个性的差异了。因此,与其说人类个性有差异,不如说人类的“阶级性有差异”。再则,在阶级社会里,人类是没有“共性”的,在同一阶级的社会里,人类也是“没有个性的”。所以,文学是个性的表现是“不能成立的”。法国的戈蒂耶曾指出,“艺术作品的独自性,单独的印象,独创力等,是从该作家注入其作品中的东西——把他的梦,他的悲哀,他的野心,他的希望等,一切生于他的心和触动他心弦的东西注入其作品而生。只要是真的艺术品,在他的线条和调子上,没有不表明作家其人的内心世界的。画家,音乐家,无非在他们的制作品中歌他们自己,画他们自己罢了”。谭本认为,事实上文学作品无论是作者描写自己或他人,都不能说是“个性的表现”,因为无论自己还是他人都是“时代中人”,其思想、感情无形中都要受“时代的规范”,因此,文学绝对没有“独自性”,他的梦、他的思想、他的野心以及真正的文学作品并非“作者心弦上的东西注入于其作品”,乃是“时代精神注入于其作品”,因之,文学是个性的表现这一说法是说不通的。

1.10.2 人性是受物质境遇支配的。谭本认为,有些人认为个性是生而具有的,不易改变,这显然是谬论。须知人类的意识观念是“依存于其物质境遇而决定的”,所谓“性”是客观环境、经济构造“所决定的”。个性纵然有,也绝不是“先天的”“固定的”“独立存在的”,而是“随客观环境经济构造转变的”。如李后主的词亡国前后的音节气概完全两样。因此,“文学与个性是没有多大关系的,是与环境有关系的,因为个性是受环境支配的”。

1.11 文学的国民性是可能的吗?

1.11.1 国民性影响文学说的谬误。谭本认为,种族绝不是文学产生的“主要因子”,丹纳将各民族间绝对不同的差异当作文学产生的因子是不正确的。从人类学来看,无论哪一种族都不是“纯粹的”,因此,所谓“种类”是根本没有的,它“只是在某一环境中,由徐徐的进化所形成的混合物”,生活方法可以“完全消灭生来具有的或遗传的特性”,照此来看,种族对于文学还有什么作用?事实上,它既不能决定文学的“形式”,也不能决定文学的“根底”。丹纳还具体分析了拉丁精神与日耳曼精神,以之为文学与种族有关系的证据,即“拉丁精神,是由事物的连续并相结合的诸部分加以观察表现;日耳曼精神,则略瞥事物全体,加以简单的表现”。但谭本指出,事实并非如此,如日耳曼族的代表莎士比亚、狄更斯,拉丁种族的代表拉辛与巴尔扎克,按照丹纳的观点,他们的作品中体现着“种族表现的本质的特性”,这样,莎士比亚的剧作“必须由疾速的一瞥,为简单的表现”,拉辛则“由逐渐进展,由继起的诸部分以为表现”,狄更斯小说中的人物必是“概括的叙述”,而巴尔扎克则“由诸部分而创造”,但事实何尝如此,文学创作的方法“差不多一切民族的作家都是相同的”,丹纳所谓的拉丁精神、日耳曼精神的理论不能成立。此外,勒庞认为任何国家的文学都不能逃出以种族性或种族魂为基本的国民性,他说:“种族是一种超绝时间的永存底生物。这并不是专以生在某一定期间的个人组织的,是那为各个人的祖先的死者的长的系统组织的。所以要知道种族的真意义,不可不连着过去和现在来研究。不但死者的数多于生者万万,便是死者的力也大于生者万万。死者是支配着广大无边的无意识界的,一国的人民,受死者的指导的,要比受生者的更多,如种族,可以说是专由死者所造的。死者积许多的岁月,造成我们的思想,感情,因而造成我们行动的一切动机。这意义就是我们行动的一切动机。这意义就是我们的功和过都受于死者。”谭本认为,实际上我们的思想、感情乃是“历史进化的产物”,由思想、感情所发生的行动也是“历史进化中的产物”,因此,我们的思想、感情和行动受死者的影响是“很微末的”,勒庞把历史必然的事实误以为“个人偶然的关系”,进而误以为文学是受种族的影响的。除丹纳和勒庞外,赫尔巴特也主张文学是与国民性有关系的,他指出,“一国的文学,就是那国民的过去的记录,那国民希望的表现。在国民发展的各阶段上显出国民的魂,即国民的集团底精神。因了文学,那国民底生存的火焰鲜活地保存着:由国民的疾苦,荣耀,憧憬的追怀而造成的炬火,从一时代传到他时代。一时代的人们,要对于下一时代的人们印上他们的人格的印象,用文学是最好的方法。文学的传统,在保存国民底传统的许多势力中,是最强有力的东西。试取现在英国国民文学的两种性质来看……国民性的精神在久被忽略之后必然复活,而文学的复活,即所以屡屡为国民性更生的标识”。谭本指出,文学是国民过去的记录是很对的,但文学所记载的不只是希望的表现,还有失望的表现,因为文学是“整个的国民意识形态”。如此一来,所谓“文学的复活”是不可能的,因为意识形态是永远随着经济趋新的,断没有“经济趋新而意识形态复旧的理由”。所以,“文学的复活,即所以屡屡为国民性更生的标识”是毫无根据之论。洛里哀在他的《比较文学史》中,更是具体地举出了各国的国民性,他认为法国国民更能了解文辞的优美,英国文学更多常识的、道德的、伦理的调子,德国文学比较偏于理论、形而上学,俄国国民对于万事都易趋极端,且常常发扬人道主义的精神。谭本指出,洛氏的这些观点显然是“没有时间观念和不明了各国的时代背景”。以法国为例,法国国民在古典主义和浪漫主义文学盛行的时代,其了解文辞优美的能力确实比其他国民要高明,这主要是因为 17 世纪法国是全欧君主专制的模范,因而,古典主义文学也最发达;至于 18 世纪浪漫主义的运动,法国是“有组织的”,自然要比其他没有组织运动的国家的国民要高明一些,因此,在 17、18 世纪间,法国文学执全欧文学之牛耳,其国民亦有了解文辞优美之能力,但这并非是法国的国民性。因此,洛氏的最大错误在于"划出每一个国家的一个时代或一二个作家的作品来代表那个国家的整个历史,就以为是那国家的国民性"。

1.11.2 反对国民性的理论。谭本指出,正因为文学的种族性、国民性的观点存在上述错误,所以有不少学者"都决然的表示对种族说、国民性说的反对"。如菲奴特说,"一言以蔽之,所谓种族一语,不过我们精神的活动,我们知能的作用,在一切现实的外部时的生产物。种族只存在于我们外部的事物"。贝克里尼也认为,"种族不是原因,乃是结果。这是土地的女儿。造出种族,使之软化,并不断的有变更者,乃是环境"。由此可见,所谓种族、国民性与文学是没有什么关系的,当然也不能视为"文学产生的因素",因此文学的国民性也是不可能的。

2. 各论之部

2.1 诗歌

2.1.1 诗歌的起源。谭本指出,诗歌是确实地借着各种真实的形象表现人类的感情和思想的"一种社会化的手段"。人是社会的动物,他们思考自己"生活的演进、移动"而生出各种情感,当艺术用"活的影像"以及各种语言、声音、动作与其他方法表现这极端复杂的情感时,这就是诗歌,故诗歌就是"活的影像的语言排列"。诗歌是文学的祖先,它始于人类语言之始。原始时代,人类共同劳动、共同生活,劳动之际为增加劳动的效力或减少其苦痛,产生一种"有节奏的声音",这种声音自然是情感的流露,开始只是口头的、凭借记忆传播的,后来以文字的形式记述、创作,进而成为今日之诗歌。所以毕歇尔认为诗歌起源于劳动。谭本指出,照此来看,诗歌"在原始时代的物质的劳动中具着深深的根底"。不过,原始时代还有军歌、恋歌和祀神歌,并非全与劳动相关,但无疑地,"在原始时代的诗歌,是与生活密接相关,直接反映着社会群的集团的事绩的"。

2.1.2 诗歌的本质。谭本指出,要明了诗歌的本质,就是要明了诗的"实质的要素",有人认为它是诗人的"主观的激情",也有人认为是"美""美感快感",还有人认为是神秘的"想像力",但这些都没有把握到诗的"实质的要素"。谭本认为陈勺水的观点较为妥当,即"诗素是梦幻化了的感情,创造化了的意志,直觉化了的理智三种东西被融合燃烧的喜悦。"谭本指出,诗如果具备这三种东西,融合在一起,就能发生快感或悲感,这种快感或悲感就是构成诗的本质的"最重要的元素"。

2.1.3 诗歌的形式。谭本指出,诗歌的形式"常随生活姿态的转变而异其发达的轨道"。诗歌的形式在任何时代大多是"歌咏被压迫者",而现在的被压迫者是无产者，所以，现在的诗歌应歌咏无产生活并且推翻前时代剩下的“形式遗产”。

2.1.4 诗歌的派别。谭本认为原始时代诗歌没有多少派别，其后人类发达，诗歌与人类生活分离，则有派别之分，大致有社会诗、一致主义、立体派、未来派等。

2.1.5 诗歌的倾向。谭本认为，人类的感情是随着社会的变化而变化的，诗人作为社会的一分子，其感情离不开“特定时候的特定社会的一般感情”，所以，今后诗歌的内容一定与以前的不一样。那么，今后诗歌的倾向是由抒情诗走向叙事诗，由描写个人的精神现象变为描写“集团的社会事象”，由静的变为动的，经过这种转变，诗歌一定会有大的发展。

2.2 戏剧

2.2.1 戏剧的起源。谭本认为，戏剧有“激动人类灵魂深处的魔力”，在一切文学样式中，戏剧是“对于人间最有直接的影响者”，舞台上“侵袭于全部观众那种热情”不是看小说读诗歌所能获得的。因此伊科维兹说“舞台是反映人间情热的镜子”。戏剧在原始时代是“直接从人类的经济生活所迸发而出的事物”，早期的戏剧大都是默剧，反映人类生活之状态。默剧是戏剧的起源，它反映的是“人类的经济生活”。

2.2.2 戏剧是甚么。谭本指出，关于戏剧历来说法不一，汉密尔顿、马修斯、向培良均对此有过解释；综合各说，谭本认为，“戏剧是反映全集团生活的社会生活的镜子，显示人间彼此殊异的阶级心理，促进人类斗争的东西”。

2.2.3 戏剧的要件。谭本认为，戏剧最重要的部分就是剧本，而剧本的主要条件，历代剧作家说法不一，古典主义遵守“三一律”，浪漫主义则追求形式解放。向培良认为剧本有五个重要条件：自然、经济、明白、紧张、有兴趣。谭本认为，这五个条件中，最后一个“不敢苟同”，因为戏剧的目的不在满足观众的“美感和快感”，而在表现“劳苦大众的实际生活和给与民众以革命意识的指导”，因此，剧作家作剧本时，不要存着“力求观众的兴趣的观念”，而限制剧本本身的发展，只要力求剧本中的“情节”，抓住了“时代”，反映着“大众的生活”，自然会“吸引观众注意力”，引起其兴趣。戏剧的第一要件是“抓住时代”，其次如自然、经济、明白、紧张当然也是必需的。

2.2.4 戏剧的派别。谭本认为，原始时代的戏剧是“反映着人类的经济生活”的，其后文明进步，这种反映遂由直接的变为间接的，因之出现许多戏剧的派别，主要有表现主义、“革命的”戏剧派、机械的浪漫派。

2.2.5 戏剧的倾向。谭本指出，戏剧有激荡人类灵魂深处的魔力，因此，戏剧的表现是“大众的”，它在“真的生活的显示上”比诗歌、小说可以得到更多数的大众的接受。今后的戏剧为着迫切地希求发生更大的效果和力量，只有“向活路的戏剧运动努力”，所谓活路是“大多数的大众所需求的”，现在，大众急切地需要活路，其大多茫然失措，正需戏剧“展开给他们”活路，文学要想深入民众，当然特别需要开展戏剧运动。

2.3 小说

2.3.1 小说的起源。谭本认为，小说具有第一等重要的社会意义，它既能影响大众的感情与观念，又能表达大众的希求与倾向，在近代文学体裁中占有重要的地位。小说的起源众说不一，谭本认为，小说的原始形式应是神话，人类在早期，凡不能解释之现象皆委之于神，神话由此而生，经过长期的蜕变，乃为今日之小说。

2.3.2 小说的发达。谭本指出，小说至19世纪初始发达成熟，究其原因，乃是大革命后社会的、政治的构造变动，意识形态气氛受其影响，新的社会中有寻求新的表现方法的需要，于是，小说占了文学的第一位。自古至今，每时代都有自己的艺术、特殊的表现方式，如原始社会之舞蹈、封建社会之史诗、文艺复兴之悲剧等，在高度的资本主义社会里，小说就成为其艺术形式。黑格尔说，“小说是市民阶级的叙事诗”，可见，只有小说才能把现代社会的形形色色统统抓住，并且对家族的演进、妇女的地位、宗教、政治、教育等现代问题展开讨论，所以，近代的作家多用小说来创作。

2.3.3 小说是甚么。谭本指出，小说从来没有确定的定义，里辅认为小说是实际生活及风习的绘画。尼尔森认为小说家的本领在提供人生真实的画图。汉密尔顿说小说使人生真理具体化于想象的事实系列之中，如此等等。谭本综合各家的观点指出，“小说有支配世界的力量，能捉住一切主题以写成历史，探究生理与心理，升之于最高的诗境，并且是研究最成问题的政治，社会，经济和风习的最完备的工具”。

2.3.4 小说的要素。谭本指出，郁达夫把小说的要素分为三部分，即结构、人物、背景。谭本赞同郁氏的区分，同时又指出，小说乃人生的侧面或一角的“单纯化”。所以，小说家在写小说时必须把很复杂的事件加以选择，把“不必要的地方删去”，使前后理路很有系统，这样，就必须注意小说的结构。小说中的人物“必须是典型的，能代表一阶级的”，这样才能“抓住读者的心灵”，因此，小说在人物创造上也需注意。一时代为什么会有这样的人物产生，一定有它的因子，小说一定要把他们的背景写出来，使读者能够了解小说中的人物、事件与时代环境的关系，因此，小说的背景描绘也很重要。

2.3.5 小说的派别。谭本认为，小说的发达不过几十年的光景，大致而言，其派别主要有：写实派、新浪漫派、新写实派。

2.3.6 小说的倾向。谭本指出，小说几经变迁，致有新写实派小说的到来，乃历史之必然。今后的小说要站在社会的观点上观照一切社会现象，而且要真情流露去煽动大众的心灵。详言之，就是“鼓吹无产者的阶级意识”，向资产阶级进攻，做推动社会走上社会主义的武器，至于其形式不必有什么规定，只求有煽动力即可。

第二节　文学是生活现实底反映：以群的《文学底基础知识》

以本《文学底基础知识》终稿于 1940 年，1943 年由自学书店出版，1946 年由生活书店出版“胜利后第一版”。体例上以本围绕文学底本质、文学底艺术性和社会性、文学和现实、题材和主题、文学底创作方法、浪漫主义、现实主义、新现实主义、文学底概括性、文学底语言、文学底形式、文学底遗产等十二个问题展开。

1. 文学底本质

以本指出，文学的基本性质即是“生活现实底反映”，生活现实是一种“客观的独立的存在”，如劳动、战争、革命、恋爱等一切人类的现实生活，并非“为着文学或为着作家底写作才存在的”，它有自己独立存在的意义，文学则以“反映这现实生活底客观的存在为特质”。[①] 以本认为，假如文学是“一面镜子”，生活现实就是“镜子外面的一切事物”，它们是与镜子无关的独立存在，只有镜子去反映它们的形象时，它们才和镜子发生关系，它们成为被反映在镜子里的形象，这形象虽类似于原物，但已经不再是原物，因为已经经过了“反映底过程”；正是如此，列宁称托尔斯泰是“俄国革命之镜”。但托尔斯泰反映俄国革命并非真的像镜子那样毫无选择地“照下来”，而是经过了他的“主观的选择”，正是有了这种选择，托尔斯泰才能将当时俄国错综纷纭、很难看出端绪的社会现象中的“革命底因素”以及俄国革命的“远景”明白地呈现出来；显然他的反映已经不是“客观现象底机械的再现”，而是经过了“主观的抉择和整理的现实底表现”。高尔基曾说过，“事实本身不一定就是真实，那只是一种素材而已。我们应该将这素材熔解，从中抽出现实的真正的真实来。不要把鸡毛和鸡肉一同炒。对于事实的偏爱，不外是把偶然的，非本质的东西与根本的、典型的东西相混在一处。我们应该学习清除那些事实上的非本质的鸡毛，即应当从事实上抽取出意义来”。

① 以群：《文学底基础知识》，生活书店 1946 年版，第 3 页。本节引用未作特别说明者，均引自此书。

以本指出，高尔基的这种观点是对文学基本特质的"一面的说明"。生活现实经过作家主观的"熔解和过滤"，已经不再是本来的"单纯的现实"，而是渗透着作家的"感情和思想"，作家选择、强调、热爱、颂扬这些，而淘汰、轻忽、憎恶、冷淡那些，无不表示着他的"主观的感情和思想"。普列汉诺夫把文学定义为"人类底感情和思想之表现"，他解释说，"人们受周围的现实环境底影响，而在自己底内部重新唤起他所经验的感情和思想，然后用一定的形象把这种感情和思想表现出来，这就是文学"。以本认为，普列汉诺夫的这个解释被很多人当作文学（艺术）的定义来用，但这个定义立脚的基点却应该在"客观现实底反映"上，因为倘若离开客观现实，作家的思想和感情就无从产生，而且感情和思想本身"正是作家和现实结合之后所发生的一种感应"；因此，感情和思想的发生不外是作家"反映现实存在底一过程或一步骤"，如果把思想感情同现实存在"孤立起来"，把文学当成是人类思想感情的表现，那就无异于是把文学当成"纯粹的'观念'底产物"，这就是过去的观念论文学论者的观点。唯物论文学论者的看法恰恰与此相反，他们"不忽视作家思想和感情底存在"，但不认为作家的思想和感情是孤立存在的，而是认为其产生应以"客观的现实的存在为前提"，是"现实底反映"，产生在"客观存在底基础上"。因此，"文学是现实底反映"是一个"基本的规定"，一切理论都必须"从这里出发"。不过，所谓"现实底反映"并非文学"独有的特征"，其他的哲学和科学认识也都是"现实底反映"，所以，决定文学特质的关键并不只是在于"现实底反映"，也在于它是"以怎样的方法来反映现实"。通常人们认为哲学和科学是"以抽象的概念来说明真理"，文艺则是"以具体的形象来表现真理"，但不能将这种理解当作绝对的、机械的、对立的，否则就会得出"文学只需要具体的形象，而用不着抽象的概念"的错误结论。因为无论哲学、科学或文艺，其认识的出发点都是"通过印象或直觉而看到的直接的具体的事物"，马克思说，"具体的事物是现实底出发点，因而也是直觉和印象底出发点"。不过，由具体的事物所得的直接的印象或直觉的经验却只是"现实世界底混沌的印象而已"，因为直接的感觉所认识的只是"表面的现象"，并非事物的"内在关系及其本质的规律性"。人们要正确地把握和认识事物的规律性，必须"由现象进到本质"，从现象当中区别出"必然的和偶然的，内在的和外在的成分"，由此阐明"一切的矛盾和一切的关系"，这样的感性经验的论理处置，叫作"抽象"。然后根据"较精密的规定加以分析"，就可逐渐提出"单纯的概念"。由"印象的具体事物进到抽象"，再进到"最单纯的规律"，这样，完全的印象"被蒸发掉了"，留下的就是"抽象的诸规律"，这是"由具体到抽象的向下的过程"。然后，再由"抽象的规律还元到原来的具体物"，则所得的具体物已经不是现实世界的"混沌的现象"，而是由"许多规律与关系而构成的丰富的全体性"，这由抽象到具体的“向上的方法”，就是由“抽象的诸规律出发”，而达到思维过程上的“具体事物之再生产的路”，由此获得的具体才是真实的具体物，即高尔基所说的“真正的真实”。文艺要表现的正是这种“真正的真实”，即事物的本质，而不能以停留在事物的表面即直接的现象为满足。作家的创作虽是从“直接的活的现象上出发”，其工作的基础虽是建筑在“直接的印象之有意或无意的积蓄上”，但作家的注意如果只局限在“现实底直接的现象上”，那么，他一定只能表现出事物的“混沌的表面”，而触不到“现实底本质”，这样的作品只能是“事实底记录”，只是“照相”，而不是“本义的文学”。正是如此，巴尔扎克借其人物说，“艺术底使命并不是模仿自然，而是表现自然。你不是卑贱的文匠，而是诗人！……我们一定要抓住事物底精神，灵魂和特征。感觉，感觉！这些不过是生命底附带品，而不是生命本身”。在这种意义上，文艺当然不能以单纯的具体为满足，因为从直接的现象推移到现实的本质的规律性（决定对象的特性和发展的因素）的论理的认识，非经过抽象不可。在这一点上，文艺和哲学、科学一样。但在“真理底表现形式”上，文艺与哲学、科学有着基本的差异。高尔基曾说过，“思维和认识，不外是我们底生活印象或体验经由技术及各种的手法：观察、比较、研究，藉哲学而完成或形态化为思想，藉科学而完成或形态化为假说和理论；藉艺术而完成或形态化为形象的技术及手法”。由此可见，文艺与科学、哲学的基本区别在于其“形象的技术及手法”，因为文艺的真理是必须以“本质存在于现实中的直接的姿态再现出来”。也正是如此，高尔基认为，“文学底任务是反映事物及描写劳动的生活，将真理体现于形象——人物性格和典型之中”。以本指出，高尔基的这个观点不仅说明了文艺底本质和特性，同时也阐明了文学和哲学、科学的区别。因此，对文学而言，形象化的手段即描写的技术是“有着决定的意义的”，如果作家没有突出的描写技术，就不能“将真理体现于形象之中”，那么，即使其作品包含着再多的珍贵真理，也是无法成为优秀作品的。文艺必须由“直接的存在底形象的表现”来阐明“事物底规律性和必然性”，由“个别的现象来说明普遍的现象”，由“部分的存在来解释整个的存在”。所以，高尔基说，“天才的文学者，就是那具备着优秀的观察和比较的能力，指出特征的阶层底特异的手法，以及将这类特异性包括于一个人物中而描写出来的技术等三个条件，并且能创造文学的形象和社会的典型的作家。而描写则是创造形象的文学技术底一种最基本的手法”。

2. 文学底艺术性和社会性

以本认为，文学的“艺术性”（即纯粹文学）和“社会性”（即社会文学）的调和与矛盾问题是“随着文学理论底阶层斗争底开始而开始”、“展开而展开的”，直到如今也没有“终结底征象”。以本首先归纳了1910年至1912年间德国社会民主党的机关刊物《前进》和社会科学理论刊物《新时代》关于文学的“艺术性”和“社会性”(即倾向性)的论争中的三种主要意见。以本指出,第一种意见认为艺术性和社会性是绝对不能相容的。这种意见坚持文学应具有充分的艺术性,保持纯粹文学的“尊严”,如果文学带上社会性或倾向性就必定会损害它的“艺术的优美”而成为非艺术品。因此,他们认为要使文学作品富有艺术价值,必须排除社会性和倾向性,以保持文学的“‘纯粹艺术’的完整”。此说的社会性或倾向性具体言之,就是指“新兴的劳动阶层底反对资本主义社会的革命性”,持此说者本身乃“资本主义社会统治阶层底代言人”。第二种意见认为,文学应该在社会斗争中发挥巨大效用,所以,作家应以社会斗争为“文学底内容”,将文学作为“社会斗争底武器”,这样,才能充分发挥文学的社会效用。因此,只要在社会斗争中有巨大作用、直接效果的作品,就是优秀的作品。所谓“艺术性”只不过是陈旧的观念论美学,新兴的革命文学应该排斥这种观念。以本指出,这是纯粹的“武器文学”或“倾向文学”的意见,按照这种意见,文学与政治宣传品和通俗教育读物就没有什么区别了。第三种意见是调和论,企图融合文学的艺术性和社会性。这种意见一方面坚持文学的社会使命,一方面又固守文学必须是优秀的艺术,因而“勉强地拉拢文学底‘艺术性’和‘社会性’”。如梅林就是这种意见的代表,他认为,“倾向一经运用了非艺术的手段,立刻就破坏了最高贵的艺术”。因而,他提出了“艺术的倾向性”的观点,但究竟这种“艺术的倾向性”为何以及如何实现,梅林却没有明确说明。究其原因,就在于梅林把康德的观念论美学当成了科学的美学的基础,所以,他无条件地承认艺术的“无倾向性”“超时代性”及“形式性”,但另一方面他又极力地避免这样的结论,因此,他的理论就陷入了矛盾之中。结果,他只好得出如下结论:“理想的艺术是无倾向性的,但在这阶层斗争尖锐的时代,却不能不强制艺术带有‘倾向性’。”就中国的情况言之,近十几年中,除了第三种意见没有相似的见解外,其他两种意见都曾多次出现,如以梁实秋为代表的“纯粹文学”主张,以“第三种人”为代表的“创作自由”论,沈从文的“反差不多论”都是第一种意见的“反覆”。以钱杏邨为代表的“革命文学论”,后来的“主题积极性论”以及以“通俗”“宣传”代替文学的理论从本质上说都属于第二种意见。以本指出,文学的艺术性与社会性的关系之所以争执不决,并非因为这个问题本身难于解决,而是因为在这个问题的争执中“表现了文学上的阶层斗争底烙印”。犹如人类的历史是一部“阶层斗争底历史一样”,文学的历史也是一部文学上的“阶层矛盾底历史”,文学的兴衰“永远是在社会阶层底递变中表现出来的”。如在封建社会初期王公贵族担负着推进社会发展的积极任务,代表着他们的文学也发挥着推进社会发展的积极作用,因此这种文学才能成为“一时代底统治的支配的文学”;等到封建贵族在经济、政治上已经尽了他们的“历史使命”而成为阻碍社会发展的“退步的阶层”的时候,代表着这个阶层的文学也就失去了它的“历史的光辉”而趋于“没落和凋谢”。此时,另一个担负着新的历史使命、能够推动社会历史进一步发展的阶层在封建社会内部孕育起来,即市民阶层,他们的文学担负着反封建、歌颂市民阶层的“光辉和少壮”,等到市民阶层夺取了政权,其文学就取代了旧的封建文学,成为在新的社会即资本主义社会中占统治、支配地位的文学。资本主义社会建立之后,有产阶层的文学随之发展起来。但随着资本主义由自由资本主义进入到帝国主义阶段,资本主义社会的内部矛盾急剧激化,有产阶层的文学也随之萎靡、颓败,失去了其原本的“客观的真实性和主观的战斗性”。尤其是对照苏维埃社会主义的飞速发展,资本主义社会发生了根本的动摇,内部矛盾也发展到了极点,有产阶层的文学成了欺蒙大众、粉饰太平、压制国内进步运动、歌颂战争、驱使人民赴死的工具,于是,世界文学的主人地位“不能不让给代表全世界广大的被压迫阶层的利益的作家了”。可见,关于文学的艺术性和社会性的论争的基础和本质在于,当一个阶层在其成长和上升期,代表它的文学必然会暴露旧社会的黑暗,宣扬旧制度的败坏,歌颂本阶层的广大前途和新社会的光明远景。这种暴露、宣扬和歌颂在旧阶层看来,自然是带着“倾向性”“社会性”和“非艺术性”的,因为旧阶层所希望的是将人们诱离现实、引入幻想的讴歌“永恒的美”的文学。以本指出,从新艺术论的观点来看,那种将文学与政治宣传视为一体的观点显然是偏激的,然而必须承认文学的“社会性”或“倾向性”是文学的“内在的本然的性质”。在新艺术论者那里,文学的艺术性与倾向性并非对立的,也不是作家主观的“意欲”或“意向”乃至“道德的理想”或“政治的目的”的“具现”,更不是“由外部侵入的与文学本身无关的某种因素”,而是将其看作“从文学本身出发的一种性质”,所谓社会的“倾向”就是作家对于“现实所表示的一种态度”,对于“现实动态所表现的一种反应”。因此,文学的社会的倾向“不会歪曲了现实”,损害了“艺术”,而是和“艺术的真实性相一致的”。至于代表没落阶层的作家为何不能理解这一点,以本指出,这是因为他们已经“遭逢了自己底阶层的主观和现实底客观行程之分歧”,客观的现实是在新兴的上升的阶层的推动之下,依着“必然的规律向前发展”,但没落的阶层的主观则是在“向后回顾”,企图“止住现实底进展着的车轮”,甚至想将之“拉回历史底旧道”,如果要在文学作品中表现他们的“主观的意欲”,表现社会的“倾向”,那么,这倾向“必然是背驰于现实底行程”,歪曲“现实底存在的”,因此,他们的主观的倾向(阶层的愿望)不可避免地会破坏“艺术底真实”,而造成作品“非艺术性”的结果。当然,在文学史上,也有少数作家为了忠于艺术,“洞察了现实”,能够违背其所属阶层的“主观底愿望”，认识了“客观的现实底行程”，而创作出具有“巨大的真实的艺术”，即“时代底史诗”，如巴尔扎克和托尔斯泰。但这种作家毕竟是罕见的，在文学创作中，作家的“艺术的良心（对于客观现实的忠实）”和他所隶属的“阶层的愿望”之分歧，只会产生“相杀相消的结果”。在现代，作家阶层的主观意向与现实的客观的进程能完全一致的，只有代表“新兴的产业劳动阶层的作家”。在他们那里，“客观的现实底叙述，同时就是主观的意识的要求”，因为他们的要求本身就是“现实进展底有机的部分”，现实进展“决定他们底要求”，他们的意图反过来又“加速现实底进展”，因此，只有他们是不会害怕文学的“社会性”或“倾向性”的，他们的主观要求也正是“现实底客观的方向”，二者是完全合拍的。他们的作品是纯然无倾向的作品（客观地反映现实的），也是纯粹的倾向的作品（表现着加速现实演进的主观），“艺术价值”和“社会价值”是统一的。正是如此，高尔基指出，“作家是阶层底眼睛，耳朵和声音。作家也有不认识这一点，而对此加以否定的。但是，他永远是阶层底感觉器官，这是不可避免的。他从自己底阶层和集团来接受、来形象化、来表现气分、欲望、情热、利害、恶迹和功劳等。在自己底成长过程上，他自己也为这一切所限制。他既不是‘内在地自由的人’，也不是‘一般的人’，那是不可能的”。

3. 文学和现实

以本指出，作家写作是“现实生活底印象和体验催逼”的结果，离开现实生活就不会有文学。如高尔基四十多年的文学写作生活从没有“离开过自己底生活的体验”，他永远是写着“自传的材料”，将自身置于“事实底见证人的地位”，叙述着他所经验的生活，他所接触的人和事。因此，当有人说“文学掉在现实之后了”时，高尔基抨击他们说，“没有人能够严重地惋惜文学掉在现实之后的事实。文学一直是追随在生活之后，一直是在记录事实，将它们概括化，将它们综合起来的。从来没有人曾要求一位作家成为先知，成为未来的预言者”。可见，作家是不能双脚凌空、逍遥于云天之外，而叙述着对于未来人间的幻想的，他“永远只能脚踏在现实底基地上”，手接触着“人间底生活”，吸收现实的“人间生活底精华”，以构成其“艺术创造底胚胎、骨梗和血肉”。假使作家是农夫，那么现实生活就是富饶的土地，离开了它，作家是“培植不出文学底收获的”。以本认为，高尔基这里所说的“追随在生活之后”“记录事实”并非将文学的任务局限于“事实底叙述”，像镜子反映实物一样；所以，他指出，事实的文学完全是“自然主义底最粗率，最不幸的偏向”，艺术的文学并不是从属于“现实底部分的事实的”，而是比现实的部分的事实“更高级”，文学真实是从“同类的许多事实中提出来的精萃”，是“典型化了的”，而且，只有正确地将“现实中反覆的全现象反映在一个现象上的时候”，才能产生“真实的艺术作品”，所谓“追随在生活之后”只是意味着“不使人脱离现实”。正是如此，高尔基一方面坚持文学不脱离现实，同时又主张“文学站在现实之上，多少从上而下地俯瞰现实”，因为文学的任务不仅仅在于现实的反映，还不能“一味描写现存的事物”，而是“联想希望的事物和可能的事物”，必须把现象“典型化”，采取“细小而特征的事物”，创造“巨大的典型的事物”，这是“文学底任务”。不过，以本认为，所谓“联想希望的事物和可能的事物”并非意味着作家可以凭借自己的幻想脱离现实；恰恰相反，他只有站在现实之上才能“更清楚，更远大地认识现实”，看清现实的“未来的发展”，而不为眼前的事实所拘，仅仅停留在“‘正确地’表现现实底细节”上。以本指出，作家要正确地看出“未来的有希望的事物和可能的事物”，即“现实底必然的发展”，必须从“目前成长中的，我们自身所参加的旧世界底变革和新世界底创造的伟大过程”中去鉴别现实、分析现实，辨别现实中的诸现象是“旧世界底破片”还是“新世界的嫩芽”，只有从这现实的活的发展过程中，才能认识现实的“真实的动态”，即“看出希望，看出可能”，而不至于将现象看成是“静止的”“孤立的”“定型的”存在。作家假如不将现实看得“太单纯化”“太公式化”，而是努力全面地考察和研究，他就会发现在人类生活现实之中，永远存在着“两种对立的现实”，即高尔基所说的“支配者底现实”和“隶属者，被征服者，服从者底现实”；作家唯有从这两种现实的“犬牙交错的纠葛中”，去认识“新事物底萌芽、生长、蜕化、上升和旧事物底颓败、衰落、分崩、减绝”，才能表现出“现实底真实”。这样，作家就不能是现实的“冷淡的旁观者”，文学也不能是“生活底静止的反映”，作家越深入地突进“现实生活底丛林”，就会越热情地参与“现实生活底搏斗”，他也就越能抉剔出“特征的、代表的、生动明瞭的形象”，以表现现实生活诸过程的真实的“动态和动向”，并通过这具体的、个别的形象说明“概括的一般的真理”。这样的艺术，才是真实的艺术。因此，高尔基指出，“生活底脉搏一定要在文学中被感觉到”。可见，作家必须用炽烈的热情去生活，同时将这热情注入文学，这样的文学才是“有生命、有血肉、能跳跃的活文学”。总之，以本指出，文学必须以现实为“根据”和“出发点”，同时，还必须“征服现实”“战胜现实”，站在“现实之上”，看出“现实底前途”，而给以“概括的表现”。

4. 题材和主题

以本指出，现实世界是一幅色彩斑斓的图画，作家所要写的就是这一切人间现实的存在，它们都是文学的素材，如果按文学理论上的专门名称来说就是题材。题材是“客观现实底独立的存在，没有和作家底主观发生关涉”。题材一经作家的选取和采择，就不再是客观的现实的存在，也不再是“脱离作家底主观的独立的存在”，而是经过了作家“主观的取舍选择和分析整理的、创作上的问题”，即“主题”。题材是未经过作家的“主观的认识过程的事物”，主题则是经过了作家的“主观的认识过程的事物”。题材内部本身包含着“意义”，但这意义是“未成形的”“未被发掘出来的”“潜在的”东西，题材一旦被作家选为主题，则其意义已经是“被发掘出来的”“经过制作的”“成形的东西”了。所以题材与主题有着“必然的关联”。以本指出，过去那种“主题积极性”的观点认为题材和主题之间有着“极固定的关系”，某种主题只能存在于某种题材之中，因此，从某种题材中只能“提出某种主题”，这种将主题和题材的关系看作“机械的凝固的”的观点是错误的。它不仅“缩小了作家底视野”，窄化了作家“取材底范围”，而且造成了文学作品的“千篇一律”和“公式化”，这种狭隘的理解是“非常有害的”。因此，作家应该尽量扩大视野，扩充题材的范围，使文学题材广泛化和丰富化。但这并非意味着一切题材的意义都是“同等的”，作家可以不加选择。题材与主题之间的关系虽然是“必然的”，但却不是凝固的、机械的。这样，作家在创作中就应该从高尔基所说的“旧世界底变革，新世界底创造的伟大过程”中去区别和权衡“题材底轻重”，因为现实世界永远都是在新事物的生长和旧事物的减亡的交替过程中发展着的，也只有在这发展过程中才能看出“何者有前途”“何者无出路”“何者向光明”“何者面黑暗”“何者趋于发扬”“何者转于衰减”，作家应该选择在这变革和创造的过程中“占重要地位的事物为文学底题材”，而那些与现实的“整个发展过程无必然关联的偶然事件”，是不值得作家去空费心神的。作家从现实生活中积蓄了经验，结晶为思想，这种思想就是“主题底骨干”，所谓主题就是经过了“作家头脑底提炼和净化而凸出了思想意义的题材”。以本认为，在文学史上，爱、死、牺牲、复仇都曾被认为是“永久的主题”，但随着时代的推移和现实的发展，这些所谓的“永久的主题”在文学中逐渐失去了其“原来的光彩”，另一些新的光辉灿烂的主题继之产生，这些新的主题是“出发自新现实的带着新的思想内容的主题”。在现代，文学主题演变的基本方向是“由以‘个人’‘个性’为中心转向于以‘集团’‘阶层’‘社会’为本位”，以往的“永久”的主题如死、爱已经不再被进步作家们所接受。“个人”的死的意义不在于其“个性”的消灭，而在于个人对自己的“集团、阶层或民族的献身”，或是对敌对的“集团、阶层或民族的决斗”。爱的意义也已不再是“自然的个性底发抒”，而是成了一种“阶层的社会的行动”。同样，牺牲、复仇也已经不是一个“自我摧残或自我发扬的问题”，而是成了个人对集团或阶层的“尽责、尽义”，或者是集团、阶层本身为自己的生存、利益而“争胜的问题”。最后，以本指出，在中华民族革命的抗日战争中，一切旧的主题都在这战争的“强烈的光照之下”，改换了新面目，输入了新内容，无数新的主题在战争的进程中相继产生，在这样一个非常的时代，作家的视野应当“异乎寻常地扩大”，从多变的现实中摄取创作的素材，丰富文学的思想，充分地发扬“题材底广泛性和主题底多样性”。

5. 文学底创作方法

以本以同样是以世界大战前后的以德国现实为题材的雷马克的《西线无战事》《战后》以及格莱赛的《一九〇二级》《和平》为例指出，这两位作家的作品之所以给予读者的是完全不同的感受，是因为其世界观完全不同。雷马克站在小资产阶层的人道主义的立场上看事物，所以，他除了对残酷、恐怖的现实表示“感伤和悲叹之外”，不能对社会前途“有所指示”，而格莱赛则站在“前进的劳动阶层底立场上”，代表着革命的势力说话，所以，他能轻易看出“社会底真实”，也不怕揭穿这种真实，因此，他能指出战争的真实原因以及劳动大众的“真正的出路”。正是两种不同的世界观（阶层立场）决定了他们对于同样现实的两种不同的“选材法、观察法和表现法”，因而同一题材会呈现出完全不同的主题。这种由作家的世界观所决定的“对于事物的观察法和感觉法”就是创作方法。在文学创作中“由题材到主题”，必须经过这“‘方法’底桥梁”，题材只有经过了方法，二者结合起来，才会产生“主题”。文学的主题的产生，不能离开创作方法，创作方法又决定于作家的“世界观”，而作家的世界观又依从于作家的“社会的立场”；因此，文学上的一切问题，题材、方法乃至主题，离开了作家的“社会立场和阶层关系”是无从解决的。可见，作家的社会立场就是决定创作方法的“前提”。通常所谓的创作方法都是“统括作家底世界观（对于事物的观察法和感觉法）和表现法（对于事物的传达法）而说的”，世界观是作家的“内的问题”，由此决定着作家“对现实（题材）的关系”；表现法则是作家的“外的问题”，由此结合着“作品和读者的关系”，不通过表现手法，文学的内容是无法“传达给读者的”。以本指出，表现手法之所以必须与世界观联系在一起，是因为作家要表现给读者看的正是自己对于现实的“认识和理解”，而这认识和理解则是由对现实的观察和感觉而产生；因此，不同的观察法和感觉法就会产生不同的“认识和理解”，要传达它们就必须采取合适的表现手法。因此，文学上的表现手法是以作家的世界观为先决条件的，也就是说，如果作家对事物没有正确的态度、看法，就不能正确地表现它。不过，在特殊情况下，也会出现作家为了某种原因故意采取与他的世界观“不相调和的表现法”，这样，无论他如何努力去巩固他自己的世界观，也会无意间被“与那表现法相连结的世界观牵累”，于是他一方面会模糊了自己的立场，另一方面也削弱了那种表现法的效果。因为，从本质上看，这两者是不能调和的。所以作家主观的世界观和表现法的主观性是不能分离的，两者“必须统一于创作方法同一的系列内”。作家的世界观是否决定于他出生的阶层？以本认为并非如此。文学史上有不少背叛自己的阶层而为另一阶层的利益而写作的作家，如雪莱、拜伦等，因此，作家的世界观并非决定于他所出生的家庭，而是决定于“他所投身的社会”，社会实践才是真正的决定作家世界观的条件，世界观是绝不能脱离生活实践而孤立地确立的。

6. 浪漫主义

以本认为，从本质上看，历来的文学创作方法不外浪漫主义和现实主义两个基本的方向。浪漫主义产生于18世纪末至19世纪初的欧洲，该时期欧洲主要的政治变动就是法国大革命之后民主政治失败，拿破仑专政，宗教权威复兴，被拿破仑征服的各国的反抗等。浪漫主义发端于德国，德国浪漫主义的开路人是歌德和席勒，他们青年时期的创作体现出对自由的要求和叛逆的冲动以及对于传统的反抗精神，提倡人性崇拜、人类理想主义，反对依附现实、抄录现实。歌德和席勒之后，其传统得到继承，正式形成德国“浪漫派”，该派认为，“自我的艺术的万能与诗人的放恣是不能服从任何法则的”。总之，以本指出，德国浪漫主义者都是封建贵族的代言人，他们最初虽然有过一时的追随新兴市民阶层的民主政治的企图，但一旦新兴的势力撼动了他们自己的生活基础时，他们就立刻转向维护封建王权一方；他们要求的只是让大多数人服从规则，使自己得以从苦役中解放出来去过无目的的享乐生活。英国浪漫主义发生的社会背景异常黑暗，与德国不同，英国浪漫主义有两种倾向：一是熄灭了曾在他们胸中闪烁的向往自由的微火，而变成王党专制政治的贵族拥护者的诗人；一是反抗传统的专制政治，呼唤自由，变成歌颂解放的民众的战士。前者以华兹华斯和司各特为代表，后者以雪莱和拜伦为代表。最后，以本指出，浪漫主义创作方法的一般特点是不以客观的现实而以主观的理想为出发点，反对传统的桎梏，主张人性的解放，尊重个性的发扬。

7. 现实主义

以本认为，现实主义文学始于19世纪初，19世纪末是其全盛期。现实主义的发达是以“有产阶层底勃兴为发端”，以“有产阶层政权底确立为顶点”。进入20世纪，随着资本主义社会基础的动摇，现实主义转趋衰落，且发生了质的变化。因此，现实主义的全部进程是不能离开有产阶层的历史命运而独立的，它是属于有产阶层的文学潮流。以本指出，现实主义初创于法国的司汤达和巴尔扎克，不过，其真正的创始者是福楼拜，他追求艺术家的纯然旁观的态度和艺术作品的纯粹的客观性，主张冷静地模仿自然，在自然的模仿之中，隐蔽作者的个性、主观情感。后来的自然主义者左拉等都是以福楼拜为典范和楷模。以本指出，现实主义创作方法有以下特点：第一，主张像观察自然现象一样观察社会现象，把社会的人还原为自然的人，当作一种自然物来观察，提倡科学的态度，主张作家要像生物学者在显微镜下检查微生物一样地观察人，客观地记录人物的状况和活动，这种没有批判的客观主义是现实主义创作方法的一个基本特点，它与有产阶层纯客观的科学精神是一脉相承的。第二，以实在的人物和关于各人的真实的日常生活故事来代替抽象的人物、虚妄的事件和绝对的事物，这种冷静的旁观态度反映着有产阶层改造世界热情的消失，开始发觉自己社会内部的缺陷，但其仅仅止于暴露、止于批判而看不到现实社会的前途，更遑论指明其出路。

8. 新现实主义

以本认为，浪漫主义的创作方法是一种极端主观主义的方法；在消极方面，它粉饰现实，歪曲现实，掩盖现实的本质，消泯现实的斗争，虽然在积极方面它反抗传统，争取个性解放，渴望未来，幻想美善，但这都是从空想出发的，虽然有时也能传达出时代的精神，但却无法表现出现实的真实。现实主义的创作方法则拘泥于客观存在，排除主观判断，只能暴露既存事实，无法预示现实发展的前途，因此，它虽然批判社会现状，却不能改造社会现状。新现实主义的创作方法一面要克服脱离现实的纯主观的浪漫主义，一面要克服拘于现实的纯客观的现实主义，在"向上的新进阶层底社会的实践中"，寻求"主观与客观的统一"。因为只有时代的中轴的新进阶层的主观愿望是和社会现实的客观进程相一致，其主观要求正是现实的客观的方向。新现实主义的创作方法就是以这新进阶层的立场为"基点"，由此贯彻"作家底主观和社会底客观"以把握现实的真实。以本指出，代表没落阶层的文学之所以不能挽救其文学的危机，克服自己的缺陷，乃是源于其阶层立场的限制。这种阶层立场的限制使其不能"正确地反映客观的现实"，指出现实的"前途"，因而也就无法克服其文学的根本缺陷；因为一旦它们正确地反映客观的现实，指出现实的前途，无异于是宣告自己阶层的灭亡。文学上的"真实"的问题，不是个别作家的才能、技术或手法的问题，而是"阶层立场底问题"。新现实主义的创作方法首先就是以阶层立场来区别于此前的创作方法，其所有特点都是从此出发的。以本指出，新现实主义的创作方法不是"旁观地处理现实"，而是主动地"观察现实"，不是把现实当作"静止的自然现象"，而是当作"发展的人类活动（实践）"，这是它与旧现实主义的根本区别；正是如此，相较于现实主义，它能"更澈底，更深刻，更完全地贯彻它底客观主义的理由"。只有在运动和发展中观察人的活动才能真正地理解"现实底真实"，因为人并非单纯的生物存在，而是社会的，他不是脱离社会关系而存在的孤立个体，而是在“一定的社会关系中活动的阶层底一员”。社会现实处于不断的发展变化之中，作为社会之一员的人也永远是在现实的发展中变动着的，昨天的贵族可以变成今天的流氓，昨天的贵妇可以变成今天的淫妇，这种变动“从单纯的个性上”是找不到正确答案的，唯有从“社会底演变和阶层底兴衰（例如一次革命运动）中”，才能得到正确理解。一个人的性格并非单纯地代表着他自己，而是代表着“一个阶层”，一个人的变动也不是单纯地由他个人决定的，而是由他所属的“社会层”决定；因此，代表前进的新兴阶层的作家必须从“错综复杂的阶层关系底纠葛中”去分析个人的性格，把握个人的性格。也只有从阶层关系中去了解人物，才能将其表现得“单纯明确”；这里的单纯明确绝非将人物单纯化，单纯化只会把人物变成无血无肉的公式，新现实主义则必须坚决地和“片面化的公式主义作斗争”。对此，以本援引了高尔基的如下论断：“我们不能把现在的一般人物单纯化，我们必须明确地提示：他底内部的混乱与分散，他那一切的‘感情和理性的矛盾’。……在所要表现的各个人之中，于阶层的共通特性之外，还必须看出在他最显著的特征，而最终落脚点则是决定他底社会行为的个人特性。”以本指出，高尔基这里提出的“个人特性”与“阶层特性”并不是对立的，高尔基只是要求人们不要把“阶层的牌子”从外部贴到人的身上，而是要深入人性的内部、从内部去了解人。因为正如高尔基指出的那样，“人是多方面的，有的人是饶舌的，有的人是沉默的；有的人是执拗而利己的，有的人是胸无成竹的。文学家恰如生活在吝啬汉，俗物，热狂者，空想家，快活人，勤奋者，怠惰者，善良人，恶毒者以及对一切无所关心的人们底环舞的圈中”。以本认为，一般的阶层特性通过个人表现出来，就不再是“一般的”，而成了“特殊的（个性化）了”，因为人物不同的历史和环境决定了其各个人的特点。但各人的不同历史和环境是不能超出整个阶层的历史和环境的，所谓的“个人的特性”也只是阶层共通性的“内部的分支”，并非超越阶层共通性的独立存在。这样，作家要创造活生生的真实的性格，就不能离开人物的“阶层的属性”，同时，也不能以赋予人物“阶层的共通性”为满足。他必须把握住人物的“个人特性”，深入而扩大之，使它“尖锐化”“明确化”，并且通过这种个人的特性，使一般的阶层的共通性“具体化”“形象化”，只有这样，才是“艺术地完成的性格底创造”。以本指出，新现实主义的创作方法并不是只要求作家写“今天”，写“眼前的现实”，它也容许作家写“昨天”，写“过去”，但它写过去却不像消极浪漫主义那样赞美过去，诱起读者对过去的怀念，而是“强固读者对于社会改造的信心”，引起读者对于过去的“憎恶”。那么，对于新现实主义应该如何描写过去，以本认为，这正如高尔基所说的，“要使过去之毒害的、罪恶的丑污更被照明出来，用更容易使人理解的话来说——必须在自身中发展那种从现在所及的高处及从未来伟大目标的高处去观察过去的丑恶的能力”。因此，新现实主义描写过去不是“单纯地记录过去”，也不是怀旧地“追溯过去”，而是以“现在和未来为准绳”来批判过去的腐败和罪恶，铭记着“历史底进步的里程”，而“强固人们对于未来的信心”。新现实主义必须在现实的变革过程中看出事物的“成长”，肯定这种新事物，并且预示出这种新事物的“明日的行程”。所以，新现实主义不仅要回顾昨天，明辨今天，而且要瞻望明天，鼓起读者实现未来事物而不屈斗争的“热情和勇气”，使可能的事物转化为现实的事物，使“个别的现象转化为普遍的现象”。以本指出，新现实主义的内部具有浪漫主义的成分，但这并不是从外部强加给新现实主义的，而是新现实主义的“本体之一部分”，与旧浪漫主义不同，它是“革命的浪漫主义”。这种革命的浪漫主义的基本特性首先在于对现实的“积极的和远瞩的态度”，它尖锐地与记录事实或照相式的表现方法“相对立”，它要求从现实的一切矛盾斗争中看出“新事物底诞生和长成”，以及妨碍这新事物成长的旧事物的“挣扎和溃灭”，并明确地、夸张地强调着“新事物底胜利”，寄与这未来的胜利以“狂热的热情”，激起人们对于新事物前途的“热诚的期望和坚固的信心”。所以，革命的浪漫主义要求作家“以全部的热情来拥护新生的力量和打击陈腐的力量”，创造“最鲜明的，尖锐的，浮雕性的对立的形象”，这种鲜明化的形象虽然带着作家“主观的强调”，但却仍是“出发自现实”，以“现实为基础”，而不是自“空想”出发、以空想为“起点”，这是它与旧浪漫主义的根本不同。对读者来说，革命浪漫主义发挥着“巨大的教育作用”，它以其“夸张的对立的形象”，给读者以“最强烈的印象”，激起他们“沸腾的热情”，使他们爱护“新世界底创造者”、憎恶旧世界的“支持人”，而以自己的“英雄的行动”，来做这种“热情底实际的保证”。以上革命浪漫主义的特性也是新现实主义的“本质的一面”，新现实主义实际上是“综合着现实主义和浪漫主义底双重特性的”。

9. 文学底概括性

以本指出，在过去的现实主义者那里，曾有人提倡记录事实的文学，他们所谓的记录事实就是指“个别的部分的事实底复写”“直接的经验底再现”。但个别人物或个别事件的“正确的记录”，却不能说就是现实真实之“正确的反映”，因为个别的事实是一种“现象”，记录现象并不能写出“现实底本质”，至多只能加强读者对于现象的印象而已。因此，作家“忠实地详密地记录了事实底细节”，丝毫不做修改，这并不能说是写出了“现实底真实”，这正如高尔基所说，“事实本身不一定就是真实，那只不过是一种素材而已”。作家要想充分地写出个别事件的真实性，并非在于丝毫不修改事实，而在于“正确，明瞭地在个别的事件中写出全体底过程”。作家的任务并不在于丝毫不差地写出“现象底实态”，纵然他将一切现象的细节或将所有人的细小特征毫无遗漏地写出来，也不能算是“真实而明确地表现了生活”，文学的任务正如高尔基所言是在于“把真理体现于形象——人物性格和典型之中”。因此，作家必须从现象中“除去特殊的偶然的部分”，而着重其“普遍性和必然性”，从个别的现象中提出它的“本质”，这就是由实际的“事实”到艺术的“真实”的过程，文学的真实性也只有通过这一过程才能得到实现，这就叫作“文学底概括性”。但是，文学的概括却不是从作家的头脑出发拿事实去“凑他头脑里铸定的模型”，而是以现实为根据，一切自现实出发。新现实主义者只能正确地“再现现实”，而“不容许制造远离现实的事物”。如果作家以“论理的概括”去代替“文学的概括”，拿“定型的理论”来决定各阶层人物的性质，那就会使作品中的人物“完全失去生命”，变成“穿上作家制定的衣服”“说着作家制定的语言”的木偶，而完全失去“文学的概括底原意”。虽然论理的概括与文学的概括都以现实为根据，并且论理的概括和分析是“一切认识底基础”，作家要正确地了解现实则非借助“论理的终结不可”，但二者“概括的方法”却是完全不同的；论理的概括的结果不是“具体的形象”，而是“抽象的原则”，在文学上的表现就是人物的木偶化和事件的公式化，因此，论理的概括不是真正的文学的概括。文学的概括必须把握住“现实中的人物或事件底直接形态”，在不失去“直接性”的限度内概括。这正是高尔基所说的，“作家如果能从二十个——五十个，不，几百个商人、官吏、工人之中，抽出其最本质的阶层的特征、习性、趣味、身姿、信仰、动作、言语等等——将它们综合再现在一个商人、官吏、工人身上，则作家就可由此创造出典型来。——而这才是真正的艺术”。以本指出，这也才是真正的“艺术的概括”。作家要做到真正的文学的概括，就必须“深刻地了解各种各样的现实”，这也正是高尔基指出的，“观察底广博，生活经验底丰富，常常给予克服艺术家对于事物的个人态度及主观主义的力量，以武装艺术家”。关于文学概括的重点，以本认为，其最基本的是人物的“历史关系和阶层关系”，因为离开了历史和阶层，既无法“了解人”，也不能“说明人”，同时，这两种关系又是“互相联系而不能分离”“在本质上却是共同的”。所以，对人物的概括必须“是历史的同时也是阶层的”。这样，作家就应该从历史的和阶层的双重关系中分析人物的特质，抓住其间“本质的差异点和本质的共通点”，以此为基础创造出一定的艺术典型。人的关系是非常复杂的，因而各人的性质、行动、思想、感情等也各不相同，这种个人的特性不会因为“阶层关系底共同而消失”，但这并不意味着人物不能概括；大体言之，在同一阶层里生长、在同一环境中生活和工作的人，必然会有许多“共通点”，即“阶层的特征”。不过，作家概括人物的阶层、提出其阶层特征的时候，却不能忽视各人的“个别的具体的差异”，抹杀人物的个人特性无异于把“活的人物”从作品中驱逐出去，而留下"阶层的人物"的概念，这就把人物变成了文学上的"类型"。以本指出，新现实主义不能忽视"阶层（集团）"也不能忽视"个人"，而应描写隶属于阶层、作为阶层一分子的个人，这样，它就不仅不能忽视"历史中的个人底活动"，而且要"特别精密地注意个人底某些特性在阶层和历史底整体中发生怎样的作用"。艺术上的个别事物和一般事物、具体事物与典型事物有着复杂的关系，如约翰·亚里托曼曾指出，"艺术家愈将具体的素材，即愈将斗争着、动摇着、苦恼着或欢喜着的人们底各种具体的形象，作深刻的热情的研究、把握、理解、感觉，且艺术家愈真挚地突进生活底真实的密林，而将那能给予我们以现实诸过程及其方向等底真实表现的人物、现象、事件、特征等细心地从这密林中选择出来，则这艺术家底典型的艺术的概括也就愈为光辉灿烂"。总之，艺术的概括作用就是"作家概括着具体的事物，而使人们了解一般的事物；阐明着各别的现象，而使人们明瞭普遍的现象"。关于艺术概括如何避免作品成为"凝固的刻板的公式"，以本认为，首先应经过"对于现实的精密的分析"，没有"分析的概括"是很难避免公式化的。分析现实的基础则应建立在"历史的关系和阶层的关系"之上，只有从历史的和阶层的关系中作"精密的分析"，才能把握住"现实底复杂的多样性"。这样，作家要分析现实的人物，就要从中区别出"必然的和偶然的成分""本质的和非本质的性质"，除去"偶然的和非本质的因素"，将抽出来的"必然的本质的特征""具体化"而概括于"一个人物身上"，这也就是"创造典型的过程"。但在现实中，一目了然的、单纯的、本质的或必然的东西是不存在的，在我们认识现实的过程中，本质的和非本质的、必然的和偶然的、普遍的和特殊的并非明白地两分，而是"互相结合着存在于现实底内面"。我们认识现实时，如果忽视"外表的现象"，仅仅提出"单纯的本质"，则本质一定会转化为"抽象的公式"。作家要避免这样的结果，就必须"精密而具体地分析现实"，判明本质与现象之间的"差异和关联"，认清本质和现象、必然和偶然、普遍和例外等的正确关系。因为文学的真实是"具体的真实"，它并非仅以适应于现实的本质为满足，而是必须将"本质存在于现实中的直接形态再现出来"。以本指出，必然和偶然、普遍和例外的关系与本质和现象的关系是同样的，虽然在现实中我们会发现个别的相反现象，但从全体角度看，这种个别的相反现象只是偶然的、特殊的存在；因此，如果一个作家在创作中将偶然的、特殊的存在当作必然的、普遍的存在来描写的话，那就是"掩蔽真实""欺骗读者大众"，正是如此，作家必须明白地区别必然和偶然、普遍和特殊，不能把偶然的例外当作"必然的全体"。所以，如果一个作家能进一步分析现实的话，他就会明白："每一个偶然的特殊的现象都有其构成因素，那末偶然的特殊的现象，已经不是偶然的特殊的，而成了必然的和普遍的事象了。"因此，机械地否定偶然的事物和特殊的事物与完全承认它们一样都是错误的,作家必须从偶然事物中探寻其必然性,从特殊的事物中搜索出普遍性,以"必然来说明偶然"、以"普遍来说明特殊",具体地阐明"必然和偶然""普遍和特殊"的"活的关联",即"矛盾和统一",这样才能获得"正确的艺术的概括",表现出"具体的文学的真实"。这样,作家认识人物,应该"具体地分析他们底阶层出身、家庭状况、教育环境、历史经历、工作性质、年龄、籍贯以及周围的人物给予他们的影响和他们自己底感受程度等,然后加以综合的概括"。这样才能"在特殊的事物中提取出普遍的规律,在偶然的事物中表明必然的线索"。总之,作家只有"由对于现实的精密和具体的分析,才能解明现实中的内部和外部关系底矛盾和统一"。

10. 文学底语言

以本援引高尔基的"文学底基本材料是语言(文字)——给一切印象、感情、思想等以形态的语言。文学是藉语言来雕塑描写的艺术"指出,语言对于文学至关重要,同时,语言也是"规定文学底特性之一面"。所有的艺术都以反映现实、表现生活、传达人类的思想感情为目的,这是所有艺术的共通点,但这些内容要通过何种手段即材料,才能具体地表现为形态而使读者能够凭借感觉器官接受呢?这种手段即材料就是区分各门艺术的根据。绘画借色彩来表现,音乐借音响来表现,舞蹈借姿态和动作来表现,文学则是借语言(文字)来表现。因此,离开了语言就没有文学,语言是文学的"第一要素",也是它区别于其他艺术的特性;欲了解文学,就必须"研究文学的语言"。关于"文学的语言",以本指出,过去流行一种看法,认为文学的语言应该和"民众的口头语言完全一致";以本认为,文学的语言不是"日常的口头语言底抄袭",而是经过了作家的"选择、改造、洗炼的最正确、恰当、精致的语言"。前辈作家为了创造文学语言,已经做过许多"艰苦的斗争",今日之作家一方面继承着他们获得的经验而发扬之,另一方面更要从现实的、大众的口头语言中"拣选抉剔",吸收其新鲜、优美的语汇和语法,以丰富文学的语言。但这并非意味着口头语言在文学中完全不可使用。高尔基曾指出,口头语言在文学中的使用"只是为着使所描写的人物更形象化、浮雕化、能表明特征,为使人物显得更灵活才有此需要,而且其在文学中仅保留着极少的数量而已"。如描写农民必须用"目前农民所习用的语言",描写工人则必须用"目前工人所习用的语言",这样才能使人物显得"生动""活泼"和"逼真",反之,则会使人物失去自身的"真实性";因此,高尔基认为,"文学作品,为艺术之名,须赋予作品以完全的语言底形式"。而不完全的语言形式的作品,纵使具有充实的内容,也是"残缺不全的畸形物",而且,其残缺并非仅是"外表的形式底残缺",而是"全体的残缺",因为语言的不健全,其影响"并非仅及于形式”。正是如此，高尔基指出，“作家——艺术家必须有那无限丰富的语汇底宝库，而具备着从中选择最正确、最明晰的强有力的语言的能力；只有通过词句间的语言底正确化——适合语言底意义——适度地配置、调和、缀合，才能完成作者思想底形象化，赋予鲜明的情景，使作者所描写的人物以他所眼见的人物底活的姿态，浮现在读者眼前”。因此，以本认为，“没有健全的语言，就不能正确地表现作者底思想；没有鲜明的语言，就不能生动地展现出作者所创造的形象。因此，语言底问题，并非仅仅是外表的、形式的问题，同时也是本质的，内容的问题”。所以，要提倡文学语言的丰富化，反对文学语言的芜杂化，只有以“最精确的、最富容量的、音响最好的语言”，才能创造优秀的作品，“为着文学语言底精炼的斗争，同时也是为着文学底质的提高的斗争”。

11. 文学底形式

以本指出，文学是“藉语言而表现的”，语言的“适度的结构、配置或排列”构成文学的形式，因此，文学形式的目的在于“使作家底思想（文学底内容）具体化”，得以传达给读者。读者欲了解作家表现的内容，非通过其采用的形式不可。故形式是“内容具体化的必需的手段”，离开了形式，文学的内容即不能接触“读者底感觉器官”，而离开了内容，则文学的形式就“根本失去了它底存在的根据”。内容和形式都是文学的不可忽视的要素，只有内容和形式的“适当的配合和浑然的统一”，才能产出优秀的文学作品。丰富的深刻的文学内容要求“明确的突出的文学形式”，文学形式是适应“内容的要求而产生”的，“有了充实的内容，然后才会有健全的形式”，这是内容决定形式的“基本的原则”。同时，形式也直接地作用于“内容底表现”，离开了健全的形式，纵然有充实的内容，也必不能“完满地表现出来”，因为不完全的形式只能传达“残缺的内容”，而且，直接接触读者感官的也是形式。因此，离开了内容来论形式固然是“形式主义的梦呓”，而离开了形式来论内容也只是“非艺术的‘概念’底舞弄”。事实上，一切文学作品的内容和形式都是“浑然统一而不能分割的”。在文学史上，从来不会有一个思想空虚的作家在文学形式上获得优秀的成就，也从来不会有一个技艺拙劣的作者在作品中能表现出丰富的思想内容。以本认为，“单纯和明瞭”是文学形式的内在特质，依着形式的外在特征可将文学分为诸种体裁，但一切体裁都为内在特质所“贯串着”，它表现于各种文学体裁上，成为其共同特色。如一个喜剧演员，其轮廓、身段、体态是形式的“内的特质”，即“内的形式”，而其化装、服饰则是形式的“外的特征”，即“外的形式”。其外表的形式如化装、服饰在某种限度内可作种种改变，如他可装扮成穷人，也可装扮成富人，但其内的形式特质却是在其各式各样的装扮上“都同样地表现着的”。关于文学的体裁，以本认为有以下分类，即小说（短篇、长篇、中篇）、诗歌（叙事诗、抒情诗、史诗）、戏曲（独幕剧、多幕剧）、报告文学。

12. 文学底遗产

以本认为，任何时代中新文学的产生都不是与以往时代的文学毫无关系的，总是前一时代文学“合法则的发展”；如果一时代的文学都是从“零”出发，文学就不会有“历史的发展”、只能停留在幼年时代，正是因为文学的递变是“历史底有机的发展”，后一时代的文学才会比前一时代的文学“更进步”“更优秀”。新现实主义的文学是代表前进的新兴阶层的文学的，它是现代文学的最高度的发展，在各方面都表现出优于前代文学的特点。但文学的“由低度向高度的发展”，并非笼统地“由后者推翻前者”，而是从前代文学中继承优秀的成分作为营养来丰富自己，只有这样，新的文学才会有广大的发展前途。文学的历史绝非一部失败的记录，正如人类的历史并非一部错误的记录一样，固然，新时代有反对前一时代的革命，有新阶层对抗旧阶层的斗争，但这种革命和斗争却是人类历史发展的“必经过程”，并非错误的“复演”。以本指出，文学的历史是“现实的历史反映在文学上的发展过程”，因此，虽然因时代和阶层的不同而有种种性质的文学，但文学的演变史绝非“无机的递变”，而是“有机的发展”。新现实主义文学为了自身的发展必须吸收旧文学的遗产，不仅要接受现实主义文学的遗产，也要接受浪漫主义文学的遗产；不仅要接受有产阶层的文学遗产，也要接受贵族阶层的文学遗产；不仅要接受本国的文学遗产，也要接受国际的文学遗产。但这种接受绝非模仿，也不是无条件地学习，而是经过“主观的批判”，吸其精华，除其渣滓，否则，就会成为被动的模仿，沦为旧文学的“俘虏”。

第三节　启蒙唯物论的叙述：王秋萤的《文学概论》

王秋萤的《文学概论》于1943年由大连实业印书馆出版，体例上共分三编，分别为创作方法论、批评论和文学上的主义。其中创作方法论讲述文学的创作与社会的实践，文学的创作与文学遗产的摄取，文学的本质，题材、主题和方法，创作方法上的二种基本方向，现阶段的创作方法，事实记录的方法，具体的分析，内容与形式，风格的问题，典型和类型这十一个问题。批评论讲述批评的任务与态度，批评是说明或是裁判，批评和鉴赏的区别，观念论的批评，演绎的批评和归纳的批评，印象的批评，鉴赏的批评，审美批评这八个问题。文学上的主义讲述古典主义，浪漫主义，自然主义，写实主义，世纪末的文学思潮，新浪漫主义，象征主义，表现主义，未来主义，超现实主义这十个问题。在“小言”中，王本自言其编著的方针为"偏于启蒙的叙述",避免"深奥的探讨",以使读者得到"入门的知识"、对文学有"初步的认识"。

1. 创作方法论

1.1 文学的创作与社会的实践。王本指出,文学不是浮在社会活动圈外的"泡沫",它完全是"在社会生活的实践中形成和发展"的,新时代的新文学必然是在"新群众的社会实践中",即"实际的社会生活中产生"。[①] 没落的旧文学为了逃避客观现实,编造了"艺术至上"的鬼话来麻痹爱好文学的青年大众,把他们引到隔离现实社会的"象牙塔"里去,用这样的手段来服务其"崩溃中的主人",延长旧的垂死社会的寿命。在新兴文学运动阵营里,也存在文学运动和社会实践分离的"文学独特化"的错误倾向,即把文学运动当作专家的工作、把文学团体当作专家的组织、把文学运动参与者的艺术水准提得很高,只有"富有文学上的专门技术的智识份子才能参加",使文学创造完全脱离社会实践,沦为一种"独特的文字游戏"。从历史上看,文学创造必须"从社会的实践中出发",脱离大众的生活与实践、靠几个文学专家在特设的机关里"从脑子中创造文学",那实在是"空虚的梦想"。

1.2 文学的创作与文学遗产的摄取。王本指出,新的文学固然必须从新群众的实践生活中产生,但并不意味着它只有强烈的"政治性"而没有艺术"创造性"、可以对过去的文学遗产"不去一顾";仅靠排列政治口号构成的宣传作品,算不上"货真价实的新文学"。事实上,文学从社会实践中产生,负有"社会的实践任务",所以,文学必须发展它独自的机能,发挥它"本身的创造性";若离开了这基本的特殊任务,文学也就谈不上"负担社会的实践的任务了"。如果因为文学负有实践的任务,就认为它可以不顾"原有的特殊机能"去负担和宣传文、政治文同样的任务,那结果一定会使文学成为既非文学亦非政论、"非驴非马的东西",什么目的也达不到,什么任务也完不成了。因此,文学必须"与实践的生活联在一起",但这不是要"抹杀文学固有的创造性",而且是要"更进一层的加强其创造性"。加强文学的创造性并不意味着新文学的一切必须重新开始,过去的一切文学遗产都"不值一顾"。恰恰相反,后代文学常常是前代文学"合法的发展",如果新文学与过去的一切文学毫无关系,那么文学就不会有"历史的发展",人类也会永远停留在"初步的文学阶段上",这显然与文学发展的历史不符。所谓文学的历史,绝不是一部"失败的记录",也不是"无机的堆积",乃是"客观的现实反映在文学上的过程";当然,随时代和立场不同,它会有种种的差

---

① 王秋萤:《文学概论》,大连实业印书馆 1943 年版,第 1 页。本节引用未作特别说明者,均引自此书。

别。新文学如果只是一味地否定过去的文学而不摄取其有价值的成分来发展自己,那它就不可能发展成为较旧有的文学更具高度的文学,也就谈不上为将来的全人类文学打基础了,故"不摄取旧文学的遗产,就不能产生新文学"。但摄取决不是无批判地囫囵吞食旧文学遗产,相反,必须以"正确的批判态度"摄取过去文学遗产中的"精华",如果没有批判而只是盲目抄袭,不但不能建设新文学,反而会屈服于旧文学而成为其俘虏。那么究竟应选择哪一种文学遗产来摄取?有人认为选择写实主义就够了,这无疑是片面的,从正确的立场上看,不必将文学分成各种主义,只要根据作家"对于现实社会的基本态度(唯心与唯物的)来区分就够了"。因此,新文学应摄取的文学遗产不限于某种文学,即某一时代或某一阶级的文学,而是人类文学的全部。

1.3 文学的本质。王本指出,有人认为文学是为着表现人类的情感和思想,但如果把这种情感和思想看作是"可以离开客观的现实"而"在人的头脑中独立起来",那就是犯了"观念论的错误"。客观的现实即物质是"借着人类感觉器官的帮助,在人类脑子里反映出近似的印象来"。山河花草之类的物质现象是离开主观意识的"客观的存在",我们通过"视觉,听觉或其他的感觉器官"把"客观的现实反映出来",由此在头脑中产生出山河花草的"映象";虽然我们所认识的东西与客观存在并不完全一致,但无论如何,"前者总是后者的反映",绝非与客观存在无关。所以,文艺所表现的思想、情感只是离开我们的意识而独立存在的"客观现实的反映",这种反映与现实的"近似度虽然各有不同",但文艺"总是以某种方法反映现实的",这是正确理解文艺的"一个基本关键",如果没有这样的理解,那么,关于文艺的见解"必然会陷入观念论的泥沼中"。当我们和旧的文学理论对立来讨论文学,常常是"着重观念形态的阶级性",力说"新阶级的观念形态的优越性",而对这观念形态"怎样反映现实"却不太关心;其实这是只看到文学的"观念形态的性质",而忽视了"文学是现实的反映"这个关键,以观念形态为基本前提,结果只会陷入"观念形态产生文学艺术的错误观念中去"。如有人认为文学是观念形态的"形象化",这完全是观念论的"因果倒置论",其结果必然是新文学的"硬化、停滞和绝路"。所以,文学是现实的反映,这是最基本的"规定",一切文学理论都必须"从这里出发"。不过"现实的反映"并非文学独有的特征,哲学、科学的认识也都如此,因此,"决定文学特质的关键还不在现实的反映这一点",而是在于"用怎样的方法来反映现实";哲学、科学的认识是用"抽象的概念来说明的",而文艺的认识则是"用具体的形象来表现",因此,"用活的具体的形象来表现那现实的反映"是文艺的"最重要的特质"。虽说科学是抽象的,文艺是具体的,但二者并非"机械的对立的关系",所以,不能认为文艺"只需要具体的形象而用不着抽象的概念",无论科学还是文学,其认识的出发点“都是通过映象或直观而看到的直接的具体物”。王本认为，正确把握和认识事物的规律，“必须由现象进到本质，由浅的本质进到深的本质，从现象的诸方面中区别出必然和偶然，内的和外的”，进而“阐明一切的矛盾，一切的联络和一切的关系”，这种从感性的、经验的到论理的“处置”，就叫作“抽象”。具体而言，即根据“较精密的规定加以分析”，慢慢使其成为“单纯的概念”，由“映象的具体物进到抽象物”，再进到“最单纯的规律”，这样，完全的映象“被蒸之后”，留下来的就是“抽象的诸规律”，这一过程是“由具体到抽象的向下的方法”。然后再由“抽象的规律还之到原来的具体物”，不过这次的具体物已经不是“现实世界的混沌现象”，而是由许多规律与关系而成的“一个丰富的全体性”，这是“由抽象到具体的向上的方法”，即由抽象的诸规律出发，而达到“思维的过程上的具体物之再生产的道路”，这样得到的具体才是“真实的具体”。文艺既然要适当反映客观现实，则其反映绝不可能只“停留在事物的表面(直接的现象)上”而不去“究明事物的本质”。当然，文学创作的过程无疑是“从直接的活现象上出发”，作家的工作基础就“建筑在这类直接现象的有意识或无意识的堆积上”;如果忽视了这一点，那就踏进了文学观念论错误的第一步。但作家的注意力却不能“只限定在现实的直接上的现象”，若是如此，作家就“只能表现出事物的混沌的表面”，而触不到现象的“本质”。眼前有怎样的事实就怎样去记录，这和照相没有区别，那就不需要文学，有照相就足够了，因此“文学作品绝不是单纯的照片”。正是在这种意义上，巴尔扎克借着作品里人物的话说，“艺术的使命并不是模仿自然，是表现自然！你不是卑贱的文奴，而是诗人！……我们一定要抓住事物的精神，灵魂和特征。感觉！感觉！这些不过是生命的附带品，不是生命的本身”。总之，王本指出，抽象与具体是“不能对立的”，把科学当作“纯粹的抽象”而把文学当作“简单的具体”，这“完全是不得当的”，不存在什么抽象的真理，真理都是具体地存在着，在这一点上，文学与科学无差。我们“从直接的现象推到现象的本质的规律性(决定对象的特殊性与发展的)之论理的认识”，抽象的方法必不可少，在这一点上，科学与文学完全是一样的。文学与科学当然也有差异，但这种差异并不在于它们“所表现的真理的抽象性或具体性”，即不在于“真理的内容不同”，而是在于“表现的形式不同”。所谓科学的真理是“具体的”，这里的“具体”并不是说它的姿态“完全存在现实的世界中”，只是说它“适合于现实的本质罢了”。仅仅适合于现实的本质，这是科学的真理，还算不上是艺术的真理，艺术的真理必须再现本质存在于现实中的“直接的姿态”，这既是科学真理与艺术真理的差异，也是科学与文艺的基本不同。一言以蔽之，“文学艺术是由直接存在的形象指示和表现，来阐明事物的规律性和必然性。由各别的现象来说明普遍的现象、由部分阐释整体，这就是文学艺术的任务和特质”。如果文艺“不以存在的直接形态来再现现实”,那么不管它包含多少科学的真理也是没有艺术性的,当然也算不上是文艺作品。反之,文艺若没有“从本质上解明现实,没有正确的再现现实”,那么,无论它有多高的“艺术的具象性”,也没有多少艺术价值可言。若要正确地认识现实、正确地再现现实,只有站在“历史上最前进阶级的立场上,以他们的世界观来分析现实的世界”。

1.4 题材、主题和方法。王本指出,文学作为现实的反映,这种反映“不是镜子映出物像一般的机械作用”,而是一种“人类的心的作用”,它“必定选择一定的事物,抓住一定的瞬间,把握一定的角度”,唯有这样,才是“文学上的反映”。因此,创作文学作品时,“选择什么”“怎样看法”“怎样描写”就是必不可少的“重要问题”。具体言之,这几个问题也就是文学创作上不可分离的“题材”“主题”和“方法”问题。所谓题材,就是文学的材料。宇宙间的一切客观现实都可以做文学的题材,它们是“完全离开作者的主观而独立存在的”。但题材一旦被作家取来写进作品中,那就不是“单纯的题材了”,因为作家选取、描写一件事,作家的看法、观点就会在其中起作用,每一作家都有其观点和思想,其描写不可能完全没有主观的成分,这就涉及到“主题”。“客观的现实(题材)反映到作家的脑子里面,由他的一定的观点来采择,整理和统一,而决定为描写的中心问题”,就叫作“主题”。题材与主题有所不同,题材即客观的现实是各种各样的,所有的题材从某种观点去看,都可以成为“某种性质的主题”,而某种题材虽然由同样的观点去看,却不可以成为同样性质的主题。题材与主题之间有着不可分离的必然关系,这种关系是“未认识事物”和“已认识事物”的关系。就如同海水中本来有盐,但在人类发明制盐的方法之前,他们是不知道能从海水里提取出盐来的,所以,海水里的盐作为“未认识的事物”一直存在,但要等到发明了制盐方法之后才成为“已认识的事物”,由海水到盐,可以说是“由未被认识的事物转化到已认识的事物”;但假使海水里本来就没有盐,那么,即使人类用尽一切办法,也不可能从海水里提取出盐来。题材与主题的关系正如此,题材是“原来存而未经作认识的东西”,若是题材被认识了,而且由某种观点加以整理,那就成为某种性质的主题了。假使题材里原本就没有某种性质,那么作者即便用某种观点去整理,它也不可能成为某种性质的主题。总之,“写什么的问题(题材)”是不能和“怎么写的问题(主题)”分割开来的,必须两者结合起来看待。在题材上,作家可以选择他喜欢写而且能够写的一切题材,负有社会任务的新作家则“必须从复杂繁多的现实中,选择最富时代意义的题材,提出最富时代意义的主题”以发挥主题的积极性。概括地讲,主题问题与方法问题密切关联,只有把主题问题与方法问题同时并提,才能正确解决“新文学的任务问题”。创作方法不仅包括小说、诗歌等的作法乃至描写法、表现法，还包含着“更基本更严重的问题”，即作家“对事物，对社会现象（可以做文学作品的题材的一切材料）的观察法，换句话说，就是作家的世界观”。事实上，文学的描写法、表现法同作家对事物的看法原不完全相同，描写法、表现法是作家将自己的所见所感传达给读者的方法。作家怎样去看、去感知社会现象，就造成文学的描写法与表现法的不同；不同作家对同一社会现象的所看所感不同，其在描写和表现这社会现象上也“一定会采取完全异样的路径”，其所传达出来的意义也就完全不同。而作家的看法和感知完全取决于其世界观，即他对社会的基本态度，对社会现象的观察，当然，这些都是由其生活环境和社会阶层（他的阶级关系）所决定的。因此，作家对社会的态度和观察法与其描写法和表现法虽不同却有着密切的关系，作家的世界观是基本的前提，描写法和表现法都是以世界观为条件的，“作家对于事物没有一定的看法，一定的态度，就不能描写或表现那事物，作家对于事物的看法和态度不正确，那么他的描写法和表现法也一定不会正确”。反之，如果作家的世界观是正确的，有坚定的立场，但由于某种原因，需要用另一种表现方法，这样，无论其主观上如何努力去“巩固他的世界观”、稳定他的立场，实际上也会“无意识中被与表现法相连结那种世界观所牵累，而使作者的立场朦胧起来”。总之，作家的主观的世界观与表现的主观性是不能对立的，是“同一系统的事情”，文学上的创作方法就是“总括作家的世界观与表现法而说”。

1.5 创作方法上的二种基本方向。王本指出，作家的世界观既然是创作方法上的基本要素，那么，要区分创作方法的类型，就要以作家的世界观作为“基本方向”。一个作家的世界观，即他对事物的基本态度和看法，如果纯然是主观的，并不根据客观的现实而“纯然以他脑子里的空洞的原则为基础”去解释事物、说明事物，这就是主观的观念论的态度，从这样的世界观出发的创作方法叫作“唯心主义的创作方法”。反之，作家的世界观如果是“纯粹客观的，完全从具体的现实中去认识事物，并不凭主观的推断，而纯然以实际的事象为根据”去解释、说明事物，这就是客观的唯物论的态度，从这样的世界观出发的创作方法叫作“写实主义的创作方法”。文学史上各种主义的文学，如古典、浪漫、写实、象征、表现、超现实等，都必定属于观念论的唯心主义或唯物论的写实主义这两种文学创作方法上的“基本方向”之一。文学上的唯心主义与写实主义，在历史上以各种形态表现出来，如近代浪漫主义与自然主义之对立同时也是文学上的唯心主义与写实主义对立发展的“最高峰”和“明确的表现形态”。浪漫主义文学产生于18世纪末至19世纪初的欧洲，该时期的“时代特色”是旧的封建社会的崩溃与新兴资产阶级的蓬勃发展，资本主义的社会秩序渐渐形成，勃兴起来的市民阶级与贵族地主“正活跃的在斗争”，社会处于大动摇之中，浪漫主义就产生于这样的混乱与矛盾中。浪漫主义文学纯粹是“主观的”,常“以个人为中心”,从“空想的梦幻中,理想的憧憬,超现实的神秘怪诞”中表现忧郁、悲哀、欣悦、激愤等情感。浪漫主义文学有两种不同的倾向,一种代表着没落的、颓废的贵族地主阶级意识,一种代表着勃兴的市民阶级意识,即革命的浪漫主义。自然主义文学起源于19世纪中叶,19世纪末至20世纪初是其全盛期,20世纪后则进入衰退期。自然主义的全盛期正值资产阶级政权确立的时代,随着资本主义经济的发展,自然科学飞速发展起来,文学自然受到强烈影响;所以,自然主义是“科学精神的论理的归结”,其根本特色在于“科学的态度”,即完全以客观态度来记载事物的“真象”,毫无“增减或变更”。因此,自然主义不仅排斥悲喜、好恶、美丑等一切主观色彩,并且排斥一切的价值判断,把事物看作无价值,不讲结构而描写精密。

1.6 现阶段的创作法。与提倡新文学相适应,王本指出,浪漫主义的创作方法“以空想来改造现实”,只能“歪曲和粉饰现实”、遮蔽“现实的本质”,新文学必须“彻底肃清”这种观念主义的倾向。而写实主义对现实“只取受动的观照态度”,只指示“某种过程的必然性,不可避免性”,因此,它自然会生出“对于社会现状,对于社会诸矛盾的肯定的态度”,而且,它只暴露社会的丑恶,对于“谁来解决”“怎样解决”毫无“指示”,致使陷入“妥协的,不彻底的,宿命论的泥沼中去”,新文学也不能取这种创作倾向。为了从根本上克服这两种创作倾向,唯一的道路就是“站在能够体现历史倾向的进步阶级的立场上”,因为能够贯彻真正的客观主义的“只有进步的阶级的观点”,也只有他们的观点才有说明“现实的历史倾向的可能”,也只有站在这样的立场上,才能确立“艺术的最高形态”。文学上的真正问题,并非在作家的才能、手腕、技巧等,而是在作家自己的立场。旧文学的没落前途和深刻危机,旧文学家并非不明白,但这危机发生的原因及消除的方法,他们却“盲然不知”,所以,他们只能“徘徊于手法,形式,技术等表面问题之间”,有意无意地掩盖了“深刻的危机本质”;旧文学的危机是全体的而非个别的,其社会立场的限制使其不能“正确的反映客观的现实”、担负起克服这危机的艰难任务。新文学的创作方法不是“被动的旁观的处置对象——现实”,而是自动的,把现实当作“感性的人类活动——实践来看”;它和过去的一切写实主义完全不同,其“更彻底”“更深刻”“更完全”地贯彻了自己的客观主义。作为认识主体的人,不是单纯的生物学的人,而是“社会的人”,他不是脱离社会关系的“孤立的个体”,而是在“一定的社会关系中活动的社会层的一员”,人(认识的主体)的本质不是单纯的物质的实体或肉体,而是“社会的总和”。所以,认识主体绝不是一成不变的,而是“在历史中变化发展的”;反映现实的认识是具有“历史性的”,现实变化发展了,人的认识也随之变化发展。进而言之,

"现实和认识,客观和主体,是在社会实践历史的发展中统一的",人类社会实践是认识过程中"最重要的本质的关键"。机械唯物论者往往不能理解认识中实践的意义,因此把主客观的统一放在实践过程之外去解决;认识的主客体在他们那里都是"固定的不发展的东西",人的认识只不过是"固定的自然固定的反映"而已;他们看不到社会实践中主体与客体的统一,因此,主客观的统一也只是被看作"与社会的实践活动无关系的带有观照性的东西"。其实,唯有认识主体与客体在社会实践中统一,人的认识才有"主动的性质",才能够在社会生产和行动中发生主动的作用,也才算是"真正的正确的认识",并能够"指示推进现实的道路",而不是只做跟在"现象之后的尾巴"。所以,王本指出,现阶段的创作方法不仅是"解释世界",同时要"推动世界的发展";不仅是"指示一定的发展过程",同时要"决定这过程的发展法则";不仅要反映"已存对象中的东西",同时要反映"将来的根本的轮廓和方向";既不能"照像般被动地反映现实",也不能"错觉地歪曲地反映现实",而是要站在客观过程的"最正确的反映的基础上",指示"变革现实的具体的道路",引导出"实践的批评方针"。新文学必须能"指示变革现实的具体道路",无论客观主义还是主观主义都做不到这一点,因此,现阶段的创作方法必须克服单纯唯心主义和纯粹写实主义,既不脱离客观的现实、社会的实践,又不拘泥于现实而能够主动地推进现实世界的发展,这是现阶段创作方法的"基本特征"。

1.7 事实记录的方法。王本认为,新文学应当注重现实性、正确性、简易性和明快性,事实记录的文学即记录文学或报告文学最容易表现出上述特性,所以在新文学中占着重要的地位。论其原因,主要在于:第一,它完全以事实为记录对象,不掺杂虚构或空想,从而使文学主题多面化、广泛化,避免公式化危机,同时还可以避免文学的观念论倾向,进而巩固文学的现实性;第二,它最能吸引劳动大众的兴趣,也是从他们中产生新的文学人才的最实际的方法。但如果从新文学运动的要求来看,事实记录的文学还是有其不足,主要因为其事实是个别的、部分的,是"经验的现实的再现",这个别的人或事件的记录还不能称作是"现实的真的正确的反映";因为这只是写现象,而没有写出"现象的本质",它至多只是加强我们对现象的印象而已。实际上,忠实详细地描写现实还不能算是"最现实的",要充分写出个别事件的现实性,就必须"正确地,明瞭地,典型的地在个别事件中描写出全体的过程"。艺术家不能只是一板一眼地去写现象的"实态",他必须"从现象里除去特殊的偶然部分,而表明它的普遍性和必然性",即"从个别的之中提示出它的本质";这就是从实际事实到艺术真实的过程,艺术的真正现实性就在于此,这同时也是从事实记录到艺术概括的意义。但艺术概括绝不是千篇一律,也绝不是"拿事实去凑作家脑子里铸定的模型";如果把艺术概括混同为理论的概括，拿定型的理论去凑现实上各种阶级的人，那就完全失去了艺术概括的本意，使人物失去生命变成了作家的木偶。当然，理论的分析和概括是一切认识的基础，作家要明了现实，必须依据理论；但理论概括的结果不是“活的形象”，而是穿着形象衣服的木偶，这在文学上绝对行不通。文学的任务是把握现实中人或事件的“直接形态”，因此，在“不失去直接性的限度内概括”才是真正的艺术概括。要做到这一点，就必须“深刻地了解各种各样的现实”；而要真正地明了现实，又必须依靠“实践活动”，从实践中“体验真正的现实”，才能真正地运用艺术的手腕。文学的概括是对人物与事件的“历史或阶级概括”，这两种概括密不可分，在本质上也是“共同的”。如资产阶级者从封建社会诞生，推翻封建统治成为资本主义社会的主人，其在资本主义社会出现之前就存在，所以既是历史的人物也是阶级的人物，概括这样的人物，必然是历史概括与阶级概括的统一。关于如何概括人物和事实，王本指出，作家应当分析“许多事件的特质”，抓住其间的“本质异点与本质的共同点”，以此为基础形成一定的“艺术的类型”。王本认为，人物的社会关系是非常复杂的，个人的性质、行动、思想、情感等也各不相同；但这并非意味着人物就不能概括，大体上，“在同一个阶级里生长，在同一个环境里工作的人物，是能够概括的”，只是在概括时，要注意到“各种具体的差别”。另外，概括人物时，作家最须注意的是“个人的地位基础”，人物除了表面的差异外，在同一社会关系、同一地位里的人，总有许多“基本的共通点”。新文学作家对社会上存在着的人不应等量齐观，而应从“社会的历史发展观点上”来区别重要的、次要的以及不重要的人物，全力把握重要的人物典型，次要的可作为陪衬的背景，不重要的则可以丢开不管。新文学作家既不能专写人物的枝节性格（即个性）也不能忽视个人的特性、把活的人物从作品中驱逐出去，而应把“集团”和“个人”结合起来，描写隶属于集团或某种地位的个人，描写“典型环境中的典型人物”。

1.8 具体的分析。王本指出，艺术的概括绝对不能把作品变成“固定的老套或刻板的公式”，要避免这一点，最须注意的就是“分析”；没有分析的概括一定会把作品变成“固定的老套或刻板的公式”，因为这种没有经过“精密的分析”的随意概括，其结果一定“不能认识和把握住现实的多样性与复杂性”而沦为“呆滞的定型”。这里的分析并非“机械的分析”，而是“历史的阶级的分析”，这是一切分析的基础。阶级的分析必须是具体的分析，就文学分析而言，如果运用的是“形式论理学的抽象分析”，就一定会使“活跃的生命变成静止的观念”，使枯燥单调而无内容的普遍性消弭一切自然、个别的特质，进而失去现实的复杂丰富的多样性。如前所述，新文学作家不能毫无区别地搜集个别的人或事件、不加整理地记录其所附带的“偶然非本质的东西”，而应站在正确的观点上“区别必要的与不必要的”，除去“偶然的成分”，提出“本质的特点”，创造出艺术的典型，否则作家就会成为“无思想的摄影师”。但需要注意的是，现实中“单纯的本质或单纯的必然性是不存在的”，在认识现实的过程中，“本质的与非本质的，必然的与偶然的，都是互相结合而出现在现象的表面上的”；所以，如果在认识过程中忽视现象而仅仅提出单纯的本质，那么此时的本质“一定转化为死的硬化的抽象公式”。要避免这样的弊端，就必须运用“具体的分析”，“判明本质与现象间的差异与关联，认清本质与现象，普遍与特殊，必然与偶然等等正确的关系”；这一点对于新文学作家尤为重要，因为文学上的“真理”并非只以抽象的现实的本质表现出来，而是“一定要以本质存在于现实上的直接的形态，把他再现出来”。譬如必然性与偶然性的问题，新文学作家在创作的全过程中都必须找出事物的必然性，把它描写出来；如果他仅仅根据偶然性来写作，那就是非常不正确的，因为那是“没有普遍性的非本质的”。若是机械地否定偶然性，必将导致对绝对的必然性的认可；实际上，偶然性必须由必然性来说明，不能“把必然性降下为偶然性的产物”，因为偶然性无论如何也不可能高于必然性。因此，作家在写一个人物的变化时，“应当把他的出身，年龄，工作，家庭状况，教育程度，历史时期，及周围的人或团体给他的影响，和他自己所感受的程度等等，作具体的分析，然后描写出来。在偶然的事件中，表明必然的路线，这是非常必要的”。如托尔斯泰的《复活》，那贵族恰恰做了沦为妓女和杀人犯的侍女的陪审员，“这原是很偶然的事”，但作者却“不使这偶然减灭其效果，而在全体的构成中，使偶然性连结在必然性的过程中”。托尔斯泰一边描写设定的典型人物的命运，同时展开当时的一些“决定的社会问题”，他描写了这些活的人物间“具体的互相关系和他们所生活着的社会”。这样，在具体地阐明偶然性与必然性之关联及其难以解决的矛盾时，偶然性已经不是“偶然的了”，而是表现出“必然性”，同时，必然性也已不再只是必然性，而是“由偶然性而获得的动因了”。偶然性与必然性的关系如此，普遍性与特殊性、本质与非本质的关系亦如此；总之，新文学作家必须运用具体的分析，“正确地抓住现实中的一切关系”。

1.9 内容与形式。王本指出，研究一部文学作品需问两个问题：“写了些什么”与“怎么写的”，前者属于“内容”，后者属于“形式”。内容包括“主题”和“题材”。作家在作品中总想告诉我们点什么，如他对世界的看法，他将这些看法“借他所写的东西”表现出来，让读者相信、受感动；作家试图告诉读者的这些看法，就是作品的主题。作家既然写作，当然需要“他所要写的东西”，即素材，然后他再把这些素材“编排起来”“整理起来”，这就是“题材”。有了内容，作家就得考虑“怎么写”的问题；文学欲使人感动，就不能板起面孔把事情“交代清楚就完事”，它需要特别的方法和手段，即“一种与众不同的式样”，这就是“形式”。

文学的写法因作者而异，即“他是照着他所写的东西而不同的”；一个作家有其对世界的看法和态度，当然也就有“他的式样”。不过，这里还需要注意作者的作品是“写给谁看”，有时候，作者可能会不自觉地迎合读者，因此会不知不觉地把作品的式样变得适合这些读者的“胃口”。因此，作者的态度加上他对读者胃口的迎合，就变成了“形式”。总之，“怎么写”是由“写什么”而生的，也就是说，“形式是由内容决定的”。如作曲中要表现奋发的劲头就得用长音阶，而要抒发悲哀忧郁之情就得用短音阶。内容与形式的关系既如此，作者对世界的看法决定着其文学的内容，那么他的看法又是从哪里来的呢？王本指出，这是由他的生活、他所处的时代的文化孕育出来的，但这是否意味着一切作品都只凭着作者的意思写成呢？王本认为正是如此，因为绝对客观的作品是没有的，“要写的东西，在客观上当然是存在着”，可是得经过作者的主观“洗净一下，制造一下”。不过，这些事在作者自己那里也是“莫名其妙的”，“一串东西自然而然一个个生出来”，作者有他的生活、文化教养，然后才有他对世界的看法、态度，再由此“发生了他的式样”，这就是内容决定形式的过程。但内容与形式并非永远是一致的，时代在不断发展变化着，作者对世界的看法如果不能随着时代文化的变化而变化，就会变成霉烂的、空洞的；而形式一旦圆熟之后，则又有一定的滞后性。新文学的内容有着作者对世界的新看法、新态度，它在内容上既崭新又饱满，但新形式则未必产生得很快；所以，新文学的形式往往不高明，要耐心等它慢慢生成，直到“跟新内容一致”。

1.10 风格的问题。关于风格，王本指出，有两个问题需要搞清楚：第一，究竟有没有一种客观的实在和它相应或者说它只是一种“主观的空虚观念”；第二，假如有一种客观实在和它相应，那么这客观实在是否值得我们研究以及我们应持何种研究态度。就第一个问题而言，从我们的日常生活经验（我们对通过感官接触的一切外界事物都有着不同程度的或美或恶的意识，也就是说外界事物本身各有其不同风格）以及数千年来文学批评史均未否定过“风格”的存在可以看出，风格是一种客观的实在。关于第二个问题，王本指出，如果把风格理解为文艺作品中由作者的遗传、教育、环境、功力等元素以及作品本身的媒材（如语言、色彩等）等元素融合起来的一种表现，那么，风格就是值得研究的。“不同风格所基的人类生活在目前的社会组织里还不能够划一”，即使在没有差别的理想的人类社会里，文艺的风格也未必能够“机械地齐均”，因而其概念也将继续存在。就目前而论，人类生活的差别使“趣味”至少有“高级”与“低级”之分；与之相应，风格亦有“高级”与“低级”之分。风格差别的根基既然在于人类社会生活的差别，那么如果承认文艺批评的最终标准深植于生活本身，就不得不也承认“风格的标准至少构成批评标准的一部分，或竟最重要的一部分”。

1.11“典型”和“类型”。王本认为，文学描写的中心是“人”，即文学典型。伟大的现实主义作家都成功写出了“特征的人物”，这些人物虽不存在，但也不是作家凭空创造出来的；实际存在的人物虽然和他们相似，但却没有他们“那么完整”，性格上也没有他们“那么明显或凸出”。作者为了写一个特别的人，得先从那人物所属的“社会的群体里面取各样人物的个别的特点”，如习惯、趣味、体态、信仰、行动、言语等，把这些特点“抽象出来”，再具体化在一个人物里面，这就成为一个典型了，这种塑造典型的过程就叫作“综合或艺术的概括”。典型是一个具体的活生生的人物，但在本质上却又具有“某一群体底特征”，代表着那一群体，它是比现实更现实的人物。因此，典型的意义有五：其一，它含有普遍和特殊两个方面，所谓普遍是对于典型所属的社会群里的各个个体而言的，所谓特殊则是对于别的社会群里的各个个体而言的。其二，典型是从一个特定社会群里的各个个体里面抽出共同的特征来，即从现象里面剔除偶然的东西、把社会性的必然的特征熔铸在人物里面。其三，综合或艺术的概括是有一定的条件即历史的界限的，比如不能从几个经济发展不同的地方取出特征来概括成一个环境，因为它们在本质上是各不相同的。同样，也不能把商人、医生、农民的特征概括成一个人物，作家应该从大同小异的社会环境下的人里面抽出本质的特点来概括成一个特定的典型。其四，文学典型一定是该人物所在社会的相互关系之反映，“人是社会关系底总和”这一真理同样“屹立”在艺术创作中。其五，社会生活是不断发展的，人也是不断发展着的，新的性格不断地产生，旧的性格不断地灭亡；因此，作家在创造典型的工作中既需要想象和直观来“熔铸他从人生里面取来的一切印象，还需要认识人生分析人生的能力，使他从人生里面取来的是本质的真实的东西”，这样创造出来的典型，才能“扩大”和“深化”我们的认识。但有些作家所创造的人物只有表面的“记号”，不能向我们显示出“灵魂深处的特点”，有的人物假使放到另外的作品里也没有关系，又或者写知识分子就一定脸色苍白，写老太婆就一定爱唠叨，写改革者就一定满腔热烈，这样的人物是没有个性的，他们只是“类型”。

2. 批评论

2.1 批评的任务与态度。王本指出，在文艺批评中，常是“一人一心”“各有各说”，但有一件事却是共同的，即如何估定一部作品的价值，这样，便形成了各种各样的批评，而批评之差异就在于“估量作品的价值”。对于文艺作品价值的观念之不同，是作品固有的还是外在的？是客观的还是主观的？如果是客观的，那么是绝对的还是相对的？对这些问题的不同回答就形成了种种批评的原理与态度。因为文艺批评与作品常常互相提携、互相依恋，所以，文艺批评原理或态度的不同，也常常和作品中的主义、流派相互呼应，如古典主义有古典主义的批评，浪漫主义有浪漫主义的批评。

2.2 批评是说明或裁断。王本认为，历来的文艺批评者处理作品的态度不一，但不外乎是作“概括的说明”或下“价值的判断”；前者以丹纳为代表，后者则以嘉法里等为代表。丹纳的实证主义批评异常轻视作者的个性，他将产生作品的人种、时代、环境看成规范一切作品构成的“魔法指环”，认为作者的个性是多余的，其批评特色在于对一部作品“只做外的事情的诠索，概括的记录和说明，而不轻易下价值的裁断”。丹纳奠定了科学批评的基础，这种批评是自然主义发展的产物，其客观主义的批评精神从丹纳一直延续到普列汉诺夫、弗里契等。普列汉诺夫、弗里契发展了丹纳的科学批评理论，致力于寻求“一定的社会形态与一定的艺术之型之间的法则”。这种纯观照的只记录说明而不轻易下价值判断的批评，从好的方面说，可以避免“主观的独断的倾向”，但其缺点却在于把“人类的事象，简单地还原于自然的事象”。其中，丹纳是把外在事情的诠索作为“作品构成的本质”，忘却了“真实的人间社会”、以植物学的眼光来看待作品，他不知道艺术制作的不是草木而是“活生生的人”。他所谓的“人种”，也是具体、客观的“历史的人种”，而不是抽象的形而上学的存在。“时代”更是特定的历史阶段，绝非空气、水蒸气那样只是一种“氛围气”。至于“环境”，它也不单是“历史学上的一个概念”。丹纳之后，普列汉诺夫则用“生物学和地理唯物论”来说明艺术的形成，忽视了艺术之特殊性质。弗里契主张设立“一定的社会形态与一定的艺术型之间的法则上的关系”，但他却忽视了具体的历史和条件，根本不存在“所谓社会一般”，故他所谓的艺术公律也是“不会有的”。总之，科学批评想建立的客观的艺术价值论“几不可能”，他们想从“狭小的个性分析的领域里逃出来”开拓文艺批评的“广大的社会底分野”、不作主观的独判而单取纯客观的态度来记录和说明，但他们不知道“文艺从社会的实践中产生”，因而它负有“社会的实践的任务”，文艺批评家的职责在于“指示和分析这作者从怎样的角度来接触社会现实”“他的作品，在某一点上，对于现实的把握，是歪曲或者正确”，以及“他的社会的关系怎样”“这作品之艺术的和社会底价值怎样”“作者的世界观与其创作方法二者之关系怎样”，而上述都不是客观主义所能完成的任务。同时，人类对于艺术价值的认识并不是相对的、无法客观的，艺术作品的价值标准在于其“内容反映客观社会的真实成分多少”；因此，不能像丹纳那样将人种、氛围、时代“这三者互相助成，互相减杀，而分出作品的卓越和卑劣”，而应将“这作品通过怎样的艺术形象而反映着客观的社会真实”来作为“价值判断高下的标准”。以嘉法里为代表的“价值判断”的批评同样没有做到这一点，他们以裁判官的威严、高傲的身份凌驾于作家头上，将“或大或小的不同模式”“伦理的或历史的标准”套在各个作品上面，这种独断的批评同样无法做出作品的“社会的和艺术的评价”。因此，正确的文艺批评并非偏于说明或者裁断二者中的任何一面，而是两者“综合的具体底统一”，它不能毫无说明，但仅仅是“外的事情的诠索”还不够，还要进一步对作品做具体的分析，因此，即便是说明，也应该是“含有分析性质的说明”，而不是“直率的铺陈”。至于裁断，更是文艺批评的构成要素，文艺批评不能没有判断，判断是对作品的评估；但文艺批评需要的不是“独断或武断”，而是依据文艺作品反映客观社会的真实成分如何，对其做具体的分析和说明，并由此对作品做出价值的判断。

2.3 批评和鉴赏的区别。王本认为，批评与鉴赏的区别有二：第一，从态度上说，鉴赏是“主观的”“没有利害感的”，鉴赏者对于艺术品只关注其本身的美，只追求鉴赏对象与自己的个人生活相感应，不需要考察此外的事物的实际。批评则不同，它是客观的、有目的的。批评者考察一部作品时，“不是以个人的感受出发”，而是“以社会的见地出发”，它不限于作品本身，而是要注意“与那作品有关联的社会的各方面”。总之，“鉴赏是一种以个人趣味为中心的自由的看法，批评是一种根据事物的实际状况来考察的客观的看法”。第二，从程度上说，鉴赏是批评的“第一阶级”，它在认识过程上比批评的程度浅，我们考察艺术品时，“必然是由鉴赏才精入批评的”；正是如此，美学上将审美分作印象和判断两个阶段，因为有了印象才有判断。鉴赏可以不含有批评，但批评必须经过鉴赏，只有批评才能认识艺术的真面目，才能对其做出正确的评价。

2.4 观念论的批评。王本认为，文学批评上的观念论的规范乃是“诗的观念不是社会环境所授与，却是由个人精神深奥处发露出来”。黑格尔认为美是“观念的感觉的表现(按：美是理念的感性显现)”就是这个意思。这种批评是“应合时代环境的产物”，“浪漫”之反“古典”、“唯美”之反“自然”，甚至现代的表现派与感觉派对于现实主义的反攻，都有着大致相同的气味。该种批评的标准归纳起来有以下几点：第一，艺术是超越时代和环境的。艺术是“感觉的飞跃”“灵魂的冒险”，是解脱社会关系的羁束、发自个人的心灵、超越一切的东西。第二，艺术的目的只有技艺。艺术所表现的只是“艺术的自身”，除此之外“无所表现”，所以艺术的目的只有艺术，美的目的只有美。第三，艺术与道德利害无关。艺术超出时代而独立，其与社会道德毫无关系，其既然是形而上学的、游离于生活之外的，那么生活中的行为标准，自难作为“衡量艺术的尺度”。王本指出，观念论的批评滥觞自柏拉图，在亚里士多德的美学里被发展为“形相”之说，此后在19世纪的德国占据着“极端的优势”，康德、谢林、黑格尔、叔本华都是代表，19世纪中叶的批评理论虽然经过“社会学的理论”的自然派批评的一番“刷洗”，但观念论的批评依然存在，阿诺德即为代表，到了19世纪末，作为观念论批评的

“宠儿”,王尔德已是观念论批评的“残阳”,至于20世纪,创造的批评和表现的批评仍然是“观念论的老套”,而自现实主义批评抬头之后,观念论的批评则逐渐衰落下去了。

2.5演绎的批评和归纳的批评。王本指出,文艺批评之所以为文艺批评,其意义在于:第一,一篇文艺批评其本身也是一部文艺作品;第二,文艺批评的对象是文艺作品。而文艺批评的任务则在于:第一,帮助读者更多地了解作品的内容、形式及其时代与社会的意义、艺术的价值;第二,给作者指明正确的写作途径,帮助其把握时代的社会的“枢基”,指明其应避免的错误和应努力的目标。基于对文艺批评的性质和任务的理解,王本阐述了演绎的批评和归纳的批评:演绎和归纳本来属于两种方法,在形式逻辑上是两个相对的概念,演绎批评可以说是用演绎法的批评,而归纳批评就是用归纳法的批评。这里又涉及到何为演绎法、何为归纳法的问题。王本指出,演绎法相对于归纳法而言,是“由一般的智识或普遍的原理推论到部分的或特殊的原理或事实的一种法则”,归纳法则是“由特殊与个别导于普遍的推理,即是由诸特殊事例以求普遍的原理原则之一种方法”。故文艺批评上的演绎批评就是根据“批评者所认为某种文艺上的原理原则,或所谓最高的法典,而施之与某种文艺作品的一种批评”,归纳的批评则是通过对“各个文艺作品的研究而得出一种普通的结论的批评”。由此可知,演绎的批评是批评者在“没有施行批评以前,心中先有一个主观的标准”,所以,演绎的批评又可说是“主观的批评”,它在批评时“常是依据着某一种文艺上的法则而予以判断的”,故又可称为“裁判的批评”。归纳的批评则是“在批评以前,批评者是并没有什么主观的成见的”,所以,它又可说是“客观的批评”,而且“批评者的目的,并不是想判断作品的价值的优劣,而是着重于事实的探讨,及有关于作品的周围的状况的罗列,以解释作品的内容的”,故它又可说是“解释的批评”。推而广之,以古典为标准的古典批评、以道德为标准的道德批评、以美学原则为标准的审美批评都属于演绎的批评,而运用科学的方法将关于作品的事实记载加以说明而不是加以判断的科学的批评,以及运用历史研究的方法将作品在历史上的地位与时代、作家、作品的关系不赋以绝对价值的肯定的历史的批评,都属于归纳的批评。王本指出,无论是演绎的批评还是归纳的批评,从批评的意义和任务看,都不算很好的批评,也不是适合于现代的批评。

2.6印象批评。王本指出,法兰西的圣伯甫、法朗士、莱蒙托尔都是印象批评的代表,其中法朗士、莱蒙托尔还被视为印象批评的首创者。印象批评反对分析的方法,其批评家所富有的乃是“同情的心灵与隽妙的文笔”,美好的作品常常触动他们的敏感,使其“魂销肠断”“欢喜欲狂”、不安于沉默而非将所得的

“美好印象”用“美好的文笔重新表现出来不可”。任何文艺原则、哲学理论都不值得成为他们的顾虑，凡是能够“触动读者心灵，引起想像的作品”，皆被视作美好的文艺，值得他们带着“歌咏赞叹的情调，而叙述之，而描写之”。怀疑哲学与直觉主义是印象批评的“最后根基”，如法朗士认为绝对的客观是不存在的，人类辨识宇宙之种种现象完全是靠他们的“听、视、嗅、触、味诸觉”，除掉“觉官”外，世间之万千色相皆“无由印证”，每个人自己的身体就是他牢不可破的“监狱”、永难解除的“桎梏”。既然无法摆脱自我的束缚，则所有的印象都是“相对的”、免不了“主观”的。玄学的言论较之于小说家的幻想尤为“荒谬不可捉摸”，道德观念“因时因地而有差别”、不存在永久不变的“至善标准”，科学进步之迟钝远不及我们对其的热诚与信仰；世人自认为希望无穷，但千万年之后，太阳的光热逐渐衰弱，人生最后不过一场幻梦，万象皆空，一切皆“时在变迁之中”，不可把握，文学批评之原则又何所依从？印象批评以直觉主义排斥推理的哲学系统，认为一切推理的言论与方法只能使我们愈加迷惑、彷徨不知所措，唯有感觉比较真确，因为我们的情绪绝不会欺骗我们，每个人的印象均由其感官所摄取，所感所得是不能捏造的；世界色相万千不同，而人类“觉官”之灵钝亦大有差别，“识辨迥异，实所难免”，而一般批评家妄立标准以裁判他人作品，不过是自曝浅陋。正是如此，印象批评实际上不过是批评者的“诚实的忏悔录”“亲密的日记”“恳切的自传”，它既谈不上“规律与否”，更无所谓标准，一切见解皆由感觉得来。总之，印象批评乃是“读者带着欣赏的意趣，记录他对于某种作品的感受与见解，其批评本身仍不失为一种创作而决非枯燥拙劣的研究论文”。

2.7 鉴赏的批评。鉴赏批评即以鉴赏为主的批评，它与裁判的批评相对；裁判批评是批评者高高在上、专门寻找作品的缺点而加以批评的批评，反之，鉴赏批评则是批评家很谦逊地自居于批评之下、只一味寻找作品的优点而加以批评的批评。阿诺德是鉴赏批评的代表之一，这种批评是批评者竭力将批评的对象“作为本位而去加以批评”，而且是带着一种“公平无私的态度”，选择的对象也是世所公认的顶好的作品，批评者只是去阐明它的“实价”，颂扬其佳处而已。

2.8 审美批评。王本指出，首先使用“审美批评”一语的是英国人佩特，此外，意大利的克罗齐也对审美批评贡献不小。王本认为，近代西方文艺批评在破除以往的专断批评之后大致有两条路可走。一条路是“纯主观的批评”，其认为以往那种将前人的学说信条视为客观标准的独断论批评是靠不住的，结局只能是“以个人的主观趣味为中心”各守壁垒、互不相同，虽然在其内部也会有十人百人一致认为这样是美、那样是善，但他们所一致同意的无非只是固定的言语，“决不是各有伸缩的内容”，每个人也只是从自己“墙壁的小孔中去看世界”，绝不会看出什么事物的真相。有鉴于此，近代批评要想建立起新的批评，就不要去寻“客观的标准”，只要极力去求“柔韧的思想”“深厚的同情”，在他人的作品前有“微妙地感动的心”、有能把这印象“如实地传出来的笔”即可；批评者由此“禀着敏锐的感受性，去涉珍猎奇，去求美避丑，去作灵魂的冒险，去织出动人的梦幻”。这种纯主观的批评（即印象批评）是一种“醇化了感知的享乐的记录”，它不注重对他人作品的“忠实的理解”，甚至是“藉他人作品为媒介而把自己的感想艺术地表现出来”；它虽然可以微妙地叙写自己的印象，但那只是一种“被动的杂乱的没有秩序的东西”，只是一种“受动的戟刺”，没有“内部必然的连络”，只是“表面偶然的移动”；这种批评在审美批评眼中，尚有诸多应该补充之处。另一条路则是把文艺作品看作和自然现象一样，“把自然科学的研究方法，适用在文艺上来，去比较各种艺术上的主义，去分类异同，从环境上去说明艺术的发生”，这种批评是科学的批评，其目的在于“诠索一篇作品的出所，系统，主义，境遇，环境”。这种批评把构成作品的材料当成了作品本身、把材料重新分析还原回去，如同科学家把生命还原成元素而想从中探求生命一样试图探求艺术的真谛，显然是徒劳。无论这类批评家“怎样分析，别类，采集，观察”，其结果也只是“外面的诠索”，丝毫不能达到作品“内面的价值”，更何况其所得的只是一些由分析而来的“抽象的概念”，艺术所唤起的“微妙的幻影”“美丽的象征”在这抽象的概念面前“还有多少能存在呢”？因此，这种批评所得到的不过是“合理的知识”，而“美就从此完全消逝了”。王本指出，审美批评正是基于对上述两种近代批评的不满而新起的批评，它所要面对的首要问题就是超越“感情与理性”“印象主义和科学态度”的对立。审美批评的开创者佩特就致力于超越这两种对立，其审美批评的根底就是把支离破碎的东西“综合起来”，把猥杂混沌的东西化成“纯一”，把深刻的矛盾变为“统一的世界”。在艺术哲学上，审美批评强调艺术所表现的是“美”，不过，审美批评对美并没有一个抽象的定义，他们对美的理解只能从其主张中得到一点“暗示”。审美批评认为，一切艺术都是在描写“事物的真像”，批评即看出“事物的真像”。人们最初接触的是艺术品的“艺术的形象”，艺术的形象不同于事物普通的形象，事物普通的形象反映不出“事物流动的姿态”，事物的实在时时刻刻都在变化，它的真像是流动的，严格地说，它并没有形，因为形是不动的，形只是人们静观事物的结果；形象并不是事物的真像，反而是人们看见真像、看见美的“障碍物”。因此，要看到事物流动的真像，人们就得破除自己“迟钝的感性”，舍去“只凝固于表面外形的习惯”，不“以固定的概念，形象无秩序的堆积为满足”，还要养成“富于流动性，变通性的思想上的习性”，养成“能透澈事物的感受性”，然后才能“从无限复杂的连续活动里，听得出和谐的音乐，看得见玲珑的美”。虽然事物的普通形象是人们“没入流动世界的妨碍物”，但如果我们完全不要形象而欲钻入“跃动的生命里去”，也是不可能的。这种舍去任何形象而求事物真髓的做法，得来的只是“混沌”而非“流动”。如同一个人迷失在夜黑风高的深山中，“一切凝固着的形象，便都解体”，树像一条大蛇，风声也觉得是狼嚎虎叫，这时只有无限的“恐怖”，因为在他心中，眼前的一切都化成“混沌的世界”，于是，跟着而来的“便只是意识上十分狼狈，并无所谓流动，更无所谓美了”。因此，艺术家不但要超越固定的断片的普通形象，而且要借“更根本的形象来把这种混沌的世界，变为有秩序的统一”，要化除这种恐怖的心情而达到“晴朗的欢喜”，这样得出的形象，才是艺术形象。绘画、雕刻较之于摄影照相更易使人产生美感，因为它们表现的是事物“内面的形象”，文学也是同理。那些忠实地追求与实物相像的文艺作品均为下乘，因为在这样的作品面前，“那外面的形象时时都在心头，便使观者永和流动世界相分开，把无限变成有限，把活动变成静止去了”。至于艺术家如何才能获得事物的“内面的形象”，审美批评论者认为其方法是“直观”。普通人看事物得到的只是“凝固的观念”，艺术家得到的则是一个“活着的形象”；所以，在审美批评者看来，一切的感想、思维都不应把它们做抽象的思考，而是时时“把它们看成形象的东西”、得到“明晰的认识”，从而能够有“适切的表现”。要做到这一点，就不能用普通的肉眼去看，而是拿“心眼去看”；所谓“心眼”，即“精神的统一的活动，统一的实现”，精神达到“纯一的境地”时，便超越了“一切构成事物的材料、资质”，而把它们统一起来，看出其后面“一般普遍的东西来”。譬如《浮士德》，当人们只看到其时代、环境、技巧等构成资料的时候，绝看不出这作品有什么味来；只有在超越了这些资料之后，一刹那间，才会觉得它是把“深刻的人生意义，以个性的姿态表现了出来”。艺术家在创作时便是把他所受的社会时代、环境、教养、实质等“浑然地统一起来”，努力超越它们，实现“精神的统一”，也即“以他直观所得，作为他艺术的表现”。而批评者的任务就是把艺术家创造的这种“内的形象”在自己的精神里“唤起一个再构成的体验”，这体验绝不是印象主义的“受动的感受”，而是“实际参加艺术活动的再创造”，这就是佩特所谓的审美批评。如果只依佩特的理解，审美批评显然“只做到理解艺术那一步”，还没有达到真正的批评，其后，克罗齐弥补了这一缺憾。克罗齐也认为艺术是直观的表现，是精神统一的活动，故艺术是“创造的”，而批评则是“在确定艺术作品到底表现了纯真的直观到什么程度”。审美批评的艺术观是一种艺术至上主义，人们通常视其为逃避现实的东西而加以轻蔑，这实际上是一种误解。由上文可知，审美批评艺术观的基础乃是“征服混沌世界”，将其化成统一的秩序而达到纯一之境。这里所谓的混沌世界不单指自然界，同时也包括社会生活以及人们的苦痛、愿望、烦恼等“人生葛藤”，我们毕生的精力也就是要把这矛盾冲突化为统一。这种努力完全随我们“对生活对现实的态度而定”，欲达到这纯一之境，一般有消极与积极两条路。积极的路是征服的、战斗的态度，达到目的时得到的是“晴朗的心境”，失败时则表现出战士的悲壮。消极的路是逃避现实的丑恶苦恼的隐逸的态度，这条路达到的只是“闲淡”“优雅”；人们一般认为这种闲淡优雅的境地和逃避隐退的精神便是艺术至上的主张，其实，这种态度比艺术而艺术的主张还要“更进一层”，乃是其对“人生现实的态度”在艺术上的表现，艺术至上的主张仅为其中一部分而已。艺术家不仅须要达到“纯一之境”，还须用艺术的形象将其表现出来，人们所谓的精神、纯一、综合等物在他那里都不是抽象的存在而是“具体的形象”，即他直观所见的形象。何为直观？它是“不由艺术家自身的好恶，选择，而是事物自律地展开，突然呈现在艺术家的心眼上”，这才算是看出事物的“真像”。所谓为艺术的艺术，便是主张“艺术的自律的活动”，不受作者的道德、环境及其他固定的概念支配，像作者的人生观、道德观、境遇、教养等，只能作为“养成作者直观的资料”，不能当成作者“特殊的目的”。为艺术的艺术最受人反对的是它不承认作品中应含有“道德的教训”，主张艺术是自律的活动；这种否认艺术有道德教训的观点“不能不说是对的”，但却被一些作家所歪曲，在这些作家那里，艺术的自律变成了艺术的“放肆”，“求全人格本质的实现”变成了“追逐随心任性的空想”，结果把为艺术的艺术变成为享乐的艺术、为游戏的艺术。最后，艺术家既是“以全人格去直观一切”，那么在别人眼里的抽象概念，在他那里则都是形象，内容即是形式，形式即是内容。一切念想、印象，你能够具体看出多少，它们便外化而表现出来，而这被表现出来的外形即是你所看出来的内容。此外，王本指出，有人误以为佩特的审美批评是快乐批评，实际上这是一种误解。如果把批评不只是当作“作品之玩味”而是把它扩展到人生批评领域，我们就会明白审美批评的精髓。

3. 文学上的主义

本部分主要讲述古典主义、浪漫主义、自然主义、写实主义、新浪漫主义、象征主义、表现主义、未来主义、超现实主义等西方文学思潮，在此不再赘述。

第八讲

旧学与故知:艰难蜕变中的现代中国文论

在现代中国文论建构的过程中,章太炎、陈怀、马宗霍等人着力调适中国传统文论,使其能够与时共进、获得现代发展契机;其文论致力于中国传统文论的现代转化,在现代中国文论中别树一帜,当然,这种转化从一定程度上看,未必是很成功的。

章太炎的《文学论略》从中国传统的泛文学立场讲授文学的本质以及分类问题,黄骏曾批评其把凡是写在纸上的文字都视为文学,实在是"宽泛而不合理论"[①],毛子水认为,章本于胡适的"文学改良"思想"实在有'培植灌溉'的功劳"[②],孙宝瑄则有章本"以新理言旧学精矣"[③]之论。

陈怀的《中国文学概论》或被认为"是一部地道的'中国式'的文学理论教材",它以文性、文情、文才、文德等本土话语为轴心,建构了一个"具有中国特色的文学理论框架",标志着现代中国文论从早期借道日本学习西方理论到开始逐步"走向中国化的努力"。[④] 也有学者指出陈本与李笠的《中国文学述评》、杨鸿烈的《中国诗学大纲》、段凌辰的《中国文学概论》及刘麟生的《中国文学概论》等多为"借鉴西方文论框架以建构中国古代文论体系"之作,虽是"草莱初辟",其"筚路蓝缕之功却不可没"。[⑤] 任雪山则有陈本为"地道的中国式知识话语"之论。[⑥]

马宗霍的《文学概论》是中国传统文论向现代过渡的"突出案例",是"选学

① 黄骏:《文学概论》,《文学季刊(上海)》1923 年第 1 卷第 1 期。

② 毛子水:《国故和科学的精神》,《新潮》1919 年第 1 卷第 5 号,第 740 页。

③ 孙宝瑄:《忘山庐日记》,上海古籍出版社 1983 年版,第 566 页。

④ 李群:《近代中国文学史观的发生与日本影响》,湖南大学出版社 2016 年版,第 347 页。

⑤ 黄霖主编:《20 世纪中国古代文学研究史(文论卷)》,东方出版中心 2006 年版,第 266 页。

⑥ 任雪山:《文学概论教材本土化的探索与希望》,《语文学刊》2014 年第 3 期。

派”文论的“典型范本”，虽有明显的“中体西用”倾向，但并未“简单地将西方文学的观念嫁接在中国传统文论之上”，而是采取“并行比照的方法”，显示了其“较为积极的开放态度”。[①] 傅莹则视马本为“传统文论改良模式”的代表，并将其与刘永济的《文学论》并称为现代中国文论中的“长袍马褂模式”的文学概论。[②]

第一节　反背时势之作：章太炎的《文学论略》

以“章绛”为笔名，章太炎最初发表其《文学论略》于《国粹学报》1906 年第 9—11 期，1925 年由上海群众图书公司出版。其体例为一长文，故未作章节区分。在内容上，章本则主要讨论了何谓文学及文学分科等问题。

章本开篇标举“何以谓之文学”，且从文字学出发将“文学”分为“文”和“文学”二义：“以有文字，著于竹帛，故谓之文；论其法式，谓之文学。”[③]也就是说，凡呈现于竹简、布帛等之上的文字概谓之“文”，“文学”则是组织文字的“法式”，乃技术层面的问题，属辞章学范畴。关于“文”，章本认为，凡文理、文字、文词皆可称“文”，但“言其采色之焕发”，则谓之“彣”。文乃文章之“形质”，“彣”则状文章之“华美”。凡“彣”者“必皆成文”，而成文者则不必皆“彣”。故研究文学当以“文字为主”，不当以“彣彰为主”。章本认为，晋以前文、笔不分，此时之文如《论衡》所言，“以善作奏记为主”，而且《论衡》认为的“最上之文”包揽历史、经说、诸子，非如后人“摈此于文学之外”而“惟以华辞为文”，或以“论说、记序、碑志、传状为文”。晋以后方有文、笔之分，如刘勰言：“今之常言，有文有笔，无韵者文也，有韵者笔也。”不过章本认为，刘勰所论艺文之属“一切并包”，是则文笔分科“只存时论”，未尝“以此为限界也”。《昭明文选》序称历史为“事异篇章”，称诸子“不以能文为贵”，此为裒次总集，“自成一家，体例适然”，非不易之定论。倘以文、笔之分观之，则《文选》所登无韵者亦不少。若以文之为道贵在“彣彰”，则未知贾谊《过秦》比于周秦诸子“其质其文”竟何所判？且《汉书·艺文志》儒家者流，有贾谊五十八篇，《过秦》亦在其列，此亦诸子，何以“独堪登录”？韵文中，即《大风》《古诗十九首》亦皆入选，而《乐府》反被遗漏，可见其韵文的标准并非“节奏低昂”，而是“文采斐然”，这显然是失去了“韵文之本”，故《昭明》之说“本

---

① 贺昌盛：《中国现代文学基础理论与批评著译辑要（1912—1949）》，厦门大学出版社 2009 年版，第 31 页。

② 傅莹：《中国现代文学理论发生史》，上海文艺出版社 2008 年版，第 65 页。

③ 章太炎：《文学论略》，上海群众图书公司 1925 年版，第 1 页。本节引用未作特别说明者，均引自此书。

无可以成立者也”。

关于“文”“辞”之分,章本指出,阮元认为孔子赞《易》而著《文言》,故文当以骈俪为主,又援引文、笔之分“以成其说”。章本质疑阮氏之说而云,“夫有韵为文,无韵为笔,则骈散诸体,皆是笔而非文。藉此证成,适足自陷。既以《文言》为文,则《序卦》《说卦》,又将何说?且文辞之用,各有所当,《彖》《象》诸篇,属于占繇之体,则不得不为韵语;《系辞》《文言》,属于述赞之体,则不得不为俪辞;《序卦》《说卦》,或属目录,或属笺疏,则不得不为散录。必以俪辞为文,何以《十翼》不能一致?岂波澜既尽,有所谢短乎?或举《论语》‘辞达’一言,以为文之与辞,划然异职。然则《文言》称‘文’,《系辞》称‘辞’,体格未殊,而称号有异,此又何也”?章本认为,“文”与“辞”应“各有所当”,文之不同,体亦各异,体之有别,辞亦各殊,仅称骈文为“文”是错误的。而且《文言》称“文”、《系辞》称“辞”亦为望文生义。章本指出,“董仲舒云:‘《春秋》文成数万,兼彼经传,总称为文。’犹曰今文家之曲说。太史自序,亦云:‘论次其文。’此固以史为文也。又曰:‘汉兴,萧何次律令,韩信申军法,张苍为章程,叔孙通定礼仪,则文学彬彬稍进。’此非骈偶之文,而未尝不谓之文也。屈宋唐景之作,既是韵文,亦多骈语,而《汉书·王褒传》,已有《楚辞》之目,王逸仍之,名曰‘楚辞’,不曰‘楚文’。则有韵与骈偶者,亦未尝不谓之辞也。《汉书·贾谊传》云:‘以属文称于郡中。’其文云何?若云赋也,则《惜誓》登于《楚辞》,文辞不别矣;若云奏记条议,则又彼之所谓辞也。《司马相如传》云:‘景帝不好辞赋。’《法言·吾子篇》云:‘诗人之赋,丽以则;辞人之赋,丽以淫。或问君子尚辞乎?曰:君子事之为尚,事胜辞则伉,辞胜事则赋,事辞称则经”。由此可见,韵文骈体皆可称辞,无“文辞之别也”。而且文辞之称,若从其本来看,则口说为“辞”,文字为“文”。古代竹简、布帛“重烦”,多取记忆,故或用韵文,或用骈语,原因在于“其音节谐熟”,易于口记,“不烦记载也”。战国之纵横家抵掌摇唇,亦多“叠句”,所以,取骈偶之体较为合适,而史官方策“乃当称为文耳”。以此言之,文辞之分,矛盾“自陷”,可谓“大惑者矣”。盖自梁李韩柳之辈,竞为散体,而美其名曰“古文辞”,致使骈俪诸家不登文苑,此固偏颇之见,今者务反其说,亦与成论“甘忌辛之见”,此亡是公之所笑也!

关于“学说”与“文辞”之别,章本指出,人们常以为学说在“开人之思想”,文辞在“动人之感情”,此说虽有可取,仍属偏颇之见。因为文包举“一切著于竹帛者”,成不成句读通称为“文”,就成句读言之,则谓之“文辞”,就无韵文部分言之,则有六科,杂文、小说居其二焉。凡不成句读者,如表谱、簿录、地图均无“句身”,既无以动人之思想也无以发人之感情,不可谓之“文辞”,而仅可谓之“文”。其成句读者,又有有韵无韵之别。无韵文中当有学说、历史、公牍、典章、杂文、小说六科。故“有韵无韵,皆可谓之文辞”,只是体裁有异,故断其工拙者各有不同。就彼所说，则除学说以外，一切有韵无韵之文，皆得称为“文辞”，若必以激发感情为主，“则其误亦已甚矣”。无韵文中专尚激发感情者唯杂文小说。历史之中目录、学案则与思想有关，而于感情无涉。其他叙事之文固有足动感情者，然本非“以是为主”，因为盖叙事之目的在“得其事之真相”。其事有足动感情与不动感情之异，故其文亦有足动感情与不动感情之异。若强事而就辞则属削足适屦。至于姓氏之书，列入史科，此则无关思想亦无关感情。公牍之中诏诰奏议，亦有能动感情者，然考绩升调之诏，支销举劾之书，于感情“固无所预”，其中动感情者唯有“特别事端”，非其标准在此也。诉讼词状、录供爰书、当官履历、经商引帖，此足动感情乎？抑不足动感情乎？典章之中思想感情“皆无所预”。若评论典章与求其原理者，此则诸子之法家，当在学说，非彼所谓文辞矣。则无韵之文，除学说外，有历史、公牍、典章、杂文、小说五科，而三科“皆不以能动感情为主”；唯杂文小说“以是为标准耳”。有韵之文诚以能动感情为主，然则蓍龟象象之文“体皆韵语”，命曰“占繇”，《周易》而外，见于《左氏》者多。乃如杨子之《太玄》，焦赣之《易林》，东方朔之《灵棋》，其文古雅有余，而于感情“实无所动”。其他诗赋、箴铭、哀诔、词曲之属，固以“宣情达意为归”，抑扬宛转是其职也。然儒家之赋，意存谏戒，若荀卿《成相》一篇，固无能动感情之用。毛公传《诗》，独标兴体，所谓兴者即“能动感情之谓”，则知比赋二式，宜不以此为限。《传》称登高能赋，谓之德音，然则原本山川，极命草木者，若相如之《子虚》、杨雄之《羽猎》、左思之《三都》等奥博翔实，“极赋家之能事矣”，其于感情动耶否耶？其专赋一物者，如荀卿之《蚕赋》《箴赋》，王延寿之《王孙赋》，祢衡之《鹦鹉赋》“侔色揣称，曲尽形相，读者感情亦未动也”。今之言诗，与古稍异，故诗赋“分为二事”。汉《郊祀》《房中》之歌，沉博绝丽，而壮敬之情，览者曾不为动。盖其感人之处，固在“被之管弦”，非“局于词句也”。若夫《柏梁》联句，语皆有韵，后世遵之，自为一体。若抽绎其辞，唯是夫子自道，而《上林》令诗，则以“桃李橘柏枇梨杷”七字垛积成言，无异《急就篇》中文句。若以《柏梁》诗为不善，则“固诗人所尊奉也”。若以《柏梁》诗为善，则“无可动人之感情也”。然则谓文辞之妙，唯在能动感情者，在韵文已不能限，而况无韵之文乎？因此，专以杂文、小说之能事概一切文辞者是“真知其一而不知其二也”。无论是壮美还是优美，均为“学究点文之法”“村妇评曲之辞”，庸陋鄙俚，无足挂齿；以此为论文之轨，实为过矣。总之，“一切文辞，（兼学说在内）体裁各异，以激发感情为要者，箴铭、哀诔、诗赋、词曲、杂文、小说之类是也；以浚发思想为要者，学说是也；以确尽事状为要者，历史是也；以比类知原为要者，典章是也；以便俗致用为要者，公牍是也；以本隐之显为要者，占繇是也；其体各异，故其工拙亦因之而异，其为文辞则一也”。因此，无论《昭明》还是阮氏均持论偏颇。而以学说与文辞对立之论，也有以“彣彰”为文而不以“文字”为文之失，这样，学说中之不“彣”者就被摈弃于文辞之外。以上诸说，只有《论衡》之说“略成条理”：“先举奏记为质，则不遗公牍矣；次举叙事经说诸子为言，则不遗历史与学说矣。”章本指出，有韵为文人所共晓，故“略而不论”；杂文汉时未备，故亦不作；不言小说，或“其意成鄙矣”；不列典章，由其文“有缺略”，此则不能无失者也。王充所言虽较之诸家“为胜”，但其只知有句读之文，而不知无句读之文，仍属“不明文学之原”。

综上所述，章本认为，古者书籍得名由其“所用之竹木而起”，可见语言文学功用各殊，是“文学之所以称文学也”。所谓称经、称传、称论之由各异，经之得称“谓其常也”，传之得称“谓其转也”，论之得称“谓其伦也”。此皆后儒训说，未必睹其本质。经者编丝缀属之谓，故六经外有纬书，“义亦同此”。如佛经称素怛缆，盖其“直绎为线”，绎意为经，其以贝叶成书，不得不以线连贯。同理，以竹简成书亦不得不编丝缀属，“其必举此为号者，异于百名以下，专用版牍者耳”。盖经本官书，字既繁多，故用策而不用版。传乃专之假借，《说文》训“专”为六寸簿，簿则手版，古为“忽”（即笏），“书思对命以备勿忘”，故引申为书籍记事之称，书籍名“簿”，亦名为“专”。专之得名，以其“体短”，有异于“经”。郑玄《论语序》云：“《春秋》二尺四寸，《孝经》一尺二寸，《论语》八寸。”可见，“专”之简策当更短于《论语》，所谓六寸者也。论者古只作“仑”，比竹成册，各就次第，是之谓“仑”。“萧”亦是编竹为之，故“仑”字从仑引申，“乐音之有秩序者”亦称“仑”，用于“论钟鼓是也”，言说之有秩序者亦称“仑”，坐而论道是也。推其本义，实是“仑”字。《论语》为问答体，而亦“略记旧闻”，散为各条，“编次成帙”，故曰“仑语”。总之，“经者，绳线贯联之称；传者，薄书记事之称；论者，比竹成册之称；各从其质以为之名，亦犹古言方策，汉言尺牍，今言札记也”。古之言肄业亦谓“肄版”，“业”即“版”之义，故《释器》有“大版谓之业”之语，管子《宙合篇》亦有“修业不息版”之说。可见，或简或牍，“皆从其质为名”，此所以“别文字与言语也”。而其必为之别者之缘由在于文字初兴，本以“代言为职”，其功用则“有胜于言”。言语之用仅可成线，且甫见即逝，故言语有所不周乃委之文字，文字之用可以“成面”，故表谱图画之术兴。凡排比铺张不可口说者，文字司之，但立体建形，“向背同现”，文字则又有不周，故委之仪象。仪象之用可以成体，故铸铜雕木之术兴，凡望高测深，不可图表者，仪象司之。文字本以代言，而其用则有独至，凡无句读之文皆文字“所专属者”，且文之代言必有“兴会神味”，文之不代言则不必有兴会神味。不代言者，文字所“擅场”也。故论文学者“不得以感情为主”。据此，章本将文学各科分类归纳如下：

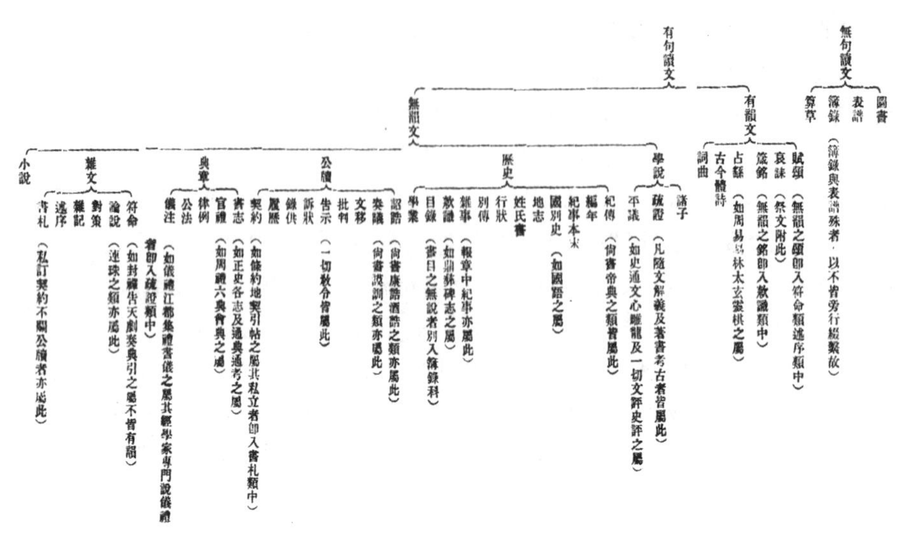

图 8-1　文学各科分类图（来源：章太炎《文学论略》）

由此图可见，章本依有无句读将文学先分为两列十六科，两列为有句读文和无句读文，十六科分别为图画、表谱、簿录、算草、赋颂、哀诔、箴铭、占繇、古今体诗、词曲、学说、历史、公牍、典章、杂文、小说。其中图画、表谱、簿录、算草四科属于“无句读文”，其余十二科为“有句读文”。有句读文中又分为有韵文与无韵文，其中有韵文包括赋颂、哀诔、箴铭、占繇、古今体诗、词曲，无韵文包括学说、历史、公牍、典章、杂文、小说；无论有韵文还是无韵文，其下分别有体。依此分科，经典则“散入”各科之中。如《诗》属于赋颂科，《尚书》属于历史科中的纪传、纪事本末类，公牍属于诏诰类、奏议类、告示类，《周礼》属于典章科中的官礼类，《仪礼》属于典章科中的仪注类，《春秋》属于历史科中的编年类，《国语》属于历史科中的国别史类，如此等等。章本认为，既然文有“无句读”与“有句读”之分，则“后文学之归趣可得言矣”。无句读者纯得文，称文字之“不共性也”；有句读者“文而兼得辞”，称“文字语言之共性也”。论文学者虽多就共性言，而必以“不共性为其素质”。故凡有句读文以典章为最善，而学说科之疏证类亦往往“附居其列”。文皆质实而远浮华，辞尚直截而无蕴藉，此与无句读文“最为邻近”。章本认为，魏晋后“文渐离质”，作史者能为纪传而不能为表谱书志，如《三国志》《后汉书》《周书》等“惟存纪传而表志绝焉”，故江淹叹作史难“莫难于作志也”。中唐以后，三传束阁；降至北宋，“论锋横起”，好为“浮荡恣肆之辞”而不惟其实，故“疏证之学渐疏”。刘攽、洪适、洪迈、王应麟等虽能“考证丛残”、持之有故，然言之“不能成理”。属文者便于荒陋，反以疏证为“支离”，此文辞所以“日趋浮伪”，因此，作史“不能成书志”，属文“不能兼疏证”，文字之不共性自是亡矣。虽然，既已谓之文辞，则“书志必不容与表谱簿录同其繁碎，疏证必不容与表谱簿录同其冗杂”。故书志之要，必在“训辞翔雅”“条列分明”。以典章科之书志、学说科之疏证施之于一切文辞，除小说外，凡叙事者尚其“直叙”，不尚其“比况”。如“血流標杵”“积戈甲与熊耳山齐”等，其文虽工，而为“偭规改错矣”。凡议论者，尚其明示而不尚其代名，如“足历王庭，垂饵虎口”，其文虽工，而“为雕刻曼辞矣”。乃若叠韵双声、连字连义用为形容者，唯于“韵文为宜”，无韵之文亦非所适。因为韵文以“声调节奏为本”，故“形容不患其多”，所以顾炎武曰“诗用叠字最难”。无韵之文则不同，前世作者用之“符命”，是为“合格”，其他诸篇倘见则可，过多则“不适矣”。相如、子云“湛深于古文奇字”、移檄解嘲之属，用此亦多，后人当“师其奇字”，不当师其“形容语也”。如旧地称官，皆从时制，虽当异族“秉政”，而亦无可“诡更”，所谓“名从主人也”。近世为文例者，只以此为“金石刻画之程式”，其实杂文亦尔，特“历史公牍诸科需此尤切尔”。夫解文者以典章学说之法施之历史公牍，复以“施之杂文”，此所以“安置妥帖也”。不解文者，以小说之法施之杂文，复以施之历史公牍，此所以“觳觫不安也”。同时，章本采用问答的形式补充了上述观点。其一，章本指出，工拙不等于雅俗，“工拙者，系乎才调；雅俗者，存乎轨则”，俗而工者，无宁雅而拙者。日人论文，多以“兴会神味”为主，不论其雅俗。有人还认为应取法泰西，以“美”论文，但“美”字用之西文“自可”，用之于汉文则“未知汉文之所以为汉文也”。何况日人所读之汉籍，仅中唐以后之书，至于周秦两汉则称道者绝少，虽或略观大意，于训诂文义则一切未知，盖其“不通小学”。且中唐文人唯韩柳、皇甫、独孤、吕李诸公为胜，自宋以后，文学日衰，以至今日。日人取最衰之文比较综合，以为文章之极致，不足为法。其二，章本认为，明七子之弊非在宗唐祧宋、效法秦汉，而在其“不解文义”，以吞剥为能，不辨雅俗，以工拙为准。其实，应“先求训诂，句分字析，而后敢造词也；先辨体裁，引绳切墨，而后敢放言也”。其三，章本指出，所谓“雅”是指“文能合格”。如公牍“既以便俗”，则“上准格令”“下适时语”，无“屈奇之称号”、无“表象之言词”，斯为“雅”矣。古之公牍用古语为雅，今之公牍用今语为雅。公牍与高文典册相比，其积极之雅不同，其消极之雅则一，要在“质直而已”，安有所谓便俗致用者即无雅可言乎？非公牍如此，小说虽与他文稍异，但也有其雅者。《史记·滑稽传》《汉书·东方朔传》皆小说之所本，《汉书·艺文志》称小说为“街谈巷语道听途说者所造”，故《笑林》《世说》皆当时“实事”，而有意“构造”者，如《汉志》所载小说诸家，兼多黄老，其后亦兼鬼神，非

"小说之正宗"。即使如此,此类小说虽云"致远恐泥",但无"淫污流漫之文",犹不失为"雅"。自明以来,文人夸毗,廉耻道丧,于是有《秘辛杂事》《飞燕外传》诸作,浸淫至今,其流"不可遏矣"。反古复始,故亦有其雅者,近世小说为街谈巷语,如《水浒》《儒林》《阅微草堂》皆无害为雅者。若以古艳相矜、以明媚自喜,则无不"沦入恶道"。故小说自有雅俗,非"有俗无雅也"。公牍、小说尚可言雅,典章、学说、历史、杂文自不待言。若不知世有无句读文,则必不知"文之贵者在乎书志、疏证";若不知书志、疏证之法可"施于一切文辞",则必以"因物骋辞""情灵无拥"为文辞之根极,宕而"失原",唯知工拙,不知雅俗,此文辞所以日弊也。最后,章本驳斥了日人武岛又次郎的"凡备体制者皆得称文章,然凡称文章者不必皆备体制。无味之谈论,干枯之记事,非不自成一体。其实文字之胪列、记号之集合也,未可云备体制之文章也"之论,章本认为,图画有图画之体制,表谱有表谱之体制,簿录有簿录之体制,各有其学,各有其体,唯有了解"文"的法度,才可避免"执一体制以概凡百之体制"的井蛙之见。

第二节　中国式话语:陈怀的《中国文学概论》

陈本《中国文学概论》于1930年由中华书局出版,体例上分为九讲,依次是叙论、文性、文情、文才、文学、文识、文德、文时、总论,外加后序。

1. 叙论

陈本认为,人类进于文化一途,辟数十百万年之混沌世界。文章之出现,如火之燃、电之激,推而弥上,达于无穷。或曰文章乃千古最大不祥者,陈本否之并指出,"人之目有所见,耳有所闻,心有所思,情有所感,未有不藉文章以见志者",即使欲抑之使不得伸、制之使不得发,亦为不能。故刘勰言文"与天地并生",且其绝非"外饰",盖"自然耳",故"形立则章成",声"发则文生","夫以无识之物,郁然有采;有心之器,其无文欤"?可见,"文章之于人甚矣哉"。[①] 陈本指出,中国自龙图献礼、龟书呈貌,文字始兴,此后六经、百家、百篇大发"其奇",大者含元气、细者入无间,巍欤赫哉,乃文章之祖国矣!中国秦汉以降,文不逮古,两汉不如三代,魏晋不如两汉,六朝不如魏晋。唐诸大家力挽魏晋、六朝之绮靡,古之文章,稍稍复振,然远不如两汉,更不必论三代以前。宋之文论法不及唐,训经不及汉,言理则高出魏晋以上。由元及明,"论道益锐",文气较薄,有识者于此以觇中国历代"社会之进退"与"教化之盛衰"。历世愈久,文章必愈多,

① 陈怀:《中国文学概论》,中华书局1930年版,第1—2页。本节引用未作特别说明者,均引自此书。

此“自然之理也”。中国有文字之历史逾五千年，其间能文者几何，文而工者几何，工而传者几何，传而盛者几何，其数之巨，恐难尽之，今之传者，乃“太仓之一粒”。自古至今，必有卓绝之思想、过人之学术而不发之于文章者，又必有文章之不工者而不传于后世，又必有文章工且传但不合于传之世而不得久远者，“漫漫地天，血丝万缕，传者何荣，不传者何辱”，呜呼，中国之文章迄今未有极盛之一日也！陈本指出，顾炎武曾认为，文以少而盛，以多而衰，非以多为贵。陈本驳斥顾说指出，孔子所述仅六经、《论语》，孟子所著亦仅有内外十一篇，他们毕其一生，所传乃如此之少，何故也？盖其平生必有欲言而不能言、能言而不敢出而问世者，今之所存，皆因时变通，“平易无足怪异者也”。孔孟之书得传，系传者之力。有著书而传之孔孟，而著书不传之孔孟又不知几千万亿，寄身荒江白屋，文章万古不可得而闻，又有谁将之视为圣贤之书？故自古圣贤豪杰之不著书者无论矣，有其书或不得其传、得其传或传而不传如此等等，前有古人，后有来者，文章岂易言哉！秦汉以来之文人，其用情尤苦，更不乏因言赴死、因文获诛之士，此文章之厄运也。严穴之中，故有老死不与世人往来之士、有旨约辞晦之述，此为文章之变状也。焚书绝学，岂独秦皇？故中国之文章，迄今未有极盛之一日也。

2. 文性

陈本援引章实斋的“汉魏六朝著述，略有专门之意，至唐宋诗文之集，则浩如烟海矣。今即世俗所谓唐宋大家之集论之，如韩愈之儒家，柳宗元之名家，苏洵之兵家，苏轼之纵横家，王安石之法家，皆以生平所得，见于文字，旨无旁出，即古人之所以自成一子者也”之论指出，文章始于何终于何，“莫可究极”，自有“不可思议之一物”，无色、无声、无形、无质，“山以之高，渊以之深，兽以之走，禽以之飞，日月以之明，江河以之流，或高或下，悉随其质，结为思想，发为论议，仁者见仁，智者见智，千变万化，不离其宗，我无以名，名之曰文性”。陈本认为，水能湿，火能燥，蛟龙游于海，虎豹居山中，盖其性殊也。文章之“挟人之性以俱来”，亦犹是焉。故刘勰言：“贾生俊发，故文洁而体清；长卿傲诞，故理侈而辞溢；子云沉寂，故志隐而味深；子政简易，故趣昭而事博”；以此类推，文章之表里必符。千古文章未有不“挟人之性以俱来”者，而性之在人，与生俱来，“天不能与，人不能夺”，万象竞萌，自“性中出”，文之所寄，“尤其精者”。人之论文，不“即性以相求”，即使剖决再多，终不足以“造乎其极”“达乎其微”。故“性之不存，文于何有”？文应表现“吾性中所固有”而“无待外求者”。因此，“农夫垄亩之讴吟，较才子之文言为可贵；儿童无心之传述，比通人之撰作为尤真”，彼乃率其性之自然，而发为天地间之至文。若夫鞶帨致饰之才，昕夕忘倦，渔猎必精，雕琢曼辞，工于媚世，则为“天地之腐物，人间之朽蠹矣”，故“文章者，必挟人之性以俱来者也”。

3. 文情

关于文情，陈本首先援引《礼记・乐记》中的“人心之动，物使之然也，感于物而动谓之情，形于声而变谓之文”后指出，人之文章，无不自感情中来。继之，陈本借子夏之“情动于中而形于言”，范蔚宗之“情志既动，篇辞为贵”，刘勰之“情者文之经，辞者文之纬，经正而后纬成，理定而后辞畅”，李延寿之“文章者，情性之风标，神明之律吕也”等论指出，“文章之变化，情之一字尽之矣”！譬如读唐虞仿佛置身四千年前，读古大臣列传若闻其抗节直言，激昂自负，其意气至盛，见者色相戒，不敢稍侵犯。读古籍传诸气节之士，见夫激迈义愤，伏阙上书，痛哭流涕，震怒天地，而犹直往无前，冒险相争，不觉为之肃然起敬，泪涔涔然。“此皆情之所感，我不自知其何如也。”夫文之有情，岂必有所激于中而始然哉？“序泰山之高，俨乎若披蒙茸，履巉岩，踞虎豹，登虬龙；述江海之深，茫乎若驾扁舟，泛巨巷，绝岸万丈，黏天无壁；此非积于印象，动于感情，何以能若是之思精而虑密哉？”秋风潇洒，起乎笔端，夜月凄凉，明乎纸上，字与笑并，声共泣偕，“情之所发，莫之致而致”。正如李延寿所言，蕴思含豪，游心内运，放言落纸，气运天成，莫不禀以生灵，写万物之情状，而下笔殊形，畅自心灵，而宣之简素，“文章之变化，情之一字尽矣”。

4. 文才

陈本指出，文虽“根于性而发于情”，然人之性情“憧憧往来，万涂并出，孰主张是，孰纲维是”。南郭子綦曰“与接为构，日以心斗”，可见性情之熔冶并非易事。魏文帝论文以气为主，刘彦和言辞以骨为先；尚骨之文，魁岸峻峭，奇峰插天，凛乎难犯；尚气之文，轰然而来，截然而止，似断非断，似续非续，迭荡顿挫，作作有芒。但骨与气实难二分，有骨不能无气，必敛气于骨中，斯其骨劲；有气不能无骨，必运骨于气内，斯其气雄。“敛气以运骨，其文才乎？”然文才不易说清，六经、《论语》之文，非可以“文”论也。孟子抱“天纵之大才”，其如放大海、处洪涛巨浪之中，汪洋万顷，人莫测其源之所出、流之所归。荀况之才不及孟子，其文往复百折，条流井然，有“浑灏流转之气象”。太史公文悲壮沉郁，忽焉而起，忽焉而伏，瞥然一见，瞬息灭没。孟坚才不及太史公，其文裁制森然，谨守绳墨，章实斋谓其“体方以智”，不若太史公之“体圆以神”，可谓卓见。陈本认为，即以唐宋八大家论之，韩愈重“养气”，故其文纵横排奡；柳子厚文坚刻直入，若披兜鍪，跃马驰骤，酣战于百万军中，见者皆披靡而走；欧阳永叔之文“流丽优美，有纡徐委曲之妙，其才不劲，其力遂弱”；苏明允之文奇峭挺拔，大有先秦风格；东坡之文恣肆奔放，似黄河之水从天上来；颍滨以养气自负，其文必弄闲于词锋，才“不足也”。综而言之，唐有韩柳而唐之气盛，宋有欧阳而宋之气衰，宋之文不及唐，皆“欧阳永叔为之也”。陈本指出，唐末五代又趋骈俪，宋初承五代之弊，“文格益靡，真气索然”。如杨亿、刘筠、钱惟演诸人，大率袭晚唐秾丽之习，“登高而呼，学人响应”，时号“杨刘体”。宋景文为一代史材，其所著《新唐书》诸传亦不免雕琢凿削，务为艰涩。柳肩愈慕韩柳之文，石徂徕亟称其文，可惜柳氏“力弗能逮，而其学遂及身而止”。穆长伯锐志复古，不为五季衰飒之文，传其学于尹师鲁，而风气初开，菁华未盛。至欧阳永叔受古文之学于尹师鲁、孙明复二子，意犹未足，必希踪孟坚、效法昌黎，务极文章之能事，而又得临川、南丰、眉山诸君子起而与之左右，而宋之文章遂骎骎乎东汉之遗矣，欧阳永叔亦不为无功也。陈本指出，有人认为，唐之文格，亦非韩退之所独创，苏轼谓韩退之文起八代之衰，论其盛耳。陈子昂当唐代之初，已为散体之文章，“疏朴有古气”，韩柳子亦啧啧道之。张说、苏颋又造雅正之文于元宗之朝，当时称为“燕许大手笔”，此非虚谀也，但未甚雄阔耳。若才气凌厉，戛戛独造，务尽除魏晋六朝之窠臼者，盖自元次山、独孤坤陵始。抑我尤谓六朝而后为古体文者，实起于姚伯审父子。盖六朝争尚骈俪，即序事之文亦多四字为句，罕有用散文单行者。如《韦叡传》叙合肥等处之功，《昌义传》叙钟离之战，《康绚传》叙淮堰之作，皆“劲气锐笔，曲折明畅，一洗六朝芜冗之习，南史虽称简净，然不能增损一字也”。至诸传论，亦皆以散文行之，魏郑公《梁书总论》犹用骈偶，此独卓然杰出于骈四俪六之上，则姚察父子为“不可及也”。

5. 文学

陈本认为，刘歆《七略》在论述诸子百家著述时必言某家出于古“某官之掌”，故其思想、识见俱能“出人人，入天天”，而古某官之所掌，皆先王之陈迹，即轮扁所谓的“糟粕”。陈本认为，诸子百家“必学焉而得其传”，方能持之有故，言之成理。子曰：“吾尝终日不食，终夜不寝，以思，无益，不如学也。”又曰：“诵诗读书，与古人居；读书诵诗，与古人谋。”孔子乃“生知之大圣”，论其才难道不能“独辟千载”“自我作古”？然其仍兢兢于诵诗读书、好古多闻，其原因正如庄子所言：“吾生也有涯，而知也无涯，以有涯随无涯，殆矣！”陈本指出，孔子之意是说“冥思索涂，所得无几”，由博返约，则古人之思想皆我之思想，古人之识见皆我之识见，古人之阅历皆我之阅历，“毋蔽吾精，毋劳吾神，萃数百千年中无量数之古人，鼓一炉而冶之，焕乎天地间绝大之文章矣”。韩愈曾自述其平生为文之得力处曰：“究穷于经传史记百家之说，沉潜乎训义，反复乎句读，磨砻乎事业，而奋发乎文章。”陈本认为，韩愈此言或为“欺人之语”，然博览古今、析薪破理自是文章家“确切不移之道也”。柳宗元亦曰：“吾为文章，本之《书》以求其质，本之《诗》以求其恒，本之《礼》以求其宜，本之《春秋》以求其断，本之《易》以求其动，此吾所以取道之原；参之谷梁氏以厉其气，参之孟荀以畅其支，参之庄老以肆其端，参之《国语》以博其趣，参之《离骚》以致其幽，参之太史以著其洁，此吾所以旁推交通，而以为之文。”陈本认为，韩柳之意皆“抉菁择华”以为文辞之助焉，但其言文章之于学问不可泛泛视之，则很有道理。夫大著述者必“深于博雅”而尽见“天下之书”，然后无憾。郑樵《通志》上下千载，荟萃群言，精心结撰，折衷至当，洵“博雅大儒也”。然郑氏作《通志》，“读书数十年，周览天下名籍”，此其为“古今之第一大文章家”之缘由。因此，夫文者，“学之所寄以传焉者也”，学无文不达，文无学无质。文者，亦学之宾也。故古代文章家必“挹六艺以泽其根，斟百氏以沃其膏，酝酿蓄积沉浸而不轻发”，逮乎握管之倾，“随意所触”，扬之欲其高，敛之欲其深，推而远之欲其雄且骏，变幻离合，倚马千言，“沧浪之巨观哉”。即亦有文而不能工者，彼或不精于韵，不娴于法。然辞之所出，亦必“多见古书”，熏蒸浓郁，吐属典雅，自无疏陋鄙俚语。否则，则“积理不富，涵养不深”，虽有瑰玮裔皇之长篇大文，然终为“无源之水，无根之木”，其稿“且枯可立而待矣”，乃学其庸焉。或曰项羽不嗜学，却有拔山盖世之歌；刘邦不喜儒，却有风起云飞之句，何故哉？陈本认为，此乃“其志之远与其量之宏也”，而又“偶然出其性之真”，非可“以文人之撰述观也”。然较学者之“沉博渊懿”“奥义深文”，彼又何足论哉？传曰“文以载道”，“道”即所学之道，不识经术，不通古今，而自命为文人，就是扬子云所说的“摭我华而不食我实，乌足称于大君子之门哉”？韩愈曾曰：“文章岂不贵，经训乃菑畲。潢潦无根源，朝满夕已除。人不通古今，马牛而襟裾。行身陷不义，况望多名誉。”据此，陈本指出，世人“往往工绮靡之浮文，泯渊博之实学，雕虫小技，壮夫不为，庆生欤？吊死欤？世俗之酬酢欤？此皆衣食之媒介，名誉之因缘也，而亦得谓之文哉？夫文者，学之所寄以传焉者也”。最后，陈本援引了潘次耕的论述，“有通儒之学，有俗儒之学；学者，将以明体适用也，综贯百家，上下千载，详考其得失之故，而断之于心，笔之于书，朝章国典，民风土俗，元元本本，无不洞悉，其术足以匡世，其言足以救世，是谓通儒之学”。反之，“雕琢辞章”“缀辑故实”“高谈不根”“剿说无当”“浅深不同”则为“俗儒之学”。通儒之学者，其文皆“有用之文”，以阐道德，以维政教，以表彰学术，“垂天壤间贯日月而不朽者也”。而俗儒之学者，其文为“无用之文”，“注虫鱼、命草木而已”。后世多俗儒之学，故后世文章不若古昔之“朴茂”，不然，则“世界之改迁，日进一日，而文章之变化，亦必日精一日，何秦汉下二千余年不能再睹六经论语之文章、诸子百家之载籍欤”？

6. 文识

陈本认为，才人之文“奇而变”，学人之文“辨而博”。奇而变者多“汪洋自喜之词”而其弊在“失中”，辨而博者多“探原竟委之谈”而失之“寡要”。二者皆不能无偏。章学诚曰：“才须学也，学须识也。”又曰：“学问文章，聪明才辨，皆不足以持世，所以持世者，存乎识也。”陈本以此为“达人之言”。自古文章，皆具“卓绝之识见”，后世文人墨士殚毕生精力、呕心咯血以为之，卒不能契其神而肖其真，岂才之不富、学之不广耶？识不足以副之，虽洋洋洒洒数百万言，仍无谓也。文不可强而为，而识可炼而成。夫读古人之书，观古人之文，萃无数古圣贤于“我之胸中”，而聚精会神以求之，如医者索人之病源，“目光炯炯，明见毫发，无微不达，无幽不烛”，而文章之识以生。不然，则一字一句不敢出古人之范围，伏案数十载，埋首丧面，丹铅不离于手者必“不足以言识也”。至于树立标识，拔奇自异，糟粕典籍，刍狗陈言，“岸然必欲倾古人之垒，而夺古人之军者”，亦不足以“言识”也。王阳明曰：“返之吾心而不安，虽言出自孔子，未敢遽以为是。”由此可见，求之义理而未当，虽圣贤之文无足贵；按之义理而能精，虽出诸农夫之口、野老之谈，为輶轩所不采、缙绅所不道、方志所不详、学人所不喜，而亦当“甄录毋遗，宝之奕世”。后世自名能文者往往模拟古人、诩为心得，如扬子云作《太元》以象《易》、王仲淹作《元经》以法《春秋》、作《中说》以效《论语》。除模拟古人外，还有“寡识”之文，如谯周之《古史考》见《春秋》书列国之卿皆曰“大夫”，因而写李斯之弃市亦书“秦杀其大夫李斯”，这显然是“不知列国为诸侯，而秦为天子，丞相大夫之名，殊不可以相袭也”。再如干宝之《晋纪》见《春秋》书鲁称“我”，因而书晋天子之葬亦曰：“葬我某皇帝”，这显然又是“不知鲁与各国并列，非称我不足以异于他国，而晋统海内，分何彼我之殊？”陈本指出，此外，更有摭拾前言、自谓复古之文，如唐郑余庆之奏议，多沿用“汉晋语”，苏东坡作《表忠观碑》亦效“秦人之刻石”，文虽工而不合于世之用。更不用说近代文章中比比皆是的因袭郡邑、官号、氏族之古称的现象了。顾亭林言“于理无取，于事有碍”，此乃文人之通病，那些锢智炫世、奇语惊人之文，无非是以聋瞽之见闻“邀一时之声誉”，更有“真赝错出，泾渭杂陈，前史之所粪除，学士之所糟粕，务多为美，聚博为功”之鱼目混珠之文，概“文章中之污秽无用者”。

7. 文德

陈本首先援引章学诚之说，即“古人论文，惟论文辞而已矣，刘勰氏出本陆机氏说而昌论文心，苏辙氏出本韩愈氏说而昌论文气，可谓愈推而愈精矣，未见有论文德者，学者所宜深省也。夫子尝言有德必有言，又言修辞立其诚，孟子尝论知言养气，本乎集义，韩子亦言仁义之途，诗书之流，皆言德也。今云未见论文德者，以古人所言皆兼本末，包内外，犹合道文章而一之，未尝就文辞之中，言其有才有学有识又有文之德也”。陈本指出，章实斋之言文可谓“大哉”，夫文之不可绝于天地间者，“明道也，经世也，述古也，信今也”；有此四者，然后有益于天下、可传于后世，自古安有“文德不具”而可称为“至文”者哉？故“文章为道德之华，道德为文章之实”，文章与道德不可“须臾离也”。韩愈曾言“先文后道”，欧阳永叔也说“文与道俱”，朱熹讥之“皆裂道与文为二物”，陈本认为，朱熹的批评很有道理。有人以子贡的“夫子之文章，可得而闻也；夫子之言性与天道，不可得而闻也”为据，进而认为“文章之异于性道也久矣”，这其实是不对的。夫子之文章，即夫子之性道，子贡不说“性与天道，不可得闻”，而是说“言性与天道，不可得闻”，可见，子贡之意为“夫子之性道即寓于文章之中，未尝离文章而别言性道也”。后人不得其解，乃认为文章与性道可分为二，于是“文章自文章，性道自性道”。魏晋以降文体大变，往往名违其实，如刘子元所说，“谈主上之圣明，则君尽三五；述宰相之英伟，则人皆二八；国止方隅，而言吞并六合；福不盈眦，而称感致百灵”，斯乃铺张盛治，曲笔阿时，追琢曼词，语皆枝叶。又有主虽昏愚，罗致文士，“纶音所下，蔼然仁人”，以至于观其政令，则“辛癸不如”，然读其诏诰却“勋华再出”。此亦是文非其人，事异其文。又有藻鉴人伦，不存直道，饰人之善，以护我侣，诬人之短，以逞我仇之文。如杜甫以王维为高人、陈寿谓蜀都无史职等，盖用舍凭乎胸臆，威福骋乎笔端。又有谄媚权奸、文不由己，舞词弄札、贼忠陷良之文，如马融之阿梁冀草奏而杀李固、林希之媚章惇拟制而贬苏轼等，此乃为虎作伥、巧言如簧、颜之厚矣之文。陈本指出，还有朝为仇敌，夕为君臣，饰言自解，辞采动人之文，如陈琳为袁绍草檄声曹操之罪，辱及祖先，可谓壮矣，而绍败从操，自比矢在弦上，此尤为谄谀无耻、入主出奴，虽有文辞，何当于道？如此等等，不胜枚举，陈本指出，文人无行，令人发指，此概因“未明乎文德之说者也”。

8. 文时

陈本认为，论文而至道德则“已穷文章之秘奥”，发旷古所未言，而为万世不刊之论矣。然文“尤有其时焉”。夫文章者，“与时俱变者也”，读书数万卷，不知古今世界之变迁，而“兢兢然执数百千年来古人之文章”，涂附尘趋，据为定本，然后自认为“能得古人之传，而阐古人之秘矣”，无异于“胶柱而鼓瑟”。孟子曰：“诵其诗，读其书，不知其人可乎？是以论其世也。”陈本指出，孟子“独知古今文章变易之原理矣”。自文章之性质而言，则“根于心，矢于口，征于事”，藏之名山，传之其人，虽“极终古万年亿万年”，但令文字犹存，其性质“必无异也”。就文章之时代言之,刘勰所谓的黄唐淳而质,虞夏质而辨,商周丽而雅,楚汉侈而艳等,只是就大致方面而言。实际上,陈本认为,一家之中,“父与子殊趋也”;一人之身,“先与后异辙也”。且一日之内,或“朝作而暮更”;一言之发,或“彼违而此顺”;日新月异,涂别径分,千形万状,虽“巧历不能知其数,离朱不能得其象”,夫五帝不相乐,三王不相为礼,自古帝王之典章制度,莫不“因时设宜,随势改易”,文人著述“讵独不然”?章学诚曰:“陈寿著《三国志》纪魏而传吴蜀,习凿齿为《汉晋春秋》,正其统矣。司马光作《通鉴》,仍陈氏之说,朱子撰《纲目》又起而正之。是非之心,人皆有之,不应陈氏误之于其先,而司马氏再误之于其后,而习氏与朱子之识力,偏居于优也;而古今之讥《三国志》与《通鉴》者,殆于肆口而骂詈,则不知起古人于九原,肯吾心服否耶?陈氏生于西晋,司马氏生于北宋,苟黜曹魏之禅让,将置君父于何地?而习氏与朱子则固江东南渡之人也。”陈本指出,像章学诚之类的人“斯可与言文之时者矣”。夫自有文之时,则得其时者“胸中垒块,倾峡而出,振笔疾书,日成万字”。反之,不得其时者“深林啸傲,拥膝独歌,四顾苍茫,浩然乏侣”。再之,得其时者“或达或显,或布之天下,或贻之后世,视为神明,尊为师保,奉为万古不祧之宗”。而不得其时者“或亡或轶,或投之水火,或弃之涂泥,烟销尘灭,苦雨悲风,一身淹没,名字翳如”。刘子元曾说过,“夫为于可为之时则从,为于不可为之时则凶。如董狐之书法不隐,赵盾之为法受恶,彼我无忤,行之不疑,然后能成其良直,擅名古今。至若《齐书》之书崔弑,马迁之述汉非,韦昭仗正于吴朝,崔浩犯讳于魏国,或身膏斧钺,取笑当时;或书填坑窖,无闻后代。是以张俨发愤,私存嘿记之文;孙盛不平,窃撰辽东之本,以兹避祸,幸获两全,足以验世途之多隘,知实录之难遇矣”。陈本云,“痛哉斯言”!张和仲亦曰:“左丘废,史迁辱,班椽缧,中郎狱,陈寿放,范晔戮,魏收剖,崔浩族”,后世之为史者,如宋祁、欧阳修等,皆“贵显特甚”。然欧公之《五代史》“统绪失当”,子京之《新唐书》亦“疾霆蔽聪”,故文章之偶有不幸亦“世代使然也”。陈本认为,文章之于时“奇矣哉”,不独巢父、许由生尧舜之世,不能“伸无为之旨”而入山林,伯夷、叔齐生武王之朝,不能已“征诛之局”而饿首阳。故王仲任曰:帝者之朝、王者之世尚有“不遇也”。即使是帝王之世界,尚有不容之学说,“下此则复何问”?陈本指出,范蔚宗曾曰:汉光武信谶纬符名之学,议郎桓谭自谓“臣不读谶”,上疏极言“谶之非经”,帝大怒,欲斩之,谭叩首流血良久,乃得解被贬,郁郁不乐,于赴任途中病卒。呜呼!光武三代之下,圣主也,而亦不能受桓谭之说,信文人薄命哉?难怪隋炀帝因“空梁落燕泥”“庭草无人随意绿”之句诛杀薛道衡、王胄。总之,陈本指出,古今文人,大都“浮沉俯仰于时之中”,上下古今之文章,未有不“与时俱变者也”。帝尧之世,天下泰和,百姓无事,故有“日出而作,日入而息,凿井而饮,耕田而食,帝力于我何有哉”之淡然之歌。洎乎有夏，太康败德，其文遂多怨望不平语。成周以降，文益委曲，相将徘徊而赴节，时之殊也。如孔子生东周之衰，据乱而作《春秋》，是非二百四十二年之中，其文微而显，其志约而晦，婉而成章，曲从义训。夫孔子以热心救世之圣人，为垂教万世之著述，必令开卷了然，读者易晓，然后“可以经世，可以明道”；其之所以琐琐为此非常异议可怪之论，是因为《春秋》亦“适因其时之变，而不得不然”。战国之世，列强竞峙，兵戈骀藉，诸侯争以得士为荣，故士之崛起于其间者，遂得以抑扬反覆，言尽意随，故战国之文章与春秋时人相较，无不“加详而且显”，才情卓越，精彩逼人，大言炎炎，小儒咋舌，皆当时风气使然。如孟子原学孔子，其才必亚于孔子；而孟子之书，气力雄健，光芒万丈，《论语》则平淡寡味，孟子之文远过于孔子，盖因其时无拘避，遂乃汪洋恣肆，不能自已，可见，文章之于时“不可强而致也”。盖时之所变，人莫能违，汉人之训诂，晋人之清谈，南北朝、隋唐之诗人，宋元明之道学，初亦“无一非逸于时”，迫于时而积久成习，遂自忘其致此之由，是又当时读书者之愚也。故“欲行其学者不得不度时人之所喻以渐入也”，此之谓“时哉文哉，文乃与时俱变者也”。文章之于时，莫之为而为，莫之致而致，随势变迁，乖越互见；作者于此，不能无俯仰迁就之情，读者于此，亦不能无委折推求之术也。

9. 总论

陈本指出，文章为何而作？古圣人观天地之文、兽蹄鸟迹，而作书契，于是“有文”，文者固“天地间自有之一物”，而人人心中“所欲出者也”。口所不能达，而“文以传之”，言之勿能久，而“文以载之”，旨蕴于中，行期其远，虽极口舌之形容，不及文言之婉曲；又况厘秩典要，垂布型范，阐发六艺，昭示千祀，《易》曰：“观乎天文，以察时变，观乎人文，以化成天下”，可见“文之为义大矣哉”！上世没有文字，先有语言，自仓颉造字，文用渐广，然后竹帛繁重，传播不易，故咸凭口耳之传闻，为便于记忆，必杂以“偶语韵文”。故三代之书，实多“韵语”，然有韵之文，亦天地自然之音，人心之声。中世文学大盛，百家诸子，杂焉并出，铅椠之士，各自尊其师说以赴歧趋，其文章亦浩瀚汪恣，变幻离合，不可方物。庄列、苏张、韩非、荀吕堪称“万世文章之祖”，屈原亦可谓“百代文章之宗匠”。西汉代兴，去古未远，其文类多湛深经术，沉博渊懿，树干为骨，错综经纬，辅之以辞。贾生、史迁、刘向、匡衡、邹阳、枚乘、杨雄、司马相如之作，均为“一代之巨制”。洎东京以降，古谊渐披，论辩书疏诸作，亦杂排体，文章寖寖衰矣。建安之世，七子继兴，偶有撰述，“专尚华丽”，浮靡之作，遂“开齐梁之先声”，任昉、沈约、庾信、刘峻之徒，“益事研华”，风格递变，流派所趋，披靡数代，世愈降而文愈靡，岂非运会实使然哉？唐韩愈起八代之衰，“力振萎靡”，柳州抗兴，厥帜大张，成一家之言，垂法后世，可谓一代之豪杰。唐末五代，“又趋骈俪”，宋代杨亿、刘筠之徒，犹以排偶著名一时，“六代积习，固难返矣”！宋初柳开、苏舜卿、尹师鲁、欧阳修、王安石、曾巩、苏洵、苏轼、苏辙诸子，接踵而起，“古文之体，至此而大成矣”。综而论之，昌黎之宏肆，柳州之峭洁，永叔之明婉，子固之醇厚，半山之峻削悍厉，老泉之刻深纵横，以及子瞻之捭阖博辨，子由之委曲详尽，是皆“文章之正轨”，抑亦“百代之圭臬也”。唐宋以降，“其文愈繁，其词愈质，而其趋亦愈下，宋元诸儒，以讲学相矜，研精于心性之学，以词章为玩物丧志；语录大兴，以语为文，不求自别于流俗，而文章始衰”。明代以八比取士，士习空疏，不知学古，清代崆峒、凤洲诸子，崇茁轧之习，号称以文自雄，不过类优俳者之所为也。国初黄宗羲、顾炎武、王夫之、颜元诸公，皆“耻为文人”，侯朝宗、魏禧、汪琬之徒，或以气盛，或以力胜，或以法胜，“亦一时之杰哉”！然未脱策士、才人之习，未足为文章之正轨。近代以还，方苞、姚鼐“矫然自异于时”，文祖韩欧，阐发义理，趋步宋儒，浅识之人，奉其为天下文章之正宗，而不知其规模之狭隘，才力之薄弱。“呜呼！文章之道，与世运而俱衰，继而今以往”，不知其“何所终极矣”！

第三节　以西援中：马宗霍的《文学概论》

马本《文学概论》由商务印书馆初版于 1925 年 10 月，体例上分为绪论、外论、本论、附论四篇，绪论篇分为文学之界说、文学之起源、文学之特质、文学之功能四章，外论篇分为文学与语言、文学与文字、文学与思意、文学与性情、文学与志识、文学与观念、文学与人生、文学与时代八章，本论篇分为文学之门类、文学之体裁、文学之流派、文学之法度、文学之内相、文学之外象、文学之材料、文学之精神八章，附论篇为读书之门径。

1. 绪论

1.1 文学之界说。马本认为，“文”有广、狭之分，广义之文包罗甚富，“凡宇宙之间，万物有条理而弗紊者莫非文”。《易》曰：“刚柔交错，天文也；文明以止，人文也。观乎天文，以察时变。观乎人文，以化成天下。”子曰，“焕乎其有文章”，又曰：“郁郁乎文哉”，此皆广义之文。然庖牺氏之书卦，仰观相于天，俯察法于地，近取诸身，远取诸物；仓颉之造书，见鸟兽之迹，依类象形，是则广义之文实文字之“魄兆”，亦文学之“权舆”也。而狭义之文学，有命其形质而为言者，如许慎的“文者物象之本”，郑樵的“独体为文”等。有状其华美而为言者，如刘熙的“文者会集众彩以成锦绣，会成众字以成辞义，如文绣然也”，梁元帝的“文者惟须绮縠纷披，宫征靡曼”。马本指出，从古至今论文学者“多从华美之说”，故刘勰称有韵为文、无韵为笔，萧统序《文选》论及诸子则云，“以立意为宗，不以能文为本”；论史籍则云，“方之篇翰，亦已不同”；论谋夫辩士之作则云，“虽传之简牍，而事异篇章；因皆不录”。阮元从而扬之曰：“文选必文而后选，非文则不选也。凡以言语著之简策，不必以文为本者，皆经也、子也、史也，不可专名之为文；专名为文，必沈思翰藻而后可也。”阮氏又谓：“文章不务协音以成韵，修词以达远，使人易诵易记，而惟以单行之语，纵横恣肆，动辄千言万字，不知此乃古人所谓直言之言，论难之语，非言之有文者也。”此种文之观念“立界”则更严。马本指出，广义之文“大而无岸”，狭义之文“隘而不周”。[①] 以文之本义言之，《易》曰，“物相杂，故曰文”；《说文》曰，“文，错画也，象交文”。由此引申，则“凡构思结想，累字积句者，皆可称文”。故骈、散、偶、奇、有韵、无韵皆为文，盖骈偶有韵者固须妃青俪白，切响叶音，“始为尽妙”；而奇散无韵者，亦必有伦有序，有经有纬，“始能成篇”。譬如织物，骈偶有韵者如锦，奇散无韵者如素，其相杂相错之法虽不同，然必待相杂相错而后成一耳。萧阮之徒屏经、子、史于文外，不知董仲舒曾云：“《春秋》文成数万”，可见，经传亦可称文。司马氏自序尝言“论次其文”，可见《史记》亦可称文。《汉书·艺文志》曰：“秦燔灭文章，是以诸子百家均可称文。”正是如此，李德裕《文章论》曰：“古人辞高者，盖以言妙而工，适情不取于音韵，意尽而至，成篇不拘于只偶，故篇无足曲，词寡累句。”近人章太炎云：“文者，包络一切著于竹帛者而为言，有成句读文，有不成句读文；成句读者，分有韵无韵，不成句读者，凡表谱、簿录、算草、地图皆属之，应列之于专门，不为论及。”马本指出，“准是立言，亦庶得之”。关于文学之范围，马本指出，孔门四科列文学为科目之始，后世释经者将六经称为文学，《汉书·艺文志》所叙之九流十家皆“六经之支与流裔者”，自然属于文学范畴，至于诗赋则更当为文学之正宗。王充曾分文人为数等，以“采掇传书上书奏记者”为文人，以“能精思著文连结篇章者”为鸿儒，而其所举之鸿儒之文，史传、经说、子论皆包含在内。王充《论衡·佚文篇》又云：“五经六艺为文，诸子传书为文，造论著说为文，上书奏记为文”，马本认为，王充的区分“尤为昭晰”。章太炎本王充之论而为说曰：“一切文辞，体裁各异，以激发感情为要者，箴、铭、哀、诔、诗、赋、词、曲、杂文、小说之类是也；以浚发思想为要者，学说是也；以确尽事状为要者，历史是也；以比类知原为要者，典章是也；以便俗致用为要者，公牍是也；以本隐之显为要者，占繇是也；其体各异，故其工拙亦因之而异，其为文辞则一也。”刘师培又将中国文学与佛书相比附曰：“印度佛书，区分三类：一曰经，二曰论，三曰律。中国古代书籍，亦大抵分此三类：一曰文言，藻绘成文，复杂以骈语韵文，以便记诵，如《易经》六

① 马宗霍：《文学概论》，商务印书馆1925年版，第1—2页。本节引用未作特别说明者，均引自此书。

十四卦及《书》《诗》两经是也，是即佛书之经类。一曰语，或为记事之文，或为论难之文，用单行之语，而不杂以骈俪之辞，如《春秋》《论语》及诸子之书是也，是即佛书之论类。一曰例，明法布令，语简事赅，以便民庶之遵行，如《周礼》《仪礼》《礼记》是也，是即佛书之律类。后世以降，排偶之文，皆经类也；单行之文，皆论类也；会典律例诸书，皆律类也；故经、论、律三类，可以赅古今文体之全。”马本指出，由王充之四等说、太炎之诸体论、刘氏之三类观当不难明“文学之区域”。在考察中国对文的界说之后，马本又讲授了西方学者的文学之界说，并先后介绍了柏拉图的静艺、动艺说，黑格尔的目艺、耳艺、心艺说，以及阿诺德、哈德逊、爱默生、纽曼、布鲁克、波斯奈特、德昆西等人的文学观念，并认为德昆西的将文学分为“知”“情”二端，前者在“教”、后者在“感”的观点优于他说。同时，马本还指出，西文中“文学”一词的词源含有文字、文法、文学三义，未尝有专指也。故朋科斯德将文学分为广、狭二义，前者“统包字义”，凡由字母发为记载，可以写录，号称书籍者皆为文学，后者专为“述作之殊名”，唯宗主情感、以娱志为归者，如诗歌、历史、传记、小说、评论等均为文学，科学则“非其伦也”。朋科斯德的这种观点在马本看来，较为“周审”。

1.2 文学之起源。马本认为，“文机发于情感”。人生而有性，接于物而有情，情随所感而不同，如喜、怒、哀、乐、惧、爱、恶（按：马本疑遗漏了“乐”，否则其下文称“七情”则不近理），此“七情”之所感，即“文之机”也。故子夏、挚虞、钟嵘、刘勰、萧子显、白居易、朱熹等人都强调文乃人心感物而形于言的结果。由此可知，文学用来代表语言，而语言实凭声音而起，声音用来发抒情志，而情志实“缘感动而生”，未有“声入而不应，情交而不感者也”。马本指出，情既缘感而生，故《礼》称“七情弗学而能”。弗学而能者，人所同具也，故人人皆有文机，由此则知初民文学必属群众而非专门，必出于自然而非形式。文既属群众则无分智愚、无间尊卑、无判男女老幼，皆各有其所感，有其所发，如此，则自然元气浑浩，天机洋溢，“感而皆通，发而皆中”。周秦以前之文学，大多不知出于何人之手，《诗》之《国风》亦多劳人思妇之词，故子曰：真诗在民间。文明日进，感情日伪。20世纪初以来，中西人士渐知群众“天然文学之可贵”，于是，提倡平民文学的声浪“日胜日高”，那种认为文学“由个人时期进而为贵族时期，由贵族时期进而为平民时期”的观点，显然是“昧其本矣”。在文体问题上，马本认为，文体始于歌谣。太古之文有音无字，谣、谚二体起源最先。故沈约言：“歌咏所兴，自生民始。”王灼亦言：“天地始著人生焉，人莫不有心，此歌曲所以起也。”马本指出，然“合歌曰乐”，有乐以道之，使其声足以“和而不流”，其文足以“纶而不息”，其曲直繁省，廉肉节奏，足以“感动人之善心”，不使“放心邪气得接焉”。故《书》曰“诗言志，歌永言，声依永，律和声，八音克谐，无相夺伦”，是“其义也”。

而节奏曰舞，故《记》曰“诗，言其志也，歌，咏其声也，舞，动其容也，三者本乎心，然后乐气从之”。毛公亦曰：“古者教以诗乐，诵之，歌之，弦之，舞之。”由此可知，诗歌者殆即最初“文学之文”，乐舞者殆即最初“文学之质”。波特言：“一切艺术皆趋近音乐。”莫尔顿亦说：“文学之初，只有舞歌；就舞歌所包囊的歌辞、音乐、舞蹈三者而言，歌辞主道其事，音乐主宣其情，舞蹈主象其形，此即最初文学之原质。”可见，中西之论，颇有相符。马本认为，韵文之所以起源最早，是因为创字之原“音先义后”，解字之用“音近义通”，先民作文，比类合义，韵既相叶，义必相符。一方面有韵之词既“与声通”，自“与情适”，而情之所发或疾或骤，“骤则不畅，疾则不舒”，惟韵文有节，能控此情，且抑扬婉转，使之“条达”。另一方面，古者文字不兴，口耳之传容易忘失，缀以韵文，易于吟咏记忆。并非中国如此，西方亦然，古希腊亦有“韵文完具，而后有散文”之说。此盖人心之声，鸣其天籁，“随机触发”，有不期然而然者，非勉强而致也。近人提倡之新体诗词固为鄙倍之语，至于其谓古人声律过密，不能自由抒发，在马本看来，声律之敝“不过强天然之韵，以合人为之节耳，其失也文，今必尽去天然之韵，使不成句，其失则野，文犹不可，野其可乎”？关于文学之用，马本指出，其皆出于“人类自然之需求”。上世文明初启，人类思想力浅，见物汇之丰富，以为有神灵“宰而纲维之”，于是求神赐神佑，文学则多为祷颂之作。西方以宗教立国，故文学摹写神事，尤为显著。正是中西方均如此，故美术起于宗教的观点为世所公认。除了宗教之用外，文学还用以“纪事”，这是因为早期文字未兴，“记载无具”，谣谚之起，即“因事而传”，又即所谓的“十口相传为古”是也，其后由谣谚进为诗歌，内容亦多含历史性质。总之，文学之用多种多样，以上不过为其最初之功用而已。

1.3 文学之特质。马本认为，文学之特质在可慰人、观人、感人三方面。所谓可以慰人即“刺激人之感觉”，动其“喜乐之情”，文学在这两方面的力量上较其他美术更强。故陆机曰：“伊兹事之可乐，固圣贤之可钦，函绵邈于尺素，吐滂沛乎寸心。”颜之推亦曰：“文章陶冶性灵，从容讽谏，入其滋味，亦乐事也。”韩愈则谓：“文章之作，恒发于羁旅草野，至若王公贵人，气得志满，非性能而好之，则不暇以为。”由此，马本认为，文学固有可乐，而以文学为乐者，多为穷而在下者，达而在上者自无所“用其慰”。即或鞅掌有隙，亦多被丽“弦歌”，取媚泉石，其能寄情于翰墨，染意于松烟者，盖千百中之一二。唯其然，而文学一事，遂若专为“韦布里闾憔悴枯槁之士而设”，而若辈“亦若非假文学不足以慰其情者”。于是，或簪笔著述，写其愤懑，而冀“后世之知遇”，或把卷讽诵，借他人之酒杯，浇自己之块垒，此于历史上比比皆是。至若得意之徒，不过借文学以消遣而已。正如魏文帝所言：“妙思六经，逍遥百氏，从者鸣笳以启路，文学托乘于后车。宁以此为慰乎？”马本指出，文学从本质上说既能慰人，则“正亦不限于士大夫”，虽劳工苦力亦能“深知其意”。由《淮南子·道应训》所言之“举重劝力之歌”可知，渔讴、樵唱、町词、牧歌“固亦别有会心”，未可概以下里巴人而轻之。所谓可以观人，马本认为，凡人性之善恶“有诸内心必形诸外”，其发也不掩，而于文学尤然，故扬雄有“心声心画”之说，《吕氏春秋》亦谓“闻其声而知其风，察其风而知其志，观其志而知其德盛衰”。邵雍指出，“闻其诗，听其音，则人之志情可知矣”。不过，马本认为，这也并非如“持衡称物，锱铢不爽”，人情百变，有志深轩冕，而泛咏皋壤，心缠几务，而虚述人外者，则“观察亦有时而难验”；故都南濠有“偏人曲士，其言其文未必皆偏曲”之论，元遗山亦有“心画心声总失真”之言，魏禧也指出“大奸能为大忠之文，至拙能袭至巧之论”。但马本同时指出，魏禧之言未必尽然，最善者莫过于王充之言“足蹈于地，迹有好丑，文集于札，志有善恶，故夫占迹以睹足，观文以知情。”所谓可以感人，马本指出，文生于情，情生于感，人皆有情、有感，于是文可以感“情”，情可以“感人”。文也，情也，感也，盖息息相生，因因相续者也。子曰：“诗可以兴，可以观，可以群，可以怨。”班固谓：“赋或以抒下情而通讽谕，或以宣上德而尽忠孝。”此皆“感为之”也，考之于古，此类甚多。因此，盖文之至者，无论何人，莫不“感动于心”，这就是王充所谓的“精诚由中，故其文语感动人深也”。

1.4 文学之功能。马本认为，文学有载道、明理、昭实、匡时、垂久五种功能。关于载道，马本指出，先儒皆以文为“载道之器”，文非道不立，道非文不行。文中子谓：“学必贵乎道而后能文。”柳宗元、司马光称“文以明道”。周敦颐言“文所以载道也”。由此观之，文之与道“有内外虚实之殊”，亦有“相资相辅之道”。惟是世风日降，人心日薄，道有升降，文有盛衰，歧“文与道为二物”，而其弊遂至“务外而遗内”“舍实而尚虚”矣。欲求两者相称而无畸轻畸重之弊，诚宜“交相为重”。故曾国藩曰：“道犹人心所载之理，文字犹人身之血气，舍血气无以见心理，舍文字无以窥圣人之道。”马本认为，细言之，所谓“道”皆不出中庸、忠恕、仁义、孝悌之范围，均为吾人“立身处世之大端”；文以载道者，谓借文字以指示“必由之正路”，使行者无“误入歧途”。以言感情，感情之所欲达者，“孰有更笃于此”；以言思想，思想之所欲发者，“孰有更重于此”；傥感情思想而不由此正道者，“宁得谓之文乎”？关于明理，马本指出，盈宇宙之间皆物、皆事，物有物理，事有事理，探究事物之理而“穷形尽相以明之者”，唯“文学为能”。陆机云，“理扶质以立干”；文中子亦曰，“言文而不及理，是天下无文也”；周益公说，“辞之工拙存于理，其理之明也，如烛照物，幽微无不通”；刘大櫆曰，“作文本以明义理，而明义理必有待于文人之能事”。总之，马本指出，“舍理而论文学者，盖无取焉”。关于昭实，马本认为，古者文字之作“以代结绳”，“主文之职，厥惟史氏”。《周礼》天官八职六曰史，《礼记》谓：“史载笔”，《汉书·艺文志》谓：“左史记言，右史记事”。而且，事必征实，言匪蹈虚，乃可称“信史”。故孔子删《书》，断自唐虞，司马记《史》，起于黄帝，而其论犹曰：“百家言黄帝，其文不雅驯，荐绅先生难言之。”诚以三皇五帝之事“实未可以为据也”，若事涉不经，言等子虚，书而不法，后世无观，则“史之职失”，而文学之价值亡矣。然后之作者，多昧此旨。故王充曰：“世间传书诸子之语，多欲立奇造异，作惊目之论，以骇世俗之人，为谲诡之书，以著殊异之名。……扬子云作《法言》，蜀富人赍钱千万，愿载于书，子云不听，夫富无仁义之行，圈中之鹿，栏中之牛也，安得妄载，班叔皮续太史公书，载乡里人以为恶戒，邪人枉道，绳墨所弹，安得避讳。是故子云不为财劝，叔皮不为恩娆，文人之笔，独已公矣。贤圣定意于笔，笔集成文，文具情显，后人观之，见以正伪，安宜妄记哉？”刘师培曾推寓言、虚设、讹误为文之失实之端，且曰：“古人以事为主，凡记事必以文，后人以文为主，或因文以害义，故古事因文而传，近事因文而晦，以文胜质，此之谓乎？”马本指出，此乃“笃论”矣。关于匡时，马本认为，文学之所以有不朽之价值，“道也，理也，事也”。其原仅属于文学之本身，所谓“蕴诸内者也”。其大处在“能由其本身扩而充之”，以“生影响于社会”，其价值乃“愈尊”，所谓“施诸外者也”。墨子言：“君子之为文学，中实将欲为国家邑里万民刑政者也。”王充亦曰：“圣人作经，贤者传记，匡济薄俗，驱民使之归实诚也。”白居易言：“文章合为时而著，歌诗合为事而作。”叶水心说：“为文不关世故，虽工奚益？”梅伯言指出，“文章之事，莫大乎因时立言”。马本认为，总之，文学之用“贵能匡时”，苟“虚而不实，浮而不切，华而无质，荡而无归，诚不如其已也”。若乃比者文体改易，名为“便俗致用”，实则“乐简畏难”，后生新进，废书不读，游谈无根，贸然操觚，动盈万纸，印刷既便，流布滋多，遑言匡时，徒觉刺目，颜之推曾讥曰：“博士买驴，书券三纸，未有驴字”，讽其“多而不切于用也”。以今方之，曾何稍异？关于垂久，马本认为，文人恒言与古为徒、尚友古人，但古人不存，何“从而友之”？盖谓其有文学传于后世，读其书如见其人也。前人所以传后，后人所以识古，固皆“有赖于文学也”。虽然，文学之能垂久，亦由其价值而定，必有载道、明理、昭实、匡时数者之一焉，方能言传。故李翱谓“文必义理皆具，乃能独立于一时而不泯于后代”。可见，传世之文学谈何容易，恰如魏禧所言，“作文须从不朽处求，不可从速朽处求”。

2. 外论

2.1 文学与语言。马本指出，语言之起源不外三种方法，即模拟、象征、感叹，然此三种方法为语言发生上之最初一步，早期人类使用语言只能表示思想不能表示意义，听者须兼看言者之手势方能完全明白；其后渐进，遂生出两种“互相关连之发展力”，其一为“各个发展力”，如最初只知说“动”，后能分别何种动为“飞”，何种动为“走”；再如最初只知“发声”，后能分别如何发声为“笑”，如何发声为“哭”。其二为“结合发展力”，如最初只知说鸟、兽、人、飞、走、笑，后则能说鸟飞、兽走、人笑等，自是更进。两种发展力日益扩大，语言之作用、资格乃完成，人与人之间遂“咸以语言为互相交通之一种工具”。关于语言之种类，马本认为主要有单音系、合体系、变音系三类，其祖则为单音系。关于言与文之关系，马本指出，文字乃语言之符号，文学之组织自不能不以语言为根据，故以变化定词性者，其“文学之法式”亦因是为多。如性之分阴阳，数之分单复，位之分宾主，时之分过去、现在、未来。英文中常用者数万，字各有义不相陵越，“施用稍差，文意便误”。以附加定词性者，则施诸文学，必琐碎缴绕，颠倒反覆。故在日语中，音少辞繁、助语多，其文学遂多假助于汉文，或用其音不取其义，或取其义不用其音，于是侏离参错，别成一种“和文”。中国语言为单音，故文字可以通假，故“数不必多”，而取用咸备。有人认为西方言文一致，而中国言文分歧，故孤立语不如曲折语“便俗致用”，对此马本指出，这种观点显然是“不知吾国开化四千余年，辖地二十余省，聚人四百余兆，风俗习尚，时地各殊，书诸纸者，笔画虽无改移，宣诸口者，语音自有转变”。然使以目代耳，以笔代口，则彼此之情志，仍可以达，不至于隔塞也。而欧西诸语导源于希腊、罗马，中古之末，方完全成立，时不逾千，国复甚狭，寻乡相投，宜无窒碍，其文言合一“固也”。然至于今日，城乡村镇语尾之音，已“不无少异者”，安知再历年月，其不将由合而复分乎？国人不察，欲改我华风，实为削足适履。就中国言文分合之沿革，马本指出，中国由于地大年远，古代疆域未拓，言文必合。从历史上看，周以上言文尚不相违，其因在于地域、教育、习尚三方面。地域上，汉族迁徙由西北而东南，黄帝之时不出黄河流域，唐虞三代亦仅在今山西、河北、陕西、河南、山东诸省，“风土不远，谣俗自同”，按字固可知，吐言亦易晓，偶有异族殊音，亦“必用夏音以变之”，文教所宣，莫敢或违。教育上，马本指出，古者官师合一，政教不分，语言、文字二科并重，《周礼》春官中，外史“掌达书名于四方”，秋官中，大行人“七岁属象胥谕言语，协辞命，九岁属瞽史谕书名，听声音”，注谓“七岁省而召其象胥，九岁省而召其瞽史，皆聚于天子之宫，教习之也”，观此则知当时于此数者，皆强迫教育之，故能普及划一也。关于习尚，马本指出，古人“词务雅正”，出言“审慎”，《易》曰：“其称名也，杂而不越”。《诗》曰：“出言有章。”《传》曰：“言之无文，行而不远。”《论语》曰：“不学诗，无以言，辞达而已矣，出辞气斯远鄙倍矣。”故孔门四科言语居其一。惟其言之有条有理，故笔之即“有文有章”。班固曰：“书者古之号令，号令于众，其言不立具，则听受施行者弗晓。”王船山言：“《考工记》乃制度式样册子，上令士大夫习之，勾考工程，而下可令工匠解了，故删去文词，务求精核，其中奇字，乃三代时方言俗语，愚贱通知者，非此不足以定物料规制之准，非故为简僻也。《檀弓》则摘取口中片语，如后世《世说新语》之类，初非成章文字。《公》《谷》二传，先儒固以为师弟子问答之言。”由此可知，经传之文大都出于直述，非必“别加润色”，而今日读之莫不古丽典韵，深厚尔雅。可见古之方言俗语与今之方言俗语不同也，否则听者不能晓，愚贱不能通知矣。时至周衰，官师失守，诸侯力政，不统于王，野语蛮言淆乱正音，战国之末，则岂第言与文离，即文亦歧出。故许慎曰：“言语异声，文字异形。”秦并六国，同天下之文，文字因而画一，然于象胥、瞽史之职，则未闻复，輶轩之使，亦不闻遣，语言无“合同”之望，言与文更相离矣。“五胡乱华，音益乖错”，上无矫正之功令，民庶自不知遵循，诸子区区修补，仅可谓为家学，于社会无关也。隋唐以来，言文已久成“鸿沟之界”，非通人不足与语矣。

2.2 文学与文字。马本指出，文字通意志之微，济语言之穷，为“构造文学之唯一工具”。溯文字之始，中西同有二说；一为宗教之说，以文字为“神之所启”，非人之能为；一为历史之说，以文字为人取象物形而制。前说荒谬，后说乃有征可循。上古时，初民持莛画地以为“标识”，纵横相叠相错，叠则成数，错则成文，惟叠而不已则繁，错而不已则乱。事物愈多，繁乱滋甚，因而仰观俯察，体事象物，因此画地在象形之前。世上创文字最早之国如中国、埃及皆以象形为始，在西方，其后腓尼基人以埃及文字为基创音标文字，后传诸希腊、罗马，欧洲今日之文字概以罗马文字为基础而成。中国文字自书契之后，代有制作，先后有古文、籀书、篆书、隶书、草书、真书、行书等，字体上基本是“汰难而就易”，数量上则由少及多。印度文字则以音为主，然意其始亦必经过一种象形阶段。马本指出，文字之发展为“形先音后”，那些认为象形字为未开化人所用、合音字为开化人所用、并妄图改造中国文字或想用西文代之的人是“轻其家丘”、震于“外铄”者。关于中国文字的构造，马本指出，中国文字成于六书，古已有六书之法，至周定其名。其称谓次序诸家各不相同，甚至颇相“牴牾”。总而言之，马本认为，象形，形也；指事、会意，义也；形声，声也；此四者为经，“字之体也”。转注者，异字同义也；假借者，异义同字也；此二者为纬，前四者乃“字之用也”。关于中国文字之组织，马本指出，刘师培《论文杂记》对中国文字组织的分析“尤简而括”，其说曰：“西人析字类曰名词、代词，曰动词、静词、形容词，曰助词、联词、副词。名词、代词者，即中国所谓实字也；动词、静词、形容词者，即中国所谓半虚实字也；助词、联词、副词者，即中国所谓虚字也。予观孔子垂训，首重正名，而汉儒董仲舒，亦曰名先于真，非其真无以为名，盖实字用以名一切事物者皆曰名词，字由事造，事由物起，故名字为文字之祖。中国小学书籍，亦多释名词，《尔雅》由释亲至释畜，以及刘熙《释名》，皆分析名词，字由类聚，是古人非不知名词之用也。至代词一类，皆以虚字代实字之用，吾观刘氏《助字辨略》，释之、其二字，训为指事物之称，且博引古籍，得数十条，是古人非不知代词之用也。《尔雅》释诂三篇，大抵皆动字、静字，而明人朱郁仪《骈雅》，则大抵皆静词、形容词，是形容词之用，先儒亦早知之。毛郑释《诗》，多言状物，而江都汪氏之释三九也，亦谓古人作文，多用形容之词，以示立义之奥曲。则静词、状词、形容词之用，古人亦无不知之矣。至助词、联词、副词，则上古之时，大抵由名词假借，其始也由实字假为半虚实字，如治本水名，借为治国之治，修本段脯，借为修身之修，薄为林薄，借为厚薄之薄，旧为鸺鹠，借为新旧之旧是也，其继也，更由实字借为虚字，如之字、于字、而字、所字、则字、苟字、维字、云字、不字、必字、莫字是也。其假借之义，约有二端：一为由义假借，如而为颊须，有下垂之义，故承上起下之字为而；尽为器中空，有穷尽之义，故凡物穷尽者皆为尽；云为山川气，故曰所出之语亦为云；其例一也。一为由声假借，本无其字，而读音与某实字音相近，因假借为之，如于字、所字，是其例二也。观此二例，则知虚字本无实义，故有一字数用者，亦有数字一用者，每随文法为转移。近世巨儒，如高邮王氏、雒山刘氏，于小学之中，发明词气学，因字类而兼及文法，则古人亦明助词、联词、副词之用矣。后世字类、文法，区为两派，而论文之书，大抵不根于小学，此作文所由无秩序也。”马本指出，有人认为中国文学多用假借之字、引申之义，故不通小学者，不能知本字本义所在，为字少之弊也，实则不然，王夫之曾指出，“古者字极简，秦程邈作隶书，尚止三千字，许慎《说文》亦不逮今字十之二三；字简则取义自广，统此一字，随所用而别，熟绎上下文，涵泳以求其立言之指，则差别毕见矣。如均一心字，有以虚灵知觉而言者，心之官则思之类是也。有以所存之志而言者，先正其心是也。有以所发之意而言者，从心所欲是也。有以函仁义为体，为人所独有，异于禽兽而言者，求放心，及操则存、舍则亡者是也。有统性情而言者，四端之心是也。有性为实体，心为虚用，与性分言者，尽心知性，与张子所云性不知，简其心是也。凡言天言道皆然，随所指而立义，彼此相袭，则言之成章，而不淫于异端，言之无据而不成章，则浮辞充幅而不知其所谓”。马本指出，王氏此论所引心字，并非假借亦非引申，仍为“本字本义”，而所用不同、所指自见，可知“吾国字少而不穷于用者，不仅假借引申之为贵，其组织固自有特胜者在也”。在探讨中国文字组织的基础上，马本指出文字为“文学之根本”，故欲专治文学，非“先治小学不可”。司马相如、扬雄、班固等皆精于此，故其文辞闳深渊雅，迥非后人所及，魏晋、六朝诸家，虽尚华靡，但选义按部，考辞就班，无不穷其妙旨。唐以来小学渐衰，然韩、柳、李、杜，犹达斯道。宋则益疏，元明以来，学者忽近慕远，舍本逐末，上焉者高谈性理，下焉者拘守帖括，以为文字音训无所用，清中叶自命为文学家者仍忽于此，即或粗明雅训，终不能冰释理解，文学乃日就陵迟。驯至今日，莘莘学子，百科杂习，入大学而不通小学者比比皆是，读则讹音，解则误义，写则谬形，陈陈相因，积非胜是，偶有不讹、不误、不谬者，反以为异。苟能于形之疑似，音之转变，义之通假“皆能了澈”，则自可取用不穷。关于文字使用上的注意事项，马本认为，其一不可假托，即要用字的真义，忌用代字之法，如友朋偶聚曰萍水相逢，以青云为得志，以白水为盟心，月曰望舒，星曰玉绳之类，徒事铺张，甚非所宜。其二不可求古，即不可抄取古人一二字句用之于文。其三不可好奇，即不可“好用僻字，好为艰语”。

2.3 文学与思意。首先关于构思，马本指出，凡欲属文，必先构思，人之禀才，迟速异分，文之制体，大小殊功，思有缓有速有苦，如此等等；要之，诗文之至者“皆不能离乎思也”，前人论思，多认为思“生于杳冥寂寞之境”，而志意所如，往往“出乎埃壒之外”。故《宋史》称“田诰作文构思，必匿深草中，绝不闻人声，俄自草中跃出，即一篇成矣”。又思有卒然遇之而莫遏者，亦有忽然败之而遽失者。世传宋谢无逸问潘大临，近曾作诗否，潘云：“秋来日日是诗思，昨日捉笔，得满城风雨近重阳之句，忽催租人至，令人意败，以此一句奉寄”；此实过中人语，不足为浅人道也。其次关于命意，马本认为，意为“思之结晶”，方构为思，已成为意，意之重要不在思之下也。然不善为文者，往往“以辞掩意”；就古人观之，两汉以上意余于辞，魏晋而还，辞意相宣，唐宋迄今，辞溢于意者，盖十而八九矣。然惟意到之作方能快读者之意，否则，读者未终篇即厌倦。且善命意者，能思人所不能思，发人所未尝发，妙驰心机，出人意表。再次，关于“思意宜有所主”，马本认为，思虽无远而弗到，意虽无指而弗立，然思意既定，于是乎始，于是乎终，于是乎前，于是乎后，百变不离其本，乃能卓然成家。一篇文章，波澜起伏，变化无穷，但大意总不能偏离其所主，若夫初意所主在此，忽然舍而从乎众之所同，则不失之游移即失之凌杂，欲自圆其说且不可得，况欲自树其说乎？第四，关于思意之标准，子曰，“诗三百，一言以蔽之曰：思无邪”，马本认为，无邪二字，即最善之标准也。不特诗人应以无邪存心，一切文学莫不皆然。推而言之，史家专主记载，苟立意不正，必致“褒贬失当”。此外如杂文零作，或言志或抒情，虽云与人无关，无妨自肆，而为涵养一己之德性，培植一己之品行计，亦不可不“立意向善”。至若小说，文在通俗，义主广布，其影响于社会人心尤深且巨，作者偶涉“非非之想”，杂以靡靡之词，迎合阅者心理，不顾“自身道德”，则诲淫诲盗于是乎在，将见恶之流行速于置邮而传命矣，可不惧乎？晚近以来，此类作品汗牛充栋，其佳者固益人神思不少，而吉光片羽却不可多得。第五，关于思意之表现，马本认为，思意表现之法不外二端：一直写，一假托。抒情述理之作直写为多，托讽寓讥之作假托为尚；直写之长在明显，其劣则在“往往束于材料，失其自由，不能发挥尽致”；假托之长在含蓄，其短则在或过于虚渺，或过于深晦，使人易昧真相。两者之间，措辞上假托不如直写容易，感人上直写不如假托感人至深。

2.4 文学与性情。首先，关于文学与性情之关系，马本指出，“情为性之动，文为情之饰”，一切文学“无非发自性情”，古无无性情之文学，亦无舍性情之外别有“可为文学者”。故陆机曰：“每自属文，尤见其情。”刘勰言：“情者文之经，辞者理之纬，经正而后纬成，理定而后辞畅，此立文之本源也。”魏际瑞亦曰：“诗文不外情、事、景三者，情为本。”西方文学家亦“重性情而轻知识”，如纽曼言：“文学为思想之表现，而感情乃思想之主。”布鲁克亦谓：“感情与思想并重。”由此，马本认为，天下之至文“非至性至情者不能作”，而笃于性深于情者亦往往“不求文工而文自工”。此殆存乎才华学识之外，纯属“真灵”，而非有丝毫勉强于其间。详言之，文学之性情有作者之性情、文中之性情、读者之性情，此三者本“一体之歧”，读者之性情生于文中之性情，文中之性情则又生于作者之性情，当以作者之性情为本。其次，关于性情之差别，马本认为，性虽与生俱来，但因其由感而生，不能使之齐一，不仅人与人不同，即使一人之前后也异，性情既如此，文学自然也有别。其一，在禀赋上，《白虎通》云：“性者阳之施，情者阴之化，人禀阴阳气而生，内怀五性六情，五性者，仁、义、礼、智、信，六情者，喜、怒、哀、乐、爱、恶，所以扶成五性。”故性涵于内，情著于外，情既不能不各有所感，即性亦不能不随有所偏，而其刚柔缓急，则胥于文章见之。故姚鼐云：“天地之道，阴阳刚柔而已。文者，天地之精英，而阴阳刚柔之发也。……其于人也，漻乎其如叹，邈乎其如有思，暖乎其如喜，愀乎其如悲。观其文，讽其音，则为文者之性情形状，举以殊焉。”曾国藩、张廉卿又充其类而广之、尽之。《文心雕龙·体性》亦有相关论断。综述各家，马本指出，“性以定文，文以验性”，实为“不爽”也。其二，在遭遇上，马本认为，人有富贵、贫贱、或出或处之不同，其性情之所见亦不同，同一人之身，或先荣辱，或始困终遇，则其“性情之所见亦不同”。人之忧乐欢戚不可强同，文章“亦未可一概论也”。时有治乱，国有兴亡，情之所感，亦可以见。言为心声，有莫之为而为，莫之致而至者矣。再次，关于性情之本质，马本指出，性情固由禀赋、遭遇而有差别，然荀子曰：“千万人之情，一人之情也。”温彻斯特亦云：“一人之感情，虽属暂时，而人类一般之性情，则有共同之点。各感情连续之波动，虽生灭于瞬息之间，而感情之大海，则洋溢古今，未尝或变也。”由此可知，人之感情不同之中“必有同者”，其所同者，乃其本质也。这种本质主要包括普遍与超卓两点。其一，关于普遍，马本认为，凡与人生有密切之关系，能深入人心而为人人所欲言者，皆可谓之“普遍之情”；苟以此等情事形诸楮墨，则“不限于一时代与一民族”，读之皆能“动于心”。故温彻斯特称：“荷马在今日犹未老也，何则？以其诉于古今不灭之人情也。”李白、杜甫之诗译行西洋，西人宝之。故古人、今人，其间本无鸿沟，东土、西洋其精神上之契合则一，此乃

“人类之历史性与群众性使然”。文学既有此普遍之情，则可借以为古今中外人类精神沟通之媒介；而欲谋世界之大同，其根本解决之法，亦莫外此。无论何国何种，若有伟大优美之作品留于人间，其国虽亡，种虽微，而文化与国民性犹可“与全人类长存不朽”。其二，关于超卓，马本认为，性情本人类所同具，而发表之本能，唯文学家为特长，故文学之性情，实“人类之代表”，非一时一人“所得而私”，质言之，即人类之“公共性情也”。唯如此，则文学家之作一须超出个人，二须超出现代。正是如此，西人丁尼生称：罗马第一诗家维吉尔之诗所以为佳音者，“以其悲伤人类也”。第四，关于性情之表现，马本认为，性情之表现一须深厚，二须节制。其一，关于深厚，马本指出，子曰“温柔敦厚，诗教也”。可见，兴观群怨之用实从此四字而生，三百篇莫不皆然。孔子之经、左氏之传所以“感人易而为效宏者”，皆深厚之为功耳。其二，关于节制，马本指出，节制者勿过度之谓也。人之性情之发皆宜“中节”，过之则不得谓之“和”，节制为文之贵矣。

2.5 文学与志识。其一，关于立志，马本指出，《礼记》曰：“凡学，官先事，士先志”，又曰：“一年视离经辨志”。志者心之所之，为人立身处世之大本，文学家所自负者，较他人为尤重，更不可不“首定其志也”。孔子谓：“质胜文则野，文胜质则史，文质彬彬，然后君子。”志即质也，志之不立，不足以语于彬彬。至于立志之标准，孔子尝言：“志于道，据于德，依于仁，游于艺”。孔门四科，亦以德行居首，文学为殿。诚以有德者必有言，有言者不必有德，苟不知本末先后，鲜有“不迷其所向者”。后之学者言志，亦大都秉之孔训，不出道德之范围。古来欲立言以垂不朽者，鲜不志于道德，否则文虽丽、语虽工亦不免蹈草木荣华、鸟兽好音之讥。其二，关于炼识，马本指出，识有意识、知识，意识与生俱起，知识缘物而起；孩提之童，莫不有识，因其观察不密，判断不强，故其识“不失之弱”即“失之幻”，《大学》所谓格物致知，致知即所谓炼识也。文学之发，根于心，取资于物，而期于有用，则“识”自不可忽。魏际瑞曰：“文章首贵识，次贵议论，然有识则议论自生，有议论则词章自不能已，作文而忧词之不足，皆无识之病耳。”故为文论史有识，则抑扬始得其公；评时有识，则是非始昭其正；述理有识，则曲直不烦词费而自明；辩事有识，则然否不待言多而自显。即如诗、歌、词、赋，纯以情志为主，有识则情不夺于物，而畸重畸轻之患以除；志不移于境，而过亢过卑之弊斯祛。无识者则不然，见小而遗大，局近而忘远，非妍媸失鉴，即琐亵不经，欲其有用也难矣。其三，关于志识与文学之关系，马本指出，“志贵乎立，识贵乎炼”。有人以为志识人人皆须具有，非独文学家为然，马本指出，章学诚曾认为，“譬彼禽鸟，志识其身，文辞其羽翼也；有大鹏千里之身，而后可以运垂天之翼，鷃雀假雕鹗之翼，势未举而先蹶矣，况鹏翼乎？故修辞不忌夫暂假，而贵有载辞之志识与已力之能胜而已矣”。又曰：“文辞犹三军也，志识其将帅也。……文辞犹舟车也，志识其乘者也。……文辞犹品物也，志识其工师也。文辞犹金石也，志识其炉锤也。……文辞犹财货也，志识其良贾也。……文辞犹药毒也，志识其医工也。”此乃志识与文学关系之最详尽论述。

2.6 文学与观念。首先，关于观念之联络，马本认为，文学之资料多不出“平日之经历”，此种经历，日积月累，蓄于脑中，是为观念。及乎临文，各种观念皆“奔赴笔下”，以供“驱遣”，唯观念随得随蓄，多属零碎，无联络则不成“片段”，亦不能入文，故心理学有“类概”观念，其所含要点有四：具体、回忆、选择、组合。所谓具体，即自然界之事物所留之印象；所谓回忆，即追思过去之印象；所谓选择，即所留之象未必皆有文学上之价值，须加拣汰；所谓组合，即各种印象在寻常人视之纷如乱丝、碎如屑玉，彼此自成单元，漠不相关，而文学家每能寻出其间相连之关系，类聚群分而贯穿之也。马本认为，这四者之中，前二者属想象，为“人所同有”；后二者属创造，为文学家“特擅”。譬之冶然，前者乃金属，后者为鼓铸之法；譬之陶然，前者乃坏质，后者为抟埴之方。至于为钟为鼎，为尊为壶，则视其创造力之强弱殊焉。故天壤之间，日星之曜，风云之变，草木之花实，鸟兽之蹄迹，凡“接于耳而寓于目者”，无不可入文学；有创造力者则或“见景生情”，或“以情会景”，取之左右逢其源；无创造力者则对此繁然而杂陈者“心迷目眩”，莫知所取舍。彼江上之清风，山间之明月，牛背夕阳，村中黄叶，渔子、樵夫、牧童、乡叟日得之而不知，即或知之，而亦无发抒之能，一经文学家之掇拾，便成绝好诗文之料。故王右军兰亭之会曰：“仰观宇宙之大，俯察品类之盛，所以游目骋怀，足以极视听之娱，信可乐也。”李翰林桃李园之集亦曰：“阳春召我以烟景，大块假我以文章。”由斯观之，非事物则想象无所凭，非创造则想象莫由见，两者相需甚殷而相资至切。故黄庭坚言：“诗文惟不造空强作，待境而生，便自工耳。”其次，关于观念之解释，马本指出，观念既由外界之对象而起，而人所处之境，所受之教，所得之识，各不相同，一切解释遂由是而生差别，智者乐水，仁者乐山，其所感者殊，斯“各有所契也”。要之，事有殊类而相感者，皆由“主观之解释力强”，此之谓“知类而通达”。马本同时认为，西洋文学界自写实派出，专注于本能、性欲、物质诸方面，如生物学者持显微镜以检验霉菌，纯取精致严密之客观态度，不掺一丝主观色彩，反而以解释为“失真相”。这显然是不知文学的范围不仅及于外象，亦须兼顾内容。法国作家法格就曾说过，“绘图只要映入画家之眼帘，如实写出，即可以止；小说则不然，描写外部，同时须描写内部，以明瞭一切行为之动机与根本，无论景色或人物之动作，皆非被动而生，纯由自动构成；换言之，即以心理之作用，改造具体之事象，所以无心理之描写，便可谓之无小说”。马本认为，这个观点最为透辟。写实派的目的在求真，但真有多种，有科学之真，有伦理之真，有美术之真；文学家之解释乃美术之真，如一株草，其芬芳馥郁，科学家关注其属于何科何种，文学家关注其与君子、美人之思同一。其舒卷聚散，科学家见出的是物理之变化，文学家见出的则是白云苍狗之感。至于伦理之真，则均偏于抽象方面，如善恶乃伦理中判别人生行为之词，故必言何者为善，何者为恶，成一“有系统之学说”。文学家则只用主观之法，状述善人恶人于读者之目前。故科学哲学全恃其真理之传播而不朽，其著作本身则无足轻重；文学则不然，因其含有美术之真，虽对寻常实用无所裨益，但其“深合于人性中最高一部分之需求”，故读者必得其原作方足生欣赏之心，故文学家之作每能流之久远。

2.7 文学与人生。马本认为，文学首先为“选择之人生”，文学之所以代表人生，其必“取材于人生”。史蒂文森曾认为，“吾人所见人生事实，皆其纷乱之部，细察其内，仍有一定不变之真理存焉，文学所欲代表者，即此真理，非抄袭其纷乱之表面而已”。由此则知，文学家第一步当“考察人生”，考有所得，乃罗陈所收集之材料，重加甄别，审定“何者有代表之价值”。昔希腊雕刻家欲雕刻一美人，必考察诸美人，后集众美之长而成一像，其结果“自较一般美人为胜”。故文学之人生，亦常较“普通之人生为完备”，足为“社会之模范”，能产生教育之力，促进人生进步，唯是所选择者果为真与否，尚成问题。因为人类观察事物，犹如戴一有色眼镜，所见随殊，故古今之人竭毕生精力以探索绝对之真理，终不可得。正是如此，纽曼曾说，“世无绝对纯洁之人生，亦无绝对纯洁之文学”，由此可见“真”之不可求，倘能得之，则任何问题皆能立刻解决。对文学家而言，不善选择者，其一会偏于理想化，流于虚伪，甚至会因为求善之念过殷，遂至“彰善而文恶”；其二会因人类不齐，大多数人生不能为文学之材料，遂成贵族之文学，仅能代表“社会阶级”。综言之，能得其中，则为善矣。同时，马本指出，文学属于“论理之人生”，人生属于时间，而文学属于论理，故文学之人生“非按论理之次序不可”，所谓论理之次序，即“因果之关系”。人生事实连绵不辍，人仅能见其一部分，所谓“人生断片”说的就是这个道理。若取此断片之人生以为文学，“既无梗概，又无结构”，必使阅者如雾中看花，莫明其妙，欣赏程度亦必因此大减，娱乐之感亦必因此而弱，在写实派那里，大多如此。因此，易卜生自称其戏剧是“取某家之一室，拆开四壁之一边，以其内部示人”。这无异于以管窥天者言天小，其实并非天小，这种做法其实是违背文学的原理的。故欲明了人生之全部，记一事则必“首察此事之所起，继探此事之所经，终考此事之所结”，本末先后，一一叙述而后可，传一人亦然，观史家之纪录，莫不遵此原理，虽数事发生于同时，而能用穿插之笔使“一丝不乱”，或“由因以推果，或由果以溯因”，一篇之中，有脉络，有照应，整然不乱，自能“醒阅者之目”。关于文学与个人之人生观，马本指出，人生观以个人为中心，似乎“甚狭”，然必其人受环境之逼迫，发生厌世思想，觉群众之生活无可乐，或则气质特厚，欲强人以从我，于是借文学以发抒之。前者如老子，后者如杨子，在西方如尼采强烈的自我为中心论，易卜生的唯我主义。关于社会之人生观，马本指出，文学思潮与社会之关系“至为密切”，积极主义者之人生观“多注射于社会”，如墨子主兼爱，孔子主中正之人生以补救社会过犹不及之弊。在西方，亚里士多德亦倡“得中庸而德始成立”，贺拉斯也有“黄金中庸”之言。诚以中庸为德，不偏不倚，无智愚贤不肖，皆能循而行之，实可为社会人生之代表。

2.8 文学与时代。首先，时代影响文学，马本认为，文学常为“时代之反映”，故亦随时代为转移，子夏有治世之音、乱世之音、亡国之音之说，至若秦皇焚书百家息，汉帝崇儒六艺明，晋尚老庄故士子喜作玄言，唐重释梵故诗文多参禅理，亦“时代之影响于文学也”。其次，文学影响于时代，马本指出，时代既能影响于文学，文学亦自能影响于时代，两者“互为因果，一起一伏，相生相息”。盖移风易俗固有赖于政教，而文学提倡鼓吹之力较政教势缓而“入人则深”，且一时代中必有一二领袖人物，风俗之移易，即视乎此一二人之心之所向。孔子作《春秋》而乱臣贼子惧，孟子述仁义而杨墨之道息，韩子排佛老而举世知重道隆儒，其“尤著者也”。近而言之，如王船山之《黄书》严于种族之防，黄梨洲之《待访》辨于君法之义，而排满革命之思想遂渐渍于人心，迄乎清末，一发而不可遏。如欧洲孟德斯鸠著《法意》倡立宪政治，卢梭著《民约论》张极端自由，法国之大革命遂滥于是时。近代劳工劳农之潮流又皆经济学家、社会学家之所酿而成也。第三，中国历代文学之概观，马本指出，中国以文立国，历代盛衰，文学与时高下，虽“变态百出”，不可穷极，但其大概仍可得而言。马本先后援引《文心雕龙·时序》《北史·文苑传序》《唐书·文艺传序》《辽史·文学传序》《金史·文艺传序》《明史·文苑传序》等文献论证了其关于中国文学“日降而无升”的文学退化观。第四，关于西洋文学的时代观，马本认为，西方甚重“时代精神”，孔德曾分智识为三大阶级：一为神学时代，即皆以神之力与灵之力解释宇宙中的一切现象；一为形而上学时代，即纯以抽象之观念应付种种事物；一为实证时代，即皆以自己直接经验、观察解释种种事物、现象。依孔氏之说来看历史，则第一为自古代至中世纪的宗教全盛时代；第二为从文艺复兴至 18 世纪初的学问时代，即哲学时代；第三为近代，即物质研究时代。欧洲文学大都不能出此时代之范围。故美国马修斯将小说之发达分为四期，第一期荒唐无稽，写不可能之事，第二期写不可有之事，第三期写实际可能之事，第四期写不可避之事。此四期与上述的三时代无不相符，故丹纳认为诗文发达之历史即人类进化现象之一部，而波留契尔亦倡文学之种族进化说，日人厨川白村又将欧洲近二世纪间的文艺思潮分四期，18 世纪为冷淡主智倾向之启蒙期，即偏理主义、古典主义之期,19世纪前半为浪漫派占全胜之期,19世纪中叶为现实主义、自然主义全盛之期,最近为新主观主义,即新浪漫派之期。这虽然并非精致严密的区分,但大致可谓“无遗矣”。但马本进一步指出,虽然时代可以区分,但文艺之思潮实际上却如不断之流水,为一连续之潮流也。

3. 本论

3.1 文学之门类。首先,关于中国文学之分类,马本指出,中国古代文籍“皆掌之于史”,虽未分门别类,但《周礼》中有太史、小史、内史、外史、御史之分,皆各有分掌,条而不紊。不过,《周礼》所言的是“天子之史”,诸侯亦各有国史,以司其职。秦焚书坑儒,斯道扫地,致汉初经籍散佚,简札错乱,传说纰缪,莫之折衷。至武帝始置太史公,命天下计书,及孝成帝求遗书于天下,后刘向之子刘歆“总括群篇,撮其旨要”著为《七略》,至此中国文学方有门类可言。其后,班固之《汉书·艺文志》删去《七略》中的“辑略”,留其六,而将易、书、诗、礼、乐、春秋、论语、孝经、小学归为六艺,儒、道、阴阳、法、名、墨、纵横、杂、农、小说归之诸子,分诗赋为五种,又有兵书、数术、方技之分类,后人赖以识流别者,盖推此志。再后,荀勖有四部之分,王俭又有七志之说,阮孝绪有七录之论,唐初又有经、史、子、集四部之分,此后,历代关于文学的分类,皆不出此四部之范围。其次,关于西洋文学之分类,马本指出,西洋普遍分文学为散文、诗、小说、戏曲四类,散文又分论说、记述二种,其域甚广,如评论亦论说之一种,描写亦记述之一种,诗又分纪事诗、抒情诗、戏剧诗,小说又分历史小说、理想小说、言情小说、社会小说四种,戏曲又分喜剧、悲剧,别有杂剧,兼含悲喜性质。

3.2 文学之体裁。首先,关于论文者之分体,马本指出,文之有体“由来尚矣”,如《书》有典、谟、贡、歌、誓、诰、训、命、征、范之殊,《诗》有风、雅、颂、比、兴、赋之异,后之作者“其类益繁,其名滋广”,任昉《文章缘起》甚至有八十四体之分。刘勰《文心雕龙》“变骚以次”,分论文体,盖有诗、乐府、赋、颂赞、祝盟、铭箴、诔碑、哀吊、杂文、谐讔、史传、诸子、论说、诏策、檄移、封禅、章表、奏启、议对、书记等。张表臣《珊瑚钩诗话》亦有风、赋、雅、颂、骚、辞、铭、箴、歌、谣、行、引、曲、吟、诗、古、律、制、诏、典、谟、训、诰、誓、命、教、令、敕、宣、赞、册、论、议、辨、说、记、纪、书、策、传、序、碑、碣、诔、志、檄、移、表、笺、简、启、状、牒等。其次,关于选文者之分体,马本指出,选文分体,始于挚虞之《文章流别论》、李充之《翰林论》、刘义庆之《集林》。《昭明文选》上承其流,标文辞之封域,不录经、子、史,其选目有赋、诗、骚、七、诏、册、令、教、文、表、上书、启、弹事、笺、奏记、书、移、檄、对问、设论、辞、序、颂、赞、符命、史论、史述、赞论、连珠、箴、铭、诔、哀、碑文、墓志、行状、吊文、祭文共三十八种,其中赋、诗中又有细分。自《文选》以下,

《唐文粹》《文苑英华》《宋文鉴》《金文雅》《元文类》《明文在》亦各有分体,但概未尽善。至清姚鼐《古文辞类纂》分文体为论辩、序跋、奏议、书说、赠序、诏令、传状、碑志、杂记、箴铭、颂赞、辞赋、哀祭十三类。曾国藩的《经史百家杂钞》则分为三类:著述门、告语门、记载门,其中著述门内分三类,无韵者属于论著类,有韵者属于辞赋类,以他人之作序述其意者属于序跋类;告语门内分四类,以上告下者属于诏令类,以下告上者属于奏议类,同辈相告者属于书牍类,以人告于鬼神者属于哀祭类;记载门中记人者属于传志类,记事者属于叙记类,记古典者属于典志类,记杂事者属于杂记类。再次,关于各体之起源,马本认为,溯文体之本源"实皆从六经诸子而出",并分别援引刘勰、颜之推、李耆卿、章学诚等人观点进行佐证。第四,各体之作法。马本指出,文体多且不同,其作法亦各有所称,朱夏曰:"古之论文,必先体制而后工制,譬诸梓人之作室也,其栋梁榱桷之任,虽不能以大相远也,而王公大人之居,与浮屠老子之庐,官司之署,庶民之室,其制度固显绝而不相侔也,使记也而与序无异焉。则庶民之室,将同于浮屠老子之祠亦可乎?铸剑而肖于刀且犹不可,斫车而肖于舟其可乎?"马本认为此言甚是,并援引阐述了《文心雕龙》之《明诗篇》《乐府篇》《诠赋篇》《颂赞篇》《祝盟篇》《铭箴篇》《诔碑篇》《哀吊篇》《杂文篇》《谐讔篇》《史传篇》《诸子篇》《论说篇》《诏策篇》《檄移篇》《封禅篇》《章表篇》《奏启篇》《议对篇》《书记篇》佐证各体写作之法。第五,对于西洋文学之分体问题,马本认为,西洋文学之分体远不如中国详密,约言之,不外论说、辩论、描写、记述四种。界说、定义、说明、解释属于论说体,所谓界说即"阐明其意,适如其界,无溢语,无漏词之谓也"。所谓定义即"其理既明,下一定义,简而赅,要而括,不可移易之谓也"。所谓说明与解释即"于事理之对象,加以研究,研究有得,而后指示其真理所在之谓也"。辩论之体有两要素,一为"申明自己之意",一为"推翻他人之意"。描写之体属于"空间",有表面与内容之分,善描写者"皆能兼之",若专重表面则近于艺术,若专重内容则偏于心理,概非佳作。此外,描写之人须同情所描写之事物,否则不能"深切入微""淋漓尽致"。记述一体则属于"时间",有"时间次序与论理次序之殊",欲明首尾则时间为尚,欲探因果则论理为贵,后者尤重,盖人生事实同时可占空间与时间,文学则不能,唯于二者"别为先后而记述之",故遇两事或数事同时发生则不能不"舍时间而用论理之次序"。马本指出,此四体可包罗一切文学,前二体仅适用于散文,后二体则散文、诗歌、小说、剧曲皆适用之。

3.3 文学之流派。首先,关于文学之派别,马本指出,刘劭《人物志·材理篇》曾将人分四家,即道理之家、义理之家、事理之家、情理之家,刘熙载谓"文之本领,只此四者尽之"。细审之,则"六经之文,以道体为主者,道理之家也。诸子之文,以思想为主者,义理之家也。史志之文,以事实为主者,事理之家也。

经子史外之文，以发抒情志为主者，皆情理之家也”。不过，马本认为，古代官师合一，私门初无著述，亦无派别可言，其后官司失职，师弟传业，门户乃分。此即庄子所谓的“天下大乱，圣贤不明，道德不一，天下多得一察焉以自好；譬如耳目鼻口，皆有所明，不能相通。……天下之人，各为其所欲焉以自为方。……后世之学者，不幸不见天地之纯，古人之大体。道术将为天下裂”。具体言之，则儒家尚仁义，其文多平实；道家尚清虚，其文多玄妙；阴阳家尚禁忌，其文多拘牵；法家尚明饬，其文多刻峻；名家尚综覆，其文多密致；墨家尚实行，其文多质厚；纵横家尚捭阖，其文多谲变；杂家尚博漫，其文多富衍；农家尚耕植，其文多朴茂；小说家尚滑稽，其文多恢奇。马本指出，史志之文，《汉志》附于六艺中《春秋》之后，其后代各有史“始列专部”，别其流派则始于刘知几《史通》，刘氏分其为尚书家、春秋家、左传家、国语家、史记家、汉书家，前四家各有弊，故“久废也”，唯左传家经年纬月，叙时事则诠次分明；汉书家纪志表传，举一朝则起讫完具；后世祖述，唯此二家而已。经、子、史外之文，作者众矣，析言之，说经者仍宜归之经，立意者仍归之子，载言载事者仍宜归之史，本不能出经、子、史之范围，且各自为集，何能分派？然文人为摹习便利起见往往以某体某派目之，而派别以出，以文之质言之，有辞赋派、道学派、功利派、评论派、滑稽派；以文之形言之，则有古文派、骈文派、时文派；以文之格言之，有山林体、台阁体；以时言之，则在汉有西京体、东京体、建安体，自魏至隋则有正始体、太康体、永嘉体、元嘉体、永明体，在唐则有初唐体、开元天宝体、元和长庆体、晚唐体，在宋则有庆历体、元祐体、乾淳体、咸淳体，在明则有弘正体、嘉靖体、万历体，在清则有康熙体、乾嘉体、道咸体、同光体。其他则如邺下七子之于魏，竹林七贤之于晋，十八学士、四杰、十才子之于唐，八子之于明，则以一时风尚而分之。诸如三张、二陆、两潘、一左、韩柳之类，则以一二领袖人物而分之。而江左、河朔、桐城、阳湖等则以地而分之。马本指出，近来又有新旧文学之分，但文章只有古今，而无新旧，至于以死活分古今之文者，则更为“不通之论”。其次，关于诗之派别，马本认为，诗之所起甚远，《周礼・春官》太师教六诗，其外尚有九歌，凡“十有五流”，经孔子删定，仅存风雅颂三流，众儒说诗多将风雅颂与赋比兴并提，或言风雅颂为异体、赋比兴为异辞，或言风雅颂为三经、赋比兴为三纬，或谓六体须篇篇求之、有兼备者亦有偏一二者。马本认为，果真如此，周官就不应以六诗为教。故章太炎《六诗说》言：“比兴赋宜各有主名区处，不与四始相挐，因其不宜声乐，故见删于孔氏。”《诗序》只言四始，《论语》载：“孔子曰：吾自卫返鲁，然后乐正，雅颂各得其所。”它们均未提及赋比兴，章氏之说显然很有道理。而风雅颂体既有别，其声之曲折、气之高下亦遂若“诗人作之之始，已自为限制者然”。于是，风之声不可入于雅，雅之声不可入于颂，自风雅道息，诗乃一变而为骚赋，再变而为五言，三变而为乐府歌行。《汉书·艺文志》区诗赋为五种，每种之后虽无叙论，然其流派之不同可想而知。其后，古变为律，律变为绝，“诸体遂备”。马本指出，严羽《沧浪诗话》论宋以前之诗体较为详尽，宋之后明代则有前后七子体、公安体、竟陵体，清则有神韵派、性灵派、格调派等，如今又有新诗派。章太炎曾说，“诗至清末穷极矣。穷则变，变则通，吾人于此时，若不向上努力，便要向下堕落，所谓向上努力，即直追汉、晋，所谓向下堕落，即近代之白话诗”。马本认为，章氏斯言极是。再次，关于词曲之派别，马本认为，词者诗之余，曲者词之变，世之论词者多以为其源于六朝，成于唐，衍于五季而大盛于宋；论曲者多以为其源于宋，成于金，大盛于元。实际上，两者本源相同，难以严分。论其派别，则张皋文之《词选序》、魏际瑞之《评曲》可见其斑。第四，关于小说之派别，马本指出，《汉书·艺文志》将小说置于诸子之末，以为是街谈巷语，为道听途说者所作，君子弗为；据志中所载，自伊尹说至虞初周说，记事者居多，亦“史之支流”。后司马迁作《滑稽传》首引六艺，又曰：“谈言微中，亦可以解纷”，则是谲辞饰说，其用与六艺同。唯《魏略》言“临淄侯植诵俳优小说数千言”，则似与后世小说已不相远，后六朝干宝、任昉、刘义庆诸人，皆有著述，至唐大盛，今《太平广记》所载，实集其成，然只为著述之事；至宋代则有不以著述为事而以演讲为事者，且宋代章回小说异于古之小说，大抵皆直录讲演以成；自此以后，以俗语作传奇、演义者日多，略别其派，其中或写政治之弊，或写婚姻之弊，或写学术之弊，或写风俗之弊，或写神仙方外，或写因果报应，元、明以来，其流虽广，然《明史·艺文志》录小说皆琐谈杂记，清《四库全书》将小说分为杂事、异闻、琐记三类，至于平话体、章回体仍未列之，别有传奇、弹词，多兼歌舞，可谓小说之旁流。第五，关于西洋文学之派别，马本指出，文艺复兴之前西洋文艺思潮主要有希腊思潮和希伯来思潮，虽然当时各国亦有国民文学，但基本都隶属于这两种思潮；后世的文艺复兴其实就是希腊思潮的“别开生面”，南欧与北欧其地理、气候、民性不同，复兴之趋向亦异，南欧所复为希腊、罗马之古，北欧所复为耶稣基督之古，其后两派互相接触，渐至调和。15 世纪末南派日兴，一直到 18 世纪，可称为古典派，在文学上，其追求绝对之美，尊重古来艺术之“律度”，强调个性的抒发要拘束在一定范围内，其弊在于无真情、无生气、以模仿和醉心形式为能事，缺少精神。浪漫派则反古典派而起，主张个性，反对规范，打破因袭，重独创、贵新奇、主狂热、爱神秘，其弊在于热情放逸，不顾形式之美，作品多为破格。18 世纪后期至 19 世纪前，浪漫派如燎原之火蔓至全欧。继浪漫派而起的是自然派，秉承科学观察精神，彻究事物之真相；浪漫派文学求美，而自然派文学则求真，其所求之真也非艺术之真，而是“纯粹科学上意味之真”。近二三十年，新浪漫派文学应运而生，极言人生之神秘与梦幻。总之，马本指出，“文学派别之变迁，随时不同，探奴尝以生物进化之理法，应用于文艺变迁之历史，是则此后茫茫，固未知所底也”。

3.4 文学之法度。首先，文学不可无法，马本指出，不以规矩不能成方圆，不以六律不能正五音，文学亦然。自羲皇画卦、仓史作书，于是有文，文与文相生乃有字，字字相续而成句，句句相联而成篇，此即文学家之“规矩六律”。马本认为，古之言法自《左传》的“书法”二字始，其后沈约讲得尤为详尽。其次，文学不可泥法，马本指出，法不可无但“尤不可拘”，拘则不能变，不能变则法“穷矣”，故拘于法者实不知法。再次，不可以法示人，马本指出，人们读书为文，贵乎“深造自得”，古之时无有以诗文为教学者，读书之功既至，则“随其材质之高下浅深而皆必有所独得”，得之于心斯应之于手，于是信口吟咏而自然合节，率意抒写而自然成章。至于讲求诗文之法，至后世而始加详，诗与文日就衰薄“实自讲求诗文之法而起”。第四，关于西洋文学之法度，马本认为，西人亦重文之法度，如斯威夫特曰：“佳文者，即确当之字，在确当之处而已。”故散文、诗歌各有其文字，然文体不同，文字即异。至于西洋小说、戏曲则大抵重结构、人物、环境三要素。在“修词”方面中国人所谓的明达、雅洁、雄健、含混诸美，西人亦皆有之。

3.5 文学之内相。首先，关于“神”，马本指出，《易・说卦传》言：“神也者，妙万物而为言者也”。孟子云，“大而化之之谓圣，圣而不可知之之谓神”，此神妙神化之说所由来也，文学实亦有此一境。故《文心雕龙》说：“文之思也，其神远矣。寂然凝虑，思接千载，悄然动容，视通万里。”杜甫言“文章有神”，袁了凡曰“神到之文，盎然而出”。其次，关于“趣”，马本指出，趣与神异，神“不待悟而生”，趣须“偶涉方得”，盖趣“生于情而会于景”，吾人情况不佳，必借物以陶之。或登临山水，或吟弄风月，周旋花木禽鱼，游衍琴书图画，此即所谓景也。而景不可以形迹言，须以“虚意徘徊”“微词点缀”，若有若无，若远若近，则趣自生矣。诗言情，得趣较易，文述理纪事，得趣较难。趣之可见者在“机”，可喜者在“致”，可玩者在“味”。所谓机者，譬诸“发矢者之以括，运斤者之以巧”，心可得而会，口不可得而言，已可得而能，人不可得而受，全在“善学者自得于言意之外”。所谓致者，犹身之有仪也，无可挹之致，其辞藻无足道矣。致由精神中焕发，如“风行水上，无心于纹而纹自生”。所谓味者，耐人咀嚼也，张茂先曰：“读之者尽而有余，久而更新。”韩愈曰：“沉浸浓郁，含英咀华。皆知味之言也。”再次，关于“气”，马本指出，文气之论，发自魏文帝，其后韩愈、柳宗元、李德裕诸人引而申之，又魏禧、邵青门、曾国藩等均有论及。马本指出，气不可不养，王充就有养气之说，刘勰承之，颜之推、苏子由、袁了凡、侯方域等均有相关论述。第四，关于“势”，马本指出，文有势，而势亦出于“自然”，行乎其所不得不行，止乎其所不得不止；譬之天，风霆震荡，其势隆焉；譬之地，岳渎盘旋，其势张焉；故势者“阴阳之变局也”。孙子之言兵，先于审势，失势则弱，得势则强，文学何异于是乎？其抑扬顿挫，操纵开阖，千变万化，莫不“皆有势焉”。势乃循体而成，随变而立者也。势又与气相联，气既需养，势自需蓄。

3.6 文学之外象。首先，关于“声”，马本指出，文章之有声，出于“天籁”，韩愈曰：“物不得其平则鸣，其于人也亦然。人声之精者为言，文辞之于言，又其精也，尤择其善鸣者而假之鸣。其在唐虞、咎陶、禹其善鸣者也，而假以鸣，夔弗能以文辞鸣，又自假于《韶》以鸣。夏之时，五子以其歌鸣。伊尹鸣殷，周公鸣周。凡载于《诗》《书》六艺，皆鸣之善者也。周之衰，孔子之徒鸣之，其声大而远。……其末也，庄周以其荒唐之辞鸣。楚，大国也，其亡也，以屈原鸣。臧孙辰、孟轲、荀卿，以道鸣者也。杨朱、墨翟、管夷吾、晏婴、老聃、申不害、韩非、慎到、田骈、邹衍、尸佼、孙武、张仪、苏秦之属，皆以其术鸣。秦之兴，李斯鸣之。汉之时，司马迁、相如、扬雄，最其善鸣者也。其下魏晋氏，鸣者不及于古，然亦未尝绝也。”由此可见，诗文之作皆其“声之精者也”。文学既由声发，则文之美恶高下，其声自不能相掩耳。其次，关于“色”，马本指出，“文章”二字本含色彩之义，故庄子曰“辩雕万物”，韩非称“艳采辩说”。其中“雕”之为言藻饰也，“艳”之为言绮丽也。扬子云曰：“圣人虎别，其文炳也；君子豹别，其文蔚也；辩人狸别，其文萃也。”亦色之谓也。总之，马本认为，能得自然之美，方为“善于设色”。再次，关于“格”，马本指出，文学之有格犹“屋之有间架也”。文学之谋篇布局皆有格，格有炼而后成者，亦有不假炼而成者，前者为“人力结构之巧也”，后者乃“化工浑成之妙也”。盖诗文大篇皆非先立定格不能下笔，否则凌乱无序，不可观也。小说则因其包罗尤富，章回尤多，稍微轻忽，便见疏漏。第四，关于“律”，马本指出，《说文》释“律”为“均布也”，《尔雅·释古》亦训“律”为“法”，与“格”义相同。然格乃“导之如此”，而律则为“戒之不得如彼”，此为其区别也。诗文之律固不必坚守，亦不宜轻犯，而浅尝薄涉轻于下笔者，则尤当奉为“法鉴”。

3.7 文学之材料。首先，马本认为，文学之材料“得自典籍”，前人之典册即为吾人文学之宝库。其次，马本认为，文学之材料“得自见闻”，即天地间事物皆文学之材料，“造物已代储之”，取之不尽，用之不竭，唯在能善取善用耳。

3.8 文学之精神。马本指出，文学之精神有二，即贵能创造、贵能变化。关于“贵能创造”，马本认为，文学宜有“独立之精神”，李习之曰：“古人创意造言，皆不相师。文之精神者，不得不异。”关于“贵能变化”，马本指出，勿抄说、勿雷同乃古人立文之本，然后世作者多喜“因仍”，屋下架屋，床上架床，不以为忌也。

后　记

现代中国文论在20世纪中国文论的历史上是一个独特的存在。言其独特，是因为它既与中国传统文论不同，也与当代中国文论相距悬殊。这在一定意义上也造成了它既像又不像现代学科意义上的文学理论的两面性。从根本上说，这种特立独行的品质是由产生它的那个激愤却又带着几分迷惘的时代所决定的。时运交移，风气渐开，当我们以当下的眼光审视百余年前中国文论初创的稚形时，理应对其报以充分的"同情之理解"。晚清以降至"五四"前后，无疑是中国20世纪前半叶思想史上的一个"狂飙突进"的年代。开启民智、救亡图强、谋求中华民族复兴的时代激情构成了现代中国文论的内在灵魂与精神底色。我们今天阅读百余年前的文论著作时，依然能够深切地感触到彼时文论学人们那有力而顽强跳动着的时代脉搏。

本书尝试呈现20世纪前半叶中国学者开拓现代中国文论疆域的具体实践，期望能够清晰呈现出现代中国文论的理论细节。基于尊重作者原旨的初衷，本书力图将现代中国文论的局部理论本相呈现给读者，为有志于了解、学习、研究现代中国文论的读者提供一个可资借鉴的文本。毋庸讳言，这一时期的文论在话语惯例、运思方式、理念策略等方面与我们现在有着不小的差别，且部分论著表意晦涩，甚至令人费解，印刷错讹亦时有所见，给兑现写作初衷制造了不小的障碍。不过，本书仍然力图还原作者的意旨，尽力把握其本来论见，但限于笔者的能力，曲解误释之处亦在所难免，恳请读者及诸位方家批评指正。

本书获浙江大学2020年度教材建设项目立项，同时也被列入浙江大学人文学院教材项目。本书的出版得到了浙江大学中文系主任胡可先教授，浙江大学出版社方涵艺女士、宋旭华先生，浙江大学人文学院本科教学科段园园女士等师友的热情帮助。浙江大学教务处及浙江大学人文学院、浙江大学中文系亦为本书提供了出版资助，在此一并表示谢意！

感谢和我一起研读过本书所涉部分文本的浙江大学文艺学专业的历届研究生同学们！

感谢一年多来陪伴我的分分秒秒，它们在给予我工作艰辛的同时也带给我不少的慰藉。感谢我的父母和家人，感谢他们的支持、理解与付出！

朱首献

2021 年仲秋于浙江大学紫金港西区